2026

모두 풀어버리는

ALL

올풀

타임논술연구소

을지대
논술고사
기출문제 ✚ 실전문제
통합본

을지대 논술고사

기출문제+실전문제
[통합본]

인쇄일 2025년 10월 1일 초판 1쇄 인쇄　　**발행처** 시스컴 출판사
발행일 2025년 10월 5일 초판 1쇄 발행　　**발행인** 송인식
등 록 제17-269호　　　　　　　　　　**지은이** 타임논술연구소
판 권 시스컴 2025

ISBN 979-11-6941-697-9 13800
정 가 20,000원

주소 서울시 금천구 가산디지털1로 225, 514호(가산포휴)　|　**홈페이지** www.siscom.co.kr
E-mail siscombooks@naver.com　|　**전화** 02)866-9311　|　Fax 02)866-9312

머리말

그동안 내신 모의고사 3등급 이하의 학생들이 대학에 입학하기 위한 도구로써 활용했던 대입적성검사가 폐지되고 가칭 약술형 논술고사가 새로운 대안으로 떠올랐다. 약술형 논술고사는 400~1,000자의 서술을 요구하는 상위권 대학의 작문형 논술고사가 아니라, 한두 어절이나 30~40자 이내의 한 문장 또는 빈칸 채우기 등의 단답형 논술고사이다.

약술형 논술고사는 학생들의 시험 준비부담을 덜기 위해 고교 교과과정 내에서 또는 EBS 수능연계 교재를 중심으로 출제되므로, 학생들은 별도의 사교육 부담 없이 학교 수업과 정기고사의 단답형 주관식 시험을 충실하게 준비하고, 아울러 EBS 연계 교재를 꼼꼼히 학습한다면 좋은 성과를 얻을 수 있다.

본 도서는 약술형 논술고사를 통해 대학 입학의 관문을 두드리는 학생들에게 각 대학에서 시행하는 약술형 논술고사의 출제경향과 문제흐름을 익힐 수 있도록 다음과 같은 특징들을 갖고 출간되었다.

시험장에서 바로 볼 수 있는 핵심이론

실전문제를 풀기에 앞서 각 과목별 핵심이 되는 기본 이론이나 공식들만 간추려 수록함으로써, 시험장에서 꼭 필요한 필수 이론과 공식을 암기할 수 있도록 하였다.

해당 단원을 총괄하는 대표문제

해당 단원을 가장 대표하는 예시문제를 엄선하여 모범답안, 바른해설, 채점기준에서부터 예상 소요 시간과 배점에 이르기까지 해당 대표문제에 대한 총괄적인 문항 내용을 직관적으로 파악할 수 있게 하였다.

기출유형과 100% 똑 닮은 실전문제

각 대학별 약술형 논술 유형을 철저히 분석하여 실제 시험과 문제 스타일이나 출제방식이 똑 닮은 싱크로율 100%의 실전문제를 수록하였다.

실제 시험 유형을 대비한 최신 기출문제

각 대학에서 시행한 최신 기출문제를 수록하여 학생들이 각 대학들의 논술시험 특징을 파악하고 엉뚱한 시험 범위와 잘못된 공부 방법으로 시간을 낭비하지 않도록 유도하였다.

부디 이 책이 학생들의 대학 진학에 조금이나마 도움이 되길 바라며, 아울러 수험생들의 충실한 길잡이가 되기를 기원한다.

●● 2026학년도 **약술형 논술대학**

※ 전형일정 및 입시요강 등은 학교 측의 입장에 따라 변경 가능하므로, 추후 공지되는 변경사항을 각 대학교 홈페이지에서 반드시 확인하시기 바랍니다.

[전형기초]

대학	모집인원	시험과목	시간	문항수	전형방법	수능최저
가천대	1,009명 (의예6명)	국어+수학	80분	인문: 국어9+수학6 자연: 국어6+수학9	논술100	○
강남대 [신설]	359명	국어+수학	60분	인문: 국어8+수학2 공학: 국어3+수학7 자유전공: 국어5+수학5	학생20+논술80	X
고려대 (세종)	318명	인문: 국어+사탐 자연: 수학(미적분)	120분	인문: 통합국어2 자연: 수학6	논술100	○
국민대 [신설]	226명	국어+수학 (자연: 미적분)	90분	인문: 국어8+수학2 자연: 국어2+수학8	논술100	○
삼육대	154명	국어+수학	80분	인문: 국어9+수학6 자연: 국어6+수학9	논술100	○
상명대	101명	국어+수학	60분	인문: 국어8+수학2 자연: 국어2+수학8	학생10+논술90	X
서경대	204명	국어+수학	60분	공통: 국어4+수학4	학생10+논술90	X
수원대	441명	국어+수학	80분	인문: 국어10+수학5 자연: 국어5+수학10	학생40+논술60	X
신한대	166명	국어+수학	80분	인문: 국어9+수학6 자연: 국어6+수학9	학생10+논술90	X
을지대	251명	국어+수학	70분	공통: 국어7+수학7	학생20+논술80	X
한국공학대	280명	수학1+수학2	80분	수학9	학생20+논술80	X
한국기술교대	150명	수학1+수학2	80분	수학10	논술100	X
한국외대 (글로벌)	162명	수학1+수학2	90분	자연: 수학7	논술100	○
한신대	261명	국어+수학	80분	인문: 국어10+수학5 자연: 국어5+수학10	학생40+논술60	X
홍익대 (세종)	120명	수학1+수학2	70분	수학7	학생10+논술90	○

●● 2026학년도 을지대 논술전형

[전형일정]

구분	일시	비고
원서접수	2025. 9. 8.(월) 10:00 ~ 12(금) 18:00까지	인터넷 접수
시험일	2025. 10. 18(토), 19일(일)	을지대학교 성남캠퍼스
합격자 발표	2025. 11. 21(금)	본교 입학관리처 홈페이지 (admission.eulji.ac.kr)

[논술고사 특징]

- 수험생 부담을 완화하기 위해 핵심어로 이루어진 문장이나 수식으로 간략하게 답변
- 대학교육에 필요한 기본적인 수학능력을 평가하고자 인문 · 자연 계열 구분 없이 평가
- 고교교육과정 범위에서 대학수학능력시험의 출제 경향을 반영하여 고등학교 교과내용 중심
- 고등학교 정기고사 서술 · 논술형 문항 난이도

[전형방법 및 최저학력기준]

모집전형: 논술우수자, 사회기여 및 배려대상자

구분	내용	수능최저학력기준
일괄합산	논술고사 성적 80% + 학생부(교과) 20%	없음

[지원자격]

1. 논술우수자

고등학교 졸업(예정)자 또는 관계 법령에 의하여 고등학교 졸업자와 동등 이상의 학력이 있다고 인정되는 자

2. 사회기여 및 배려대상자

구분		지원자격
공통(필수)		고등학교 졸업(예정)자 또는 관계 법령에 의하여 고등학교 졸업자와 동등 이상의 학력이 있다고 인정되는 자로서 다음 중 어느 하나에 해당하는 자
해당자	국가보훈대상자	「국가보훈기본법」 제3조 제2호에 따른 '국가보훈대상자'로서 국가보훈 관계 법령에 따른 교육지원 대상자
	군인, 경찰 등 공무원의 자녀	군인(부사관 이상), 경찰, 소방직, 교정직(소년보호, 보호관찰직)공무원으로 만 10년 이상 경력의 재직 중인 자의 자녀
	다자녀(3자녀 이상)	가족관계증명서 상의 다자녀(3자녀 이상) 가정 출신 자녀
	의료봉사자	국내외 벽오지 근무경력이 만 5년 이상이 있는 의료봉사자로서 재직 중인 자의 자녀

[제출서류]

1. 논술우수자

구분	지원자격
고교 졸업(예정)자	학교생활기록부 1부(학교장 직인 날인) – 온라인 제공자 제외
학교생활기록부가 없는 자 (검정고시)	① 검정고시 합격증명서 및 성적증명서 1부 – 온라인 제공자 제외 ② (해당자) 학교생활기록부 1부(학교장 직인 날인, 고교입학 이력이 있는 자에 한함)

2. 사회기여 및 배려대상자

구분		제출서류
공통(필수)	고교 졸업(예정)자	① 학교생활기록부 1부(학교장 직인 날인) – 온라인 제공자 제외 ② 가족관계증명서 1부(부 또는 모 기준)
	학교생활기록부가 없는 자 (검정고시)	① 검정고시 합격증명서 및 성적증명서 1부(온라인 제공자 포함) ② 가족관계증명서 1부(부 또는 모 기준) ③ (해당자) 학교생활기록부 1부(학교장 직인 날인, 고교입학 이력이 있는 자에 한함)
해당자	국가보훈대상자	대학입학전형특별전형 대상자 증명서 1부
	군인, 경찰 등 공무원	재직증명서/복무확인서 1부(최초 임용일을 비롯한 근무기간 반드시 명시)
	다자녀(3자녀 이상)	공통(필수) 서류 외의 추가 서류 제출 없음
	의료봉사자	재직증명서 1부(최초 임용일을 비롯한 근무기간 반드시 명시)

[원서접수 절차]

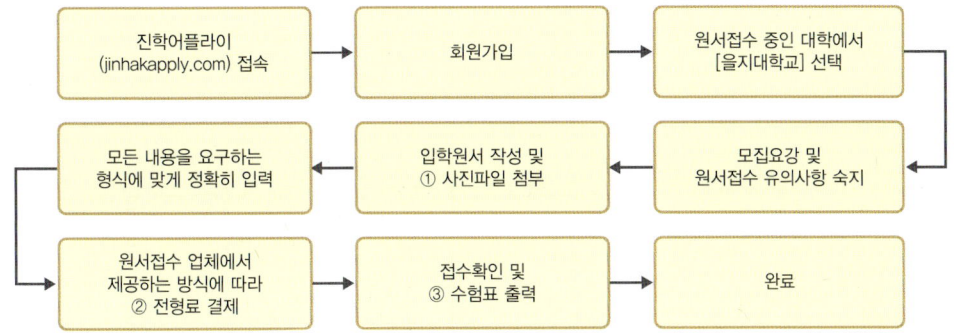

- 원서접수 시 사진파일을 첨부해야 하므로 사전 준비
- 전형료 결제 후에는 원서내용의 수정 및 접수 취소 불가(수험번호가 부여되면 원서접수 정상 처리)
- 정상적으로 접수된 경우에만 수험표가 정상 출력

[논술고사 주요사항]

고사시간	문항수		배점
	국어	수학	
70분	7	7	각 문항당 10점 *소문항별 배점 상이 (총 800점 만점, 기본점수 660점 포함)

[출제영역]

구분	범위	내용
국어	언어와 매체	음운 변동 이해 · 적용, 단어와 품사 이해, 문장 성분 분석 · 적용, 높임법의 이해 · 적용, 비문의 유형 및 해소 등
	독서(비문학)	중심 내용과 세부 정보 파악, 핵심 용어와 개념 이해, 글의 구조와 전개 방법 파악, 생략된 내용 추론, 인과 관계 · 상관관계 추론, 구체적 상황에 적용하기, 어휘의 문맥적 이해 등
	문학	고전소설, 현대소설, 고전시, 현대시 등
수학	수I	지수함수와 로그함수, 삼각함수, 수열
	수II	함수의 극한과 연속, 미분, 적분

2026학년도 약술형 논술고사

[모집단위 및 모집인원]

캠퍼스	대학(학부)	모집단위	논술우수자	사회기여 및 배려대상자
의정부	간호대학	간호학과	15	2
	보건과학대학	임상병리학과	11	–
	자유전공학부[1]		29	3
성남	간호대학	간호학과	12	3
	보건과학대학	임상병리학과	12	3
		안경광학과	8	2
		응급구조학과	5	2
		방사선학과	10	2
		치위생학과	8	2
		물리치료학과	12	3
		의료경영학과	11	2
	첨단학부	빅데이터인공지능전공	11	2
	자연계열학부	식품영양전공	35	9
		식품생명공학전공		
		안전공학전공		
		화장품과학전공		
		의료공학전공		
	인문사회계열학부	레저산업전공	35	2
		뷰티아트전공		
		시각디자인전공		
		사회복지전공		
		아동청소년상담전공		
		중독상담전공		
		장례산업전공		
소계			214	37
합계			251	

1) 자유전공학부: 첨단학부(빅데이터인공지능전공), 자연계열학부, 인문사회계열학부에 개설된 전공을 자유롭게 선택 가능

[논술 전형 학생부(교과) 성적 반영방법]

1. 모집전형: 논술우수자, 사회기여 및 배려대상자

2. 생활기록부 반영기간

   – 학년별 차등없이 일괄합산 100%
   – 졸업예정자 → 3학년 1학기, 졸업자 → 3학년 2학기까지 반영

3. 학교생활기록부 반영교과

   – 활용지표: 석차등급(성취도만 표기된 경우 미반영)

반영 교과목	반영 교과목명
국어, 영어, 수학, 사회, 과학, 한국사	교과별 학생이수 전 과목

4. 학교생활기록부 반영방법

[공통사항]

– 학교생활기록부 등급점수표

등급	1	2	3	4	5	6	7	8	9
점수	100	98	96	94	92	90	70	40	10

1) 2008년 ~ 2026년 졸업(예정)자

과목등급점수	전 학년 등급점수
등급 점수 × 단위수	$\sum$ (과목등급점수) ÷ $\sum$ (단위수)

2) 검정고시 합격 지원자가 논술고사 시행 전형에 지원할 경우, 전 교과 검정고시 평균성적에 따른 환산점수를 학생부 비교내신 등급으로 적용(소수점 이하 값 절사)

검정고시 평균성적	100점	99~97점	96~94점	93~91점	90~81점	80~71점	70점 이하
등급	3	4	5	6	7	8	9

3) 반영교과 총 이수단위가 80단위 미만인 자의 경우 [학교생활기록부 등급점수표]에 0.94를 곱하여 적용

[수험생 유의사항]

1. 고등교육법 기본사항 관련 유의사항

가. 복수지원 허용범위

1) 수시모집 대학(교육대학 포함, 산업대학, 전문대학 제외)에 있어서는 전형기간이 같아도 최대 6개 전형 이내에서 복수지원이 가능하며, 해당 대학에서 금지하고 있지 않을 경우 동일 대학 내 다수의 전형에 복수지원이 가능합니다.
2) 정시모집 대학(교육대학 포함, 산업대학, 전문대학 제외)에 있어서는 모집기간 군이 다른 대학 간 또는 동일 대학 내 복수지원이 가능합니다.

나. 복수지원 금지사항

1) 수시모집 대학(산업대학, 교육대학, 전문대학 포함)의 합격자(최초합격자 및 충원합격자)는 정시모집 및 추가모집에 지원할 수 없습니다.
2) 대학(교육대학 포함, 산업대학, 전문대학 제외)은 수시모집의 모든 전형에서 6개 전형을 초과하여 지원한 자에 대해서는 접수를 인정하지 않으며, 초과접수한 모든 전형은 접수취소 처리됩니다.
   ※ 재외국민과 외국인 특별전형 등 정원 외 전형 포함(단, 부모 모두 외국인인 외국인 전형은 제한 없음)
3) 정시모집 지원 시 모집기간 군이 같은 대학(교육대학 포함)간 또는 동일 대학 내 모집기간 군이 같은 모집단위(일반전형과 특별전형간 포함)간 복수지원이 금지됩니다(산업대, 전문대는 모집기간군의 제한 없음).
4) 전문대학 및 산업대학 수시모집 합격자는 다른 모집시기에 실시하는 대학, 산업대학, 교육대학 및 전문대학의 모집에 지원할 수 없으며, 대학, 산업대학 및 교육대학의 수시모집에 합격한 자도 전문대학 및 산업대학이 실시하는 다른 모집시기에 지원할 수 없습니다.

5) 정시모집에 합격하고 등록(최초 등록 및 미등록 충원과정 중의 추가등록을 포함)한 자는 "추가모집"에 지원할 수 없으나, 정시모집 미등록 충원 등록 마감일 16시까지 정시모집 등록을 포기한 자에 한하여 추가모집 지원이 가능합니다(단, 추가모집 선발인원은 등록포기시점 이후 공고됨).

   ※ 산업대학, 전문대학 합격자는 정시모집 등록을 포기하지 않아도 추가모집 지원 가능

6) '대학(산업대학, 교육대학, 전문대학 포함)'과 '특별법에 의해 설치된 대학, 각종학교' 간에는 복수지원 금지 및 이중등록 금지 원칙을 적용하지 않습니다.

7) 대학별 입학전형이 종료된 후, 복수지원 위반 사실이 전산자료 검색을 통해 확인된 경우 입학을 무효로 합니다.

다. 이중등록 금지

1) 모집시기별로 지원하여 입학할 학기가 같은 2개 이상의 대학(산업대학, 교육대학, 전문대학 포함)에 합격한 자는 1개의 대학에만 등록(문서등록, 예치금 납부 등)하여야 합니다.

2) 수시모집 합격자 등록(문서등록, 예치금 납부 등) 시 1개의 대학에만 등록하여야 하며, 다수의 대학에 등록한 자는 대입지원위반자로 처리하여 합격이 취소될 수 있습니다.

   ※ 모든 전형일정 종료 후 전국 대학 신입생의 지원, 합격, 등록 상황을 전산 검색하여 금지된 복수지원과 이중등록 사실이 확인되면 그 합격을 모두 취소하고 입학을 무효로 합니다.

3) 수시 및 정시모집에 합격하여 등록을 완료한 자가 타 대학에 충원 합격하여 등록하고자 할 경우에는 먼저 등록한 대학에 등록 포기 의사를 명확히 전달 후, 타 대학 충원 합격 대학에 등록해야 합니다. 차순위 수험생의 합격 기회 박탈 등 선의의 피해자 발생을 사전에 방지하기 위하여 등록 포기 의사발생 즉시 을지대학교 입학관리처로 유선 연락바랍니다.

2. 을지대학교 지원자 유의사항

가. 수험생은 전형기간 중 항상 게시, 공고에 유의하여 제반지시에 따라야 합니다.
  – 입학 관련 안내사항(전형일정, 수험생의 유의사항, 납부금 안내 등)은 개별통지 하지 않으며, 미숙지로 인해 발생하는 모든 불이익은 지원자 본인의 책임입니다.

나. 색각 이상자(색맹/색약)와 정신·지체부자유자 등이 대학에 입학할 경우 학부/과 이론 및 실험실습 수업 시 어려움이 발생할 수 있으며, 경우에 따라서 자격증(면허증) 취득과 취업 등에 제한이 있을 수 있으니 지원에 신중을 기해 주시기 바랍니다.

다. 장애·부상 등의 사유로 수험편의 제공이 필요한 경우 원서접수 마감 후 7일 이내 본교 입학관리처(☎ 031-740-7106~7, 7277)로 통보하고, 해당 내용을 입증할 수 있는 증빙서류를 제출하여야 합니다.

라. 본교에 지원하여 합격한 자가 해당 고등학교를 졸업하지 못한 경우와 지원 위반 또는 부적격자로 판명된 자에 대하여는 합격 또는 입학 후 재학 중이라도 이를 취소합니다.

마. 최저학력기준을 적용하는 학생부교과전형 지원자는 반드시 수능에 응시하여야 하며, 수능 성적발표 후 최종 합격자를 발표합니다.

바. 부정한 방법으로 합격 또는 입학한 사실이 확인되면 합격 또는 입학 후 재학 중이라도 이를 취소합니다.

사. 개인정보보호법 제35조 제4항 3-나에 의거하여 입학전형 평가 성적 및 내용은 일체 공개하지 않습니다.

아. 학부/과별 모집인원은 교육부 편제 및 정원조정에 따라 캠퍼스별로 변경될 수 있으며, 본교에 합격하여 등록을 완료한 학생은 변경된 편제에 따라야 합니다.

자. 수시모집에서 추가합격 발표 후 모집인원에 미달된 인원은 정시모집 인원으로 충원 모집합니다.

차. 입학원서와 제출한 서류의 작성오류, 기재사항 및 서류 제출 누락, 판독불가 등으로 인한 불이익은 지원자 본인 책임이므로 서류 접수 또는 제출 전 이상이 없는지 반드시 확인하여 주시기 바랍니다.

카. 모집요강에 명시되지 않은 입학관련 사항은 본교 입학시험전형관리위원회에서 결정하여 시행합니다.

●● Study plan

영 역			날 짜	시 간
PART 1 국어 영역	Ⅰ. 문학	핵심이론		
		실전문제		
	Ⅱ. 독서	핵심이론		
		실전문제		
	Ⅲ. 문법(언어와 매체)	핵심이론		
		실전문제		
PART 2 수학 영역	수학Ⅰ / Ⅰ. 지수함수와 로그함수	핵심이론		
		실전문제		
	수학Ⅰ / Ⅱ. 삼각함수	핵심이론		
		실전문제		
	수학Ⅰ / Ⅲ. 수열	핵심이론		
		실전문제		
	수학Ⅱ / Ⅳ. 함수의 극한과 연속	핵심이론		
		실전문제		
	수학Ⅱ / Ⅴ. 다항함수의 미분법	핵심이론		
		실전문제		
	수학Ⅱ / Ⅵ. 다항함수의 적분법	핵심이론		
		실전문제		
PART 3 기출문제	2026학년도	모의고사		
	2025학년도	기출문제		
		모의고사		

•• 구성과 특징

핵심 이론   시험장에서 바로 볼 수 있는 핵심이론

실전문제를 풀기에 앞서 각 과목별 핵심이 되는 기본 이론이나 공식들만 간추려 수록함으로써, 시험장에서 꼭 필요한 필수 이론과 공식을 암기할 수 있도록 하였다.

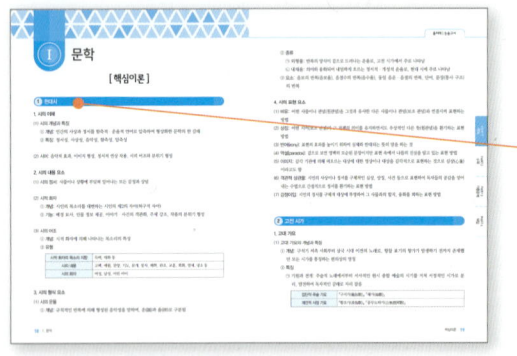

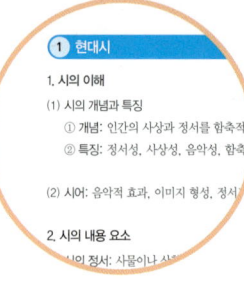

실전문제   기출유형과 100% 똑 닮은 실전문제

각 대학별 약술형 논술 유형을 철저히 분석하여 실제 시험과 문제 스타일이나 출제방식이 똑 닮은 싱크로율 100%의 실전문제를 수록하였다.

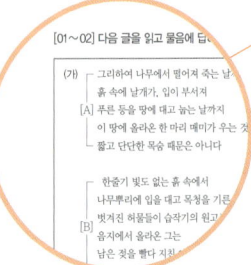

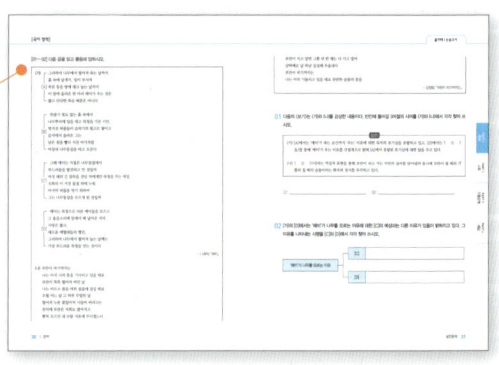

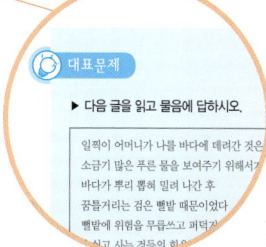

대표문제 — 해당 단원을 총괄하는 대표문제

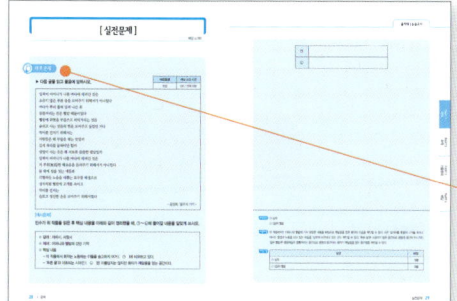

해당 단원을 가장 대표하는 예시문제를 엄선하여 모범답안, 바른해설, 채점기준에서부터 예상 소요 시간과 배점에 이르기까지 해당 대표문제에 대한 총괄적인 문항 내용을 직관적으로 파악할 수 있게 하였다.

기출문제 — 실제 시험 유형을 대비한 모의 또는 기출문제

각 대학에서 시행한 모의 또는 기출문제를 수록하여 학생들이 각 대학들의 논술시험 특징을 파악하고 엉뚱한 시험범위와 잘못된 공부 방법으로 시간을 낭비하지 않도록 유도하였다.

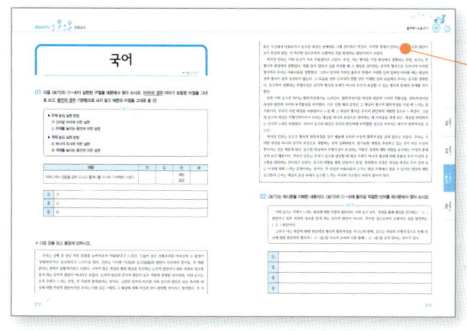

합격을
기원합니다

			문제	해답
PART 1 국어영역	I. 문학	핵심이론	18	
		실전문제	28	280
	II. 독서	핵심이론	61	
		실전문제	67	287
	III. 문법(언어와 매체)	핵심이론	97	
		실전문제	107	294

CONTENTS

을지대 논술고사 기출문제 + 실전문제[통합본]

시스컴은
여러분을
응원합니다

PART 1

국어

Ⅰ 문학

[핵심이론]

1 현대시

1. 시의 이해

(1) 시의 개념과 특징

　① 개념: 인간의 사상과 정서를 함축적 · 운율적 언어로 압축하여 형상화한 문학의 한 갈래

　② 특징: 정서성, 사상성, 음악성, 함축성, 압축성

(2) 시어: 음악적 효과, 이미지 형성, 정서적 연상 작용, 시의 어조와 분위기 형성

2. 시의 내용 요소

(1) 시의 정서: 사물이나 상황에 부딪혀 일어나는 모든 감정과 상념

(2) 시적 화자

　① 개념: 시인의 목소리를 대변하는 시인의 제2의 자아(허구적 자아)

　② 기능: 배경 묘사, 인물 정보 제공, 이야기 · 사건의 객관화, 주제 강조, 작품의 분위기 형성

(3) 시의 어조

　① 개념: 시적 화자에 의해 나타나는 목소리의 특성

　② 유형

시적 화자의 목소리 지향	독백, 대화 등
시의 내용	고백, 애원, 찬양, 기도, 분개, 풍자, 해학, 관조, 교훈, 회화, 염세, 냉소 등
시의 화자	여성, 남성, 어린 아이

3. 시의 형식 요소

(1) 시의 운율

　① 개념: 규칙적인 반복에 의해 형성된 음악성을 말하며, 운(韻)과 율(律)로 구분됨

② 종류

　　㉠ 외형률: 반복의 양식이 겉으로 드러나는 운율로, 고전 시가에서 주로 나타남

　　㉡ 내재율: 의미와 융화되어 내밀하게 흐르는 정서적·개성적 운율로, 현대 시에 주로 나타남

③ 요소: 음보의 반복(음보율), 음절수의 반복(음수율), 동일 음운·음절의 반복, 단어, 문장(통사 구조)의 반복

4. 시의 표현 요소

(1) 비유: 어떤 사물이나 관념(원관념)을 그것과 유사한 다른 사물이나 관념(보조 관념)과 연결시켜 표현하는 방법

(2) 상징: 어떤 시어(보조 관념)가 그 자체의 의미를 유지하면서도 추상적인 다른 뜻(원관념)을 환기하는 표현 방법

(3) 반어(irony): 표현의 효과를 높이기 위하여 실제와 반대되는 뜻의 말을 하는 것

(4) 역설(paradox): 겉으로 보면 명백히 모순된 문장이지만 표현 속에서 나름의 진실을 담고 있는 표현 방법

(5) 이미지: 감각 기관에 의해 떠오르는 대상에 대한 영상이나 대상을 감각적으로 표현하는 것으로 심상(心象)이라고도 함

(6) 객관적 상관물: 시인의 사상이나 정서를 구체적인 심상, 상징, 사건 등으로 표현하여 독자들의 공감을 얻어 내는 수법으로 간접적으로 정서를 환기하는 표현 방법

(7) 감정이입: 시인의 정서를 구체적 대상에 투영하여 그 사물과의 합치, 융화를 꾀하는 표현 방법

2 고전 시가

1. 고대 가요

(1) 고대 가요의 개념과 특징

① 개념: 구석기 씨족 사회부터 삼국 시대 이전의 노래로, 향찰 표기의 향가가 발생하기 전까지 존재했던 모든 시가를 통칭하는 편의상의 명칭

② 특징

　　㉠ 기원과 전개: 주술적 노래에서부터 서사적인 원시 종합 예술의 시기를 거쳐 서정적인 시가로 분리, 발전하여 독자적인 갈래로 자리 잡음

집단적 주술 가요	「구지가(龜旨歌)」, 「해가(海歌)」
개인적 서정 가요	「황조가(黃鳥歌)」, 「공무도하가(公無渡河歌)」

   ⓛ 문자 없이 구전되다가 한자의 습득과 더불어 한역으로 전해짐

   ⓒ 배경 설화와 함께 전해짐

(2) **주요 작품**: 공무도하가(公無渡河歌), 구지가(龜旨歌), 황조가(黃鳥歌), 정읍사(井邑詞)

2. 향가

(1) 향가의 개념과 특징

 ① **개념**: 신라 때부터 고려 초기까지 존재했던 정형시가를 의미하며, 넓은 의미로는 중국 한시에 대한 우리나라의 노래를 의미함

 ② **특징**

  ③ **표기**: 한자의 음과 뜻을 빌려 순 우리말을 국어의 어순대로 적은 향찰(鄕札)로 표기

  ⓛ **형식**: 4구체, 8구체, 10구체

(2) 주요 작품

4구체	「서동요(書童謠)」, 「풍요(風謠)」, 「헌화가(獻花歌)」, 「도솔가(兜率歌)」
8구체	「모죽지랑가(慕竹旨郎歌)」, 「처용가(處容歌)」
10구체	「혜성가(彗星歌)」, 「원왕생가(願往生歌)」, 「원가(怨歌)」, 「제망매가(祭亡妹歌)」, 「안민가(安民歌)」, 「찬기파랑가(讚耆婆郎歌)」

3. 고려 가요

(1) 고려 가요의 개념과 특징

 ① **개념**: 고려 때 서민, 평민들이 부르던 민요를 궁중에서 일부 개편하여 궁중 속악으로 부른 노래가사로, 경기체가를 제외한 고려 가요를 말하는데, 향가계 가요까지도 포함된다.

 ② **특징**

  ③ **형식**

구조	분절체(=분연체, 연장체) 구조가 많음
후렴구	각 연마다 후렴구가 붙음(후렴구는 일정하지 않음)
운율	3·3·2조 또는 3·3·4조의 3음보 운율을 지님

  ⓛ **내용**: 남녀 간의 애정, 자연에 대한 예찬, 이별에 대한 아쉬움 등

(2) **주요 작품**: 동동(動動), 정석가(鄭石歌), 처용가(處容歌), 청산별곡(靑山別曲), 서경별곡(西京別曲), 가시리, 쌍화점(雙花店), 만전춘(滿殿春), 사모곡(思母曲), 상저가(相杵歌), 유구곡(維鳩曲)

4. 경기체가

(1) **개념**: 고려 중엽 이후 대두되기 시작한 신흥 사대부에 의해 향유된 시가로, 노래 말미에 반드시 '위~경긔
엇더하니잇고'라는 후렴구가 붙음

(2) **특징**

① 형식

형식	몇 개의 연이 중첩되어 한 작품을 이루는 연장(聯章) 형식
구조	분절 구조로 각 장은 4구의 전대절(前大節)과 2구의 후소절(後小節)로 나누어짐
운율	전 3구는 3 · 3 · 4조, 4 · 4 · 4조 등으로 이루어진 3음보이며, 후 3구는 4 · 4 · 4 · 4조로 4음보인 경우가 많음

② **내용**: 귀족들의 멋과 풍류, 사물이나 경치, 학식과 체험 등을 주로 노래하였으며, 고답적 · 퇴폐적 ·
도피적 성격의 내용이 대부분임

(3) **주요 작품**: 한림별곡(翰林別曲), 관동별곡(關東別曲), 죽계별곡(竹溪別曲)

5. 시조

(1) **시조의 개념과 형식**

① **개념**: 고려 말에서 조선 초에 이르는 기간에 정제되어, 조선 시대와 개화기를 거쳐 현재에 이르기까
지 생명력을 유지해 온 서정 시가

② 형식

평시조	3장 6구 45자 내외의 기본 형태를 가진 시조
엇시조	초장 또는 종장 중 어느 한 장이 긴 중형 시조
사설시조	3장의 의미 단락만 유지되고, 3장 중 2장 이상이 길어져 파격을 이룬 시조
연시조	2수 이상의 시조를 거듭하여 한 편의 작품을 이룬 시조

(2) **주요 작품**

① **조선 전기**: 맹사성 「강호사시사」, 이현보 「어부사」 · 「농암가」, 이황 「도산십이곡」, 이이 「고산구곡가」,
정철 「훈민가」 · 「장진주사」 등

② **조선 후기**: 박인로 「오륜가」 · 「조홍시가」, 윤선도 「견회요」 · 「어부사시사」, 안민영 「오륜가」, 작자미상
「창 내고쟈 창 내고쟈」 · 「귀또리 져 귀또리」 등

6. 가사

(1) 가사의 개념과 특징

　① 개념: 고려 말에 경기체가가 쇠퇴하면서 나타난 시가 문학으로, 조선조(朝鮮朝)에 들어와 본격적으로 전개되면서 사대부들에게 널리 향유되었던 4음보의 운문 장르

　② 특징

　　㉠ 형식: 보통 3·4조, 4·4조의 4음보 연속체로 구성(한 행의 길이는 제한이 없음)

　　㉡ 내용: 강호한정, 연주충군, 사대부 여인의 신세 한탄 등

(2) 주요 작품: 「누항사(陋巷詞)」, 「속미인곡(續美人曲)」, 「일동장유가(日東壯遊歌)」, 「농가월령가(農家月令歌)」, 「규원가(閨怨歌)」

---

③ 소설

1. 소설의 이해

(1) 소설의 개념과 특징

　① 개념: 현실 세계에 있을 법한 일을 작가의 상상력에 의해 창조해 낸 허구의 이야기로, 인물이나 사건의 전개를 통일성 있게 구성하여 인생의 진리를 표현하려는 산문 문학

　　현실 세계 ⇨ 모방(창조) ⇨ 허구의 세계

　② 특징: 허구성, 개연성, 진실성, 모방성, 서사성, 산문성

(2) 소설의 요소

2. 주제

(1) 개념: 작가가 작품을 통해서 전달하고자 하는 말(작품 속 중심 사상)

(2) 표현 방법

    ① 작품 속에서 직접 제시 ⑩고전 소설, 신경향파 소설, 카프 소설

    ② 갈등 구조와 해소를 통해 제시 ⑩하근찬 「수난 이대」, 윤흥길 「장마」

    ③ 상징적 사물에 의해 제시 ⑩이상 「날개」, 이범선 「오발탄」

    ④ 작중 인물의 대화를 통해 제시 ⑩김승옥 「서울, 1964년 겨울」, 이태준 「해방전후」

3. 구성

(1) 개념: 주제를 효과적으로 표현하기 위해 일정한 형식과 작가의 미적 안목에 의해 통일성 있게 구성하는 것

(2) 구성의 단계

발단	이야기가 시작되는 부분으로 인물과 배경이 처음으로 제시되고, 주제와 사건의 실마리가 암시되는 단계
전개	사건이 구체적으로 전개되면서 갈등이 표면화되는 단계
위기	새로운 사건이 발생하기도 하고, 갈등이 고조되고 심화되는 단계
절정	갈등이 최고조에 이르고, 사건 해결의 분기점이 되는 단계
결말	갈등과 위기가 해소되고, 등장인물의 운명이 분명해지는 단계

4. 인물

(1) 개념: 소설에서 행위나 사건을 수행하는 주체

(2) 인물의 성격 제시 방법

직접적 제시(분석적, 논평적 제시)	간접적 제시(극적, 장면적 제시)
말하기(telling), 설명적	보여주기(showing), 묘사적
인물의 성격이나 특성을 서사, 서술을 사용하여 설명함	인물의 성격이나 특성을 행동, 대화, 장면의 묘사를 통해 보여줌
서술이 간단하고 시간이 절약됨	구체적이고 감각적인 묘사로 독자의 상상적 참여가 가능함
구체성을 잃고 추상적 설명으로 흐르기 쉬운 단점이 있음	표현상의 제약이 있음

5. 갈등(사건)

(1) 개념: 등장인물이 겪게 되는 대립적 관계로서, 한 인물의 내부적 혼란이나 그를 둘러싼 외적인 요소 간의 대립

(2) 갈등의 양상

내적 갈등		개인 내부의 심리적 모순에 의한 내적 갈등
외적 갈등	개인과 개인	주인공과 그와 대립하는 인물 간의 갈등
	개인과 사회	개인과 개인이 속해 있는 사회적 환경과의 갈등
	개인과 운명	개인과 인간의 조건과의 대결에서 오는 갈등

6. 시점과 거리

(1) **시점의 개념**: 서술의 진행 양상을 바라보는 서술자의 각도와 위치를 말하며, 서술자의 위치나 태도에 따라 시점은 달라짐

(2) 시점의 종류

    ① **1인칭 주인공 시점**: 주인공이 자기 자신의 이야기를 하는 시점

    ② **1인칭 관찰자 시점**: '나'가 관찰자의 입장에서 주인공에 대해 이야기하는 시점

    ③ **전지적 작가 시점**: 작가(서술자)가 전지전능한 위치에서 인물의 심리나 행동을 분석하여 서술하는 시점

    ④ **작가 관찰자 시점**: 서술자가 외부 관찰자의 입장에서 이야기를 서술하는 시점

④ 기타 문학의 갈래

1. 수필

(1) **수필의 개념** : 인생이나 자연의 모든 사물에서 보고, 듣고, 느낀 것이나 경험한 것을 형식과 내용상의 제한을 받지 않고 붓 가는 대로 쓴 글

(2) 수필의 종류

    ① **경수필** : 일정한 격식 없이 개인적 체험과 감상을 자유롭게 표현한 수필로 주관적, 정서적, 자기 고백적이며 신변잡기적인 성격이 담김

    ② **중수필** : 일정한 격식과 목적, 주제 등을 구비하고 어떠한 현상을 표현한 수필로 형식적이고 객관적

이며 내용이 무겁고, 논증, 설명 등의 서술 방식을 사용

③ **서정적 수필** : 일상생활이나 자연에서 느낀 정서나 감정을 솔직하게 주관적으로 표현한 수필

④ **교훈적 수필** : 인생이나 자연에 대한 지은이의 체험이나 사색을 담은 교훈적 내용의 수필

2. 희곡

(1) 희곡의 정의와 특성

① **희곡의 정의** : 희곡은 공연을 목적으로 하는 연극의 대본, 등장인물들의 행동이나 대화를 기본 수단으로 하여 관객들을 대상으로 표현하는 예술 작품

② **희곡의 특성**

㉠ 무대 상연을 전제로 한 문학 : 공연을 목적으로 창작되었기 때문에 여러 가지 제약(시간, 장소, 등장인물의 수)이 따름

㉡ 대립과 갈등의 문학 : 희곡은 인물의 성격과 의지가 빚어내는 극적 대립과 갈등을 주된 내용으로 함

㉢ 현재형의 문학 : 모든 사건을 무대 위에서 배우의 행동을 통해 지금 눈앞에 일어나는 사건으로 현재화하여 표현함

(2) 희곡의 구성 요소와 단계

① **희곡의 구성 요소**

㉠ 해설 : 막이 오르기 전에 필요한 무대 장치, 인물, 배경(때, 곳) 등을 설명한 글로, '전치 지시문'이라고도 함

㉡ 대사 : 등장인물이 하는 말로, 인물의 생각, 성격, 사건의 상황을 드러냄

㉢ 지문 : 배경, 효과, 등장인물의 행동(동작이나 표정, 심리) 등을 지시하고 설명하는 글로, '바탕글'이라고도 함

㉣ 인물 : 희곡 속의 인물은 의지적, 개성적, 전형적 성격을 나타내며 주동 인물과 반동 인물의 갈등이 명확히 부각됨

② **희곡의 구성 단계**

㉠ 발단 : 시간적, 공간적 배경과 인물이 제시되고 극적 행동이 시작됨

㉡ 전개 : 주동 인물과 반동 인물 사이의 갈등과 대결이 점차 격렬해지며, 중심 사건과 부수적 사건이 교차되어 흥분과 긴장이 고조

㉢ 절정 : 주동 세력과 반동 세력 간의 대결이 최고조에 이름

㉣ 반전 : 서로 대결하던 두 세력 중 뜻하지 않은 쪽으로 대세가 기울어지는 단계로, 결말을 향하여 급속히 치닫는 부분

ⓜ 대단원 : 사건과 갈등의 종결이 이루어져 사건 전체의 해결을 매듭짓는 단계

TIP

〈희곡의 구성단위〉
• **막(幕, act)** : 휘장을 올리고 내리는 데서 유래된 것으로, 극의 길이와 행위를 구분
• **장(場, scene)** : 배경이 바뀌면서, 등장인물이 입장하고 퇴장하는 것으로 구분되는 단위

(3) 희곡의 갈래

① **희극(喜劇)** : 명랑하고 경쾌한 분위기 속에 인간성의 결점이나 사회적 병폐를 드러내어 비판하며, 주인공의 행복이나 성공을 주요 내용으로 삼는 것으로, 대개 행복한 결말로 끝남

② **비극(悲劇)** : 주인공이 실패와 좌절을 겪고 불행한 상태로 타락하는 결말을 보여 주는 극

③ **희비극(喜悲劇)** : 비극과 희극이 혼합된 형태의 극으로 불행한 사건이 전개되다가 나중에는 상황이 전환되어 행복한 결말을 얻게 되는 구성 방식

④ **단막극** : 한 개의 막으로 이루어진 극

(4) 희곡의 제약

① 희곡은 무대 상연을 전제로 하기 때문에 시간적, 공간적 제약을 받음

② 등장인물 수가 한정

③ 인물의 직접적 제시가 불가능, 대사와 행동만으로 인물의 삶을 드러냄

④ 장면 전환의 제약을 받음

⑤ 서술자의 개입 불가능, 직접적인 묘사나 해설, 인물 제시가 어려움

⑥ 내면 심리의 묘사나 정신적 측면의 전달이 어려움

3. 시나리오(Scenario)

(1) 시나리오의 정의와 특징

① **시나리오의 정의** : 영화나 드라마 촬영을 위해 쓴 글(대본)을 말하며, 장면의 순서, 배우의 대사와 동작 등을 전문 용어를 사용하여 기록

② **시나리오의 특징**

㉠ 등장인물의 행동과 장면의 제약 : 예정된 시간에 상영될 수 있도록 해야 함

㉡ 장면 변화와 다양성 : 장면이 시간이나 공간의 제약 없이 자유자재로 설정

㉢ 영화의 기술에 의한 문학 : 배우의 연기를 촬영해야 하므로, 영화와 관련된 기술 및 지식을 염두에 두고 써야 함

(2) 시나리오의 갈래

　　① 창작(original) 시나리오 : 처음부터 영화 촬영을 목적으로 쓴 시나리오

　　② 각색(脚色) 시나리오 : 소설, 희곡, 수필 등을 시나리오로 바꾸어 쓴 것

　　③ 레제(lese) 시나리오 : 상영이 목적이 아닌 읽기 위한 시나리오

(3) 시나리오와 희곡의 공통점

　　① 극적인 사건을 대사와 지문으로 제시

　　② 종합 예술의 대본, 즉 다른 예술을 전제로 함

　　③ 문학 작품으로 작품의 길이에 어느 정도 제한을 받음

　　④ 직접적인 심리 묘사가 불가능

PART 1 국어

PART 2 수학

PART 3 기출문제

PART 4 해답

[실전문제]

해답 p.280

 대표문제

▶ 다음 글을 읽고 물음에 답하시오.

배점(총점)	예상 소요 시간
10점	5분 / 전체 70분

일찍이 어머니가 나를 바다에 데려간 것은
소금기 많은 푸른 물을 보여주기 위해서가 아니었다
바다가 뿌리 뽑혀 밀려 나간 후
꿈틀거리는 검은 뻘밭 때문이었다
뻘밭에 위험을 무릅쓰고 퍼덕거리는 것들
숨쉬고 사는 것들의 힘을 보여주고 싶었던 거다
먹이를 건지기 위해서는
사람들은 왜 무릎을 꺾는 것일까
깊게 허리를 굽혀야만 할까
생명이 사는 곳은 왜 저토록 쓸쓸한 맨살일까
일찍이 어머니가 나를 바다에 데려간 것은
저 무위(無爲)한 해조음을 들려주기 위해서가 아니었다
물 위에 집을 짓는 새들과
각혈하듯 노을을 내뿜는 포구를 배경으로
성자처럼 뻘밭에 고개를 숙이고
먹이를 건지는
슬프고 경건한 손을 보여주기 위해서였다

– 문정희, '율포의 기억'–

[예시문제]

민수가 위 작품을 읽은 후 핵심 내용을 아래와 같이 정리했을 때, ㉠∼㉡에 들어갈 내용을 알맞게 쓰시오.

○ 갈래 : 자유시, 서정시
○ 제재 : 어머니와 뻘밭에 갔던 기억
○ 핵심 내용
　 – 이 작품에서 화자는 노동하는 이들을 숭고하게 여겨 (　㉠　)에 비유하고 있다.
　 – '푸른 물'과 대조되는 시어인 (　㉡　)은 아름답지는 않지만 화자가 깨달음을 얻는 공간이다.

㉠	
㉡	

모범답안 ㉠ 성자

㉡ (검은) 뻘밭

바른해설 이 작품에서는 어머니와 뻘밭에 가서 겪었던 내용을 바탕으로 깨달음을 얻은 화자의 모습을 확인할 수 있다. 또한 '성자처럼 뻘밭에 고개를 숙이고'에서는 힘겹게 노동을 하고 있는 이들을 '성자'에 비유하고 있는 것도 확인할 수 있다. '푸른 물'은 소금기가 많은 공간으로 생명의 공간이 아니지만, '검은 뻘밭'은 생명체들이 꿈틀거리는 공간으로 생명의 공간이며, 화자가 깨달음을 얻는 공간임을 확인할 수 있다.

채점기준

답안	배점
㉠ 성자	5점
㉡ (검은) 뻘밭	5점

[01~02] 다음 글을 읽고 물음에 답하시오.

(가)   그리하여 나무에서 떨어져 죽는 날까지
      흙 속에 날개가, 입이 부서져
[A]   푸른 등을 땅에 대고 눕는 날까지
      이 땅에 올라온 한 마리 매미가 우는 것은
      짧고 단단한 목숨 때문은 아니다

      한줄기 빛도 없는 흙 속에서
      나무뿌리에 입을 대고 목청을 기른 시인,
      벗겨진 허물들이 습작기의 원고로 쌓이고
[B]   음지에서 올라온 그는
      남은 젖을 빨다 지친 아기처럼
      마침내 나무등걸을 타고 오른다

      그때 매미는 거칠은 나무껍질에서
      부드러움을 발견하고 만 것일까
      여섯 해의 긴 침묵을 견딘 자에게만 목청을 주는 세상,
[C]   신록의 이 거친 물결 위에 누워
      마지막 허물을 벗기 위하여
      그는 나무등걸을 오르게 된 것일까

      매미는 목청으로 다른 매미들을 모으고
      그 울음소리에 암매미 떼 날아온 저녁
      사랑은 짧고,
[D]   새로운 애벌레들의 행진,
      그리하여 나무에서 떨어져 눕는 날에는
      가장 부드러운 목청을 얻는 것이다

                                                                  − 나희덕, 「매미」

(나) 모란이 피기까지는
    나는 아직 나의 봄을 기다리고 있을 테요
    모란이 뚝뚝 떨어져 버린 날
    나는 비로소 봄을 여읜 설움에 잠길 테요
    오월 어느 날 그 하루 무덥던 날
    떨어져 누운 꽃잎마저 시들어 버리고는
    천지에 모란은 자취도 없어지고
    뻗쳐 오르던 내 보람 서운케 무너졌느니

모란이 지고 말면 그뿐 내 한 해는 다 가고 말아
삼백예순 날 하냥 섭섭해 우옵내다
모란이 피기까지는
나는 아직 기둘리고 있을 테요 찬란한 슬픔의 봄을

– 김영랑, 「모란이 피기까지는」

01 다음의 〈보기〉는 (가)와 (나)를 감상한 내용이다. 빈칸에 들어갈 3어절의 시어를 (가)와 (나)에서 각각 찾아 쓰시오.

> **보기**
>
> (가) [A]에서는 '매미'가 죽는 순간까지 '우는' 이유에 대한 독자의 호기심을 유발하고 있고, [D]에서는 '(①)'을/를 통해 '매미'가 우는 이유를 간접적으로 밝혀 [A]에서 유발된 호기심에 대한 답을 주고 있다.
>
> (나) '(②)'(이)라는 역설적 표현을 통해 모란이 피고 지는 자연의 섭리를 담아냄과 동시에 모란이 필 때의 기쁨과 질 때의 슬픔이라는 화자의 정서를 부각하고 있다.

①: _____   ②: _____

02 (가)의 [D]에서는 '매미'가 나무를 오르는 이유에 대한 [C]의 예상과는 다른 이유가 있음이 밝혀지고 있다. 그 이유를 나타내는 시행을 [C]와 [D]에서 각각 찾아 쓰시오.

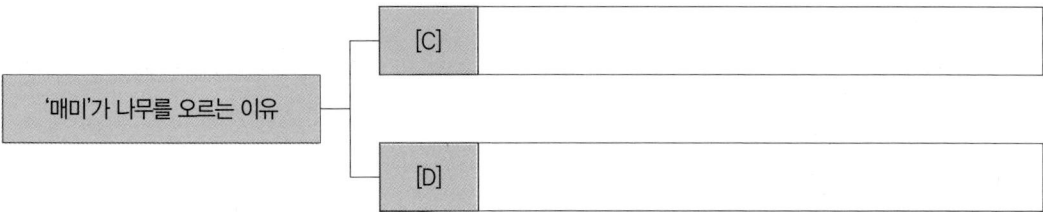

[03~04] 다음 글을 읽고 물음에 답하시오.

온성이 몇 리런고 우리 말이 지쳤구나
서성 밖에 잠깐 쉬어 말 얻어 먹이려니
갑자기 소주 장수 앞에 와 팔려 하니
그 술을 먹어 보자 촌사람 솜씨 아냐
관가 술이 분명하네 그 곡절 모를쏘냐
이 사람이 술 좋아함을 태수가 들었더라
미리 독에 빚어 예 와서 기다린 지
여러 날이 되었더라 수상히 오는 손을
나인 줄 짐작하고 짐짓 싸게 파는구나
자연히 이 소식을 바람결에 얼핏 들었으니
아는 체 무엇 하리 담뱃대 둘을 주고
한 병을 기울이니 감홍로(甘紅露)와 다름없네
속 깊도다 이 부사(府使)야 너 언제 날 알더냐
여기부터 종성까지 오십 리가 된다 하니
바삐 가는 저문 길에 얼음 밑에 빠졌구나
버선 행전(行纏)* 다 적시고 동태가 되었구나
이 몰골 이 거동을 남 보이기 부끄럽다
뭇사람 가운데 출두하고 남여(藍輿) 위에 높게 앉아
억지로 발을 드리운들 그 누가 두려워하리
저 기생의 말 보아라 저 양반이 어사신가
어사또 몰골 보소 그 집이 가난한가
갓은 어찌 꺾어지고 옷은 어찌 까마며
발 맵시 더욱 좋다 짚신조차 신었구나
키 크고 얼굴 길면 어사라고 하던가
들을 때는 범일러니 보니까 미역이라
가만히 살펴보니 내가 봐도 초라하다
위의를 갖춘 후에 좌수 이방 잡아들여
몹시 치며 형추*하니 정강이가 찢어지데
큰칼 씌워 봉인하고 끌어내어 하옥하니
그 기생의 눈치 보소 고슴도치 되었더라
아까는 조롱터니 지금은 떠는구나
네 거동 그만 보고 회령으로 가오리라
회령 자고 어디 갈꼬 부령으로 가오리라
고풍산(高豊山)* 어두울 때 원(院)집으로 들어가니
밤중에 숨이 막혀 놀라 깨서 일어나니
온 방에 연기가 가득 병풍에 불이 붙데

저고리 찾아보니 개자추*가 되었더라
하마터면 화장될네 중의 신세 면했구나
남의 옷 얻어 입고 부령으로 가오리라
부령길이 무섭더라 불시에 지진 나서
멀쩡한 평지가 도처에서 꺼지니
그 속에 한번 들면 다시 날 수 있을쏘냐

(중략)

여러 달 굶주리다 혹시 혹시 출두하면
음식은 성대하나 하나라도 살로 가랴
여러 날 추위에 떨다 더운 방에 들어오면
가슴이 답답하니 먹느니 냉수로다
그 누가 어사 벼슬 좋다고 하였던가
봉고파출(封庫罷黜)* 쾌한 일인가 형문 곤장 차마 하랴
못할 일 억지로 하니 제 심정 나빠지고
낙송자*는 원망하며 몹쓸 말 지어내니
모르는 이 어찌 알리 그 말을 곧이듣네
고맙단 이 잠깐이요 원수는 대대로다
괴롭기는 저 혼자라 못할 것이 어사로다
어찌 다 좋으리 부끄러운 일 없으면
무슨 상관 있겠는가 상관할 일 있더라
내 애써 다니면서 백성 고통 자세히 알아
낱낱이 보고하니 조정에서 살펴보고
열에서 일고여덟 시행을 아니 하면
그 아니 허망한가 이 일이 상관있다
하물며 북도 백성 위로할 것 많더라
위로하여 주시면 부탕도화 하오리라*
불쌍하다 북도 백성 한양이 수천 리라
감사도 모르는데 임금을 어찌 알리
제 몸에 고통스러운 일 아무리 있더라도
누구에게 말할쏘냐 형편이 하릴없다
죽으라면 죽을 수밖에 무슨 수가 있을쏘냐
날 보고 길을 막아 울며 놓지 아니하니
내가 차마 가겠는가 머물며 위로한 말
우리 주상 전하님이 너희 고통 염려하셔
날 보내어 알려 하시니 내 가서 아뢰려니
죽지 말고 기다려라 은택이 미치리라

비노니 햇빛 아래 백배(百拜)하고 비노니
봄기운이 포택*할 때 음곡*부터 먼저 하면
먼 곳의 저 사람들 거의거의 도모하리
반 넘게 늙은 몸이 임금 은혜 아니시면
육천오백 리 먼 길을 탈 없이 왔겠는가
아이야 잔 씻어라 천황씨(天皇氏) 일만 팔천
지황씨(地皇氏) 일만 팔천 합하여 삼만 육천 세를 / 우리 님께 헌수하자

– 구강, 「북새곡」

*행전: 바지나 고의를 입을 때 정강이에 감아 무릎 아래 매는 물건.

*형추: 죄인의 정강이를 때리며 캐묻던 일.

*고풍산: 함경북도 회령군에 있는 지명.

*개자추: 중국 춘추 시대 진(晉) 문공(文公)의 신하로, 면산에 은둔했는데, 문공이 그를 나오게 하려고 산에 불을 질렀으나 나오지 않고
   타 죽음.

*봉고파출: 어사가 부정을 저지른 고을의 원을 파면하고 고을의 창고를 봉하여 잠그는 일.

*낙송자: 소송에서 패한 사람.

*부탕도화 하오리라: 어렵고 힘겨운 일을 피하지 않으리라.

*포택: 은덕과 혜택을 베풂.

*음곡: 그늘진 골짜기.

03 위의 작품에서 비유적 표현을 통해 특정한 대상의 태도가 바뀌었음을 지적하고 있는 시행을 찾아 첫 어절과
마지막 어절을 차례대로 쓰시오.

첫 어절: _____, 마지막 어절: _____

04 위의 작품에서 다음에서 설명하는 소재를 찾아 각각 2음절의 한 단어로 쓰시오.

화자가 자신의 초라한 외양을 빗댄 소재	(①)
타인이 화자의 초라한 외양을 빗댄 소재	(②)

[05~06] 다음 글을 읽고 물음에 답하시오.

"낭군은 소광통교*에서 만났던 그분 맞죠? 저는 처음부터 낭군이 와 계시는 걸 알고 있었어요. 벌써 스무날째 밤이군요. 이 손 좀 놓으셔요. 제가 소릴 지르면 여기서 나갈 수 없을 거예요. 제 말대로 하시면 저쪽 뒷문을 열고 낭군을 맞이할게요. 어서 제 말대로 하셔요."

심생이 이 말을 믿고 물러서서 기다렸다. 소녀는 다시 벽을 따라 빙 돌아 방으로 들어가더니 여종을 불러 말했다.

"어머니께 가서 주석으로 만든 큰 자물쇠를 좀 가져오너라. 밤이 너무 깜깜해서 누가 들어올까 봐 무섭구나."

여종이 내당(內堂)으로 가더니 얼마 안 있어 자물쇠를 가지고 왔다. 소녀는 심생과 약속했던 뒷문으로 가 자물쇠를 걸고는 손수 열쇠로 딸가닥 소리를 내며 자물쇠를 채웠다.

그러고는 즉시 방으로 돌아가 등불을 불어 껐다. 아무 기척도 내지 않고 깊이 잠든 체했지만 실은 잠자지 않고 있었다. 심생은 속은 것이 분하면서도 그나마 얼굴이라도 한번 보게 된 것을 다행스럽게 여겼다. 그날도 잠긴 문 앞에서 밤을 새우고 새벽에 돌아갔다.

심생은 이튿날에도 가고 그 이튿날에도 갔다. 그러나 감히 잠긴 문을 열어 달라고는 하지 못했다. 비 오는 날이면 비옷을 입고 갔으며 옷자락 젖는 것쯤 마다하지 않았다. 이렇게 또 열흘이 지났다.

한밤중이었다. 온 집안이 모두 달게 잠들었고 소녀 또한 등불을 끈 지 오래였다. 그런데 소녀가 갑자기 벌떡 일어나더니 여종에게 불을 켜라 이르고 이렇게 말했다.

"너희들, 오늘 밤은 내당에 가서 자거라!"

두 여종이 문을 나서자, 소녀는 벽 위에서 열쇠를 가져다 자물쇠를 풀더니 뒷문을 활짝 열고 심생을 불렀다.

"낭군! 방으로 들어오셔요."

심생은 생각해 볼 겨를도 없이 어느새 몸이 먼저 방에 들어와 있었다. 소녀가 다시 문을 잠그고 심생에게 말했다.

"잠시만 앉아 계셔요."

마침내 내당으로 가더니 부모님을 모시고 왔다. 소녀의 부모는 심생을 보고 깜짝 놀랐다. 소녀가 말했다.

"놀라지 마시고 제 말을 들어 보셔요. 제 나이 열일곱, 그동안 문밖에 나가 본 적이 없었지요. 그러다가 지난달 처음으로 집을 나서 임금님의 행차를 구경하고 돌아오던 길이었어요. 소광통교에 이르렀을 때, 불어온 바람에 보자기가 걷혀 올라가 마침 초립을 쓴 낭군 한 분과 얼굴을 마주치게 되었지요. 그날 밤부터 그분이 매일 밤 오셔서 뒷문 아래 숨어 기다리신 게 오늘로 이미 삼십 일이 되었네요. 비가 와도 오고 추워도 문을 잠가 거절해도 또한 오셨어요.

제가 이리저리 요량해* 본 지 이미 오래되었답니다. 만일 소문이 밖에 퍼져 이웃에서 알게 되었다 쳐 보세요. 저녁에 들어와 새벽에 나가니 누군들 낭군이 그저 창밖의 벽에 기대있기만 했다고 여기겠어요? 실제로는 아무 일이 없었건만 저는 추악한 이름을 뒤집어써서 개에게 물린 꿩 신세가 되고 마는 거지요.

저분은 사대부 가문의 낭군으로, 한창나이에 혈기를 진정하지 못하고 벌과 나비가 꽃을 탐하는 것만 알아 바람과 이슬 맞는 근심을 돌아보지 않으니 얼마 못 가 병이 들지 않겠어요? 병들면 필시 일어나지 못할 터니, 그리된다면 제가 죽인 건 아니지만 결국 제가 죽인 셈이 되지요. 남들이 알지 못하더라도 언젠가는 이에 대한 앙갚음을 당하고 말 거예요.

게다가 저로 말할 것 같으면 중인 집안의 처녀에 지나지 않지요. 절세의 미모를 가진 것도 아니요, 물고기가 숨고 꽃이 부끄러워할 만큼 아름다운 얼굴*도 아니잖아요. 그렇건만 낭군은 못난 솔개를 보고 송골매라 여기고 이처럼 제게 지극정성을 다하시니, 이런데도 낭군을 따르지 않는다면 하늘이 저를 미워하고 복이 제게 오지 않을 게 분명해요.

제 뜻은 결정되었어요. 아버지, 어머니도 걱정 마셔요. 아아! 부모님은 늙어 가시는데 자식이라곤 저 하나뿐이니, 사위를 맞아 그 사위가 살아 계실 적엔 봉양을 다하고 돌아가신 뒤엔 제사를 모셔 준다면 더 바랄 게 뭐 있겠어요? 일이 어쩌다 이렇게 되고 말았지만 이것도 하늘의 뜻입니다. 더 말해 무엇하겠어요?"

(중략)

　심생은 이날 밤 소녀와 동침한 이래 저녁에 가 새벽에 돌아오는 일을 하루도 거르지 않았다. 소녀의 집은 본래 부유해서 심생을 위해 화려한 옷을 많이 장만해 주었다. 그러나 심생은 집에서 이상하게 볼까 봐 그 옷을 입지 못했다.

　심생은 비밀을 깊이 감추었지만, 심생의 집에서는 심생이 밖에서 자고 오래도록 돌아오지 않는 것을 의심하게 되었다. 마침내 심생은 산속 절에 가서 공부에 전념하라는 분부를 받았다. 심생은 불만스런 마음에 우울하게 집에 머물다가 벗들에게 이끌려 책을 싸 짊어 메고 북한산성으로 올라갔다.

　선방(禪房)에 머문 지 한 달이 가까워 올 즈음, 어떤 이가 찾아와 소녀가 쓴 한글 편지를 전했다. 뜯어 보니 이별을 알리는 유서였다. 소녀는 이미 죽었던 것이다.

– 이옥, 「심생전」

*소광통교: 서울 청계천의 지류에 있던 다리.

*요량해: 앞일을 잘 헤아려 생각해.

*물고기가 ~ 아름다운 얼굴: 견줄 사람이 없을 정도로 뛰어나게 아름다운 여인을 가리킴.

05 위의 작품에서 다음 설명에 해당하는 소재를 찾아 쓰시오.

　심생에게 소녀의 거절 의사를 전달하는 기능을 하는 소재 ⇒ ＿＿＿＿＿＿＿＿＿＿＿＿＿＿＿

06 다음 〈보기〉의 설명을 바탕으로 위의 작품에서 해당 공간을 찾아 차례대로 쓰시오.

| ㉮ | ⇨ | ㉯ | ⇨ | ㉰ |

보기

㉮ 많은 사람이 왕래하는 개방적인 공간이라는 점에서, 길을 가던 두 남녀의 우연한 만남이 자연스럽게 이루어질 수 있는 공간이라고 할 수 있다.

㉯ 문으로 안팎이 구분되는 공간이라는 점에서, 문밖의 심생을 문안으로 들어오도록 하는 것을 통해 심생에 대한 소녀의 태도 변화가 드러나는 공간이라고 할 수 있다.

㉰ 속세와 거리를 둔 산속의 공간으로 심생이 집안의 뜻에 따라 자신의 의지와 상관없이 벗들에게 이끌려 간 공간이다.

[07~09] 다음 글을 읽고 물음에 답하시오.

(가)
서경(西京)이 아즐가 서경이 서울이지마는
위 두어렁셩 두어렁셩 다링디리
닦은 곳 아즐가 닦은 곳 쇼셩경* 고외마른
위 두어렁셩 두어렁셩 다링디리
여히므론 아즐가 여히므론 길쌈베 버리고
위 두어렁셩 두어렁셩 다링디리
괴시란디 아즐가 괴시란디 우러곰 좇겠나이다
위 두어렁셩 두어렁셩 다링디리

구스리 아즐가 구스리 바위에 떨어진들
위 두어렁셩 두어렁셩 다링디리
끈이야 아즐가 끈이야 끊어지리까 나난*
위 두어렁셩 두어렁셩 다링디리
천 년을 아즐가 천 년을 홀로 살아간들
위 두어렁셩 두어렁셩 다링디리
신(信)이야 아즐가 신(信)이야 끊어지리까 나난*
위 두어렁셩 두어렁셩 다링디리

대동강 아즐가 대동강 넓은 줄 몰라서
위 두어렁셩 두어렁셩 다링디리
배 내어 아즐가 배 내어놓느냐 사공아
위 두어렁셩 두어렁셩 다링디리
네 각시 아즐가 네 각시 럼난디* 몰라서
위 두어렁셩 두어렁셩 다링디리
가는 배에 아즐가 가는 배에 얹었느냐 사공아
위 두어렁셩 두어렁셩 다링디리
대동강 아즐가 대동강 건너편 꽃을
위 두어렁셩 두어렁셩 다링디리
배 타 들면 아즐가 배 타 들면 꺾으리이다 나난
위 두어렁셩 두어렁셩 다링디리

– 작자 미상, 「서경별곡」

*쇼셩경: 작은 서울. 지금의 평양.
*나난: 의미 없이 흥을 일으키는 여음구.
*럼난디: 음란한 줄.

(나)

배를 민다
배를 밀어 보는 것은 아주 드문 경험
희번덕이는 잔잔한 가을 바닷물 위에
배를 밀어 넣고는
온몸이 아주 추락하지 않을 순간의 한 허공에서
밀던 힘을 한껏 더해 밀어 주고는
아슬아슬히 배에서 떨어진 손, 순간 환해진 손을
허공으로부터 거둔다

사랑은 참 부드럽게도 떠나지
뵈지도 않는 길을 부드럽게도

배를 한껏 세게 밀어내듯이 슬픔도
그렇게 밀어내는 것이지

배가 나가고 남은 빈 물 위의 흉터
잠시 머물다 가라앉고

그런데 오, 내 안으로 들어오는 배여
아무 소리 없이 밀려 들어오는 배여

— 장석남, 「배를 밀며」

07 다음의 한글 풀이에 알맞은 시어를 (가)에서 찾아 차례대로 쓰시오.

이별할 바엔	—	ⓐ
사랑하신다면	—	ⓑ
울면서	—	ⓒ

08 (가)와 (나)에서는 '물'과 '배'를 활용하여 이별의 상황을 비유적으로 드러내고 있다. (가)와 (나)를 감상할 때 〈보기〉의 빈칸에 '물' 또는 '배'를 적절히 골라 쓰시오.

> **보기**
>
> (가)에서 '(ⓐ)'은/는 애정 관계가 끊어지게 된 이별의 상황을 암시하며, '(ⓑ)'은/는 이별의 상황이 일어나게 되는 구체적 사건을 의미하는 것이다. 반면, (나)의 '(ⓒ)'은/는 화자와 애정 관계에 있는 대상을 의미하며 '물'은 '배'가 이동하게 되는 공간이다. '물' 위의 '배'를 밀어내는 화자의 행위를 통해 애정 관계가 끊어지게 되는 변화를 보여 주고 있다. 또한 '(ⓓ)'을 통해 애정 관계의 변화에 따른 화자의 심정을 비유적으로 표현하고 있다.

ⓐ _____   ⓑ _____

ⓒ _____   ⓓ _____

09 (나)에서 의도적인 시상 전환을 통해 진정한 사랑의 의미가 무엇인지를 깊이 생각해 보게 하는 여운을 주는 연을 찾아 첫 어절과 마지막 어절을 차례대로 쓰시오.

첫 어절: _____ ,   마지막 어절: _____

[10] 다음 글을 읽고 물음에 답하시오.

"네 아까 읊던 글을 들으니 큰 뜻을 품었음이 분명한데, 나를 속이지 마라."

"잠결에 읊는 것이 무슨 뜻이 있겠소? 말하기 싫으니 가겠소."

일어나 소를 끌고 가려 하자, 양자윤이 잡아 앉혔다.

"네 비록 어린아이나 예의를 모르는구나. 나는 나이 든 사람이고 너는 나이 어린 아이인데 어찌 그리 버릇없이 구느냐?"

"목동이 무슨 예를 알겠소?"

"너는 내 얼굴을 자세히 봐라."

경작이 머리를 헤쳐 쓸고 보니, 흰옷을 입은 어른이 머리에 갈건을 쓰고 오른손에는 보석으로 장식된 채를 잡고 왼손에는 명아줏대로 만든 지팡이를 짚고 있었다. 흰 수염이 가슴에 늘어졌는데 골격이 맑아 마치 신선 같았다. 경작은 마음속으로 '사람을 많이 보았지만 이러한 사람 없으니 이 사람은 뭔가 있는 늙은이로구나.'라고 생각하였다.

"제가 대인의 기상을 보니 봉황이 그려진 궁궐의 전각 위에 홀을 받들 기질이요, 구중궁궐의 신하로 나라를 다스리고 백성을 편안하게 할 재주와 덕이 있어 보이는데 무슨 이유로 갈건과 평복 차림으로 이리저리 다니십니까?"

양자윤이 웃으며 말하였다.

"네 말이 우습구나. 뒤늦게 공경하는 것은 무슨 이유냐?

네 승상 양자윤을 아느냐?"

"가장 어진 재상이라 들었습니다. 지척에서 만나 뵙게 되었습니다."

"알아보다니, 얼굴 보기를 좀 하는구나."

"아까 그 말씀에 깨달았습니다."

"내가 비록 보는 눈이 없지만 평생 사람을 눈여겨보았다.

너를 보니 결코 천한 신분의 사람이 아니고, 지은 글이 틀림없이 뜻이 있는 듯하니, 나를 속이지 마라."

"그렇게 물어보시니 마음속에 담은 일을 말씀드리겠습니다."

이어서 경작은 세 살에 부모를 잃고 유모에게 맡겨졌다가 일곱 살에 유모가 죽자 의지할 데 없어 장우의 집 머슴이 된 사연을 이르고 동쪽 산을 가리키며 말하였다.

"저 분묘가 제 부모의 분묘입니다."

경작이 말을 끝내고 눈물을 흘리니, 양자윤이 슬퍼 탄식하며 말하였다.

"예로부터 어려운 처지에 놓인 영웅호걸이 많다 하나, 어찌 너 같은 사람이 있겠느냐? 네 나이 얼마나 되었느냐?"

"속절없이 열네 봄을 지내었습니다."

"내가 너에게 청할 말이 있는데 받아들이겠느냐?"

"들을 말씀이면 듣고 못 들을 말씀이면 못 듣는 것이지 미리 정할 수 있겠습니까?"

"다른 일이 아니다. 내가 두 아들과 두 딸을 두었는데 위로 셋은 결혼을 하고 막내만 남았다. 막내딸의 나이가 열넷인데, 결혼할 때가 되어 제법 아름다우나 현명한 군자를 만나지 못하였다. 이제 너와 내 딸이 쌍을 이루게 하려고 하는데 허락할 수 있느냐?"

경작이 하늘을 보며 크게 웃었다.

"어르신의 따님은 재상의 천금과 같은 소저로 존귀하기가 끝이 없습니다. 저는 상민 집의 종인데 어르신의 말씀이 사실인가 의심이 갑니다. 하지만 정말로 숙녀라면 어찌 사양하겠습니까?"

[중략 부분 줄거리] 경작은 양자윤의 사위가 되지만, 그가 죽자 처가에서 쫓겨난다. 거리를 떠돌다 어려운 처지에 놓인 사람을 만나 자신이 가진 전부인 은자 삼백 냥을 준 후 하룻밤 신세를 질 집을 찾게 된다.

서당에 촛불이 휘황하고 누각이 기이하여 세상 같지 않았다. 백의 노인이 당상에 앉아 있는데, 맑고 기이하여 평범한 사람 같지 않았다. 경작이 다가가 계단 가운데에서 예를 취하였다. 노인이 팔을 들어 인사하며 말하였다.

"귀한 손님이 저녁을 못 하셨을 것이니 밥 한 그릇 내오는 것이 어떻겠느냐?"

경작이 감사히 여겨 말하였다.

"궁한 선비가 길을 잘못 들어 귀댁에 이르렀습니다. 이렇게 과하게 대접하시니 몸 둘 바를 모르겠습니다."

"대인은 작은 인사를 하지 않는다고 합니다. 어찌 작은 일에 감사하려 합니까?"

그리고 나서 동자를 불러 말하였다.

"귀한 손님의 양이 매우 많아 보이니 밥을 한 말을 짓고 반찬을 갖추어 내어 오라."

경작이 '처음 보는데도 내 양이 많은 줄을 아니 슬기로운 어른이구나.' 하고 생각하였다. 이윽고 동자가 식반을 가져오는데 과연 말밥이 푸짐하고 산채가 정결하면서도 많았다.

경작이 저물도록 주렸던 까닭에 밥술을 크게 떠서 먹었다.

노인이 말하였다.

"양에 차지 못할 터인데 더 가져오라고 하는 것이 어떠합니까?"

경작이 사양하여 말하였다.

"주신 밥이 많아서 소생의 넓은 배를 채웠으니 그만하십시오."

"그대는 양이 적군요! 나는 젊어서는 이렇게 두 그릇을 먹었습니다. 그대가 오늘 큰 적선을 하여 깊이 감동하였소."

경작이 노인장이 이렇듯 신기한 것을 보고 평범한 사람은 아닐 것이라 생각하며 의아해 마지않았다.

"어르신이 무엇을 말씀하시는 것입니까? 저는 가난하여 적선한 일이 없습니다."

"대인은 사람 속이는 일을 하지 않소. 그런데 그대 그렇게 많이 먹으면서 양식 없이 어찌 다니려 하는 것이오?"

"이처럼 얻어먹으면 못 살겠습니까?"

"젊은 사람의 말이 사정에 어둡구료. 나는 마침 그대 먹는 양을 알아 대접하였지만, 누가 그대의 먹는 양을 알겠소? 나는 그대의 성명을 알거니와 그대는 나의 성명을 알아도 부질없으니 말하지 않겠소. 그대는 이렇게 떠도니 평안히 거처하며 학문을 하는 것이 어떻겠소? 길거리에 떠돌아다니는 것은 무익하오. 낙양 땅 청운사가 평안하고 조용한데, 그 절의 중이 의롭고 부유하여 어려운 선비를 많이 대접하였다오. 그리로 가서 몸을 편안히 하고 공부를 착실히 하시오. 노자가 없으니 노부가 간단하게나마 차려주겠소."

말을 마치고 문득 베개 밑에서 돈 네 꾸러미를 내어 주었다.

"이 정도면 가는 길에 풍족하게 먹을 것이오. 청운사로 가면 좋은 일이 많을 것이외다."

경작이 사례하는데 노인이 웃으며 말하였다.

"삼백여 냥 은자는 통째로 주고도 사례하는 것에 대해 기뻐하지 않더니 도리어 네 냥 화폐를 사례하시오?"

그리고 이어서 말하였다.

"여행의 피로로 노곤할 것이고, 본래 잠이 많으니 어서 자고 내일 떠나시오. 그리고 다시 나를 찾지 마시오. 내일 부어 놓은 차를 마시고 가시오. 후일 영화를 이루고 부귀할 것이니 미리 축하하오."

경작이 깜짝 놀라 물었다.

"어르신의 말씀이 예사롭지 않으니 무슨 뜻입니까?"

"내 말이 그르지 않을 것이니 의심치 마시오."

　　경작이 의심스러웠지만 여러 날 고생한 탓에 졸음이 몰려와 잠이 들었다. 동방이 밝은 줄을 깨닫지 못하다가 막 일어나 보니 곁에 돈과 차 한 종지와 글이 쓰인 종이 한 장이 있을 따름이었다. 웅장한 누각은 없어지고 편한 바위 위에 누워 있었다. 노인의 자취가 없어 신선인가 의심하고 스스로 탄식하면서 종이를 펼쳐 보았다.

　　"장인 양 공이 사랑스러운 이 서방에게 부친다. 노부가 세상을 버린 뒤 너의 몸이 항상 괴롭구나. 떠나가는 길에 [A] 행낭마저 사람에게 적선하고 밤늦도록 숙소를 찾지 못하여 배가 고픈데도 행낭을 아쉬워 않는구나. 마음이 크고 덕이 넓어 사람을 감동케 하니 푸른 하늘이 어찌 감동하지 않겠는가? 내 너를 위하여 하늘에 하루 말미를 급하게 구하였다. 가르친 말을 어기지 말고 차를 마시고 빨리 떠나라."

　　경작이 편지를 다 읽고 크게 놀라고 슬퍼 눈물을 흘렸다. 차를 마시니 정신이 상쾌하였다. 차 종지를 거두고 돈을 허리에 찼다.

옛일을 생각하며 어젯밤을 떠올리고는 슬픔을 금치 못하여 돌 위에 어린 듯이 앉아 있었다. 한바탕 부는 바람에 종이와 차 종지가 간데없고 다만 공중에서 어서 가라는 소리만 들렸다. 경작이 공중을 향해 두 번 절하고 떠났다.

－ 작자 미상, 「낙성비룡」

10 환상 속 대화에 등장한 소재들로, 현실에도 나타남으로써 두 세계를 이어 주는 역할을 하는 소재 2가지를 [A]에서 찾아 쓰시오.

① _____

② _____

[11~13] 다음 글을 읽고 물음에 답하시오.

> **[앞부분의 줄거리]** 조선 시대 재상 윤현의 아들 지경은 참판 최홍일의 집에 머물다가 그의 딸인 연화와 사랑에 빠지고 혼인을 약속한다. 이후 장원 급제를 한 지경에게 희안군이 청혼을 하지만 지경이 이를 거절하고, 희안군은 임금에게 지경을 연성 옹주의 부마로 택할 것을 청한다.
>
> 희안군이 계하(階下)*에 있다가 임금께 아뢰었다.
> "비록 성례는 하였으나 합궁(合宮) 전이오니 이제 옹주의 배우자로 선택하오나, 왕명을 순순히 좇는 것이 신하의 직분이오니, 제가 거역하지는 못하오리다."
> 임금이 화난 얼굴로 가로되,
> "너를 사랑하여 부마(駙馬)로 정하거늘, 어찌 사양하여 핑계를 대느뇨."
> 지경이 머리를 땅에 닿아 가로되,
> "어찌 감히 최녀로 성례함이 없사오면 은혜로운 혜택을 사양하리이까."
> 임금이 크게 화가 나서 가로되,
> "ⓐ네 불과 소년 장원하여 환세(幻世)하고자 하여 옹주인 줄을 꺼림이라. 가장 범람하도다."
> 지경이 머리를 조아려 가로되,
> "신이 어찌 또 감히 속여서 아뢰리까. 사람마다 은혜로운 혜택을 원하옵거든 어찌 꺼리오며, 신의 나이 어리오되 조정 신하들이 모였사오니 불러 물으소서."
> 임금이 변색하여 가로되,
> "합궁 전은 남이라. 옛 사례가 있으니 성종(成宗) 때에 경애 공주가 혼례를 하고 첫날밤 예를 치르지 못하여 죽으니 파혼하고 부마 위를 거두시니, 왕가에도 불행하던 바이라. 네 위엄이 성묘에 더하냐."
> 지경이 가로되,
> "신은 그와 다르나이다. 그때 공주 돌아가시고, 신은 최 씨 살아 있사오니, 신이 부마 되오면 최 씨 청춘 과부 되오리니, 전하의 너그럽고 어지신 덕택으로 신하의 인륜을 차마 어찌 끊으시리이까."
> 희안군이 가로되,
> "빙채(聘采)*를 거두고 최녀를 다른 데로 보내면 어찌 홀로 늙으리요."
> 지경이 노하여 가로되,
> "자기가 당초에 소관에게 구혼하다가 최가에 정한 고로 허락하지 아니하였더니, 일로 혐의를 이어 전하께 천거하여

전하에 해를 끼치고 아부한 죄를 면치 못하리로다. 신하의 자식이 많거늘 고이한 소인의 간사함을 깨닫지 못하시니 전하의 불명(不明)이로소이다."

임금이 크게 화가 나서 가로되,

"희안군은 과인의 동생이니 네게 작은 임금이라. 내 앞에서 욕하고 나를 사리 판단이 어두운 임금으로 능멸하니 자식 못 가르친 죄로 네 아비를 죄 주리라."

지경이 웃으며 가로되,

ⓑ"전하 중흥(中興) 19년에 일월 같사온 성덕이 심산궁곡에 미쳤거늘 유독 소신에게 불명하시고, 무거하신 정사가 이러하시니 죽어도 항복지 아니하리이다."

임금이 더욱 노하사 가로되,"내 윤지경을 못 제어하리요. 군부를 욕한 죄로 의금부에 가두고, 또 윤현을 가두고 길례 날을 받아 놓고, 최홍일은 빙채를 도로 주라."

하시니, 윤지경 부자가 옥에 갇히며 원통해하며 말하되,

"신이 자식이 망녕되어 상의를 불복하와 범죄 이렇듯 하오니 부자를 함께 죽이셔도 마땅하옵거니와, 최홍일의 딸은 지경의 아내요 신의 며느리오니, 전하의 성덕으로써 신자의 인륜을 잇게 하시면, 최 씨 비록 미약한 여자이오나 천은을 감축하와 화산(華山)의 풀을 맺어 성덕을 갚사올 것이요, 신의 부자 충성을 다할 것이니, 북원 성상은 익히 헤아리옵소서. 고문대가(高門大家)에 재랑*을 간택하오셔 만복을 누리게 하옵소서."

임금이 답하여 가로되,

"내 아는 바이어늘, 경의 부자가 한결같이 기망하느뇨. 인간 대사에 연고가 있어 퇴혼(退婚)하는 일이 왕왕 있나니, 최녀를 재랑을 택하여 맡기게 하고 지경의 방자함을 가르치라."

하니 윤 공이 하릴없어 하더라.

양사(兩司)* 함께 글을 올려 가로되,

"신등이 듣사오니 윤지경이 최홍일의 사위로 부르나이다. 혼인이란 것은 왕법의 위엄이오나, 양가의 상의할 것이어늘, 윤현의 부자를 가두시며 퇴채(退采)하라 하신 하교(下敎) 옳지 아니하나이다."

임금이 양사를 파직하시니, 홍문관이 이어서 가로되,

"혼인은 길사이오니 신랑과 사장을 가두심이 크게 옳지 아니하여이다."

이에 임금이 놓으라 하시고, 하교하사 길일을 정하라 하시니 수십 일이 격하였는지라, 지경이 몹시 분하며 원망하나 하릴없어 하더라.

임금이 가로되,

"지경이 죄 중하나 길일 전에 관면(冠冕)*이 있으리라."

하시고 응교(應敎)*를 내리시니, 지경이 하릴없이 입공(立功)하더라.

하루는 최 씨의 집에 이르니 최 공 부부 서로 볼새, 부인은 눈물이 비와 같이 흐르고, 공도 역시 슬퍼 탄식하여 가로되,

"상명이 퇴채하라 하시니 여아는 규방에 늙기를 정하고, 또한 내 어른 재상으로 군명을 어기리요."

생이 애연하여 가로되,

"그러면 서로 얼굴이나 보사이다."

공이 가로되,

"불가하나 네 아내이니 잠깐 보고 가라."

하며 소저를 부르니, 소저가 명을 받들어 전당(前堂)에 이르러 부인 곁에 앉아 부끄러움을 띠어 사색이 태연하여 아는 듯 모르는 듯하고, 아리따운 태도가 달 같아 반가운 정이 일어나고, 어진 태도와 약한 기질을 대하매 마음이 깨어지는 듯하니, 공의 부부가 더욱 슬퍼하더라.

돌아가기를 잊고 앉았으니 공이 여아를 들여보내고 생의 손을 잡고 밖으로 나와 십분 타이르니, 생이 부득이 돌아와 병이 되어 식음을 폐하더니, 길일이 다다라 행례할새 옹주의 고운 얼굴이 전혀 없고 포독(暴毒)하고 인자함이 없음이 외모에 나타나는지라. 생이 더욱 불쾌하며 띠를 끄르지 아니하고 밤을 새우고 다음 날 아침에 입궐하여 문안하니, 임금이 웃으며 가로되,

"네 죄 크게 통한하더니 이제 자식이 되니 가장 어여쁘다."

하시고 즉시 부마의 관교(官敎)*를 주시니, 웃고 꿇어 받자와 계하에서 사은(謝恩)하고, 귀인을 보니 극히 교만하고 포독하니, 더욱 모골이 송연하더라.

박 귀인이 부마의 미려한 풍채를 사랑하고 더욱 기꺼워하더라. 부마가 집에 돌아와 대문에 들며 하인을 명하여 가마를 산산이 깨치고 들어와, 소매 속으로부터 부마의 관교를 내어 땅에 던지니, 윤 공이 크게 책망하여 가로되,

"이 어인 일이뇨. 임금이 주신 교지(敎旨)를 업수이 여김이 어찌 이렇듯 불공한가."

하고, 또 타이르더라.

— 작자 미상, 「윤지경전」

*계하: 층계의 아래
*빙채: 혼인 전에 신랑이 신붓집에 보내는 예물
*재랑: 재주 있는 젊은 남자
*양사: 조선 시대의 사헌부와 사간원을 말함
*관면: 벼슬하는 것을 일컫던 말
*응교: 홍문관에 속하여 학문 연구와 교명(敎命) 제찬(制撰)에 관한 일을 맡아보던 정사품 벼슬
*관교: 조선 시대에 임금이 사품 이상의 벼슬아치에게 주던 사령(=교지(敎旨))

11 윗글에서 〈보기〉의 '늑혼(勒婚) 모티프'가 가장 잘 드러난 왕의 말을 찾아 첫 어절과 마지막 어절을 쓰시오.

보기

「윤지경전」은 임금이 주인공에게 혼인을 강제하는 늑혼(勒婚) 모티프를 서사적으로 전개한 애정 소설이다. 작품에서 남성 주인공 윤지경은 유교적 가치관이 지배하는 사회적 분위기에도 불구하고 인간 본연의 감정인 애정을 근거로 최녀와의 혼인을 원하고 있다. 반면 임금은 사적 영역에까지 충의 가치를 강제하며 연성 옹주와 윤지경의 혼인을 추진하고 있다. 또한 이 작품은 여성 주인공이 아니라 남성 주인공이 혼인으로 인해 고난을 겪고 이에 대항해 나간다는 점이 늑혼 모티프를 활용한 다른 애정 소설 작품들에 비해 독특한 점이라 할 수 있다.

첫 어절: _____ , 마지막 어절: _____

12 윗글의 ⓐ를 다음의 〈보기〉처럼 바꿀 때 빈칸에 들어갈 한자성어를 쓰시오.

보기

"네 어린 나이에 장원 급제하더니 (   )하여 과인의 명을 거역하려드는가!"

13 윗글의 ⓑ를 통해 주인공 윤지경이 어떤 성품을 지닌 인물인지 3어절의 한 문장으로 서술하시오.

_____

[14] 다음 글을 읽고 물음에 답하시오.

어져 어져 저기 가는 저 사람아
네 행색 보아하니 군사 도망 네로고나
요상(腰上)으로 볼작시면 베적삼이 깃만 남고
허리 아래 굽어보니 헌 잠방이 노닥노닥
곱장 할미* 앞에 가고 전태발이* 뒤에 간다
십 리 길을 하루 가니 몇 리 가서 엎어지리
내 고을의 양반 사람 타도타관 옮겨 살면 천(賤)히 되기 상사이거늘
본토 군정(軍丁) 싫다 하고 자네 또한 도망하면
일국 일토(一國一土) 한 인심에 근본 숨겨 살려 한들 어데 간들 면할손가
차라리 네 살던 곳에 아무렇게나 뿌리박아
칠팔월에 삼을 캐고 구시월에 돈피(激皮)* 잡아
공채(公債) 신역(身役)* 갚은 후에 그 나머지 두었다가
함흥 북청 홍원 장사꾼 돌아가며 잠매(潛賣)*할 때
후한 값에 팔아 내어 살기 좋은 넓은 곳에
가사 전토(家舍田土) 다시 사고 살림살이 장만하여
부모처자 보전하고 새 즐거움 누리려무나
어와 생원인지 초관(哨官)인지
그대 말씀 그만두고 이내 말씀 들어 보소
이내 또한 갑민(甲民)이라 이 땅에서 생장하니 이때 일을 모를소냐
우리 조상 남쪽 양반 진사 급제 계속하여
금장 옥패 빗기 차고 시종신*을 다니다가
시기인의 참소 입어 전가사변(全家徒邊)* 하온 후에
국내 변방 이 땅에서 칠팔 대를 살아오니
조상 덕에 하는 일이 읍중 구실 첫째로다
들어가면 좌수 별감 나가서는 풍헌 감관
유사 장의 채지* 나면 체면 보아 사양터니
애슬프다 내 시절에 원수인의 모함으로 군사 강등 되단 말가
내 한 몸이 헐어 나니 좌우 전후 많은 일가 차차 충군(充軍)* 되었구나

누대봉사(累代奉祀)* 이내 몸은 하릴없이 매여 있고
시름없는 친족들은 자취 없이 도망하고
여러 사람 모든 신역 내 한 몸에 모두 무니
한 몸 신역 삼 냥 오 전 돈피 두 장 의법(依法)이라
열두 사람 없는 구실 합쳐 보면 사십육 냥
해마다 맞춰 무니 석숭*인들 당할소냐

　　　　　　　　　　　　　　　　　(중략)

그대 또한 내 말 듣소 타관 소식 들어 보게
북청 부사 뉘실런고 성명은 잠깐 잊어 있네
많은 군정 안보(安保)하고 백골 도망(白骨逃亡) 원한 풀어 주네
부대 초관(哨官) 모든 신역 대소 민호(大小民戶) 나누니
많으면 닷 돈 푼수 적으면 서 돈이라
인읍(隣邑) 백성 이 말 듣고 남부여대(男負女戴) 모여드니
군정 허오(虛伍)* 없어지고 민호(民戶) 점점 늘어 간다
나도 또한 이 말 듣고 우리 고을 군정 신역
북청같이 하여지라 감영에 의송(議送)* 보냈더니
본읍(本邑) 맡겨 제사(題辭)* 맡은 본 관아(本官衙)에 부치온즉
불문 시비 올려 매고 곤장 한 번 맞단 말인가
천신만고 놓여나서 고향 생애 다 떨치고
인근 친구 하직 없이 부로휴유(扶老携幼)* 한밤중에
후치령 길 비켜 두고 금창령을 허위 넘어
단천 땅을 바로 지나 성대산을 넘어서면 북청 땅이 그 아닌가
좋은 거처 다 떨치고 모든 가속 보전하고 신역 없는 군사 되세
내곧 신역 이러하면 이친 기묘(離親棄墓)* 하올소냐
비나이다 비나이다 하나님께 비나이다
충군애민 북청 원님 우리 고을 들르시면
군정 도탄(塗炭) 그려다가 임금님께 올리리라
그대 또한 내년 이때 처자 동생 거느리고
이 고갯길 접어들 때 그때 내 말 깨치리라
내 심중에 있는 말씀 횡설수설하려 하면
내일 이때 다 지나도 반 정도도 모자라리
날 저물고 갈 길 머니 하직하고 가노매라

　　　　　　　　　　　　　　　　　　　– 작자 미상, 「갑민가(甲民歌)」

*곱장 할미: 등이 굽은 노인.
*전태발이: 다리를 저는 사람.
*돈피: 담비 종류 동물의 모피.
*신역: 나라에서 부과하는 군역과 부역.
*잠매: 물건을 몰래 거래함.
*시종신: 임금 곁에서 문학으로 보필하던 벼슬아치.

＊**전가사변**: 죄인을 그 가족과 함께 변방으로 옮겨 살게 하던 일.

＊**채지**: 유사나 장의 같은 하급 관리를 채용할 때의 사령서.

＊**충군**: 군대에 편입시킴.

＊**누대봉사**: 여러 대의 조상의 제사를 받듦.

＊**석숭**: 중국 진나라 때의 부자 이름.

＊**허오**: 군적에 등록만 되어 있고 실제로는 없던 군정.

＊**의송**: 고을 원의 판결에 불복하여 관찰사에게 올리던 민원서류.

＊**제사**: 백성이 제출한 소송이나 민원에 쓰던 관부의 판결이나 지령.

＊**부로휴유**: 늙은 부모는 업고 어린 자식은 손을 잡음.

＊**이친 기묘**: 친족들과 이별하고 조상의 묘는 버림.

14 위 작품에서 목적지를 향한 경로를 나열하여 새로운 공간에 대한 기대감을 보여 주고 있는 시행들을 찾아 첫 어절과 마지막 어절을 차례대로 쓰시오.

첫 어절: ＿＿＿＿＿＿＿＿＿＿＿＿＿＿＿ , 마지막 어절: ＿＿＿＿＿＿＿＿＿＿＿＿＿＿＿

[15～17] 다음 글을 읽고 물음에 답하시오.

광문(廣文)이라는 자는 거지였다. 일찍이 종루(鐘樓)의 저잣거리에서 빌어먹고 다녔는데, 거지 아이들이 광문을 추대하여 패거리의 우두머리로 삼고, 소굴을 지키게 한 적이 있었다.

하루는 날이 몹시 차고 눈이 내리는데, 거지 아이들이 다 함께 빌러 나가고 그중 한 아이만이 병이 들어 따라가지 못했다. 조금 뒤 그 아이가 추위에 떨며 숨을 몰아쉬는데 그 소리가 몹시 처량하였다. 광문이 너무도 불쌍하여 몸소 나가 밥을 빌어 왔는데, 병든 아이를 먹이려고 보니 아이는 벌써 죽어 있었다. 거지 아이들이 돌아와서는 광문이 그 애를 죽였다고 의심하여 다 함께 광문을 두들겨 쫓아내니, 광문이 밤에 엉금엉금 기어서 마을의 어느 집으로 들어가다가 그 집 개를 놀라게 하였다. 집주인이 광문을 잡아다 꽁꽁 묶으니, 광문이 외치며 하는 말이,

"나는 날 죽이려는 사람들을 피해 온 것이지 감히 도적질을 하러 온 것이 아닙니다. 영감님이 믿지 못하신다면 내일 아침에 저자에 나가 알아보십시오."

하는데, 말이 몹시 순박하므로 집주인이 내심 광문이 도적이 아닌 것을 알고서 새벽녘에 풀어 주었다. 광문이 고맙다는 인사를 하고는, 떨어진 거적을 달라 하여 가지고 떠났다. 집주인이 끝내 몹시 이상히 여겨 그 뒤를 밟아 멀찍이서 바라보니, 거지 아이들이 시체 하나를 끌고 수표교(水標橋)에 와서 그 시체를 다리 밑으로 던져 버리는데, 광문이 다리 속에 숨어 있다가 떨어진 거적으로 그 시체를 싸서 가만히 짊어지고 가, 서쪽 교외의 공동묘지에다 묻고서 울다가 중얼거리다가 하는 것이었다.

이에 집주인이 광문을 붙들고 사유를 물으니, 광문이 그제야 그전에 한 일과 어제 그렇게 된 상황을 낱낱이 고하였다. 집주인이 내심 광문을 의롭게 여겨, 데리고 집에 돌아와 의복을 주며 후히 대우하였다. 그리고 마침내 광문을 약국을 운

영하는 어느 부자에게 ㉠천거(薦擧)하여 고용인으로 삼게 하였다.

오랜 후 어느 날 그 부자가 문을 나서다 말고 자주자주 뒤를 돌아보다, 도로 다시 방으로 들어가서 자물쇠가 걸렸나 안 걸렸나를 살펴본 다음 문을 나서는데, 마음이 몹시 미심쩍은 눈치였다. 얼마 후 돌아와 깜짝 놀라며, 광문을 물끄러미 살펴보면서 무슨 말을 하고자 하다가, 안색이 달라지면서 그만두었다. 광문은 실로 무슨 영문인지 몰라서 날마다 아무 말도 못하고 지냈는데, 그렇다고 그만두겠다고 말할 수도 없었다.

그 후 며칠이 지나, 부자의 처조카가 돈을 가지고 와 부자에게 돌려주며,

"얼마 전 제가 아저씨께 돈을 빌리러 왔다가, 마침 아저씨가 계시지 않아서 제멋대로 방에 들어가 가져갔는데, 아마도 아저씨는 모르셨을 것입니다."

하는 것이었다. 이에 부자는 너무도 부끄러워서 광문에게,

"나는 소인이다. 장자(長者)의 마음에 상처를 주었으니 나는 앞으로 너를 볼 낯이 없다."

하고 사죄하였다. 그러고는 알고 지내는 여러 사람들과 다른 부자나 큰 장사치들에게 광문을 의로운 사람이라고 두루 칭찬을 하고, 또 여러 종실(宗室)의 빈객(賓客)들과 공경(公卿) 문하(門下)의 측근들에게도 지나치리만큼 칭찬을 해대니, 공경 문하의 측근들과 종실의 빈객들이 모두 이야깃거리를 만들어 밤이 되면 자기 주인에게 들려주었다. 그래서 두어 달이 지나는 사이에 사대부까지도 모두 광문이 옛날의 훌륭한 사람들과 같다는 이야기를 듣게 되었다. 그 당시에 서울 안에서는 모두, 전날 광문을 후하게 대우한 집주인이 현명하여 사람을 알아본 것을 칭송함과 아울러, 약국의 부자를 장자(長者)라고 더욱 칭찬하였다.

이때 돈놀이하는 자들이 대체로 머리꽂이, 옥비취, 의복, 가재도구 및 가옥·전장(田庄)·노복 등의 문서를 저당 잡고서 본값의 십분의 삼이나 십분의 오를 쳐서 돈을 내주기 마련이었다. 그러나 광문이 빚보증을 서 주는 경우에는 담보를 따지지 아니하고 천금(千金)이라도 당장에 내주곤 하였다.

– 박지원, 「광문자전」

15 윗글에서 '집주인'이 ㉠의 '천거(薦擧)'와 관련하여 '약국 부자'에게 전했을 것으로 추정되는 광문의 성품을 3 어절로 기술하여 다음의 문장을 완성하시오.

이 젊은이는 ＿＿＿＿＿＿＿＿＿＿＿＿＿＿＿＿＿ 청년으로 믿을 만하다.

16 다음 〈보기〉의 내용을 참고하여 위의 작품이 조선 전기의 전(傳)과 <u>다른</u> 특징 세 가지를 기술하시오.

> 보기
>
> 　한문 문체의 하나의 '전(傳)'은 기록할 만한 업적을 남긴 인물의 일대기를 기술하는 글이다. 조선 전기에는 유교적 도덕률을 중요하게 생각해 주로 재자가인(才子佳人)으로 표방되는 인물을 주인공으로 하였다. 일반적으로 '전(傳)'은 도입부에서 입전 인물의 신분, 가계, 내력 등을 밝히고, 전개 부분에서 인물의 행적을 서술한 뒤, 마지막으로 인물에 대한 종합적인 평가를 제시한다.

ⓐ _____

ⓑ _____

ⓒ _____

17 다음의 〈보기〉는 제시문의 내용을 바탕으로 '약국에서 일어난 사건'을 인물 중심으로 구조화한 것이다. 빈칸에 들어갈 각 인물들을 쓰시오.

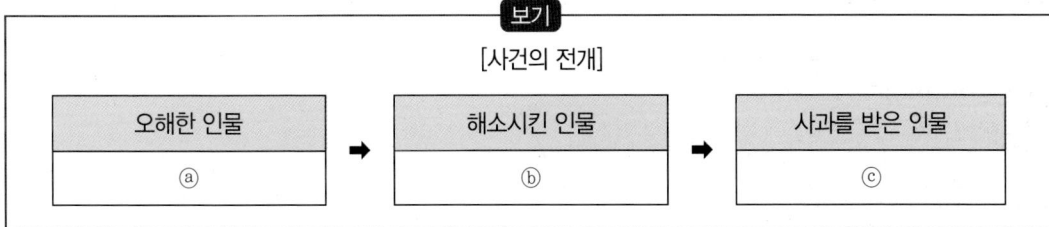

> 보기
>
> [사건의 전개]
>
> | 오해한 인물 | | 해소시킨 인물 | | 사과를 받은 인물 |
> |:---:|:---:|:---:|:---:|:---:|
> | ⓐ | ➡ | ⓑ | ➡ | ⓒ |

[18] 다음 글을 읽고 물음에 답하시오.

> (가)
> 깨진 그릇은
> 칼날이 된다.
>
> 절제(節制)와 균형(均衡)의 중심에서
> 빗나간 힘,
> 부서진 원은 모를 세우고
> 이성(理性)의 차가운
> 눈을 뜨게 한다.

PART 1 국어　PART 2 수학　PART 3 기출문제　PART 4 해답

맹목(盲目)의 사랑을 노리는
사금파리여,
지금 나는 맨발이다.
베어지기를 기다리는
살이다.
상처 깊숙이서 성숙하는 혼(魂)

깨진 그릇은
칼날이 된다.
무엇이나 깨진 것은
칼이 된다.

— 오세영, 「그릇 · 1」

(나)
멀리 있어도 나는 당신을 압니다
귀먹고 눈먼 당신은 추운 땅속을 헤매다
누군가의 입가에서 잔잔한 웃음이 되려 하셨지요

부르지 않아도 당신은 옵니다
생각지 않아도, 꿈꾸지 않아도 당신은 옵니다
당신이 올 때면 먼발치 마른 흙더미도 고개를 듭니다

당신은 지금 내 안에 있습니다
당신은 나를 알지 못하고
나를 벗고 싶어 몸부림하지만

내게서 당신이 떠나갈 때면
내 목은 갈라지고 실핏줄 터지고
내 눈, 내 귀, 거딜 난 몸뚱이 갈가리 찢어지고

나는 울고 싶고, 웃고 싶고, 토하고 싶고
벌컥벌컥 물 사발 들이켜고 싶고 길길이 날뛰며
절편보다 희고 고운 당신을 잎잎이, 뱉아 낼 테지만

부서지고 무너지며 당신을 보낼 일 아득합니다
굳은 살가죽에 불 댕길 일 막막합니다
불탄 살가죽 뚫고 다시 태어날 일 꿈 같습니다

지금 당신은 내 안에 있지만
나는 당신을 어떻게 보내 드려야 할지 모르겠습니다
조막만 한 손으로 뻣센 내 가슴 쥐어뜯으며 발 구르는 당신

— 이성복, 「꽃 피는 시절」

18 다음의 〈보기〉는 (가), (나)의 지금 에 대한 설명이다. 빈칸에 들어갈 말을 주어진 〈조건〉에 맞게 쓰시오.

보기

　(가)의 '지금'은 (　ⓐ　)을/를 기대하고 있는 시간이고, (나)의 '지금'은 화자가 (　ⓑ　)의 막막함을 느끼는 시간이다.

〈조건〉

각각 2음절의 한 단어로 쓸 것.

[19~21] 다음 글을 읽고 물음에 답하시오.

[앞부분의 줄거리] 소설가인 '나'는 어느 날 낯선 여자의 전화를 받고 그 여자를 만나게 된다. 그 여자는 다름 아닌 고등학교 때 '나'가 좋아했던 현아였다. 현아는 스무 해 동안 갇혀 있었던 말들이라며, 당시 '나'가 친구를 통해 현아에게 주었던 시집을 내놓는다. 그 시집은 현아를 위해 '나'가 직접 써서 만들었던 것이다. '나'는 그 시집을 보고 친구의 하숙집에서 알게 된 뒤 좋아했던 현아와 시집에 대한 추억에 젖는다. 눈이 오는 어느 날, '나'는 현아에게 시집을 전해 주러 갔지만 현아는 집에 없었다.

　"현아는 집에 없는가 봐."
　내가 누구를 보러 왔는지 다 안다는 투였다. 나는 내 마음을 친구한테 들킨 것만 같아 또 얼굴이 화끈거렸다. 그러든 저러든 일단 현아가 집에 없다는 게 무척 다행으로 여겨졌다. 이렇게 분위기가 좋은 날 친구랑 현아가 한집에 같이 있으면 안 될 것 같은 생각이 자꾸만 들었다.
　"현아 없어도 돼. 그 대신 이것 좀 전해 주라……."
　내가 품에서 수제품 시집을 꺼내 친구 앞으로 내밀자 친구는 그걸 받아 물끄러미 내려다보았다. 나는 친구가 그 시집을 계속 내려다보고 있는데도 서둘러 현아 집을 뛰쳐나왔다. 괜히 친구에게 속을 보인 것 같아 너무나 어색했기 때문이었다.
　눈길을 되짚어 나오며 보니 현아 집으로 이어진 발자국 위에 눈이 제법 두텁게 덮여 있었다. 발자국을 볼 때마다 웃음이 픽픽 새어 나왔다. 한순간이나마 여자 신발 발자국을 현아 것으로 생각한 게 우스워서였다.
　"오빠!"
　쏟아지는 눈을 피하느라 고개를 숙인 채 혼자서 실없는 웃음을 지으며 골목길을 빠져나오는데 현아가 나타난 것이다.
　"어? 현아, 어디, 갔다, 와?"
　나는 뜻밖에 현아를 만나자 제대로 말을 하지 못하고 더듬거렸다. 현아는 온통 눈을 뒤집어쓴 채 두 손을 모아 어린아이가 엄마에게 반갑게 달려들 때처럼 손을 활짝 펼치며 들뜬 목소리로 말했다.
　"오빠, 눈사람 만들래?"
　현아는 벙어리장갑을 끼고 있었다. 나는 바지 호주머니에 두 손을 푹 찌른 채 멍하니 서 있었다. 꿈인지 생시인지 모를 일이었다. 나는 현아랑 눈사람을 만들고 싶었다. 그러나 곧 고개를 저었다. 그보다는 먼저 현아가 내 시집을 받아서 읽어

봤으면 하는 마음에서였다. 아니, 어쩌면 장갑을 끼지 않은 내 맨손을 드러내고 싶지 않았는지도 모른다. 그래서 나는 엉뚱한 말을 내뱉고 말았다. "응, 나도, 그리고 싶은데, 바쁜 일이 있어서, 그만 가야 돼……."

아까와 마찬가지로 나는 더듬거렸다. 갑자가 내가 바보가 되어 버린 게 아닌가 싶었다. 현아랑 자연스럽게 어울려 눈사람도 만들고, 친구한테 시집을 맡겼으니 받아 읽어 보라는 말도 하면 될 텐데 끝내 하지 못하고 말았다.

현아가 뭐라고 하는지 어떤지는 살펴볼 겨를도 없이 나는 마구 눈 속을 뛰었다. 뒤통수가 근질근질했다.

눈이 멈추고 며칠이 지났다. 나는 현아가 내 시집을 받고 어떤 반응을 보였을까 궁금해서 안달이 났다. 그러나 다른 때와 달리 현아네 집에 가 보기가 망설여졌다. 학교는 이미 겨울 방학이어서 친구를 학교에서 볼 일도 없었다.

몇 번씩이나 현아네 집 골목에 들어섰다가 발길을 돌리곤 했다. 오다가다 우연이라도 현아를 만나기를 바랐지만 그런 기적은 일어나지 않았다. 현아에게서 아무런 반응을 못 받은 나는 더 이상 시를 쓸 수 없었다. 하루에도 몇 번씩 현아네 집 쪽을 바라보며 얼마나 많이 절망했는지 모른다.

방학 동안 아이들은 자기가 갈 대학을 정하고 입학 원서를 쓰기 시작했다. 나는 시를 쓰는 동안 대학 같은 건 염두에 두지도 않았는데, 시고 뭐고 쓸 일이 없어져 버리자 우습게도 다시 대학을 생각하게 되었다.

그때부터 난 ⓐ몹시 추운 겨울을 보내야 했다.

[중간 부분의 줄거리] '나'는 대학 졸업 후 직장에 들어가 돈을 다루는 업무를 맡는다. 하지만 곧, 돈 세는 기계가 되어 버린 스스로의 모습에 환멸을 느끼고 고향을 찾는다.

고향 집에서 며칠을 보내며 내 살아온 지난날들을 더듬다 보니 자연스레 공책에다 뭔가를 끼적이게 되었다. 나도 모르게 글을 쓰기 시작한 것이다. 대단한 내용을 담은 글은 아니었으나 글을 쓰다 보니 내 마음이 가라앉고 위안이 되었다. 고등학교 때 생각이 났다. 인생을 모르는 사람들의 영혼이라도 쓰다듬어 줄 수 있는 시를 쓰자며 호기를 부리던 일이 떠오른 것이다. 이어 현아로부터 마른 가슴을 촉촉하게 적셔 줄 수 있는 시를 쓰라는 주문을 받았던 것도 떠올랐다. 어쩌면 나는 그 누구도 아닌 내 영혼을 쓰다듬는 글과 내 마른 가슴을 촉촉하게 적셔 주기 위해 글을 끼적이고 있는지도 몰랐다. 비록 시는 아니지만 다른 누구도 아닌 나 스스로를 위한 글을…….

– 박상률, 「세상에 단 한 권뿐인 시집」

19 다음 〈보기〉의 내용 중 밑줄 친 '현재의 '나'와 과거의 기억을 연결해 주는 매개물'이 무엇인지 쓰시오.

> **보기**
>
> 종종 문학 작품에서 과거의 이야기를 끌어오기 위해 중심 소재인 매개물을 이용하는 경우가 있다. 이 작품에서도 이와 같은 방식을 활용하여 현재의 '나'와 과거의 기억을 연결해 주는 매개물을 이용하고 있다.

20 윗글에서 ⓐ의 '몹시 추운 겨울'이 의미하는 바가 무엇인지 2어절로 쓰시오.

21 주인공인 '나'가 자신의 처지에 대한 부정적인 인식에서 벗어나 이를 극복하고자 했던 행위가 무엇인지 3어절로 쓰시오.

_____

[22] 다음 글을 읽고 물음에 답하시오.

앞 개에 안개 걷고 뒤 뫼에 해 비친다
배 떠라 배 떠라
밤물은 거의 지고 낮물이 밀려온다
지국총(至匊悤) 지국총(至匊悤) 어사와(於思臥)
강촌 온갖 꽃이 먼 빛이 더욱 좋다
〈춘 1〉

마름 잎에 바람 나니 봉창(篷窓)*이 서늘코야
돛 달아라 돛 달아라
여름 바람 정할소냐 가는 대로 배 두어라
지국총 지국총 어사와
북포(北浦) 남강(南江)이 어디 아니 좋을런가
〈하 3〉

수국에 가을이 드니 고기마다 살져 있다
닻 들어라 닻 들어라
만경징파(萬頃澄波)에 실컷 용여(容與)하자*
지국총 지국총 어사와
인간을 돌아보니 멀수록 더욱 좋다
〈추 2〉

기러기 떴는 밖에 못 보던 뫼 뵈는고야
이어라 이어라
낚시질도 하려니와 취한 것이 이 흥이라
지국총 지국총 어사와
석양(夕陽)이 비치니 천산(千山)이 금수(錦繡) ㅣ 로다
〈추 4〉

물가의 외로운 솔 혼자 어이 씩씩한고
배 매어라 배 매어라

머흔* 구름 한(恨)치 마라 세상을 가리온다
지국총 지국총 어사와
파랑성(波浪聲)*을 염(厭)치 마라 진훤(塵喧)*을 막는도다

〈동 8〉

— 윤선도, 「어부사시사」

*봉창: 배의 창문.
*용여하자: 느긋한 마음으로 여유 있게 놀자.
*머흔: 험하고 사나운.
*파랑성: 파도 소리.
*진훤: 속세의 시끄러움.

22 위 작품의 〈춘 1〉 ~ 〈동 8〉의 연 중 다음 설명이 포함된 연을 찾아 표기하시오.

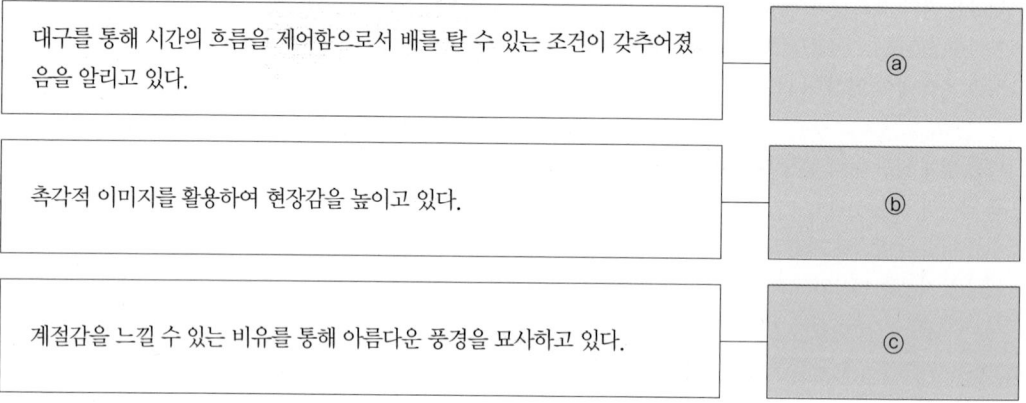

대구를 통해 시간의 흐름을 제어함으로서 배를 탈 수 있는 조건이 갖추어졌음을 알리고 있다. — ⓐ

촉각적 이미지를 활용하여 현장감을 높이고 있다. — ⓑ

계절감을 느낄 수 있는 비유를 통해 아름다운 풍경을 묘사하고 있다. — ⓒ

[23~25] 다음 글을 읽고 물음에 답하시오.

[등장인물] 중년 교수(본직(本職) 번역), 처, 장남, 장녀, 감독관, 천사
[앞부분 줄거리] 막이 오르면 장녀가 등장하여 관객들에게 가족을 소개하고, 장남이 등장하여 자신을 소개한다. 이어 원고지를 붙여 만든 양복을 입고 허리에 쇠사슬을 두른 교수가 나와 기계적으로 반복되는 삶을 살아가는 모습을 보여 준다. 처는 교수에게 번역 일을 재촉하고, 교수는 이성이 마비된 듯 혼란스러워 한다.

[A] 교수 : (신문을 혼자 읽는다.) 참 비가 많이 왔군. 강원도 쪽에 눈이 굉장한 모양인데. 또 살인이야, 이번엔 두 살 난 애가 자기 아비를 죽였대. 참 지프차가 동대문을 들이받아 동대문이 완전히 무너졌군. 지프차는 도망가 버리구. 이것 봐, 내 《개성을 잃은 노동자》라는 번역품이 착취사에서 다시 나왔어. 이 씨가 또 당선됐군. 신경통에 듣는 한약이 새로 나왔는데. 끔찍해라. 남편이 자기 아내한테 또 매 맞았군.

처가 신문지를 한 장 다시 접는다. 날짜를 보더니

처 : 당신두 참, 그건 옛날 신문이에요. 오늘 것은 여기 있는데.

[B]
교수 : (보던 신문 날짜를 읽고) 오라, 삼 년 전 신문을 읽고 있었군. 오늘 신문 이리 주시오. (오늘 신문을 받아 가지고 다시 읽는다.) 참, 비가 많이 왔군. 강원도 쪽에 눈이 굉장한 모양인데, 또 살인이야. 이번엔 두 살 난 애가 자기 아비를 죽였대. 참, 지프차가 동대문을 들이받아 동대문이 완전히 무너졌군. 지프차는 도망가 버리고. 이것 봐, 내 개성을 잃은 노동자》라는 번역품이 악마사에서 다시 나왔어. 이 씨가 또 당선됐군. 신경통에 듣는 한약이 새로 나왔는데. 끔찍해라. 남편이 자기 아내한테 또 매 맞았군.

처 : 참, 세상도 무척 변했군요. 삼 년 전만 해도 그런 일이 없었는데, 당신 피곤하시죠?

장녀 : (옆방에서 화장을 하며, 장남에게) 애, 시계가 좀 늦는데 일어선 김에 밥이나 좀 줘라.
　　장남, 시계에 밥을 준다.

처 : 여기 좀 계세요. 저 밥을 좀 지을게요.
교수 : 괜찮아. 밥 먹었어.
처 : 어디서요?
교수 : 여기서 먹었던가? 아니야, 거기서 먹었던 것 같기도 하구.
처 : 언제요?
교수 : 오늘 아침에도 먹었구, 점심두…… 글쎄……. 그러다 보니 밥을 먹었는지 분간을 못 하겠군.
처 : 지금 하시는 번역은 언제 끝나요?
교수 : 지금 하는 번역이 몇 가지나 있지?
처 : 그러니까 밤낮 원고료를 잘리우지요. 《자존심의 문제》, 《예술에 있어서의 창조성》, 《어떤 여자의 고백》……. 이렇게 뿐인가요?
교수 : 그렇겠지. 아이 피곤해.
처 : 어떤 것이건 빨리 끝내야지, 어떻게 해요. 집도 수리해야겠구, 축음기도 사야겠구, 또 이달에 아버지 생일도 있잖아요.
교수 : 밤낮 생일을 치르고 있으니 어떻게 된 거요? 어제도 아버지 생일잔치를 했는데.
처 : 당신두 참! 어제는 당신 아버지 생신이었어요. 이번엔 우리 아버지 생일이구.
교수 : 그저께도 누구 아버지 생일이라고 해서 돈 만 환을 내지 않았소?
처 : 그건 대식이 동생 사촌의 며느리뻘 되는 여자의 아버지 생일이래서 그랬지요.
교수 : 그 바로 전날에도 누구 아버지 생일이라고 해서 돈을 냈는데.
처 : 그건 순자 언니 조카뻘 되는 며느리 시누이의 아버지…….
교수 : 됐어, 됐어. (크게 하품을 하며) 아이, 피곤해. (이때 밖에서 시계가 여덟 시를 친다. 교수는 깜짝 놀라 일어선다.)
　　여덟 시야! 여덟 시! 늦겠군.
처 : 어디 가세요?
교수 : 어디 가긴 어디 가. 나 가는 데 모로시오? 옷 갈아입어야지.

〈중략〉

교수 : 아이, 피곤해.

　이때 고요한 음악이 들린다. 눈을 감고 자는 교수의 얼굴에 처음으로 미소가 돈다. 잠시 후 응접실 불이 서서히 꺼지고 플랫폼 방이 다시 나타난다. 소파 앞에 초라하게 앉아 있는 처와 소파 앞에 자리 잡고 있는 장남, 장녀.

장녀 : (처에게 명령조로) 양말, 하이힐!
장남 : (처에게 명령조로) 잠바, 머플러!

　처는 말이 떨어질 때마다 알았다는 듯이 머리를 끄덕이며 순응한다.

장녀 : 용돈, 교과서, 과자!
장남 : 떡국, 만둣국, 설렁탕!
장녀 : 영홧값, 연극값, 다방값!
장남 : 교제비, 차비, 동창회비!

　장남, 장녀 같이 손을 내밀면서.

장녀 : 돈!
장남 : 돈!
장녀 : 자식에 대한 책임!
장남 : 자식에 대한 책임!

　플랫폼 방의 불이 꺼지며 다시 응접실이 밝아진다. 소파에 누워 철쇄마저 어느 사이에 풀어헤치고 행복하게 잠자는 교수가 보인다. 시계가 아홉 시를 친다. 시간이 한 시간 경과하였음을 표시한다. 이때 창문을 열고 감독관이 방 안을 들여다본다. 얼굴이 흉측하게 생긴 데다 아래위를 까만 옷으로 차리고 있어 지옥의 옥리를 방불케 한다. 긴 회초리를 든 손을 방 안에 밀어 넣더니 잠자는 교수를 회초리로 때린다. 교수가 눈을 비비며 일어난다.

감독관 : 원고! 원고
교수 : (일어나며) 네, 곧 됩니다. 또 독촉이군.
감독관 : (책상을 가리키며) 원고! 원고!

　교수, 소파 한구석에 있던 가방을 집어 갖고서 황급히 책상에 가 앉는다. 가방에서 원고를 끄집어내고 책을 펼친다.

감독관 : 원고! 원고!

　이윽고 교수는 번역을 시작한다. 감독관이 창문을 닫고 사라진다. 처가 들어온다. 큰 자루를 손에 들고 있다.

처 : 어머나! 그렇게 벌거벗고 계시면 어떡해요.

　막대기에 감긴 철쇄를 줄줄 끌어다 교수 허리에 감아 준다.

처 : 감기에 걸리면 큰일 나요.

교수는 말없이 번역을 한다. 처는 의자를 하나 끌어다 교수 옆에 앉더니 큰 자루를 빌리고 교수를 주시한다.

처 : 빨리! 빨리!

교수가 말없이 원고지 한 장 쭉 찢어 처에게 넘겨준다. 처는 빼앗듯이 원고지를 가로채더니 자루 안에 쓸어 넣는다. 그리고

처 : 삼백 환!

재빠르게 다음 페이지의 번역을 끝낸 교수가 다시 한 장을 찢어 처에게 넘긴다. 처는 같은 행동을 반복하며

처 : 육백 환! (이어) 구백 환!

— 이근삼, 「원고지」

23 위의 작품에서 [A], [B]의 동일한 신문 기사를 통해 드러난 비정상적인 사건과 무의미한 일상의 반복이 묘사하고자 하는 모습은 무엇인지 다음 〈조건〉에 따라 서술하시오.

〈조건〉
― 4어절로 기술할 것(공백 제외)

24 다음의 〈보기〉는 위 작품에 사용된 소재의 상징성을 설명한 것이다. 빈칸에 들어갈 소재를 차례대로 쓰시오.

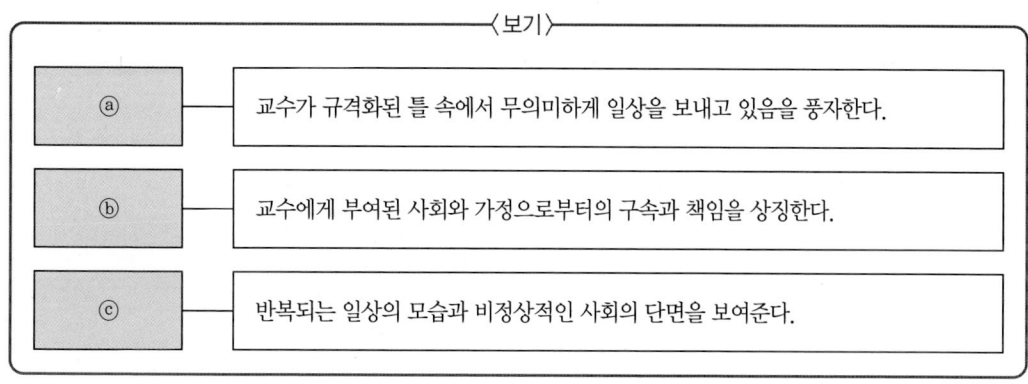

〈보기〉

ⓐ	교수가 규격화된 틀 속에서 무의미하게 일상을 보내고 있음을 풍자한다.
ⓑ	교수에게 부여된 사회와 가정으로부터의 구속과 책임을 상징한다.
ⓒ	반복되는 일상의 모습과 비정상적인 사회의 단면을 보여준다.

25 다음의 〈보기 1〉을 바탕으로 위의 작품을 이해할 때 〈보기 2〉의 빈칸에 들어갈 말을 〈보기 1〉에서 찾아 기술하시오.

―〈보기 1〉―

　부조리극은 전통극의 인과 관계에 의한 플롯을 거부하고 허구적 과장, 희극적 형상화, 비이성적 인물, 의사소통의 혼란 등을 통해 인간의 부조리한 상황을 드러내는 데 주력한다.

―〈보기 2〉―

• 낮과 밤을 구분하지 못하는 교수는 (　　ⓐ　　)의 모습이다.
• 철쇄를 졸라매는 교수의 모습은 (　　ⓑ　　)을/를 통해 부조리함을 드러낸 것이다.
• 교수의 처가 돈을 쓴 생일의 주인공을 열거한 것은 인물의 (　　ⓒ　　) 과정이다.
• 교수와 처의 대화가 파편적이고 어색하게 느껴지는 것은 (　　ⓓ　　)을/를 보여 주고 있다.

[26] 다음 글을 읽고 물음에 답하시오.

[A]
　흥부는 집도 없어, 집을 지으려고 집 재목을 내려가려고 만첩청산에 들어가서 소부등·대부등을 와드렁 퉁탕 베어다가 안방·대청·행랑·몸채·내외 분합 물림퇴에 살미살창 가로닫이 입 구 자로 지은 것이 아니라, 이놈은 집 재목을 내려 하고 수수밭 틈으로 들어가서 수수깡 한 뭇을 베어다가 안방·대청·행랑·몸채 두루 짚어 아주 작은 말집을 꽉 짓고 돌아보니, 수숫대 반 뭇이 그저 남았다. 방 안이 넓든지 말든지 양주* 드러누워 기지개를 켜면, 발은 마당으로 가고 대가리는 뒤꼍으로 맹자 아래 대문하고 엉덩이는 울타리 밖으로 나가니, 동리 사람이 출입하다가,
"이 엉덩이 불러들이소."
하는 소리를 흥부 듣고 깜짝 놀라 대성통곡 우는 것이었다.
"애고 답답 서럽구나. 어떤 사람은 팔자 좋아 대광보국숭록대부 삼정승과 육조 판서로 태어나서 고대광실 좋은 집에 부귀공명 누리면서 호의호식 지내는가. 내 팔자는 무슨 일로 말만 한 오막집에 별빛이 빈 뜰에 가득하니 지붕 아래 별이 뵈고, 청천한운세우시에 우대량이 방중이라. 문밖에 가랑비 오면 방 안에 큰비 오고, 해어진 자리와 허름한 베잠방이, 찬 방 안에 헌 자리 벼룩 빈대 등이 피를 빨아먹고, 앞문에는 살만 남고 뒷벽에는 외만 남아 동지섣달 한풍이 살 쏘듯 들어오고, 어린 자식 젖 달라 하고 자란 자식 밥 달라니 차마 서러워 못 살겠네."
　가난한 중에 웬 자식은 풀마다 낳아서 한 서른남은 되니, 입힐 길이 전혀 없어, 한방에 몰아넣고 멍석으로 씌우고 대강이만 내어놓으니, 한 녀석이 똥이 마려우면 뭇 녀석이 시배*로 따라간다.
　그중에 값진 것을 다 찾는구나. 한 녀석이 나오면서,
"애고 어머니, 우리 열구자탕에 국수 말아 먹었으면."
　또 한 녀석이 나앉으며,
"애고 어머니, 우리 벙거지전골 먹었으면."
　또 한 녀석이 내달으며,
"애고 어머니, 우리 개장국에 흰밥 조금 먹었으면."
　또 한 녀석이 나오며,

"애고 어머니, 대추찰떡 먹었으면."

"애고 이 녀석들아, 호박국도 못 얻어먹는데, 보채지나 말려무나."

또 한 녀석이 나오며,

"애고 어머니, 왜 올부터 불두덩이 가려우니 날 장가들여 주오."

이렇듯 보챈들 무엇 먹여 살려 낼까. 집 안에 먹을 것이 있든지 없든지 소반이 네 발로 하늘에 축수하고, 솥이 목을 매어 달렸고, 조리가 턱걸이를 하고, 밥을 지어 먹으려면 책력을 보아 갑자일이면 한 때씩 먹고, 생쥐가 쌀알을 얻으려고 밤낮 보름을 다니다가 다리에 가래톳이 서서 종기를 침으로 따고 앓는 소리에 동리 사람이 잠을 못 자니, 어찌 아니 서러울 건가.

[중략 부분 줄거리] 흥부는 다리를 다친 제비를 치료해 주고, 이듬해 봄 그 제비가 물어온 박씨를 심자 박 네 통이 열린다.

그달 저 달 다 지나가고 8, 9월이 다다라서 아주 견실하였으니, 박 한 통을 따 놓고 양주가 켰다.

[B] "슬근슬근 톱질이야, 당기어 주소 톱질이야. 북창한월성미파에 동자박도 좋도다. 당하자손만세평에 세간박도 좋도다. 슬근슬근 톱질이야."

툭 타 놓으니, 오운이 일어나며 청의동자 한 쌍이 나오는데, 저 동자 거동 보소. 만일 봉래에서 학을 부르던 동자가 아니면 틀림없이 천태채약동이라. 왼손에 유리반 오른손에 대모반을 눈 위에 높이 들어 재배하고 하는 말이,

"천은병에 넣은 것은 죽은 사람을 살려 내는 환혼주요, 백옥병에 넣은 것은 소경 눈을 뜨이는 개안주요, 금잔지로 봉한 것은 벙어리 말하게 하는 개언초요, 대모 접시에는 불로초요, 유리 접시에는 불사약이니, 값으로 의논하면 억만 냥이 넘사오니 매매하여 쓰옵소서."

하고 간데없는지라, 흥부 거동 보소.

"얼씨고절씨고 즐겁도다. 세상에 부자 많다 한들 사람 살리는 약이 있을소냐."

흥부의 아내가 하는 말이,

"우리 집 약국을 연 줄 알고 약 사러 올 사람이 없고, 아직 효험 빠르기는 밥만 못하외."

흥부 말이,

"그러하면 저 통에 밥이 들었나 타 봅세."

하고 또 한 통을 탔다.

"슬근슬근 톱질이야, 우리 가난하기 일읍에 유명하매 주야 설워하더니, 부지허명 고대하던 천 냥을 일조에 얻었으니 어찌 좋지 않을 건가. 슬근슬근 톱질이야. 어서 타세 톱질이야."

툭 타 놓으니, 온갖 세간이 들었는데, 자개함롱·반닫이·용장·봉방·제두주·쇄금들미 삼층장·계자다리 옷걸이·쌍룡 그린 빗접고비·용두머리·장목비·놋촛대·광명두리·요강·타구 벌여 놓고, 선단이불 비단요며 원앙금침 잣베개를 쌓아 놓고, 사랑 기물로 보자면 용목쾌상·벼룻집·화류책장·각게수리·용연벼루·앵무 연적 벌여 놓고, 『천자』·『유합』·『동몽선습』·『사략』·『통감』·『논어』·『맹자』·『시전』·『서전』·『소학』·『대학』 등 책을 쌓았고, 그 곁에 안경·석경·화경·육칠경·각색 필묵 퇴침에 들어 있고, 부엌 기물을 의논하자면 노구새옹·곱돌솥·왜솥·전솥·통노구·무쇠두멍 다리쇠 받쳐 있고, 왜화기·당화기·동래 반상·안성 유기 등물이 찬장에 들어 있고, 함박·쪽박·이남박·항아리·옹박이·동체·깁체·어레미·김칫독·장독·가마·승교 등물이 꾸역꾸역 나오니, 어찌 좋지 않을쏜가.

– 작자 미상, 「흥부전」

*양주: 부부를 이르는 말.

*시배: 따라다니며 시중을 드는 일. 또는 그 하인.

26 다음 설명에 해당하는 소재를 위 작품의 [A]와 [B]에서 찾아 차례대로 쓰시오.

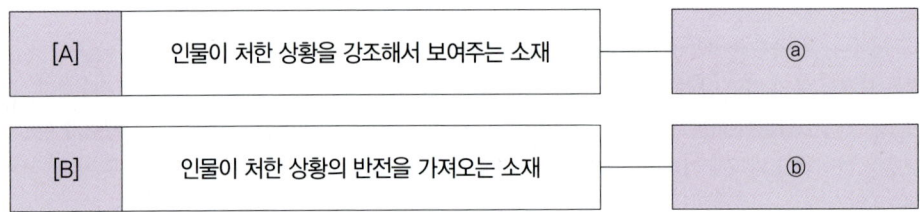

| [A] | 인물이 처한 상황을 강조해서 보여주는 소재 | ⓐ |
| [B] | 인물이 처한 상황의 반전을 가져오는 소재 | ⓑ |

Ⅱ 독서

[핵심이론]

1 독서의 본질

1. 독서의 준비

(1) 독서의 목적에 따라 글을 선택하는 방법

목적	글의 선택 방법
학업 독서	나에게 필요한 분야의 지식을 잘 정리한 책을 찾아서 정독함
교양 독서	나에게 필요한 교양이 무엇인지 생각하고 나서 읽을 만한 책을 찾음
문제 해결 독서	당면한 문제에 대해 분석하고 해결책을 제시한 책을 찾음
여가 독서	나의 흥미와 관심을 생각하여 책을 찾음
타인과의 관계 유지를 위한 독서	사람들의 공통적인 관심사를 생각하여 책을 찾음

(2) 독서 수준에 맞는 글을 선택하는 방법

① 표지를 통해 책의 성격에 대한 단서 찾기

② 목차와 서문을 통해 책에서 다룬 내용의 범위 확인하기

③ 본문을 보고 나의 지식이나 어휘력으로 이해할 수 있을지 짐작하기

(3) 가치 있는 글을 선택하는 방법

① 다른 사람이 쓴 서평 등을 참고하여 책 선택하기

② 여러 세대를 거치면서 검증되어 '고전'으로 인정된 책 선택하기

③ 권장 도서나 추천 도서로 선정된 책 선택하기

2. 주제 통합적 읽기

(1) 개념: 같은 화제를 다룬 여러 글을 읽고 비판적 · 통합적으로 이해하여 의미를 재구성하는 활동

(2) 필요성

① 다양하고 폭넓은 관점으로 주제를 바라볼 수 있음

② 주관적이고 비판적인 시각으로 다른 사람의 글을 읽을 수 있음

③ 인간과 세계를 폭넓게 이해하는 능력을 기를 수 있음

④ 문제 상황을 창의적으로 해결할 수 있는 능력을 기를 수 있음

(3) 과정

읽기의 목적 구체화하기

⇩

읽기 목적에 맞는 글 찾기

⇩

글의 분야, 글쓴이의 관점, 형식이 다른 글을 서로 비교하며 읽기

⇩

글의 주장을 비판적으로 검토하고 유용한 정보 추려 내기

⇩

자신의 관점에 따라 정보를 가려내어 화제에 대한 자신의 견해 정리하기(재구성하기)

2 독서의 방법

1. 사실적 읽기

(1) 개념: 글에 드러난 정보를 확인하면서 읽는 활동으로, 글을 이해하기 위한 가장 기본적인 읽기 방법

(2) 방법

① 제목을 주의 깊게 살펴보고 내용을 요약하기

② 글의 종류와 그에 따른 글 전체의 논리를 살펴 글의 구조를 파악하기

③ 글의 화제나 내용, 글의 전개 방식을 알려 주는 담화 표지 등을 살펴 글의 전개 방식을 파악하기

2. 추론적 읽기

(1) 개념: 글에 드러난 내용 이외의 것들을 추측하며 읽는 활동

(2) 방법

① 배경지식, 담화 표지, 글의 문맥 등을 종합적으로 활용하여 생략되거나 암시된 정보를 추론하기

② 글의 종류, 글 전체의 내용과 글의 맥락을 고려하여 글쓴이의 의도나 목적을 추론하기

③ 글쓴이의 입장, 글의 예상 독자, 글의 화제나 대상을 대하는 글쓴이의 태도 등을 종합하여 숨겨진 주제를 추론하기

3. 비판적 읽기

(1) **개념**: 글의 내용과 표현 방법, 글쓴이의 관점, 글의 배경이 되는 사회 · 문화적 이념 들을 판단하며 읽는 활동

(2) **방법**

① 글쓴이의 관점이 타당한지, 내용이 논리적으로 타당한지, 정확하고 믿을 만한지, 공정한지, 자료가 적합한지 등을 판단하기

② 글에 쓰인 표현 방법이 적절하고 효과적인지 판단하기

③ 글에 숨겨진 의도, 글에 전제되거나 글쓴이가 의도적으로 반영한 사회 · 문화적 이념을 판단하기

4. 감상적 읽기

(1) **개념**: 글에 대해 정서적으로 반응하며 읽는 활동

(2) **방법**

① 공감하거나 감동을 느낀 부분의 의미를 생각하기

② 글에서 깨달음과 즐거움을 얻기

③ 글의 내용을 자신에게 맞게 수용하기

5. 창의적 읽기

(1) **개념**: 글의 내용과 글쓴이의 생각에 독자 자신의 지식과 경험을 더해 새로운 의미를 만들어 내는 활동

(2) **방법**

① 문제 해결에 도움이 되는 글을 찾아 읽기

② 문제와 관련된 글쓴이의 생각을 평가하고 이에 대한 대안을 찾으며 능동적으로 읽기

3 독서의 분야

1. 인문 · 예술 분야의 글 읽기

(1) 글의 특성

　① 인문 분야: 인간 존재에 대해 철학적으로 탐구하고, 인간의 삶을 기록하기 위한 인간의 지적 활동이 축적된 글

　　예 문학, 역사, 철학, 언어, 종교, 심리 등에 관한 글

　② 예술 분야: 인간의 상상력과 기술을 발휘해 아름다움을 표현하려는 활동 및 그 결과로 만들어진 작품에 대한 설명, 예술이 탄생한 배경과 창작된 과정 등을 다룬 글

　　예 예술 철학, 미학 등 예술론 일반에 대한 글, 작품론, 작가론, 음악, 미술, 연극, 영화, 무용, 건축, 사진, 공예 등

(2) 글을 읽는 방법

　① 인문 분야와 예술 분야에 대한 배경지식을 활용하며 읽기

　② 인문학적 세계관과 인간에 대한 글쓴이의 성찰을 비판적으로 이해하며 읽기

　③ 예술과 삶의 문제를 대하는 인간의 태도를 비판적 시각에서 읽기

2. 사회 · 문화 분야의 글 읽기

(1) 글의 특성

　① 사회 분야: 정치, 경제, 언론, 법률, 국제 관계, 교육 분야를 다룬 글

　② 문화 분야: 의식주, 언어, 풍습, 종교, 학문 분야를 다룬 글

(2) 글을 읽는 방법

　① 글에 담긴 사회적 요구와 신념을 비판적으로 파악하며 읽기

　② 사회적 현상의 특성을 이해하며 읽기

　③ 역사적 인물과 사건의 사회 · 문화적 맥락을 비판적으로 이해하며 읽기

3. 과학 · 기술 분야의 글 읽기

(1) 글의 특성

　① 과학 분야

　　㉠ 자연 현상이나 물리적 세계를 대상으로 하며, 대상의 구조나 변화의 원리를 보편적 인과 법칙에 의해 서술함

ⓛ 객관적 자료에 근거한 과학적 사실이나 법칙을 제시함

ⓒ 자연 과학에 관한 글뿐 아니라 과학에 관한 일반적인 글도 포함함

② 기술 분야

㉠ 과학 이론을 실제로 적용하여 자연과 사물 등을 인간 생활에 유용하도록 가공한 다양한 기술에 관해 서술함

ⓛ 기술 공학적 원리나 법칙을 탐구하고 설명함

(2) 글을 읽는 방법

① 과학 용어나 개념을 명확하게 이해하며 읽기

② 지식과 정보의 객관성을 파악하며 읽기

③ 논거의 입증 과정을 파악하고 논거의 타당성을 판단하며 읽기

④ 과학적 원리의 응용과 한계를 파악하며 읽기

4. 시대의 특성을 고려한 글 읽기

(1) 글쓰기 관습의 변화

① 세로쓰기 → 가로쓰기

② 한문 또는 한문과 한글의 병기 → 한글 표기

(2) 글 읽기 방법

① 글이 생산된 당대의 글쓰기 관습이나 독서 문화를 고려하며 읽기

② 글쓴이의 상황이나 당시의 사회 · 문화적 맥락을 고려하며 읽기

③ 자신의 필요나 상황에 맞추어 글의 의미를 재구성하며 읽기

5. 지역의 특성을 고려한 글 읽기

(1) 필요성

① 인간과 세계의 다양성에 대한 이해의 폭을 넓힐 수 있다.

② 다른 지역의 사회 · 문화가 갖는 특수성을 알 수 있다.

③ 다른 지역과 비교하여 우리 사회와 문화의 고유한 가치, 한 인간으로서 자신에 대한 이해를 높일 수 있다.

(2) 글 읽기 방법

① 글이 쓰인 당시 그 지역을 지배한 가치관과 문화를 고려하며 읽기

PART 1
국어

PART 2
수학

PART 3
기출문제

PART 4
해답

② 글이 지역의 가치관이나 문화에 끼친 영향을 생각하며 읽기

③ 지역적으로 편중되지 않도록 세계와 국내 여러 지역의 문화를 다룬 글을 두루 읽기

④ 각 지역의 문화적 특성을 존중하는 문화 상대주의적 관점을 지니고 읽기

6. 매체의 특성을 이용한 글 읽기

(1) 독서 환경의 변화

① 정보 통신 기술의 발달로 다양한 읽기 매체(스마트폰, 태블릿 컴퓨터, 전자책 단말기 등)가 생겨남

② 인터넷을 통해 사람들이 지식과 정보의 구성에 직접 참여하고, 손쉽게 자료를 복제하고 전송할 수 있게 됨

(2) 글 읽기 방법

① 매체의 유형과 특성을 고려하여 매체 자료를 읽기

② 매체 자료의 타당성, 신뢰성, 공정성 등을 평가하며 비판적으로 읽기

③ 다양한 매체에서 필요한 정보를 수집하여 활용할 수 있도록 능동적이고 주체적으로 읽기

④ 독서의 태도

1. 지속적인 독서 활동

(1) 효과

① 지식과 정보를 얻어 시대의 변화에 대응할 수 있음

② 자기 분야의 전문가로 성장할 수 있음

ⓒ 독서 문화를 향유하고 건전한 독서 문화 형성에 이바지할 수 있음

(2) 실천

① 독서에 대한 흥미와 관심을 유지함

② 자발적인 독서 태도를 지님

③ 자신의 독서 이력을 관리함

2. 독서를 통해 타인과 교류하는 방법

① 자신의 관심사에 맞는 다양한 독서 활동 찾기

② 독서 활동에 능동적으로 참여하기

③ 독서 활동의 경험을 공유하고 확산하기

[실전문제]

대표문제

▶ **다음 글을 읽고 물음에 답하시오.**

배점(총점)	예상 소요 시간
10점	5분 / 전체 70분

공공재란 공원이나 경찰 등과 같이 공동으로 이용할 수 있는 재화나 서비스를 의미한다.

공공재는 주로 국가에서 공급하는데, 해당 국가의 국민이 아니거나 국민의 의무를 다하지 않는 사람들도 혜택을 누릴 수 있는 문제점이 있다.

경제학적으로 공공재의 특성에 대해 잘 이해하려면 배제성과 경합성의 의미를 알아야 한다. 배제성이란 재화와 서비스의 이용 대가를 공급자에게 지불하지 않은 사람이 해당 재화나 서비스를 소비하지 못하도록 배제할 수 있는 성질을 의미한다. 일반적으로 우리가 사용하는 재화와 서비스는 대부분 대가를 지불하지 않고서는 이용할 수 없지만, 국가가 제공하는 치안 서비스 같은 경우는 대가를 지불하지 않은 사람도 이용할 수 있다. 이처럼 재화와 서비스에 따라 배제성의 존재 여부가 다르다. 한편 경합성이란 어떤 사람이 재화나 서비스를 사용하거나 소비할 때 다른 사람이 그 재화나 서비스를 소비할 수 있는 기회가 감소하는 성질을 의미한다. 예를 들어 빵을 사고 싶은 사람은 두 명인데 빵이 한 개라면 한 사람은 빵을 구매할 수 없으므로 빵은 경합성이 있는 재화이며, 공중파 방송은 누군가 시청하고 있어도 다른 사람이 시청할 수 있으므로 경합성이 없는 서비스이다. 이처럼 재화나 서비스에 따라 경합성의 존재 여부가 다르다.

재화나 서비스는 배제성과 경합성을 기준으로 사적 재화, 클럽재, 공유 자원, 공공재로 구분할 수 있다. 첫째로 사적 재화는 돈을 내지 않으면 가질 수 없고, 내가 사용하면 다른 사람이 소비할 수 있는 기회가 감소하는 것으로, 배제성과 경합성을 모두 가지고 있다. 음식, 자동차 등 생활에 필요한 대부분의 재화나 서비스가 여기에 포함된다. 둘째로 클럽재는 배제성은 있으나 경합성이 없는 것으로 상수도 서비스가 예가 될 수 있다. 셋째로 공유 자원은 경합성은 있으나 배제성이 없는 것으로서 강에 사는 물고기와 같은 자연 자원이 예가 될 수 있다. 마지막으로 공공재는 배제성과 경합성이 모두 없는 것을 의미한다. 즉 대가를 지불하지 않은 사람도 이용할 수 있으며, 다른 사람과 동시에 이용할 수 있다.

공공재가 배제성과 경합성이 없다고 해서 공공재 생산에 비용이 발생하지 않는 것은 아니다. 누군가는 경제적인 이득이 없어도 비용을 들여 사회에 필요한 공공재를 생산해야 하는데, 그렇게 생산된 공공재는 대가를 지불하지 않아도 이용이 가능하다. 배제성이 없는 재화나 서비스에 대가를 지불하지 않고 이용하려는 현상을 무임승차 문제라고 한다. 공공재의 생산을 시장에 자율적으로 맡겨 놓을 경우, 무임승차 문제 때문에 사회가 필요로 하는 양만큼 공공재가 생산되지 않고 적게 생산될 가능성이 높다. 다시 말해 사회적으로 꼭 필요한 곳에 자원이 효율적으로 배분되고 있지 않은 것이며, 이런 의미에서 시장 실패가 나타난다고 할 수 있다.

이런 이유로 인해 공공재는 대부분 국가에서 생산 및 공급하게 된다.

[예시문제]

제시문을 바탕으로 〈보기〉의 A~C에 들어갈 사례를 바르게 연결하시오.

보기

경합성 배제성	있음	없음
있음	A	B
없음	사례2	C

〈사례1〉 어떤 주택에 세입자가 주택 소유자에게 월세를 내고 거주하고 있다.

〈사례2〉 스마트폰을 통해 유료로 음악이나 동영상을 감상하고 있다.

〈사례3〉 자리가 50석 밖에 없는 무료 도서관을 이용하려고 아침 일찍 줄을 서고 있다.

〈사례4〉 휴대폰 배터리가 부족하여 공항에서 여러 사람이 같이 사용할 수 있는 무료 충전 기기에서 충전을 하고 있다.

A	
B	
C	

모범답안 A 사례1 / B 사례3 / C 사례4

바른해설 〈사례1〉은 어떤 주택에 세입자가 주택 소유자에게 월세를 내고 거주하고 있는 것이므로 경합성과 배제성이 모두 있다.

〈사례2〉는 스마트폰을 통해 유료로 음악이나 동영상을 감상하고 있는 것은 돈을 내면 누구라도 이용할 수 있으므로 유료이므로 배제성은 있으나 경합성은 없다.

〈사례3〉은 자리가 50석 밖에 없는 무료 도서관이므로 경합성은 있으나 배제성은 없다.

〈사례4〉는 휴대폰 배터리가 부족하여 공항에서 여러 사람이 같이 사용할 수 있는 무료 충전 기기이므로 경합성도 없고 배제성도 없다.

채점기준

답안	배점
A 사례1	3점
B 사례3	3점
C 사례4	4점

[01~02] 다음 글을 읽고 물음에 답하시오.

독서가 이루어지기 위해서는 독서의 대상이 되는 텍스트가 있어야 한다. 텍스트는 문장이 모여서 이루어진 한 덩어리의 글을 의미하며, 여러 가지 특성을 갖추고 있다. 텍스트의 특성 중 중요한 것은 통일성과 응집성이다.

통일성이란 텍스트의 하위 내용들이 의미상 하나의 주제를 일관적으로 드러내고 있는 것을 말한다. 텍스트에 통일성이 있다면 이해가 어려운 부분이 있더라도, 독자가 문맥과 배경지식, 상황 맥락 등을 고려하여 해당 부분의 의미나 의도를 추론할 수 있다. 그리고 이런 추론 과정을 통해, 텍스트가 전달하려는 주제를 파악할 수 있다.

[A] 응집성이란 텍스트의 하위 내용들이 표면상 긴밀하고 자연스럽게 연결되어 있는 것을 말한다. 접속이나 대용을 나타내는 표현을 적절하게 사용하면 응집성을 높일 수 있다. 접속 표현이란 두 개 이상의 내용을 연결하는 표현으로, 주로 연결 어미나 접속 부사를 통해 나타난다. 대용 표현이란 앞에 나온 내용의 반복을 피하고자 다른 표현으로 대체하는 것으로, 내용의 자연스러운 연결 외에도 글을 풍부하고 다채롭게 하는 효과가 있다. 접속 및 대용 표현 외에도 예고, 강조, 요약, 예시, 열거 등 내용 간의 관계를 나타내는 담화 표지를 적절하게 사용하거나 이유 없이 중복되는 내용을 생략하면, 내용 간의 연결을 자연스럽게 만들어 응집성을 높일 수 있다. 응집성을 높이기 위한 장치를 적절히 사용하면 텍스트의 내용이나 흐름이 명확해져 주제가 잘 드러나므로 통일성도 같이 높아진다.

통일성과 응집성 외에도 텍스트는 의도성, 용인성, 정보성, 상호 텍스트성과 같은 다양한 특성을 가질 수 있다. 의도성은 텍스트가 특정한 목적을 지니고 있다는 것으로, 제목이나 내용, 문체 등 다양한 방식으로 드러날 수 있다. 용인성은 텍스트가 독자에게 의미가 있으며 적합한 내용으로 인식되는 것인데, 같은 텍스트라도 독자에 따라 다르게 받아들일 수 있으므로 독자의 개인적 가치관이나 사회 문화적 배경이 용인성에 영향을 미친다. 정보성은 텍스트가 독자가 알지 못한 새로운 정보를 담고 있는 것을 의미하며, 텍스트에 독자가 몰랐던 정보가 많을수록 정보성이 크다고 할 수 있다. 상호 텍스트성은 하나의 텍스트가 내용이나 형식 면에서 다른 텍스트와 관계를 맺고 있는 것을 의미한다. 어떤 텍스트에 다른 텍스트의 일부를 인용한 부분이 있거나 기존에 있던 텍스트의 내용이나 형식을 패러디하여 새로운 텍스트를 창작하는 것도 상호 텍스트성이 잘 드러나는 사례라고 할 수 있다. 텍스트가 이런 특성들을 제대로 갖추지 못한다면 텍스트의 기능을 수행하기 어려우며, 독자 또한 텍스트의 특성을 고려하여 독서를 해야 의미 있는 독서가 이루어질 수 있다.

01 다음의 〈보기 2〉는 [A]에서 설명하는 텍스트의 응집성을 바탕으로 〈보기 1〉의 ㉠~㉣의 적절성을 판단한 것이다. 빈칸에 들어갈 2어절의 단어들을 [A]에서 찾아 차례대로 쓰시오.

보기 1

고농도 미세 먼지 발생 시 행동 요령 네 가지에 대해 알려 드립니다. ㉠첫째, 실외에서는 마스크를 착용해야 합니다. ㉡하지만 마스크 착용 시 호흡 곤란 등이 발생한 경우에는 마스크 사용을 중지하고 의사에게 상담을 요청하십시오. 둘째, 도로변이나 공사장 주변 등에 있다면 ㉢그런 곳은 미세 먼지 농도가 높으므로 오래 머무르지 마십시오. 셋째, 실내에 있다면 실내 공기 질을 관리해야 합니다. ㉣예를 들어 물청소나 공기 청정기 가동을 통해 실내 먼지를 줄여야 합니다. 마지막으로, 대기 오염을 유발하는 각종 행동을 자제해야 합니다. 예를 들어 자가용 운행보다는 대중교통을 이용하는 것이 있습니다.

보기 2

㉠ ( )의 시작을 나타낼 수 있는 담화 표지를 사용하여 응집성을 높이고 있다.
㉡ 문장 간의 관계를 알려 주는 ( ) 표현을 사용하여 응집성을 높이고 있다.
㉢ 앞에서 언급한 내용에 대한 적절한 ( ) 표현을 사용하여 응집성을 높이고 있다.
㉣ 앞에서 언급한 내용의 ( )이/가 이어짐을 알려 주는 담화 표지를 사용하여 응집성을 높이고 있다.

㉠: _____ ㉡: _____ ㉢: _____ ㉣: _____

02 다음의 〈보기 2〉는 제시문을 읽은 학생이 〈보기 1〉의 ⓐ, ⓑ에 대해 보인 반응이다. 〈보기 2〉의 빈칸에 들어
갈 텍스트의 특성을 제시문에서 찾아 차례대로 쓰시오.

보기 1

ⓐ 제목: 인생의 교훈

꼬여 있는 줄은 당기기만 하면 풀리지 않는다. 이는 사람 사이에 갈등이 발생하였을 때, 자신의 주장만 고집하
지 말고 상대의 입장을 생각할 필요가 있다는 것이다. 상대의 입장을 이해하면 문제 해결의 실마리가 보일 수
있으므로, 때로는 상대를 고려하는 것이 문제 해결의 방법이 될 수 있는 것이다.

ⓑ 제목: 언어의 사회적 특성

인간은 언어를 통해 사고할 수 있다. 인간의 사고는 감정과 밀접하게 관련되어 있는데, 감정은 우리의 판단과
결정에 영향을 미친다. 특히 강렬한 외부 자극은 뇌의 편도체에 영향을 미쳐 인간의 감정에 영향을 준다. 그러
므로 이성적 사고와 감정이 상호 작용할 때 창의적인 표현이 나올 수 있다.

보기 2

① ⓐ는 문맥을 통해 첫 번째 문장이 담긴 의도를 파악할 수 있고 일관된 주제를 전달하므로 ( )이/가 잘 드러
나는군.
② ⓑ는 문맥상 어울리지 않는 단어 사용으로 인해 문장 간의 연결이 어색하므로 ( )이/가 결여되어 있군.
③ ⓐ는 텍스트의 목적과 내용이 제목을 통해 드러나고 있으므로 ( )이/가 잘 드러나 있지만, ⓑ는 제목이 텍스
의 내용과 관련성이 떨어지므로 텍스트의 목적과 핵심 내용을 파악하기가 어렵겠군.

①: _____ ②: _____ ③: _____

[03~04] 다음 글을 읽고 물음에 답하시오.

아주 큰 부자를 이를 때 흔히 '백만장자(millionaire)'라는 말을 사용하는데, 백만장자는 말 그대로 백만 달러를 가지고 있는 사람을 이른다. 1950년대까지만 하더라도 백만 달러는 무엇이든 살 수 있는 어마어마한 금액이었지만 현재는 뉴욕에서 집 한 채를 사기도 어려운 금액이다. 돈의 가치가 이렇게 하락한 이유는 물가가 꾸준히 상승하면서 돈의 가치가 떨어졌기 때문이다. 만약 물가가 급격히 상승하면 돈은 제 기능을 하지 못하게 되고, 물가가 지속적으로 하락하는 경우에는 소비를 미루는 경향이 나타나 경기가 침체된다. 따라서 경제가 안정성을 유지하면서 성장하기 위해서는 물가 수준을 파악하고 물가를 관리하는 것이 필요하다. 물가 수준을 파악하는 지표에는 여러 가지가 있지만, 가장 대표적인 것은 소비자 물가 지수(CPI)와 GDP 디플레이터이다.

㉠ CPI는 도시 생활자의 평균적인 생계비나 구매력 변동을 측정하는 지표로서, 기준 연도의 물가 수준을 100으로 놓았을 때 비교 시점의 물가 수준이 얼마나 되는지를 상대적인 크기로 표시한 것이다. 이를 구하기 위해서 국가 통계 기관에서는 먼저 소비자들의 지출 구조를 분석하여 가계 소비 지출에서 차지하는 비중이 큰 품목들을 선정하고, 비중에 따라 가중치를 설정한다. 예를 들어 쌀과 보리를 대상 품목으로 선정했다고 할 때, 쌀은 보리보다 소비 비중이 크므로 가중치를 높게 설정하여 쌀 가격의 변화가 더 크게 반영될 수 있도록 하는 것이다. 그런 다음 선정된 품목의 가격을, 여러 지역에서 주기적으로 직접 조사하여 평균화하고, 이를 기준 연도와 대비하여 CPI를 산출한다. 그런데 소비자의 지출 구조는 변화하기 때문에 그에 따라 품목이나 가중치도 달라진다. 우리나라의 경우 품목이나 가중치를 2~3년마다 갱신하고 있으며, 5년마다 지수를 초기화한다. 미국의 경우 주기적으로 품목과 가중치를 갱신하고 있지만 1982~1984년의 평균 물가를 100으로 하고 있다.

㉡ GDP 디플레이터는 명목 GDP를 실질 GDP로 나눈 값에 100을 곱하여 산출하는 지표이다. 명목 GDP는 조사 기간 내 국내에서 생산된 모든 최종 생산물의 수량에 가격을 곱하여 산출한 값이다. 명목 GDP의 변동에는 최종 생산물의 수량과 가격 변동이 함께 작용하기 때문에, 때로는 물가 상승으로 인해 착시 현상이 일어날 수 있다. 실질 GDP는 가격을 기준 연도로 고정하여 가격 변동분을 제거한 것으로, 경제 성장률을 산정할 때 사용하는 지표이다. 그러므로 명목 GDP를 실질 GDP로 나누면 물가가 얼마나 변동되었는지를 확인할 수 있다.

CPI와 GDP 디플레이터는 비슷하게 움직이지만 산출 방법에 따른 차이가 존재하며, 이용 분야도 다르다. CPI에는 가계에서 많이 소비하는 품목이 반영되지만, GDP 디플레이터에는 가계에서 소비하지 않는 품목까지 반영되며, 국내에서 생산되지 않는 품목은 제외된다. 예를 들어 우리나라에서 생산되는 선박이나 무기 등은 일반적으로 가계에서 구매하지는 않지만, GDP 디플레이터에 미치는 영향은 크다. 반대로 원유는 외국에서 생산된 것이기 때문에 원유 가격 상승이 GDP디플레이터에는 반영되지 않지만, CPI에 미치는 영향은 크다. 한편 GDP 디플레이터는 분기마다 나오는 GDP 관련 통계가 나온 후 산정되며 개별 품목의 가격 변화는 다루지 않는다. 또한 일시적인 요인에 의한 영향이 적기 때문에 거시적인 물가의 흐름을 파악하는 데 유용하다. 이와 달리 CPI는 매달 발표되며 지수의 차이를 통해 인플레이션율, 즉 물가의 변동 정도를 구하는 데 유용하다. 예를 들어 전월 CPI가 200이고 금월 CPI가 210이라면 전월 대비 인플레이션율은 $10/200$이 된다. 그런데 CPI는 정기 세일이나 농산품의 수급 등 시기적 변동의 영향도 크기 때문에 인플레이션율을 구할 때 전년 동월 대비 인플레이션율을 사용하는 경우가 많다. 이렇게 산정한 인플레이션율을 통해 정부에서는 물가 정책이나 통화 정책이 효과가 있었는지를 평가할 수 있다.

일반적으로 주식이나 채권 시장에서는 GDP 디플레이터보다 CPI 발표를 더 주목하는데, 그 이유는 CPI가 예산이나 통화 정책과의 연관성이 크기 때문이다. 예산 편성에서 중요한 상수는 연금이나 기초 생활 보장비인데, 이는 CPI와 연동되어 결정된다. 그리고 시중의 유동성이나 경기 상황에 따라 기준 금리를 조정하게 되는데, CPI는 금리 정책을 결정하는 데 가장 중요한 참고 자료이다. 미국의 경우 양적 완화 정책에 따른 유동성의 증가로 인해 물가가 상승하였는데, 2022년

6월에는 전년 동월 대비 CPI 인플레이션율이 8.6%에 이르렀다. 그러자 중앙은행에서는 0.25%씩 조정하던 기준 금리를 한 번에 0.75% 올리는 '자이언트 스텝'을 단행했다. 그 결과 주식 시장에 투자된 자금들이 높은 금리를 찾아 채권 시장으로 이탈하면서 주가가 하락한 바 있다.

CPI는 여러 가지 면에서 유용한 지표이지만 한계도 있다. 우선 대체 효과에 따른 지수의 왜곡을 들 수 있다. 모든 재화의 가격이 같은 비율로 변하지 않기 때문에 가중치가 높은 재화의 가격이 오를 경우 가중치가 낮은 재화의 소비량이 늘어난다. 그렇지만 CPI의 가중치는 재화의 대체 가능성을 배제하고 있으므로 생계비 변동이 과대 평가된다. 또한 새로운 상품이 시장에 나오면 소비자의 선택의 폭이 넓어지면서 더 낮은 비용으로도 동일한 생활 수준을 유지할 수 있다는 점이 반영되지 못한다. 그리고 자동차나 컴퓨터의 경우 매년 성능이 개선되면서 가격도 올라가는데, 이는 물가만 올라가는 것과는 다르지만 CPI에는 제대로 반영되지 못한다. 따라서 CPI의 정확성을 어떻게 제고할지에 대한 문제는 경제학자들 사이에서 중요한 연구 과제이다.

03 다음은 제시문을 읽고 ㉠, ㉡에 대해 이해한 내용이다. 적절한 대상을 주어진 〈조건〉에서 골라 차례대로 쓰시오.

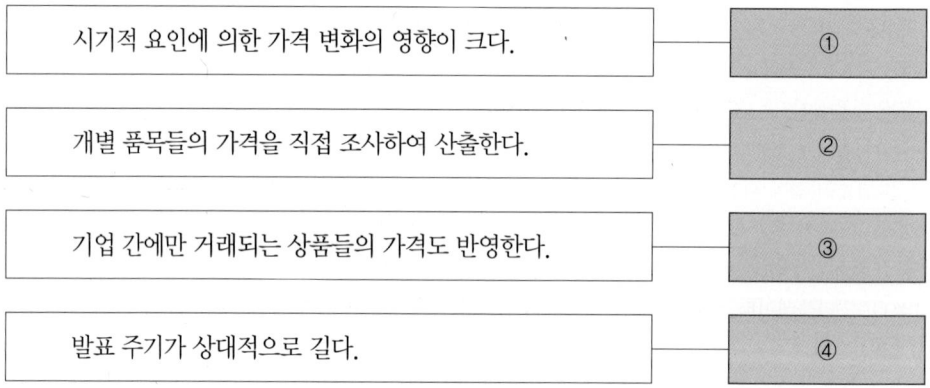

시기적 요인에 의한 가격 변화의 영향이 크다.	①
개별 품목들의 가격을 직접 조사하여 산출한다.	②
기업 간에만 거래되는 상품들의 가격도 반영한다.	③
발표 주기가 상대적으로 길다.	④

조건

· ㉠보다 ㉡에 더 많이 적용되는 경우 : ㉠ 〈 ㉡
· ㉡보다 ㉠에 더 많이 적용되는 경우 : ㉠ 〉 ㉡

04 제시문의 내용을 바탕으로 다음의 〈보기 1〉을 이해할 때, 〈보기 2〉의 빈칸에 들어갈 말을 〈선택지〉에서 골라 제시하시오.

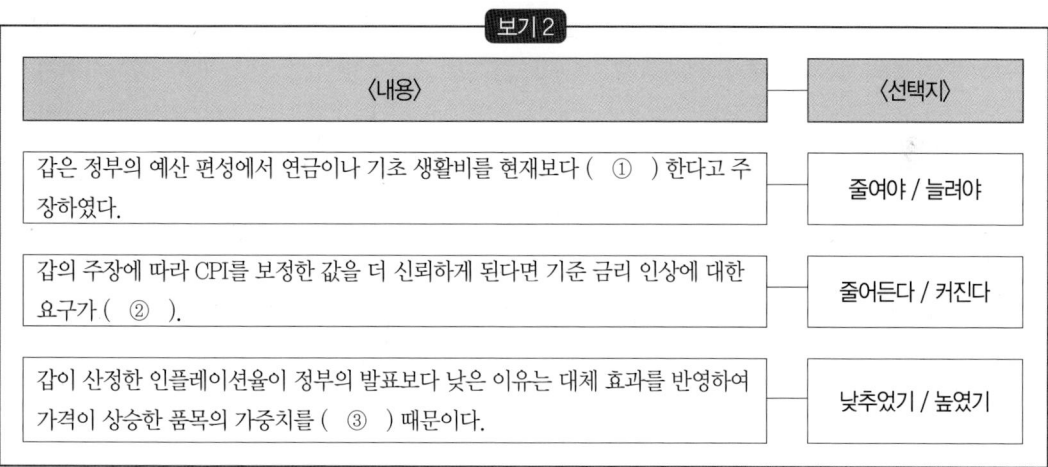

보기1

경제학자 갑은 통계 기관에서 작성한 소비 지출 구조 변화와 CPI 산정을 위해 구한 가격 자료를 살펴보았다. 그 결과 가격이 상승한 품목의 소비 비중은 낮아지는 반면, 가격이 그대로인 유사한 품목의 소비 비중이 높아지는 경향을 확인했다. 갑이 이 경향을 반영하여 가중치를 조정하였더니 인플레이션율이 정부의 발표보다 1% 낮아졌다. 이 결과를 통해 그는 정책 결정을 할 때 CPI를 그대로 적용해서는 안 된다고 주장하였다.

보기2

〈내용〉	〈선택지〉
갑은 정부의 예산 편성에서 연금이나 기초 생활비를 현재보다 (①) 한다고 주장하였다.	줄여야 / 늘려야
갑의 주장에 따라 CPI를 보정한 값을 더 신뢰하게 된다면 기준 금리 인상에 대한 요구가 (②).	줄어든다 / 커진다
갑이 산정한 인플레이션율이 정부의 발표보다 낮은 이유는 대체 효과를 반영하여 가격이 상승한 품목의 가중치를 (③) 때문이다.	낮추었기 / 높였기

[05~06] 다음 글을 읽고 물음에 답하시오.

우라늄과 같이 무거운 원자핵이 중성자를 흡수하면 원자핵이 쪼개지는데, 이를 핵분열이라고 한다. 우라늄 원자핵이 분열하면 많은 에너지와 함께 2~3개의 중성자가 나온다. 이 중성자가 다른 우라늄 원자핵과 부딪히면 또다시 핵분열이 일어난다. 이런 식으로 핵분열이 계속되는 것을 핵분열 연쇄 반응이라고 하며, 이 과정에서 발생하는 막대한 열로 증기를 만들어 그 힘으로 터빈을 돌려 전기를 발생하는 발전 방식을 원자력 발전이라고 한다. 핵분열 연쇄 반응으로 만들어진 에너지를 터빈에 전달하기 위해서는 원자로가 필요하다. 원자로에서는 핵분열로 인한 상당한 열이 발생하는데, 이 열로 인해 원자로의 구성 요소가 손상될 수 있다. 이를 막기 위해 냉각재를 사용하는데, 냉각재는 원자로를 구성하는 부품들 사이를 통과해 흐르면서 핵분열에 의해 발생하는 열에너지를 운반하는 물질이다. 현재 상용화된 원자로의 대부분은 경수(H_2O)*나 중수(D_2O)* 등의 물을 냉각재로 사용하고 있다. 이 외에도 원자로에는 제어봉이 필요하다. 제어봉은 핵분열 시 발생하는 중성자를 흡수하는 물질이다. 원자로 내에 중성자 수를 조절하지 않으면 핵분열 반응이 기하급수적으로 늘어나 핵연료의 소진을 가속화할 수 있으므로 제어봉을 통해 핵분열 반응 속도를 조절한다.

PART 1 국어 / PART 2 수학 / PART 3 기출문제 / PART 4 해답

　　원자력 발전 시스템은 1950년 상업적 이용을 시작으로 시대 변화와 요구에 따라 기술적 진보를 거듭하며 진화해 왔다. 현재 냉각재로 물을 사용하는 ㉠제3 세대 원자로와 달리 다양한 물질을 냉각재로 사용하는 제4 세대 원자로에 대한 연구가 활발하다. 이 중 ㉡용융염 원자로는 냉각재와 핵연료를 일체화된 용융염 형태로 활용하기 때문에 소형화가 가능하여 많은 관심을 받고 있다.

　　제3 세대 원자로는 고체 핵연료를 사용하며 핵연료와 냉각재가 분리되어 있다. 이 때문에 제3 세대 원자로에서는 매우 낮은 확률이라 할지라도 냉각재 상실이나 유실 사고에 따른 노심 용융 사고가 발생할 가능성이 있다. 노심은 핵연료가 핵분열 반응을 일으키는 곳으로, 만약 노심이 녹아내리는 용융 사고가 발생하면 원자로가 파손되어 대량의 방사성 물질들이 외부로 유출될 수 있다. 하지만 제4 세대 원자로 중 하나인 용융염 원자로는 이러한 문제를 최소화할 수 있다. 소금과 같이, 알칼리 금속과 할로겐 원소가 화학적으로 결합한 것을 '염'이라 하는데 용융염 원자로는 고온에서 액체로 존재하는 용융 상태의 염을 냉각재로 사용한다. 용융염 원자로는 핵연료를 냉각재인 용융염에 녹여 활용하므로 냉각재와 핵연료가 분리되지 않는다. 따라서 냉각재의 상실이나 유실에 의한 사고가 일어날 수 없다. 또한 노심 속의 핵연료 용융염이 외부로 누설되더라도 용융염은 대기압에서 약 400~500℃의 녹는점을 가지기 때문에 상온에서 고체화되어 방사능의 외부 누출을 억제할 수 있다.

　　또한 액체 핵연료는 고체 핵연료에 비해 온도 증가에 대한 부피 팽창률이 훨씬 더 크기 때문에 용융염 원자로는 온도가 증가함에 따른 액체 핵연료의 부피 팽창률을 통해 노심의 출력을 자동으로 조절할 수 있다는 장점도 있다. 비정상 운전 및 사고 상황에서 액체 핵연료의 온도가 상승하면 액체 핵연료의 밀도가 감소하게 된다. 이는 중성자의 핵분열 반응 확률을 감소시켜, 결과적으로 원자로 내 출력을 떨어뜨린다. 결국 용융염 원자로의 출력 변화는 냉각재 온도를 통해서 조절이 가능하다. 이 때문에 용융염 원자로에는 핵분열 반응 속도를 제어하는 제어봉이 필요 없다.

　　용융염 원자로의 구조를 단순화하면 노심, 펌프, 열 교환기, 동결 밸브, 배출 저장 탱크로 나누어 볼 수 있다. 노심 속의 핵연료 용융염은 펌프를 통해 노심 내부를 순환하게 된다. 이때 노심 내부를 순환하는 용융염의 열은 열 교환기를 통해 노심 외부로 이동한다. 열 교환기는 원자로 양쪽에 설치된 관으로, 관 내부에는 핵연료 물질이 배제된 용융염이 흐르고 있다. 관 내부의 용융염이 노심 내부를 순환하는 용융염의 열을 전달받아 발전기로 이동시키게 된다. 열 교환기는 노심 속 용융염과 경계면이 맞닿을 수 있도록 설치하지만, 열 교환기 내부의 용융염과 노심의 용융염은 서로 섞이지 않도록 분리해야 한다. 이를 통해 방사능 물질의 외부 유출을 원천적으로 차단하면서 에너지만 전달할 수 있기 때문이다. 동결 밸브는 원자로 하부에 설치되어 이를 개방함으로써 핵연료 물질이 포함된 용융염을 노심에서 배출 저장 탱크로 방출할 수 있다. 동결 밸브는 전기가 공급되고 있을 때에는 폐쇄되어 있어 용융염의 배출을 방지하지만, 전기 공급이 끊기면 수 분 내에 개방되어 핵연료 용융염이 배출 저장 탱크로 쏟아지게 한다. 동결 밸브의 개방을 통해 용융염 원자로의 운전을 정지할 수 있다. 배출 저장 탱크에는 탱크 내의 열을 제거하기 위해 내부를 관통하는 수많은 관이 설치되며, 이 관은 공기 또는 물을 열 제거원으로 사용한다.

*경수: 수수와 산소로 이루어진 보통의 물.

*중수: 중수소와 산소의 결합으로 만들어진 물로, 보통의 물보다 분자량이 큰 물.

05 〈보기〉는 제시문을 읽고 알게 된 사실을 정리한 메모의 일부이다. 빈칸에 들어갈 3음절의 용어를 제시문에서 찾아 차례대로 쓰시오.

보기

- 우라늄 원자핵의 분열을 일으키려면 (　①　)이/가 있어야 하는 군.
- 핵분열 연쇄 반응의 속도가 빠를수록 핵연료의 소진 속도가 빨라지므로 (　②　)을/를 통해 핵분열 반응 속도를 조절하는군.
- 제4세대 원자로의 등장은 (　③　)로 사용하는 물질에 대한 연구와 밀접한 연관이 있군.

①: ＿＿＿＿＿＿＿＿　②: ＿＿＿＿＿＿＿＿　③: ＿＿＿＿＿＿＿＿

06 다음은 제시문을 읽고 ㉠, ㉡에 대해 이해한 내용이다. 적절한 대상을 주어진 〈조건〉에서 골라 차례대로 쓰시오.

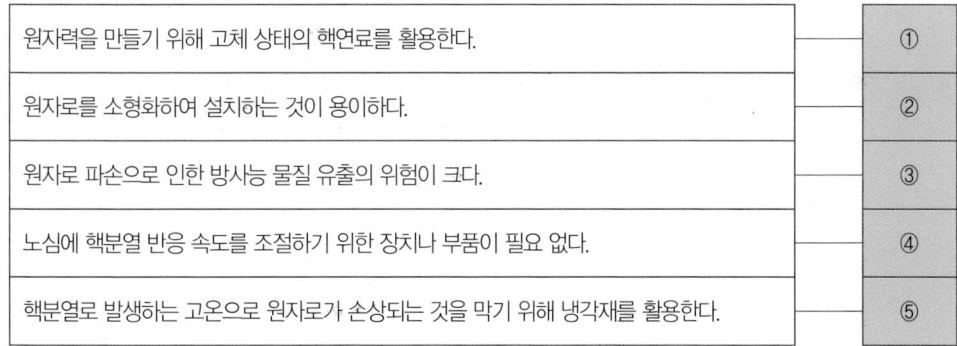

원자력을 만들기 위해 고체 상태의 핵연료를 활용한다.	①
원자로를 소형화하여 설치하는 것이 용이하다.	②
원자로 파손으로 인한 방사능 물질 유출의 위험이 크다.	③
노심에 핵분열 반응 속도를 조절하기 위한 장치나 부품이 필요 없다.	④
핵분열로 발생하는 고온으로 원자로가 손상되는 것을 막기 위해 냉각재를 활용한다.	⑤

조건

- ㉠과 ㉡ 중 ㉠에만 해당하는 경우 : ㉠ 〉 ㉡
- ㉠과 ㉡ 중 ㉡에만 해당하는 경우 : ㉠ 〈 ㉡
- ㉠과 ㉡ 모두에 해당하는 경우 : ㉠ = ㉡

[07~08] 다음 글을 읽고 물음에 답하시오.

경제학에서는 GDP가 장기간 하락하고 실업이 상당히 증가하는 상황을 불황이라고 부르며, 이러한 불황이 더욱 장기화되고 수치가 심각한 상황이 되는 것을 공황이라고 부른다. 이러한 상황에서는 상품이 부족해서가 아니라 너무 많아져서 문제가 된다. 물건을 아무리 많이 만들어도 ㉠소비가 감소하여 팔리지 않는다면 생산을 하지 않는 것만 못하게 된다. 이러한 현상이 개별 기업이 아닌 경제 전반에 걸쳐 지속적으로 발생한다면 심각한 사회 문제가 되는데, 공황 중에서도 야기한 충격이 컸기에 대공황이라고 불렸던 시대를 살아온 경제학자였던 하이에크와 슘페터는 공황을 다음과 같이 설명했다.

하이에크는 신용이 발달한 경제에서는 호황과 불황이 잇달아 일어나는 경기 변동 현상이 일어나게 마련이라고 보았다. 그가 주목하는 대공황의 근본 원인은 과잉 투자였다. 신용과 투자 그리고 이윤이 서로를 강화하는 과정에서 호황과 불황이 번갈아 발생하게 마련이며 호황은 불황의 씨앗을, 불황은 호황의 씨앗을 품고 있다는 것이다. 하이에크는 대출 금리가 가계의 저축과 기업의 투자가 균형을 이룰 수 있다고 보는 수준의 이자율에서 벗어나기 때문에 산출량의 변동이 발생한다고 보았다. 즉 적정한 이자율보다 금리가 낮으면 신용과 투자는 빠르게 증가하는 반면 가계는 저축을 줄이게 된다. 이 과정에서 투자 증가로 인해 미래의 산출량은 늘어나지만 저축은 감소하고 미래의 소비도 줄어들어 결국 미래의 산출과 수요의 불일치가 일어나게 된다. 또한 이러한 과잉 투자는 설비 과잉을 초래하여 기업의 수익률을 떨어뜨리고, 수익률 하락을 목격한 은행이 신규 대출을 줄이고 기존 대출을 회수하며 금리도 상승하게 된다. 이에 따라 기업의 투자가 빠르게 줄어들고 불황이 찾아오지만, 이후 불황으로 기업이 도산하거나 과잉 설비가 정리되면 자연히 이윤과 투자가 다시 늘면서 호황 국면으로 진입하게 된다.

슘페터 역시 공황은 저지해야 할 악이 아니라 혁신의 잠재력이 쇠퇴할 때 불가피하게 발생하는 것이며, 경제의 혁신을 위해 반드시 필요한 조정의 수단으로 보았다. 따라서 하이에크와 슘페터는 공황 해결을 위해 누군가가 개입해서 조정을 하면 오히려 문제가 심각해질 수 있기 때문에 시장에 자율적 조정을 맡겨야 한다고 보았다.

이처럼 인위적 개입을 반대하는 자유 시장주의자의 입장과 대비되는 입장을 가진 학자에는 케인스가 있었다. 케인스는 경제에는 장기적으로 균형을 회복하는 힘이 있으므로 정부의 개입 없이 두어야 한다는 일련의 입장에 대해 대단히 비판적이었다. 또한 그는 경기 침체를 사회가 자원을 탕진한 결과로 감수해야 하는 징벌이 아닌, 얼마든지 극복할 수 있는 질병이라고 보았다. 그리고 침체의 원인도 생산이 아닌 수요의 부족에 있다고 보았다. 민간 부문에서 수요란 가계의 소비와 기업의 투자로 구성된다. 케인스는 투자 감소에서 시작된 침체가 소비의 위축을 통해 더욱 심화된다고 보았다. 투자재에 대한 수요가 축소되면 투자재 부문에 고용된 사람들의 소득이 줄어들거나 이들이 실업으로 인해 소득을 상실한다. 이는 다시 소비재 부문에 대한 수요 축소로 연결되어 경제 전반에 걸쳐 소비가 감소한다. 사람들이 미래에 대한 불안으로 소비를 미루며, 화폐 자체에 대한 수요가 높아지는 현상을 그는 유동성 선호라고 불렀다. 따라서 그는 정부의 적극적인 개입을 통해 수요를 살리는 정책을 펼쳐야 경기 침체를 극복할 수 있다고 보았다.

07 제시문의 ⊙에 대해 이해할 때 다음 〈보기〉의 빈칸에 들어갈 경제학자들을 제시문에서 찾아 차례대로 쓰시오.

> **조건**
>
> ① (   )은/는 소비 감소 역시 시장의 자율 조정 기능에 의해 해결될 문제라고 보았다.
>
> ② (   )은/는 투자재에 대한 수요 축소로 인한 실업에서 발생한 소득 상실이 소득 감소로 연결된다고 보았다.
>
> ③ (   )은/는 투자 증가로 인한 미래의 산출량 증가가 미래 소비의 감소를 가져올 수 있다고 보았다.

08 하이에크와 슘페터 등의 자유 시장주의자와 케인즈는 불황에 대한 정부의 개입에 대해 상반된 시선을 보이고 있다. 다음의 ⓐ, ⓑ에 들어갈 단어를 제시문에서 찾아 각각 3음절로 쓰시오.

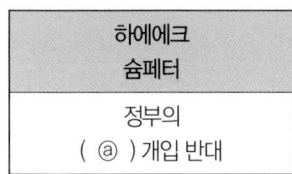

하에에크 슘페터		케인즈
정부의 (ⓐ) 개입 반대	⟺	정부의 (ⓑ) 개입 찬성

ⓐ _____

ⓑ _____

[09~10] 다음 글을 읽고 물음에 답하시오.

다수의 학자들이 주장해 온 다문화주의를 정의해 본다면, 하나의 사회 내에서 다양한 문화적 특성을 지닌 집단 또는 계층이 존재하는 것을 구성원들이 인식하고 존중하며, 이들 집단의 사회적·문화적 차이를 인정하고, 모든 구성원들에게 동등한 권리가 보장되는 포용적 맥락에서 이들 집단이 사회를 위해 지속적으로 이바지하도록 장려하는 가치관과 행동의 체계라고 요약할 수 있다.

이 개념을 구체적으로 살펴보면 네 가지 요소로 논점을 제시할 수 있다. 이는 첫째, 문화의 다양성을 인식하고 존중하는 것, 둘째, 문화 간 차이를 인정하는 것, 셋째, 다른 문화가 사회에 이바지하도록 장려하는 것, 넷째, 앞의 세 가지 요소를 포용하는 가치관과 행동 체계로 정리할 수 있다.

이러한 요소를 더 구체적으로 풀어 본다면, 우선 (ⓐ   )은/는 하나의 영토 안에서 복수의 인종 또는 민족이 존재하거나, 사회적 약자를 비롯한 다수의 계층이 공존하는 구조를 사회 구성원들이 받아들이고, 이와 관련된 일정한 규칙에 동의하고 지지함을 뜻한다. 이를 통해 구성원들은 자신과 다른 계층과 민족이 섞여서 생활하는 사회를 당연한 체계로 받아들이게 되는 것이다.

다음으로 (ⓑ   )은/는 다양성의 인식과 존중을 전제로 하여 단일 문화가 아닌 다양한 문화가 존재함으로써 그 사회가 더욱 발전하고 역동적으로 성장한다는 가치를 깨닫는 것이다. 당연히 구성원들은 그러한 사회를 선호하고 소중하게 지켜 가기 위한 노력을 기울이게 될 것이다.

또한 (ⓒ   )은/는 사회 구성원들이 열린 가치관을 소유하고 타문화에 대한 이해 정도가 높아져 있을 때 가능하다. 모든 문화는 고유의 특성과 색채를 띠고 있기 때문에 문화를 우월한 문화와 열등한 문화로 위계적 구분을 지을 수 없다. 문화는 수직적 단층 구조가 아닌 수평적 병렬 상태로 공존하는 인문적 자산인 것이다. 그런데 현실에서는 국가의 경제적 수준이나 국제 관계상의 지위에 따라 문화의 우월성까지 담보되는 경우가 종종 발생한다. 바람직한 다문화 사회가 되려면 하나의 영토 안에서 여러 가지 문화가 공존할 수 있는 환경이 갖추어져야 하며, 모든 구성원이 동등한 권리를 누리면서 문화적 교류와 상호 이해를 도모하고 정치, 경제 등 사회 활동에 제한 없이 참여할 수 있도록 해야 한다.

끝으로 다문화주의는 이와 같은 요소를 포용하는 가치관과 실천하는 행동 체계가 갖추어질 때 비로소 완성된다고 설명할 수 있다. 동시에 이러한 네 가지 차원의 다문화주의 요소는 서로 단절된 의미로 구성되고 작용하는 것이 아니라 상호 유기적인 결합을 통해 총체적인 의미 작용을 하는 통합적인 관계로 이해해야 할 것이다.

교통과 통신의 발달로 세계 여러 나라는 서로 긴밀히 교류하게 되었다. 결혼 이주민, 북한 이탈 주민, 유학생, 관광객, 사업가, 일자리를 찾는 구직자 등 많은 사람이 한국으로 오고 있다. 이 영향으로 우리나라도 빠르게 다문화 사회로 진입하고 있다. 이러한 사회적 변화에 대처하려면 우리 사회의 공동체 구성원 모두가 다문화주의에 대한 이해를 공유해야 한다.

09 제시문의 빈칸에 들어갈 다문화주의의 구성 요소를 차례대로 서술하시오.

ⓐ _____

ⓑ _____

ⓒ _____

10 제시문의 내용을 바탕으로 다문화주의의 개념을 구성하는 요소들 간의 관계를 다음 〈조건〉에 따라 서술하시오.

〈조건〉
– 30자 이내의 한 문장으로 기술할 것(공백 제외)

[11〜12] 다음 글을 읽고 물음에 답하시오.

　1900년데 초 숲이 우거져 있던 케냐의 고원 지대는 토질이 뛰어나 농작물 생산량이 풍부했고 비교적 인구 밀도가 높았다. 그 외의 지역에서는 드넓은 보존림을 가꾸었는데, 그곳에는 코끼리와 표범, 물소, 그 밖의 다른 동물들이 수없이 많이 살았다. 케냐 사람들은 이 보존림뿐 아니라 모든 지역에서 나무를 베었지만, 관습적으로 덤불이 자란 곳이나 나무가 드문드문 서 있는 곳 위주로 집을 짓거나 거기서 땔감을 구했을 뿐 더 크고 곧은 나무들에는 손대지 않았다.

　케냐 사람들이 크고 곧은 나무를 보호한 데에는 나무에 정령이 깃들어 있다는 믿음 또한 영향을 미쳤다. 예를 들어 키쿠유 사람들은 베어지지 않고 서 있는 나무를 '숲의 벌목에 저항하는 나무'라는 뜻인 무레마키리티라 불렸으며, 베어진 나무들의 정령이 이 나무들에 깃들었다고 여겼다. 그리고 정령이 다른 나무로 옮겨 간 뒤에야 이 나무들을 벨 수 있었다. 사람들은 베어 낼 나무에 나뭇가지를 기대어 놓았다가 다른 나무로 옮기거나, 나무를 베자마자 그 자리에 곧바로 또 다른 나무를 심는 방식으로 나무의 정령을 다른 나무로 옮겨 가게 했다. 그런 조심스러움이 무지막지한 벌목을 막은 것은 분명하다.

　많은 공동체에서는 일반적으로 나무 그 자체를 숭배하는 것이 아니라, 특정한 나무나 관목을 정하고 가족과 공동체 전체를 위해 그 밑에 제물을 바쳤다. 키쿠유 사회에서는 이런 나무 가운데 하나가 무구모라 불리는 무과화나무였다. 모든 무화과나무가 숭배의 대상이 된 것은 아니었지만, 키쿠유 제사장들은 무화과나무가 있는 곳에서만 제의를 올렸다. 제의가 열린 무화과나무와 그 주변은 신성한 곳이 되었다. 내가 어렸을 때, 어머니는 집 가까이에 있는 무화과나무 근처에서는 땔감으로 쓸 잔가지를 주워 오면 안 된다고 단단히 이르셨다. 그 나무는 '하느님의 나무'이기 때문이다.

　무화과나무를 하느님의 나무로 인식하는 데는 일종의 생태학적 추론이 뒷받침된다. 깊이 뻗은 무화과나무 뿌리는 산사태를 예방하고, 빗물을 땅속에 저장하고 순환시켜 지표면에 냇물이나 개울을 이루게 한다. 따라서 무화과나무를 죽이거나 해치면, 흙이 불안정해지고 물의 저장과 방출이 어려워진다. 무화과나무를 약재나 식량으로 이용해 왔을 많은 사람이, 때때로 겪어야 했던 가혹한 환경 속에서 살아남을 수 있었던 이유는 바로 여기에 있다.

　인류 문명이 시작된 뒤로 나무는 식량과 약재, 건축 재료였을 뿐 아니라 사람을 치유하고 위로하고 신과 연결되는 장소였다. 나무는 지구에서 가장 오래되고 가장 큰 생명체 가운데 하나이므로, 인류가 나무를 종교적 관점에서 인식하는 것은 그다지 놀라운 일이 아니다. 특정한 종류의 나무들은 영적으로 중요하다. 가나 남부의 많은 공동체는 백단향과 이로코, 리아나를 성스럽게 인식한다. 특히 가나 은코란자와 말라위 일대에 있는 신성한 숲들과 요루바족 여신 오슌에게 바쳐진 나이지리아 오쇼그보 근처의 숲은 그 중요성이 인정되어 유네스코에서 세계 유산으로 지정했다.

　나무가 주는 그늘과 공간의 영적 울림 때문에 나무는 공동체 전체가 모이는 중요한 장소가 되기도 한다. 사람들은 나무 아래 모여 앞일을 의논하고, 찬반이 갈리는 문제에 관해 부족 어른이 판단을 내리고는 한다. 따라서 특정한 나무가 한 집단의 정체성을 상징하는 것은 어쩌면 당연한 일이다. 키쿠유족은 자녀 양육이 끝난 사람들을 공동체 생활 양식의 수호자이자 지혜로운 후견인으로 여겼다. 따라서 그들은 중재자이자 판관으로 받아들여졌으며, 의식이 진행되는 동안 부족의 어른 자리에 앉아 ⓐ시이기나무 막대를 쥐고 있었다. 그것은 폭력이 용인되지 않는다는 표시였다. 이런 관례는 평화 협정에 조언하는 것만큼이나 구속력을 지녔고, 공동체 내부에서 그리고 공동체끼리 평화를 유지하는 데 크게 이바지했다. 신성한 숲과 그 나무와 숲에 부여된 영적이고도 상징적인 중요성을 생각해 보면, 나무는 언제나 우리의 동반자였다.

11 키쿠유 사람들이 다음의 〈보기〉와 같이 행동한 이유를 제시문에서 찾아 다음 〈조건〉에 따라 서술하시오.

──── 조건 ────

　키쿠유 사람들은 베어 낼 나무에 나뭇가지를 기대어 놓았다가 다른 나무로 옮기거나, 나무를 베자마자 그 자리에 곧바로 또 다른 나무를 심었다.

〈조건〉
－ 20자 이내의 한 문장으로 기술할 것(공백 제외)

12 위의 제시문에서 ⓐ의 '시이기나무 막대'가 상징하는 것은 무엇인지 3음절로 쓰시오.

[13~14] 다음 글을 읽고 물음에 답하시오.

2002 한일 월드컵, 온 세계를 깜짝 놀라게 했던 한국 축구 4강 진출의 감격! 그날의 감동을 만들어 낸 원동력은 과연 무엇일까요? 그것은 바로 한국 축구의 수준을 한 단계 끌어올렸던 히딩크 감독의 리더십이 아닐까요? 히딩크의 훈련 원칙은 무한 경쟁이었습니다. 그는 취임 초부터 역할별로 두세 명씩 묶어 늘 경쟁을 붙였습니다. 선수들은 경기에 주전으로 나가기 위해 남보다 땀 한 방울이라도 더 흘리며 최선을 다해야 했습니다. 그렇게 히딩크 감독이 선의의 경쟁을 통해 서로의 실력이 향상되도록 유도한 결과, 한국 축구는 신화라 불린 기적을 이룰 수 있었습니다.

한국 축구가 2010년 남아프리카 공화국 월드컵에서 원정 첫 16강의 쾌거를 일구어 내며 한 단계 질적 도약을 이룬 것 역시 경쟁의 힘이 컸습니다. 세계 무대에서 경쟁력을 다진 해외파 선수들을 포함하여, 국내 프로 축구 리그에서 선의의 경쟁을 통해 실력을 쌓아 온 선수들이 있었기에 가능했던 일이었습니다. 지금은 은퇴한 피겨 스케이팅 선수 김연아 또한, 현역 시절 선의의 경쟁자인 아사다 마오를 떼어 놓고는 상상하기 힘듭니다. 두 선수 사이의 불꽃 튀는 경쟁이 세계 챔피언을 낳고 피겨의 새로운 시대를 연 것입니다.

우리가 재미있어하는 일에는 대부분 경쟁이라는 요소가 들어 있습니다. ㉠우리가 어려서부터 해 온 놀이와 오락도 경쟁을 할 때 더 재미가 있었습니다. 그것은 경쟁이 인간의 본능이기 때문입니다. 역사학자 요한 하위징아는 이러한 인간의 경쟁 본능을 '호모 루덴스'라는 말로 설명합니다. 그는 놀이하는 것이 인간이 하는 행위의 가장 큰 특성이며, 이 놀이하는 인간의 특성은 경쟁 본능과 밀접하게 연결되어 있다고 말합니다. 인간에게는 이기고 싶은 욕구가 있는데, 이것은 다른 사람을 능가하여 최고가 되고, 이를 인정받고 싶은 심리를 기반으로 합니다. 결국 인간은 바로 자신의 경쟁 본능을 충족하기 위해 놀이하는 존재가 되었다는 주장입니다.

인간을 공격적이고 이기적인 존재로 보았던 영국의 철학자 토머스 홉스 역시 경쟁심은 인간의 본능이라고 말했습니다. 인간의 본성 중에는 싸움을 불러일으키는 세 가지 요소인 경쟁심, 소심함, 명예욕이 있는데, 특히 경쟁심은 인간이 필요한 무엇인가를 얻기 위해 다른 사람과 투쟁하도록 만든다는 것입니다. 이런 점들로 보아, 경쟁은 우리 삶에서 떼어 낼 수 없는 불가피한 것입니다. 따라서 우리에게는 경쟁을 부정하는 것이 아니라, 경쟁의 긍정적인 힘을 배우고 활용하는 지혜가 필요합니다.

위대한 경쟁의 힘! 사실 우리나라의 경제 성장 과정은 경쟁의 힘을 대표적으로 보여 주는 사례입니다. 1950년대, 전쟁으로 인해 물질적으로 풍요롭지 못했던 우리나라가 오늘날 높은 수준의 경제력을 지닌 국가로 성장할 수 있었던 것은 세계와 경쟁하면서 끊임없이 노력해 온 결과입니다. 우리 국민이 각자의 자리에서 선의의 경쟁을 다하지 않았다면, 오늘날 우리가 누리는 물질적 풍요는 불가능했을지도 모릅니다. 우리를 포함해 전 세계에서 지지하고 있는 자본주의 경제의 기본 원리가 바로 자유 경쟁이기 때문입니다.

경제학자 애덤 스미스가 바로 이러한 자본주의 경제 원리의 토대를 만들었는데, 그는 인간의 이기심이 사회를 발전시킨다는 신념을 바탕으로 자유 경쟁의 원리를 주장했습니다. 그는 인간이 타인에 대한 동정심보다 자신에 대해 애정이 앞서는 존재이며, 이러한 인간의 타고난 이기심을 인정하고 효과적으로 활용하면 개인과 사회 모두를 발전시킬 수 있다고 믿었습니다. 즉, 인간의 이기심을 통제하기보다 오히려 경쟁을 통해 인간의 이기심을 잘 활용하는 것이 개인의 행복과 사회 전체의 이익을 동시에 달성하는 길이라는 것입니다.

13 위의 제시문에서 밑줄 친 ㉠의 이유를 다음 〈조건〉에 따라 서술하시오.

〈조건〉
– 30자 이내의 한 문장으로 기술할 것(공백 제외)

14 다음의 〈보기〉는 경쟁에 관한 토마스 홉스와 애덤 스미스의 견해를 정리한 것이다. 위의 제시문의 내용을 바탕으로 빈칸에 들어갈 말을 주어진 〈조건〉에 맞게 차례대로 쓰시오.

> **보기**
>
> 토마스 홉스는 경쟁을 (ⓐ)로 보았고, 애덤 스미스는 자유 경쟁을 (ⓑ)의 기본 원리로 보았다.

〈조건〉
– ⓐ, ⓑ 둘 다 2어절로 기술할 것(공백 제외)

[15~16] 다음 글을 읽고 물음에 답하시오.

어느 사회에서나 불평등은 존재한다. 더 큰 권력을 지닌 사람, 더 많은 부를 축적한 사람, 더 높은 지위와 존경을 누리는 사람이 있다. 그러나 그 불평등을 받아들이는 사람들의 의식이 사회마다 같은 것은 아니다. 어떤 사회에서는 권력의 불평등을 당연시하는가 하면, 어떤 사회에서는 인간적인 평등을 소중히 여긴다.

[A] 1809년 스웨덴 귀족들은 평화 혁명을 통해 국왕을 교체하였다. 이후 새로 취임한 국왕은 프랑스의 나폴레옹 아래에서 복무했던 베르나도트 장군이었다. 베르나도트는 스웨덴 국회에서 스웨덴 말로 취임 연설을 하였는데, 그가 스웨덴 말을 더듬거리는 것을 보고 청중들은 크게 웃으며 떠들어 댔다. 이 새로운 스웨덴왕은 너무나 큰 충격을 받아서 이후 스웨덴 말을 쓰지 않았다고 한다.

이전까지 베르나도트가 살아왔던 프랑스, 특히 프랑스의 군대에서는 상관의 실수에 부하가 웃는 일은 상상조차 할 수 없었다. 그러나 스웨덴에서는 한 나라의 최고 권력자라고 할 수 있는 국왕에 대해서 그다지 두려움을 느끼지 않는 것처럼 보였다. 그는 스웨덴과 노르웨이의 평등주의적인 사고방식에 적응하는 데 어려움을 겪었으나 이후 1844년까지 아주 존경받는 입헌 군주로 스웨덴을 잘 다스렸다.

스웨덴과 프랑스뿐만 아니라 다른 나라들도 권력자를 대하는 방식에 차이가 있다. 네덜란드의 실험 사회 심리학자인 마우크 뮐더르는 어느 다국적 기업에서 시행한 설문 조사 결과를 토대로 하여 '권력 거리'라는 개념을 창안하였다. 권력 거리란 부하들이 상관(권력자)에 대해 갖고 있는 감정적인 거리를 의미한다. 그가 권력 거리 지수를 산출하기 위해 사용한 질문은 다음의 셋이다.

① 당신(종업원)은 상사에게 의견을 말하는 것을 두려워하는 편입니까?
② 당신 상사의 의사 결정 방식은 어떠합니까? (답변 가운데 가부장적 · 전제적 방식을 선택한 응답자의 비율을 계산함.)
③ 당신은 상사의 어떤 의사 결정 방식을 좋아합니까? (가부장적 · 전제적 방식, 상의 방식이 아닌 다수결 원칙 방식을 선호한 응답자 비율을 계산함.)

위의 산출 방법에 따라 그가 조사한 바에 따르면, 100을 지수의 만점으로 볼 때 스웨덴의 권력 거리 지수는 31이었고, 프랑스의 권력 거리 지수는 68, 한국의 권력 거리 지수는 72였다. 이는 스웨덴 사람들은 상대적으로 권력에 대해 거리감을 덜 느끼고 불평등을 수용하지 않는 반면, 프랑스 사람들이나 한국 사람들은 상대적으로 권력에 대한 거리감을 크게 느끼고 불평등을 쉽게 수용함을 의미한다.

권력 거리 지수가 작은 나라에서는 부하 직원이 상사에게 일방적으로 의존하는 정도가 낮으며, 상사와 부하 직원 간의 상호 의존을 선호한다. 상사와 부하 직원 간의 감정적 거리는 비교적 가까운 편이다. 그래서 부하 직원은 상사에게 쉽게 접근해서 반대 의견을 낼 수 있다. 권력 거리 지수가 큰 나라에서는 부하 직원이 상사에게 의존하는 정도가 높다. 부하 직원은 그런 의존 관계(가부장적 · 전제적 상사에게 의존하는 관계) 자체를 선호하거나, 아니면 의존을 지나치게 거부하기도 한다. 이런 경우에는 상사와 부하 간의 심리적 거리가 멀고, 부하 직원이 직접 상사에게 다가가서 반대 의견을 내놓는 일이 좀처럼 드물다.

권력 거리란 한 나라의 제도나 조직의 힘없는 구성원들이 권력의 불평등한 분포를 기대하고 수용하는 정도라고 정의할 수 있다. '제도'란 가족, 학교, 지역 사회와 같은 사회의 기본 단위를 말하며, '조직'이란 이런 사람들이 일하는 곳을 가리킨다. 권력 거리는 이와 같이 힘없는 사람들에게 내면화된 가치 체계로 볼 수 있다.

일반적으로 '리더십'을 다루는 책들은 리더십이 '복종 정신'이 있어야 발휘될 수 있다는 사실을 종종 잊고 리더십을 지도자의 관점에서만 바라보려고 한다. 그러나 권위는 복종이 따라주어야 유지되는 것이다. 베르나도트의 문화 충격은 그에게 리더십이 없어서 생긴 문제가 아니었다. 베르나도트는 프랑스인이었으나 그가 다스려야 할 백성은 스웨덴 국민이었기 때문에 문제가 생긴 것이다. 스웨덴 국민들의 존대 개념은 프랑스인의 존대 개념과는 달랐다. 리더십 가치에 관한 국가 간 비교 연구는 국가 간의 차이가 지도자와 추종자 양자의 마음에 존재하는 것임을 보여 준다.

15 제시문의 [A]에서 프랑스가 아닌 스웨덴 청중들이었기 때문에 웃을 수 있었던 이유를 다음의 핵심어를 사용하여 서술하시오.

> 핵심어: 권력 거리 지수

〈조건〉

– 25자(±5)의 한 문장으로 기술할 것(공백 제외)

16 다음의 〈보기〉는 '권력 거리 지수'에 따른 부하 직원의 상사 의존도를 비교하여 설명한 것이다. 빈칸에 들어갈 말을 고르시오.

보기

	권력 거리 지수	작다	크다
ⓐ	부하 직원의 상사 의존도	(낮다 / 높다)	(낮다 / 높다)
ⓑ	부하와 상사 간의 심리적 거리	(가깝다 / 멀다)	(가깝다 / 멀다)
ⓒ	상사에 대한 반대 의견	(쉽다 / 어렵다)	(쉽다 / 어렵다)

※ 다음 글을 읽고 물음에 답하시오.

인간은 언어를 사용하며, 언어로 표현된 개념을 통해 사고할 수 있다는 점에서 다른 존재와 구별된다. 이런 언어 개념은 여러 특징을 가지고 있다. 우선 언어 개념은 보편성을 갖는데, 이는 실제 현실의 대상에 비해 언어 개념이 추상적이라는 것을 의미한다. 또 다른 특징은 현실의 대상은 늘 변화하는 데 반해 언어 개념은 고정적이라는 점이다. 즉 언어 개념과 실제 대상 사이에는 언제나 간극이 존재한다.

중국 춘추 전국 시대의 사상가들이 제시한 언어 개념에 대한 생각은 크게 두 가지로 구분할 수 있다. 하나는 사회 질서를 위한 언어 개념의 역할에 관심을 둔 공자와 순자의 사상이고, 또 다른 하나는 언어 개념과 실제 대상의 본질과의 관계를 탐구한 노자와 장자의 사상이다.

공자는 혼란한 사회 속에서 언어 개념을 명확히 하는 것이 사회 질서를 바로잡는 전제가 된다고 주장하였다. 공자는 모든 사람이 자기의 명분에 맞게 행동해야 하며, 그 명분은 분명한 언어로 표현되어야 한다고 생각했다. 그리고 이렇게 표현된 언어가 제대로 사용되어야 사회 질서가 잡히고 바람직한 공동체가 형성될 것이라 보았다. 이러한 공자의 사상을 정명 사상이라고 한다. 정명 사상은 순자에 이르러 체계적으로 정리되었다. 순자는 어떤 대상을 가리키는 언어적 명칭은 선천적으로 고정된 의미가 없으며, 사람들이 사회적으로 약속하여 해당 명칭을 일반적으로 사용하게 되면 그 대상의 이름, 즉 언어 개념이 되는 것이라 보았다. 순자는 사회 질서를 위해 사회적 규범이라 할 수 있는 예를 중시한 사상가인데, 예는 대상 간의 분별을 올바르게 함으로써 이루어진다고 보았다. 이러한 입장에서 순자는 귀천을 밝히고 대상을 서로 구별하기 위해서 언어 개념이 필요하다고 보았다. 즉 순자는 사회 질서 유지라는 실용적 관점에서 언어 개념의 필요성을 인식한 것이다.

한편 노자와 장자의 사상은 문명 비판적이고 반권위주의적인 특징을 갖는다. 공자, 순자와 같은 유가가 기존 질서의 전통과 권위를 존중하고 그것을 계승하며 유지하려고 한 사상이라면, 노자, 장자와 같은 도가는 기존의 질서를 비판하고 그것에 대한 반성을 모색한 사상이다.

인위를 배제한 자연 상태인 무위자연을 추구하는 노자는 언어 개념을 인위적인 세계를 상징하는 것으로 생각하였다. 노자는 모든 것이 언어 개념을 가지고 있으며, 언어 개념을 통해 대상을 인식하는 현실 세계를 유명(有名)의 세계라 표현하였다. 그리고 이런 현실 세계에서 사용하는 언어 개념을 가짜 이름이라고 여겼다. 이는 언어 개념이 그것이 가리키는 대상의 본질과는 거리가 있다고 생각했기 때문이다. 대상의 본질은 언어 개념으로 표현되기 이전의 상태이며, 노자는 이것을 무명(無名) 혹은 무(無)로 표현했다. 노자는 유명의 세계에서 사용하는 언어 개념을 통해서 무명의 진상을 파악할 수 있다고 보았으나, 무명의 세계가 유명의 세계보다 앞서고 본질적인 것이라 생각하였다. 이런 노자의 입장은 장자에 의해서 계승되었다. 장자에 의하면 언어 개념은 상대적이며 유한성을 가지고 있으므로, 대상의 본질을 전달하기 위한 하나의 수단에 불과한 것이었다.

17 제시문을 바탕으로 〈보기 1〉을 이해할 때, 〈보기 2〉의 빈칸에 들어갈 사상가를 제시문에서 찾아 차례대로 쓰시오.

보기1

(가) 우리는 책상과 의자를 다른 이름으로 부르고 다른 대상으로 인식한다. 하지만 이들은 모두 나무를 잘라 우리가 바라는 대로 짜맞춘 것에 불과하므로, 이들의 이름은 그것이 가리키는 대상의 본질과는 차이가 있다.

(나) 통발의 목적은 물고기를 잡는 것이니, 물고기를 잡았다면 통발은 잊어야 한다. 언어는 그 목적이 뜻을 전달하는 데 있으니, 뜻을 전달했으면 언어는 잊어야 한다.

(다) 이름이 바르지 않으면 말이 이치에 맞지 않으며, 말이 이치에 맞지 않으면 일이 이루어지지 않으며, 일이 이루어지지 않으면 예악이 발전하지 못하며, 예악이 발전하지 못하면 형벌이 실정에 맞지 않게 되며, 형벌이 실정에 맞지 않으면 백성들의 삶이 어지럽게 된다.

보기2

(가)는 현실 세계에 존재하는 대상들이 언어 개념을 가지고 있다는 (ⓐ)의 견해를 보여 준다.
(나)는 언어 개념이 대상의 뜻을 전달하기 위한 하나의 수단에 불과하다는 (ⓑ)의 견해를 보여 준다.
(다)는 언어 개념을 명확히 하는 것이 사회 질서를 바로잡는 전제가 된다는 (ⓒ)의 견해를 보여 준다.

ⓐ _____

ⓑ _____

ⓒ _____

※ 다음 글을 읽고 물음에 답하시오.

양궁은 일정한 거리에 있는 과녁을 향해 화살을 쏘아 맞힌 결과로 승패를 가르는 운동이다. 양궁이 운동 경기로서 선을 보인 것은 1538년 영국 헨리 7세 때, 오락용으로 몇 차례 시합을 가진 것에서부터라고 한다. 그리고 1900년 파리 올림픽에서 처음 정식 종목으로 채택될 만큼 양궁은 역사가 오래된 운동 경기 중 하나이다.

양궁은 대중적으로 인기가 있는 종목은 아니지만, 우리나라 선수들이 세계 대회에서 좋은 성적을 내기 때문에 특별한 관심을 받고 있는 종목이다. 우리나라 양궁 선수들은 지금까지 다수의 올림픽에서 개인전을 포함하여 수많은 메달을 획득하며 세계 최고의 자리를 당당히 지키고 있다.

특히 한국 여자 양궁은 단체전이 올림픽 정식 종목으로 채택된 1988년 서울 올림픽부터 2016년 리우데자네이루 올림픽까지 금메달을 놓치지 않고 8연패에 성공하면서 그 실력을 인정받고 있다.

양궁 선수들이 화살을 쏠 때의 모습을 자세히 살펴보자. 화살을 약간 위로 조준하는 것을 볼 수 있는데, 이것은 활시위를 떠난 화살이 포물선 운동을 하는 것을 염두에 둔 행동이다. 유사한 예는 축구나 농구 경기에서도 흔히 볼 수 있다. 예를 들어 축구 경기에서 골키퍼가 상대 진영까지 공을 멀리 보내기 위해서는 공을 띄우듯이 차는데, 이때 축구공은 큰 포물선을 그리며 날아간다. 또한 농구 경기에서 선수들이 슛을 할 때도 위를 향해 적당한 각도로 공을 던져 슛을 성공하는 모습을 볼 수 있다.

그렇다면 화살, 축구공, 농구공 등이 포물선 운동을 하는 까닭은 무엇일까? 그것은 바로 중력 때문이다. 지구에서 질량을 가진 모든 물체는 지구 중심 쪽으로 향하는 중력의 영향을 받는다. 그런데 다행히 화살에 미치는 중력의 값은 우리가 느끼지 못할 정도로 미비하기 때문에 이는 선수들에게 큰 문제가 되지 않는다. 그렇다면 화살의 포물선 운동에 중력보다 더 직접적인 영향을 끼치는 요인에는 무엇이 있는지 알아보자.

첫 번째 요인으로 초기 발사 속도가 있다. 초기 발사 속도는 양궁 선수가 활시위를 당기는 힘에 따라 달라지는데, 활시위를 세게 당길수록 화살의 발사 속도가 빨라진다. 화살의 발사 속도가 빠를수록 화살이 과녁에 빨리 도달하게 되는데, 이때 화살은 속도가 느린 화살과 비교했을 때 중력의 영향을 적게 받으므로 상대적으로 낙하하는 시간이 줄어든다. 따라서 밑으로 떨어지는 거리도 줄게 되며, 양궁 선수는 이러한 과학적 원리를 고려하여 초기 발사 속도를 조절해야 한다.

두 번째 요인으로 발사 각도가 있다. 화살을 발사하는 각도에 따라 화살의 포물선 운동이 달라지기 때문에 선수들은 화살이 날아가는 거리를 조절할 수 있다.

그렇다면 발사 각도가 몇 도일 때 물체가 가장 멀리 날아갈까? 공기와의 마찰 등 중력 이외의 외력이 작용하지 않는다고 가정할 때, 지면과 45도의 각도를 이루도록 물체를 던지면 가장 멀리 날아간다는 사실이 수학적으로 증명되었다.

양궁 선수들은 오랜 훈련을 통해 다진 감각으로 활시위를 당기는 힘을 조절하여 초기 발사 속도를 정한다. 그리고 과녁까지의 거리를 감안하여 발사 각도를 조절해서 화살을 정확하게 과녁에 맞히는 것이다. 특히 양궁은 화살을 쏘는 곳에서 과녁까지의 거리에 따라 종목이 달라진다. 그렇기 때문에 각 종목마다 초기 발사 속도와 발사 각도를 정확하게 계산하여 화살을 쏘는 것이 중요하다.

이 외에도 양궁은 실외에서 하는 경기이므로 공기의 저항과 바람의 영향을 크게 받는다. 화살의 운동에 영향을 미치는 공기의 저항과 바람의 세기나 방향 등에 따라 선수들이 쏜 화살은 과녁의 중심에서 벗어나 전혀 의도하지 않은 곳에 꽂힐 수 있는 것이다.

그렇다면 공기의 저항은 어떻게 줄일 수 있을까? 이것은 화살의 뒷부분에 화살 깃을 만들어 줌으로써 해결할 수 있다. 화살을 공기를 가르며 날아갈 때 요동치며 흔들린다. 이때 화살 깃은 그 흔들림을 방지하는 역할을 하는 동시에 화살을 회전시키면서 비행의 안정성을 높인다.

18 위의 제시문에세 화살의 포물선 운동에 영향을 미치는 네 가지 요인을 찾아 쓰시오.

ⓐ _____

ⓑ _____

ⓒ _____

ⓓ _____

※ 다음 글을 읽고 물음에 답하시오.

다윈이 획일성보다는 다양성에 더욱 주목했음은 '다윈 핀치'라는 별명으로 잘 알려진 갈라파고스 핀치에 관한 연구에서 뚜렷이 드러난다. 1835년 9월, 남아메리카 에콰도르의 서쪽 해안에서 1,000킬로미터 떨어진 곳에 있는 갈라파고스 제도에 도착한 다윈은 이 섬에 서식하는 핀치를 통해 흥미로운 사실을 발견했다. 갈라파고스 제도에는 모두 13종의 핀치가 서식하는데, 이들은 크기나 습성 등은 비슷하지만 부리의 모양은 천차만별이었다. 이들 핀치는 저마다 독특한 부리 모양을 가지고 있는데, 그 모양은 그들이 주로 먹는 먹이와 관련이 있었다. 예를 들어, 나무껍질 안쪽에 숨어 있는 벌레를 잡아먹는 핀치는 단단한 나무껍질 속에 부리를 밀어 넣고 벌레를 찍어 올리기에 유리한 긴 주삿바늘처럼 생긴 부리를 가지고 있고, 견과류나 씨앗을 주식으로 삼는 핀치는 단단한 껍질을 부술 수 있는 튼튼하고 강한 지렛대 모양의 부리를 가지고 있었다. 갈라파고스 제도에 사는 13종의 핀치는 모두 부리의 모양이 달랐고, 그 부리들만큼이나 그들의 먹잇감도 달랐다.

다윈은 다양한 핀치의 부리 모양과 먹이의 관계를 관찰한 결과, 13종의 핀치는 원래 하나의 종이었으나 오랜 세월 저마다 처한 환경에서 가장 능률적으로 구할 수 있는 먹잇감을 찾는 동안 다양하게 변화해 왔을 것이라고 생각했다. 여기서 흥미로운 것은 시간의 흐름에 따라 핀치들이 하나의 우수한 종으로 통합되는 쪽이 아니라, 여러 개의 다양한 종으로 쪼개졌다는 것이다. 또한, 이들의 먹잇감이 구하기 쉽고 찾기 쉬운 한 종류로 모이지 않고, 다양하게 세분되었다는 점 역시 주목할 만하다. 만약 13종의 핀치가 모두 한 가지 먹잇감에만 집착했다면 어땠을까? 아마 먹잇감이 부족해져 갈라파고스 제도에 사는 핀치의 수는 훨씬 적었을 것이다. 그러나 13종의 핀치는 각자 처한 환경에 따라 작은 곤충, 큰 곤충, 날아다니는 곤충, 나무껍질 안쪽에 숨어 있는 곤충, 딱딱한 씨앗과 부드러운 열매 등 종마다 다양한 먹잇감을 택하는 전략을 취했다. 그래서 같은 먹이 사슬 안에서 종끼리 경쟁할 필요 없이 제한된 서식지 안에서 더 많은 수의 핀치가 살아갈 수 있었다. 이처럼 진화의 가장 큰 무기는 다양성의 증가다.

자연계에서 이러한 예는 무궁무진하다. 심지어 누군가에게는 쓰레기일지라도 이를 활용할 줄 아는 다른 누군가에게는 귀중한 자원이 될 수 있다. 소의 배설물이 쇠똥구리에게 더없이 훌륭한 먹잇감이 되고, 악어의 이빨에 끼인 찌꺼기조차 악어새에게 일용할 양식이 되는 동물의 모습을 보면, 오로지 타인을 짓밟아야만 살 수 있다는 잔혹한 약육강식과 적자생존의 논리는 생태계에 대한 모독으로 느껴질 정도다. 이처럼 생물체는 다양성의 증가라는 방식을 통해 저마다 자신에게 적합한 자원을 쓰고 자리를 차지하면서 무리 없이 살아간다.

다양한 생물 종이 아무리 제각각 다양한 자원을 나누며 살아간다고 해도, 생물의 가짓수에 비해 자원의 가짓수는 적을 수밖에 없다. 따라서 같은 자원을 놓고 여러 생물 종이 경쟁해야 하는 일은 피할 수 없다. 그러나 이런 상황에서도 서로 다른 종을 없애고 모든 자원을 차지하기 위해 욕심을 부리지 않는다. 아니, 실제로 많은 생물 종은 서로를 내쫓기 위해 싸움을 벌이기보다는 서로 공존하는 방식을 찾고는 한다. 이러한 다양한 예를 들며 실제로 경쟁보다는 공생이 진화의 원동력이라고 주장하는 학자도 많다.

여성 생물학자 린 마굴리스는 공생 진화론을 주장하는 학자의 한 사람이다. 공생 진화론에 따르면, 생명체는 한정된 자원을 놓고 서로 경쟁하기보다는 한발 물러서서 상부상조 전략을 추구한다. 지의류는 잘 알려진 공생 생물이다. 얼핏 보기에는 이끼처럼 보이는 지의류는 사실 곰팡이나 버섯 같은 균류와 파래나 청각 같은 조류가 한데 어우러진 생물체다. 보통 조류는 광합성을 통해 포도당을 합성한 뒤, 이를 독식하지 않고 균류에게도 나눠 주어 균류의 생존을 돕는다. 한편, 조류로부터 포도당을 넘겨받은 균류는 공기 중의 수증기를 흡수하여 조류에게 공급해 조류가 생존할 수 있도록 하며, 조류의 포자 방출을 돕기도 한다. 지의류의 공생 관계는 너무도 밀접하여 이 둘을 분리하면 단독 생활을 할 수 없을 정도로 서로에 대한 의존도가 강하다. 지의류는 균류와 조류가 합쳐서 진화한 새로운 생물 종이라고 생각될 정도이다.

19 다음의 〈보기〉는 다윈의 진화론과 마굴리스의 공생 진화론의 차이점을 비교하여 설명한 것이다. 빈칸에 들어갈 말을 차례대로 쓰시오.

보기

　다윈의 진화론은 하나의 생물 종이 (　　ⓐ　　)을/를 통해 공존에 이르는 과정을 설명했다면, 마굴리스의 공생 진화론은 여러 생물이 서로 필요한 자원을 주고받으면서 (　　ⓑ　　)하는 방식을 설명하였다.

※ 다음 글을 읽고 물음에 답하시오.

　세력 균형 이론에 따르면 국제 체제는 완전한 무정부 상태와 같아서, 어떤 국가가 지나치게 힘의 우위를 점하려는 시도가 일어날 수 있고 그 결과 다른 국가들의 안보가 위협받을 수 있다고 본다. 이러한 압도적인 국력과 군사력을 가진 국가를 패권국이라고 하는데, 패권국은 같은 시기에 여러 국가가 존재할 수도 있다. 세력 균형 이론에서는 적대 세력과 우호 세력의 분포가 균형을 이루면 전쟁의 가능성이 높아진다고 본다. 그래서 패권국이 아닌 국가들은 패권국에 맞서기 위해 다른 국가들과 동맹을 형성해서 우호 세력을 키우는 방법을 사용하여, 특정 국가의 패권 추구를 좌절시키고 자국의 존립을 유지해 왔다. 그런데 세력 균형 이론의 설명과 배치되는 양상들이 국제 사회에 나타나면서, 이 이론이 가진 한계도 지적되어 왔다.

　오르간스키는 세력 균형 이론이 산업화 이전에 이러한 전쟁의 원인을 설명하는 데는 충분한 이론이라고 보았다. 하지만 산업 혁명 이후부터는 국력의 변동에 가장 많은 영향을 주는 것을 바로 경제력이라고 보고, 이를 근거로 세력 전이 이론을 주장하였다. 산업화 이전에는 대부분의 국가들이 기후나 국토의 영향이 큰 농업 경제를 바탕으로 성장했기 때문에, 국가 간 국력의 순위는 거의 변동이 일어나지 않았다. 하지만 산업화 이후부터는 국가별로 경제적 성장의 결과가 매년 누적되었고, 몇 해가 지나면서 국력의 순위도 산업화 이전과는 달라졌다. 이 과정에서 산업화 이전 시기에 국제 체제를 주도해 왔던 세력은 힘이 쇠퇴하고 도전 세력의 힘이 강해질 때 세력 전이가 발생할 수 있다고 오르간스키는 주장했다. 또한 그는 경제적인 바탕이 있어야 지속적 투자를 통한 군사력 증강이 가능하다고 보았고, 산업화로 인해 국가 간 무역이 중요해짐에 따라 경제적 이익에 근거한 동맹 관계가 강조된다고 설명했다.

　오르간스키는 국제 체제가 무정부 상태는 아니며, 국제 체제의 정점에 오른 지배국은 자신의 이념이나 성향이 담긴 위계질서를 설계하게 되고 다른 국가들은 이를 수용한다고 주장했다. 그는 위계질서를 피라미드 구조로 설명했는데 가장 위에서부터 지배국, 강대국, 중급국, 약소국, 종속국으로 구성된다. 피라미드의 폭과 국가의 수는 비례하지만, 지배국의 국력은 아래의 모든 국가들의 국력을 합친 것보다 강하다. 지배국은 자국이 만든 국제 질서를 제공하고 자국과 일부 소수 강대국의 이익을 부합시켜 국제 질서를 유지한다. 이렇게 국제 질서를 유지하려면 지배국이 강대국의 지지를 많이 확보하는 것이 중요하다. 국제 질서에 대해 지배국이 아닌 나라들은 불만족이 발생하는데, 피라미드 아래로 갈수록 현재 국제 질서에 불만족하는 국가의 비율은 증가한다.

강대국이 현 질서에 만족하는 것은 상대적으로 지배국의 혜택을 많이 받기 때문이다. 반면 다른 국가들에 비해 약소국과 종속국이 대부분 불만족의 상태인 것은 지배국이 주는 혜택을 받기 위해 자국의 이익을 희생해야 하기 때문이다. 그래서 이들은 강대국 중 어느 한 국가가 지배국에 도전하게 되면 그 강대국을 지지하게 된다. 만약 강대국이 지배국 주도의 국제 질서에 만족하지 못하면서 동시에 도전할 수 있는 국력을 충분히 가지는 경우 세력 전이를 목적으로 전쟁이 발생한다.

강대국의 국력은 산업화를 통한 경제 성장을 통해 길러지는데 오르간스키는 한 국가의 국력이 성장하는 과정을 세 단계로 구분했다. 첫 번째는 잠재적 국력의 단계로 산업화 이전에 국력이 낮은 국가로 평가받는 시기이다. 이러한 나라들 중에 인구가 많거나 영토가 큰 나라의 경우, 앞으로 산업화 추진을 통해 거대한 국력을 보유할 수 있는 국가가 될 수 있다. 두 번째는 국력의 전환적 성장 단계로 한 국가가 산업화 이전 단계에서 산업화 단계로 전환하는 시기이다. 이때는 한 국가의 국민 총생산이 상당한 폭으로 증가하게 되고 대외 영향력도 높아지면서, 해당 국가는 세력 전이를 일으킬 수 있는 만큼의 국력을 보유하게 된다. 마지막 단계는 힘의 성숙 단계이다. 이 단계는 한 국가의 산업화가 완성되는 단계로서 국민 총생산의 증가율은 이전 단계보다 감소하는 모습을 보인다. 힘의 성숙 단계에 있는 국가는 국력의 전환적 성장 단계에 있는 국가보다 더 강한 국력을 가지고는 있지만, 경제 성장의 속도 면에서는 후자가 전자보다 월등히 앞서기 때문에 두 국가 간 국력의 차이는 점차 줄어든다. 그래서 오르간스키는 전환적 성장 단계를 통해 급격한 국력 증대를 이루어 낸 강대국이 힘의 성숙 단계의 지배국에 대한 불만을 가진 상태라면, 세력 전이가 발생할 수 있으며 이로 인하여 국제 체제가 불안해질 수 있다고 설명했다.

20 다음의 〈보기〉는 오르간스키가 제시한 국가들 간의 위계질서를 나타낸 '피라미드 구조' 모형이다. 빈칸에 들어갈 국가 단계를 차례대로 쓰시오.

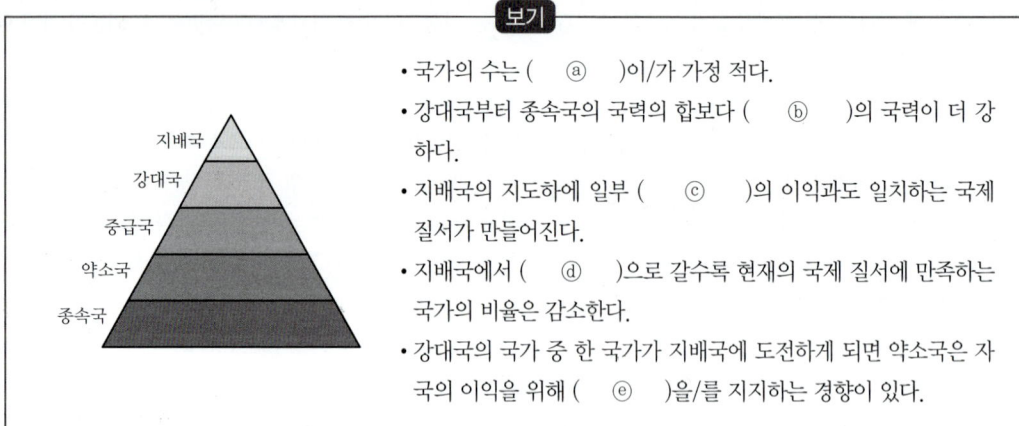

보기

- 국가의 수는 (ⓐ)이/가 가정 적다.
- 강대국부터 종속국의 국력의 합보다 (ⓑ)의 국력이 더 강하다.
- 지배국의 지도하에 일부 (ⓒ)의 이익과도 일치하는 국제 질서가 만들어진다.
- 지배국에서 (ⓓ)으로 갈수록 현재의 국제 질서에 만족하는 국가의 비율은 감소한다.
- 강대국의 국가 중 한 국가가 지배국에 도전하게 되면 약소국은 자국의 이익을 위해 (ⓔ)을/를 지지하는 경향이 있다.

[21~22] 다음 글을 읽고 물음에 답하시오.

오늘날 우리는 금융 거래를 통해 가계의 생활 자금이나 기업의 운영 자금의 부족을 해소한다. 그런데 자금의 수요자에게는 자금을 빌린 대가로 지불하는 비용이 발생하게 되는데 이를 이자라 하며, 빌린 자금의 원금에 대한 이자의 비율을 이자율 또는 금리라고 한다. 금리는 자금이 거래되는 금융 시장에서 수요와 공급에 큰 영향을 끼친다. 일반적으로 금리가 높으면 자금의 수요자 입장에서는 자금을 빌리는 데 많은 비용을 지급해야 하기 때문에 수요를 줄이게 된다. 반면에 자금의 공급자 입장에서는 높은 수익을 기대할 수 있기 때문에 공급을 늘리게 되는데, 이때 금리는 수요와 공급의 균형점에서 결정된다.

자본주의 경제에서 금리는 금융 시장에서의 수요와 공급에 의하여 정해지는 것이 원칙이지만, 경제 상황에 따라 자금에 대한 지속적인 수요로 인해 금리가 지나치게 높아지는 경우에는 최고 금리를 법으로 규정하여 이를 제한할 필요가 있다. 지나치게 높은 금리는 경제 사정이 좋지 않은 채무자의 금융 및 경제생활에 악영향을 미치고, 결국 그 사회의 경제적 안정성까지 위협할 수 있기 때문이다.

[A] 금융 시장에서 상품의 가격이라 할 수 있는 금리를 제한하는 것은 결국 금융 상품에 대한 가격 통제의 결과를 일으킨다. 가격 통제는 정부가 직접적으로 상품의 가격 형성에 개입하는 것을 의미하는데, 시장에서 결정되는 재화나 서비스의 가격이 소비자 혹은 생산자에게 공평하지 못하다고 판단될 때 시행된다. 가격 통제의 한 유형으로서 최고 가격제가 있다. 최고 가격제는 시장에 상품의 공급량이 절대적으로 부족하여 물가가 치솟을 때 물가를 안정시키고 수요자를 보호할 목적으로 정부가 가격의 상한선을 설정하고 그 상한선 이상에서의 거래를 법으로 금지하는 제도를 말한다. 최고 가격의 경우 현재 시장에서 결정되는 가격보다 낮은 수준에서 설정될 때 그 영향력이 발휘된다. 즉 현재의 시장 가격이 매우 높게 형성되어 있고 정부가 이를 낮추고자 한다면 그 시장 가격보다 낮은 수준의 최고 가격을 설정하여 이를 초과하는 가격으로 거래가 이루어지지 않도록 강제하는 것이다.

정부는 금융 시장에서 자금 공급량이 부족하여 금리가 치솟을 때 어떤 타당성을 가지고 법정 최고 금리를 규정하여 시행한다. 정부는 법정 최고 금리를 통해 시장에서 도출된 금리보다 낮은 수준에서 금리를 규정하여 인위적으로 금리를 낮추고자 한다. 이로 보아 법정 최고 금리는 최고 가격제의 일종이라고 볼 수 있다. 자금 수요자들은 법정 최고 금리를 통해 시장의 균형점보다 낮은 금리로 자금을 빌릴 수 있게 된다. 하지만 시장에서 결정된 금리보다 낮은 금리로 돈을 빌릴 수 있게 됨에 따라 수요량이 공급량을 초과한 초과 수요가 발생하여 공급량이 부족하게 되는 현상이 발생하기도 한다.

공급량 부족 현상은 일부 자금 수요자들이 여전히 자금을 조달할 수 없도록 만든다. 자금을 조달하지 못한 일부 자금 수요자들은 최고 금리보다 높은 금리를 치르고서라도 부족한 자금을 충당하고자 하기 때문에, 정부의 최고 가격제를 따르지 않는 자금 공급자들에 의해 불법적인 금융 시장이 형성되기도 한다. 자금 수요자를 보호할 목적으로 법정 최고 금리를 실시하지만 부족한 자금을 구하기 위한 수요자들의 기회비용이 커지므로 법정 최고 금리가 자금 수요자의 후생을 반드시 증진시킨다고 말하기는 어렵다

- 「법정 최고 금리의 필요성과 한계」

21 위의 제시문을 바탕으로 수요와 공급의 법칙에 따른 '법정 최고금리'의 부작용에 대해 다음 〈조건〉에 맞게 서술하시오.

〈조건〉
– 30자(±5)로 기술할 것(공백 제외)

22 다음에 제시된 그래프를 보고 〈보기〉의 이유를 제시문의 [A]에서 찾아 쓰시오.

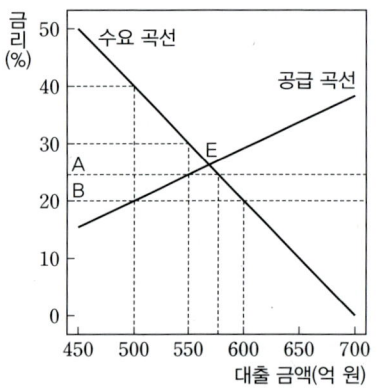

> **보기**
>
> 자금의 공급보다 자금에 대한 수요가 더 커서 정부가 법정 최고 금리를 통해 금리 상한을 규제할 때에는 E에 해당하는 금리보다 낮은 수준에서 금리를 결정해야 한다.

◀ E는 공급과 수요의 균형점을 표시한 것이다.

〈조건〉
- 45자 이내로 기술할 것(공백 제외)

[23~24] 다음 글을 읽고 물음에 답하시오.

1870년 프랑스는 독일과의 전쟁에서 패배한다. 나폴레옹의 영광을 기억하는 프랑스는 충격과 분노에 빠지며 애국주의적 분위기가 사회를 뒤덮는다.

1894년 육군 참모부 소속 유대인 장교인 드레퓌스가 적국 독일에 기밀을 팔아넘긴 혐의로 군사 재판에 회부된다. 그는 유죄 판결을 받고 장교직을 박탈당하며 대서양 작은 섬에서 종신 유배 된다. 반(反)유대주의적 언론과 여론은 이를 환영한다.

1896년 육군 참모부에 부임한 정보 책임자 피카르 중령은 진범이 에스테라지 소령임을 밝혀낸다. 상관들은 이 사실을 덮기 위해 피카르를 튀니지로 전출 보낸다. 그러나 1897년 국회 상원 부의장 케스트네르를 중심으로 하여 드레퓌스를 위한 재심 청원 운동이 일어난다.

1898년 군사 법정은 에스테라지에게 무죄를 선고한다. 이 판결로 프랑스 국론은 분열된다. 에밀 졸라는 판결 이틀 후 대통령에게 보내는 편지 〈나는 고발한다〉를 신문에 기고하고, 해당 신문은 삽시간에 30만 부가 팔린다.

드디어 드레퓌스가 군사 법정에 섰습니다. 재판은 완전 비공개로 진행되었습니다. 적에게 국경을 열어 독일 황제를 노트르담 성당까지 안내한 반역자라 하더라도 이보다 더 쉬쉬하며 재판을 하지는 않았을 겁니다. 국민들은 대경실색한 채 온갖 풍문이 떠도는 이 무시무시한 배신 행위에 대해 수군거렸습니다. 물론 그들은 국가의 조치를 존중했습니다. 그들은 그 어떤 가혹한 형벌도 충분치 않다고 생각했습니다. 그들은 죄인에 대한 공개 군적 박탈식에 갈채를 보냈고, 죄인이 회한을 씹으며 오욕의 바위에 영원히 묶여 있기를 바랐습니다. 그런데 저 비밀의 방에서 조심조심 묻어야만 했던 그 말할 수 없는 것들, 전 유럽을 화염에 휩싸이게 할 수도 있다던 그 위험한 것들은 과연 진실이었을까요? 아닙니다! 그 방에는 오직 뒤파티 드클랑 소령의 기괴하고도 광기 어린 상상력만이 있었습니다. 기상천외한 삼류 소설을 실화로 만들기 위해 그는 모든 것을 날조했습니다. 군사 법정에서 낭독된 기소장을 주의 깊게 살펴보면, 이 사실은 금방 드러납니다.

아! 이 얼마나 어처구니없는 기소장인지요! 이런 기소장으로 한 인간에게 유죄 판결이 내려진다면, 그것이야말로 불의의 극치입니다. 저는 정직한 사람이라면 이 기소장을 읽고 저 악마도에서 말도 안 되는 속죄를 강요당하고 있는 한 인간을 생각하면 참을 수 없는 분노를 느끼고 반항의 외침을 내지르지 않을 수 없으리라고 장담합니다. 드레퓌스는 수 개 국어를 구사합니다. 유죄. 그의 방에서는 위험한 서류가 한 장도 발견되지 않았습니다. 유죄. 그는 가끔 조상의 나라를 방문합니다. 유죄. 그는 근면하며 모든 것을 알고자 할 정도로 지식욕이 강합니다. 유죄. 그는 마음의 동요를 일으키지 않습니다. 유죄. 그는 마음의 동요를 일으킵니다. 유죄. 얼마나 터무니없는 내용이며, 얼마나 황당한 주장인지요! 기소 항목은 모두 열네 가지였습니다. 그런데 결국 문제는 오직 한 항목, 즉 명세서입니다. 우리는 필적 전문가들의 의견이 일치하지 않았다는 사실과 그들 중 한 명인 고베르 씨가 참모 본부의 의도대로 결론을 내리지 않았기에 험악한 처우를 받았다는 사실도 알고 있습니다. 법정에는 스물세 명의 장교가 드레퓌스를 생매장할 증언을 하러 왔었습니다. 우리는 지금도 심문이 어떻게 진행되었는지 모르지만, 그래도 그들 모두가 드레퓌스에게 불리한 증언을 한 것은 아니라는 점만은 분명합니다. 그런데 한 가지 주목할 것은 그들 모두가 국방부 소속이었다는 사실입니다. 말하자면 모두가 한통속인 가족 재판이었던 셈입니다. 그 점을 잊지 마시기 바랍니다. 참모 본부가 재판을 원했고, 판결을 내렸습니다. 그리고 방금 막 두 번째 판결을 내렸습니다.

명세서가 유일한 물증이었지만 필적 전문가들조차 의견 일치를 보지 못한 상태였습니다. 군법 회의 재판관들이 당연히 무죄 판결을 내릴 것이라는 소문이 돌았습니다. 참모 본부가 유죄 선고를 정당화하기 위해 한 장의 기밀 서류의 존재를 주장하기 시작한 것은 바로 그때부터입니다. 일반에 공개할 수 없는 기밀 서류, 모든 것을 정당화해 주는 기밀 서류, 우리가 경배해야 할 기밀 서류, 볼 수도 없고 알 수도 없는 전지전능한 신과도 같은 기밀 서류! 저는 그 기밀 서류의 내용을 온몸으로 부인합니다! 한마디로 웃기는 서류입니다. 그렇습니다. 여자들 이름으로 오간 이 서류, 이 편지의 내용 가운데 'D'라는 이니셜로 불리는 자가 등장한다고 합니다. 그런데 이런 편지가 선전 포고 없이는 공개할 수 없는 국방 관련 기밀 서류라니요! 아닙니다. 아니고 말고요. 그것은 거짓입니다! 아무런 양심의 가책도 없이 새빨간 거짓말을 늘어놓다니 정말 가증스럽고 파렴치한 인간들입니다. 그들은 국민 감정 뒤에 몸을 숨긴 채 뭇사람의 가슴을 동요시키고, 정신을 왜곡하고, 입을 막고 있습니다. 저는 이보다 더 큰 공민 범죄를 본 적이 없습니다.

대통령 각하, 바로 이렇게 해서 사법적 오판이 저질러졌습니다. 게다가 드레퓌스의 도덕성, 부유한 환경, 범죄 동기의 부재, 끝없는 무죄의 외침은 그가 뒤파티 드클랑 소령의 기발한 상상력, 그를 둘러싼 종교적 환경, 우리 시대의 불명예인 '더러운 유대인' 사냥 등의 희생자였음을 더욱 확신하게 합니다.

– 에밀 졸라, 「나는 고발한다」

23 다음의 〈보기〉는 윗글에 등장한 인물들과 사건의 연관성을 열거한 것이다. 〈보기〉에 들어갈 등장인물들을 차례대로 쓰시오.

간첩 누명 피고인	⇒ (ⓐ)
사건 조작자	⇒ (ⓑ)
진범	⇒ (ⓒ)
진범을 밝힌 사람	⇒ (ⓓ)
재심 청원 운동 주도자	⇒ (ⓔ)
글쓴이	⇒ (ⓕ)

24 윗글에서 드레퓌스가 유죄라고 날조된 '명세서'와 '기밀서류' 상의 근거를 각각 주어진 〈조건〉에 맞게 서술 하시오.

① 명세서 ⇒ _____

② 기밀 서류 ⇒ _____

〈조건〉
– ①은 20자, ②는 30자 이내의 한 문장으로 기술할 것(공백 제외)

[25~26] 다음 글을 읽고 물음에 답하시오.

웹에는 수많은 웹 페이지가 있다. 이러한 웹 페이지들을 검색하기 위한 프로그램을 검색 엔진이라 한다. 사용자가 검색창에 검색어를 입력하면 검색어가 포함된 웹 페이지가 위에서 아래로 화면에 나타난다. 이는 웹 페이지를 찾아내는 매칭 알고리즘과, 찾아낸 웹 페이지에 순위를 매기는 랭킹 알고리즘이 순서대로 작동한 것이다. 찾아낸 웹 페이지는 수백 개가 넘을 수도 있지만, 보통 사용자는 적은 수의 결과만을 보고 싶어 한다. 그래서 매칭 알고리즘의 개발자들은 검색어를 포함하면서도 적은 개수의 웹 페이지만 찾는 방법을 고민해 왔다.

매칭 알고리즘은 미리 저장해 놓은 인덱스를 이용한다. 인덱스란 웹상의 데이터를 수집하여 데이터가 있는 위치를 기록한 자료 구조를 말한다. 검색이 요청될 때마다 검색어에 맞는 웹 페이지를 모든 웹 페이지에서 찾는다면 상당한 시간이 걸리겠지만, 매칭 알고리즘은 인덱스의 기록에서 찾기 때문에 소요되는 시간을 줄일 수 있다. 또한 (ⓐ) 인덱스의 기록과 실제 웹상의 데이터가 다른 시점도 있으므로 인덱스를 자주 갱신해 주어야 사용자의 만족도를 높일 수 있다.

인덱스를 만드는 기본적인 방식은 웹 페이지에 있는 단어를 알파벳순으로 정리한 후, 각 단어와 등장하는 웹 페이지를 함께 기록하는 것이다. 웹상에 〈표 1〉의 세 개의 웹 페이지만 있고 각각 1, 2, 3이

my vehicle story	my truck	street story
the car ran behind a truck	my car stood on the road	the car stood while a truck ran
[웹 페이지 1]	[웹 페이지 2]	[웹 페이지 3]

〈표 1〉

라는 번호를 할당받았다고 하자. 웹 페이지 첫 줄은 제목이며 그 아래는 본문이라는 서식*이 사용된 문장이다. 해당 방식의 인덱스는 단어에 (웹 페이지 번호)를 붙여 기록하므로, car는 (1, 2, 3)이고, ran은 (1, 3)이 된다. car를 검색하면 매칭 알고리즘은 인덱스를 통해 [웹 페이지 1, 2, 3]을 찾아낸다. 만약 검색어로 car ran이라는 복수의 단어를 입력하면 어떻게 될까? 이는 car와 ran이라는 단어가 모두 포함된 웹 페이지를 찾으라는 뜻이므로 공통된 [웹 페이지 1, 3]을 찾아낸다.

이번에는 검색어에 큰따옴표를 붙여 "car ran"을 입력하면 어떻게 될까? car ran과 "car ran"은 의미가 다르다. 전자는 car와 ran의 순서에 상관없이 두 단어가 모두 포함된 웹 페이지를 찾는 것이지만, 후자는 car 다음에 ran이 바로 이어진 웹 페이지를 찾으라는 뜻이다. 하지만 단어에 웹 페이지 번호만 붙인 인덱스로는 이런 웹 페이지만을 찾을 수가 없다. 그래서 인덱스에 웹 페이지 번호와 단어 위치를 함께 기록하는 방식이 개발되었는데 이를 단어 위치 방식 인덱스라 한다. 이때 각 단어는 (웹 페이지 번호-위칫값)으로 기록된다. 위칫값은 웹 페이지 안에서 단어가 나열된 순서를 뜻하므로, car는 (1-5), (2-4), (3-4)이고, ran은 (1-6), (3-9)이다. "car ran"이 입력되면 검색 엔진은 해당 인덱스를 참고하여 웹 페이지 번호는 같고 위칫값이 연속된 [웹 페이지 1]을 찾아낸다.

truck은 제목과 본문에 모두 쓰이는 단어이다. 만약 제목에만 truck이 사용된 웹 페이지를 검색할 수 있다면, (ⓑ) 사용자의 만족도를 높일 수 있다. 그래서 개발자들은 인덱스를 기록할 때 태그를 이용하는 방식을 고안했다. 이를 이용하면 특정 서식에 포함된 단어가

〈title〉 my struck 〈/title〉
〈body〉 my car stood on the road 〈/body〉

〈표 2〉

있는 웹 페이지만 찾을 수 있다. 실제로 웹 페이지에는 서식이 태그로 기록된다. 〈title〉과 〈/title〉은 제목의 시작과 끝을, 〈body〉와 〈/body〉는 본문의 시작과 끝을 나타내는 태그이다. 〈표 2〉는 〈표 1〉의 [웹 페이지 2]에 사용된 태그를 표현한 것으로 다른 웹 페이지에서도 동일하게 적용된다. 다만 사용자의 화면에서는 태그가 숨겨져 있어서 사용자에게는 〈표 1〉처럼 보일 뿐이다. 태그를 이용하는 방식의 인덱스에서는 태그도 단어로 본다. 그래서 각각의 태그도 (웹 페이지 번호-위칫값)으로 기록되며, 위칫값을 셀 때 태그도 포함한다. 〈표 1〉의 인덱스의 경우 〈title〉은 (1-1, 2-1, 3-1)이고, 〈/title〉은 (1-5, 2-4, 3-4)가 된다. 사용자가 제목에 있는 truck만 검색한다고 하자. 해당 인덱스에서 truck은 (1-12), (2-3), (3-11)이다. 이 중에서 (2-3)만 제목 인덱스인 (2-1)과 (2-4) 사이에 있으므로 검색 엔진은 [웹 페이지 2]를 찾아내게 된다.

– 「매칭 알고리즘」

*서식: 화면에서 문장의 배치

PART 1 국어

PART 2 수학

PART 3 기출문제

PART 4 해답

25 윗글의 흐름상 ⓐ는 2문단을 참고하여, 그리고 ⓑ는 1문단을 참고하여 들어갈 내용을 각각 서술하시오.

ⓐ _____

ⓑ _____

〈조건〉

– ⓐ와 ⓑ 각각 20자 이내로 기술할 것(공백 제외).

26 윗글을 바탕으로 다음의 〈보기〉 중 '단어 위치 방식의 인덱스'에서 [웹 페이지 1]의 'my'와 '태그를 이용하는 방식의 인덱스'에서 [웹 페이지 2]의 'my'가 공통으로 갖는 위칫값을 구하시오.

보기

oh my cat a cat sat on the carpet	my dog a dog stood on the mat	my pets a cat stood while a dog sat
[웹 페이지 1]	[웹 페이지 2]	[웹 페이지 3]

Ⅲ 문법(언어와 매체)

[핵심이론]

1 음운

1. 음운의 개념과 체계

(1) 개념: 말의 뜻을 구별해 주는 최소의 소리 단위(자음과 모음)

(2) 체계

분류 기준		음운 체계
자음	조음 위치에 따라	입술소리, 잇몸소리, 센입천장소리, 여린입천장소리, 목청소리
	조음 방법에 따라	파열음, 마찰음, 파찰음, 유음, 비음
	소리의 세기에 따라	예사소리, 된소리, 거센소리
	목청의 떨림 여부에 따라	울림소리, 안울림소리
모음	혀의 위치에 따라	전설 모음, 후설 모음
	혀의 높낮이에 따라	고모음, 중모음, 저모음
	입술의 모양에 따라	원순 모음, 평순 모음

(3) 자음과 모음
① 자음: 말소리를 낼 때 공기의 흐름이 발음 기관에서 장애를 받고 나오는 소리

조음 방법 \ 조음 위치		입술소리	잇몸소리	센입천장소리	여린입천장소리	목청소리
파열음	예사소리	ㅂ	ㄷ		ㄱ	
	된소리	ㅃ	ㄸ		ㄲ	
	거센소리	ㅍ	ㅌ		ㅋ	
파찰음	예사소리			ㅈ		
	된소리			ㅉ		
	거센소리			ㅊ		

조음 방법＼조음 위치		입술소리	잇몸소리	센입천장소리	여린입천장소리	목청소리
마찰음	예사소리		ㅅ			ㅎ
	된소리		ㅆ			
비음		ㅁ	ㄴ		ㅇ	
유음			ㄹ			

② 모음: 말소리를 낼 때 공기의 흐름이 발음 기관에서 장애를 받지 않고 나오는 소리

혀의 높이＼혀의 앞뒤 위치＼입술 모양	전설 모음		후설 모음	
	평순	원순	평순	원순
고모음	ㅣ	ㅟ	ㅡ	ㅜ
중모음	ㅔ	ㅚ	ㅓ	ㅗ
저모음	ㅐ		ㅏ	

2. 음운의 변동

(1) 교체

음절의 끝소리 규칙	음절 끝에서 'ㄱ, ㄴ, ㄷ, ㄹ, ㅁ, ㅂ, ㅇ'만 발음되는 현상 예 부엌[부억], 빗[빋]/빛[빋]/빚[빋], 앞[압]
비음화	앞 음절의 'ㄱ, ㄷ, ㅂ'이 뒤에 오는 첫 음절 'ㄴ, ㅁ'의 영향으로 각각 [ㅇ, ㄴ, ㅁ]으로 바뀌는 현상 예 국물[궁물], 받는다[반는다], 밥물[밤물]
유음화	'ㄴ'이 유음 'ㄹ'의 앞이나 뒤에 올 때 [ㄹ]로 바뀌는 현상 예 천리[철리], 칼날[칼랄]
구개음화	끝소리가 'ㄷ, ㅌ'인 형태소가 모음 'ㅣ'나 반모음 'ㅣ'로 시작되는 형식 형태소와 만나 [ㅈ, ㅊ]으로 바뀌는 현상 예 굳이[구지], 같이[가치]
된소리되기	'ㄱ, ㄷ, ㅂ, ㅅ, ㅈ'이 앞에 오는 소리의 영향을 받아 각각 된소리 [ㄲ, ㄸ, ㅃ, ㅆ, ㅉ]으로 바뀌는 현상 예 국밥[국빱], 신고[신꼬], 갈등[갈뜽]

(2) 탈락

자음군 단순화	음절 끝에 자음군이 오면 두 자음 중 하나가 탈락하고 하나만 발음되는 현상 예 삶[삼], 맑다[막따], 읊다[읍따], 넋[넉], 값[갑], 핥다[할따]
'ㄹ' 탈락	용언이 활용할 때 어간의 끝소리 'ㄹ'이 몇몇 어미 앞에서 탈락하는 현상 예 알-+-는 → [아는], 둥글-+-ㄴ → [둥근]
'ㅎ' 탈락	용언이 활용할 때 어간의 끝소리 'ㅎ'이 모음으로 시작하는 어미나 접사 앞에서 탈락하는 현상 예 좋은[조은], 넣어[너어], 끓이다[끄리다]
'ㅡ' 탈락	용언이 활용할 때 모음 'ㅡ'로 끝나는 어간이 모음 'ㅏ/ㅓ'로 시작하는 어미 앞에서 탈락하는 현상 예 크-+-어서 → [커서], 담그-+-아도 → [담가도]

(3) 첨가

'ㄴ' 첨가	파생어나 합성에서 자음으로 끝나는 형태소 뒤에 모음 'ㅣ'나 반모음 'ㅣ'로 시작하는 형태소가 올 때 그 사이에 'ㄴ'이 첨가되는 현상 예 맨입[맨닙], 솜이불[솜니불], 두통약[두통냑]

(4) 축약

거센소리되기	예사소리 'ㄱ, ㄷ, ㅂ, ㅈ'이 'ㅎ'과 만나 각각 거센소리 [ㅋ, ㅌ, ㅍ, ㅊ]으로 바뀌는 현상 예 놓고[노코], 많다[만타], 업히다[어피다], 젖히다[저치다]

② 단어

1. 품사의 개념과 분류

(1) 개념: 단어들 가운데 공통된 성질을 가진 것들을 묶어서 분류해 놓은 갈래

(2) 품사의 분류

형태	기능	의미	예
불변어	체언	명사, 대명사, 수사	손, 서울, 학교, 것/이것, 저기, 나, 우리/하나, 첫째
	수식언	관형사, 부사	새, 헌, 이, 그, 세, 다섯/매우, 못, 다행히, 과연
	관계언	조사	이/가, 에, 와/과, 하고, 만, 도, 부터
	독립언	감탄사	앗, 네(대답)
가변어	용언	동사, 형용사	뛰다, 걷다, 먹다, 잡다/고요히, 이러하다

2. 품사의 종류와 특성

(1) 체언: 문장에서 주어, 목적어, 보어 등으로 쓰이며 주로 조사와 결합하고 형태가 불변

명사	사람이나 사물, 장소 등의 이름을 나타내는 말	보통 명사	어떤 속성을 가진 일반적인 대상을 나타내는 말
		고유 명사	특정한 하나의 대상을 나타내는 말
		자립 명사	홀로 쓰일 수 있는 명사
		의존 명사	다른 말에 기대어 쓰이는 명사 예 것, 따름
대명사	명사를 대신하여 그것을 가리키는 말	지시 대명사	사물이나 장소를 나타내는 말 예 이것, 그것, 여기, 저기
		인칭 대명사	사람을 나타내는 대명사 예 나, 너, 우리
수사	사물의 수량이나 순서를 나타내는 말	양수사	수량을 나타내는 말 예 하나, 둘
		서수사	순서를 나타내는 말 예 첫째, 둘째

(2) 용언: 문장에서 주어를 서술하는 기능

동사	사람이나 사물의 움직임을 나타내는 말 예 걷다, 부르다, 날다
형용사	사람이나 사물의 상태 또는 성질을 나타내는 말 예 빠르다, 깨끗하다

(3) 수식언: 다른 단어를 꾸며 주는 역할

관형사	체언 앞에 놓여서 체언을 꾸며 주는 역할을 하는 말 예 새, 한, 이
부사	주로 용언, 관형사, 부사, 문장 등을 꾸며 주는 역할을 하는 말 예 빨리, 저리

(4) 관계언: 문장에 쓰인 단어들의 관계를 나타내는 역할

조사	격 조사	문법적인 관계를 나타냄 예 이/가, 을/를
	보조사	앞말에 특별한 뜻을 더해 줌 예 도, 만, 까지
	접속 조사	두 단어나 구를 같은 자격으로 이어 줌 예 와/과, 랑

(5) 독립언: 문장에 쓰인 다른 말들과 관계를 맺지 않고 독립적으로 쓰이는 단어

감탄사	말하는 이의 느낌이나 부름과 응답, 특별한 의미 없이 쓰이는 입버릇이나 더듬거림 등을 나타내는 말 예 아, 여보세요, 자

3. 단어의 짜임

(1) 형태소의 개념과 종류

① 개념: 뜻을 가진 가장 작은 말의 단위

> 예 하늘에 비구름이 끼었다. → 하늘/에/비/구름/이/끼/었/다

② 종류

자립성 여부에 따라	자립 형태소	혼자 쓰일 수 있는 형태소 예 하늘, 비, 구름
	의존 형태소	반드시 다른 형태소와 함께 써야 하는 형태소 예 에, 이, 끼—었—, —다
의미에 따라	실질 형태소	실질적인 의미를 가진 형태소 예 하늘, 비, 구름, 끼—
	형식 형태소	문법적인 의미만을 가진 형태소 예 에, 이, —었—, —다

(2) 단어의 개념과 종류

① 개념: 자립하여 쓸 수 있는 말 또는 그 말의 뒤에 붙어서 문법적 기능을 나타내는 말

② 종류

단일어		하나의 어근으로 이루어진 단어 예 집, 바다
복합어	합성어	어근끼리 결합하여 이루어진 단어 예 꽃잎, 비구름
	파생어	어근과 접사가 결합하여 이루어진 단어 예 향기롭다

4. 단어의 의미 관계

유의 관계		말소리는 다르지만 의미가 같거나 비슷한 단어들의 관계(유의어) 예 배우다—학습하다—익히다—수강하다—공부하다—사사하다
반의 관계		서로 의미가 반대되거나 대립되는 단어들의 관계(반의어) 예 소년—소녀, 숙녀—신사
상하 관계		두 개의 단어 중 한 단어의 의미가 다른 단어의 의미를 포함하거나 또는 다른 단어의 의미에 포함되는 의미 관계(상의어, 하의어) 예 동물(상의어) – 개(하의어), 개(상의어) – 진돗개(하의어)
상하 관계	동음이의어	소리는 같지만 의미가 서로 다른 단어 예 배[腹]: 가슴과 엉덩이 사이의 부분 배[梨]: 과일의 하나 배[船]: 교통 수단

동음이의어와 다의어	다의어	여러 가지 의미를 지니고 있는 단어 예 손: 1. 사람의 팔목 끝에 달린 부분(중심적 의미) 2. 힘이나 노력(주변적 의미)

3 문장

1. 문장의 짜임

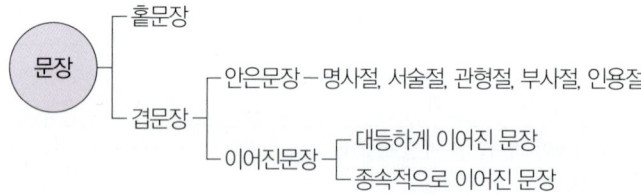

(1) **홑문장** : 주어와 서술어가 각각 하나씩 있는 문장

예 바람이 분다.

(2) **겹문장** : 한 개의 홑문장이 한 성분으로 안겨 들어가서 이루어지거나, 홑문장 여러 개가 이어져서 여러 겹으로 된 문장

예 바람이 불고 비가 온다.

① **안은문장** : 속에 다른 문장을 안고 있는 겉의 전체 문장

분류	개념
명사절을 안은문장	문장에서 주어, 목적어, 부사어 등으로 명사처럼 기능하는 절을 안은 문장
	명사형 어미 '-(으)ㅁ, -기'와 결합함 예 농부들이 비가 오기를 기다린다.
서술절을 안은문장	문장에서 절 전체가 서술어의 기능을 하는 절을 안은 문장
	절의 표지가 따로 없음 예 우리 고양이는 머리가 좋다.
관형절을 안은문장	문장에서 관형어처럼 기능을 하는 절을 안은 문장
	관형사형 어미 '-(으)ㄴ, -는, -(으)ㄹ, -던'과 결합함 예 나는 선생님이 추천한 책을 읽었다.
부사절을 안은문장	문장에서 부사어처럼 기능을 하는 절을 안은 문장
	접미사 '-이', 부사형 어미 '-게, -도록, -(아)서' 등과 결합함 예 도둑놈이 소리도 없이 들어왔다.

분류	개념
인용절을 안은문장	다른 사람의 말이나 생각을 인용한 문장을 절의 형태로 안은 문장
	인용의 부사격 조사 '고, 라고'와 결합함 예 어머니가 어디 가냐고 물었다.

② 안긴문장 : 절의 형태로 바뀌어서 전체 문장 속에 안긴문장

③ 이어진문장 : 연결어미에 의해 두 문장이 결합된 문장

분류	개념
대등하게 이어진 문장	앞뒤 절이 '나열, 대조, 선택' 등의 의미 관계를 지니는 문장
	'-고, -(으)며, -(으)나, -지만, -거나, -든지' 등의 대등적 연결 어미에 의해 이어짐 예 비가 오고 바람이 분다.
종속적으로 이어진 문장	앞 절과 뒤 절의 의미가 독립적이지 못하고 종속적인 관계에 있는 문장
	'-는데, -아서/-어서, -(으)니, -(으)면, -아야/-어야, -아도/-어도, -더라도, -(으)려고, -(으)러' 등의 종속적 연결 어미에 의해 이어짐 예 비가 오면 창문을 닫아라.

2. 문법 요소의 활용

(1) 높임 표현

① 상대 높임법: 화자가 청자를 높이거나 낮추어 표현하는 방법

방법	• 문장의 종결 어미에 의해 실현됨 • **격식체**: 하십시오체, 하오체, 하게체, 해라체 • **비격식체**: 해요체, 해체
사례	예 지우야, 버스 왔어. / 할머니 버스 왔어요.

② 주체 높임법: 주어가 가리키는 대상, 즉 서술의 주체를 높이는 방법(서술어의 주체가 나이나 사회적 지위 등이 화자 보다 높을 때 사용함)

방법	선어말 어미 '-(으)시-', 주격 조사 '께서', 특수 어휘 '계시다', '잡수시다' 등을 통해 실현함
사례	예 아버지께서 방에 들어오셨다.

③ 객체 높임법: 주어의 행위가 미치는 대상인 목적어나 부사어, 즉 서술의 객체를 높이는 방법

방법	'드리다', '모시다', '뵈다', '여쭈다'와 같은 특수한 어휘, 부사격 조사 '께' 등을 통해 실현함
사례	예 나는 어머니께 선물을 드렸다.

(2) 시간 표현

① **현재 시제**: 사건시와 발화시가 일치하는 시제

방법	사례
선어말 어미 '-ㄴ-/-는-' 결합	예 비가 <u>온</u>다
형용사나 서술격 조사는 기본형으로 표현	예 꽃이 예<u>쁘다</u>.
동사의 관형사형은 어간에 '-는' 결합	예 자<u>는</u> 아기
형용사나 서술격 조사의 관형사형은 어간에 '-(으)ㄴ' 결합	예 예<u>쁜</u> 꽃

② **과거 시제**: 사건시가 발화시보다 앞서 있는 시제

방법	사례
선어말 어미 '-았-/-었-'이나 '-더-' 결합	예 비가 <u>왔</u>다.
동사의 관형사형은 어간에 '-(으)ㄴ'이나 '-던' 결합	예 먹<u>은</u> 사과
형용사나 서술격 조사의 관형사형은 어간에 '-던' 결합	예 예쁘<u>던</u> 그녀

③ **미래 시제**: 사건시가 발화시보다 나중인 시제

방법	사례
선어말 어미 '-겠-'이나 '-(으)리-'를 결합하거나, '-겠-' 대신 '-(으)ㄹ 것이-'를 사용하기도 함	예 곧 가<u>겠</u>다.
관형사형으로 만들 때는 '-(으)ㄹ'을 사용	예 받<u>을</u> 물건

(3) **사동 표현**: 주어가 남에게 동작을 하도록 시키는 것을 나타내는 표현

방법	사례
주동사의 어근에 사동 접미사 '-이-, -히-, -리-, -기-, -우-, -구-, -추-' 결합	예 울<u>리</u>다
명사에 사동 접미사 '-시키다' 결합	예 대피<u>시키다</u>
주동사의 어간에 '-게 하다' 결합	예 입<u>게 하다</u>

(4) **피동 표현**: 다른 주체에 의해 동작이 이루어지거나 영향을 받는 것을 나타내는 표현

방법	사례
능동사의 어근에 피동 접미사 '-이-, -히-, -리-, -기-' 결합	예 잡<u>히</u>다
명사에 피동 접미사 '-되다' 결합	예 가결<u>되다</u>
능동사의 어간에 '-아/-어지다', '-게 되다' 결합	예 풀<u>어지다</u>

(5) 부정 표현

길이에 따른 분류	짧은 부정문	부정 부사 '안, 못'을 사용하여 만든 부정문 **예** 공부를 <u>안</u> 했다. / 공부를 <u>못</u> 했다.
	긴 부정문	'−지 않다(아니하다), −지 못하다'를 사용하여 만든 부정문 **예** 공부를 하<u>지 않았</u>다. / 공부를 하<u>지 못했</u>다.
의미에 따른 분류	의지 부정문	단순한 부정이나 화자의 의지에 의한 부정 **예** 나는 석호를 <u>안</u> 만났다. / 나는 석호를 만나<u>지 않았</u>다.
	능력 부정문	능력이 부족하거나 의지와 상관없는 상황에 의한 부정 **예** 나는 석호를 <u>못</u> 만났다. / 나는 석호를 만나<u>지 못했</u>다.

4 담화

1. 담화의 개념과 구성요소

(1) 발화와 담화의 개념

발화	화자의 생각, 느낌 등이 의사소통 상황에서 실제 언어 표현으로 나타난 것 → 머릿속의 생각이 실제로 문장 단위로 실현된 것
담화	둘 이상의 발화가 연속해서 이루어지는 말의 단위 → 담화를 이루는 발화들이 하나의 주제 또는 내용으로 연결되어야 담화가 하나의 완결성을 지님

(2) 담화의 특성

통일성	발화들의 내용이 하나의 담화 주제 아래 유기적으로 결합되는 것
응집성	담화를 구성하는 발화들이 형식적으로 긴밀하게 연결되는 것

(3) 담화의 구성 요소

① **화자(글쓴이)**: 발화를 생산하고 전달하는 역할을 하는 이

② **청자(독자)**: 발화를 전달받고 이해하는 역할을 하는 이

③ **발화(언어)**: 언어로 표현된 내용

④ **맥락**: 의사소통이 이루어지는 배경이나 환경(시간, 공간, 사회 · 문화적 관습 등)

PART 1 국어

PART 2 수학

PART 3 기출문제

PART 4 해답

2. 담화와 맥락의 유형

언어적 맥락	앞뒤 발화에 나타난 언어적 표현이나 내용의 흐름 등으로 파악할 수 있는 맥락
비언어적 맥락	• **상황 맥락**: 의사소통의 시간적 · 공간적 배경, 화자(글쓴이), 청자(독자), 주제, 목적 등 담화를 생산하고 수용하는 활동에 직접 영향을 끼치는 맥락 • **사회 · 문화적 맥락**: 역사적 · 사회적 상황, 공동체의 이념이나 가치 등 담화를 생산하고 수용하는 활동에 간접적인 영향을 끼치는 맥락

[실전문제]

해답 p.294

대표문제

▶ 〈보기1〉을 바탕으로 음운 변동 사례에 대해 이해한 내용을 〈보기2〉에 정리하였다. 빈 칸에 알맞은 음운 변동 유형을 적어 넣으시오.

배점(총점)	예상 소요 시간
10점	5분 / 전체 80분

보기1

국어의 음운 변동 유형은 교체, 탈락, 첨가, 축약으로 나누어 볼 수 있다.

• 교체 : 한 음운이나 다른 음운으로 바뀌는 현상 예 꽃[꼳]
• 탈락 : 한 음운이 없어지는 현상 예 앎[암:]
• 첨가 : 없던 음운이 새로 생기는 현상 예 맨입[맨닙]
• 축약 : 두 음운이 합쳐져서 제3의 음운으로 바뀌는 현상 예 입학[이팍]

음운 변동이 단어 내에서 한 번만 일어나기도 하고, 한 유형의 변동이 여러 번 일어나거나 서로 다른 유형의 변동이 여러 번 일어나는 경우도 있다.

보기2

• '늦여름[는녀름]'은 (㉠) 및 (㉡)이/가 일어났다.
• '닭하고[다카고]'는 (㉢) 및 (㉣)이/가 일어났다.
• '붙임[부침]'은 교체가 (㉤)번 일어났다.

* ㉠~㉣은 단어 안에서 변동이 발생하는 순서와 상관없이, 해당하는 유형을 쓰면 됨.
* ㉤에는 아라비아 숫자(1, 2, 3 등)가 아닌 우리말 세는 단위(한, 두, 세 등)를 쓸 것.

㉠	
㉡	
㉢	
㉣	
㉤	

PART 1 국어

PART 2 수학

PART 3 기출문제

PART 4 해답

모범답안 ㉠ 교체, ㉡ 첨가 (㉠과 ㉡의 순서가 바뀌어도 정답)

㉢ 탈락, ㉣ 축약 (㉢과 ㉣의 순서가 바뀌어도 정답)

㉤ 한

바른해설 – '늦여름[는녀름]'은 교체(음절끝소리규칙, 비음화) 및 첨가('ㄴ'첨가)가 일어났다.

– '닭하고[다카고]'는 탈락(자음군단순화) 및 축약(격음화)이 일어났다.

– '붙임[부침]'은 교체(구개음화)가 한 번 일어났다.

채점기준

답안	배점
㉠ 교체, ㉡ 첨가 (㉠과 ㉡의 순서가 바뀌어도 정답)	4점
㉢ 탈락, ㉣ 축약 (㉢과 ㉣의 순서가 바뀌어도 정답)	4점
㉤ 한	2점

01 다음의 〈보기1〉은 자음 체계표이다. 이를 이해하고 〈보기 2〉의 단어들을 주어진 〈조건〉에 맞게 분류하시오.

보기 1

조음 방법 \ 조음 위치		양순음(입술소리)	치조음(잇몸소리)	경구개음(센입천장소리)	연구개음(여린입천장소리)	후음(목청소리)
파열음	평음(예사소리)	ㅂ	ㄷ		ㄱ	
	경음(된소리)	ㅃ	ㄸ		ㄲ	
	격음(거센소리)	ㅍ	ㅌ		ㅋ	
파찰음	평음(예사소리)			ㅈ		
	경음(된소리)			ㅉ		
	격음(거센소리)			ㅊ		
마찰음	평음(예사소리)		ㅅ			ㅎ
	경음(된소리)		ㅆ			
	격음(거센소리)					
비음		ㅁ	ㄴ		ㅇ	
유음			ㄹ			

보기 2

① 솥이[소치]　② 칼날[칼랄]　③ 젖는[전는]
④ 죽도[죽또]　⑤ 입는[임는]

조건

- 조음 위치와 방법 둘 다 바뀌지 않은 경우 : 0
- 조음 위치와 방법 중 하나만 바뀐 경우 : 1
- 조음 위치와 방법 둘 다 바뀐 경우 : 2

①	
②	
③	
④	
⑤	

PART 1 국어
PART 2 수학
PART 3 기출문제
PART 4 해답

02 다음의 〈조건〉은 서로 인접한 형태소에서 모음과 모음이 만날 때 발생할 수 있는 음운 변동의 세 가지 유형을 나타낸 것이다. 〈보기〉의 항목을 주어진 〈조건〉에 맞게 분류하시오.

보기

① (꽃이) 피- + -어 → [피여]
② (집에) 가- + -았- + -다 → [갇따]
③ (글을) 쓰- + -어라 → [써라]
④ (적을) 이기- + -어 → [이겨]

조건

㉠ 두 모음 중 어느 한쪽의 모음이 탈락한 경우
㉡ 두 모음 중 앞 모음이 반모음으로 교체되어 뒤 모음과 함께 이중 모음이 된 경우
㉢ 두 모음 사이에 반모음이 첨가되어 뒤 모음과 함께 이중 모음이 된 경우

①	
②	
③	
④	

03 다음의 〈보기1〉을 바탕으로 할 때, ㉠, ㉡의 예에 해당하는 단어들을 〈보기2〉에서 모두 골라 쓰시오.

보기1

　합성어는 어근과 어근의 연결이 국어 문장의 단어 배열 방식과 일치하느냐 일치하지 않느냐에 따라 ㉠ 통사적 합성어와 ㉡ 비통사적 합성어로 나눌 수 있다. '새해'는 관형사와 명사가 결합하여 만들어진 합성어인데, 관형사가 명사에 선행하는 국어 문장의 일반적인 어순과 일치하는 배열을 보인다. '겉늙다'의 경우, 명사 '겉'과 동사 '늙다'가 결합한 것으로 문장의 일반적인 배열과 일치한다. 따라서 '새해', '겉늙다' 등은 통사적 합성어에 해당한다. 반면 '높푸르다'는 형용사의 어간에 형용사의 어간이 직접 결합한 형태로, 국어 문장의 일반적인 단어 배열 방식에 어긋난다. 국어 문장의 일반적인 배열에 따른다면, '높고 푸르다'와 같이 연결 어미가 있어야 하기 때문이다. 또한 '접칼'은 동사 어간 '접-'과 명사 '칼'이 직접 결합하고 있어 일반적인 문장의 단어 배열에서 어긋난다. '민둥산'의 경우는 '민둥하다'의 어근 '민둥'과 명사 '산'이 직접 결합하고 있어 일반적인 단어 배열로 볼 수 없다. 따라서 '높푸르다', '접칼', '민둥산' 등은 비통사적 합성어에 해당한다.

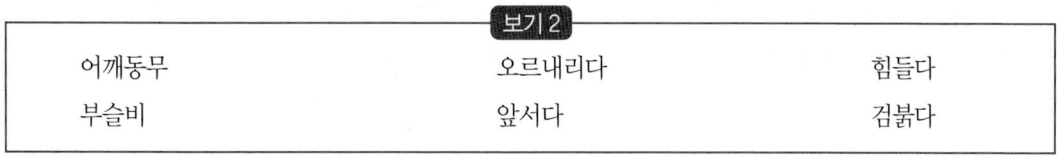

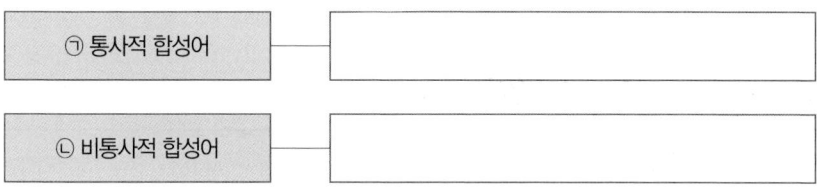

04 다음의 〈보기2〉는 〈보기1〉을 바탕으로 ㉠~㉢의 반의 관계에 해당하는 문장을 묶은 것이다. 〈보기2〉의 빈칸을 〈보기1〉에서 설명한 반의 관계에 따라 ㉠~㉢으로 분류하시오.

보기1

　둘 이상의 단어에서 의미가 서로 짝을 이루어 대립하는 경우를 반의 관계라고 한다. 반의 관계는 '춥다–덥다'처럼 ㉠ 정도의 측면에서 대립하는 경우도 있고, '죽다–살다'처럼 ㉡ 상호 배타적으로 대립하는 경우도 있으며, '오르다–내리다'처럼 ㉢ 방향상의 대립 관계를 나타내는 경우도 있다.

　한편, 단어는 문맥에 따라 여러 가지 의미로 해석될 수 있기 때문에 반의어도 달라질 수 있다. 가령 "나는 강아지가 좋다."라는 문장에 사용된 '좋다'의 반의어는 '싫다'인데 "강아지는 머리가 좋다."에 사용된 '좋다'의 반의어는 '나쁘다'이다.

보기2

①	기차 바퀴가 <u>무겁게</u> 움직이기 시작했다. 우리 선수들은 오늘도 <u>가벼운</u> 몸놀림을 보여 주었다.	(　　)
②	선물을 <u>받는</u> 꿈은 행운을 암시한다. 떡 줄 사람은 꿈도 안 꾸는데 김칫국부터 마신다.	(　　)
③	미성년 자녀를 둔 <u>기혼</u> 여성의 취업률이 매우 높아졌다. 30대 <u>미혼</u> 가구의 수가 점점 늘어나는 추세이다.	(　　)
④	가을 하늘이 꽤 <u>높아</u> 보인다. 책상이 너무 <u>낮아서</u> 불편하다.	(　　)

05 다음의 〈보기2〉는 〈보기1〉의 문장 성분과 문장 구조를 파악한 것이다. 빈칸에 들어갈 말을 차례대로 적어 넣으시오.

> **보기1**
>
> ㉠ 이 개는 우리 옆집 사람이 키우는 개다.
> ㉡ 철수가 아주 새 신발을 신고 학교에 왔다.
> ㉢ 우리는 그 친구가 성격이 급한 사실을 안다.

> **보기2**
>
> ㉠에는 총 (①)개의 관형어가 있다.
> ㉠에는 (②)이/가 생략된 안긴절이 있다.
> ㉡에는 (③)이/가 생략된 절이 있다.
> ㉡에는 관형어를 꾸며 주는 (④)이/가 있다.
> ㉢에는 총 (⑤)개의 안긴절이 있다.

06 〈보기2〉에서 '나'의 대답이 '가'의 질문 의도를 정확히 반영한 것일 때, 〈보기2〉의 밑줄 친 대명사를 〈보기1〉에서 설명한 대명사의 용법에 따라 ㉠과 ㉡으로 분류하시오.

> **보기1**
>
> 　대명사의 미지칭 용법과 부정칭 용법은 의문문의 종류와 밀접한 관련이 있다. ㉠ <u>미지칭 대명사</u>는 모르는 대상을 알기 위해 물을 때 쓰이는 것이고, ㉡ <u>부정칭 대명사</u>는 어떤 대상을 불특정으로 말할 때, 즉 콕 집어서 무엇이라고 말하지 않을 때 쓰이는 것인데, 이 둘은 동일한 형태로 쓰일 때가 많다. 홑문장에서 미지칭 대명사는 설명 의문문에서만 쓰이지만, 부정칭 대명사는 판정 의문문에 쓰이고 더 나아가서 평서문, 명령문 등 다양한 종결 표현에서 쓰인다. 가령, 친구의 옷에 묻은 오물을 보고 "옷에 뭐가 묻었어."라고 말하는 평서문에서 '뭐'는 미지칭 대명사 '뭐'와 동일한 형태이지만 부정칭 대명사이다.

> **보기2**
>
> | ① | 가: 오늘은 점심에 식당에서 <u>뭘</u> 먹었니?
나: 오늘은 순두부찌개를 먹었어. | (　　) |
> | ② | 가: 요즘 <u>누구</u>하고 연애해?
나: 잘 아네. 벌써 한 달쯤 됐어. | (　　) |
> | ③ | 가: 민주야, 그 사람과는 <u>어디</u>에서 만났어?
나: 집 근처의 공원에서 만났어. | (　　) |
> | ④ | 가: 우리 <u>언제</u> 한번 볼까?
나: 좋아. 옛날에 자주 가던 카페에서 보자. | (　　) |

07 다음의 〈보기2〉는 〈보기1〉의 높임 표현을 파악한 것이다. 빈칸에 들어갈 말을 〈보기1〉에서 찾아 차례대로 적어 넣으시오.

보기1

㉠ 할아버지께서는 책이 많으시다.

㉡ 선생님께서는 신문을 읽고 계셨다.

㉢ 아버지는 할머니께 진지를 차려 드리셨다.

보기2
---

① ㉠, ㉡에서 높임 표현을 위해 쓰인 형태소 중 공통된 것은 '(   )' 하나이다.

② ㉡은 '있다'의 특수 어휘 '(   )'을/를 사용하여 주체를 직접적으로 높이고 있다.

③ ㉢에서는 부사어의 지시 대상을 높이는 조사를 통해 '(   )'을/를 높이고 있다.

08 〈보기1〉의 담화 속에서 지시 표현과 대용 표현으로 사용할 수 있는 단어들을 〈보기2〉에서 골라 차례대로 적어 넣으시오.

보기1

친구1: (㉠   ) 좀 주워 줘.

친구2: 이거?

친구1: 응, (㉡   )에 전화번호 적어 놓은 게 있어.

친구2: (㉢   ) 번호인데? 휴대폰에 저장 안 했어?

친구1: 내가 지난 주말에 휴대폰이랑 지갑을 잃어버렸었거든. (㉣   ) 도와주신 분이야. 휴대폰도 빌려주시고 교통비도 대신 내주셔서, (㉤   ) 전화번호를 받아서 쪽지에 적어두었거든.

보기2

누구	그때	그거	그분	거기

PART 1 국어

PART 2 수학

PART 3 기출문제

PART 4 해설

09 다음의 〈보기2〉는 〈보기1〉에 사용된 높임 표현을 이해한 것이다. 〈보기2〉의 빈칸에 들어갈 높임의 대상을 〈보기1〉에서 찾아 차례대로 적어 넣으시오.

보기1

須達(수달)이 부텨씌 슬ᄫᅥ디
如來(여래)하 우리나라해 ㉠ 오샤 重生(중생)이 邪曲(사곡)을 덜에 ᄒᆞ쇼셔
世尊(세존)이 ㉡ 니르샤디
出家(출가)ᄒᆞᆫ 사르ᄆᆞᆫ 쇼히 ᄀᆞᆮ디 아니ᄒᆞ니 그에 精舍(정사)* ㅣ 업거니 어드리 가료
須達(수달)이 슬ᄫᅥ디
내 어루 ㉢ 이르ᅀᆞᄫᅳ리이다

『석보상절』 권6

*精舍(정사): 불도를 닦으며 교법을 펴는 집.

[현대어 역]
수달이 부처께 아뢰되
"여래시여 우리나라에 오셔서 중생의 사곡을 덜게 하십시오."
세존(부처)이 이르시되
"출가한 사람은 속인과 같지 않으니, 거기에 정사가 없으니 어디로 가겠는가?"
수달이 아뢰되
"내가 능히 (정사를) 짓겠습니다."

보기2

① ㉠은 주체인 '(   )'을/를 높이고 있다.
② ㉡은 주체인 '(   )'을/를 높이고 있다.
③ ㉢은 청자인 '(   )'을/를 높이고 있다.
④ ㉢은 객체인 '(   )'을/를 높이고 있다.

10 〈보기1〉은 받침의 'ㅎ'과 관련된 표준 발음법 조항의 일부이다. 이를 이해할 때, 〈보기2〉의 빈칸에 적합한 발음 소리를 모두 적어 넣으시오.

> 보기1
>
> ㉠ 'ㅎ(ㄶ, ㅀ)' 뒤에 'ㄱ, ㄷ, ㅈ'이 결합되는 경우에는, 뒤음절 첫소리와 합쳐서 [ㅋ, ㅌ, ㅊ]으로 발음한다.
> ㉡ 받침 'ㄱ(ㄺ), ㄷ, ㅂ(ㄼ), ㅈ(ㄵ)'이 뒤 음절 첫소리 'ㅎ'과 결합되는 경우에도, 역시 두 음을 합쳐서 [ㅋ, ㅌ, ㅍ, ㅊ]으로 발음한다.
> ㉢ 'ㅎ(ㄶ, ㅀ)' 뒤에 'ㅅ'이 결합되는 경우에는, 'ㅅ'을 [ㅆ]으로 발음한다.
> ㉣ 'ㅎ' 뒤에 'ㄴ'이 결합되는 경우에는, 'ㅎ'을 [ㄴ]으로 발음한다.
> ㉤ 'ㅎ(ㄶ, ㅀ)' 뒤에 모음으로 시작된 어미나 접미사가 결합되는 경우에는, 'ㅎ'을 발음하지 않는다.

> 보기2
>
> ① ㉠에 따라 '책상 위에 책을 놓고'에서 '놓고'는 [   ]로 발음한다.
> ② ㉡에 따라 '방 안에 불을 밝혀'에서 '밝혀'는 [   ]로 발음한다.
> ③ ㉢에 따라 '그의 말이 옳소.'에서 '옳소'는 [   ]로 발음한다.
> ④ ㉣에 따라 '손끝이 천장에 닿는'에서 '닿는'은 [   ]으로 발음한다.
> ⑤ ㉤에 따라 '눈이 소복이 쌓였다.'에서 '쌓였다'는 [   ]로 발음한다.

11 〈보기2〉는 〈보기1〉에서 설명한 '품사 통용'의 예시들이다. 밑줄 친 각 단어들의 품사를 적어 넣어 적절한 '품사 통용'임을 밝히시오.

> 보기1
>
> '오늘이 무슨 요일이지?'에서 '오늘'은 명사이다. 문장의 주어 자리에 올 수 있고 격 조사와 결합하는 등 명사로 기능하기 때문이다. 한편, '우리 오늘 만나자.'에서 '오늘'은 부사이다. 격 조사와 결합하지 않으며 '만나다'라는 용언을 수식하는 등 부사로 기능하기 때문이다. 이렇게 한 단어가 여러 품사에 속하는 현상을 '품사 통용'이라 한다.

보기 2

| ① | 이 일을 하려면 <u>종일</u>이 걸린다. | (ⓐ) |
| | 오늘은 날이 <u>종일</u> 흐리다. | (ⓑ) |

| ② | 내가 사람을 <u>잘못</u> 본 것 같다. | (ⓐ) |
| | 그 사람은 자기 <u>잘못</u>을 인정하지 않는다. | (ⓑ) |

| ③ | 나를 위한 건 <u>물론</u>이고 우리를 위해서도 필요한 일이다. | (ⓐ) |
| | <u>물론</u> 앞으로 더 잘 되겠지. | (ⓑ) |

| ④ | 우리 모두 <u>서로</u> 가깝게 지냅시다. | (ⓐ) |
| | <u>서로</u>가 <u>서로</u>를 위해 힘써야 합니다. | (ⓑ) |

12 다음의 〈보기1〉은 보조사가 쓰이는 자리를 그 위치에 따라 유형별로 설명한 것이다. 〈보기2〉의 각 문장에 사용된 보조사들이 어떤 경우에 해당하는지 〈보기1〉의 ⓐ~ⓓ에서 골라 두 가지씩 적어 넣으시오.

보기 1

보조사는 격 조사와 결합할 때 보조사가 ⓐ 격 조사 앞에 나타나는 경우도 있고, ⓑ 격 조사 뒤에 나타나는 경우도 있다. 격 조사 없이 나타날 때에는 ⓒ 체언 뒤에 나타나는 경우와 ⓓ 부사, 어미 등의 뒤에 나타나는 경우로 나눌 수 있다

보기 2

①	그 친구까지 우리를 못 믿으니 무척이나 실망이다.	(,)
②	올여름에는 작은 에어컨이라도 하나 사야겠습니다.	(,)
③	선영이가 나한테는 그 정보를 알려 주지도 않았어.	(,)
④	인기 많았던 그 식당마저 요즘에는 손님이 뜸하다.	(,)
⑤	어려울 때 자기만이 힘들다고 생각해서는 안 된다.	(,)

13 〈보기2〉는 〈보기1〉에 나타난 중세 국어 시제 관련 내용을 정리한 것이다. 빈칸에 들어갈 내용을 적어 넣으시오.

보기1

(가) 노푼 ᄀᆞᅀᆞᆯ히 서늘ᄒᆞᆫ 氣運(기운)이 ㉠ 뭀더라(『두시언해』)
[현대어 역] 높은 가을에 서늘한 기운이 맑았다.

(나) ᅡ年(복년)이 ᄀᆞᇫ ㉡ 업스시니(『용비어천가』)
[현대어 역] 나라의 운명이 끝이 없으십니다.

(다) 이ᄢᅴ 아ᄃᆞᆯ 둘히 아비 ㉢ 죽다 듣고(『월인석보』)
[현대어 역] 이때 아들들이 아버지가 죽었다 듣고

보기2

	품사	시제 선어말 어미	시제
㉠	(ⓐ)	―더―	과거
㉡	형용사	(ⓑ)	현재
㉢	동사	∅	(ⓒ)

14 〈보기1〉을 바탕으로 ㉠, ㉡이 포함된 단어가 있는 문장을 〈보기2〉의 ⓐ~ⓔ에서 고르시오.

보기1

　어떤 단어의 발음이 같더라도 의미가 다른 경우로 동음이의어와 다의어가 있다. ㉠ 동음이의어는 별개의 두 단어가 우연히 발음이 같아 의미적 연관성이 없는 것이고, ㉡ 다의어는 하나의 같은 단어에 연관성이 있는 여러 의미가 존재하는 것이다.

보기2

ⓐ 그 사람은 조상의 덕으로 복을 타고 태어났다.
ⓑ 그 죄수는 경비가 소홀한 틈을 타 도주했다.
ⓒ 수돌이는 착한 일을 해서 방송을 타게 되었다.
ⓓ 선영이는 커피를 탈 때 설탕을 넣지 않는다.
ⓔ 더위를 잘 타지 않는 사람도 올여름은 힘들다.

　㉠ 동음이의어　⇒ _____

　㉡ 다의어　⇒ _____

15 〈보기1〉을 바탕으로 ⊙, ⓒ에 해당하는 단어를 〈보기2〉의 ⓐ~ⓔ에서 골라 쓰시오.

보기1

   ⊙ <u>지시 표현</u>은 화자와 청자가 대화를 나누는 시간적 · 공간적 장면에 있는 대상을 가리키는 데 사용되고, ⓒ <u>대용 표현</u>은 담화에서 앞에 나온 어휘나 발화 전체를 다시 가리키는 데 사용된다.

보기2

엄마: 방학이 언제라고 했지?

아들: ⓐ <u>이번</u> 달 13일부터 시작해요.

엄마: 그럼 엄마도 이번 여름휴가 13일부터 쓴다. 여행 계획도 ⓑ <u>이날</u>부터 3박 4일이야.

아들: 아, 참. 13일은 친구랑 만나기로 했어요. 오전에는 친구를 만나니 ⓒ <u>그날</u> 오후 늦게 출발하면 안 돼요?

엄마: 아직 예약은 안 했으니까 14일 출발로 바꾸자. 숙소를 빨리 예약해야 하는데…….

아들: 작년에 갔던 숙소 너무 좋았는데, 올해도 ⓓ <u>거기</u>로 가요.

엄마: 엄마가 한번 알아볼게. ⓔ <u>그</u> 옆에 달력 좀 줘 봐.

   ⊙ **지시 표현** ⇒ _____

   ⓒ **대용 표현** ⇒ _____

PART **2**

I 지수함수와 로그함수

[핵심이론]

1 거듭제곱근

(1) 실수인 거듭제곱근

① a가 실수이고 n이 2 이상의 자연수일 때 a의 n제곱근 중 실수인 것

	$a>0$	$a=0$	$a<0$
n이 짝수	$\sqrt[n]{a}>0,\ -\sqrt[n]{a}<0$	$\sqrt[n]{0}=0$	없다
n이 홀수	$\sqrt[n]{a}>0$	$\sqrt[n]{0}=0$	$\sqrt[n]{a}<0$

② a의 n제곱근 중 실수인 것은 방정식 $x^n=a$의 실근이므로, 함수 $y=x^n$의 그래프와 직선 $y=a$의 교점의 x좌표와 같다.

(2) 거듭제곱근의 성질

$a>0$, $b>0$이고 m, n이 2 이상의 자연수 일 때

① $(\sqrt[n]{a})^n=a$

② $\sqrt[n]{a}\,\sqrt[n]{b}=\sqrt[n]{ab}$

③ $\dfrac{\sqrt[n]{a}}{\sqrt[n]{b}}=\sqrt[n]{\dfrac{a}{b}}$

④ $(\sqrt[n]{a})^m=\sqrt[n]{a^m}$

⑤ $\sqrt[m]{\sqrt[n]{a}}=\sqrt[mn]{a}=\sqrt[n]{\sqrt[m]{a}}$

⑥ $\sqrt[np]{a^{mp}}=\sqrt[n]{a^m}$ (단, p는 자연수)

2 지수의 확장

(1) 지수가 정수인 경우

① $a\neq0$이고 n이 양의 정수일 때

㉠ $a^0=1$

㉡ $a^{-n}=\dfrac{1}{a^n}$

② $a\neq0$, $b\neq0$이고 m, n이 정수일 때

㉠ $a^m a^n=a^{m+n}$

㉡ $a^m \div a^n=a^{m-n}$

㉢ $(a^m)^n=a^{mn}$

㉣ $(ab)^n=a^n b^n$

(2) 지수가 유리수와 실수인 경우

① $a>0$이고 m이 정수, n이 2 이상의 정수일 때

㉠ $a^{\frac{1}{n}}=\sqrt[n]{a}$ 　　　　　　　　㉡ $a^{\frac{m}{n}}=\sqrt[n]{a^m}$

② $a>0$, $b>0$이고 r, s가 유리수일 때

㉠ $a^r a^s=a^{r+s}$ 　　　　　　　　㉡ $a^r \div a^s=a^{r-s}$

㉢ $(a^r)^s=a^{rs}$ 　　　　　　　　㉣ $(ab)^r=a^r b^r$

③ $a>0$, $b>0$이고 x, y가 실수 일 때

㉠ $a^x a^y=a^{x+y}$ 　　　　　　　　㉡ $a^x \div a^y=a^{x-y}$

㉢ $(a^x)^y=a^{xy}$ 　　　　　　　　㉣ $(ab)^x=a^x b^x$

3 로그

(1) 로그의 정의와 조건

① 정의

$a>0$, $a\neq1$, $N>0$일 때, $a^x=N \Longleftrightarrow x=\log_a N$

② 조건

$\log_a N$이 정의되려면 밑 a는 $a>0$, $a\neq1$이고 진수 N은 $N>0$이어야 한다.

(2) 로그의 성질

$a>0$, $a\neq1$이고 $M>0$, $N>0$일 때

① $\log_a 1=0$,　$\log_a a=1$ 　　　　② $\log_a MN=\log_a M+\log_a N$

③ $\log_a \dfrac{M}{N}=\log_a M-\log_a N$ 　　④ $\log_a M^k=k\log_a M$ (단, k는 실수)

(3) 로그의 밑의 변환

① $a>0$, $a\neq1$, $b>0$, $c>0$, $c\neq1$일 때

$\log_a b=\dfrac{\log_c b}{\log_c a}$

② 로그 밑의 변환 활용: $a>0$, $a\neq1$, $b>0$일 때

㉠ $\log_a b=\dfrac{1}{\log_b a}$ (단, $b\neq1$)

② $\log_a b \times \log_b c=\log_a c$ (단, $b\neq1$, $c>0$)

③ $\log_{a^m}b^n=\dfrac{n}{m}\log_a b$ (단, m, n은 실수이고, $m\neq 0$이다.)

④ $a^{\log_b c}=c^{\log_b a}$ (단, $b\neq 1$, $c>0$)

---

4 **지수함수**

(1) 지수함수의 뜻과 그래프

　① **지수함수의 뜻**

　　$y=a^x$ $(a>0,\ a\neq 1)$ $\Rightarrow$ a를 밑으로 하는 지수함수

　② **지수함수의 그래프**

　　㉠ $a>1$일 때　　　　　　　　　㉡ $0<a<1$일 때

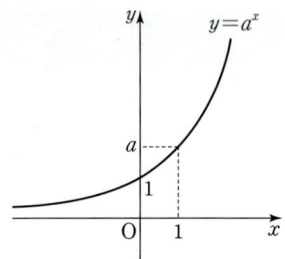
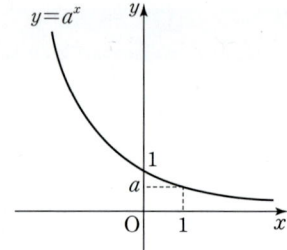

(2) 지수함수의 성질

　① $a>1$일 때 x의 값이 증가하면 y의 값도 증가하고, $0<a<1$일 때 x의 값이 증가하면 y의 값은 감소
　한다.

　② 함수 $y=a^x$의 그래프는 점 $(0,\ 1)$을 지나고, 점근선은 x축(직선 $y=0$)이다.

　③ 함수 $y=a^x$의 그래프와 함수 $y=\left(\dfrac{1}{a}\right)^x$의 그래프는 y축에 대하여 서로 대칭이다.

　④ 함수 $y=a^{x-m}+n$의 그래프는 함수 $y=a^x$의 그래프를 x축의 방향으로 m만큼, y축의 방향으로 n만
　큼 평행이동한 것이다.

(3) 지수함수의 활용

　① $a>0$, $a\neq 1$일 때, $a^{f(x)}=a^{g(x)} \Longleftrightarrow f(x)=g(x)$

　② $a>1$일 때, $a^{f(x)}<a^{g(x)} \Longleftrightarrow f(x)<g(x)$

　③ $0<a<1$일 때, $a^{f(x)}<a^{g(x)} \Longleftrightarrow f(x)>g(x)$

5 로그함수

(1) 로그함수의 뜻과 그래프

① 로그함수의 뜻

$y = \log_a x$ $(a > 0,\ a \neq 1)$ $\Rightarrow$ a를 밑으로 하는 로그함수

② 지수함수와 로그함수의 관계

역함수 관계: $y = a^x$ $(a > 0,\ a \neq 1)$ $\Longleftrightarrow$ $y = \log_a x$ $(a > 0,\ a \neq 1)$

③ 로그함수의 그래프

㉠ $a > 1$일 때

㉡ $0 < a < 1$일 때

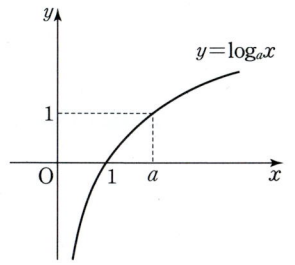 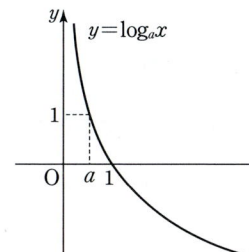

(2) 로그함수의 성질

① $a > 1$일 때 x의 값이 증가하면 y의 값도 증가하고, $0 < a < 1$일 때 x의 값이 증가하면 y의 값은 감소한다.

② 함수 $y = \log_a x$의 그래프는 점 $(0,\ 1)$을 지나고, 점근선은 y축(직선 $x = 0$)이다.

③ 함수 $y = \log_a x$의 그래프와 함수 $y = \log_{\frac{1}{a}} x$의 그래프는 x축에 대하여 대칭이다.

④ 함수 $y = \log_a(x - m) + n$의 그래프는 함수 $y = \log_a x$의 그래프를 x축의 방향으로 m만큼, y축의 방향으로 n만큼 평행이동한 것이다.

(3) 로그함수의 활용

① $a > 0,\ a \neq 1$일 때, $\log_a f(x) = \log_a g(x) \Longleftrightarrow f(x) = g(x),\ f(x) > 0,\ g(x) > 0$

② $a > 1$일 때, $\log_a f(x) < \log_a g(x) \Longleftrightarrow 0 < f(x) < g(x)$

③ $0 < a < 1$일 때, $\log_a f(x) < \log_a g(x) \Longleftrightarrow f(x) > g(x) > 0$

[실전문제]

해답 p.299

 대표문제

배점(총점)	예상 소요 시간
10점	5분 / 전체 70분

▶ 함수 $f(x) = 2x^3 + (4a + 7)x^2 + (4a + 5)x + a + 2$ 의 그래프가 a의 값에 관계없이 항상 지나는 점을 P라 하자. 곡선 $y = f(x)$ 위의 점 P에서의 접선과 x축, y축으로 둘러싸인 부분의 넓이를 구하는 과정을 아래의 단계에 따라 서술하시오. (단, a는 실수이다.)

(1) 점 P의 좌표를 구하시오.

(2) 저 P에서의 접선의 방정식을 구하시오.

(3) 곡선 $y = f(x)$ 위의 점 P에서의 접선과 x축, y축으로 둘러싸인 부분의 넓이를 구하시오.

모범답안 (1) 점 P의 좌표 : $\left(-\dfrac{1}{2}, 1\right)$

(2) 접선의 방정식 : $y = -\dfrac{1}{2}x + \dfrac{3}{4}$

(3) 넓이 : $\dfrac{9}{16}$

바른해설 (1) $f(x) = 2x^3 + (4a + 7)x^2 + (4a + 5)x + a + 2 = (4x^2 + 4x + 1)a + 2x^3 + 7x^2 + 5x + 2$

따라서 함수 $y = f(x)$의 그래프가 a의 값에 관계 없이 항상 지나는 점의 x좌표는

$4x^2 + 4x + 1 = (2x + 1)^2 = 0$에서 $x = -\dfrac{1}{2}$

y좌표는 $2 \times \left(-\dfrac{1}{2}\right)^3 + 7 \times \left(-\dfrac{1}{2}\right)^2 + 5 \times \left(-\dfrac{1}{2}\right) + 2 = 1$

그러므로 점 P의 좌표는 $\left(-\dfrac{1}{2}, 1\right)$

(2) $f'(x) = 6x^2 + 2(4a + 7)x + 4a + 5$이고

$f'\left(-\dfrac{1}{2}\right) = 6 \times \left(-\dfrac{1}{2}\right)^2 + 2(4a + 7) \times \left(-\dfrac{1}{2}\right) + 4a + 5 = -\dfrac{1}{2}$이므로

점 $P\left(-\dfrac{1}{2}, 1\right)$에서의 접선의 방정식은 $y - 1 = -\dfrac{1}{2}\left(x + \dfrac{1}{2}\right)$, 즉 $y = -\dfrac{1}{2}x + \dfrac{3}{4}$

(3) 직선 $y = -\dfrac{1}{2}x + \dfrac{3}{4}$의 x절편과 y절편은 각각 $\dfrac{3}{2} \cdot \dfrac{3}{4}$이므로

구하는 넓이는 $\dfrac{1}{2} \times \dfrac{3}{2} \times \dfrac{3}{4} = \dfrac{9}{16}$

채점기준

답안		배점
(1) 점 P의 좌표	$\left(-\dfrac{1}{2}, 1\right)$	3점
(2) 접선의 방정식	$y = -\dfrac{1}{2}x + \dfrac{3}{4}$	3점
(3) 넓이	$\dfrac{9}{16}$	4점

01 두 실수 a, b에 대하여 이차방정식

$x^2 - ax + b = 0$ 의 한 근이

$\sqrt[4n]{8^n} + \sqrt[4n+2]{2 \times 4^n}\,i$ 일 때, $\dfrac{a^2 - b^2}{12}$ 의

값을 구하고 그 과정을 아래의 단계에 따라 서술하시오.

(단, $i = \sqrt{-1}$ 이고, n은 자연수이다.)

(1) a의 값을 구하시오.

(2) b의 값을 구하시오.

(3) $\dfrac{a^2 - b^2}{12}$ 의 값을 구하시오.

02 좌표평면 위의 점

$\left(\log_3 \dfrac{36}{5} + \log_3 \dfrac{15}{4},\ \log_2 a\right)$ 가

원 $x^2 + y^2 = 25$ 위에 있도록 하는 모든 양수 a

의 값의 곱을 구하는 과정을 아래의 단계에 따라

서술하시오.

(1) $\log_3 \dfrac{36}{5} + \log_3 \dfrac{15}{4}$ 의 값을 구하시오.

(2) a의 값을 구하시오.

(3) 모든 양수 a의 값의 곱을 구하시오.

03 1보다 큰 두 상수 a, b에 대하여

함수 $f(x) = \log_3(ax + b)$의 그래프가 x축, y축과 만나는 점을 각각 A, B라고 하고, 점 A에서 함수 $y = f(x)$의 그래프의 점근선에 내린 수선의 발을 H라 하자. 점 A는 선분 OH의 중점이고 $\overline{OA} = \overline{OB}$일 때, $\dfrac{b^a}{3}$의 값을 구하고 그 과정을 아래의 단계에 따라 서술하시오.

(단, O는 원점이다.)

(1) 점 A와 H의 좌표를 구하시오.

(2) a와 b의 값을 구하시오.

(3) $\dfrac{b^a}{3}$의 값을 구하시오.

04 두 상수 a, b에 대하여 두 함수

$$f(x) = \log_2(x+2) + a,$$
$$g(x) = \log_2(-x+6) + b$$

의 그래프의 점근선을 각각 l, m이라 하고, 곡선 $y = f(x)$와 직선 m이 만나는 점을 A, 곡선 $y = g(x)$와 직선 l이 만나는 점을 B라 하자. $\overline{AB} = 10$일 때, $\dfrac{1}{6}|a-b|$의 값을 구하는 과정을 아래의 단계에 따라 논술하시오.

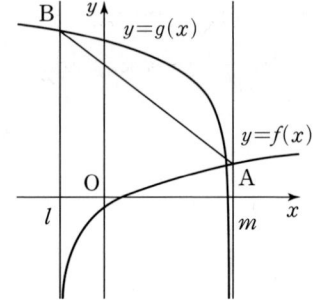

(1) 점 A와 B의 좌표를 구하시오.

(2) $(b - a)^2$의 값을 구하시오.

(3) $\dfrac{1}{6}|a-b|$의 값을 구하시오.

05 $x = 2$ 가 부등식

$2^{-x}(32 - 2^{x+a}) + 2^x \leq 0$ 의 해가 되도록 하는 실수 a의 최솟값을 k라 하자.

방정식 $2^{-x}(32 - 2^{x+k}) + 2^x = 0$ 을 만족시키는 모든 실수 x의 합을 구하고 그 과정을 아래의 단계에 따라 서술하시오.

(1) k의 값을 구하시오.

(2) $2^x = t(t > 0)$라 할 때, t의 값을 구하시오.

(3) 모든 실수 x의 합을 구하시오.

06 두 상수 a, b에 대하여 두 곡선

$$y = \frac{3}{2}\log_3 x, \quad y = \log_9(x + a) + b$$

가 x축과 만나는 점을 각각 P, Q라 하고

두 곡선 $y = \frac{3}{2}\log_3 x$,

$y = \log_9(x + a) + b$가 만나는 점을 R이라 하자.

곡선 $y = \log_9(x + a) + b$가

y축과 만나는 점의 y좌표가 $\log_9 18$ 이고,

$\overline{PQ} = \frac{20}{3}$ 일 때,

삼각형 QPR의 넓이를 구하는 과정을 아래의 단계에 따라 서술하시오.

(단, 점 Q의 x좌표는 음수이다.)

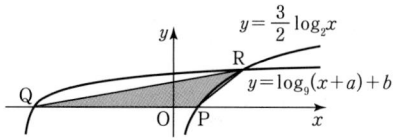

(1) 점 P와 Q의 좌표를 구하시오.

(2) a와 b의 값을 구하시오.

(3) 삼각형 QPR의 넓이를 구하시오.

07 그림과 같이 두 함수

$$f(x) = \left(\frac{1}{2}\right)^x + a, \, g(x) = -\log_2(x-b)$$

에 대하여 직선 $x=1$과 함수 $y=f(x)$
의 그래프는 한 점 P에서 만나고, 직선 $x=k$
와 함수 $y=g(x)$의 그래프가 만나도록 하는
모든 실수 k의 값의 범위는 $k>1$이다. 함수
$y=g(x)$의 그래프 위의 점 Q와 점 $A(1, 1)$
에 대하여 삼각형 PAQ가 $\angle PAQ = \dfrac{\pi}{2}$인
직각이등변삼각형일 때, $\dfrac{a+b}{2}$의 값을 구하
는 과정을 아래의 단계에 따라 서술하시오.

(단, a, b는 상수이고, $a > \dfrac{1}{2}$이다.)

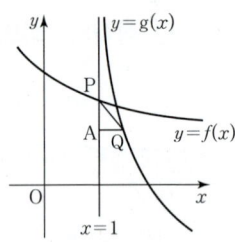

(1) b의 값과 점 P의 좌표를 구하시오.

(2) 점 Q의 좌표와 a의 값을 구하시오.

(3) $\dfrac{a+b}{2}$의 값을 구하시오.

08 닫힌구간 $[1, 3]$에서

함수 $f(x) = \left(\dfrac{1}{2}\right)^{x-2} + a$의 최댓값이 5,
최솟값이 m일 때, $m-a$의 값을 구하고
그 과정을 아래의 단계에 따라 서술하시오.

(단, a는 상수이다.)

(1) 최댓값 $f(1)$과 최솟값 $f(3)$을 a관한
식으로 나타내시오.

(2) a, m의 값을 구하시오.

(3) $m-a$의 값을 구하시오.

09 양수 k에 대하여 닫힌구간 $[k, k+2]$에서 함수 $f(x)=\log_a x+1$은 $x=k$에서 최댓값 M을 갖고 $x=k+2$에서 최솟값 m을 갖는다. $M-m=-\log_a 2$, $Mm=0$일 때, 모든 실수 a의 값의 곱을 구하는 과정을 아래의 단계에 따라 서술하시오. (단, $a>0$, $a\neq 1$)

(1) $M=0$일 때, a의 값을 구하시오.

(2) $m=0$일 때, a의 값을 구하시오.

(3) 모든 실수 a의 값의 곱을 구하시오.

10 1보다 큰 세 실수 a, b, c가

$$\log_a b = \frac{\log_b c}{3} = \frac{\log_c a}{9}$$ 를 만족시킬 때, $\log_a b + \log_b c + \log_c a$의 값을 구하는 과정을 아래의 단계에 따라 서술하시오.

(1) $\log_a b = \dfrac{\log_b c}{3} = \dfrac{\log_c a}{9} = k$라 할 때, k의 값을 구하시오.

(2) $\log_a b + \log_b c + \log_c a$의 값을 구하시오.

11 곡선 $y = 2^{x+2} - 1$을 x축에 대하여 대칭이동한 곡선을 $y = f(x)$라 하자. 곡선 $y = f(x)$와 y축이 만나는 점의 좌표를 $(0, a)$, 점근선을 직선 $y = b$라 할 때, $\dfrac{ab}{2}$의 값을 구하는 과정을 아래의 단계에 따라 서술하시오.

(단, b는 상수이다.)

(1) 곡선 $y = 2^{x+2} - 1$을 x축에 대하여 대칭이동한 곡선을 $f(x)$에 관한 식으로 나타내시오.

(2) a, b의 값을 구하시오.

(3) $\dfrac{ab}{2}$의 값을 구하시오.

12 $a > 1$인 상수 a와 2 이상의 자연수 n에 대하여 곡선 $y = \log_a x$와 직선 $x = n$이 만나는 점을 P_n이라 하자. 선분 $P_n P_{n+1}$을 대각선으로 하고 모든 변이 x축 또는 y축과 평행한 직사각형의 넓이를 $f(n)$이라 할 때, $f(2) + f(3) + f(4) + f(5) = 3$이다. a의 값을 구하는 과정을 아래의 단계에 따라 서술하시오.

(1) 점 P_n과 점 P_{n+1}의 좌표를 구하시오.

(2) $f(n)$을 로그에 관한 식으로 나타내시오.

(3) a의 값을 구하시오.

13 1보다 큰 실수 m에 대하여 함수 $y=|x+2|-1$의 그래프와 직선 $u=m$이 만나는 두 점의 x좌표 중 큰 값을 $f(m)$, 작은 값을 $g(m)$이라 하자. $f(m)$의 제곱근 중 음수인 것의 값과 $g(m)$의 세제곱근 중 실수인 것의 값이 같을 때, $\dfrac{g(m)}{f(m)}$의 값을 구하는 과정을 서술하시오.

14 세 양수 a, b, c(단, $a \neq 1$)에 대하여 $\log_{\sqrt{a}} \dfrac{b}{c} = 6$, $\log_{\sqrt{a}} bc = 2$가 성립한다. 이때, $\log_a b^4 c^2$의 값을 구하는 과정을 서술하시오.

15 함수 $y = a^{2x-1} - \dfrac{1}{4}$의 그래프가 제4사분면을 지나지 않도록 하는 양의 정수 a의 최댓값을 구하는 과정을 서술하시오. (단, $a > 1$)

16 0이 아닌 두 실수 p, q에 대하여

$p^{-1} \times q^{-1} = \dfrac{1}{3}$, $p^{-1} + q^{-1} = 1$일 때,

$p^2 + q^2$의 값을 구하는 과정을 서술하시오.

17 그림과 같이 빗변의 길이가 6인 직각이등변 삼각형 ABC의 꼭짓점 A는 y축 위의 점이고, 두 꼭짓점 B, C는 각각 두 함수 $y=3^x$, $y=a^x$(단, $0<a<1$)의 그래프 위의 점이다. 선분 $\overline{BC}$가 y축과 만나는 점을 D라 하고, 점 B의 y좌표를 b라고 할 때, 두 상수 a, b에 대하여 $a \times b$의 값을 구하는 과정을 서술하시오. (단, 점 B의 y좌표는 점 C의 y좌표와 같다.)

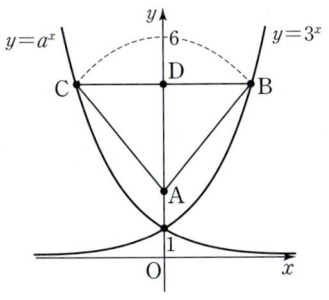

18 함수 $f(x)=a^x-a^{-x}(a>0, a \neq 1)$가 실수 t에 대하여 $f(t)=3$일 때, $f(4t)$의 값을 구하는 과정을 서술하시오.

19 y절편이 1보다 크고 기울기가 양수인 직선 l이 두 함수 $y=4^x$, $y=3^x$의 그래프와 제1사분면에서 만나는 점을 각각 P, Q라고 하자. 점 P, Q의 x좌표가 각각 1, 2이고 직선 l의 x절편이 a일 때, $20a$의 값을 구하는 과정을 서술하시오.

20 a, b, c가 1보다 큰 실수이고 $\log_a c : \log_b c = 4 : 3$일 때, $\log_a b + \log_b a$의 값을 구하는 과정을 서술하시오.

수학 I

Ⅱ 삼각함수

[핵심이론]

1 일반각과 호도법

(1) 일반각

시초선 OX와 동경 OP로 주어진 ∠XOP에 대하여 동경 OP가 나타내는 한 각의 크기를 $a°$라 할 때, ∠XOP의 크기를 다음과 같이 나타내고, 이것을 동경 OP가 나타내는 일반각이라고 한다.

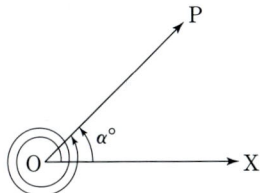

일반각: $360° \times n + a°$ (n은 정수)

(2) 호도법

반지름의 길이와 호의 길이가 같을 때, 부채꼴의 중심각의 크기를 1라디안 (rad)이라 한다.

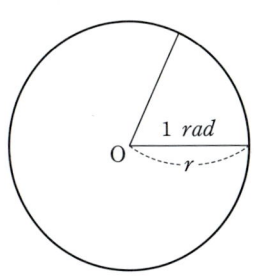

① $1(라디안) = \dfrac{180°}{\pi}$

② $1° = \dfrac{\pi}{180°}(라디안)$

(3) 부채꼴의 호의 길이와 넓이

반지름의 길이가 r, 중심각의 크기가 θ(라디안)인 부채꼴에서 호의 길이를 l, 넓이를 S라하면

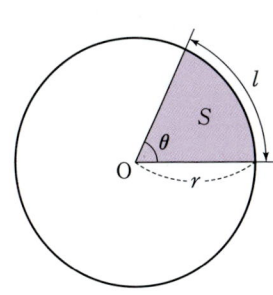

① $l = r\theta$

② $S = \dfrac{1}{2}r^2\theta = \dfrac{1}{2}rl$

2 삼각함수의 정의 및 관계

(1) 삼각함수의 정의

좌표평면에서 중심이 원점 O이고 반지름의 길이가 r인 원 위의 한 점을 $P(x, y)$라 하고, x축의 양의 방향을 시초선으로 하는 동경 OP가 나타내는 각의 크기를 θ라 할 때, θ에 대한 삼각함수를 다음과 같이 정의한다.

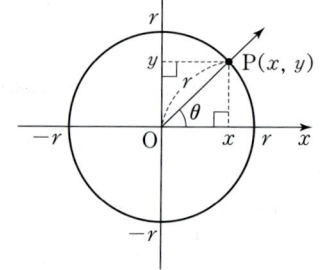

$$\sin\theta = \frac{y}{r}, \ \cos\theta = \frac{x}{r}, \ \tan\theta = \frac{y}{x} \ (x \neq 0)$$

(2) 삼각함수의 부호

사분면	x, y 부호	$\sin\theta$	$\cos\theta$	$\tan\theta$
제 1 사분면	$x>0, \ y>0$	$+$	$+$	$+$
제 2 사분면	$x<0, \ y>0$	$+$	$-$	$-$
제 3 사분면	$x<0, \ y<0$	$-$	$-$	$+$
제 4 사분면	$x>0, \ y<0$	$-$	$+$	$-$

(3) 삼각함수 사이의 관계

① $\tan\theta = \dfrac{\sin\theta}{\cos\theta}$ ② $\sin^2\theta + \cos^2\theta = 1$ ③ $1 + \tan^2\theta = \dfrac{1}{\cos^2\theta}$

(4) 특수각의 삼각비

구분	$0°$	$30°$	$45°$	$60°$	$90°$
$\sin\theta$	0	$\dfrac{1}{2}$	$\dfrac{1}{\sqrt{2}}$	$\dfrac{\sqrt{3}}{2}$	1
$\cos\theta$	1	$\dfrac{\sqrt{3}}{2}$	$\dfrac{1}{\sqrt{2}}$	$\dfrac{1}{2}$	0
$\tan\theta$	0	$\dfrac{1}{\sqrt{3}}$	1	$\sqrt{3}$	∞

3 삼각함수의 그래프

(1) $y = \sin x$

① 정의역은 실수 전체의 집합이고, 치역은
$\{y \mid -1 \le y \le 1\}$이다.

② 모든 실수 x에 대하여 $\sin(-x) = -\sin x$이다. 즉,
그래프는 원점에 대하여 대칭이다.

③ 모든 실수 x에 대하여 $\sin(2n\pi + x) = \sin x$ (n은
정수)이고, 주기가 2π인 주기함수이다.

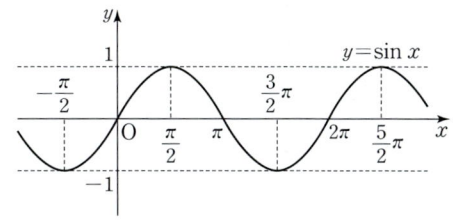

(2) $y = \cos x$

① 정의역은 실수 전체의 집합이고, 치역은
$\{y \mid -1 \le y \le 1\}$이다.

② 모든 실수 x에 대하여 $\cos(-x) = \cos x$이다. 즉, 그
래프는 y축에 대하여 대칭이다.

③ 모든 실수 x에 대하여 $\cos(2n\pi + x) = \cos x$ (n은
정수)이고, 주기가 2π인 주기함수이다.

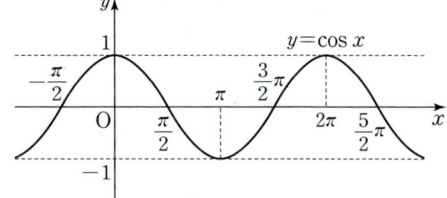

(3) $y = \tan x$

① 정의역은 $x \ne n\pi + \dfrac{\pi}{2}$ (n은 정수)인 실수 전체의 집
합이고, 치역은 실수 전체의 집합이다.

② 정의역에 속하는 모든 실수 x에 대하여
$\tan(-x) = -\tan x$이다. 즉, 그래프는 원점에 대
하여 대칭이다.

③ 모든 실수 x에 대하여 $\tan(n\pi + x) = \tan x$ (n은 정수)
이고, 주기가 π인 주기함수이다.

④ 그래프의 점근선은 직선 $x = n\pi + \dfrac{\pi}{2}$ (n은 정수)이다.

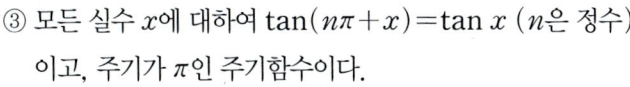

4 삼각함수의 성질 및 활용

(1) 삼각함수의 성질

  ① $2n\pi+\theta$의 삼각함수 (단, n은 정수)

    ㉠ $\sin(2n\pi+\theta)=\sin\theta$ ㉡ $\cos(2n\pi+\theta)=\cos\theta$ ㉢ $\tan(2n\pi+\theta)=\tan\theta$

  ② $-\theta$의 삼각함수

    ㉠ $\sin(-\theta)=-\sin\theta$ ㉡ $\cos(-\theta)=\cos\theta$ ㉢ $\tan(-\theta)=-\tan\theta$

  ③ $\pi+\theta$의 삼각함수

    ㉠ $\sin(\pi+\theta)=-\sin\theta$ ㉡ $\cos(\pi+\theta)=-\cos\theta$ ㉢ $\tan(\pi+\theta)=\tan\theta$

  ④ $\dfrac{\pi}{2}+\theta$의 삼각함수

    ㉠ $\sin\left(\dfrac{\pi}{2}+\theta\right)=\cos\theta$ ㉡ $\cos\left(\dfrac{\pi}{2}+\theta\right)=-\sin\theta$ ㉢ $\tan\left(\dfrac{\pi}{2}+\theta\right)=-\dfrac{1}{\tan\theta}$

(2) 삼각함수의 활용

  ① 방정식에의 활용

    방정식 $2\sin x=1$, $2\cos x=-1$, $1+\tan x=0$과 같이 각의 크기가 미지수인 삼각함수를 포함한 방정식은 삼각함수의 그래프를 이용하여 다음과 같이 풀 수 있다.

    ㉠ 주어진 방정식을 $\sin x=k(\cos x=k,\ \tan x=k)$의 꼴로 변형

    ㉡ 주어진 범위에서 함수 $y=\sin x(y=\cos x,\ y=\tan x)$의 그래프와 직선 $y=k$의 교점의 x좌표를 찾아서 해를 구함

  ② 부등식에의 활용

    부등식 $2\sin x>1$, $2\cos x<-1$, $1-\tan x>0$과 같이 각의 크기가 미지수인 삼각함수를 포함한 부등식은 삼각함수의 그래프를 이용하여 다음과 같이 풀 수 있다.

    ㉠ 주어진 부등식을 $\sin x>k(\cos x<k,\ \tan x<k)$의 꼴로 변형

    ㉡ 주어진 범위에서 함수 $y=\sin x(y=\cos x,\ y=\tan x)$의 그래프와 직선 $y=k$의 교점의 x좌표를 구함

    ㉢ 함수 $y=\sin x(y=\cos x,\ y=\tan x)$의 그래프가 직선 $y=k$보다 위쪽(또는 아래쪽)에 있는 x 값의 범위를 찾아서 해를 구함

5 사인 및 코사인 법칙

(1) 사인법칙

① △ABC의 외접원의 반지름의 길이를 R이라 하면

$$\frac{a}{\sin A}=\frac{b}{\sin B}=\frac{c}{\sin C}=2R$$

② 사인법칙의 변형

ⓐ $a=2R\sin A$, $b=2R\sin B$, $c=2R\sin C$

ⓑ $\sin B=\dfrac{a}{2R}$, $\sin B=\dfrac{b}{2R}$, $\sin C=\dfrac{c}{2R}$

ⓒ $a:b:c=\sin A:\sin B:\sin C$

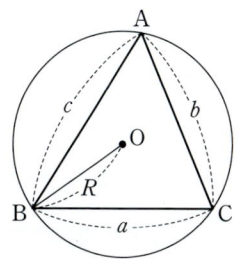

(2) 코사인법칙

① $a^2=b^2+c^2-2bc\cos A \Rightarrow \cos A=\dfrac{b^2+c^2-a^2}{2bc}$

② $b^2=c^2+a^2-2ca\cos B \Rightarrow \cos B=\dfrac{c^2+a^2-b^2}{2ca}$

③ $c^2=a^2+b^2-2ab\cos C \Rightarrow \cos C=\dfrac{a^2+b^2-c^2}{2ab}$

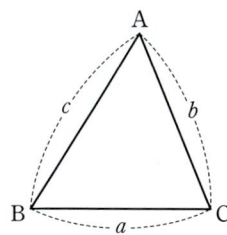

6 삼각형의 넓이

(1) 두 변의 길이와 끼인각의 크기가 주어진 삼각형의 넓이

$$S=\frac{1}{2}ab\sin C=\frac{1}{2}ac\sin B=\frac{1}{2}bc\sin A$$

(2) 내접원의 반지름의 길이(r)이 주어진 삼각형의 넓이

$$S=rs \left(단, s=\frac{a+b+c}{2}\right)$$

(3) 사각형의 넓이

① 평행사변형의 넓이 $S=xy\sin\theta$

② 사각형의 넓이 $S=\dfrac{1}{2}xy\sin\theta$

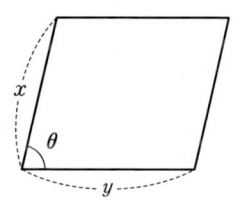
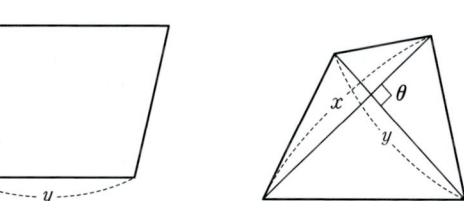

[실전문제]

해답 p.303

 대표문제

배점(총점)	예상 소요 시간
10점	5분 / 전체 70분

▶ 함수 $y = a \sin bx$ 의 그래프를 x축의 방향으로 $\dfrac{\pi}{6}$만큼,

y축의 방향으로 3만큼 평행이동한 그래프를 나타내는 함수를 $y = f(x)$라 하자.

함수 $f(x)$의 주기가 10π이고 최솟값이 -1일 때,

$f\left(\dfrac{11}{6}\pi\right)$의 값을 구하는 과정을 아래의 단계에 따라 서술하시오. (단, a, b는 양의 상수이다.)

(1) a의 값을 구하시오.

(2) b의 값을 구하시오.

(3) $f\left(\dfrac{11}{6}\pi\right)$의 값을 구하시오.

모범답안 (1) $a = 4$

(2) $b = \dfrac{1}{5}$

(3) $f\left(\dfrac{11}{6}\pi\right) = 3 + 2\sqrt{3}$

바른해설 (1) 함수 $y = a \sin bx$의 그래프를 x축의 방향으로 $\dfrac{\pi}{6}$만큼,

y축의 방향으로 3만큼 평행이동하면 $y = a \sin b\left(x - \dfrac{\pi}{6}\right) + 3$

그러므로 $f(x) = a \sin b\left(x - \dfrac{\pi}{6}\right) + 3$

이때, 함수 $f(x)$의 최솟값은 $-a + 3$이므로 $-a + 3 = -1$에서 $a = 4$

(2) 함수 $f(x)$의 주기는 $\dfrac{2\pi}{b}$이므로 $\dfrac{2\pi}{b} = 10\pi$에서 $b = \dfrac{1}{5}$

(3) 그러므로 $f(x) = 4 \sin \dfrac{1}{5}\left(x - \dfrac{\pi}{6}\right) + 3$

따라서 $f\left(\dfrac{11}{6}\pi\right) = 4 \sin \dfrac{1}{5}\left(\dfrac{11}{6}\pi - \dfrac{\pi}{6}\right) + 3 = 4 \sin \dfrac{\pi}{3} + 3 = 3 + 2\sqrt{3}$

채점기준

답안		배점
(1) a	4	3점
(2) b	$\dfrac{1}{5}$	3점
(3) $f\left(\dfrac{11}{6}\pi\right)$	$3 + 2\sqrt{3}$	4점

01 반지름의 길이가 $4\sqrt{3}$이고 중심각의 크기가 θ인 부채꼴의 넓이를 S_1이라 하고, 반지름의 길이가 r이고 중심각의 크기가 3θ인 부채꼴의 넓이를 S_2라 하자. $S_1 = \dfrac{16}{9}S_2$일 때, r의 값을 구하는 과정을 아래의 단계에 따라 서술하시오.

$$\left(\text{단, } 0 < \theta < \dfrac{2}{3}\pi\right)$$

(1) S_1의 값을 구하시오.

(2) S_2를 r에 관한 식으로 나타내시오.

(3) r의 값을 구하시오.

05 그림과 같이 중심각의 크기가 $\dfrac{6}{7}\pi$이고 반지름의 길이가 $\overline{OA}$인 부채꼴 OAB가 있다. 선분 OA 위에 두 점 C, E를 $\overline{OC} < \overline{OE} < \overline{OA}$가 되도록 잡고 선분 OB 위에 두 점 D, F를 $\overline{OC} = \overline{OD}$, $\overline{OE} = \overline{OF}$가 되도록 잡는다. 중심각의 크기가 $\dfrac{6}{7}\pi$이고 반지름의 길이가 각각 $\overline{OC}$, $\overline{OE}$인 부채꼴 OCD, OEF에 대하여 부채꼴 OAB의 내부와 부채꼴 OEF의 외부의 공통부분의 넓이가 부채꼴 OAB의 넓이의 $\dfrac{2}{3}$이고, 부채꼴 OEF의 내부와 부채꼴 OCD의 외부의 공통부분의 넓이가 3π, $\overline{CE} = 1$일 때, 부채꼴 OAB의 넓이가 $\dfrac{q}{p}\pi$이다. $q - p$의 값을 구하는 과정을 아래의 단계에 따라 서술하시오.

$$\text{(단, } p\text{와 } q\text{는 서로소인 자연수이다.)}$$

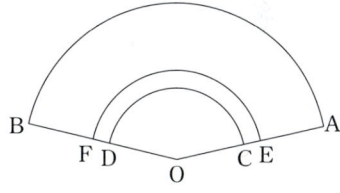

(1) 반지름 r의 값을 구하시오.

(2) 부채꼴 OAB의 넓이를 S라 할 때, S값을 구하시오.

(3) $q - p$의 값을 구하시오.

PART 1 국어 / PART 2 수학 / PART 3 기출문제 / PART 4 해답

03 $\dfrac{\pi}{2} < \theta < \pi$ 인 θ 에 대하여 $\tan\theta = -\dfrac{1}{2}$

일 때, $\sin\theta - 2\cos\theta$ 의 값을 구하는 과정을
아래의 단계에 따라 서술하시오.

(1) $\sin\theta$ 의 값을 구하시오.

(2) $\cos\theta$ 의 값을 구하시오.

(3) $\sin\theta - 2\cos\theta$ 의 값을 구하시오.

04 좌표평면에서 각 θ 를 나타내는 동경이

원 $x^2 + y^2 = 1$ 과 만나는 점을 P 라 하자.

점 P 의 x 좌표가 $\dfrac{1}{2}$ 이고 $\sin\theta < 0$ 일 때,

$\dfrac{\tan\theta}{\sqrt{3}}$ 의 값을 구하는 과정을 아래의 단계에

따라 서술하시오.

(단, $0 < \theta < 2\pi$)

(1) $\sin\theta$ 의 값을 구하시오.

(2) $\cos\theta$ 의 값을 구하시오.

(3) $\dfrac{\tan\theta}{\sqrt{3}}$ 의 값을 구하시오.

05 두 함수

$f(x)=a\sin bx+1$, $g(x)=|\cos 2x|$에 대하여 함수 $f(x)$의 최댓값과 최솟값의 차가 10이고, 함수 $f(x)$의 주기와 함수 $g(x)$의 주기가 같을 때, $a+b$의 최댓값을 구하는 과정을 아래의 단계에 따라 서술하시오.

(단, a, b는 0이 아닌 상수이다.)

(1) a의 값을 구하시오.

(2) b의 값을 구하시오.

(3) $a+b$의 최댓값을 구하시오.

06 자연수 n에 대하여 $2n-2\le x<2n$에서 정의된 함수

$$f(x)=\begin{cases} 2^{n-1}\sin\pi x & (2n-2\le x<2n-1) \\ \left(\dfrac{1}{2}\right)^{n}\sin\pi x & (2n-1\le x<2n) \end{cases}$$

의 최댓값과 최솟값의 합을 $g(n)$이라 할 때, $g(1)\times g(2)$의 값을 구하는 과정을 아래의 단계에 따라 서술하시오.

(1) $g(1)$의 값을 구하시오.

(2) $g(2)$의 값을 구하시오.

(3) $g(1)\times g(2)$의 값을 구하시오.

07 $0 < x < 2\pi$일 때, 부등식

$2\cos^2\left(\dfrac{\pi}{2} - x\right) - 3\sin\left(\dfrac{\pi}{2} - x\right) - 3 \geq 0$을

만족시키는 모든 x의 값의 범위는 $\alpha \leq x \leq \beta$이다. $\beta - 2\alpha$의 값을 구하는 과정을 아래의 단계에 따라 서술하시오.

(1) $\cos x$의 값의 범위를 구하시오.

(2) x의 값의 범위를 구하시오.

(3) α, β, $\beta - 2\alpha$의 값을 구하시오.

08 $0 \leq x < 2\pi$에서

부등식 $6\cos^2 x - \cos x - 1 \leq 0$을 만족시키는 모든 x의 값의 범위는 $\alpha \leq x \leq \beta$ 또는 $\gamma \leq x \leq \delta$일 때, $\sin(\alpha - \beta - \gamma + \delta)$의 값을 구하는 과정을 아래의 단계에 따라 서술하시오.

(단, $\beta < \gamma$)

(1) α와 δ의 값을 구하시오.

(2) $\beta + \gamma$의 값을 구하시오.

(3) $\sin(\alpha - \beta - \gamma + \delta)$의 값을 구하시오.

09 둘레의 길이가 45인 삼각형 ABC에서

$\sin A : \sin B : \sin C = 4 : 5 : 6$일 때,

삼각형 ABC의 넓이를 구하는 과정을 아래의 단계에 따라 서술하시오.

(1) $\overline{AB} = c$, $\overline{BC} = a$, $\overline{CA} = b$라 할 때, a, b, c의 값을 구하시오.

(2) $\sin A$의 값을 구하시오.

(3) 삼각형 ABC의 넓이를 구하시오.

10 함수 $f(x) = a - \sqrt{3} \tan 2x$가 닫힌구간 $\left[-\dfrac{\pi}{6}, b \right]$에서 최댓값 7, 최솟값 3을 가질 때, $\dfrac{a}{b}$의 값을 구하는 과정을 아래의 단계에 따라 서술하시오.

(단, a, b는 상수이다.)

(1) a의 값을 구하시오.

(2) b의 값을 구하시오.

(3) $\dfrac{a}{b}$의 값을 구하시오.

PART 1 국어

PART 2 수학

PART 3 기출문제

PART 4 해답

11 $0 \leq \theta < 2\pi$일 때, x에 대한 이차방정식

$x^2 + (4\sin\theta)x - 2 + 10\cos\theta = 0$이 실근을

갖도록 하는 모든 θ의 값의 범위는

$\alpha \leq \theta \leq \beta$이다. $\beta - 5\alpha$의 값을 구하는 과정을

아래의 단계에 따라 서술하시오.

(1) θ의 값의 범위를 구하시오.

(2) α, β의 값을 구하시오.

(3) $\beta - 5\alpha$의 값을 구하시오.

12 $\triangle ABC$에 외접하는 외접원의 반지름의 길이가

$4\sqrt{3}$이고 $\angle A + \angle B = 120°$일 때 $\overline{AB}$의 길이

를 구하는 과정을 서술하시오.

13 $\triangle ABC$의 변의 길이가 각각 $a=4$, $b=4$, $c=2$일 때, $\triangle ABC$의 넓이를 구하는 과정을 서술하시오.

14 $\dfrac{3}{2}\pi<\theta<2\pi$인 θ에 대하여 $\sin(\pi+\theta)\tan\left(\dfrac{\pi}{2}+\theta\right)=\dfrac{12}{13}$일 때, $\sin\theta$의 값을 구하는 과정을 서술하시오.

15 x값의 범위가 $-\dfrac{\pi}{2}\leq x\leq\dfrac{\pi}{2}$일 때, 방정식 $|\sin x|+\sin x=1$의 해를 구하는 과정을 서술하시오.

16 함수 $f(x)=a\sin(x+\pi)+b$의 최솟값이 -4이고, $f(0)=2$일 때, 함수 $f(x)$의 최댓값을 구하는 과정을 서술하시오. (단, $a>0$)

17 다음 그림과 같이 $\angle ABC = 60°$인 마름모 $ABCD$가 있다. 이 마름모의 한 변의 길이가 $\overline{AB} = a$이고, 넓이가 $18\sqrt{3}$일 때, $\overline{BD}^2$의 값을 구하는 과정을 서술하시오.

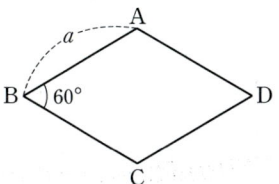

18 $\triangle ABC$는 반지름의 길이 R이 3인 원에 내접한다. $a+b+c=12$일 때, $\sin A + \sin B + \sin C$의 값을 구하는 과정을 서술하시오.

19 함수 $y=6\sin\dfrac{\pi}{2}x$의 그래프와 직선 $y=x$의 교점의 개수를 구하는 과정을 서술하시오.

20 $0\leq x<2\pi$에서 정의된 부등식

$2\sin x-\sqrt{3}\geq 0$을 만족시키는 모든 x값의 범위가 $\alpha\leq x\leq\beta$이다.

이때 $2\cos\alpha-\sqrt{3}\tan\beta$의 값을 구하는 과정을 서술하시오.

수학 I

III 수열

[핵심이론]

1 1. 등차수열

(1) 일반항 및 등차중항

① 일반항

첫째항이 a, 공차가 d인 등차수열 $\{a_n\}$의 일반항 a_n은

$a_n = a + (n-1)d$ (단, $n = 1, 2, 3, \cdots$)

② 등차중항

세수 a, b, c가 이 순서대로 등차수열을 이룰 때, b를 a와 c의 등차중항이라고 한다.

$b - a = c - b$이므로 $b = \dfrac{a+c}{2}$

(2) 등차수열의 합

등차수열의 첫째항부터 제n항까지의 합 S_n은 다음과 같다.

① 첫째항이 a, 제n항이 l일 때: $S_n = \dfrac{n(a+l)}{2}$

② 첫째항이 a, 공차가 d일 때: $S_n = \dfrac{n\{2a+(n-1)d\}}{2}$

2 등비수열

(1) 일반항 및 등비중항

① 일반항

첫째항이 a, 공비가 $r(r \neq 0)$인 등비수열 $\{a_n\}$의 일반항 a_n은

$a_n = ar^{n-1}$ (단, $n = 1, 2, 3, \cdots$)

② 등비중항

0이 아닌 세수 a, b, c가 이 순서대로 등비수열을 이룰 때, b를 a와 c의 등비중항이라고 한다.

$\dfrac{b}{a} = \dfrac{c}{b}$이므로 $b^2 = ac$

(2) 등비수열의 합

첫째항이 a, 공비가 $r(r \neq 0)$인 등비수열의 첫째항부터 제n항까지의 합 S_n은 다음과 같다.

① $r = 1$일 때: $S_n = na$

② $r \neq 1$일 때: $S_n = \dfrac{a(r^n - 1)}{r - 1} = \dfrac{a(1 - r^n)}{1 - r}$

(3) 수열의 합과 일반항 사이의 관계

수열 $\{a_n\}$의 첫째항부터 제 n항까지의 합을 S_n이라 하면

$a_1 = S_1$, $a_n = S_n - S_{n-1} \ (n \geq 2)$

③ 수열의 합

(1) 정의

수열 $\{a_n\}$의 첫째항부터 n번째 항까지의 합

$$\sum_{k=1}^{n} a_k = S_n = a_1 + a_2 + a_3 + \cdots + a_n$$

(2) 성질

① $\displaystyle\sum_{k=1}^{n} (a_k + b_k) = \sum_{k=1}^{n} a_k + \sum_{k=1}^{n} b_k$ 　　② $\displaystyle\sum_{k=1}^{n} (a_k - b_k) = \sum_{k=1}^{n} a_k - \sum_{k=1}^{n} b_k$

③ $\displaystyle\sum_{k=1}^{n} ca_k = c\sum_{k=1}^{n} a_k$ (단, c는 상수) 　　④ $\displaystyle\sum_{k=1}^{n} c = cn$ (단, c는 상수)

(3) 여러 가지 수열의 합

① 자연수의 합

㉠ $\displaystyle\sum_{k=1}^{n} k = 1 + 2 + 3 + \cdots + n = \dfrac{n(n+1)}{2}$

㉡ $\displaystyle\sum_{k=1}^{n} k^2 = 1^2 + 2^2 + 3^2 + \cdots + n^2 = \dfrac{n(n+1)(2n+1)}{6}$

㉢ $\displaystyle\sum_{k=1}^{n} k^3 = 1^3 + 2^3 + 3^3 + \cdots + n^3 = \left\{\dfrac{n(n+1)}{2}\right\}^2$

② 분수 꼴인 수열의 합

① $\displaystyle\sum_{k=1}^{n} \dfrac{1}{k(k+a)} = \sum_{k=1}^{n} \dfrac{1}{a}\left(\dfrac{1}{k} - \dfrac{1}{k+a}\right)$

② $\displaystyle\sum_{k=1}^{n} \dfrac{1}{(k+a)(k+b)} = \dfrac{1}{b-a}\sum_{k=1}^{n}\left(\dfrac{1}{k+a} - \dfrac{1}{k+b}\right)$ (단, $a \neq b$)

③ 무리식으로 나타내어진 수열의 합

㉠ $\sum_{k=1}^{n} \dfrac{1}{\sqrt{k+a}+\sqrt{k}} = \dfrac{1}{a} \sum_{k=1}^{n} (\sqrt{k+a}-\sqrt{k})$ (단, $a \neq 0$)

㉡ $\sum_{k=1}^{n} \dfrac{1}{\sqrt{k+a}+\sqrt{k+b}} = \dfrac{1}{a-b} \sum_{k=1}^{n} (\sqrt{k+a}-\sqrt{k+b})$ (단, $a \neq b$)

---

④ 수학적 귀납법

(1) 귀납적 정의

① 수열: $\{a_n\}$을 첫째항 a_1, 서로 이웃하는 a_n과 a_{n+1} 사이의 관계식으로 정의하는 것

② 등차수열: $a_{n+1}-a_n=d$(일정), $2a_{n+1}=a_n+a_{n+2}$

③ 등비수열: $a_{n+1} \div a_n = r$(일정), $(a_{n+1})^2 = a_n \times a_{n+2}$

(2) 수학적 귀납법

자연수 n과 관련된 어떤 명제 $p(n)$이 모든 자연수에 대하여 성립한다는 것을 증명하려면 다음 두 가지를 보이면 된다.

① $n=1$일 때: 명제 $p(n)$이 성립한다.

② $n=k$일 때: 명제 $p(n)$이 성립함을 가정하면, $n=k+1$일 때에도 명제 $p(n)$이 성립한다.

[실전문제]

해답 p.307

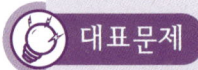 대표문제

배점(총점)	예상 소요 시간
10점	5분 / 전체 70분

▶ 공차가 3인 등차수열 $\{a_n\}$에 대하여 세 항 a_3, a_7, a_{10}이
순서대로 등비수열을 이룰 때, a_{20}을 구하는 과정을 서술하시오.

(1) a_1을 구하시오.

(2) a_n을 구하시오.

(3) a_{20}의 값을 구하시오.

모범답안 (1) $a_1 = -54$

(2) $a_n = 3n - 57$

(3) $a_{20} = 3$

모범답안 (1) $a_3 = a_1 + 2 \times 3$

$a_7 = a_1 + 6 \times 3$

$a_{10} = a_1 + 9 \times 3$

a_3, a_7, a_{10}이 순서대로 등비수열을 이루므로 등비중항에 의하여 $(a_7)^2 = a_3 \times a_{10}$

$(a_1 + 18)^2 = (a_1 + 6)(a_1 + 27)$

$a_1^2 + 36a_1 + 324 = a_1^2 + 33a_1 + 162$, $3a_1 = -162$

$a_1 = -54$

(2) $a_n = a_1 + (n-1)d$

$a_n = -54 + (n-1)3$

$a_n = 3n - 57$

(3) $a_{20} = 3 \times 20 - 57 = 3$

채점기준

답안		배점
(1) a_1	-54	3점
(2) a_n	$3n - 57$	3점
(3) a_{20}	3	4점

01 이차방정식 $2x^2 - 5x + 10 = 0$의 서로 다른 두 실근을 각각 p, q라 하자.

공차가 d인 등차수열 $\{a_n\}$에 대하여 $a_2 = p + q$, $a_4 = pq$일 때, d의 값을 구하는 과정을 아래의 단계에 따라 서술하시오.

(1) a_2의 값을 구하시오.

(2) a_4의 값을 구하시오.

(3) d의 값을 구하시오.

02 첫째항이 1인 등차수열 $\{a_n\}$이 있다. 모든 자연수 n에 대하여 $b_n = a_{2n-1} + a_{2n}$이고 수열 $\{b_n\}$의 첫째항부터 제n항까지의 합을 S_n이라 할 때, $S_5 = 50$이다. a_4의 값을 구하는 과정을 아래의 단계에 따라 서술하시오.

(1) 수열 $\{b_n\}$을 공차 d에 관한 식으로 나타내시오.

(2) 공차 d의 값을 구하시오.

(3) a_4의 값을 구하시오.

03 모든 항이 0이 아닌 등비수열 $\{a_n\}$에 대하여

$a_9 = 1$, $\dfrac{a_6 a_{12}}{a_7} - \dfrac{a_2 a_{10}}{a_3} = -\dfrac{2}{3}$ 일 때,

a_5의 값을 구하는 과정을 아래의 단계에 따라 서술하시오.

(1) r^2의 값을 구하시오.

(2) a의 값을 구하시오.

(3) a_5의 값을 구하시오.

04 모든 항이 서로 다른 양수인 등비수열 $\{a_n\}$에 대하여 수열 $\{b_n\}$을 $b_n = a_{2n}$이라 하자. 수열 $\{a_n\}$의 첫째항부터 제n항까지의 합을 S_n이라 하고, 수열 $\{b_n\}$의 첫째항부터 제n항까지의 합을 T_n이라 할 때, $2S_8 = 3T_4$를 만족시킨다.

$\dfrac{b_2}{a_2}$의 값을 구하는 과정을 아래의 단계에 따라 서술하시오.

(1) S_8을 첫째항 a와 공비 r에 관한 식으로 나타내시오.

(2) T_4을 첫째항 a와 공비 r에 관한 식으로 나타내시오.

(3) r과 $\dfrac{b_2}{a_2}$의 값을 구하시오.

05 수열 $\{a_n\}$의 첫째항부터 제n항까지의 합을 S_n이라 할 때, $S_n=2^n+1$이다.

$S_{2m}-S_m=56$을 만족시키는 자연수 m에 대하여 $a_1 \times a_m$의 값을 구하는 과정을 아래의 단계에 따라 서술하시오.

(1) a_1의 값을 구하시오.

(2) a_m의 값을 구하시오.

(3) $a_1 \times a_m$의 값을 구하시오.

06 첫째항이 2인 등차수열 $\{a_n\}$에 대하여

$\displaystyle\sum_{k=1}^{4} a_k = 14$일 때, $\displaystyle\sum_{k=1}^{6} \frac{1}{a_k a_{k+1}}$의 값을 구하는 과정을 아래의 단계에 따라 서술하시오.

(1) 공차 d를 구하시오.

(2) 등차수열 $\{a_n\}$의 일반항을 구하시오.

(3) $\displaystyle\sum_{k=1}^{6} \frac{1}{a_k a_{k+1}}$의 값을 구하시오.

07 수열 $\{a_n\}$이 모든 자연수 n에 대하여

$$\begin{cases} a_{2n+2} = a_{2n} + 3 \\ a_{2n} = a_{2n-1} + 1 \end{cases}$$

을 만족시킨다. $a_8 + a_{11} = 35$일 때, a_1의 값을 구하는 과정을 아래의 단계에 따라 서술하시오.

(1) 수열 $\{a_n\}$의 공차를 구하시오.

(2) a_2의 값을 구하시오.

(3) a_1의 값을 구하시오.

08 모든 항이 양수인 수열 $\{a_n\}$에 대하여

$$a_1 = 1, \ \sum_{k=1}^{10} \frac{ka_{k+1} - (k+1)a_k}{a_{k+1}a_k} = \frac{2}{3}$$일 때,

a_{11}의 값을 구하는 과정을 서술하시오.

09 등비수열 $\{a_n\}$의 첫째항부터 제 n항까지의 합을 S_n이라 할 때, $S_3=3$, $S_6=9$이다. 이때, S_9의 값을 구하는 과정을 서술하시오.

10 첫째항이 3인 등차수열 $\{a_n\}$에 대하여 $\sum\limits_{n=1}^{1020}(a_{2n})=4080+\sum\limits_{n=1}^{1020}(a_{2n-1})$이 성립할 때, a_9의 값을 구하는 과정을 서술하시오.

11 등차수열 $\{a_n\}$에 대하여

$a_{10}+a_{20}+a_{30}+a_{40}=60$일 때,

$a_1+a_2+a_3+\cdots+a_{49}$의 값을 구하는 과정을

서술하시오.

12 $\displaystyle\sum_{k=1}^{n}\frac{1}{(k+1)(k+2)}>\frac{1}{5}$를 만족시키는

자연수 n의 최솟값을 구하는 과정을 서술

하시오.

13 모든 항이 양수인 등비수열 $\{a_n\}$에 대하여 $a_2 a_4 = 1$, $\dfrac{a_{10}}{a_5} = 1024$일 때, $\dfrac{1}{2}\log_2 a_1$의 값을 구하는 과정을 서술하시오.

14 모든 항이 양수인 수열 $\{a_n\}$이 모든 자연수 n에 대하여 $\log_2 a_{n+1} - \log_2 a_n = -\dfrac{1}{2}$을 만족시킨다. 수열 $\{a_n\}$의 첫째항부터 제n항까지의 합을 S_n이라 할 때, $\dfrac{S_{2m}}{S_m} = \dfrac{5}{4}$이다. $m \times \dfrac{a_{2m}}{a_m}$의 값을 구하는 과정을 서술하시오.

15 그림과 같이 자연수 n에 대하여

원 $C_n : x^2 + y^2 = n^2$이 원점 O를 지나고 x축의 양의 방향과 이루는 각의 크기가 $30°$인 직선 l과 만나는 제1사분면 위의 점을 P_n이라 하자. 원 C_n이 x축과 만나는 점 중 x좌표가 양수인 점을 H_n이라 하고, 점 H_n을 지나고 x축에 수직인 직선과 직선 l이 만나는 점을 Q_n이라 할 때, 삼각형 $P_n H_n Q_n$의 넓이를 S_n이라 하자. $\displaystyle\sum_{k=1}^{8} S_k = a + b\sqrt{3}$일 때, $a+b$의 값을 구하는 과정을 서술하시오. (단, a, b는 유리수이다.)

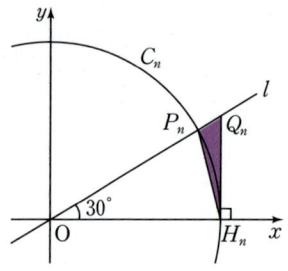

16 첫째항이 a이고, 공비가 r인 등비수열 $\{a_n\}$이 다음 조건을 모두 만족한다.

> (가) $a_2 \times a_3 = 3a_4$
>
> (나) $\dfrac{a_7 + a_{12}}{a_2 + a_7} = 32$

이때, a_4의 값을 구하는 과정을 서술하시오. (단, 등비수열의 공비 $r \neq -1$)

17 $a_1 = 1$인 수열 $\{a_n\}$의 첫째항부터 제 n항까지의 합을 S_n이라 할 때,

모든 자연수 n에 대하여 $\dfrac{S_{n+1}}{S_n} = \dfrac{1}{9}$이다.

이때, $-\dfrac{a_{10}}{S_{10}}$의 값을 구하는 과정을 서술하시오.

18 $a_1 = 1$인 수열 $\{a_n\}$이 모든 자연수 n에 대하여 $a_{n+1} = 2 - \dfrac{1}{a_n}$를 만족한다. 이때, $\displaystyle\sum_{k=1}^{50} a_k$의 값을 구하는 과정을 서술하시오.

19 $\displaystyle\sum_{k=2}^{97}\left(\dfrac{1}{\sqrt{k+3}+\sqrt{k+2}}\right)$의 값을 구하는 과정을 서술하시오.

20 모든 항이 양수인 등비수열 $\{a_n\}$이

$a_2\times a_3=27$, $a_3\times a_4=243$을 만족시킨다.

이때, $\log_3(a_1\times a_2\times\cdots\times a_9)$의 값을 구하는

과정을 서술하시오.

IV 함수의 극한과 연속

[핵심이론]

1 함수의 극한

(1) 함수의 수렴과 발산

① 함수의 수렴

함수 $f(x)$에서 x가 a가 아닌 값이면서 a에 한없이 가까워질 때, $f(x)$의 값이 일정한 값 α에 한없이 가까워지면 함수 $f(x)$는 α에 수렴한다고 하며, α를 $x \to a$일 때의 $f(x)$의 극한이라고 한다.

$$\lim_{x \to a} f(x) = \alpha \ \text{또는} \ x \to a일 \ 때, \ f(x) \to \alpha$$

② 함수의 발산

함수 $f(x)$에서 x가 a가 아닌 값이면서 a에 한없이 가까워질 때, $f(x)$의 값이 한없이 커지거나 작아지면 $f(x)$는 양의 무한대 또는 음의 무한대로 발산한다고 한다.

$$\lim_{x \to a} f(x) = \infty(-\infty) \ \text{또는} \ x \to a일 \ 때, \ f(x) \to \infty(-\infty)$$

(2) 함수의 좌극한과 우극한

① 함수의 좌극한

함수 $f(x)$에서 x가 a보다 작으면서 a에 한없이 가까워질 때, $f(x)$가 일정한 값 α에 한없이 가까워지면 α를 $x=a$에서 함수 $f(x)$의 좌극한값이라고 한다.

$$\lim_{x \to a-} f(x) = \alpha \ \text{또는} \ x \to a-일 \ 때, \ f(x) \to \alpha$$

② 함수의 우극한

함수 $f(x)$에서 x가 a보다 크면서 a에 한없이 가까워질 때, $f(x)$가 일정한 값 α에 한없이 가까워지면 α를 $x=a$에서 함수 $f(x)$의 우극한값이라고 한다.

$$\lim_{x \to a+} f(x) = \alpha \ \text{또는} \ x \to a+일 \ 때, \ f(x) \to \alpha$$

③ 극한값의 존재

좌극한값과 우극한값이 같을 때, 극한값이 존재한다고 한다.

$$\lim_{x \to a^-} f(x) = \lim_{x \to a^+} f(x) = \alpha \text{ 일 때, } \lim_{x \to a} f(x) \to \alpha$$

(3) 함수의 극한에 대한 성질

① 기본 성질

두 함수 $f(x)$, $g(x)$에 대하여 $\lim\limits_{x \to a} f(x) = \alpha$, $\lim\limits_{x \to a} g(x) = \beta$ (α, β는 실수)일 때

㉠ $\lim\limits_{x \to a} \{cf(x)\} = c\lim\limits_{x \to a} f(x) = c\alpha$ (단, c는 상수)

㉡ $\lim\limits_{x \to a} \{f(x) + g(x)\} = \lim\limits_{x \to a} f(x) + \lim\limits_{x \to a} g(x) = \alpha + \beta$

㉢ $\lim\limits_{x \to a} \{f(x) - g(x)\} = \lim\limits_{x \to a} f(x) - \lim\limits_{x \to a} g(x) = \alpha - \beta$

㉣ $\lim\limits_{x \to a} \{f(x)g(x)\} = \lim\limits_{x \to a} f(x) \times \lim\limits_{x \to a} g(x) = \alpha\beta$

㉤ $\lim\limits_{x \to a} \dfrac{f(x)}{g(x)} = \dfrac{\lim\limits_{x \to a} f(x)}{\lim\limits_{x \to a} g(x)} = \dfrac{\alpha}{\beta}$ (단, $\beta \neq 0$)

② 함수의 극한과 부등식

㉠ $f(x) \leq g(x)$이면 $\lim\limits_{x \to a} f(x) \leq \lim\limits_{x \to a} g(x)$

㉡ $f(x) \leq h(x) \leq g(x)$이고 $\lim\limits_{x \to a} f(x) = \lim\limits_{x \to a} g(x) = \alpha$이면 $\lim\limits_{x \to a} h(x) = \alpha$

(4) 미정계수의 결정

두 함수 $f(x)$, $g(x)$에 대하여 다음 성질을 이용하여 미정계수를 결정할 수 있다.

① $\lim\limits_{x \to a} \dfrac{f(x)}{g(x)} = \alpha$ (α는 실수)이고 $\lim\limits_{x \to a} g(x) = 0$이면 $\lim\limits_{x \to a} f(x) = 0$이다.

② $\lim\limits_{x \to a} \dfrac{f(x)}{g(x)} = \alpha$ ($\alpha \neq 0$인 실수)이고 $\lim\limits_{x \to a} f(x) = 0$이면 $\lim\limits_{x \to a} g(x) = 0$이다.

2 함수의 연속

(1) 연속과 불연속

① 함수의 연속

함수 $f(x)$가 실수 a에 대하여 다음의 세 조건을 만족시킬 때, 함수 $f(x)$는 $x = a$에서 연속이라고 한다.

$$\begin{cases} \text{함수 } f(x)\text{가 } x=a\text{에서 정의되어 있다.} \\ \lim_{x \to a} f(x)\text{가 존재한다.} \\ \lim_{x \to a} f(x) = f(a)\text{이다.} \end{cases}$$

② 함수의 불연속

함수 $f(x)$가 위의 세 조건 중 하나라도 만족하지 않을 때, $f(x)$는 $x=a$에서 불연속이라고 한다.

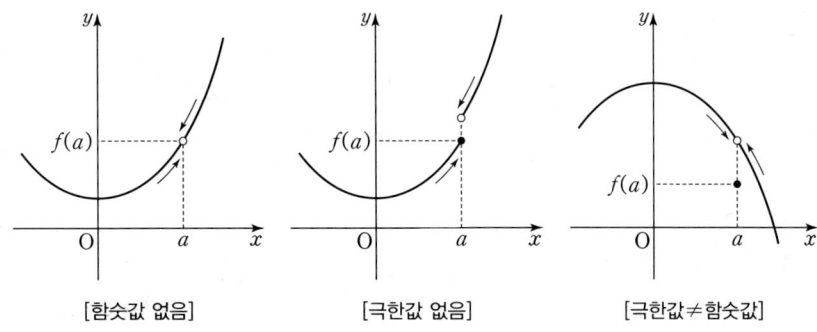

[함숫값 없음]　　　　　　[극한값 없음]　　　　　　[극한값 ≠ 함숫값]

(2) 연속함수의 성질

함수 $f(x)$, $g(x)$가 $x=a$에서 연속이면 다음 함수도 $x=a$에서 연속이다.

① $cf(x)$ (단, c는 상수)　　　　　　② $f(x) \pm g(x)$

③ $f(x)g(x)$　　　　　　④ $\dfrac{f(x)}{g(x)}$ (단, $g(x) \neq 0$)

(3) 최대·최소 정리

함수 $f(x)$가 닫힌구간 $[a, b]$에서 연속이면 함수 $f(x)$는 이 구간에서 반드시 최댓값과 최솟값을 갖는다.

(4) 사잇값 정리

① 함수 $f(x)$가 닫힌구간 $[a, b]$에서 연속이고 $f(a) \neq f(b)$이면 $f(a)$와 $f(b)$ 사이의 임의의 값 k에 대하여 $f(c)=k$가 열린구간 (a, b)에 적어도 하나 존재한다.

② 함수 $f(x)$가 닫힌구간 $[a, b]$에서 연속이고 $f(a)$와 $f(b)$의 부호가 서로 다르면 $f(c)=0$인 c가 열린구간 (a, b)에 적어도 하나 존재한다.

[실전문제]

해답 p.311

배점(총점)	예상 소요 시간
10점	5분 / 전체 70분

 **대표문제**

▶ 두 다항함수 $f(x)$, $g(x)$가 $\lim\limits_{x \to 2} \dfrac{f(x) - 3}{x^2 - 4} = 2$, $\lim\limits_{x \to 2} \dfrac{x - 2}{g(x)} = 6$ 을 만족한다.

함수 $h(x) = f(x)g(x)$라 할 때, $h'(2)$의 값을 구하는 과정을 서술하시오.

(1) $f'(2)$의 값을 구하시오.

(2) $g'(2)$의 값을 구하시오.

(3) $h'(2)$의 값을 구하시오.

모범답안 (1) $f'(2) = 8$

(2) $g'(2) = \dfrac{1}{6}$

(3) $h'(2) = \dfrac{1}{2}$

바른해설 (1) $\lim\limits_{x \to 2} \dfrac{f(x) - 3}{x^2 - 4}$의 극한이 존재하므로

$h(x) = f(x)g(x)$

$f(2) = 3$

$\lim\limits_{x \to 2} \dfrac{f(x) - 3}{x^2 - 4}$ 로부터 $f'(2)$는 $\lim\limits_{x \to 2} \dfrac{f(x) - 3}{x^2 - 4} = \lim\limits_{x \to 2} \dfrac{f(x) - 3}{x - 2} \times \dfrac{1}{x + 2} = 2$

$f'(2) = 8$

(2) $\lim\limits_{x \to 2} \dfrac{x - 2}{g(x)}$의 극한이 존재하므로 $g(2) = 0$

$\lim\limits_{x \to 2} \dfrac{x - 2}{g(x)}$ 로부터 $g'(2)$는 $\lim\limits_{x \to 2} \dfrac{x - 2}{g(x)} = \dfrac{1}{g'(2)} = 6$

$g'(2) = \dfrac{1}{6}$

(3) $h'(2) = f(2)g'(2) + f'(2)g(2) = 3 \times \dfrac{1}{6} + 8 \times 0 = \dfrac{1}{2}$

채점기준

답안		배점
(1) $f'(2)$	8	3점
(2) $g'(2)$	$\dfrac{1}{6}$	3점
(3) $h'(2)$	$\dfrac{1}{2}$	4점

01 함수 $y=f(x)$의 그래프가 그림과 같다.

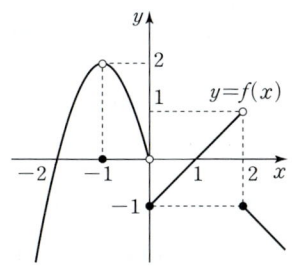

$2\lim\limits_{x \to -1} f(x) - \lim\limits_{x \to 0+} f(x)$의 값을 구하는 과정을 아래의 단계에 따라 서술하시오.

(1) $\lim\limits_{x \to -1} f(x)$의 값을 구하시오.

(2) $\lim\limits_{x \to 0+} f(x)$의 값을 구하시오.

(3) $2\lim\limits_{x \to -1} f(x) - \lim\limits_{x \to 0+} f(x)$의 값을 구하시오.

02 함수 $f(x)=\begin{cases} x+a & (x<1) \\ -3x^2+x+2a & (x \geq 1) \end{cases}$에 대하여

$\lim\limits_{x \to 1-} f(x) \times \lim\limits_{x \to 1+} f(x) = 16$이 되도록 하는 a의 값을 구하는 과정을 아래의 단계에 따라 서술하시오. (단, $a<0$)

(1) $\lim\limits_{x \to 1-} f(x)$를 a관한 식으로 나타내시오.

(2) $\lim\limits_{x \to 1+} f(x)$를 a관한 식으로 나타내시오.

(3) a의 값을 구하시오(단, $a<0$).

03 두 함수 $f(x)$, $g(x)$가

$$\lim_{x \to 0} \frac{f(x)}{x^2} = \lim_{x \to 0} \frac{g(x)}{x^2 + 2x} = 5$$ 를

만족시킬 때,

$$\lim_{x \to 0} \frac{f(x)g(x)}{x\{f(x) + xg(x)\}}$$ 의 값을 구하는 과정

을 아래의 단계에 따라 서술하시오.

(1) $\lim\limits_{x \to 0} \dfrac{g(x)}{x}$ 의 값을 구하시오.

(2) $\lim\limits_{x \to 0} \dfrac{f(x)g(x)}{x\{f(x) + xg(x)\}}$ 의 값을 구하
시오.

04 양수 a에 대하여 함수 $f(x) = |x(x-a)|$

가 $\lim\limits_{x \to 0} \dfrac{f(x)f(-x)}{x^2} = \dfrac{1}{3}$ 을 만족시킬 때,

$$\lim_{x \to a+} \frac{f(x)f(-x)}{x - a}$$ 의 값을 구하는 과정을

아래의 단계에 따라 서술하시오.

(1) $f(x) = |x(x-a)|$에서
$f(x)f(-x)$에 관한 식을 유도하시오.

(2) a의 값을 구하시오.

(3) $\lim\limits_{x \to a+} \dfrac{f(x)f(-x)}{x - a}$ 의 값을 구하시오.

05 두 함수 $f(x)$, $g(x)$가

$$\lim_{x \to 1} \frac{f(x)-1}{x-1} = 2, \quad \lim_{x \to 1} \frac{g(x)+2}{\sqrt{x}-1} = -\frac{1}{3}$$

을 만족시킬 때,

$$\lim_{x \to 1} \frac{\{f(x)+g(x)\}\{f(x)-g(x)-3\}}{x-1}$$

의 값을 구하는 과정을 아래의 단계에 따라 서술하시오.

(1) $\lim\limits_{x \to 1} f(x)$와 $\lim\limits_{x \to 1} g(x)$의 값을 구하시오.

(2) $\lim\limits_{x \to 1} \dfrac{g(x)+2}{x-1}$의 값을 구하시오.

(3) $\lim\limits_{x \to 1} \dfrac{\{f(x)+g(x)\}\{f(x)-g(x)-3\}}{x-1}$
의 값을 구하시오.

06 실수 $t(0<t<1)$에 대하여 두 직선 $x=1+t$, $x=1-t$가 곡선 $y=x^2-1$과 만나는 점을 각각 A, B라 하자. 점 $C(-1, 0)$에 대하여 삼각형 ACB의 넓이를 $S(t)$라 할 때, $\lim\limits_{t \to 0+} \dfrac{S(t)}{t}$의 값을 구하는 과정을 아래의 단계에 따라 서술하시오.

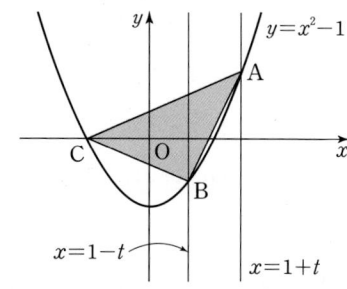

(1) 직선 AB의 방정식을 구하시오.

(2) $S(t)$를 t에 관한 식으로 나타내시오.

(3) $\lim\limits_{t \to 0+} \dfrac{S(t)}{t}$의 값을 구하시오.

07 상수 a $(a < 0)$에 대하여 함수 $f(x)$가

$$f(x) = \begin{cases} ax(x+4) & (x \le 0) \\ \dfrac{1}{2}x & (x > 0) \end{cases}$$ 이다.

실수 t에 대하여 x에 대한 방정식

$f(x) = f(t)$의 서로 다른 실근의 개수를

$g(t)$라 하자.

$\left| \lim\limits_{t \to k+} g(t) - \lim\limits_{t \to k-} g(t) \right| = 2$를 만족시키는

모든 실수 k의 값이 합이 2일 때,

$f(-2) \times g(-4)$의 값을 구하는 과정을 아래의 단계에 따라 서술하시오.

(1) 상수 a $(a < 0)$의 값을 구하시오.

(2) $f(-2)$와 $g(-4)$의 값을 구하시오.

(3) $f(-2) \times g(-4)$의 값을 구하시오.

08 다항함수 $f(x)$가 모든 실수 x에 대하여

$$f(x) = x^3 - 3x + 2\lim\limits_{t \to 1} f(t)$$를 만족시

킬 때, $f(-1)$의 값을 구하는 과정을 아래의 단계에 따라 서술하시오.

(1) $f(1)$의 값을 구하시오.

(2) $f(x)$에 관한 다항식을 구하시오.

(3) $f(-1)$의 값을 구하시오.

09 두 함수

$$f(x) = \begin{cases} -x+3 \ (x < -1) \\ 3x+a \ \ (x \geq -1) \end{cases},$$

$$g(x) = -x^2 + 4x + a$$

에 대하여 함수 $f(x)g(x)$가 실수 전체의 집합에서 연속이 되도록 하는 모든 실수 a의 값의 곱을 구하는 과정을 아래의 단계에 따라 서술하시오.

(1) $\displaystyle\lim_{x \to -1-} f(x)g(x)$를 a관한 식으로 나타내시오.

(2) $\displaystyle\lim_{x \to -1+} f(x)g(x)$를 a관한 식으로 나타내시오.

(3) 모든 실수 a의 값의 곱을 구하시오.

10 두 함수 $f(x) = x^2 - x - 2$,

$g(x) = x - |3x| + 4$ 에 대하여 함수

$$h(x) = \begin{cases} \dfrac{f(x)}{g(x)} & (x \neq 1, \ x \neq 2) \\ a & (x = -1) \\ b & (x = 2) \end{cases}$$

가 실수 전체의 집합에서 연속일 때, 두 상수 a, b에 대하여 $\dfrac{1}{2}b - a$의 값을 구하는 과정을 아래의 단계에 따라 서술하시오.

(1) a의 값을 구하시오.

(2) b의 값을 구하시오.

(3) $\dfrac{1}{2}b - a$의 값을 구하시오.

11 다항함수 $f(x)$가 다음 두 조건을 만족한다.

> (가) $\displaystyle\lim_{x \to 0}\frac{f(x)}{x}=1$
>
> (나) 모든 실수 x에 대하여
> $|f(x)-x^2-x+1| \leq 1$

이때, $f(4)$의 값을 구하는 과정을 서술하시오.

12 x에 대한 방정식 $x^2+4x+k=0$이 열린구간 $(-2, 3)$에서 오직 하나의 실근을 갖도록 하는 정수 k의 최댓값을 M, 최솟값을 m이라 하자. 이때, $M-m$의 값을 구하는 과정을 서술하시오.

13 다항함수 $f(x)$와 함수

$$g(x) = \begin{cases} \dfrac{px+2}{x-2} & (x \neq 2) \\ 2 & (x=2) \end{cases}$$ 가 다음 조건을

만족시킨다.

> (가) $\displaystyle\lim_{x \to \infty} \dfrac{f(x^2)+1}{x^2+1} = 2$
>
> (나) 함수 $f(x)g(x)$가 실수 전체의 집합에서 연속이다.

$f(5)+g(5)$의 값을 구하는 과정을 서술하시오. (단, p는 상수이다.)

14 함수 $f(x) = \begin{cases} 2x+3 & (x \geq a) \\ x-1 & (x < a) \end{cases}$ 에 대하여

함수 $\{f(x)-1\}^2$이 실수 전체에서 연속이 되도록 하는 모든 실수 a의 값의 합을 M이라 할 때, $-M$의 값을 구하는 과정을 서술하시오.

15 함수 $f(x)$가 $x=-1$에서 연속이고,

함수 $g(x)=\begin{cases} 4+f(x) & (x<-1) \\ (3x^2-4)f(x) & (x \geq -1) \end{cases}$

가 $\lim\limits_{x \to -1-} g(x) + \lim\limits_{x \to -1+} g(x) = -4$를

만족할 때, $f(-1)$의 값을 구하는 과정을 서술하시오.

16 함수 $y=f(x)$의 그래프가 다음 그림과 같다.

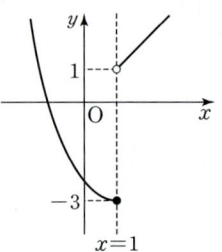

함수 $\{f(x)+a\}^2$가 $x=1$에서 연속일 때, 상수 a의 값을 구하는 과정을 서술하시오.

17 연속함수 $f(x)$가 모든 실수 x에 대하여 $f(x)=f(x+4)$를 만족한다. 구간 $[0, 4)$에서

$$f(x)=\begin{cases} ax+b & (0 \le x < 2) \\ (x-2)^2+1 & (2 \le x < 4) \end{cases}$$

일 때, $f(5)$의 값을 구하는 과정을 서술하시오.

18 두 함수 $f(x)$, $g(x)$가

$$\lim_{x \to 2}(2x+2)f(x)=12,$$
$$\lim_{x \to 2}\frac{f(x)}{f(x)+g(x)}=\frac{1}{2}$$를 만족한다.

이때, $\lim_{x \to 2}\dfrac{3f(x)}{2x-g(x)}$의 값을 구하는 과정을 서술하시오.

19 최고차항의 계수가 1인 이차함수

$f(x)=(x-a)^2+b$ (단, a, b는 상수)에
대하여 함수 $g(x)$를
$g(x)=\begin{cases} 2x+4 & (x<2) \\ f(x) & (x\geq 2) \end{cases}$ 라 할 때,
함수 $g(x)$가 실수 전체의 집합에서 연속이고,
역함수가 존재한다. 이때 $f(4)$의 최솟값을 구하
는 과정을 서술하시오.

20 다항함수 $f(x)$가

$$\lim_{x \to \infty} \frac{f(x)-x^3}{x}=1, f(1)=0$$ 을 만족한다.

이때, $\lim_{x \to 2} \frac{f(x)-f(2)}{x-2}$ 의 값을 구하는

과정을 서술하시오.

V 다항함수의 미분법

[핵심이론]

1 1. 평균변화율

(1) 정의

함수 $y=f(x)$에서 x의 값이 a에서 b까지 변할 때, 함수 $y=f(x)$의 평균변화율은

$$\frac{\Delta y}{\Delta x}=\frac{f(b)-f(a)}{b-a}=\frac{f(a+\Delta x)-f(a)}{\Delta x} \ (단, \ \Delta x=b-a)$$

(2) 기하학적 의미

함수 $y=f(x)$에서 x의 값이 a에서 b까지 변할 때, 함수 $y=f(x)$의 평균변화율은 곡선 $y=f(x)$ 위의 두 점 $P(a, f(a))$, $Q(b, f(b))$를 지나는 곡선 PQ의 기울기를 나타낸다.

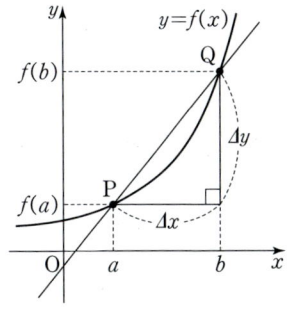

2 미분계수

(1) 정의

함수 $y=f(x)$의 $x=a$에서의 미분계수 $f'(a)$는

$$f'(a)=\lim_{\Delta x \to 0}\frac{\Delta y}{\Delta x}=\lim_{\Delta x \to 0}\frac{f(a+\Delta x)-f(a)}{\Delta x}=\lim_{x \to a}\frac{f(x)-f(a)}{x-a}$$

(2) 기하학적 의미

함수 $y=f(x)$의 $x=a$에서의 미분계수 $f'(a)$는 곡선 $y=f(x)$ 위의 점 $P(a, f(a))$에서의 접선의 기울기를 나타낸다.

(3) 미분가능과 연속

① 함수 $f(x)$에 대하여 $x=a$에서의 미분계수 $f'(a)$가 존재할 때, 함수 $f(x)$는 $x=a$에서 미분가능하다고 한다.

② 함수 $f(x)$가 어떤 열린구간에 속하는 모든 x에서 미분가능할 때,

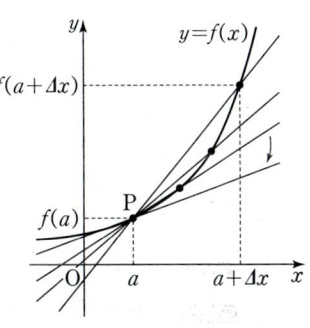

함수 $f(x)$는 그 구간에서 미분가능하다고 한다. 또한 함수 $f(x)$가 정의역에 속하는 모든 x에서 미분가능할 때, 함수 $f(x)$를 미분가능한 함수라고 한다.

③ 함수 $f(x)$가 $x=a$에서 미분가능하면 함수 $f(x)$는 $x=a$에서 연속이다. 그러나 일반적으로 그 역은 성립하지 않는다.

③ 도함수

(1) 정의

함수 $y=f(x)$가 정의역 임의의 원소 x에서 미분가능할 때, 정의역 임의의 원소에 대하여 미분계수 $f'(x)$를 대응시키는 함수를 $y=f(x)$의 도함수라 하고 $f'(x)$로 나타낸다.

$$f'(x)=\lim_{\Delta x \to 0}\frac{\Delta y}{\Delta x}=\lim_{\Delta x \to 0}\frac{f(x+\Delta x)-f(x)}{\Delta x}$$

(2) 기하학적 의미

$y=f(x)$의 도함수 $f'(x)$는 함수 $y=f(x)$의 그래프 위의 임의의 점 $(x, f(x))$에서의 접선의 기울기와 같다.

(3) 미분법 공식

$f(x)$, $g(x)$가 미분가능할 때,

① $y=c$ (단, c는 상수)이면 $y'=0$

② $y=x^n$이면 $y'=nx^{n-1}$

③ $y=cf(x)$ (단, c는 상수)이면 $y'=cf'(x)$

④ $y=f(x)\pm g(x)$이면 $y'=f'(x)\pm g'(x)$

⑤ $y=f(x)\cdot g(x)$이면 $y'=f'(x)g(x)+f(x)g'(x)$

⑥ $y=\{f(x)\}^n$이면 $y'=n\{f(x)\}^{n-1}f'(x)$

④ 도함수의 활용

(1) 접선의 방정식

① 접점 $(a, f(a))$에서 접선의 방정식

곡선 $y=f(x)$ 위의 점 $(a, f(a))$에서 접선의 방정식은

$$y-f(a)=f'(a)(x-a)$$

② 접점 $(a, f(a))$에서의 법선이 방정식

곡선 $y=f(x)$ 위의 점 $(a, f(a))$에서 접선에 수직인 법선의 방정식은

$$y-f(a)=\frac{1}{f'(a)}(x-a)$$

③ 기울기가 m인 접선의 방정식

㉠ $f'(a)=m$에서 접점의 x, y 좌표를 구한다.

㉡ $y-f(a)=m(x-a)$에 대입한다.

④ 곡선 밖의 한 점 (x_1, y_1)에서 그은 접선의 방정식

① 접점의 좌표를 $(a, f(a))$로 놓는다.

② $y-f(a)=f'(a)(x-a)$에 점 (x_1, y_1)을 대입하여 a를 구한다.

(2) 평균값의 정리

함수 $f(x)$가 닫힌구간 $[a, b]$에서 연속이고, 열린구간 (a, b)에서 미

분가능하면 $\dfrac{f(b)-f(a)}{b-a}=f'(c)$ (단, $a<c<b$)를 만족시키는 c가

열린구간 (a, b)에 적어도 하나 존재한다.

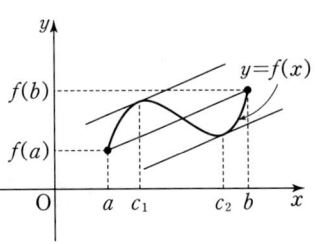

(3) 함수의 증가와 감소

① 함수 $f(x)$가 미분가능한 구간의 모든 실수 x에 대하여

㉠ $f'(x)>0$이면 $f(x)$는 이 구간에서 증가한다.

㉡ $f'(x)<0$이면 $f(x)$는 이 구간에서 감소한다.

② 함수 $f(x)$가 어떤 미분가능하고

㉠ $f(x)$가 증가하면 그 구간 모든 실수 x에 대하여 $f'(x)\geq0$이다.

㉡ $f(x)$가 감소하면 그 구간 모든 실수 x에 대하여 $f'(x)\leq0$이다.

(4) 함수의 극대와 극소

① 정의

함수 $y=f(x)$가 $x=a$에서 연속이고 x가 $x=a$를 지날 때

㉠ $f(x)$가 증가 상태에서 감소 상태로 변하면, $f(x)$는 $x=a$에서

극대라 하고 $f(a)$를 극댓값이라고 한다.

㉡ $f(x)$가 감소 상태에서 증가 상태로 변하면, $f(x)$는 $x=a$에서

극소라 하고 $f(a)$를 극솟값이라고 한다.

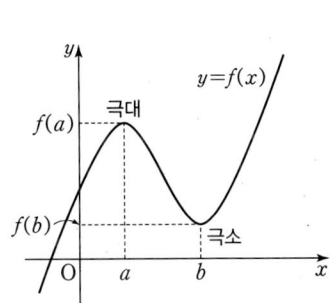

PART 1 공외 / PART 2 수학 / PART 3 기출문제 / PART 4 해답

② 극값과 미분계수

$x=a$에서 미분가능한 함수 $f(x)$에 대하여

㉠ $x=a$에서 극값을 가지면 $f'(a)=0$이다.

㉡ $x=a$에서 극값 b를 가지면 $f'(a)=0$, $f(a)=b$이다.

(5) 함수의 최댓값과 최솟값

닫힌구간 $[a, b]$에서 연속인 함수 $y=f(x)$의 최댓값, 최솟값을 구할 때

① 열린구간 (a, b)에서의 모든 극값을 구한다.

② 닫힌구간 $[a, b]$의 양 끝점에서 함숫값 $f(a)$, $f(b)$를 구한다.

③ 위에서 구한 극값과 함숫값 $f(a)$, $f(b)$ 중에서 최대인 것이 최댓값, 최소인 것이 최솟값이다.

(6) 방정식의 근과 도함수

① 방정식 $f(x)=0$의 실근의 개수

함수 $y=f(x)$의 그래프와 x축과의 교점의 개수와 같다.

② $f(x)=g(x)$의 실근의 개수

함수 $y=f(x)$의 그래프와 $y=g(x)$의 그래프의 교점의 개수와 같다.

③ 삼차방정식의 실근의 개수

삼차함수 $f(x)$가 $x=\alpha$, $x=\beta$에서 극값을 가질 때, 삼차방정식 $f(x)=0$의 실근의 개수는 다음과 같다.

㉠ $f(\alpha)f(\beta)<0$이면 서로 다른 세 실근을 갖는다.

㉡ $f(\alpha)f(\beta)=0$이면 중근과 다른 한 실근을 갖는다.

㉢ $f(\alpha)f(\beta)>0$이면 한 실근과 서로 다른 두 허근을 갖는다.

(7) 속도와 가속도

수직선 위를 움직이는 점 P의 시간 t에서의 위치 x가 $x=f(t)$로 주어질 때, t에서의 속도와 가속도는 다음과 같다.

① 속도: 위치의 시간에 대한 변화율

$$v=\frac{dx}{dt}=\lim_{\Delta t\to 0}\frac{f(t+\Delta t)-f(t)}{\Delta t}=f'(t)$$

② 가속도: 속도의 시간에 대한 변화율

$$v=\frac{dv}{dt}=\lim_{\Delta t\to 0}\frac{v(t+\Delta t)-v(t)}{\Delta t}=v'(t)$$

대표문제

배점(총점)	예상 소요 시간
10점	5분 / 전체 70분

▶ 곡선 $y = x^3 - 6x + 5$ 위의 점 $A(1, 0)$에서의 접선과

곡선 $y = -x^2 - 5x + 2$가 점 B에서 접할 때, 두 점 A, B 사이의 거리를 구하는 과정을 아래의 단계에 따라 서술하시오.

(1) 곡선 $y = x^3 - 6x + 5$ 위의 점 $A(1, 0)$에서의 접선의 방정식을 구하시오.

(2) 점 B의 좌표를 구하시오.

(3) $\overline{AB}$의 길이를 구하시오.

모범답안
(1) 접선의 방정식 : $y = -3x + 3$

(2) B의 좌표 : $(-1, 6)$

(3) 두 점 A, B 사이의 거리 : $2\sqrt{10}$

바른해설
(1) $y = x^3 - 6x + 5$에서 $y' = 3x^2 - 6$이므로 곡선 $y = x^3 - 6x + 5$ 위의 점 $A(1, 0)$에서의 접선의 기울기는

$y'(1) = 3 \times 1^2 - 6 = -3$으로 기울기는 -3이다.

따라서 접선의 방정식은 $y - 0 = -3(x - 1)$ $y = -3x + 3$

(2) $y = -x^2 - 5x + 2$에서 $y' = -2x - 5$

곡선 $y = -x^2 - 5x + 2$ 위의 점 B의 좌표를 $(t, -t^2 - 5t + 2)$라 하면

점 B에서의 접선이 직선 $y = -3x + 3$이므로 $-2t - 5 = -3$에서 $t = -1$

따라서 $y(-1) = -(-1)^2 - 5 \times (-1) + 2 = -1 + 5 + 2 = 6$이고

점 B의 좌표는 $(-1, 6)$

(3) $A(1, 0)$, $B(-1, 6)$이므로 두 점 A, B 사이의 거리는

$\overline{AB} = \sqrt{(1 - (-1))^2 + (6 - 0)^2} = \sqrt{40} = 2\sqrt{10}$

채점기준

답안		배점
(1) 접선의 방정식	$y = -3x + 3$	3점
(2) B의 좌표	$(-1, 6)$	3점
(3) 두 점 A, B 사이의 거리	$2\sqrt{10}$	4점

01 다항함수 $f(x)$에 대하여

$$\lim_{x \to 2} \frac{f(x) + 3}{x^2 - 2x} = \{f(2)\}^2$$ 일 때,

$\frac{1}{2} f'(2)$의 값을 구하는 과정을 아래의 단계에 따라 서술하시오.

(1) $f(2)$의 값을 구하시오.

(2) 함수 $f(x)$를 $x = 2$에서 미분한 식으로 나타내시오.

(3) $\frac{1}{2} f'(2)$의 값을 구하시오.

02 두 다항함수 $f(x), g(x)$가

$$\lim_{x \to 0} \frac{f(x) - g(x)}{x} = 2,$$

$$\lim_{x \to 0} \frac{g(2x) - x}{f(x) - 2x} = 4$$를 만족시킬 때,

$f'(0) \times g'(0)$의 값을 구하는 과정을 아래의 단계에 따라 서술하시오.

(1) $f'(0) - g'(0)$의 값을 구하시오.

(2) $f'(0)$과 $g'(0)$의 값을 구하시오.

(3) $f'(0) \times g'(0)$의 값을 구하시오.

03 함수

$$f(x) = \begin{cases} x^3 + ax + b & (x \le -1) \\ -2x + 3 & (x > -1) \end{cases}$$ 이

실수 전체의 집합에서 미분가능할 때, $2a-b$의 값을 구하는 과정을 아래의 단계에 따라 서술하시오.

(단, a, b는 상수이다.)

⑴ $a-b$의 값을 구하시오.

⑵ a, b의 값을 구하시오.

⑶ $2a-b$의 값을 구하시오.

04 다항함수 $f(x)$에 대하여 함수 $g(x)$가

$$g(x) = (x^2 + 3x)f(x)$$ 일 때,

곡선 $y = g(x)$ 위의 점 $(-1, -8)$에서의 접선의 기울기가 2이다.

$f'(-1)$의 값을 구하는 과정을 아래의 단계에 따라 서술하시오.

⑴ $g(-1)$의 값을 구하시오.

⑵ $g'(-1)$의 값을 구하시오.

⑶ $f'(-1)$의 값을 구하시오.

05 함수 $f(x) = \dfrac{1}{3}x^3 + ax^2 - 3a^2x$ 가 열린 구간 $(k, k+2)$ 에서 감소하도록 하는 양수 a 에 대하여 a 의 값이 최소일 때, $f\left(\dfrac{2}{3}k\right)$ 의 값을 구하는 과정을 아래의 단계에 따라 서술하시오.

(단, k 는 실수이다.)

(1) a 의 최솟값을 구하시오.

(2) k 의 값을 구하시오.

(3) $f\left(\dfrac{2}{3}k\right)$ 의 값을 구하시오.

06 최고차항의 계수가 1인 삼차함수 $f(x)$ 에 대하여 함수 $y = f'(x)$ 의 그래프가 그림과 같다.

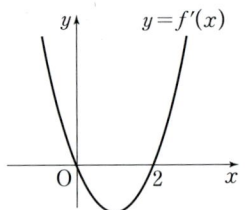

$0 \le x \le 2$ 인 모든 실수 x 에 대하여 부등식 $f(x)f'(x) \le 0$ 이 성립할 때, $f(4)$ 의 최솟값을 구하는 과정을 아래의 단계에 따라 서술하시오. (단, $f'(0) = 0$, $f'(2) = 0$)

(1) 함수 $f(x)$ 가 극솟값을 갖는 x 의 값을 구하시오.

(2) $f(x) = x^3 + ax^2 + bx + c$ (a, b, c 는 상수)라 할 때, a, b, c 의 값을 구하시오.

(3) $f(4)$ 의 최솟값을 구하시오.

07 x에 대한 방정식 $x^3 + 3x^2 - 9x = k$의 서로 다른 실근의 개수가 2가 되도록 하는 모든 실수 k의 값의 곱을 구하는 과정을 아래의 단계에 따라 서술하시오.

(1) $f(-3)$과 $f(1)$의 값을 구하시오.

(2) k의 값을 구하시오.

(3) 모든 실수 k의 값의 곱을 구하시오.

08 수직선 위를 움직이는 점 P의 시각 $t(t \geq 0)$에서의 위치 x가 $x = 2t^3 + 3t^2 - 12t$이다.

시각 $t = t_1(t_1 > 0)$에서 점 P가 운동 방향을 바꿀 때, 시각 $t = 2t_1$에서의 점 P의 가속도를 구하는 과정을 아래의 단계에 따라 서술하시오.

(1) 점 P의 시각 t에서의 속도를 v라 할 때, v를 t에 관한 식으로 나타내시오.

(2) 점 P가 운동 방향을 바꿀 때의 시각 t의 값을 구하시오.

(3) 점 P의 가속도를 구하시오.

PART 1
국어

PART 2
수학

PART 3
기출문제

PART 4
해답

09 점 $(0, 1)$에서 곡선 $y = x^3 - 3x^2$에 그은 두 접선의 기울기를 각각 m_1, m_2라 하자. $m_1 \times m_2$의 값을 구하는 과정을 서술하시오.

10 다항함수 $f(x)$에 대하여 $f(1) = 4$, $f'(1) = -2$이다. 함수 $g(x)$가 $g(x) = (x^3 + 2)f(x)$를 만족할 때, $g'(1)$의 값을 구하는 과정을 서술하시오.

11 실수 t에 대하여 곡선

$y=-x^3+6tx^2-2tx$에 접하는 직선의 기울기가 최대일 때, 이 직선의 y절편을 $h(t)$라 하자. 이때, $h(-1)$의 값을 구하는 과정을 서술하시오.

12 다항함수 $f(x)$가 다음 두 조건을 만족한다.

> (가) $f(0)=3$
> (나) 모든 실수 x에 대하여 $|f'(x)| \le 1$이다.

$f(3)$의 최댓값을 M, 최솟값을 m이라 할 때, $M-m$의 값을 구하는 과정을 평균값 정리를 이용하여 서술하시오.

PART 1 국어

PART 2 수학

PART 3 기출문제

PART 4 해답

13 두 다항함수 $f(x)=2x^3+5$,
$g(x)=x^2+3x+1$에 대하여 함수 $h(x)$를
$h(x)=f(x)g(x)$라 할 때, $h'(-1)$의 값을
구하는 과정을 서술하시오.

14 함수 $f(x)=-\dfrac{1}{3}x^3+x^2+ax+2$가
$x=3$에서 극대일 때, 함수 $f(x)$의 극솟값을
구하는 과정을 서술하시오. (단, a는 상수이다.)

15 다항식 $x^4+x^3+x^2+1$을 $(x+1)^2$으로 나누었을 때의 몫을 $Q(x)$, 나머지를 $h(x)=mx+n$(단, m, n은 상수)라고 할 때, $h(-3)$의 값을 구하는 과정을 서술하시오.

16 함수 $f(x)=x^3-3x^2+kx+1$가 역함수를 가질 때, $f(1)$의 최솟값을 구하는 과정을 서술하시오.

17 닫힌구간 $[0, 3]$에서 $f(x)=2x^3-6x^2+k$의 최댓값과 최솟값의 곱이 -12일 때, 모든 k값의 합을 구하는 과정을 서술하시오.

18 수직선 위를 움직이는 점 P의 시각 $t(t \geq 0)$에서의 위치 x가 $x=2t^3+at^2+bt+2$이다. 점 P의 시각 $t=1$에서의 속도가 10이고, 시각 $t=2$에서의 가속도가 30일 때, $a-b$의 값을 구하는 과정을 서술하시오.

19 곡선 $y=x^3-x^2$와 곡선 $y=2x^2-a$가 서로 다른 두 점에서 만나도록 하는 모든 실수 a값의 합을 구하는 과정을 서술하시오.

20 그림과 같이 좌표평면에 두 점 $A(3, -15)$, $B(4, 0)$과 함수 $f(x)=\dfrac{1}{4}x^4-2x^2+\dfrac{19}{4}$ 위를 움직이는 점 $P(t, f(t))$가 있다. 이때, 삼각형 ABP의 넓이의 최솟값을 구하는 과정을 서술하시오.

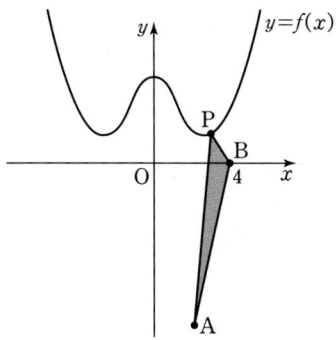

다항함수의 적분법

[핵심이론]

1 부정적분

(1) 정의와 표현

① 정의

함수 $f(x)$에 대하여 $F'(x)=f(x)$를 만족시키는 함수 $F(x)$를 $f(x)$의 부정적분이라 하고, $f(x)$의 부정적분을 구하는 것을 $f(x)$를 적분한다고 한다.

② 표현

함수 $f(x)$의 부정적분을 $F(x)$라 하면

$$\int f(x)dx = F(x) + C \ (단, \ C는 \ 적분상수)$$

(2) 부정적분과 미분의 관계

함수 $f(x)$의 부정적분은 미분의 역이다.

① $\displaystyle\int \left\{ \frac{d}{dx}f(x) \right\}dx = f(x) + C$ ② $\displaystyle\frac{d}{dx}\left\{ \int f(x)dx \right\} = f(x)$

(3) 부정적분의 공식

① $\displaystyle\int k\,dx = kx + C \ (단, \ k는 \ 상수)$

② $\displaystyle\int x^n dx = \frac{1}{n+1}x^{n+1} + C \ (단, \ n \neq -1)$

③ $\displaystyle\int kf(x)dx = k\int f(x)dx \ (단, \ k는 \ 상수)$

④ $\displaystyle\int (f(x)+g(x))dx = \int f(x)dx + \int g(x)dx$

⑤ $\displaystyle\int (f(x)-g(x))dx = \int f(x)dx - \int g(x)dx$

2 정적분

(1) 정의와 표현

① 정의

함수 $y=f(x)$의 닫힌구간 $[a,\ b]$에서 연속일 때, 함수 $y=f(x)$의 부정적분 중 하나를 $F(x)$라 하면 $F(b)-F(a)$를 구하는 것을 함수 $f(x)$를 a에서 b까지 적분한다고 한다.

② 표현

닫힌구간 $[a,\ b]$에서 연속인 함수 $f(x)$의 부정적분이 $F(x)$이면

$$\int_a^b f(x)dx=\Big[f(x)\Big]_a^b=F(b)-F(a)$$

(2) 정적분과 미분의 관계

① $\dfrac{d}{dx}\displaystyle\int_a^x f(t)dt=f(x)$

② $\dfrac{d}{dx}\displaystyle\int_x^{x+a} f(t)dt=f(x+a)-f(x)$

③ $\displaystyle\lim_{x\to a}\dfrac{1}{x-a}\int_a^x f(t)dt=f(a)$

④ $\displaystyle\lim_{x\to 0}\dfrac{1}{x}\int_x^{x+a} f(t)dt=f(a)$

(3) 정적분의 공식

① $\displaystyle\int_a^a f(x)dx=0$

② $\displaystyle\int_a^b f(x)dx=-\int_b^a f(x)dx$

③ $\displaystyle\int_a^b kf(x)dx=k\int_a^b f(x)dx$ (단, k는 상수)

④ $\displaystyle\int_a^b \{f(x)\pm g(x)\}dx=\int_a^b f(x)dx\pm\int_a^b g(x)dx$

⑤ $\displaystyle\int_a^b f(x)dx=\int_a^c f(x)dx+\int_c^b f(x)dx$

(4) 우함수와 기함수의 정적분

① 우함수의 정적분

$f(x)$가 y축에 대하여 대칭인 함수(우함수)인 경우 연속인 함수 $f(x)$가 모든 실수 x에 대하여 $f(-x)=f(x)$이면

$$\int_{-a}^a f(x)dx=2\int_0^a f(x)dx$$

② 기함수의 정적분

$f(x)$가 원점에 대하여 대칭인 함수(기함수)인 경우 연속인 함수 $f(x)$가 모든 실수 x에 대하여

PART 1 국어

PART 2 수학

PART 3 기출문제

PART 4 해답

$f(-x)=-f(x)$이면

$$\int_{-a}^{a} f(x)dx=0$$

③ 정적분의 활용

(1) 곡선과 x축 사이의 넓이

함수 $f(x)$가 닫힌구간 $[a, b]$에서 연속일 때, 곡선 $y=f(x)$와 x축
및 두 직선 $x=a$, $x=b$로 둘러싸인 부분의 넓이 S는

$$S=\int_{a}^{b} |f(x)|dx$$

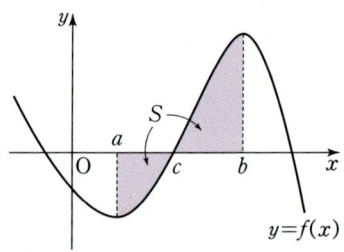

(2) 두 곡선 사이의 넓이

닫힌구간 $[a, b]$에서 연속인 두 곡선 $y=f(x)$, $y=g(x)$와 두 직선
$x=a$, $x=b$로 둘러싸인 도형의 넓이 S는

$$S=\int_{a}^{b} |f(x)-g(x)|dx$$

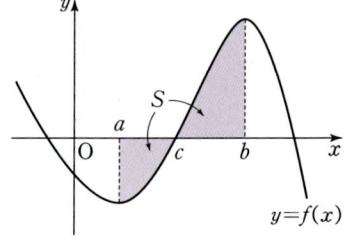

(3) 서로 역함수인 두 곡선 사이의 넓이

함수 $f(x)$, $g(x)$가 서로 역함수이고 곡선의 교점의 x좌표가 a, b일 때

$$S=\int_{a}^{b} |f(x)-g(x)|dx=2\int_{a}^{b} |f(x)-x|dx=2\int_{a}^{b} |g(x)-x|dx$$

(4) 수직선 위를 움직이는 점의 위치와 거리

① 수직선 위를 움직이는 점의 위치: 수직선 위를 움직이는 점 P의 시각 t에서의 속도가 $v(t)$이고, 시각
t_0에서의 위치가 x_0이면

㉠ 시각 t에서의 점 P의 위치: $x_0+\int v(t)dt$

㉡ 시각 $t=a$에서 $t=b$까지 점 P의 위치 변화량: $\int_{a}^{b} v(t)dt$

② 수직선 위를 움직이는 점의 실제 이동거리: 수직선 위를 움직이는 점 P의 시각 t에서의 속도가 $v(t)$이
고 시각 $t=a$에서 $t=b$까지의 실제 이동 거리

$$\int_{a}^{b} |v(t)|dt$$

배점(총점)	예상 소요 시간
10점	5분 / 전체 70분

🔘 **대표문제**

▶ 다항함수 $f(x)$ 가 모든 실수 x에 대하여

$$\int_0^x xf(t)\,dt = \frac{1}{3}x^3 - 8x - \frac{32}{3} + 2\int_a^x f(t)\,dt + \int_a^x tf(t)\,dt$$ 를 만족시킨다.

$f(a)$ 의 값을 구하는 과정을 아래의 단계에 따라 서술하시오.

(단, a는 0이 아닌 상수이다.)

(1) $f(0)$ 의 값을 구하시오.

(2) $\displaystyle\int_0^a f(x)\,dx = 0$ 인 a의 값을 구하시오.

(3) $f(a)$ 의 값을 구하시오.

모범답안 (1) $f(0) = 4$

(2) $a = -4$

(3) $f(a) = -4$

바른해설 (1) 양변을 미분하면 $xf(x) + \int_0^x f(t)\,dt = x^2 - 8 + 2f(x) + xf(x)$

$$\int_0^x f(t)\,dt = x^2 - 8 + 2f(x) \cdots ㉠$$

양변에 $x = 0$을 대입하면 $2f(0) = 8$이므로 $f(0) = 4$

(2) ㉠의 식의 양변을 한 번 더 미분하면 $f(x) = 2x + 2f'(x)$이다.

$f'(x)$는 $f(x)$보다 차수가 작으므로 $f(x)$는 1차식이고 $f'(x)$는 상수이다.

$f(0) = 4$이므로 $2f'(x) = 4$ $f'(x) = 2$, $f(x) = 2x + 4$이다.

$\int_0^a f(x)\,dx = 0$이고 $[x^2 + 4x]_0^a = a^2 + 4a = 0$이다.

$a(a + 4) = 0$이므로 $a = 0$, $a = -4$

$a \neq 0$이므로 $a = -4$

(3) $f(a) = f(-4) = 2 \times (-4) + 4 = -4$

채점기준

답안		배점
(1) $f(0)$	4	3점
(2) a	-4	3점
(3) $f(a)$	-4	4점

01 함수

$$f(x) = \int (x^2 + x + a)\,dx$$
$$- \int (x^2 - 3x)\,dx$$

에 대하여 $\lim\limits_{x \to 2} \dfrac{f(x)}{x-2} = 3$ 일 때,

$f(-1)$의 값을 구하는 과정을 아래의 단계에 따라 서술하시오.

(단, a는 상수이다.)

(1) $f'(2)$의 값을 구하시오.

(2) 적분상수 C의 값을 구하시오.

(3) $f(-1)$의 값을 구하시오.

02 최고차항의 계수가 3인 이차함수 $f(x)$에 대하여

$$\int_0^1 f(x)\,dx = f(1),\ \int_0^2 f(x)\,dx = f(2)$$ 일

때, $f(-1)$의 값을 구하는 과정을 아래의 단계에 따라 서술하시오.

(1) $f(x) = 3x^2 + ax + b$ (a, b는 상수) 로 놓을 때, a, b의 값을 구하시오.

(2) $f(-1)$의 값을 구하시오.

03 일차함수 $f(x)$에 대하여

$$\int_{-1}^{1} f(x)dx = 6, \quad \int_{-1}^{1} xf(x)dx = 4 \text{일 때,}$$

$\int_{0}^{2} x^2 f(x)dx$의 값을 구하는 과정을 아래의

단계에 따라 서술하시오.

(1) $f(x) = ax + b \, (a, b \text{는 상수}, a \neq 0)$
로 놓을 때, a, b의 값을 구하시오.

(2) $\int_{0}^{2} x^2 f(x)dx$ 의 값을 구하시오.

04 다항함수 $f(x)$가 모든 실수 x에 대하여

$$\int_{-1}^{x} f(t)dt + (x+1)\int_{-1}^{2} f(t)dt$$
$$= 4x^2 - 4$$

를 만족시킬 때, $f(3)$의 값을 구하는 과정을 아래의 단계에 따라 서술하시오.

(1) $\int_{-1}^{2} f(t)dt = a \,(a \text{는 상수})$라 할 때, a의 값을 구하시오.

(2) $f(x)$를 x에 관한 식으로 나타내시오.

(3) $f(3)$의 값을 구하시오.

05 함수 $f(x) = x^2 + ax + b$에 대하여

$$\lim_{x \to 1} \frac{1}{x-1} \int_1^x f(t)\,dt = 3,$$

$$\lim_{h \to 0} \frac{1}{h} \int_{2-h}^{2+h} tf(t)\,dt = 36$$일 때,

$f(-2)$의 값을 구하는 과정을 아래의 단계에 따라 서술하시오. (단, a, b는 상수이다.)

(1) 함수 $f(x) = x^2 + ax + b$에서 a, b의 값을 구하시오.

(2) $f(-2)$의 값을 구하시오.

06 곡선 $y = ax^2$과 직선 $y = a(x+2)$로 둘러싸인 부분의 넓이가 36일 때, 양수 a의 값을 구하는 과정을 아래의 단계에 따라 서술하시오.

(1) x 값의 범위를 구하시오.

(2) $\int_{-1}^2 \{a(x+2) - ax^2\}\,dx$를 a 관한 식으로 나타내시오.

(3) 양수 a의 값을 구하시오.

07 시각 $t = 0$ 일 때 원점을 출발하여 수직선 위를 움직이는 점 P의 시각 $t(t \geq 0)$에서의 속도 $v(t)$는 다음과 같다.

$$v(t) = \begin{cases} \dfrac{1}{3}t & (0 \leq t < 6) \\ -t + 8 & (t \geq 6) \end{cases}$$

$t > 0$에서 점 P가 원점을 지나는 시각은 $t = k$이다.

상수 k의 값을 구하는 과정을 아래의 단계에 따라 서술하시오.

(1) $\displaystyle\int_0^8 v(t)\,dt$의 값을 구하시오.

(2) $\displaystyle\int_8^k (-t + 8)\,dt$의 값을 구하시오.

(3) k의 값을 구하시오.

08 다항함수 $f(x)$가 모든 실수 x에 대하여 $f(x) + (x-1)f'(x) = 4x^3 + 4x$를 만족시킬 때, $f'(-1)$의 값을 구하는 과정을 서술하시오.

09 수직선 위를 움직이는 점 P의 시각 $t(t > 0)$에서의 속도 $v(t)$가 $v(t) = -6t^2 + 12t$이다. 이때, 점 P가 시각 $t = 0$에서 출발하여 방향이 바뀔 때까지 움직인 거리를 구하는 과정을 서술하시오.

10 다항함수 $f(x)$에 대하여
$$f'(x) = 2x(3x + 1)$$
이고 $f(0) = 0$이다. 이때 $f(1)$의 값을 구하는 과정을 서술하시오.

11 모든 실수에 대하여 연속인 함수 $f(x)$가 $f(x+2)=f(x)+4$를 만족한다. $\int_0^4 f(x)dx=20$일 때, $\int_0^2 f(x)dx$의 값을 구하는 과정을 서술하시오.

12 함수 $y=x^4-6x^3+9x^2$과 x축으로 둘러싸인 부분의 넓이를 구하는 과정을 서술하시오.

13 최고차항의 계수가 3인 이차함수 $f(x)$가
$$\int_{-1}^{3} f(x)dx = \int_{2}^{3} f(x)dx = \int_{3}^{4} f(x)dx$$
를 만족시킬 때, $f(-1)$의 값을 구하는 과정을 서술하시오.

14 그림은 원점을 출발하여 수직선 위를 움직이는 점 P의 시각 $t(0 \leq t \leq c)$에서의 속도 $v(t)$의 그래프이다.

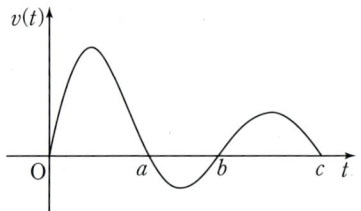

점 P가 다음 조건을 만족시킬 때, 점 P가 시각 $t=a$에서 $t=c$까지 움직인 거리를 구하는 과정을 서술하시오. (단, $0 < a < b < c$이고 $v(a) = v(b) = v(c) = 0$이다.)

> (가) 점 P가 시각 $t=0$에서 $t=b$까지 움직인 거리는 15이다.
> (나) $0 \leq t \leq c$에서 점 P가 출발할 때의 방향과 반대 방향으로 움직인 거리는 5이다.
> (다) 점 P의 시각 $t=c$에서의 위치는 12이다.

15 최고차항의 계수가 1인 사차함수

$f(x) = x^4 + ax^3 + bx^2 + cx + d$ (단, a, b, c, d는 실수)가 모든 실수 x에 대하여 $f(x) = f(-x)$를 만족한다.

$\displaystyle\int_{-1}^{1} \{f(x) + f'(x)\} dx = \dfrac{16}{15}$이고 $f(1) = 0$일 때, $f(2)$의 값을 구하는 과정을 서술하시오.

16 다항함수 $f(x)$가 다음 두 조건을 만족한다.

> (가) $f'(x) = 3x^2 + a$
> (나) $\displaystyle\lim_{x \to 0} \dfrac{f(x)}{x} = 1$

이때, $a + f(1)$의 값을 구하는 과정을 서술하시오.

17 정의역이 $\left[-\dfrac{5}{2}, \infty \right)$인

함수 $f(x) = x^2 + 5x + 4$의 역함수를 $g(x)$라고 할 때, 함수 $y = f(x)$와 y축이 만나는 점을 A, 함수 $y = g(x)$와 x축이 만나는 점을 B라 하자. 두 함수 $y = f(x)$와 $y = g(x)$ 및 직선 AB로 둘러싸인 부분의 넓이를 S라고 할 때, $3S$의 값을 구하는 과정을 서술하시오.

18 함수 $F(x) = 4x^3 + ax$는 함수 $f(x)$의 한 부정적분이고, 함수 $G(x)$는 함수 $xf(x)$의 한 부정적분일 때, $f(1) = 8$이고 $G(0) = 2$이다. 이때, $G(3)$의 값을 구하는 과정을 서술하시오.

19 다항함수 $f(x)$에 대하여 $f(x)$의 최댓값은 3이고, $f'(x) = -2x + 6$일 때, $f(2)$의 값을 구하는 과정을 서술하시오.

20 실수 전체의 집합에서 연속인 함수 $f(x)$가 다음 조건을 만족한다.

(가) $f(x)$는 원점대칭인 함수이다.

(나) $\int_{-2}^{3} f(x)dx = 4$

(다) $\int_{-7}^{-3} f(x)dx = -6$

이때, $\int_{2}^{7} f(x)dx$의 값을 구하는 과정을 서술하시오.

PART 3

기출문제

2026학년도

을지대
논술 모의고사

국어

수학

국어

▶ 해답 p.325

01 다음 〈보기〉의 ⊙~@이 실현된 구절을 예문에서 찾아 쓰시오. (어미의 경우 어미가 포함된 어절을 그대로 쓰고, 용언의 경우 기본형으로 쓰지 말고 예문의 어절을 그대로 쓸 것)

〈보기〉

● 주체 높임 실현 방법
  ⊙ 선어말 어미에 의한 실현
  ⓒ 주체를 높이는 용언에 의한 실현

● 객체 높임 실현 방법
  ⓒ 부사격 조사에 의한 실현
  @ 객체를 높이는 용언에 의한 실현

예문	⊙	ⓒ	ⓒ	@
어머니께서 김밥을 급히 드시고 할머니를 모시러 기차역에 가셨다.			해당 없음	

①	⊙:
②	ⓒ:
③	ⓒ:

※ 다음 글을 읽고 물음에 답하시오.

우리는 산행 중 만난 작은 들꽃을 눈여겨보며 '아름답다'고 느낀다. 드높이 솟은 산봉우리를 바라보며 그 광경이 '장엄하다'거나 '숭고하다'고 느끼기도 한다. 칸트는 이러한 미(美)와 숭고(崇高)의 판단이 우리에게 즐거움, 즉 쾌를 준다는 점에서 공통적이라고 보았다. 나아가 둘은 개념을 통해 대상을 인식하는 논리적 판단이나 외부 세계의 정보를 알게 하는 감각적 판단이 아니라고 보았다. 논리적 판단과 감각적 판단이 모두 객관과 관계된 것이라면, 미와 숭고는 오직 주체가 느끼는 감정, 즉 주관과 관계된다는 것이다. 그런데 칸트에 따르면 미와 숭고의 판단은 모두 특수한 대상에 대한 주관적 판단이지만 우리는 다른 모든 사람도 그 대상에 대해 자신과 같이 판단할 것이라고 생각한다. 즉 사람은 자신에게 아름답거나 숭고한 대상은 남에게도 그럴 것이라고 여긴다. 이러한 점에서 칸트는 미와 숭고의 판단이 모두 반성적 판단, 즉 특수한 것으로부터 보편적인 것을 발견하는 판단이라고 보았다.

하지만 칸트는 미와 숭고가 서로 구분된다고 보았다. 우선, 미는 형식을 가진 대상에서 경험되는 반면, 숭고는 무형식적 대상에서 경험된다. 예를 들어 멀리서 산을 바라볼 때 그 대상은 산이라는 감각적 형식으로 드러나며 이러한 형식에서 우리는 아름다움을 경험한다. 그러나 안개에 가려진 봉우리 밑에서 거대한 산의 일부만 바라볼 때는 대상의 전체 형식이 쉽게 상상되지 않는다. 그 모습을 전부 드러내지 못할 만큼 거대한 산의 모습에서 우리는 숭고를 경험한다. 숭고에서 경험되는 무형식성은 감각적 형식의 부재가 아니라 우리가 표상할 수 있는 형식적 한계의 부재를 의미한다.

또한 미와 숭고의 차이는 합목적성에서도 드러난다. 합목적성이란 대상과 판단력 사이의 적합성을, 반목적성이란 대상과 판단력 사이의 부적합성을 의미한다. 미로 인한 쾌의 감정은 그 대상이 형식적 합목적성을 지닐 때 느끼는 즐거움이다. 우리가 어떤 대상을 아름답다고 느낄 때 그 대상의 형식은 우리의 판단력에 적합한 것으로 느껴진다. 그런데 숭고의 대상은 무형식적이어서 우리는 대상을 하나의 표상으로 파악하는 데 어려움을 겪게 되고, 대상을 파악하려는 인식의 노력은 좌절된다. 따라서 숭고의 대상은 우리의 판단력에 부적합한 것으로 여겨지는 형식적 반목적성을 갖는다.

하지만 칸트는 숭고가 형식적 반목적성을 갖기 때문에 오히려 이성적 합목적성을 갖게 된다고 보았다. 우리는 거대한 대상을 하나의 감각적 표상으로 재현하는 것에 실패하면서, 불가능한 재현을 추동하고 있는 것이 바로 이성의 힘이라는 것을 깨닫게 된다. 숭고한 대상에서 무형식성이 표상되는 까닭은 전체에 대한 재현을 요구하는 이성의 총체성의 요구 때문이다. 따라서 칸트는 우리가 숭고를 판단할 때 대상 자체가 아니라 대상에 의해 유발된 우리 자신의 숭고함을 판단하는 것이라고 보았다. 숭고의 체험을 통한 감동이나 존경, 장엄함의 감정은 대상을 매개로 우리 안에 있는 이성에 대해 느끼는 감정이라는 것이다. 즉 대상의 아름다움의 근거는 대상 자체에서 찾을 수 있지만 대상에 대한 숭고함의 근거는 대상의 표상 속에서 숭고를 느끼는 우리의 사고방식 속에서 찾아야 한다.

02 〈보기〉는 제시문을 이해한 내용이다. 〈보기〉의 ①~④에 들어갈 적절한 단어를 제시문에서 찾아 쓰시오.

〈보기〉

　　미와 숭고는 주체가 느끼는 대상에 대한 주관적 판단이다. 미와 숭고 모두, 개념을 통해 대상을 인식하는 (①) 판단이나 외부 세계의 정보를 알게 하는 감각적 판단이 아니라, 특수한 것으로부터 보편적인 것을 발견하는 (②) 판단이다.

　　그러나 미는 대상에 대한 판단력의 형식적 합목적성을 지니는데 반해, 숭고는 대상의 무형식성으로 인해 대상에 대한 판단력의 형식적 (③)을/를 지니며 오히려 이를 통해 (④)을/를 갖게 된다는 차이가 있다.

①	
②	
③	
④	

※ (가), (나)를 읽고 물음에 답하시오.

(가) 왜 나는 조그마한 일에만 분개하는가 / 저 왕궁 대신에 왕궁의 음탕 대신에
　　50원짜리 갈비가 기름 덩어리만 나왔다고 분개하고
　　옹졸하게 분개하고 설렁탕집 돼지 같은 주인년한테 욕을 하고 / 옹졸하게 욕을 하고

　　한번 정정당당하게 / 붙잡혀 간 소설가를 위해서
　　언론의 자유를 요구하고 월남 파병에 반대하는
　　자유를 이행하지 못하고 / 20원을 받으러 세 번씩 네 번씩
　　찾아오는 야경꾼*들만 증오하고 있는가

　　옹졸한 나의 전통은 유구하고 이제 내 앞에 정서(情緖)로 / 가로놓여 있다
　　이를테면 이런 일이 있었다
　　부산에 포로수용소의 제14야전병원에 있을 때 / 정보원이 너스들과 스펀지를 만들고 거즈를
　　개키고 있는 나를 보고 포로경찰이 되지 않는다고
　　남자가 뭐 이런 일을 하고 있느냐고 놀린 일이 있었다 / 너스들 옆에서

　　지금도 내가 반항하고 있는 것은 이 스펀지 만들기와
　　거즈 접고 있는 일과 조금도 다름없다
　　개의 울음소리를 듣고 그 비명에 지고 / 머리에 피도 안 마른 애놈의 투정에 진다
　　떨어지는 은행나무 잎도 내가 밟고 가는 가시밭

　　아무래도 나는 비켜서 있다 절정 위에는 서 있지
　　않고 암만해도 조금쯤 옆으로 비켜서 있다
　　그리고 조금쯤 옆에 서 있는 것이 조금쯤 / 비겁한 것이라고 알고 있다!

　　그러니까 이렇게 옹졸하게 반항한다
　　이발쟁이에게 / 땅주인에게는 못 하고 이발쟁이에게
　　구청 직원에게는 못 하고 동회 직원에게도 못 하고
　　야경꾼에게 20원 때문에 10원 때문에 1원 때문에 / 우습지 않으냐 1원 때문에

　　모래야 나는 얼마큼 적으냐
　　바람아 먼지야 풀아 나는 얼마큼 적으냐
　　정말 얼마큼 적으냐……

　　　　　　　　　　　　　　　　　　　　　　　　　　　　　　　- 김수영, 「어느 날 고궁을 나오면서」

*야경꾼: 밤 사이에 화재나 범죄가 없도록 살피고 지키는 사람.

(나) 4 · 19가 나던 해 세밑 / 우리는 오후 다섯 시에 만나

반갑게 악수를 나누고 / 불도 없이 차가운 방에 앉아

하얀 입김 뿜으며 / 열띤 토론을 벌였다

어리석게도 우리는 무엇인가를 / 정치와는 전혀 관계없는 무엇인가를

위해서 살리라 믿었던 것이다 / 결론 없는 모임을 끝낸 밤

혜화동 로터리에서 대포를 마시며 / 사랑과 아르바이트와 병역 문제 때문에

우리는 때 묻지 않은 고민을 했고 / 아무도 귀 기울이지 않는 노래를

누구도 흉내 낼 수 없는 노래를 / 저마다 목청껏 불렀다

돈을 받지 않고 부르는 노래는 / 겨울밤 하늘로 올라가

별똥별이 되어 떨어졌다 / 그로부터 18년 오랜만에

우리는 모두 무엇인가 되어 / 혁명이 두려운 기성세대가 되어

넥타이를 매고 다시 모였다 / 회비를 만 원씩 걷고

처자식들의 안부를 나누고 / 월급이 얼마인가 서로 물었다

치솟는 물가를 걱정하며 / 즐겁게 세상을 개탄하고

익숙하게 목소리를 낮추어 / 떠도는 이야기를 주고받았다

모두가 살기 위해 살고 있었다 / 아무도 이젠 노래를 부르지 않았다

적잖은 술과 비싼 안주를 남긴 채 / 우리는 달라진 전화번호를 적고 헤어졌다

몇이서는 포커를 하러 갔고 / 몇이서는 춤을 추러 갔고

몇이서는 허전하게 동숭동 길을 걸었다 / 돌돌 말은 달력을 소중하게 옆에 끼고

오랜 방황 끝에 되돌아온 곳 / 우리의 옛사랑이 피 흘린 곳에

낯선 건물들 수상하게 들어섰고 / 플라타너스 가로수들은 여전히 제자리에 서서

아직도 남아 있는 몇 개의 마른 잎 흔들며 / 우리의 고개를 떨구게 했다

부끄럽지 않은가 / 부끄럽지 않은가

바람의 속삭임 귓전으로 흘리며 / 우리는 짐짓 중년기의 건강을 이야기했고

또 한 발짝 깊숙이 늪으로 발을 옮겼다.

— 김광규, 「희미한 옛사랑의 그림자」

03 (가) 시의 핵심 정서가 직접적으로 드러난 시구를 (나) 시에서 찾아 2어절로 쓰시오.

※ 다음 글을 읽고 물음에 답하시오.

'독점적 경쟁 시장' 모형은 수많은 기업이 동질적 상품을 공급하는 '완전 경쟁 시장' 모형과 하나의 기업이 상품의 유일한 공급자인 '독점 시장' 모형의 특징을 동시에 지니고 있는 시장 모형이다. 독점적 경쟁 시장은 차별화된 상품을 공급하는 수많은 기업들이 시장에 참여하는 형태로서, 이때 차별화된 상품이란 서로 유사하지만 품질이 다른 상품을 의미한다. 설렁탕을 판매하는 음식점은 많지만 각 음식점마다 설렁탕의 맛은 다른 경우와 같이 각 상품의 품질은 다르지만 서로 유사하기 때문에 다른 상품으로 대체 가능하다.

'완전 경쟁 시장'의 경우 기업들이 모두 동질적 상품을 공급하기 때문에 어떤 기업이 시장 가격보다 높은 가격을 매기면 그 기업의 상품은 팔리지 않는다. 즉 개별 기업은 가격 수용자로서 시장 가격을 주어진 것으로 받아들이고 공급량을 결정한다. 이에 따라 완전 경쟁 시장의 수요 곡선은 가격이 상승하면 수요량은 감소한다는 수요 법칙에 따라 음(−)의 기울기를 갖지만, 개별 기업의 수요 곡선은 주어진 시장 가격에서 수평선이 된다. 반면 '독점 시장'의 경우 하나의 기업만이 시장의 유일한 공급자이므로 음(−)의 기울기를 갖는 시장 수요 곡선이 곧 개별 기업의 수요 곡선이 되며, 개별 기업은 공급량을 조절하여 스스로 가격을 결정하는 가격 설정자가 된다. '독점적 경쟁 시장'의 경우에는 각 기업의 상품이 동질적이지 않으므로 음(−)의 기울기를 갖는 시장 수요 곡선이 곧 개별 기업의 수요 곡선이다. 따라서 개별 기업은 자신의 상품에 대한 가격 설정자가 된다.

'독점적 경쟁 시장'의 개별 기업은 '한계 수입'과 '한계 비용'이 일치하는 공급량을 시장에 공급한다. 한계 수입은 상품 공급량을 한 단위 변화시킬 때 상품 판매로 얻게 되는 수입의 변화량을, 한계 비용은 상품 공급량을 한 단위 변화시킬 때 상품 생산에 소요되는 비용의 변화량을 의미한다. 예를 들어 지우개 100개를 생산하여 시장에 공급하는 기업이 있다고 하자. 이 기업이 지우개 공급량을 101개로 늘리면 100원의 추가 수입을 얻지만 50원의 추가 비용이 소요되는 경우 한계 수입은 100원, 한계 비용은 50원이다. 따라서 이 기업은 지우개 1개를 추가로 공급하여 50원의 추가 이윤을 얻을 수 있다. 한편 이윤은 판매 수입에서 상품 생산에 소요된 총비용을 뺀 순이익을 의미하므로, 초과 이윤의 발생 조건은 '판매 수입 〉 총비용'이 된다. 이 식의 양변을 상품 공급량으로 나누면, '판매 수입/공급량 〉 총비용/공급량'이 되는데, 좌변은 상품 한 단위당 수입인 평균 수입을, 우변은 상품 한 단위당 비용인 평균 비용을 의미한다. 즉 평균 수입이 평균 비용보다 크면 기업은 초과 이윤을 얻는다. 이때 평균 수입은 상품의 시장 가격과 동일하다.

독점적 경쟁 시장에서 기업이 초과 이윤을 얻고 있는 경우, 새로운 기업도 초과 이윤을 얻기 위해 시장에 진입할 것이다. 각 기업이 생산하는 상품은 품질만 다를 뿐 서로 유사하여 상품 간 대체성이 높으므로, 새로운 기업의 시장 진입에 따라 기존 기업의 상품에 대한 수요가 감소하게 되며, 이러한 수요 감소는 초과 이윤이 존재하는 한 계속된다. 수요가 감소함에 따라 시장 가격이 하락하며, 시장 가격의 하락은 곧 평균 수입의 하락을 의미한다. 평균 수입이 하락하여 평균 비용과 같아지게 되면 초과 이윤이 0이 되므로 새로운 기업의 시장 진입은 더 이상 일어나지 않는데, 이러한 상태를 독점적 경쟁 시장의 장기 균형이라 한다. 결국 독점적 경쟁 시장에서 기업은 단기에는 초과 이윤을 얻을 수 있지만, 장기에는 초과 이윤을 얻을 수 없다.

04 〈보기〉는 제시문의 내용을 이해한 것이다. ㉠~㉭ 중 제시문의 내용과 일치하는 것을 모두 고르시오.

〈보기〉

㉠ 완전 경쟁 시장에서는 시장 수요 곡선이 음(−)의 기울기를 갖지만 개별 기업의 수요 곡선은 수평선이므로 개별 기업은 가격 설정자이다.

㉡ 독점 시장에서는 음(−)의 기울기를 갖는 시장 수요 곡선이 개별 기업의 수요 곡선이 되며 개별 기업은 가격 설정자가 된다.

㉢ 독점적 경쟁 시장에서는 음(−)의 기울기를 갖는 시장 수요 곡선이 개별 기업의 수요 곡선이 되며 개별 기업은 가격 설정자가 된다.

㉣ 독점적 경쟁 시장 모형은 시장에 참여하는 기업의 수가 다수라는 점에서 독점 시장 모형과 유사하며, 개별 기업이 가격 설정자라는 점에서 완전 경쟁 시장 모형과 유사하다.

㉤ 독점적 경쟁 시장에서 기업에 초과 이윤이 발생할 경우 신규 기업이 시장에 진입하여 기존 기업의 상품에 대한 수요가 감소하게 되므로, 독점적 경쟁 기업은 단기적으로는 초과 이윤을 얻을 수 없다.

㉥ 한계 수입이 한계 비용보다 크면 상품의 추가 생산에 따른 수입의 증가분이 비용의 증가분보다 크다는 것이므로 기업은 상품 공급량을 증가시켜 이윤을 증가시킬 수 있다.

PART 1 국어 / PART 2 수학 / PART 3 기출문제 / PART 4 해설

※ 다음 작품을 읽고 물음에 답하시오.

늣겨곰 ᄇ라매	흐느끼며 바라보매
이슬 불갼 ᄃ라리	이슬 밝힌 달이
힌 구룸 조초 ᄠᅥ 간 언저레	흰구름 따라 떠간 언저리에
몰이 가른 믈서리여히	모래 가른 물가에
기랑(耆郞)이 즈싀올시 수프리야	기랑(耆郞)의 모습이올시 수풀이여.
일오(逸烏) 나릿 ᄌᆞ벼긔	일오(逸烏) 내 자갈 벌에서
낭(郞)이여 디니더시온	낭(郞)이 지나시던
ᄆᆞᅀᆞᆷᄋᆡ ᄀᆞᆺ 좇ᄂᆞ라져	마음의 갓을 좇고 있노라.
아야 자싯가지 노포	아아, 잣나무 가지가 높아
누니 모ᄃᆞᆯ 두폴 곳가리여	눈이라도 덮지 못할 고깔이여.

– 충담사, 「찬기파랑가」

05 위 작품은 화랑인 '기파랑'을 찬양하는 신라 승려의 향가이다. 〈보기〉를 참고하여 밑줄 친 시어들 중에서 '기파랑'의 인품을 상징하는 시어를 2개만 찾아 쓰시오.

〈보기〉

비유와 상징은 보조 관념을 활용하여 어떠한 사물, 사상, 개념 따위의 속성이나 특징을 드러내는 표현 방식이다. 비유는 보조 관념과 원관념이 모두 표면에 나타나지만, 상징은 원관념 없이 보조 관념만 표면에 나타나는 형태이다. 상징은 하나의 보조 관념이 하나 이상의 의미와 연결되어 다양한 의미를 함축적으로 드러낼 수 있다는 점에서 비유와 다르다. 또한 상징은 비유와 달리 보조 관념과 원관념 사이에 뚜렷한 공통점 없이도 성립할 수 있다.

※ 다음 글을 읽고 물음에 답하시오.

통증은 생체에 실제적 또는 잠재적인 조직의 손상이 있을 때 발생하는 감각적이고 정서적인 불유쾌한 경험이다. 통증은 몸의 이상을 알려 주고 자동적으로 그 부위를 보호할 수 있도록 유도하는 감각적 반응이지만 통증이 작용하는 데 개인의 감정이나 기억, 문화적 배경과 같은 정서적인 요소들도 포함된다. 우리가 느끼는 통증의 발생 원인이나 형태는 다양하지만, 크게 '체성 통증', '내장 통증', '신경병성 통증'으로 나눌 수 있다. 이 중 신경 전달 과정에 이상이 생겨서 발생하는 신경병성 통증은 알려진 바가 적지만, 체성 통증과 내장 통증에 대해서는 어느 정도 연구가 되어 있다.

체성 통증은 근육이나 피부 등에 자극이 있을 때 느껴지는 통증으로, 통증 부위의 자극이 신경을 통해 대뇌로 전달되기 때문에 통증의 발생 부위를 비교적 명확하게 알 수 있다. 예를 들어 피부에는 온도나 압력 등의 여러 감각 신호를 인식하는 수용체가 있는데, 이런 감각 수용체들은 적정 범위의 자극일 때에는 감각으로 인식하지만 적정 범위를 넘어선 강한 자극은 통증으로 인식한다. 뜨거운 물체를 만졌을 때 닿은 부분에 통증을 느끼지만, 손을 떼면 괜찮아지는 것처럼 체성 통증은 통증을 일으키는 자극이 사라지면 통증도 사라진다. 그런데 상처가 생겨 조직이 손상되었거나 감염이 되었을 경우 다양한 신경 전달 물질이 분비되어 통각을 자극하기 때문에 지속적인 통증을 느끼기도 한다.

내장 통증은 소화 기관이나 심장, 간 등과 같은 내부 장기에 관련된 통증으로, 통증의 발생 부위를 알기 어렵다. 그 이유는 내장 기관들 중에는 감각을 인식하는 수용체가 거의 없는 부위가 있으며, 통증 신호를 전달하는 중추 신경계인 척수에는 내장 통증 정보를 처리하는 별도의 신경 세포가 없기 때문이다. 내장 통증은 피부의 통증을 전달하는 신경 세포를 통해 전달되기 때문에 내장 통증이 있는 사람들은 다른 부위의 통증을 호소하기도 한다. 가령 협심증과 같은 심장병에 의한 통증은 팔 근육통이나 손의 저림, 목 부위의 뻐근함으로 느껴질 수 있는데, 이러한 통증을 연관통이라고 한다.

통증을 통해 우리 몸을 보호할 수 있지만, 통증 그 자체는 삶의 질을 떨어뜨리는 요소이다. 통증의 완화를 위한 연구 과정에서 연구자들은 통증을 일으키거나 완화하는 물질들을 발견했는데, 대표적인 것이 프로스타글란딘과 엔도르핀이다. 통증을 일으키는 요인이 생길 경우 우리 몸은 세포막의 일부를 분해해 통증 신호 물질의 원료가 되는 아라키

돈산을 만들어 낸다. 아라키돈산이 변형된 사이클로옥시저네이스(COX) 효소는 프로스타글란딘을 생성하는데, 이것이 통증과 발열을 일으키는 것으로 알려져 있다. 엔도르핀은 몸 안에서 생기는 모르핀이라는 뜻의 이름으로, 마약 성분인 모르핀과 유사한 기능을 하는 호르몬이다. 엔도르핀은 모르핀의 수용체와 결합할 수 있어, 강한 통증 자극이 가해질 때 통증 신호를 차단함으로써 통증을 완화한다.

06 〈보기〉는 제시문을 이해한 내용이다. ⓐ~ⓔ 중에서 제시문의 내용과 일치하지 **않는** 것 2가지를 고르고 제시문에 있는 표현으로 올바르게 수정하시오.

〈보기〉

- 통증은 몸의 이상을 알려주는 감각적 반응이며 통증이 작용하는 데 정서적 요소들이 ⓐ포함되지 않는다.
- 근육이나 피부 등에 느껴지는 통증은, 해당 부위의 조직이 손상 혹은 감염되지 않았을 경우 통증을 일으키는 자극이 사라졌을 때 통증도 ⓑ사라진다.
- 감각 수용체가 없는 부위에 통증이 발생할 경우 정확한 부위가 어디인지 ⓒ알기 어렵다.
- 내장 통증은 피부의 통증을 전달하는 신경 세포를 통해 전달되기 때문에 ⓓ연관통이 느껴질 수 있다.
- 통증 완화를 위한 연구 과정에서 연구자들이 발견해낸 물질들 중 프로스타글란딘은 통증을 ⓔ차단하는 물질로 알려져 있다.

①	일치하지 않는 부분: 수정한 내용:
②	일치하지 않는 부분: 수정한 내용:

※ 다음 글을 읽고 물음에 답하시오.

현실적 무한에 대한 연구는 19세기 말의 수학자 칸토어에 의해 이루어졌다. 칸토어는 집합을 바탕으로 무한에 대해 생각하였고 무한의 크기를 비교하는 방법으로 집합의 원소 수인 '기수'를 제시하였다. 칸토어는 두 집합 A, B가 일대일 대응이 되면 집합 A, B는 같은 기수를 가지며 두 집합의 크기는 같다고 하였다. 가령, 자연수의 집합과 짝수의 집합이 있을 때 짝수의 집합은 자연수의 부분 집합이며 자연수의 집합은 짝수의 집합보다 두 배 많은 수를 가지고 있을 것이라고 헤아릴 수 있다. 하지만 각각의 자연수를 그 자연수에 2를 곱한 숫자와 짝을 지으면 두 집합의 모든 원소는 일대일로 대응한다. 1은 2와, 2는 4와, 3은 6과 짝이 지어지는 식이다. 이러한 대응이 무한히 이어지고 결과적으로 두 집합은 일대일로 대응한다. 따라서 두 집합의 기수는 같다고 할 수 있는 것이다.

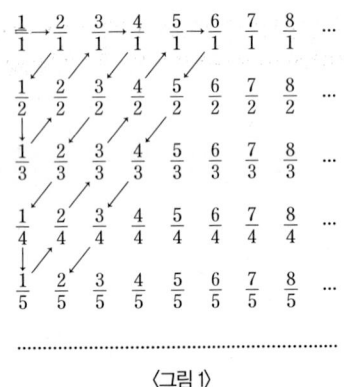

〈그림 1〉

칸토어는 자연수의 집합과 유리수의 집합도 기수가 같다는 것을 증명하였다. 임의의 두 유리수 사이에는 수많은 유리수가 존재한다. 예를 들어 유리수 a와 b의 사이에는 또 다른 유리수 $\dfrac{a+b}{2}$가 있고, $\dfrac{a+b}{2}$와 b 사이에 $\dfrac{\frac{a+b}{2}+b}{2}$가 존재한다. 이러한 방식으로 a와 b 사이의 유리수를 얼마든지 계속 찾을 수 있는 것이다. 이와 같은 성질을 조밀성이라고 한다. 자연수는 조밀성이 없고, 유리수의 집합은 자연수의 집합을 부분 집합으로 포함하고 있다. 따라서 유리수의 집합은 자연수의 집합보다 기수가 크다고 생각할 수 있지만 칸토어는 ⓐ대각화 증명을 통해 두 집합이 일대일로 대응된다는 것을 증명하였다. 〈그림 1〉에서 첫 번째 행은 1

을 분모로 하는 분수로 자연수를 의미한다. 이러한 규칙에 따라 n번째 행은 n을 분모로 하는 분수가 나열된다. 이후 화살표의 방향에 따라 하나씩 세면서 1/1, 2/2, 3/3 등 동일한 수를 제거하면 모든 양의 유리수를 셀 수 있게 되고, 유리수의 배열에 자연수를 1부터 하나씩 대응시키면 자연수와 양의 유리수는 일대일 대응이 가능하다. 따라서 유리수의 집합은 자연수의 집합과 기수가 같은 것이다.

$$r_1 = 0.a_{11}a_{12}a_{13}a_{14}a_{15}\cdots$$
$$r_2 = 0.a_{21}a_{22}a_{23}a_{24}a_{25}\cdots$$
$$r_3 = 0.a_{31}a_{32}a_{33}a_{34}a_{35}\cdots$$
$$r_4 = 0.a_{41}a_{42}a_{43}a_{44}a_{45}\cdots$$
$$r_5 = 0.a_{51}a_{52}a_{53}a_{54}a_{55}\cdots$$

〈그림 2〉

칸토어는 ⓑ대각선 논법을 통해 실수의 집합은 자연수의 집합과 일대일로 대응되지 않는다는 것을 증명하였다. 0과 1 사이의 모든 실수를 무한 소수로 나타내고 이를 〈그림 2〉와 같이 일일이 나열한다고 하자. 〈그림 2〉의 첫 번째 무한 소수 r_1의 소수 첫째 자리 a_{11}을 다른 숫자로 바꾸어 새로운 소수의 첫째 자리에 두고, 두 번째 무한 소수 r_2의 소수 둘째 자리 a_{22}를 다른 숫자로 바꾸어 새로운 소수의 둘째 자리에 두는 식으로 새로운 무한 소수를 만들면 원래의 목록에는 존재하지 않는 무한 소수를 찾을 수 있다. 이와 같은 방법을 반복하면 계속해서 다른 무한 소수를 만들어 낼 수 있다. 즉 실수는 조밀성을 보이지만 자연수와 일대일 대응은 되지 않으며,

실수의 집합은 자연수의 집합보다 기수가 크기 때문에 실수의 집합은 자연수의 집합이나 유리수의 집합보다 더 큰 무한인 것이다.

07 〈보기〉의 ㉠~㉢을 제시문의 ⓐ와 ⓑ에 해당하는 것들로 분류하시오.

〈보기〉

㉠ 유리수의 집합과 자연수의 집합 간의 일대일 대응을 증명하기 위한 방법이다.

㉡ 자연수의 집합이 유리수의 집합의 부분 집합이지만 두 집합의 크기가 같을 수 있다는 것이 증명된다.

㉢ 나열한 실수를 바탕으로 원래의 목록에 없던 새로운 무한 소수를 찾는 방법을 활용한다.

㉣ 새로운 유리수를 찾더라도 유리수의 집합이 자연수의 집합과 기수가 같다는 것을 확인할 수 있다.

㉤ 원래의 목록에 없던 새로운 무한 소수를 찾으면 자연수의 집합과 기수가 다르다는 것을 확인할 수 있다.

①	ⓐ:
②	ⓑ:

수학

▶ 해답 p.326

08 함수 $y = f(x)$ 의 그래프가 그림과 같다. 함수

$$g(x) = \{2f(x) - 3\}\{f(x) - 2a\}$$가

$x = 0$ 에서 연속일 때, 상수 a의 값을 구하는 과정을 아래의 단계에 따라 서술하시오.

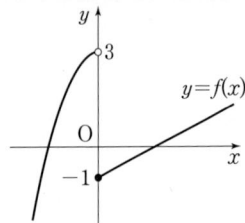

(1) $\lim\limits_{x \to 0-} g(x)$ 의 값을 구하시오.

(2) $\lim\limits_{x \to 0+} g(x)$ 의 값을 구하시오.

(3) $\lim\limits_{x \to 0-} g(x) = \lim\limits_{x \to 0+} g(x) = g(0)$을 이용하여 실수 a의 값을 구하시오.

09 수열 $\{a_n\}$ 이 모든 자연수 n에 대하여

$$a_{n+1} = a_n + 5$$

를 만족시킨다. $\sum\limits_{n=1}^{15} a_n = 600$ 일 때, a_{20} 의 값을 구하는 과정을 아래 단계에 따라 서술하시오.

(1) 수열 $\{a_n\}$ 의 첫째항 a_1 을 구하시오.

(2) 수열 $\{a_n\}$ 의 일반항 a_n 을 구하시오.

(3) a_{20} 의 값을 구하시오.

10 수직선 위를 움직이는 두 점 P, Q의 시각 $t(t \geq 0)$에서의 위치를 각각 x_p, x_q라 하면

$$x_p(t) = t^3 - 2t^2, \ x_q(t) = t - 2$$

이다. 특정 순간의 점 P의 가속도를 구하는 과정을 아래의 단계에 따라 서술하시오.

(1) 두 점 P, Q가 만나는 순간의 시각 t의 값을 구하시오.

(2) 두 점 P, Q가 만나는 순간 서로 반대 방향으로 움직이고 있는 시각 t의 값을 구하시오.

(3) (2)에서 구한 시각 t에서의 점 P의 가속도를 구하시오.

11 다항함수 $f(x)$가 모든 실수 x에 대하여

$$f(x) = x^2 + x \int_0^3 f(t)\,dt + \int_{-1}^1 f(t)\,dt$$

를 만족시킬 때, $f(1)$의 값을 구하는 과정을 아래의 단계에 따라 서술하시오.

(1) $\int_{-1}^1 f(t)\,dt$ 값을 구하시오.

(2) $\int_0^3 f(t)\,dt$ 값을 구하시오.

(3) $f(1)$의 값을 구하시오.

12 공비가 r인 등비수열 $\{a_n\}$의 첫째항부터 제 n항까지의 합을 S_n이라 하자.

$$\frac{S_{10} - S_8}{S_7 - S_5} = 3 \, , \, (S_2 - S_1)^3 = 192$$

일 때, $a_2 \times a_6$의 값을 구하는 과정을 아래의 단계에 따라 서술하시오.

(단, $a_1 \neq 0$, $r \neq 0$, $r^2 \neq 1$이다.)

(1) r^3의 값을 구하시오.

(2) 등비수열 a_n의 첫째항 a_1을 구하시오.

(3) $a_2 \times a_6$의 값을 구하시오.

13 $\sin(\pi - \theta)\cos(\pi + \theta) = -\dfrac{1}{2}$ 이고,

$\cos\left(\dfrac{\pi}{2} + \theta\right) < 0$ 일 때,

$\sin^3\theta + \cos^3\theta$의 값을 구하는 과정을 아래의 단계에 따라 서술하시오.

(1) $\sin\theta + \cos\theta$의 값을 구하시오.

(2) $\sin^3\theta + \cos^3\theta$의 값을 구하시오.

14 함수 $f(x) = 4^{x-3} + a$의 역함수가

$g(x) = \log_4(x - 5) + b$일 때,

$f(3) + g(9)$을 계산하는 과정을 아래의 단계에 따라 서술하시오. (단, a, b는 상수)

⑴ $a + b$의 값을 구하시오.

⑵ $f(3) + g(9)$의 값을 구하시오.

2025학년도
을지대
논술 기출문제

국어[1세트]   국어[2세트]   국어[3세트]

수학[1세트]   수학[2세트]   수학[3세트]

국어 [1세트]

▶ 해답 p.329

01 다음 〈보기1〉의 설명을 토대로 〈보기2〉의 괄호 안에 적절한 품사를 쓰시오.

─────〈보기1〉─────

우리말에는 하나의 단어가 둘 이상의 품사로 처리되는 경우가 있는데, 예를 들어 다음과 같은 경우가 있다.

예) 내가 한 말은 <u>정말</u>이다. / 너를 <u>정말</u> 좋아해.
　　　　　　명사　　　　　　　부사
예) 소나무가 매우 <u>크다</u>. / 나무는 봄에 잘 <u>큰다</u>.
　　　　　　형용사　　　　　　　동사

─────〈보기2〉─────

• 언니가 한 <u>만큼</u>은 해라. / 그는 나<u>만큼</u> 정이 많다.
　　　　　　　　　　(①)

• 오늘 <u>다섯</u> 학생이 지각했다. / 지각한 학생이 <u>다섯</u>이나 되었다.
　　(②)

• 스트레스가 심하면 빨리 <u>늙는다</u>. / 동네에 <u>늙은</u> 개가 돌아다닌다.
　　　　　　　　　(③)

①	
②	
③	

※ 다음 글을 읽고 물음에 답하시오.

쿤의 『과학 혁명의 구조』는 과학 철학의 지각 변동이라 할 정도로 과학 철학에 큰 영향을 미쳤다. 쿤은 과학자의 세계관을 지배하는 과학적 '패러다임'이라는 개념을 도입하여 과학의 개념 및 이론 변화를 설명하였다. 그가 사용한 패러다임이란 어느 일정한 시기에 일단(一團)의 과학자 공동체에게 보편적으로 인식된 이론적 틀이나 체계, 개념의 집합체, 과학적 성취들을 가리킨다. 쿤은 이 공동체가 연구의 주체와 방법, 기준, 세계관이나 가치관, 신념 등을 공유하며, 이 공동체 안의 과학자들은 제기되는 문제들을 패러다임 안에서 풀기 위해서 노력한다고 보고, 이를 정상과학이라고 했다. 만일 문제가 풀리지 않을 경우에는 이들은 정상과학의 패러다임을 의심하는 것이 아니라 자신의 능력을 의심하면서 이 패러다임을 거부하지 않는 모습을 보인다. 그러나 기존의 패러다임이 더 이상 변칙적인 상황에 대처할 능력이 없는 것으로 판명될 때 과학혁명이 일어날 수 있다.

쿤의 이러한 주장은 과학이 합리적인 체계를 가진 학문이 아님을 드러냈고, 과학이 귀납적이라는 생각을 뒤바꿨다. 쿤은 과학혁명으로 패러다임이 바뀌면 이 패러다임에 따라 과학적 관찰이 달라진다고 보았다. 그 사례가 천동설을 버리고 지동설을 수용한 과학자가 망원경으로 달을 행성이 아니라 위성으로 관찰하는 것이다. 이는 친숙한 도구를 가지고서 과거에 이미 들여다본 적 있는 세계를 들여다보면서도 새롭고 다른 것들을 보게 되는 것이다. 이것은 경험주의적 사고방식의 전도라고 할 수 있다. 다시 말하면 관찰이 이론을 결정하는 것이 아니라 이론이 관찰을 결정한다는 것이며, 세계관이 변화한 과학자는 세계를 다르게 본다는 것이다.

이는 과학자가 인식하는 세계가 달라진다는 것을 의미한다. 쿤은 과학혁명을 전후해서 상이한 패러다임 안에서 문제에 대한 해결 방법과 관찰이 서로 다르고 동일한 용어도 범주와 개념이 달라진다고 보았다. 따라서 과학자들은 상이한 패러다임을 하나하나 비교하는 데 사용할 수 있는 중립적인 언어, 다시 말하면 이론 중립적인 관찰 언어를 사용할 수 없게 된다. 패러다임이 바뀌면 동일한 용어라고 하더라도 해당 용어가 세계와 관련 맺는 방식이 변화된다. 이로 인해 용어가 지시하는 의미와 내포하고 있는 의미가 달라지게 된다. 또한 인식과 무관하게 독립적으로 존재하는 세계도 다르게 인식되기 때문에 모든 패러다임이 적용될 수 있는 동일한 객관적 세계는 존재하지 않게 된다. 쿤은 이렇게 과학적 혁명을 전후해서 두 이론이 가지는 방법론적 차원, 개념과 의미론적 차원, 과학자가 인식하는 세계가 다른 것을 통약불가능성이라고 했다. 이 때문에 그는 서로 다른 패러다임에 속하는 과학자들끼리 대화를 나눈다면 그것은 동문서답이 된다고 보았다.

쿤이 언급한 과학혁명의 과정, 통약불가능성은 과학자 집단이 하나의 문제에 대해 둘도 아닌 단 하나의 이론만을 선택하는 모습을 보여 준다. 쿤은 단 하나의 이론 선택에 대해서, 논리적으로 인정할 만한 선택의 기준이 존재하지 않으며 일반적으로 과학 철학자들에 의해 열거되는 정확성, 간결성 등의 가치에 호소하는 설득 과정을 통해 이론 선택을 해야 한다고 주장한다.

02 〈보기〉는 쿤이 주장한 과학혁명의 과정을 도식화한 것이다. ①, ②에 해당하는 개념을 제시문에서 찾아 쓰시오.

〈보기〉

(①)	위기	과학혁명
과학자 집단은 연구 방법, 개념 체계, 세계관 등을 공유하며 패러다임 안에서 문제를 풀기 위해 노력함.	기존 패러다임이 변칙적인 상황에 대처할 능력이 없는 것으로 판명됨.	새로운 패러다임이 기존 패러다임을 대체함. 두 패러다임의 서로 다른 세계관 사이에는 (②)이 있음.

①	
②	

03 다음 글을 읽고 〈보기〉의 빈칸에 적절한 답을 쓰시오.

"해가 서쪽에서 뜨겠구나?"

윤 직원 영감은 아들의 이렇듯 부르지도 않은 걸음을, 더욱이나 안방에까지 들어온 것을 이상타고 꼬집는 소립니다.

"……멋허러 오냐? 돈 달라러 오지?"

"동경서 전보가 왔는데요……."

지체를 바꾸어 윤 주사를 점잖고 너그러운 아버지로, 윤 직원 영감을 속 사납고 경망스런 어린 아들로 둘러놓았으면 꼬옥 맞겠습니다.

"동경서? 전보?"

"종학이 놈이 경시청에 붙잡혔다구요!"

"으엉?"

외치는 소리도 컸거니와, 엉덩이를 꿍 찧는 바람에, 하마 방구들이 내려앉을 뻔했습니다. 모여 선 온 식구가 제가끔 정도에 따라 제각기 놀란 것은 물론이구요.

윤 직원 영감은 마치 묵직한 몽치로 뒤통수를 얻어맞은 양, 정신이 멍해서 입을 벌리고 눈만 휘둥그랬지, 한동안 말을 못 하고 꼼짝도 않습니다.

그러다가 이윽고 으르렁거리면서 잔뜩 쪼글트리고 앉습니다.

"거, 웬 소리냐? 으응? 으응?…… 거 웬 소리여? 으응? 으응?"

"그놈 동무가 친 전본가 본데, 전보가 돼서 자세히는 모르겠습니다."

윤 주사는 조끼 호주머니에서 간밤의 그 전보를 꺼내어 부친한테 올립니다. 윤 직원 영감은 채듯 전보를 받아 쓰윽 들여다보더니 커다랗게 읽습니다. 물론 원문은 일문이니까 몰라보고, 윤 주사네 서사 민 서방이 번역한 그대로지요.

"종학, 사—상 관계—로, 경—시청에 피검!……이라니? 이게 무슨 소리다냐?"

"종학이가 사상 관계로 경시청에 붙잽혔다는 뜻일 테지요!"

"사상 관계라니?"

"그놈이 사회주의에 참예를……."

"으엉?"

아까보다 더 크게 외치면서, 벌떡 뒤로 나동그라질 뻔하다가 겨우 몸을 가눕니다.

윤 직원 영감은 먼저에는 몽치로 뒤통수를 얻어 맞은 것같이 멍했지만, 이번에는 앉아 있는 땅이 지함(地陷)을 해서 수천 길 밑으로 꺼져 내려가는 듯 정신이 아찔했습니다.

그러나 그것은 결단코 자기가 믿고 사랑하고 하는 종학이의 신상을 여겨서가 아닙니다.

윤 직원 영감은 시방 종학이가 사회주의를 한다는 그 한 가지 사실이 진실로 옛날의 드세던 부랑당 패가 백 길 천 길로 침노(侵擄)하는 그것보다도 더 분하고, 물론 무서웠던 것입니다.

진(秦)나라를 망할 자 호(胡:오랑캐)라는 예언을 듣고서, 변방을 막으려 만리장성을 쌓던 진시황, 그는 진나라를 망한 자 호가 아니요, 그의 자식 호해(胡亥)임을 눈으로 보지 못하고 죽었으니, 오히려 행복이라 하겠습니다.

"사회주의라니? 으응? 으응?……"

윤 직원 영감은 사뭇 사람을 아무나 하나 잡아먹을 듯, 집이 떠나게 큰 소리로 포효(咆哮)를 합니다.

"……으응? 그놈이 사회주의를 허다니! 으응? 그게, 참말이냐? 참말이여?"

"허긴 그놈이 작년 여름 방학에 나왔을 때버틈 그런 기미가 좀 뵈긴 했어요!"

"그러머넌 참말이구나! 그러머넌 참말이여, 으응!……"

윤 직원 영감은 이마로 얼굴로 땀이 방울방울 배어 오릅니다.

"……그런 쳐 죽일 놈이, 깎어 죽여도 아깝잖을 놈이! 그놈이 경찰서장 허라닝개루, 생판 사회주의 허다가 뎁다 경찰서에 잽혀? 으응?…… 오사육시를 헐 놈이, 그놈이 그게 어디 당헌 것이라구 지가 사회주의를 히여? 부자 놈의 자식이 무엇이 대껴서 부랑당 패에 들어?……"

아무도 숨도 크게 쉬지 못하고, 고개를 떨어뜨리고 섰기 아니면 앉았을 뿐, 윤 직원 영감이 잠깐 말을 그치자 방 안은 물을 친 듯이 조용합니다.

"……오죽이나 좋은 세상이여? 오죽이나……."

윤 직원 영감은 팔을 부르걷은 주먹으로 방바닥을 땅 치면서 성난 황소가 영각을 하듯 고함을 지릅니다.

― 채만식, 「태평천하」

〈보기〉

　이 소설에는 일제강점기 서울의 어느 대지주 집안을 배경으로 식민지 경제 구조에 편승해 교묘하게 재산을 축적한 인물 '윤 직원'이 등장한다. 소설은 개인과 가족의 이익만을 생각하는 윤 직원의 모습을 통해 암울한 민족의 현실을 외면한 채 자신의 이익만 좇는 인물을 생생하게 그리고 있다. 위 장면에서 윤 직원 집안의 몰락을 야기하는 것은 외부 세력이나 타인이 아니라 바로 윤 직원의 피붙이인 손자 '종학'일 수 있음이 나타나고 있는데, 그런 종학의 역할을 간접적으로 나타내는 인물은 인용된 고사(古事) 속 인물인 (　①　)이다.

　한편 이 소설은 사회나 인물의 부정적인 면을 비웃으면서 비판하는 (　②　)의 기법이 잘 나타나 있다. 일반적으로 (　②　)은/는 부조리한 사회 현상이나 인간의 잘못을 폭로하거나 이를 바로잡으려는 목적을 지닌다. 손자 종학이 일본 유학 중 사상 문제로 경찰에 붙잡힌 소식을 두고 "……오죽이나 좋은 세상이여? 오죽이나……."라며 윤 직원은 식민지 현실을 '태평천하'로 인식하고 있다. 사회와 민족의 현실에는 관심이 없이 오직 자신의 이익만을 추구하는 전형적인 인물인 것이다. 그러므로 이 소설의 제목 '태평천하'는 채만식의 또 다른 소설인 '치숙'이나, 현진건의 '운수 좋은 날'처럼 제목 자체가 (　③　)적인 의미를 지니고 있다.

①	
②	
③	

※ 다음 글을 읽고 물음에 답하시오.

　집단행동의 딜레마란 집단 구성원이 공통의 이해관계가 걸려 있는 문제를 스스로 해결하지 못하는 현상으로, 무임승차 심리, 즉 타인의 성과에 묻어가려는 심리가 원인이라 할 수 있다. 정치 학자인 퍼트넘은 이 딜레마를, 강제력을 가진 제삼자의 개입이 아닌 사회적 자본을 통해 해결할 것을 제안했다. 그는 사회적 자본을 구성원 간의 협력을 촉진시켜 주는 것으로 정의하고, 그 요소로 '호혜성', '신뢰', '네트워크'를 제시했다. 같은 자본이라도 사회적 자본은 인간의 상호 작용에 중점을 둔다는 점에서, 생산 과정에 투입되는 장비인 물적 자본과는 구별된다. 예를 들어 누군가가 물고기를 잡기 위해 낚싯대와 배를 사용했다면 이 둘은 물적 자본에 해당한다.

　호혜성은 모두에게 이익이 되는 방향으로 문제를 해결하고자 하는 경향성으로 균형적 호혜성과 일반화된 호혜성이 있다. 균형적 호혜성은 특정한 보상을 동시에 주고받을 것을 요구하는 것으로, 상호 간 합의가 쉽게 이루어지기 어렵다. 이에 비해 일반화된 호혜성은 내가 상대방에게 베푼 호의가 지금 당장 나에게 이익으로 되돌아오지 않더라도 지속적인 교환 관계를 통해 미래에 보상을 받을 수 있다는 상호 기대를 전제로 한다. 퍼트넘은 일반화된 호혜성이 통용되어야 무임승차 심리를 억제할 수 있다고 보았다.

신뢰는 상대방의 행동에 대해 예측이 가능하고 그 행동이 일관될 것이라고 기대할 때 형성된다. 두터운 신뢰는 오랫동안 알고 지낸 사이에서, 엷은 신뢰는 짧은 기간 만난 사이에서 만들어진다. 퍼트넘은 두터운 신뢰에서 나타나는 강한 결속이 배타적인 태도로 변질될 수 있다고 보았기에, 엷은 신뢰의 수준이 높은 것이 낯선 사람들 사이에서도 협력이 촉진되어 사회 통합에 더 유용하다고 보았다.

퍼트넘은 일반화된 호혜성과 엷은 신뢰가 증진되기 위해서는 그 집단이 네트워크로 연결되어 있어야 한다고 보았다. 그중에서도 수평적 네트워크의 형태인 구성원이 동등한 권력으로 연결되어야 한다고 주장하였다. 퍼트넘은 사회적 자본이 오랜 기간 축적된 집단의 구성원일수록 도덕적 경향을 보인다고 주장하고, 이를 20세기 이탈리아에서 자치 제도를 실시했을 때 북부가 남부에 비해 잘 정착된 원인으로 제시했다. 그에 따르면 12세기 공화정 때부터 수평적 네트워크가 활성화된 북부 시민들은 문화 단체, 동호회 등의 소규모 공동체 조직에서 협력으로 문제를 해결하는 경험이 쌓여 왔다. 반면 남부 시민들은 상하 관계로 연결된 수직적 네트워크 하에서 공적인 일들은 정치인이나 최고 책임자의 일이라고만 여겼고, 부도덕한 관행에 대해 더 강력한 규율을 요구해 왔기 때문에 남부에는 사회적 자본의 축적이 미미했다고 그는 설명했다.

물적 자본은 일종의 소모품이므로 사용할수록 마모되어 경제적 가치가 감소하는 경우가 많지만, 사회적 자본은 사용할수록 그 집단에 축적되는 경향이 있다. 그래서 퍼트넘의 사회적 자본 이론에서는 수평적 네트워크가 활성화되면 호혜성과 신뢰도 증진되어 집단 구성원의 협력이 강화된다는 점을 강조한다.

04 제시문의 관점에서 아래 상황들을 분석할 때 〈보기〉의 ㉠~㉺ 중 잘못된 것을 2개 찾고 수정한 내용을 각각 쓰시오.

〈상황1〉
오래전부터 ○○ 마을 사람들은 김장을 집집마다 돌아가면서 공동작업으로 해결하는 관습을 따르고 있다. 그해에 김장 관련 물품을 구매하기 위해 마을 사람들은 회관에 모여 협의를 하고 구매처와 구매비용 등을 논의한다. 김장을 할 때면 집집마다 담그는 김치의 양이 다르기 때문에 작업에 걸리는 시간은 다를 수 있지만, 어느 집이든 일이 끝나면 새로 담은 김치로 다 같이 저녁 식사를 한다.

〈상황2〉
한 달 전 △△마을이 수해를 입자, 그 마을에 사는 K씨는 구청의 민원 게시판에 정부의 수해 복구 지원을 요청하는 글을 올렸다. 그 마을의 다른 사람들도 K씨의 글에 동의하는 댓글을 달며 조속한 지원과 보상 처리를 요구했다. 그러자 구청에서 일당 받고 일하는 용역업체 사람들을 채용하여 수해 복구 작업에 긴급 투입시켰다. 다음날 △△마을 사람들과 용역업체 사람들이 처음 만나 수해 복구 작업을 함께 하였다.

〈보기〉

	호혜성 측면	신뢰 측면	네트워크 측면
상황1	㉠ 균형적 호혜성	㉡ 두터운 신뢰	㉢ 수평적 네트워크
상황2	㉣ 균형적 호혜성	㉤ 엷은 신뢰	㉥ 수평적 네트워크

①	잘못된 것:	
	수정한 내용:	
②	잘못된 것:	
	수정한 내용:	

05 아래 작품에 대한 〈보기〉 설명의 빈칸에 알맞은 3어절의 시구를 찾아 쓰시오.

> 산슈간 바회 아래 뛰집을 짓노라 ᄒᆞ니,
> 그 몰론 놈들은 웃는다 ᄒᆞᆫ다마ᄂᆞᆫ,
> 어리고 햐암의 뜻*디ᄂᆞᆫ 내 분(分)인가 ᄒᆞ노라.
>
> 보리밥 픗ᄂᆞ믈을 알마초 머근 후(後)에,
> 바횟긋 믉ᄀᆞ의 슬ᄏᆞ지 노니노라.
> 그나믄 녀나믄 일이야 부룰 줄이 이시랴.
>
> 잔 들고 혼자 안자 먼 뫼흘 ᄇᆞ라보니,
> 그리던 님이 오다 반가옴이 이러ᄒᆞ랴.
> 말ᄉᆞᆷ도 우옴도 아녀도 몯내 됴하ᄒᆞ노라.
>
> 누고셔 삼공(三公)도곤 낫다ᄒᆞ더니 만승(萬乘)이 이만ᄒᆞ랴.
> 이제로 헤어든 소부 허유(巢父許由)ㅣ 냑돗더라.
> 아마도 임천한흥(林泉閑興)을 비길 곳이 업세라.
>
> 내 셩이 게으르더니 하ᄂᆞ히 아ᄅᆞ실샤,
> 인간만사(人間萬事)를 ᄒᆞᆫ 일도 아니 맛뎌,
> 다만당 ᄃᆞ토리 업슨 강산(江山)을 딕희라 ᄒᆞ시도다.
>
> 강산(江山)이 됴타 ᄒᆞᆫ들 내 분(分)으로 누얻ᄂᆞ냐.
> 님군 은혜(恩惠)를 이제 더욱 아노이다.
> 아ᄆᆞ리 갑고쟈 ᄒᆞ야도 히올 일이 업세라.
>
> – 윤선도, 「만흥(漫興)」
>
> *햐암의 뜻 : 향암(鄕闇)의 뜻(시골뜨기의 생각)

───〈보기〉───

　　이 작품은 세속적 삶에서 벗어나 자연과 친화하며 살아가고자 하는 화자의 태도가 잘 드러난 연시조이다. 작품에는 속세와 자연의 서로 대립된 가치가 여러 시어들로 드러나 있는데, 가령 '늠들, 삼공, 만승, 인간만사' 등의 시어들은 ①세속적 가치를, '뛰집, 보리밥, 소부 허유, 임천한흥' 등의 시어들은 ②자연친화의 가치를 담고 있는 시어들이라 할 수 있다. 또한, ①과 ②를 나타내는 시구를 1~2연에서 각각 찾으면 다음과 같다.

①을 나타내는 시구	
②를 나타내는 시구	

※ 다음 글을 읽고 물음에 답하시오.

　　신경과학의 발달과 함께 등장한 동일론에서는 정신 상태를 뇌의 상태와 동일하다고 보았다. 그러나 기능주의는 정신 상태가 물리적으로 다양하게 구현될 수 있다는 점을 들어 동일론을 비판한다. 가령 우리와 똑같이 고통을 느끼는 로봇이 발명되었다고 상상해보자. 그 로봇은 몸 안에 있는 수많은 실리콘 칩과 전선이 작동하여 고통을 느낀다. 로봇의 정신 상태는 우리와 똑같지만 로봇의 고통을 구현하는 물질은 뇌가 아니다. 정신 상태가 어떤 물질로 만들어졌든지 상관없이 고통을 느끼는 것은 우리나 로봇이나 마찬가지다. 기능주의에서 정신은 어떤 입력이 들어올 때 어떤 출력을 내보낸다는 인과적 역할로서 정의된다. 가령 고통이란 누군가가 꼬집으면(입력) '아야!'하고 소리를 내는 것(출력)으로 정의할 수 있으며, 이때 인과적 역할을 하는 것은 인간에게는 뇌의 신경세포지만 로봇에게는 실리콘 칩이 될 수 있다.

　　설(Searl)은 가상의 중국어 방 사유 실험을 통해 컴퓨터는 인간과 같은 정신 상태를 가진 것이 아니라는 것을 보여준다. 모국어가 영어이고 중국어를 전혀 모르는 사람이 폐쇄된 '중국어 방'에 있다고 상상해보자. 그 방에는 중국어 글자들이 들어 있는 상자가 있고, 중국어로 된 질문들에 답할 수 있는 방법에 관한 규칙들을 담고 있는, 영어로 된 규정집이 있다. 이 규정집의 규칙들은 상자 안의 중국어 글자들을 문장 규칙에 따라 배열하여 문장을 만들게 하여 질문에 답할 수 있게 하는 지침이다. 이 중국어 방에 있는 사람에게 중국어로 된 질문이 주어지면, 그는 규정집의 규칙에 따라 중국어로 된 대답을 방 밖으로 내보낸다. 이때 "중국어 방에 있는 사람은 중국어를 이해한다고 할 수 있는가?"에 대해 설의 대답은 "이해하지 못한다."이다. 왜냐하면 중국어 방에 있는 사람은 단순히 규칙에 따라 계산적 기능을 수행하여 질문에 대한 답변을 내놓을 뿐이기 때문이다. 설에 따르면, 컴퓨터가 계산적 정보 처리를 하는 방식은 중국어 방에서 일어나는 일과 같다. 규정집은 프로그램에 해당하고, 중국어 글자가 가득 든 상자는 데이터베이스에 해당한다. 컴퓨터는 데이터의 모양만 보고 데이터를 1과 0으로만 처리하기 때문에 컴퓨터는 기호를 순전히 모양만 보고 식별하는 것이다.

인간의 마음을 흉내내고 인간의 마음을 이해하는 데 유용한 수단으로 사용되는 인공지능을 약한 인공지능으로, 인간의 마음을 지닌 인공지능을 강한 인공지능으로 구분한 설에게 중국어 방 논증은 강한 인공지능에 대한 비판을 위한 것이었다. 설은 기능주의자들의 생각이 강한 인공지능을 지지하는 것에 대해 비판하며, 강한 인공지능은 중국어 방에서 일어나는 일과 같이 특정 기능의 컴퓨터프로그램을 실행하는 것일 뿐 인간의 마음을 가졌다고 볼 수 없다고 주장한다.

06 〈보기〉는 제시문의 내용을 요약한 것이다. ①~③에 해당하는 내용을 제시문에서 찾아 쓰시오.

〈보기〉

　　기능주의는 정신 상태를 뇌의 상태와 동일하다고 보는 (①)에 대한 비판에서 나온 것이다. 기능주의 관점에서 정신은 어떤 입력이 들어올 때 어떤 출력을 내보낸다는 (②)로서 정의된다. 정신 상태는 뇌의 신경세포든 실리콘 칩이든 상관없이 물리적으로 다양하게 구현될 수 있다. 따라서 적절한 입력과 출력의 프로그램을 가진 컴퓨터도 인간의 정신을 가진 것과 같다고 볼 수 있다. 그러나 설의 중국어 방 논증에 따르면, 중국어 방에 있는 사람은 단순히 규칙에 따라 (③)을/를 수행하여 질문에 대한 답변을 내놓을 뿐이기 때문에 사실상 중국어를 이해하지 못한다. 마찬가지로 인간의 언어를 이해하고 인간의 마음을 지닌 것처럼 보이는 강한 인공지능도 단지 규칙에 따라 정보를 계산하는 컴퓨터 프로그램에 불과하다.

①	
②	
③	

※ 다음 글을 읽고 물음에 답하시오.

　　화학 반응이 진행되기 위해서는 반응을 일으킬 수 있을 정도의 운동 에너지를 가진 분자들이 알맞은 방향으로 충돌해야 한다. 운동 에너지와 방향, 이 두 가지 조건 중 하나라도 만족시키지 못하면 그 분자는 반응을 제대로 진행시킬 수 없다. 분자들이 만나 반응을 진행시키는 데 필요한 최소한의 운동 에너지를 '활성화 에너지'라 부르며, 활성화 에너지 이상의 운동 에너지를 갖는 분자들만이 화학 반응을 일으킬 수 있다. 어떤 반응의 활성화 에너지가 크면 활성화 에너지 이상의 운동 에너지를 갖는 분자의 수가 적기 때문에 반응이 느리게 진행된다. 반대로 활성화 에너지가 작으면 그 보다 큰 운동 에너지를 가진 분자들이 많아 반응이 빠르게 진행된다.

　　화학 반응의 속도를 조절하기 위해서는 분자들의 운동 에너지를 조절하거나 활성화 에너지를 조절하는 방법이 있다. 이 중 활성화 에너지를 조절할 수 있는 매개 물질을 '촉매'라고 하는데, 활성화 에너지를 낮추어 반응 속도를 빠르게 하는 것을 정촉매, 반대로 활성화 에너지를 높여 반응 속도를 느리게 하는 것을 부촉매라고 한다. 위의 그래프는 암모니아 합성 과정에서 반응 경로에 따라 분자들이 갖게 되는 에너지를 표시한 것이다. 가로축인 '반응 경로'는 반응물인 질소 (N_2)와 수소($3H_2$)가 서로 충돌하여 생성물인 암모니아($2NH_3$)로 전환되는 과정을 나타낸다. 한편 세로축인

'에너지'는 반응에 참여한 분자들이 반응 경로의 특정한 시점에서 갖는 에너지의 크기를 나타낸다. 반응물(N_2, $3H_2$)이 각각 존재할 때 (A 위치) 는 비교적 낮은 에너지를 갖지만, 이들이 서로 충돌하여 암모니아로 전환되기 전의 활성화 복합체(B 위치)는 매우 높은 에너지 상태에 있게 된다. 그 둘의 에너지 크기의 차이가 곧 활성화 에너지의 크기이다. 활성화 상태를 거쳐서 드디어 암모니아가 생성되면(C 위치), 생성물($2NH_3$) 은 반응물보다 더 낮은 에너지 상태가 된다.

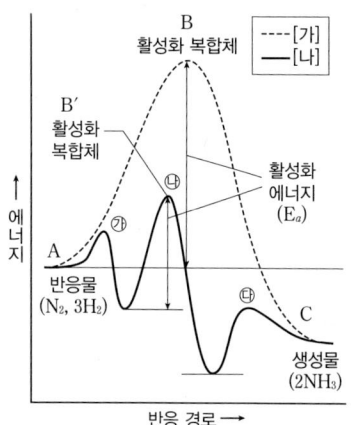

그렇다면 정촉매는 어떻게 반응의 활성화 에너지를 낮출 수 있을까? 암모니아 합성 사례로 이를 살펴보자. 반응물인 수소와 질소 분자가 촉매의 표면에 흡착을 하게 되면 각각 원자 상태로 분해되고, 이렇게 흡착한 수소와 질소는 촉매의 표면에서 여러 단계의 반응을 거쳐 암모니아로 전환되며, 마지막으로 암모니아는 촉매 표면에서 떨어져 기체 생성물이 된다. 이 과정 중 질소 분자가 촉매 표면에 흡착하여 질소 원자로 분리되는 반응은 질소 분자가 매우 안정적이어서 활성화 에너지가 가장 높고, 그 결과 반응 속도가 느리다. 결국 이 반응의 속도에 따라 전체 반응의 속도가 결정되는데, 이처럼 화학 반응에서 전체 반응 속도를 결정하는 특정 반응 단계를 '속도 결정 단계'라고 한다. 반응물과 촉매의 반응은 촉매가 없을 때의 기존 반응 경로와는 다르게 진행된다. 촉매 공정에서는 여러 단계를 거치는 새로운 반응 경로가 만들어지며, 그 반응 단계들의 활성화 에너지는 촉매가 없는 반응의 활성화 에너지에 비해 현저히 낮다. 이 반응 단계들 중에 전체 반응 속도를 결정하는 속도 결정 단계도 포함되므로 결국 촉매는 전체 반응의 속도를 증가시킨다. 결국 촉매를 사용한 공정은 촉매가 없을 때와 달리 활성화 에너지가 낮은 새로운 여러 반응 단계를 생성함으로써 전체 반응의 활성화 에너지를 낮추는 것이다.

07 〈보기〉는 제시문의 〈그래프〉를 이해한 내용이다. ①과 ②에 적합한 말을 쓰시오. (②는 제시문에서 찾아 쓰시오.)

─〈보기〉─

위 그래프는 암모니아 합성 과정에서의 촉매 사용 여부에 따른 차이를 나타내는 그래프이다. 그래프에 나온 [가] 공정과 [나] 공정 중에 정촉매가 사용된 공정은 (①)일 것이다. 왜냐하면 정촉매는 화학 반응에서 (②) 을/를 낮춤으로써 반응 속도를 빠르게 하는 물질인데, [가] 공정의 속도 결정 단계인 B에 비해 [나] 공정의 속도 결정 단계인 B'의 활성화 에너지 크기가 현저히 작으므로 (①) 공정의 전체 반응 속도가 촉매를 사용하지 않은 공정에 비해 증가될 것이기 때문이다.

①	
②	

수학 [1세트]

▶ 해답 p.330

08 함수 $f(x) = \dfrac{\sqrt{x^2 - 3x + 16} - 4}{x - 3}$ 에 대하여 $\lim\limits_{x \to \infty} f(x) = a$, $\lim\limits_{x \to 3} f(x) = b$ 일 때, $f(a + 8b)$ 의 값을 계산하는 과정을 아래의 단계에 따라 서술하시오.

(단, a, b는 상수이다.)

⑴ a의 값을 구하시오.

⑵ b의 값을 구하시오.

⑶ $f(a + 8b)$의 값을 구하시오.

09 수열 $\{a_n\}$이 모든 자연수 n에 대하여 $2a_{n+1} = a_n + a_{n+2}$ 를 만족시킨다. $a_3 + a_8 = 63$, $a_3 - a_8 = 15$ 일 때, $a_n = 0$ 을 만족시키는 자연수 n의 값을 구하는 과정을 아래의 단계에 따라 서술하시오.

⑴ 수열 $\{a_n\}$의 첫째항 a_1의 값을 구하시오.

⑵ 수열 $\{a_n\}$의 일반항 a_n을 구하시오.

⑶ $a_n = 0$ 을 만족시키는 자연수 n의 값을 구하시오.

10 곡선 $y = x^3 - 6x + 5$ 위의 점 $A(1, 0)$에서의 접선과 곡선 $y = -x^2 - 5x + 2$가 점 B에서 접할 때, 두 점 A, B 사이의 거리 구하는 과정을 아래 단계에 따라 서술하시오.

(1) 곡선 $y = x^3 - 6x + 5$ 위의 점 A에서의 접선의 방정식을 구하시오.

(2) 점 B의 좌표를 구하시오.

(3) 선분 AB의 길이를 구하시오.

11 다항함수 $f(x)$가 모든 실수 x에 대하여

$$\int_0^x xf(t)\,dt = \frac{1}{3}x^3 - 8x - \frac{32}{3} + 2\int_a^x f(t)\,dt + \int_a^x tf(t)\,dt$$

를 만족시킨다.

$f(a)$의 값을 구하는 과정을 아래의 단계에 따라 서술하시오.

(단, a는 0이 아닌 상수이다.)

(1) $f(0)$의 값을 구하시오.

(2) $\int_0^a f(x)\,dx = 0$인 a의 값을 구하시오.

(3) $f(a)$의 값을 구하시오.

12 $a_1 = a_2$ 인 수열 $\{a_n\}$ 의 첫째항부터 제 n 항까지의 합을 S_n 이라 하자. 모든 자연수 n 에 대하여

$S_{2n+1} - S_{2n} = 5n - 1$,

$S_{2n} - S_{2n-1} = -4n + 3$ 이 성립할 때,

$S_k < 0$ 을 만족시키는 모든 자연수 k 중에서 가장 큰 값을 구하는 과정을 아래의 단계에 따라 서술하시오.

⑴ $a_1 + a_3$ 의 값을 구하시오.

⑵ S_5 의 값을 구하시오.

⑶ $S_k < 0$ 을 만족시키는 모든 자연수 k 중에서 가장 큰 값을 구하시오.

13 $0 \leq x < 2\pi$ 에서

함수 $f(x) = \sin^2 x - \cos^2 x - \sin x$ 의 최댓값을 M, 최솟값을 m 이라 할 때, $M - m$ 의 값을 구하는 과정을 아래의 단계에 따라 서술하시오.

⑴ $\sin x = t$ 라 할 때, $f(x)$ 를 t 에 관한 식으로 나타내시오.

⑵ $M - m$ 의 값을 구하시오.

14 함수 $f(x) = 8^x$의 그래프를 x축의 방향으로 p만큼, y축의 방향으로 q만큼 평행 이동하였더니 함수 $g(x) = \dfrac{1}{8} \times 2^{3x} - 2$의 그래프가 되었다. 함수 $g(x)$의 그래프가 x축과 만나는 점을 A, y축과 만나는 점을 B라 할 때, 원점 O에 대하여 삼각형 OAB의 넓이 구하는 과정을 아래의 단계에 따라 서술하시오.

(1) 상수 p, q의 값을 구하시오.

(2) 삼각형 OAB의 넓이를 구하시오.

국어 [2세트]

▶ 해답 p.332

01 다음을 바탕으로 관형어에 대해 이해한 내용을 〈보기1〉에 정리하였다. 빈칸에 알맞은 답을 〈보기2〉에서 찾아 쓰시오.

> 관형어는 체언 앞에서 해당 체언을 수식하는 문장 성분이다. 관형사는 언제나 관형어로 쓰이며, 체언은 조사 '의'와 함께 관형어를 이룰 수도 있고 조사 없이 관형어가 될 수도 있다. 용언 어간에 관형사형 어미 '-(으)ㄴ, -는, -(으)ㄹ, -던'이 붙어서 관형어로 쓰이기도 한다.

〈보기1〉

• ㉮처럼 용언에 관형사형 어미가 붙어서 관형어로 쓰인 것은 (①)(이)다.
• ㉯와는 달리 조사가 없이 관형어로 쓰인 체언에는 (②)이/가 있다.
• ㉰처럼 관형사가 관형어인 단어에는 (③)이/가 있다.

〈보기2〉

• 우리 학교는 매우 ㉮긴 역사를 자랑한다.
• 나는 ㉯창고의 헌 책을 정리했다.
• ㉰새 구두를 본 그녀는 기분이 좋았다.

①	
②	
③	

※ 다음 글을 읽고 물음에 답하시오.

사랑을 느끼게 하는 것과 두려움을 느끼게 하는 것 중에서 어느 편이 더 나은가에 대해서는 논쟁이 있습니다. 제 견해는 사랑을 느끼게 하는 동시에 두려움도 느끼게 하는 것이 바람직하다는 것입니다. 그러나 동시에 둘 다 얻기는 어렵기 때문에 군이 둘 중에서 어느 하나를 포기해야 한다면, 저는 사랑을 느끼게 하는 것보다는 두려움을 느끼게 하는 것이 훨씬 더 안전하다고 생각합니다.

이것은 인간 일반에 대해서 말해 줍니다. 즉 인간이란 은혜를 모르고 변덕스러우며 위선적인 데다 기만에 능하며 위험을 피하려고 하고 이익에 눈이 어둡습니다. 당신이 은혜를 베푸는 동안에는 사람들 모두 당신에게 온갖 충성을 바칩니다. 당신이 필요로 하지 않을 때, 사람들은 당신을 위해서 피를 흘리고, 자신의 소유물, 생명, 그리고 자식마저도 바칠 것처럼 행동합니다. 그렇지만 당신이 정작 그러한 것들을 필요로 할 때면 그들은 등을 돌립니다. 따라서 전적으로 그들의 약속을 믿고 다른 대책을 소홀히 한 군주는 몰락을 자초할 뿐입니다. 인간은 두려움을 불러일으키는 자보다 사랑을 베푸는 자를 해칠 때에 덜 주저합니다. 왜냐하면 사랑이란 일종의 감사의 관계에 의해서 유지되는데, 인간은 악하기 때문에 자신의 이익을 취할 기회가 생기면 언제나 그 감사의 상호 관계를 팽개쳐 버리기 때문입니다. 그러나 두려움은 항상 효과적인 처벌에 대한 공포로써 유지되며 실패하는 경우가 결코 없습니다.

현명한 군주는 자신을 두려운 존재로 만들되, 비록 사랑을 받지는 못하더라도 미움을 받는 일은 피하도록 해야 합니다. 미움을 받지 않으면서도 두려움을 느끼게 하는 것은 얼마든지 가능하기 때문입니다. 그리고 이는 군주가 백성들의 재산과 그들의 부녀자들에게 손대지 않으면 항상 성취할 수 있습니다. 만약 누군가의 처형이 필요하더라도, 적절한 명분과 명백한 이유가 있을 때로 국한해야 합니다. 그러나 무엇보다도 군주는 타인의 재산에 손을 대서는 안 됩니다. 왜냐하면 인간이란 어버이의 죽음은 쉽게 잊어도 재산의 상실은 좀처럼 잊지 못하기 때문입니다.

그러나 군주는 자신의 군대를 통솔하고 많은 병력을 지휘할 때, 거칠다는 평판쯤은 개의치 말아야 합니다. 군대란 그 지도자가 거칠다고 생각되지 않으면 단결을 유지하거나 군사 작전에 적합하게 만반의 태세를 갖추지 못하기 때문입니다. 한니발의 활약에 관한 설명 중 특히 주목할 만한 사실은, 그가 비록 수많은 종족들이 뒤섞인 대군을 거느리고 이역에서 싸웠지만, 강력한 군대 통솔의 결과로 상황이 유리하든 불리하든 상관없이, 군 내부에서 또 그들의 지도자에 대해서 어떠한 분란도 일어나지 않았다는 것입니다. 이 사실은 그의 많은 다른 훌륭한 역량과 더불어, 부하들로 하여금 그를 항상 존경하고 두려워하도록 만든 그의 인정 없고 모진 성격에 의해서만 설명될 수 있습니다. 반면, 스키피오는 당대는 물론 후대에도 매우 훌륭한 인물로 평가받았지만, 그의 군대는 에스파냐에서 그에게 반란을 일으켰습니다. 이는 그가 적절한 군사적 기율을 유지하는 데에 필요한 것보다도 더 많은 자유를 병사들에게 허용했기 때문이었습니다. 이로 인해서 파비우스는 원로원에서 그를 탄핵하면서 로마 군대를 부패시킨 장본인이라고 비난했습니다. 그리고 스키피오가 임명한 지방 장관이 로크리 지방을 약탈했을 때, 스키피오는 그 주민들의 원성을 들어주지 않았으며, 또한 오만한 성품을 가진 그 지방 장관을 처벌하지도 않았습니다. 이 모든 것은 스키피오의 과도하게 자비로운 성격 때문입니다.

저는 인간이란 자신의 선택 여하에 따라서 사랑을 하지만, 군주의 행위 여하에 따라서 군주에게 두려움을 느끼기 때문에, 현명한 군주라면 타인의 선택보다는 자신의 선택에 더 의존해야한다고 생각합니다. 다만 미움을 받는 일만은 피하도록 해야겠습니다.

02-1 저자의 핵심 주장이 담긴 문장을 제시문에서 찾아 쓰시오.

| ① | 첫 어절: |
| | 끝 어절: |

02-2 저자의 주장을 뒷받침하는 역사적 사례로서 〈보기〉의 ㉠~㉣에 들어갈 적절한 말을 제시문에서 찾아 4어절 이하로 쓰시오.

〈보기〉

	지도자 이름	지도자의 성격
긍정적 사례	㉠	㉡
부정적 사례	㉢	㉣

②	㉠:
	㉡:
③	㉢:
	㉣:

03 다음 시에 대한 〈보기〉의 설명을 바탕으로 빈칸에 들어갈 적절한 시어를 2어절 이하로 찾아 쓰시오.

누가 하늘을 보았다 하는가
누가 구름 한 송이 없이 맑은
하늘을 보았다 하는가.

네가 본 건, 먹구름
그걸 하늘로 알고
일생을 살아갔다.

네가 본 건, 지붕 덮은
쇠 항아리,
그걸 하늘로 알고
일생을 살아갔다.

닦아라, 사람들아
네 마음속 구름
찢어라, 사람들아,
네 머리 덮은 쇠 항아리.

아침 저녁
네 마음속 구름을 닦고
티 없이 맑은 영원(永遠)의 하늘
볼 수 있는 사람은
외경(畏敬)을
알리라

아침 저녁
네 머리 위 쇠 항아릴 찢고
티 없이 맑은 구원(久遠)의 하늘
마실 수 있는 사람은

연민(憐憫)을
알리라
차마 삼가서
발걸음도 조심
마음 아모리며.

서럽게

아 엄숙한 세상을
서럽게
눈물 흘려

살아가리라
누가 하늘을 보았다 하는가,
누가 구름 한 자락 없이 맑은
하늘을 보았다 하는가.

– 신동엽, 「누가 하늘을 보았다 하는가」

〈보기〉

　이 작품은 구속과 억압의 상황을 직시함으로써 현실을 극복하고자 하는 의지를 드러내고 있다. 진실은 왜곡되고 구속과 억압의 상황이 지속되고 있음을 모르는 민중은 (①)와/과 (②)을/를 '하늘(진실, 진리)'로 착각하고 살고 있음을 지적하고 있는 것이다.

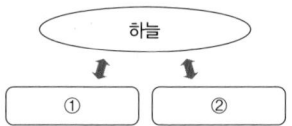

　또한 진실이 은폐되었음을 파악하고 왜곡된 현실 인식에서 벗어나기 위한 적극적 행동 권유를 (③)와/과 (④) 같은 명령형의 시어로 제시하고 있다.

①	
②	
③	
④	

※ 다음 글을 읽고 물음에 답하시오.

형법상 범죄가 성립하려면 행위자의 행위가 구성 요건에 해당해야 하며 위법성과 유책성을 갖추어야 한다. 여기서 구성 요건이란, 형법상 금지되는 행위가 무엇인가를 추상적 · 일반적으로 기술해 놓은 것을 말한다.

자신이 하는 행위가 구성 요건에 해당함을 알고도 그 행위를 의도적으로 실현한 경우를 ⓐ<u>고의</u>라고 하고, 자신의 행위가 타인의 법익*을 해칠 것임을 몰랐더라도 사회적으로 요구되는 주의 의무를 준수하지 못한 것을 ⓑ<u>과실</u>이라고 한다. 의도적인 규범 불복종에 해당하는 고의에 비해서 과실은 불법성이나 책임의 정도가 약한 것으로 간주된다. 그래서 우리나라는 원칙적으로 고의범만을 처벌하되, '정상적으로 기울여야 할 주의를 게을리하여 죄의 성립 요소인 사실을 인식하지 못한 행위는 법률에 특별한 규정이 있는 경우에만 처벌한다.'라고 명시한 형법 제14조에 따라 법률에 특별한 규정이 있는 경우에만 예외적으로 과실범을 처벌하고 있다.

형법 제14조는 과실의 개념 요소로 '주의를 게을리'함을 명시적으로 밝히고 있다. 이는 행위자가 자신의 부주의, 즉 주의 의무의 불이행으로 인해 예견하거나 피할 수 있었던 법익 침해의 결과를 초래한 경우를 이른다. 달리 말하면, 행위자가 주의 의무를 다하였더라도 결과가 발생하였으리라고 인정되는 경우에는 과실범이 성립하지 않는다. 이처럼 과실범의 본질은 주의 의무 위반에 있다. 따라서 과실범의 성립 요건을 검토하는 과정에서 일차적으로 그 행위와 관련된 주의 의무의 규정을 확인할 필요가 있다. 예를 들어, 도로 교통법 제31조 제1항에서는 '모든 차 또는 노면 전차의 운전자는 다음 각 호의 어느 하나에 해당하는 곳에서는 서행하여야 한다.'라고 주의 의무를 규정하면서 세부 항목 중 제4호로 '가파른 비탈길의 내리막'을 명시하였다. 즉 규정에 명시된 장소에서 주행 중인 모든 운전자는 서행해야 할 의무가 있으므로, 빠르게 달리다가 교통사고가 난다면 주의를 게을리하였다고 판단하는 것이다.

한편, 법문에서는 '정상적으로 기울여야 할 주의'라는 개념을 통해 사회생활에서 요구하는 일정한 주의 의무가 있음을 밝혔으나, 그 수준과 정도에 대해 무엇을 표준으로 삼을 것인지를 명시하지는 않았다. 주의 의무의 표준에 대한 견해에는 객관설과 주관설, 절충설 등이 있으며 우리나라는 객관설 즉 평균인 표준설을 따르는 것이 통설이다. 평균인 표준설은 법 규범의 선도적 · 예방적 기능을 강화하고, 과실로 인한 사고가 대량으로 발생하는 영역에서 행위자가 준수해야 할 주의 의무가 정형화 · 표준화되어 적용되도록 만든다는 장점이 있다. 하지만 이는 사회 구성원에게 일상에서 남다른 주의를 기울이면서 살아가도록 강요하므로 정상적인 사회생활을 영위하는 것을 어렵게 만들 수 있다. 그래서 과실의 주의 의무 범위를 제한하기 위해 등장한 이론이 바로 '허용된 위험'이다. 즉, 행위자가 구성 요건에 해당하는 결과를 피하기 위한 조치를 충분히 했다면, 비록 그 행위가 중대한 피해를 초래하더라도 행위자에게 ⓒ<u>과실 책임을 지울 수 없다</u>는 것이다. 도로 교통법이나 의료법에는 위험의 발생 빈도가 높은 영역에 대해 사회생활상 요구되는 주의 의무의 기준을 명문화한 규정이 있는데, 규정에 명시된 기준을 충족했는지에 따라 구성 요건의 배제 여부가 결정된다.

*법익: 형법에서 침해가 금지되는 개인이나 공동체의 이익 또는 가치.

04 〈보기〉의 ①~④ 사례를 제시문의 ⓐ~ⓒ로 알맞게 분류하시오.

---〈보기〉---

① 고속도로에서 승용차 운전자가 다른 차에 추월당하자 보복 운전의 목적으로 앞차를 뒤에서 들이받아 추돌 사고를 낸 경우

② 의사가 환자에게 수술에 따른 효과 및 부작용에 대해 구체적으로 설명하고 수술 전 동의서도 받았으나 수술로 인한 부작용이 발생한 경우

③ 숙련된 택시 기사가 자동차 전용도로에서 규정 속도에 맞게 안전 운전하던 중, 갑자기 도로로 뛰어든 행인을 발견하고 즉시 급정거를 했으나 행인이 다치게 된 경우

④ 운전자가 도로에 사람이 있다는 것을 인식하지 못한 상태에서 비탈길의 내리막길에서 감속하지 않고 주행하다가 교통사고로 사람을 다치게 한 경우

①	
②	
③	
④	

※ 아래 작품을 읽고 〈보기〉를 참고한 후 물음에 답하시오.

　광문(廣文)이라는 자는 거지였다. 일찍이 종루(鐘樓)의 저잣거리에서 빌어먹고 다녔는데, 거지 아이들이 광문을 추대하여 패거리의 **우두머리**로 삼고, 소굴을 지키게 한 적이 있었다.

　하루는 날이 몹시 차고 눈이 내리는데, 거지 아이들이 다 함께 빌러 나가고 그중 한 아이만이 병이 들어 따라가지 못했다. 조금 뒤 그 아이가 추위에 떨며 숨을 몰아쉬는데 그 소리가 몹시 처량하였다. 광문이 너무도 불쌍하여 몸소 나가 밥을 빌어왔는데, 병든 아이를 먹이려고 보니 아이는 벌써 죽어 있었다. 거지 아이들이 돌아와서는 광문이 그 애를 죽였다고 의심하여 다 함께 광문을 두들겨 쫓아내니, 광문이 밤에 엉금엉금 기어서 마을의 어느 집으로 들어가다가 그 집 개를 놀라게 하였다. 집주인이 광문을 잡아다 꽁꽁 묶으니, 광문이 외치며 하는 말이,

　"나는 날 죽이려는 사람들을 피해 온 것이지 감히 도적질을 하러 온 것이 아닙니다. 영감님이 믿지 못하신다면 내일 아침에 저자에 나가 알아보십시오."

　하는데, 말이 몹시 순박하므로 집주인이 내심 광문이 도적이 아닌 것을 알고서 새벽녘에 풀어주었다. 광문이 고맙다는 인사를 하고는, 떨어진 거적을 달라 하여 가지고 떠났다. **집주인**이 끝내 몹시 이상히 여겨 그 뒤를 밟아 멀찍이서 바라보니, 거지 아이들이 시체 하나를 끌고 수표교(水標橋)에 와서 그 시체를 다리 밑으로 던져 버리는데, 광문이 다리 속에 숨어 있다가 떨어진 거적으로 그 시체를 싸서 가만히 짊어지고 가, 서쪽 교외 공동묘지에다 묻고서 울다가

중얼거리다가 하는 것이었다.

이에 집주인이 광문을 붙들고 사유를 물으니, 광문이 그제야 그전에 한 일과 어제 그렇게 된 상황을 낱낱이 고하였다. 집주인이 내심 광문을 의롭게 여겨, 데리고 집에 돌아와 의복을 주며 후히 대우하였다. 그리고 마침내 광문을 약국을 운영하는 어느 부자에게 천거하여 **고용인(雇傭人)**으로 삼게 하였다.

오랜 후 어느날 그 부자가 문을 나서다 말고 자주자주 뒤를 돌아보다, 도로 다시 방으로 들어가서 자물쇠가 걸렸나 안 걸렸나를 살펴본 다음 문을 나서는데, 마음이 몹시 미심쩍은 눈치였다. 얼마 후 돌아와 깜짝 놀라며, 광문을 물끄러미 살펴보면서 무슨 말을 하고자 하다가, 안색이 달라지면서 그만두었다. 광문은 실로 무슨 영문인지 몰라서 날마다 아무 말도 못하고 지냈는데, 그렇다고 그만두겠다고 말할 수도 없었다.

그 후 며칠이 지나, 부자의 **처조카**가 돈을 가지고 와 부자에게 돌려주며,

"얼마 전 제가 아저씨께 돈을 빌리러 왔다가, 마침 아저씨가 계시지 않아서 제멋대로 방에 들어가 가져갔는데, 아마도 **아저씨**는 모르셨을 것입니다."

하는 것이었다. 이에 부자는 광문에게 너무도 부끄러워서 그에게,

"나는 소인이다, **장자(長者)***의 마음에 상처를 주었으니 나는 앞으로 너를 볼 낯이 없다."

하고 사죄하였다. 그러고는 알고 지내는 여러 사람들과 다른 부자나 큰 장사치들에게 광문을 의로운 사람이라고 두루 칭찬을 하고, 또 여러 종실(宗室)의 빈객들과 공경(公卿) 문하(門下)의 측근들에게도 지나치리만큼 칭찬을 해 대니, 공경 문하의 측근들과 종실의 **빈객**들이 모두 이야깃거리를 만들어 밤이 되면 자기 **주인**에게 들려주었다. 그래서 두어 달이 지나는 사이에 사대부까지도 모두 광문이 옛날의 훌륭한 사람들과 같다는 이야기를 듣게 되었다.

– 박지원, 「광문자전(廣文者傳)」

*장자(長者) : 덕망이 뛰어나고 경험이 많아 세상일에 익숙한 어른.

05 위 작품의 밑줄 친 인물들 중에서 '광문'을 지칭하는 3명의 인물을 모두 찾아 쓰시오.

※ 다음 글을 읽고 물음에 답하시오.

　기계 학습에서의 학습 방법은 일반적으로 지도 학습, 비지도 학습 등으로 나눌 수 있다. 이는 알고리즘과 데이터를 입력하는 형태에 따른 것이다. 지도 학습은 입력과 출력 간의 관계를 학습하는 데 사용한다. 입력과 그에 해당하는 출력이 쌍으로 주어진 훈련 데이터 집합에서 입력과 출력 간의 함수 관계를 배운다. 이렇게 얻어진 함수가 모델인데, 모델은 새로운 입력에 해당하는 출력을 예측하는 데 사용한다. 지도 학습으로 수행하는 대표적인 문제 풀이로는 패턴 분류가 있다. 패턴 분류 문제에서 입력은 패턴의 표현이고 출력은 라벨, 즉 패턴 범주의 명칭이다. 사진을 보고 개와 고양이를 구분하는 알고리즘을 만드는 것을 목적으로 하는 기계 학습을 가정해 보자. 분류는 기준에 따라 어떤 그룹에 속해 있는지를 구분하는 것이다. 지도 학습을 완료한 시스템은 처음 보는 사진이더라도 개와 고양이를 구분할 수 있게 된다. 즉 지도 학습으로 개와 고양이를 식별하는 알고리즘이 만들어진 것이다. 하지만 훈련에 사용된 사진과 많

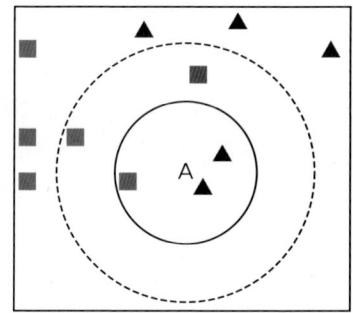

이 다른 사진에 대해서는 정확하게 식별하지 못하는 경우도 있다. 지도 학습 알고리즘 중 하나인 K-NN 분류 알고리즘은 새로운 데이터가 입력되었을 때, 가장 가까운 데이터 k개를 이용해 해당 데이터를 유추하는 알고리즘이다. 가령 〈그림〉의 A 위치에 있는 데이터가 어떤 범주에 해당하는지 판단하기 위해서 가까운 데이터 3개를 이용한다면, 삼각형 2개와 사각형 1개를 찾을 수 있다. 이런 경우 A는 삼각형의 범주에 속할 가능성이 높다고 판단한다. K-NN 분류 알고리즘의 장점은 간단하고 빠르며 거리 기반의 직관적인 설명이 가능하다는 점이다. 하지만 새로운 데이터가 들어올 때마다 모든 기존 데이터와의 거리를 계산한 후 분류해야 한다는 단점이 있다.

　비지도 학습은 입력에 해당하는 바람직한 출력 정보가 명시적으로 주어지지 않은 상황, 즉 정답이 없는 상황에서 데이터의 특성을 학습하는 방법이다. 비지도 학습에서는 데이터 집합에 숨겨진 규칙성을 찾게 되는데, 비지도 학습으로 수행하는 대표적인 문제 풀이에는 군집화가 있다. 군집화는 훈련용 데이터 집합에서 서로 유사한 것들을 스스로 묶어서 군집을 형성하는 작업이다. 군집화를 위해서는 유사성의 판단 기준을 미리 정해야 하는데, 데이터 간의 '거리'를 그 기준으로 삼을 수 있다. 거리를 어떻게 정의하는지에 따라 여러 알고리즘이 존재하지만 군집화 알고리즘들의 기본 아이디어는 같은 군집에 속한 데이터와의 거리는 최소로 줄이고, 다른 군집에 있는 데이터와의 거리는 최대로 늘리기 위해 군집의 소속을 바꿔 가면서 최적 구성을 찾는 것이다. 군집화 알고리즘 중 하나인 K-평균 군집화 알고리즘은 주어진 데이터를 k개의 군집으로 묶는 알고리즘이다. 임의로 k개의 데이터를 선택하여 그것을 각 군집의 중심으로 설정한다. 그리고 모든 데이터를 가장 가까운 중심이 있는 군집으로 할당한다. 즉 각 군집에는 군집의 중심이 있고 각 군집의 점은 다른 군집의 중심보다 지정된 군집의 중심에 더 가깝다. 군집에 할당된 모든 데이터의 평균점을 그 군집의 중심으로 다시 정하고 할당을 반복하다가 군집의 소속이 변화가 없으면 종료한다. K-평균 군집화 알고리즘은 비교적 간단하지만, 군집의 개수에 따라 결과가 달라질 수 있다는 단점이 있다.

06 〈보기〉는 제시문을 읽고 이해한 내용을 정리한 것이다. 〈보기〉의 ㉠~㉣ 중 적절하지 <u>않은</u> 것 2가지를 찾아 올바르게 수정하시오.

〈보기〉

- K-NN 분류 알고리즘과 K-평균 군집화 알고리즘 모두 데이터 간의 ㉠거리가 가까우면 데이터 간 유사성이 있다고 전제한다.
- K-NN 분류 알고리즘은 〈그림〉에서 k의 값을 3으로 설정한 경우 A를 ㉡사각형의 범주에 속할 가능성이 높다고 판단할 것이다.
- K-평균 군집화 알고리즘은 k는 군집의 ㉢강도이며 이 값이 몇인지에 따라 결과가 다르게 나타난다.
- K-평균 군집화 알고리즘은 각 군집의 중심 위치가 군집에 할당된 모든 데이터의 ㉣평균점과 일치하여 군집의 소속이 변화가 없으면 할당을 종료한다.

①	적절하지 않은 것: 수정한 내용:
②	적절하지 않은 것: 수정한 내용:

※ 다음 글을 읽고 물음에 답하시오.

　뉴턴은 물체의 위치 및 속도는 관찰자의 운동 상태에 따라 상대적이지만, 시간과 길이는 관찰자와 무관하게 일정하다고 보았다. 이로 인해 우주 어딘가에 공간적으로 완전히 정지한 좌표인 절대 공간과, 우주 어디에서나 같은 빠르기로 흐르는 절대 시간이 오랫동안 당연시되었다. 하지만 아인슈타인은 광속은 어떤 상황에서도 항상 일정한 값을 가진다는 가정에 기초를 둔 특수 상대성 이론을 바탕으로 시간과 공간은 관찰자에 따라 상대적이라고 주장하였다. 관찰자와 무관하게 광속이 같다면 광속이 빨라지거나 느려 보이는 것은 변하지 않는 광속에 대해 관찰자의 시간과 공간이 변화한 것을 의미하기 때문이다. 그는 시간 간격은 측정하는 기준틀에 따라 달라진다고 보았다. 움직이는 기준틀의 시간은 정지한 관찰자가 측정한 시간인 고유 시간보다 천천히 가는데, 이를 시간 지연이라고 한다. 따라서 광속에 가까운 속도로 등속 비행하는 우주선 안에서 과녁을 향해 빛을 쏘고 달표면에서도 같은 장치로 같은 거리만큼 떨어진 다른 과녁에 빛을 쏘면 달에서 정지해 있는 관찰자가 보기에 움직이는 우주선 안에 있는 장치에서 쏜 빛이 과녁에 늦게 도착하는 것으로 보인다. 길이도 관측자에 따라 달라지는데, 정지한 관측자에게는 등속 운동하는 물체가 정지해 있는 물체보다 짧게 보인다. 예를 들어 정지한 달에서 보면 같은 우주선이라도 움직이는 우주선의 길이가 달 표면에 정지해 있는 우주선보다 더 짧은 것으로 보인다.

모순된 것처럼 보이는 이러한 현상을 설명한 아인슈타인의 상대성 이론은 절대주의를 부정함으로써 오히려 세계의 본질에 관한 실재성을 확보하였다고 볼 수 있다. 이러한 상대성 이론의 영향을 받은 과학사회학의 연구도 과학에 대한 절대적인 정의를 부정함으로써 진정한 의미의 실재성을 얻으려 한 작업으로 볼 수 있다. 과학에 대한 사회적 상대주의를 주장하는 과학 사회학자들은 과학적 지식은 사회적 요인의 영향을 받아 결정된다고 보았다.

07 제시문을 바탕으로 아래 〈상황〉에 대해 보인 반응을 〈보기〉에 정리하였다. ㉠~㉤ 중에서 뉴턴과 아인슈타인의 반응에 해당하는 것들만 모두 찾아 ①, ②에 각각 쓰시오.

〈상황〉

A는 등속으로 달리는 기차를 타고 있다. B와 C는 기차 밖에 있다. B는 정지해 있고, C는 기차가 달리는 방향으로 움직이고 있다. A는 기차 안에서 기차의 운동 방향으로 빛을 쏘았다.

〈보기〉

㉠ A, B, C 중 누가 관찰하더라도 광속은 같겠군.
㉡ A의 시간이 B의 시간보다 더 빠르게 흘러가겠군.
㉢ A와 B에게 시간은 동일한 빠르기로 흐르겠군.
㉣ B에게는 기차의 길이가 정지해 있을 때보다 짧게 보이겠군.
㉤ B와 C는 운동 상태가 다르므로 기차의 속도를 서로 다르게 인식하겠군.

①	뉴턴:
②	아인슈타인:

수학[2세트]

▶ 해답 p.334

08 함수 $f(x) = \begin{cases} \dfrac{x^2 - a}{x - 3} & (x \neq 3) \\ b & (x = 3) \end{cases}$ 가

$x = 3$ 에서 연속일 때, $f(b)$ 의 값을 계산하는 과정을 아래의 단계에 따라 서술하시오.
(단, a, b는 상수)

(1) a의 값을 구하시오.

(2) b의 값을 구하시오.

(3) $f(b)$ 의 값을 구하시오.

09 공차가 0이 아닌 등차수열 $\{a_n\}$에 대하여

$$a_1 = 27 \,,\; |a_7| = |a_{13}|$$ 일 때,

a_{20} 의 값을 구하는 과정을 아래 단계에 따라 서술하시오.

(1) 수열 $\{a_n\}$의 공차 d를 구하시오.

(2) 수열 $\{a_n\}$의 일반항 a_n을 구하시오.

(3) a_{20} 의 값을 구하시오.

10 곡선 $y = x^4 - 2x^3 + x + 1$ 위의 점 $A(1,\ 1)$에서의 접선 l과 곡선 $y = x^2 - 7x + 11$이 점 B에서 접할 때, $\overline{AB} = k$이다. k의 값을 구하는 과정을 아래의 단계에 따라 서술하시오.

(1) 접선 l의 방정식을 구하시오.

(2) 점 B의 좌표를 구하시오.

(3) k의 값을 구하시오.

11 다항함수 $f(x)$가 모든 실수 x에 대하여

$$2f(x) - xf(x) = x^3 - \frac{15}{2}x^2 + 18x - \int_1^x f(t)\,dt$$

를 만족시킬 때, $f(2)$의 값을 구하는 과정을 아래 단계에 따라 서술하시오.

(1) $f'(x)$를 구하시오.

(2) 함수 $f(x)$를 구하시오.

(3) $f(2)$의 값을 구하시오.

12 $a_3 = 20$ 인 수열 $\{a_n\}$의 첫째항부터 제 n 항까지의 합을 S_n 이라 하자.

$b_n = S_n + 5$ 라 할 때, 수열 $\{b_n\}$은 공비가 2인 등비수열이다.

S_5 의 값을 구하는 과정을 아래 단계에 따라 서술하시오.

⑴ 첫째항 a_1 의 값을 구하시오.

⑵ 일반항 a_n 을 구하시오.

⑶ S_5 의 값을 구하시오.

13 함수 $f(x) = -\sin^2 x - 4\cos x + 1$ 에 대하여 $f(x) = k$ 가 실근을 갖도록 하는 k 값의 범위를 $\alpha \le k \le \beta$ 라 할 때, $\alpha + \beta$ 의 값을 구하는 과정을 아래의 단계에 따라 서술하시오.

⑴ $\cos x = t$ 라 할 때, $f(x)$ 를 t 에 관한 식으로 나타내시오.

⑵ $\alpha + \beta$ 의 값을 구하시오.

14 두 점 $A(0, a)(a > 0)$, $B(8, 0)$에 대하여 선분 AB가 함수 $y = \log_3(x + 1)$의 그래프와 만나는 점을 C라 하자.

$\overline{AC} : \overline{CB} = 1 : 3$일 때, 점 C의 좌표의 값을 계산하는 과정을 아래의 단계에 따라 서술하시오. (단, a는 상수이다.)

(1) 점 C의 y좌표를 ka라 할 때, 상수 k의 값을 구하시오.

(2) 점 C의 좌표를 구하시오.

국어 [3세트]

▶ 해답 p.336

01 〈보기1〉을 바탕으로 〈보기2〉의 밑줄 친 대명사를 분석한 후, ㉠~㉣을 빈칸에 알맞게 분류하여 쓰시오.

───────〈보기1〉───────

　　사람을 가리키는 대명사인 인칭 대명사 가운데 재귀 대명사는 선행 내용에 제시된 사람을 도로 가리키는 3인칭 대명사이다. 우리말 3인칭 재귀 대명사에는 '저', '저희', '당신' 등이 있는데, 이들은 동일한 형태로 1인칭이나 2인칭 대명사로도 쓰일 수 있어 사용에 주의해야 한다.

───────〈보기2〉───────

• 자식들이 다 커서 ㉠저희끼리 잘 모인다.
• 모든 시민들이 ㉡당신의 노력에 감사하고 있습니다.
• 막내는 항상 ㉢제 마음에 들지 않으면 떼를 쓴다.
• ㉣저희가 지금까지 발생한 손해에 대해 배상하도록 하겠습니다.

	대명사 종류	〈보기2〉의 기호
①	1인칭 대명사	
②	2인칭 대명사	
③	3인칭 재귀 대명사	

※ 다음 글을 읽고 물음에 답하시오.

　　인간 삶의 궁극적인 목적을 '행복(幸福)'이라고 하는 것에 이의를 제기할 사람은 거의 없다. 행복은 일반적으로 만족, 즐거움, 보람, 쾌감 등의 좋은 감정이 있으며, 불안, 우울, 불쾌 등의 나쁜 감정이 없는 상태를 의미한다. 행복이 인간의 심리적 상태와 관련된다는 것은 행복이 어떤 절대적 상태가 아니라는 것을 의미한다. 부와 권력을 가졌다고 행복해지는 것은 아니며, 가난하다고 해서 불행한 것도 아니다. 가난 속에서도 자신의 일에 만족하고, 가족 간에 화목하다면 행복을 느낄 수도 있다. 이처럼 행복은 주관적이고 상대적인 특성을 가지고 있기 때문에 행복의 개념과 그에 이르는 방법에 대한 생각도 다양하다.

행복이란 말에서 행(幸)은 운수가 좋은 것을 뜻하고, 복(福)은 착한 일에 대한 보상으로 하늘이 내려 주는 것이다. 이에 따르면 행복은 모두 인간의 영역이라기보다는 신의 영역에 가깝다. 인간이 행복을 위해 할 수 있는 일이라고는 '새옹지마(塞翁之馬)'를 생각하며 지금 불행하더라도 행복을 기다리거나, 선(善)을 쌓고 악(惡)을 행하지 않는 정도에 그친다. '선을 쌓은 집안에 반드시 남은 경사가 있다.'라는 말이 있지만, 그 보상은 즉각적인 것이 아니며, 보상이 올 것이라고 막연히 기대하는 것이기 때문에 행복이 선과 직결되는 것은 아니었다.

이러한 민간의 행복관과 달리 유가에서는 행복을 인간이 적극적으로 만들어 갈 수 있다는 것에 방점을 둔다. ㉠공자는 행복과 비슷한 개념으로 즐거움[樂]이라는 말을 사용했는데, 여기에는 벗이 찾아오는 것과 같은 외부적 사건으로 인한 것도 있지만 진정한 즐거움은 도(道)를 알고 실천하는 즐거움이라고 보았다. 공자는 진정한 행복이 외부적 사건들에 흔들리지 않는 정신 상태에 있다고 생각했다. 특히 사람들이 불행하다고 생각하는 상황에 놓여 있어도 그것을 극복함으로써 행복을 느낄 수 있으며, 행복을 지속하기 위해서는 도덕적 의지와 수양이 필요하다고 생각했다. 공자는 제자인 안회가 누추한 거리에서 한 표주박의 물과 한 끼 밥으로 연명할 정도로 가난하게 살았지만 진정한 즐거움을 안다고 칭찬했다. 민간의 관점에서 보면 안회는 매우 불행한 사람이었지만 공자는 안회의 도덕적 삶이 행복의 모범이 될 만하다고 평가한 것이다. 이는 공자가 '인(仁)'을 이루기 위해 강조한 '극기복례(克己復禮)', 즉 욕망을 의지력으로 억제하고 '예(禮)'를 지키는 것과 연결된다.

도가에서는 유가의 '예'가 인위적인 것이라고 보고 인간적 즐거움의 근원인 자연법칙을 거스르지 않으려 했다. 이를 위해 도가에서 강조하는 것이 '양생(養生)'이다. 일반적으로 양생에 대해 건강을 유지하거나 신선이 되기 위한 방법 정도로 생각을 하지만, 장자는 이렇게 몸을 기르는 것을 '양형(養形)'이라고 하고, 정신을 기르는 '양신(養神)'과 구분하였다. 장자는 양형만을 하는 것을 부정적으로 보았는데, 장자를 계승한 ㉡혜강은 '본성을 잘 닦아 정신을 보존하고, 마음을 편안하게 해서 몸을 온전하게 하라.'라고 하여, 정신과 육체의 조화를 양생의 요체로 보았다. 행복을 위해서는 고통이 없어야 하는데, 고통은 외부에서 육체로도 오고 정신에서도 일어나는 것이기 때문이다. 혜강은 자연 법칙을 거스르지 않고 조용한 가운데 마음을 비우고 태평함을 얻어야 한다고 하였는데, 이는 결국 ㉢노자가 말했던 '사사로움을 줄이고 욕심을 적게 갖는 것[少私寡欲]'에로 귀결된다.

02-1 제시문을 바탕으로 아래 진술에 동의하는 인물 ㉠~㉢을 바르게 연결하시오.

> ① 고통을 다스리기 위해서는 몸과 마음의 조화가 필요하다.
> ② 욕망을 억제하고 도덕적 의지를 발현할 때 진정으로 행복해질 수 있다.
> ③ 인간이 불행해지는 이유는 현재에 만족하지 않고 더 많은 쾌락을 추구하기 때문이다.

진술	동의하는 인물
①	
②	
③	

02-2 〈보기〉의 ⓐ에 동의할 것으로 생각되는 인물을 제시문의 ㉠~㉢ 중에 찾아 쓰시오.

〈보기〉

　　에피쿠로스는 최소한의 고통과 최대한의 쾌락을 행복으로 여겼다. 어떤 사람들은 현재를 최대한 즐기라는 에피쿠로스의 말이 감각적 쾌락이나 방종을 선동한 것이라고 오해하기도 하지만, 실제 에피쿠로스의 사상은 금욕주의에 가까웠다. 에피쿠로스는 한정된 가치와 그것을 차지하려는 적의에 찬 세상에서 욕망의 만족과 성취를 거듭해 간다는 것은 불가능하다고 여겼다. 따라서 행복의 양을 늘리기 위해서는 성취보다 욕망 자체를 줄이는 것이 낫다고 보았다. 특히 에피쿠로스는 ⓐ세속적 일에 감정이 흔들리지 않는 상태를 추구함으로써 쾌락을 크게 할 수 있는 방법을 제시하였다.

④	ⓐ에 동의하는 인물:

※ 아래 두 작품에 대한 〈보기〉의 설명을 참고한 후 물음에 답하시오.

(가)

내 마음은 호수(湖水)요,
그대 노 저어 오오.
나는 그대의 흰 그림자를 안고 옥(玉)같이 / 그대의 뱃전에 부서지리다.

내 마음은 촛불이요,
그대 저 문(門)을 닫아 주오.
나는 그대의 비단 옷자락에 떨며, 고요히 / 최후(最後)의 한 방울도 남김없이 타오리다.

내 마음은 나그네요,
그대 피리를 불어 주오.
나는 달 아래 귀를 기울이며, 호젓이 / 나의 밤을 새이오리다.

내 마음은 낙엽(落葉)이요,
잠깐 그대의 뜰에 머무르게 하오.
이제 바람이 일면 나는 또 나그네같이, / 외로이 그대를 떠나오리다.

– 김동명, 「내 마음은」

(나)

낙엽은 폴란드 망명정부의 지폐

포화(砲火)에 이지러진

도룬 시(市)의 가을 하늘을 생각게 한다.

길은 한 줄기 구겨진 넥타이처럼 풀어져

일광(日光)의 폭포(瀑布) 속으로 사라지고

조그만 담배 연기를 내뿜으며

새로 두 시의 급행열차가 들을 달린다.

     … (중략) …

한 가닥 구부러진 철책(鐵柵)이 바람에 나부끼고

그 위에 셀로판지로 만든 구름이 하나.

자욱한 풀벌레 소리 발길로 차며

호올로 황량(荒凉)한 생각 버릴 곳 없어

허공에 띄우는 돌팔매 하나

기울어진 풍경의 장막(帳幕) 저쪽에

고독한 반원(半圓)을 긋고 잠기어 간다.

– 김광균, 「추일서정」

03 (가) 시의 밑줄 친 표현들은 〈보기〉에서 설명한 은유 중에서 ㉠에 해당하는 대표적인 시구들이다. 이를 토대로 (나) 시에서 ㉠에 해당하는 표현을 찾아 그 구절을 쓰시오.

〈보기〉

    원관념을 그와 유사성이 있는 다른 대상인 보조 관념에 빗대어 표현하는 것을 비유라고 하는데, 그중에서 가장 많이 사용되는 것은 직유와 은유이다. 직유(直喩)는 주로 '~같이, ~처럼, ~듯이' 등을 사용하여 원관념과 보조 관념 간의 유사성을 직접적으로 전달한다. 한편, 대개 ㉠'A는 B(이다)' 또는 'A의 B' 같은 형식을 사용하는 은유(隱喩)는 문맥상의 암시를 바탕으로 비유적 의미를 전달한다. 「추일서정」은 참신하고 개성적인 비유들을 성공적으로 사용한 작품이라고 평가받는다.

※ 다음 글을 읽고 물음에 답하시오.

특허권은 이전의 발명에 비해 새롭고 기술적인 면에서 발전이 있는 발명을 대상으로 하며, 특허 신청, 즉 특허 출원을 한 뒤 특허 등록이 완료되었을 때 주어진다. 특허 출원은 발명자와 발명에 대한 권리를 승계받은 사람이 할 수 있으며, 특허 출원의 대상에는 물건의 발명뿐만 아니라 영업방식과 같은 방법의 발명까지 포함된다. 특허청이 특허 출원에 대한 판정을 통해 특허를 등록하면 특허 출원자는 특허를 받은 발명을 독점적으로 이용할 수 있는 권한을 갖게 된다. 이때의 이용은 산업적 또는 상업적으로 이용하는 것으로만 한정되는데 이러한 이용을 '실시'라고 표현한다. 특허권자가 실시권을 특정인에게만 양도하는 것을 독점적 실시권의 양도라고 하고, 독점적 권한 없이 여럿에게 실시권을 양도하면 통상적 실시권의 양도라고 한다. 어느 경우든 실시권을 양도한 특허권자는 실시권 양도의 대가로 소정의 사용료를 받을 수 있는데, 이를 '실시료'라고 한다.

특허권에 대한 정당한 권한이 없는 자가 타인이 특허권을 가진 발명을 실시하는 것을 '특허권 침해'라고 한다. 특허권 침해 행위는 민법상 재산권 침해 행위에 해당하는 불법 행위이다. 특허권자가 특허권 침해를 당하면 침해자에게 손해 배상을 청구할 수 있다. 이때 타인의 고의나 과실 여부, 손해액 등에 대한 입증 책임은 피해자에게 있다. 그런데 특허권 침해 행위는 침해 사실, 손해액 등을 특허권자가 입증하기 어려운 경우가 많기 때문에 민법을 적용할 경우 특허권자는 자신의 권리를 제대로 보호받기 어렵다. 이에 특허법에는 특허권자의 입증 책임을 경감해 주기 위한 규정들이 있는데, '생산 방법의 추정 규정'이 대표적이다. 이 규정에 따르면, 물건을 생산하는 방법의 발명에 관련하여 그 물건과 동일한 물건을 특허 등록된 방법에 의하여 생산된 것으로 추정한다.

특허법에서는 손해액 산정과 관련하여 '일실 이익 추정에 관한 규정'을 두고 있다. 일실 이익이란 특허권 침해가 없었다면 얻을 수 있었던 특허권자의 이익액, 즉 특허권자가 실제로 입은 손해액이다. 이 규정에서는 일실 이익을 특허권자가 실제 생산할 수 있었던 물건의 수량에서 실제 판매한 물건의 수량을 뺀 수량에, 단위 수량당 이익액을 곱한 금액으로 한다. 특허권자 A가 제품 100개를 생산할 수 있는 설비를 갖추고 제품을 판매하고 있었으나 B가 A의 특허권을 침해하여 B가 제품 50개를 판매하고 A가 제품 60개를 판매하였다고 가정해보자. A가 실제 생산할 수 있었던 물건의 수량은 100개이기 때문에 일실 이익은 제품 40개에 대해서만 인정된다.

한편 '침해자가 침해 행위를 통해 얻은 이익액을 손해액으로 추정하는 규정'도 있는데, 침해자가 침해 행위를 통해 얻은 이익액을 특허권자가 입증하면 그 이익액을 손해액으로 추정할 수 있다. 특허권자가 침해자의 이익액을 입증하면 입증 책임이 전환되어 침해자가 자신의 이익액이 특허권자의 손해액에 영향을 미치지 않았음을 입증해야 한다. 통상 실시료를 통해 손해액을 추정할 수 있도록 하는 규정에 따르면, 특허권자가 실제로 입은 손해, 즉 일실 이익과 관계 없이 특허권 침해에 대한 최소 배상액은 특허를 사용하기 위해 지불해야 하는 통상 실시료로 정한다. 통상 실시료는 일반적으로 판매액에 합리적 수준의 실시료율을 곱해 산출한다.

04 제시문을 바탕으로 〈보기〉를 이해한 내용으로 적절한 진술에는 O, 적절하지 <u>않은</u> 진술에는 X를 표시하시오.

> ───〈 보기 〉───
>
> 스마트폰에 대한 특허권자인 K는 P가 자신의 특허권을 침해하였다고 P에게 손해 배상을 청구하였다. 다음은 스마트폰 생산과 관련된 K와 P의 상황이다.
>
> K는 매년 10만 대의 스마트폰 생산 능력을 가지고 있는 공장을 갖고 있다. 2023년 한 해 동안 스마트폰 1대당 100만 원에 7만 대를 판매하였으며 1대당 20만 원의 이익을 얻었다.
>
> P는 K의 특허권을 침해하는 스마트폰을 매년 8만 대를 생산할 수 있는 공장을 갖고 있다. P는 해당 스마트폰을 2023년 한 해 동안 스마트폰 1대당 80만 원에 5만 대를 판매하였으며 1대당 15만 원의 이익을 얻었다.
>
> 한편 스마트폰과 같은 통신 기기 시장에서 합리적 실시료율은 판매액의 5%이다.

	진술	O/X
①	K의 특허권을 침해함으로써 P가 이익을 얻었다는 사실을 K가 입증할 수 있다면 K는 P가 그 이익액만큼 배상해야 한다고 주장할 수 있다.	
②	K가 P에게 통상 실시료를 손해 배상액으로 지급할 것을 청구한다면 K는 P로부터 최소 30억 원을 배상받게 된다.	
③	K가 P에게 일실 이익 추정을 통해 손해 배상액을 청구한다면 K의 스마트폰 수량 3만 대에 대한 이익금인 60억 원을 청구할 수 있다.	

※ 아래 작품과 〈보기〉를 읽고 물음에 답하시오.

> 정월의 냇물은 / 아으 얼고자 녹고자 하는데
> 세상 가운데 나서는 / 몸이여 홀로 지내가는구나
> 아으 동동(動動)다리   〈1월령〉
>
> 이월의 보름에 / 아으 높이 켠
> 등불 같구나 / 만인(萬人) 비추실 모습이로다
> 아으 동동(動動)다리   〈2월령〉
>
> 삼월 지나면 핀 / 아으 봄 산 가득 진달래꽃이여
> 남들이 부러워할 모습을 / 지니고 나셨네
> 아으 동동(動動)다리   〈3월령〉

유월 보름에 / 아으 벼랑에 버린 빗과 같구나
돌아보실 임을 / 잠깐 좇아갑니다
아으 동동(動動)다리 〈6월령〉

시월에 / 아으 저며 놓은 보리수 같구나
꺾어 버리신 후에 / 지니실 한 분이 없으시도다
아으 동동(動動)다리 〈10월령〉

십이월 분디나무로 깎은 / 아으 소반의 젓가락 같네
임의 앞에 가지런히 놓으니 / 손님이 가져다 무옵니다.
아으 동동(動動)다리 〈12월령〉

– 작자 미상, 「동동」

05 위의 내용을 토대로 이 작품을 다음과 같이 정리할 때, ①~③에 들어갈 1어절의 시어를 찾아 쓰시오. (단, 보기에 제시된 시어는 제외할 것.)

─〈보기〉─

「동동」은 이별한 임을 그리워 하는 여인의 심정을 열두 달에 맞추어 노래한 월령체 형식의 고려가요이다. 고려 시대부터 구연되어 전하다가 조선 시대에 와서야 「악학궤범」에 한글로 실려 있다. 이 작품에는 화자가 생각하는 '임의 모습'과 임에게 버림받은 '화자의 처지'를 사물에 빗대어 표현하는 것이 매우 인상적이다. 가령 '등불'은 임의 모습을, '보리수'는 화자의 처지를 나타낸다.

'임의 모습'과 '화자의 처지'를 비유한 시어	
임의 모습	(①)
화자의 처지	(②), (③)

※ 다음 글을 읽고 물음에 답하시오.

식물의 광합성이란 빛에너지를 이용하여 물과 이산화탄소로부터 포도당과 같은 유기물과 산소를 만들어 내는 과정으로, 식물은 광합성을 통해 생장에 필요한 에너지를 획득한다. 광합성의 과정은 빛이 필요한 단계인 명반응과 이산화탄소가 필요한 단계인 암반응으로 나뉜다. 명반응은 엽록체의 틸라코이드 막에서, 암반응은 엽록체의 스트로마에서 일어난다.

명반응에서는 광합성 색소에서 흡수한 빛에너지를 이용하여 NADPH가 합성된다. 이 과정에서 물이 분해되어 산소가 발생하고 이 산소는 기공을 통해 방출된다. 암반응에서는 포도당이 합성된다. 이때는 루비스코라는 효소가 기공으로 흡수된 이산화탄소와 결합하여, 포도당을 합성하는 반응에 관여한다. 그런데 포도당을 합성하는 과정에서 필요한 수소 이온과 전자는 명반응에서 만들어진 NADPH가 $NADP^+$로 산화되면서 공급된다. 따라서 광합성은 명반응이 먼저 일어나야 암반응이 진행될 수 있다.

식물의 생장에 알맞은 온도나 습도가 바뀌면 광합성 효율, 즉 시간당 포도당을 합성하는 속도가 떨어질 수 있다. 벼는 온대 다습한 환경에서 광합성 효율이 높다. 하지만 벼를 사막과 같은 고온 건조한 환경에서 재배하면, 벼는 낮 동안 기공을 닫아 수분 손실을 막는다. 그러면 이산화탄소를 흡수하지 못해, 벼 내부는 이산화탄소 농도에 비해 산소 농도가 높아지게 된다. 이러한 조건에서는 루비스코가 산소와 결합하게 되어, 벼는 산소를 소모하고 이산화탄소를 방출하는 현상인 광호흡을 하게 되고, 그 결과 광합성 효율은 감소한다.

06 〈보기〉의 ㉠~㉣ 중 제시문의 내용과 일치하지 않는 것 2가지를 찾아 올바르게 수정하시오.

〈보기〉

- 명반응에서는 NADPH가 합성되는 과정에서 ㉠산소가 발생한다.
- 암반응은 이산화탄소가 필요한 단계로 엽록체의 ㉡틸라코이드 막에서 일어난다.
- 고온 건조한 환경에 놓인 벼는 ㉢이산화탄소의 손실을 줄이기 위해 기공을 닫는다.
- 식물의 광합성은 물과 이산화탄소를 재료로 빛에너지를 이용하여 포도당과 같은 ㉣유기물과 산소를 만들어 내는 과정이다.

①	일치하지 않는 것:
	수정한 내용:
②	일치하지 않는 것:
	수정한 내용:

※ 다음 글을 읽고 물음에 답하시오.

풍력 발전기는 바람 에너지를 날개에 부딪히게 하여 날개의 회전 운동으로 변환한 후, 이를 다시 전기 에너지로 변환하는 장치이다. 풍력 발전기는 날개의 회전축이 불어오는 바람의 방향과 평행한 것은 수평축형, 수직인 것은 수직축형으로 구분한다. 수평축형에서 바람은 날개와 나셀, 그리고 타워를 순서대로 통과한다. '나셀'은 회전 운동을 전기로 변환하는 데 필요한 장치들을 모아 둔 상자이고, '타워'는 날개와 나셀을 높은 곳에 위치시켜 주는 구조물이다.

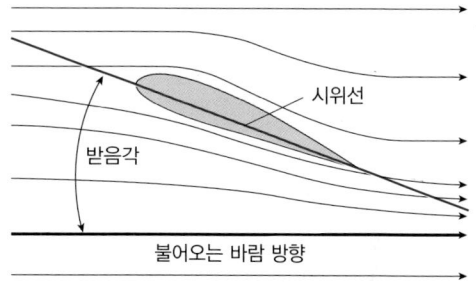

〈그림〉은 수평축형의 날개 중 한 개의 단면을 나타낸 것이다. 유선형의 날개에 부딪힌 바람은 날개의 곡면과 평탄한 면으로 나뉘어 흐른다. 곡면을 따라 흐르는 바람은 평탄한 면을 따라 흐르는 바람보다 속력이 빠르다. 그 결과 곡면 주변은 평탄한 면의 주변보다 압력이 낮아져, 압력이 높은 곳에서 낮은 곳으로 들어 올리는 힘인 '양력'이 발생하게 되어 날개는 양력 방향으로 회전하게 된다. 이때 풍속이 증가하면 양력도 증가한다. 한편 불어오는 바람의 방향과 날개의 시위선이 이루는 각을 '받음각'이라 하며, 일반적으로 받음각이 클수록 동일한 풍속에서 발생하는 양력도 커진다. 수평축형의 날개는 10도 정도의 받음각을 이루고 있어서, 풍속으로 인하여 발생하는 양력에 받음각으로 인하여 발생하는 양력을 합한 힘으로 날개를 회전시킨다. 이때 날개를 회전시킬 수 있는 풍속은 3m/s 이상이어야 한다.

나셀 내부에는 증속기, 제너레이터, 제어기가 들어 있다. 날개의 회전축은 증속기를 거쳐 제너레이터 축과 연결되어 있고, 제너레이터는 제너레이터 축의 회전을 전기로 변환하여 출력한다. 이때 증속기는 날개의 회전축의 회전 속력보다 제너레이터 축의 회전 속력을 더 증가시켜 준다. 제너레이터에서 출력되는 전기의 양을 '전기의 출력량'이라 하며, 과도한 고속 회전은 제너레이터를 손상시키므로 제너레이터의 내구성을 고려해 정해 둔 전기의 출력량의 최댓값을 '정격 출력'이라 한다. 정격 출력을 얻기 위해서는 풍속이 15m/s에 도달해야 한다.

수평축형 풍력 발전기의 효율과 안정성을 위한 장치인 제어기에는 요잉 장치와 피치 장치, 브레이크 장치가 있다. 불어오는 바람이 모든 날개에 고르게 닿아야 발전 효율이 높아진다. 그래서 요잉 장치는 바람의 방향에 대응해 나셀을 움직여서, 회전축을 바람의 방향에 평행하도록 이동시킨다. 피치 장치는 고속 회전으로 인한 부품들의 손상을 막기 위해 날개를 움직여 받음각을 조절한다. 그래서 풍속 15m/s부터 25m/s까지는 정격 출력보다 더 많은 출력이 가능하나 정격 출력을 넘지 않게 하기 위해, 피치 장치는 풍속에 의해 양력이 증가하는 만큼 받음각을 조절하여 날개의 회전 속력을 일정하게 만든다. 풍속이 25m/s를 초과하면 부품들을 보호하기 위해 받음각을 0도로 만들고 추가적으로 브레이크 장치가 작동되어 날개 회전을 중단한다. 이후 풍속이 줄어들면 브레이크 장치의 작동은 해제되고 피치 장치는 받음각을 복원한다.

07 〈보기〉는 '수평축형 풍력 발전기'가 설치된 장소에서 시간대별 풍속을 기록한 것이다. 제시문을 바탕으로 각 시간대의 풍속에 따라 발생하는 전기의 출력량 ㉠~㉢을 ①~③에 해당하는 것으로 분류하시오.

〈보기〉

시간대	풍속	전기의 출력량
오후 1시 ~ 오후 3시	1m/s에서 2m/s로 점차 증가	㉠
오후 3시 ~ 오후 5시	7m/s에서 14m/s로 점차 증가	㉡
오후 5시 ~ 오후 7시	17m/s에서 23m/s로 점차 증가	㉢
오후 7시 ~ 오후 9시	30m/s에서 26m/s로 점차 감소	㉣

① 증가함	
② 일정함	
③ 없음	

수학[3세트]

▶ 해답 p.337

08 다항함수 $f(x)$ 가 $\lim\limits_{x \to \infty} \dfrac{f(x)}{4x^2 - 1} = 1$,
$\lim\limits_{x \to \frac{1}{2}} \dfrac{f(x)}{4x^2 - 1} = 2$ 를 만족시킬 때,
$f\left(\dfrac{3}{2}\right)$의 값을 계산하는 과정을 아래의 단계에 따라 서술하시오.

(1) 다항함수 $f(x)$의 최고차항의 계수를 구하시오.

(2) $f\left(\dfrac{1}{2}\right)$의 값을 구하시오.

(3) $f\left(\dfrac{3}{2}\right)$의 값을 구하시오.

09 등차수열 $\{a_n\}$의 첫째항부터 제 n항까지의 합을 S_n이라 하자. 모든 자연수 n에 대하여

$$S_{n+2} - S_n = 56 - 8n$$

이 성립할 때, S_6의 값을 계산하는 과정을 아래의 단계에 따라 서술하시오.

(1) 수열 $\{a_n\}$의 공차 d를 구하시오.

(2) 수열 $\{a_n\}$의 첫째항 a_1을 구하시오.

(3) S_6을 구하시오.

PART 1 국어

PART 2 수학

PART 3 기출문제

PART 4 해답

10 곡선 $y = x^3 - 2x^2 + x + 2$ 위의 점 $A(1, 2)$에서의 접선이 이 곡선과 만나는 점 중 A가 아닌 점을 B라 하자. 이 곡선 위의 점 B에서의 접선과 x축이 만나는 점을 C라 할 때, 사각형 $OABC$의 넓이를 계산하는 과정을 아래의 단계에 따라 서술하시오.

(단, O는 원점이다.)

(1) 점 B의 좌표를 구하시오.

(2) 점 C의 좌표를 구하시오.

(3) $OABC$의 넓이를 구하시오.

11 다항함수 $f(x)$가 모든 실수 x에 대하여

$$\int_{-2}^{x} xf(t)\,dt - \int_{-2}^{x} tf(t)\,dt$$
$$= x^3 + \left(\frac{a}{2} + 2\right)x^2 - 2a$$

를 만족시킬 때, $f(a)$의 값을 구하는 과정을 아래의 단계에 따라 서술하시오.

(단, a는 상수이다.)

(1) a의 값을 구하시오.

(2) $f(x)$를 구하시오.

(3) $f(a)$의 값을 구하시오.

12 공비가 1보다 큰 등비수열 $\{a_n\}$의 첫째항부터 제 n항까지의 합을 S_n이라 하자.

$$\frac{a_1}{a_2} + \frac{a_3}{a_2} + \frac{a_3}{a_4} + \frac{a_5}{a_4} + \frac{a_5}{a_6} + \frac{a_7}{a_6} = 10$$

이고 $a_4 = 6$일 때, $S_n > 3^{12}$을 만족시키는 자연수 n의 최솟값을 구하는 과정을 아래의 단계에 따라 서술하시오.

(1) 등비수열 $\{a_n\}$의 공비를 $r(r > 1)$이라 할 때, r의 값을 구하시오.

(2) 등비수열 $\{a_n\}$의 첫째항 a_1을 구하시오.

(3) $S_n > 3^{12}$을 만족시키는 자연수 n의 최솟값을 구하시오.

13 함수 $f(x) = a\sin b(x + \pi) + c$가 다음 조건을 만족시키도록 하는 세 자연수 a, b, c에 대하여 $a + b + c$의 최솟값을 구하는 과정을 아래의 단계에 따라 서술하시오.

> (가) 함수 $f(x)$의 최댓값과 최솟값은 각각 15, -3이다.
>
> (나) $f\left(\dfrac{\pi}{6}\right) = 6$

(1) $a \times c$의 값을 구하시오.

(2) $a + b + c$의 최솟값을 구하시오.

14 기울기가 $-\dfrac{1}{2}$ 인 직선이 두 함수

$f(x) = \log_2 x,$

$g(x) = \log_2(x-4) - 2$ 의 그래프와

만나는 점을 각각 A, B라 하자. 선분 AB의

중점의 좌표가 $(6, a)$일 때, 두 점 AB를 지

나는 직선의 방정식을 구하는 과정을 아래 단

계에 따라 서술하시오.

⑴ 점 A와 점 B의 좌표를 각각 구하시오.

⑵ 점 A와 점 B를 지나는 직선의 방정식을 구

　하시오.

2025학년도

을지대
논술 모의고사

국어

수학

국어

▶ 해답 p.340

※ 다음 글을 읽고 물음에 답하시오.

공공재란 공원이나 경찰 등과 같이 공동으로 이용할 수 있는 재화나 서비스를 의미한다.

공공재는 주로 국가에서 공급하는데, 해당 국가의 국민이 아니거나 국민의 의무를 다하지 않는 사람들도 혜택을 누릴 수 있는 문제점이 있다.

경제학적으로 공공재의 특성에 대해 잘 이해하려면 배제성과 경합성의 의미를 알아야 한다. 배제성이란 재화와 서비스의 이용 대가를 공급자에게 지불하지 않은 사람이 해당 재화나 서비스를 소비하지 못하도록 배제할 수 있는 성질을 의미한다. 일반적으로 우리가 사용하는 재화와 서비스는 대부분 대가를 지불하지 않고서는 이용할 수 없지만, 국가가 제공하는 치안 서비스 같은 경우는 대가를 지불하지 않은 사람도 이용할 수 있다. 이처럼 재화와 서비스에 따라 배제성의 존재 여부가 다르다. 한편 경합성이란 어떤 사람이 재화나 서비스를 사용하거나 소비할 때 다른 사람이 그 재화나 서비스를 소비할 수 있는 기회가 감소하는 성질을 의미한다. 예를 들어 빵을 사고 싶은 사람은 두 명인데 빵이 한 개라면 한 사람은 빵을 구매할 수 없으므로 빵은 경합성이 있는 재화이며, 공중파 방송은 누군가 시청하고 있어도 다른 사람이 시청할 수 있으므로 경합성이 없는 서비스이다. 이처럼 재화나 서비스에 따라 경합성의 존재 여부가 다르다.

재화나 서비스는 배제성과 경합성을 기준으로 사적 재화, 클럽재, 공유 자원, 공공재로 구분할 수 있다. 첫째로 사적 재화는 돈을 내지 않으면 가질 수 없고, 내가 사용하면 다른 사람이 소비할 수 있는 기회가 감소하는 것으로, 배제성과 경합성을 모두 가지고 있다. 음식, 자동차 등 생활에 필요한 대부분의 재화나 서비스가 여기에 포함된다. 둘째로 클럽재는 배제성은 있으나 경합성이 없는 것으로 상수도 서비스가 예가 될 수 있다. 셋째로 공유 자원은 경합성은 있으나 배제성이 없는 것으로서 강에 사는 물고기와 같은 자연 자원이 예가 될 수 있다. 마지막으로 공공재는 배제성과 경합성이 모두 없는 것을 의미한다. 즉 대가를 지불하지 않은 사람도 이용할 수 있으며, 다른 사람과 동시에 이용할 수 있다.

공공재가 배제성과 경합성이 없다고 해서 공공재 생산에 비용이 발생하지 않는 것은 아니다. 누군가는 경제적인 이득이 없어도 비용을 들여 사회에 필요한 공공재를 생산해야 하는데, 그렇게 생산된 공공재는 대가를 지불하지 않아도 이용이 가능하다. 배제성이 없는 재화나 서비스에 대가를 지불하지 않고 이용하려는 현상을 무임승차 문제라고 한다. 공공재의 생산을 시장에 자율적으로 맡겨 놓을 경우, 무임승차 문제 때문에 사회가 필요로 하는 양만큼 공공재가 생산되지 않고 적게 생산될 가능성이 높다. 다시 말해 사회적으로 꼭 필요한 곳에 자원이 효율적으로 배분되고 있지 않는 것이며, 이런 의미에서 시장 실패가 나타난다고 할 수 있다.

이런 이유로 인해 공공재는 대부분 국가에서 생산 및 공급하게 된다.

01 제시문을 바탕으로 〈보기〉의 A~C에 들어갈 사례를 바르게 연결하시오.

〈보기〉

배제성＼경합성	있음	없음
있음	A	B
없음	사례2	C

〈사례1〉

어떤 주택에 세입자가 주택 소유자에게 월세를 내고 거주하고 있다.

〈사례2〉

스마트폰을 통해 유료로 음악이나 동영상을 감상하고 있다.

〈사례3〉

자리가 50석 밖에 없는 무료 도서관을 이용하려고 아침 일찍 줄을 서고 있다.

〈사례4〉

휴대폰 배터리가 부족하여 공항에서 여러 사람이 같이 사용할 수 있는 무료 충전 기기에서 충전을 하고 있다.

A	
B	
C	

※ 다음 글을 읽고 물음에 답하시오.

화학 전지란 화학 반응으로 전기를 발생시키는 장치로, 우리가 일상에서 사용하는 건전지는 화학 전지의 한 종류이다. 건전지를 사용할 때 양극과 음극을 올바르게 맞추어 사용해야 한다. 이는 화학 전지의 전극은 전자를 얻는 환원이 일어나는 쪽이 양극, 전자를 잃는 산화가 일어나는 쪽이 음극이며 전자가 음극에서 양극으로 이동하기 때문이다.

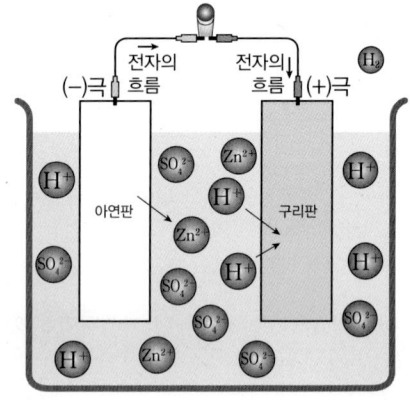

화학 전지의 양극과 음극은 전극을 구성하는 금속의 이온화 경향에 따라 결정된다. 이온화 경향이란 금속이 용액 속에서 전자를 잃고 양이온이 되기 '쉬운' 정도를 뜻한다. 따라서 이온화 경향이 큰 금속은 전기가 잘 통하는 전해질 용액에 쉽게 녹아서 양이온이 된다. 위 〈그림〉과 같이 묽은 황산(H_2SO_4) 수용액에 구리판과 아연판을 넣어 전극으로 삼으면 화학 전지가 된다. 아연은 구리보다 이온화 경향이 크기 때문에 아연판 표면의 아연 원자는 양이온이 되고 아연 원자에서 떨어져 나온 전자들은 도선을 따라 구리판으로 이동한다. 전류는 전자와 반대 방향으로 흐르므로 구리판이 양극, 아연판이 음극이 된다. 만약 아연판을 은판으로 바꾸고, 황산 용액을 염화 나트륨 수용액으로 바꾼 후 구리판과 은판을 도선으로 연결하면, 구리판이 음극이 되고 은판이 양극이 된다. 이는 구리가 은보다 이온화 경향이 크기 때문이다. 이처럼 화학 전지에서 양극과 음극은 두 금속의 이온화 경향의 상대적 크기에 따라 결정된다.

금속의 이온화 경향은 반응열의 크기로 비교할 수 있다. 이를 이해하려면 금속에서 원자 하나가 떨어져 나와 수화(水化) 이온이 될 때까지의 과정을 알아야 한다. 일반적으로 금속은 많은 금속 원자들이 결합된 결정 구조를 이루고 있다. 금속은 주로 전자를 잃어서 양이온이 되는데 금속 원자 하나가 결정에서 떨어져 나와야 개별 이온이 될 수 있다. 예를 들어 전해질 용액에 담겨 있는 아연 금속(Zn)에서 원자 하나가 떨어져 나오고, 이 아연 금속 원자가 전자 두 개를 잃어서 아연 이온(Zn^{2+})이 된다. 이 반응은 에너지를 필요로 하므로 아연 금속에서는 열을 흡수하는 반응이 나타난다. 이렇게 화학 반응이 일어날 때 열을 흡수하는 반응을 흡열 반응이라고 한다. 이후 아연 이온은 전해질 용액 안에서 수화된다. 이 반응에서는 에너지를 방출하는 반응이 나타나는데, 이렇게 열을 방출하는 반응을 발열 반응이라고 한다.

금속의 이온화 경향에서 반응열은 일정한 온도에서 화학 반응이 일어날 때 흡수되거나 방출되는 열의 양으로 결정된다. 따라서 반응열로 이온화 경향을 비교할 때에는 흡열 반응에서의 열과 발열 반응에서의 열을 합한 값으로 비교한다. 반응열은 부호를 붙여 표시하는데, 일반적으로 발열 반응이 일어날 때의 열은 양으로, 흡열 반응이 일어날 때의 열은 음으로 표시한다. 이온화 경향의 정도는 반응열의 값이 클수록 커지기 때문에 이온화 경향의 정도는 발열 반응에서의 열의 크기, 흡열 반응에서의 열의 크기와 관련되어 있음을 알 수 있다. 이온화 경향의 크기를 기준으로 금속 원소를 나열한 것을 이온화 서열이라고 한다. 이온화 서열을 보면 화학 전지에서 어떤 금속이 양극이 되고 어떤 금속이 음극이 될지를 쉽게 알 수 있다.

02 〈보기〉는 제시문을 읽고 내용을 정리한 것이다. 〈보기〉의 ①~④ 중, 제시문의 내용과 일치하지 <u>않는</u> 것 2 가지를 찾아 올바르게 수정하시오.

〈보기〉

- 화학 전지의 전극은 전자를 얻는 환원이 일어나는 쪽이 ① 음극이다.
- 전자의 이동 방향은 전류가 흐르는 방향과 ② 반대이다.
- 금속의 이온화 경향은 ③ 이온화 서열로 결정이 된다.
- 반응열은 ④ 흡열 반응에서 열과 발열 반응에서의 열을 합한 값이다.

제시문과 일치 하지 않는 번호	올바르게 수정한 내용

PART 1
국어

PART 2
수학

PART 3
기출문제

PART 4
해답

※ 다음 글을 읽고 물음에 답하시오.

일찍이 어머니가 나를 바다에 데려간 것은
소금기 많은 푸른 물을 보여주기 위해서가 아니었다
바다가 뿌리 뽑혀 밀려 나간 후
꿈틀거리는 검은 뻘밭 때문이었다
뻘밭에 위험을 무릅쓰고 퍼덕거리는 것들
숨쉬고 사는 것들의 힘을 보여주고 싶었던 거다
먹이를 건지기 위해서는
사람들은 왜 무릎을 꺾는 것일까
깊게 허리를 굽혀야만 할까
생명이 사는 곳은 왜 저토록 쓸쓸한 맨살일까
일찍이 어머니가 나를 바다에 데려간 것은
저 무위(無爲)한 해조음을 들려주기 위해서가 아니었다
물 위에 집을 짓는 새들과
각혈하듯 노을을 내뿜는 포구를 배경으로
성자처럼 뻘밭에 고개를 숙이고
먹이를 건지는
슬프고 경건한 손을 보여주기 위해서였다

– 문정희, '율포의 기억'–

03 민수가 위 작품을 읽은 후 핵심 내용을 아래와 같이 정리했을 때, ㉠~㉡에 들어갈 내용을 알맞게 쓰시오.

---

o 갈래 : 자유시, 서정시
o 제재 : 어머니와 뻘밭에 갔던 기억
o 핵심 내용
  – 이 작품에서 화자는 노동하는 이들을 숭고하게 여겨 (㉠)에 비유하고 있다.
  – '푸른 물'과 대조되는 시어인 (㉡)은 아름답지는 않지만 화자가 깨달음을 얻는 공간이다.

㉠	
㉡	

04 〈보기1〉을 바탕으로 음운 변동 사례에 대해 이해한 내용을 〈보기2〉에 정리하였다. 빈 칸에 알맞은 음운 변동 유형을 적어 넣으시오.

〈보기1〉

국어의 음운 변동 유형은 교체, 탈락, 첨가, 축약으로 나누어 볼 수 있다.

• 교체 : 한 음운이 다른 음운으로 바뀌는 현상 예 꽃[꼳]
• 탈락 : 한 음운이 없어지는 현상 예 앎[암:]
• 첨가 : 없던 음운이 새로 생기는 현상 예 맨입[맨닙]
• 축약 : 두 음운이 합쳐져서 제3의 음운으로 바뀌는 현상 예 입학[이팍]

음운 변동이 단어 내에서 한 번만 일어나기도 하고, 한 유형의 변동이 여러 번 일어나거나 서로 다른 유형의 변동이 여러 번 일어나는 경우도 있다.

〈보기2〉

• '늦여름[는녀름]'은 (㉠) 및 (㉡)이/가 일어났다.
• '닭하고[다카고]'는 (㉢) 및 (㉣)이/가 일어났다.
• '붙임[부침]'은 교체가 (㉤)번 일어났다.

* ㉠~㉣은 단어 안에서 변동이 발생하는 순서와 상관없이, 해당하는 유형을 쓰면 됨.
* ㉤에는 아라비아 숫자(1, 2, 3 등)가 아닌 우리말 세는 단위(한, 두, 세 등)를 쓸 것.

㉠	
㉡	
㉢	
㉣	
㉤	

수학

▶ 해답 p.340

05 함수

$$f(x) = 2x^3 + (4a + 7)x^2 + (4a + 5)x + a + 2$$

의 그래프가 a의 값에 관계없이 항상 지나는 점을 P라 하자. 곡선 $y = f(x)$ 위의 점 P에서의 접선과 x축, y축으로 둘러싸인 부분의 넓이를 구하는 과정을 아래의 단계에 따라 서술하시오. (단, a는 실수이다.)

(1) 점 P의 좌표를 구하시오.

(2) 점 P에서의 접선의 방정식을 구하시오.

(3) 곡선 $y = f(x)$ 위의 점 P에서의 접선과 x축, y축으로 둘러싸인 부분의 넓이를 구하시오.

06 함수 $y = a \sin bx$의 그래프를 x축의 방향으로 $\frac{\pi}{6}$만큼, y축의 방향으로 3만큼 평행이동한 그래프를 나타내는 함수를 $y = f(x)$라 하자. 함수 $f(x)$의 주기가 10π이고 최솟값이 -1일 때, $f\left(\frac{11}{6}\pi\right)$의 값을 구하는 과정을 아래의 단계에 따라 서술하시오. (단, a, b는 양의 상수이다.)

(1) a의 값을 구하시오.

(2) b의 값을 구하시오.

(3) $f\left(\frac{11}{6}\pi\right)$의 값을 구하시오.

07 공차가 3인 등차수열 $\{a_n\}$에 대하여 세 항 a_3, a_7, a_{10}이 순서대로 등비수열을 이룰 때, a_{20}을 구하는 과정을 서술하시오.

(1) a_1을 구하시오.

(2) a_n을 구하시오.

(3) a_{20}의 값을 구하시오.

08 두 다항함수 $f(x)$, $g(x)$가

$$\lim_{x \to 2} \frac{f(x) - 3}{x^2 - 4} = 2 \,,\; \lim_{x \to 2} \frac{x - 2}{g(x)} = 6$$

을 만족한다.

함수 $h(x) = f(x) g(x)$라 할 때, $h'(2)$의 값을 구하는 과정을 서술하시오.

(1) $f'(2)$의 값을 구하시오.

(2) $g'(2)$의 값을 구하시오.

(3) $h'(2)$의 값을 구하시오.

PART **4**

해답

정답 및 해설

P·A·R·T

1

국어

I . 문학

[01~02]

(가) 나희덕, 「매미」

갈래	자유시, 서정시	해제	이 작품은 매미를 의인화하여 시인의 삶과의 유사성을 드러내며 시인으로서 갖춰야 할 태도를 표현하고 있다. 긴 세월 음지에서 보내다 매미가 되어 나무를 올라가 우는 목청은 새로운 생명을 주기 위한 것이고, 시인의 삶이란 매미처럼 의미 있는 노래를 하기 위해 인고의 세월을 거쳐야 함을 드러내고 있다.
제재	매미		
주제	매미의 울음과 시인의 삶		
구성	•1연: 목숨이 다할 때까지 우는 매미 •2연: 흙 속에서 인고의 세월을 거친 매미의 등반 •3연: 매미가 나무를 오르는 것에 대한 궁금증 •4연: 매매의 울음과 새로운 생명의 탄생		

(나) 김영랑, 「모란이 피기까지는」

갈래	자유시, 서정시, 낭만시, 순수시	특징	•수미상관식 구성으로 주제를 강조함 •역설적 표현(모순 형용)과 고유어를 다듬어 섬세하게 표현함 •상징법, 반복법, 과장법, 활유법 등을 적절히 구사함
성격	유미적, 낭만적, 탐미적, 여성적		
어조	여성적		
제재	모란의 개화와 낙화		
주제	모란의 개화에 대한 간절한 소망과 기다림		

01 [모범답안]
① 새로운 애벌레들의 행진
② 찬란한 슬픔의 봄

[바른해설]
① (가)의 [D]에서는 새로운 생명을 탄생시키는 것이 매미가 우는 이유였음을 '새로운 애벌레들의 행진'이라는 시구를 통해 간접적으로 드러냄으로써 [A]에서 유발된 호기심에 대한 답을 주고 있다.

② (나)에서 '찬란한 슬픔의 봄'은 모란이 필 때는 찬란함을 느끼고 질 때는 슬픔을 느끼기에, 모란이 피고 지는 '봄'은 찬란함과 슬픔을 동시에 느끼도록 하는 때라는 의미를 가진 역설적 표현이며, 개화와 낙화가 반복되는 것이 자연의 섭리임을 드러낸다고 볼 수 있다.

[채점기준]

답안	배점	예상 소요 시간
① 새로운 애벌레들의 행진	5점	5분 / 전체 70분
② 찬란한 슬픔의 봄	5점	

02 [모범답안]
[C] 마지막 허물을 벗기 위하여
[D] 새로운 애벌레들의 행진

[바른해설]
[C]의 '마지막 허물을 벗기 위하여' 나무를 오르게 된 것일지도 모른다는 예상은, [D]에서 매미가 나무를 오르는 것이 다른 매미들을 모아 '새로운 애벌레들의 행진' 즉, 새로운 애벌레를 탄생시키기 위한 것임이 드러나면서 예상과는 다른 이유가 있었음이 밝혀지고 있다.

[채점기준]

답안	배점	예상 소요 시간
[A] 마지막 허물을 벗기 위하여	5점	5분 / 전체 70분
[B] 새로운 애벌레들의 행진	5점	

[03~04]

갈래	가사, 기행 가사	특징	•풍자와 비판의 언어 •구체적이고 사실적인 묘사 •대조적 이미지 •직설적, 감정적 어조
성격	고발적, 비판적, 사실적, 애민적		
어조	직설적, 감정적		
배경	조선 후기		
주제	암행어사로 민정을 시찰한 체험과 백성들에 대한 애민 정신		

03 [모범답안]

그, 되었더라

[바른해설]

'그 기생의 눈치 보소 고슴도치 되었더라'에서 화자는 자신이 위의를 갖추고 좌수, 이방을 징벌하자 아까 자신의 초라한 몰골을 조롱하던 기생이 태도를 바꿔 두려워서 떠는 모습을 고슴도치에 빗대어 표현하고 있다. 그러므로 첫 어절은 '그'이고 마지막 어절은 '되었더라'이다.

[채점기준]

답안	배점	예상 소요 시간
그	5점	4분 / 전체 70분
되었더라	5점	

04 [모범답안]

① 동태

② 미역

[바른해설]

① '동태' 다음에 이어지는 '이 몰골 이 거동을 남 보이기 부끄럽다'로 볼 때, 저문 길을 가다가 얼음 밑에 빠져 온몸이 젖은 자신의 초라한 외양을 화자가 '동태'에 빗댄 것으로 이해할 수 있다.

② '미역' 다음에 이어지는 '가만히 살펴보니 내가 봐도 초라하다'로 볼 때, 기생이 암행어사가 호랑이처럼 무섭다는 소문과 달리 초라하다고 하며 그런 암행어사의 외양을 '미역'에 빗댄 것으로 이해할 수 있다.

[채점기준]

답안	배점	예상 소요 시간
① 동태	5점	5분 / 전체 70분
② 미역	5점	

[05~06]

갈래	고전 소설, 애정 소설	특징	• 이야기에 대한 작가의 논평이 덧붙음 • 혼사 장애 모티프가 나타남 • 사실적 심리와 비극적 결말을 묘사함
성격	비극적		
배경	조선 시대, 종로		
제재	신분이 다른 두 남녀의 사랑		
시점	전지적 작가 시점		
주제	신분제에 가로막혀 이루지 못한 비극적인 사랑		

05 [모범답안]

(주석으로 만든 큰) 자물쇠

[바른해설]

소녀는 20일을 기다린 심생에게 '저쪽 뒷문을 열고 낭군을 맞이'하겠다고 하고는 '뒷문으로 가 자물쇠를 걸고는 손수 열쇠로 딸가닥 소리를 내며 자물쇠를 채운다. 또한 '문을 잠가 거절해도' 심생이 계속 찾아왔다고 말하는 것으로 볼 때, '(주석으로 만든 큰) 자물쇠'는 심생에게 소녀의 거절 의사를 전달하는 기능을 하는 소재로 사용되었음을 알 수 있다.

[채점기준]

답안	배점	예상 소요 시간
(주석으로 만든 큰) 자물쇠	10점	4분 / 전체 70분

06 [모범답안]

㉮ 소광통교

㉯ 소녀의 방

㉰ 선방

[바른해설]

㉮ 소광통교 : 많은 사람이 왕래하는 거리 위의 개방적인 공간으로, 길을 가던 두 남녀의 우연한 만남이 자연스럽게 이루어질 수 있는 공간이다.

㉯ 소녀의 방 : 심생이 '소녀의 방'의 '잠긴 문 앞에서 밤을 새우고 새벽에 돌아'가기를 반복하다 소녀가 30일 만에 '뒷문을 활짝 열고 심생을' 부르자 '소녀의 방'으로 들어가게 된다. 따라서 '소녀의 방'은 심생을 거절하던 소녀의 태도 변화가 드러나는 공간이라 할 수 있다.

㉰ 선방 : 속세와 거리를 둔 산속의 공간으로, 심생이 집안의 뜻에 따라 '불만스런 마음'에도 불구하고 '벗들에게 이끌려' 간 공간이다.

[채점기준]

답안	배점	예상 소요 시간
㉮ 소광통교	3점	6분 / 전체 70분
㉯ 소녀의 방	4점	
㉰ 선방	4점	

[07~09]

(가) 작자 미상, 「서경별곡」

갈래	고려 가요	특징	• 상징적 시어를 통해 화자가 처한 이별의 상황을 드러냄 • 설의적 표현을 통해 임과의 사랑을 맹세하는 화자의 정서를 효과적으로 드러냄
성격	서정적, 애상적		
제재	임과의 이별		
주제	임에 대한 변함없는 사랑과 떠나는 임에 대한 원망		

(나) 장석남, 「배를 밀며」

갈래	자유시, 서정시	특징	• 배를 미는 구체적 행위에서 사랑과 이별의 의미를 유추함 • 영탄적 표현을 통해 시적 화자의 감정을 효과적으로 드러냄
성격	연정적, 고백적, 비유적		
제재	이별, 배를 밀어본 경험		
주제	이별의 아픔과 이별한 임에 대한 그리움		

07 [모범답안]
ⓐ 여희므론
ⓑ 괴시란ᄃᆡ
ⓒ 우러곰

[바른해설]
ⓐ 여희므론: 이별할 바엔
ⓑ 괴시란ᄃᆡ: 사랑하신다면
ⓒ 우러곰: 울면서

[채점기준]

답안	배점	예상 소요 시간
ⓐ 여희므론	4점	
ⓑ 괴시란ᄃᆡ	2점	6분 / 전체 70분
ⓒ 우러곰	4점	

08 [모범답안]
ⓐ 물 / ⓑ 배 / ⓒ 배 / ⓓ 물

[바른해설]
(가)에서 '대동강 넓은'은 화자와 임의 이별에 따른 거리감을 보여주는 것이므로, '물'은 애정 관계가 끊어지게 된 이별의 상황을 암시한다고 볼 수 있다. 또한 '가는 배'는 배가 대동강을 건너는 것으로, 화자와 임과의 이별 상황을 비유적으로 나타낸 것이다. 따라서 '배'는 이별의 상황이 일어나게 되는 구체적 사건을 의미한다고 볼 수 있다.

(나)에서 '배를 밀어 보는 것'은 화자가 상대방을 떠나보내는 상황을 보여 주는 것이므로, '배'는 화자와 애정 관계에 있는 대상을 의미한다고 볼 수 있다. 또한 물 위로 '배가 나가'는 모습은 화자와 상대방의 애정 관계가 변화하게 된 상황을 비유적으로 보여 주고 있으므로, '물'을 통해 애정 관계의 변화에 따른 화자의 심정을 비유적으로 표현하고 있다고 볼 수 있다.

[채점기준]

답안	배점	예상 소요 시간
ⓐ 물	2점	
ⓑ 배	3점	4분 / 전체 70분
ⓒ 배	2점	
ⓓ 물	3점	

09 [모범답안]
그런데, 배여

[바른해설]
(나)의 5연은 이전에 화자가 떠나보낸 사람을 잊으려 노력했던 것과 달리 그 사람에 대한 그리움의 감정이 무의식적으로 피어오르는 화자의 심정을 제시하며 '그런데'를 통해 시상을 전환하고 있다. 또한 화자의 안으로 '밀려 들어오는' 배는 화자가 예상하지 못한 상황으로, 이를 통해 이별의 슬픔을 담담히 받아들이며 그 슬픔을 잊으려 해도 사랑하는 사람이 쉽게 잊히지 않으며 그에 대한 그리움이 일어날 수밖에 없다는 사랑의 의미를 표현하고 있다.

[채점기준]

답안	배점	예상 소요 시간
그런데	5점	4분 / 전체 70분
배여	5점	

10

갈래	고전 소설, 영웅 소설, 군담 소설	특징	• 시간의 흐름에 따른 순행적 구성 • 전형적인 영웅의 일대기 구조를 보임 • 대식가와 잠꾸러기라는 점에서 전형적인 영웅의 모습과 차이를 보임 • 가정 지향적 성향
성격	영웅 일대기적		
배경	중국 명나라 때		
시점	전지적 작가 시점		
주제	영웅 이경모(경작)의 고난 극복과 승리		

[모범답안]
① 돈 / ② 차

[바른해설]
환상 속에서 노인이 '노자가 없으니 노부가 간단하게나마 차려 주겠소.', '내일 부어 놓은 차를 마시고 가시오'라고 말하였으며, 현실에서 경작이 '차 종지를 거두고 돈을 허리에 찼다'는 부분을 통해 돈과 차는 환상과 현실에 모두 등장한다는 것을 알 수 있으므로 두 세계를 이어주는 역할을 하는 소재라고 할 수 있다.

[채점기준]

답안	배점	예상 소요 시간
① 돈	5점	4분 / 전체 70분
② 차	5점	

[11~13]

갈래	고전 소설, 국문 소설, 염정 소설	특징	• 국내를 배경으로 사실과 허구를 적절히 조화
성격	애정적, 사실적, 사회비판적		• 남녀 간의 사랑을 다루면서 사회에 대한 비판과 역사의식을 드러냄
배경	• 시간: 조선 중종 • 공간: 한양		• 전기적인 서사 구조를 개연성 있는 허구로 전환시켜서 표현함
주제	부당한 권력에 맞서 이루어 낸 지극한 사랑		

11 [모범답안]
내, 주라

[바른해설]
'늑혼(勒婚)'이란 억지로 혼인을 하는 것을 말하는데, 〈보기〉에서 「윤지경전」은 임금이 주인공에게 혼인을 강제하는 늑혼(勒婚) 모티프를 서사적으로 전개한 애정 소설이라고 하였다. 윗글에서 임금이 "내 윤지경을 못 제어하리오. 군부를 욕한 죄로 의금부에 가두고, 또 윤현을 가두고 길례날을 받아 놓고, 최홍일은 빙채를 도로 주라."며 말한 부분에 이러한 늑혼(勒婚) 모티프가 잘 드러나 있다. 따라서 해당 문장에서 첫 어절은 '내'이고, 마지막 어절은 '주라'이다.

[채점기준]

답안	배점	예상 소요 시간
내	5점	5분 / 전체 70분
주라	5점	

12 [모범답안]
기고만장

[바른해설]
윗글의 ⓐ는 장원 급제를 한 지경이 연성 옹주의 부마될 것을 거절하자, 임금이 어린 나이에 출세하여 세상을 우습게 여겨 옹주와의 혼인을 꺼린다고 생각하며 한 말이다. 그러므로 〈보기〉의 빈칸에는 '일이 뜻대로 잘 되어 우쭐하여 뽐내는 기세가 대단함'을 뜻하는 '기고만장(氣高萬丈)'이 들어갈 한자성어로 적절하다.

[채점기준]

답안	배점	예상 소요 시간
기고만장	10점	4분 / 전체 70분

13 [모범답안]
소신이 뚜렷한 인물이다.

[바른해설]
위의 작품은 남성 주인공인 윤지경이 부당한 권력에 맞서 자신의 사랑을 지키려는 모습을 그린 애정 소설이다. ⓑ의 '죽어도 항복하지 아니하리이다'라는 말을 통해 윤 지경이 임금 앞에서도 자신의 주장을 굽히지 않는 '소신이 뚜렷한 인물'임을 알 수 있다.

[채점기준]

답안	배점	예상 소요 시간
소신이 뚜렷한 인물이다.	10점	5분 / 전체 70분

14

갈래	서민 가사	특징	• 설의적 표현을 사용하여 화자의 정서를 드러냄
성격	비판적, 호소적, 현실적		• 동일한 문장 구조를 반복하여 운율을 형성함
형식	대화체		• 갑과 을의 대화체 형식을 통해 이야기를 전개함
시기	조선 후기(정조)		
주제	부조리한 현실 비판		• 직설적인 말투와 현실적인 충고로 강한 인상을 남김

[모범답안]
후치령, 되세

[바른해설]
'후치령 길 비켜 두고 ~ 신역 없는 군사 되세'에서 목적지인 북청을 향한 경로를 나열하여 북청에서의 삶에 대한 기대감을 보여 주고 있다.

PART 1 국어 PART 2 수학 PART 3 기출문제 PART 4 해설

[채점기준]

답안	배점	예상 소요 시간
후치령	5점	4분 / 전체 70분
되세	5점	

[15~17]

갈래	전(傳), 한문 소설, 단편 소설, 풍자 소설	특징	• 재자가인(才子佳人)이 아닌 비천한 인물을 주인공으로 삼음 • 조선 후기 사회의 모습을 사실적으로 그려 냄 • 거지인 주인공의 인품을 예찬함으로써 상대적으로 양반 사회에 대한 풍자 효과를 높임
성격	사실적, 비판적, 풍자적		
배경	• 시간: 조선 후기 • 공간: 한양의 종루 저잣거리		
주제	신의 있고 정직한 삶에 대한 예찬		

15 [모범답안]
인정 많고 의로운

[바른해설]
집주인은 광문이 죽은 아이를 위해 거적을 덮어 아이의 시체를 수습한 후 공동묘지에 묻어주는 것을 보고 광문의 인품에 감동을 받아 약국 부자에게 천거한 것이므로, 광문이 '인정이 많고 의로운' 청년이라는 말을 건넸을 것으로 짐작할 수 있다.

[채점기준]

답안	배점	예상 소요 시간
인정 많고 의로운	10점	4분 / 전체 70분

16 [모범답안]
ⓐ 인물의 업적을 담은 일대기를 다루지 않았다.
ⓑ 비천한 신분의 인물을 주인공으로 삼았다.
ⓒ 인물에 대한 종합적인 평가를 생략하였다.

[바른해설]
ⓐ 조선 전기의 전(傳)은 기록할 만한 업적을 남긴 인물의 일대기를 다루고 있으나, 「광문자전」은 인물의 업적을 담은 일대기를 다루지 않았다.
ⓑ 조선 전기의 전(傳)은 유교적 도덕률을 중요하게 생각해 주로 재자가인(재능이 뛰어난 남자와 아름다운 여인)으로 표방되는 인물을 주인공으로 하였으나, 「광문자전」에서는 광문이라는 비천한 신분의 인물을 주인공으로 삼았다.
ⓒ 조선 전기의 전(傳)은 글의 마지막에 인물에 대한 종합적인 평가를 제시하지만, 「광문자전」에서는 인물에 대한 종합적인 평가를 생략하였다.

[채점기준]

답안	배점	예상 소요 시간
ⓐ 인물의 업적을 담은 일대기를 다루지 않았다.	4점	5분 / 전체 70분
ⓑ 비천한 신분의 인물을 주인공으로 삼았다.	3점	
ⓒ 인물에 대한 종합적인 평가를 생략하였다.	3점	

17 [모범답안]
ⓐ 약국 부자
ⓑ (약국 부자의) 처조카
ⓒ 광문

[바른해설]
ⓐ 약국 부자가 나갔다 돌아온 후 방 안의 돈이 없어진 것을 알고 광문이 돈을 가져갔을 거라고 오해한다. 그러므로 ⓐ에 들어갈 인물은 '약국 부자'이다.
ⓑ 며칠 후 약국 부자의 처조카가 돈을 가지고 와 부자에게 돌려주고 본인이 방에 들어가 돈을 가지고 간 사실을 고백하여 광문에 대한 오해가 해소된다. 그러므로 ⓑ에 들어갈 인물은 '(약국 부자의) 처조카'이다.
ⓒ 오해가 해소된 후 광문은 약국 부자로부터 마음에 상처를 주어 볼 낯이 없다는 사과를 받는다. 그러므로 ⓒ에 들어갈 인물은 '광문'이다.

[채점기준]

답안	배점	예상 소요 시간
ⓐ 약국 부자	3점	5분 / 전체 70분
ⓑ (약국 부자의) 처조카	4점	
ⓒ 광문	3점	

18

(가) 오세영, 「그릇 · 1」

갈래	자유시, 서정시	특징	• 수미상관식 구성임 • 인간의 삶을 구체적 사물에 비유함 • 추상적 관념어를 구사함 • 일상적 사물인 그릇을 상징적인 의미를 담아 관념적 세계를 표현함
성격	관념적, 철학적		
운율	내재율		
주제	사물을 통한 존재론적 의미 고찰		

(나) 이성복, 「꽃 피는 시절」

갈래	자유시, 서정시	특징	• 고백적인 어조로 사상을 전개함
성격	고백적, 감각적		• 사물을 의인화하여 표현함
제재	개화로 상징되는 봄의 생명력		• '나'가 '당신'에게 말을 건네는 어조를 사용함
주제	생명의 탄생에 따라오는 필연적인 고통과 개화의 과정		• 개화의 과정과 고통을 비유적으로 표현함

[모범답안]
ⓐ 성숙 / ⓑ 이별

[바른해설]
ⓐ (가)의 '지금'은 베어지기를 기다리는 맨발의 상태임을 드러내고 있다. 그리고 베어진 '상처 깊숙이서 성숙'한다고 하였으므로 성숙을 기대하는 시간이라고 할 수 있다. 그러므로 ⓐ에 들어갈 말은 '성숙'이다.
ⓑ (나)의 '지금'은 아직 '당신'이 화자 속에 있는 시간이지만 곧 화자를 떠날 것을 알기에 다가올 이별에 대한 막막함. 즉 '나는 당신을 어떻게 보내 드려야 할지 모르겠'다고 토로하는 시간이기도 하다. 그러므로 ⓑ에 들어갈 말은 '이별'이다.

[채점기준]

답안	배점	예상 소요 시간
ⓐ 성숙	5점	4분 / 전체 70분
ⓑ 이별	5점	

[19~21]

갈래	단편 소설, 성장 소설	특징	• 어른이 된 서술자가 과거의 일을 회상하는 형식으로 내용을 전개함
성격	회고적, 낭만적		
제재	세상에 단 한 권뿐인 시집		
주제	• 청소년기의 아름답고 순수한 사랑 • 자신에게 의미가 있는 삶의 방식을 발견하고 그것을 가꾸어 나가는 자세		• 현재와 과거를 넘나드는 역순행적 방식을 취함

19 [모범답안]
시집

[바른해설]
소설가인 '나'는 어느 날 고등학교 때 '나'가 좋아했던 현아의 전화를 받고 그녀를 만난다. 그녀는 당시 '나'가 친구를 통해 현아에게 주었던 시집을 내놓았고, '나'는 그 시집을 보고 현아를 사랑했던 과거의 기억을 떠올리게 된다. 그러므로 시집은 현재의 '나'와 과거의 기억을 연결해 주는 매개물이라고 할 수 있다.

[채점기준]

답안	배점	예상 소요 시간
시집	10점	3분 / 전체 70분

20 [모범답안]
실연의 아픔

[바른해설]
윗글에서 '나'가 준 시집에 현아로부터 아무런 반응이 없자 현아가 '나'를 좋아하지 않는다는 생각에 '나'는 시를 더 이상 쓸 수가 없게 되고 다시 대학을 생각한다. 그러므로 위의 작품에서 ⓐ의 '몹시 추운 겨울'은 사랑의 실패로 인해 '나'가 겪는 '실연의 아픔'을 의미한다.

[채점기준]

답안	배점	예상 소요 시간
실연의 아픔	10점	4분 / 전체 70분

21 [모범답안]
글을 쓰는 것

[바른해설]
'나'는 고교 시절에는 공부 기계가 되는 것을 거부하다 글을 쓰게 되었고, 직장 시절에는 돈 세는 기계가 되는 것을 거부하여 글을 다시 쓰게 되었다. 그러므로 주인공인 '나'가 자신의 처지에 대한 부정적인 인식에서 벗어나 이를 극복하고자 했던 행위는 '글을 쓰는 것'이다.

[채점기준]

답안	배점	예상 소요 시간
글을 쓰는 것	10점	5분 / 전체 70분

PART 1 국어

PART 2 수학

PART 3 기출문제

PART 4 해답

22

갈래	평시조, 연시조		특징	• 대구법, 반복법, 원근법 등 다양한 표현법 사용
성격	풍류적, 전원적, 자연친화적			• 우리말의 묘미를 잘 살림
제재	어촌의 자연과 어부의 삶			• 여음구와 후렴구가 규칙적으로 등장하여 작품을 흥을 돋우고 사실감을 줌
주제	계절에 따라 펼쳐지는 자연의 모습과 어부의 흥취			• 선명한 색채 대비

[모범답안]
ⓐ 〈춘 1〉 / ⓑ 〈하 3〉 / ⓒ 〈추 4〉

[바른해설]
ⓐ 〈춘 1〉의 '앞 개에 안개 걷고 뒤 뫼에 해 비친다'는 앞 구절과 뒤 구절이 대구를 이루고 있으며, 시간이 흘러 안개가 사라지고 햇빛이 비치는 상황이 되었음을 제시하고 있다. 이를 통해 배를 띄워서 탈 수 있는 조건이 갖추어졌음을 알 수 있다.
ⓑ 〈하 3〉의 '봉창이 서늘코야'에서는 촉각적 이미지를 활용하여 배의 창문을 통해 들어오는 가을바람의 서늘함을 현장감 있게 표현하고 있다.
ⓒ 〈추 4〉의 '천산이 금수 ㅣ 로다'에서 '금수'는 수를 놓은 비단이라는 의미로, 가을 산의 단풍을 비유한 소재이다. 이를 통해 자연의 아름다운 풍경을 묘사하고 있다.

[채점기준]

답안	배점	예상 소요 시간
ⓐ 〈춘 1〉	3점	4분 / 전체 70분
ⓑ 〈하 3〉	3점	
ⓒ 〈추 4〉	4점	

[23~24]

갈래	현대 희곡, 부조리극		특징	• 특별한 사건 전개나 뚜렷한 갈등 양상이 없음
성격	반사실적, 서사적, 풍자적, 실험적			• 무대 장치, 소도구, 인물의 대사나 행동 등이 희극적으로 과장하여 표현됨
제재	어느 중년 교수의 일상			
주제	인간성을 상실한 현대인의 기계적인 삶에 대한 풍자			

23 [모범답안]
부조리한 현대 사회의 모습

[바른해설]
[A]는 3년 전 신문의 내용이고 [B]는 오늘의 신문 내용인데, 두 신문의 내용이 동일한 것은 현대인의 무의미한 일상의 반복을 의미한다. 또한 두 살 난 애가 자기 아비를 죽인 것과 지프차가 동대문을 들이받아 동대문이 무너지는 것 등은 비정상적인 사건들이다. 이러한 무의미한 일상의 반복과 비정상적인 사건들을 통해 '부조리한 현대 사회의 모습'을 묘사하고 있다.

[채점기준]

답안	배점	예상 소요 시간
부조리한 현대 사회의 모습	10점	5분 / 전체 70분

24 [모범답안]
ⓐ 원고지
ⓑ 철쇄(쇠사슬)
ⓒ 신문

[바른해설]
ⓐ 교수가 규격화된 틀 속에서 무의미하게 일상을 보내고 있음을 풍자하는 소재는 '원고지'로 교수가 집필에 얽매여 있음을 희극적으로 표현하는데 사용된다.
ⓑ 교수에게 부여된 사회와 가정으로부터의 구속과 책임을 상징하는 소재는 '철쇄(쇠사슬)'로 교수의 과중한 업무가 집에서도 계속되고 있음을 풍자한다.
ⓒ 반복되는 일상의 모습과 비정상적인 사회의 단면을 보여주는 소재는 '신문'으로, 교수가 갖고 있는 노동의 중압감을 상징한다.

[채점기준]

답안	배점	예상 소요 시간
ⓐ 원고지	4점	5분 / 전체 70분
ⓑ 철쇄(쇠사슬)	4점	
ⓒ 신문	2점	

25 [모범답안]
ⓐ 비이성적 인물
ⓑ 허구적 과장
ⓒ 희극적 형상화
ⓓ 의사소통의 혼란

[바른해설]
ⓐ 낮과 밤조차 구분하지 못하는 교수의 모습은 정상적이지 못한 '비이성적 인물'로 이해할 수 있다.
ⓑ 철쇄를 마치 옷처럼 입는 것은 현실에서는 일어나기 어려운

행동으로, '허구적 과장'을 통해 부조리를 표현한 것이다.

ⓒ 교수의 처가 말하는 생일의 주인공들은 굳이 챙길 필요가 없는 인물들로, 관객들에게 웃음을 주기 위한 '희극적 형상화'의 대상들이다.

ⓓ 교수의 처가 말도 안 되는 인물들의 생일까지 챙기면서 교수에게 돈을 요구하거나 공부와 번역을 혼동하여 말하는 등 교수와 처 사이의 파편적이고 어색한 대화는 비정상적인 '의사소통의 혼란'을 보여주고 있다.

[채점기준]

답안	배점	예상 소요 시간
ⓐ 비이성적 인물	3점	5분 / 전체 70분
ⓑ 허구적 과장	2점	
ⓒ 희극적 형상화	3점	
ⓓ 의사소통의 혼란	2점	

26

갈래	고전 소설, 국문 소설, 판소리계 소설	특징	• 선악의 대립구조와 모방담 구조 • 비극적 상황을 웃음으로 극복함 • 서민적인 등장인물과 토속적 어휘 및 과장된 표현 사용
성격	풍자적, 해학적, 교훈적		
시점	전지적 작가 시점		
주제	형제간의 우애와 권선징악		

[모범답안]

ⓐ 수수깡 (한 뭇)

ⓑ 박 (한 통)

[바른해설]

ⓐ [A]에서 '수수깡 한 뭇'은 제대로 된 집을 갖추지 못하고 열악한 주거 환경에서 살아가는 흥부의 처지를 보여 주는 소재에 해당한다.

ⓑ [B]에서 '박 한 통'은 제비의 다리를 고쳐 준 흥부가 그에 대한 보답을 받아 일확천금을 얻게 된다는 상황 반전의 계기를 보여 주는 소재에 해당한다.

[채점기준]

답안	배점	예상 소요 시간
ⓐ 수수깡 (한 뭇)	5점	4분 / 전체 70분
ⓑ 박 (한 통)	5점	

II. 독서

[01~02]

01 [모범답안]

㉠ 열거 / ㉡ 접속 / ㉢ 대용 / ㉣ 예시

[바른해설]

㉠ 앞에서 언급한 네 가지의 행동 요령을 '열거'한다는 것을 나타내는 적절한 담화 표지로, 텍스트의 응집성을 높이고 있다.

㉡ 앞에서 언급한 마스크를 착용해야 한다는 것과 상반되는 내용이 뒤에 이어짐을 알려 주는 적절한 '접속' 표현으로, 텍스트의 응집성을 높이고 있다.

㉢ 앞에서 언급한 도로변이나 공사장 주변 등을 의미하는 적절한 '대용' 표현으로, 텍스트의 응집성을 높이고 있다.

㉣ 앞에서 언급한 내용의 '예시'가 이어짐을 알려 주는 적절한 담화 표지로, 텍스트의 응집성을 높이고 있다.

[채점기준]

답안	배점	예상 소요 시간
㉠ 열거	2점	4분 / 전체 70분
㉡ 접속	3점	
㉢ 대용	3점	
㉣ 예시	2점	

02 [모범답안]

① 통일성

② 응집성

③ 의도성

[바른해설]

① ⓐ의 첫 번째 문장은 비유적인 표현이 담긴 문장으로 이 문장만으로는 문장에 담긴 의도를 파악하기 어렵다. 하지만 제목과 두 번째 문장을 통해 첫 번째 문장에 담긴 의도를 파악할 수 있고 일관된 주제를 전달하므로 '통일성'이 잘 드러나는 텍스트라고 할 수 있다.

② ⓑ는 문맥상 어울리지 않는 단어 사용으로 인해 문장 간의 연결이 어색하므로 텍스트의 하위 내용들이 표면상 긴밀하고 자연스럽게 연결되지 못하여 '응집성'이 결여된 텍스트라고 할 수 있다.

③ ⓐ는 텍스트의 목적과 내용이 제목을 통해 드러나고 있으므로 텍스트가 특정한 목적을 지녀야 하는 특성인 '의도성'이 잘 드러나 있지만, ⓑ는 제목이 텍스트의 내용과 관련성이 떨어지고 텍스트의 목적과 핵심 내용을 파악하기가 어려워 '의도성'이 결여된 텍스트라고 할 수 있다.

[채점기준]

답안	배점	예상 소요 시간
① 통일성	3점	
② 응집성	3점	4분 / 전체 70분
③ 의도성	4점	

[03~04]

03 [모범답안]

① ㉠ > ㉡

② ㉠ > ㉡

③ ㉠ < ㉡

④ ㉠ < ㉡

[바른해설]

① 4문단에 따르면 ㉠은 정기 세일이나 농산품의 수급 등 시기적 영향이 큰 반면, ㉡은 일시적인 요인에 의한 영향이 적다.

② 2문단에 따르면 ㉠은 가계에서 많이 소비하는 품목의 가격을 직접 조사하지만, 4문단에 따르면 ㉡은 GDP 관련 통계가 나온 후 산정되며 개별 품목의 가격을 조사하여 구하는 것이 아니다.

③ 4문단에 따르면 ㉠에는 가계에서 많이 소비하는 품목들이 포함되지만, ㉡에는 선박이나 무기와 같이 가계에서 직접 소비하지 않는 품목까지 포함된다.

④ 4문단에 따르면 ㉡은 분기마다 나오는 GDP 관련 통계가 나온 후 발표되므로 매달 발표되는 ㉠보다 발표 주기가 길다.

[채점기준]

답안	배점	예상 소요 시간
① ㉠ > ㉡	3점	
② ㉠ > ㉡	2점	
③ ㉠ < ㉡	3점	5분 / 전체 70분
④ ㉠ < ㉡	2점	

04 [모범답안]

① 줄여야

② 줄어든다

③ 낮추었기

[바른해설]

① 예산 편성에서 연금이나 기초 생활 보장비는 CPI와 연동이 되어 결정된다. 따라서 CPI가 높을수록 예산 편성에서 연금이나 기초 생활 보장비가 커지게 된다. 즉, 갑의 방법에 따라 계산한 수치는 정부가 발표한 CPI보다 낮으므로 연금이나 기초 생활 보장비를 줄이는 근거가 된다.

② 물가가 상승할 때 기준 금리를 인상하면 물가 상승이 완화된다. 갑이 산출한 물가 수준은 정부가 발표한 CPI보다 낮으므로 갑이 산출한 값을 신뢰한다면 금리 인상에 대한 요구는 줄어들 것이다.

③ 〈보기 1〉에서 가격이 상승한 품목의 소비 비중은 낮아지고, 가격이 그대로인 유사한 품목의 소비 비중이 높아진 것은 대체 효과가 나타났기 때문이다. CPI는 대체 효과가 반영되지 않기 때문에 생계비 변동이 과대 평가되는 경향이 있으므로, 가중치를 조정하여 갑이 산출한 지수는 CPI보다 낮게 나오게 된다.

[채점기준]

답안	배점	예상 소요 시간
① 줄여야	3점	
② 줄어든다	3점	5분 / 전체 70분
③ 낮추었기	4점	

[05~06]

05 [모범답안]

① 중성자

② 제어봉

③ 냉각재

[바른해설]

① 1문단에서 우라늄과 같이 무거운 원자핵이 중성자를 흡수하면 원자핵이 쪼개진다고 하였다. 이로 보아 우라늄 원자핵의 분열이 일어나기 위해서는 '중성자'가 필요하다는 것을 알 수 있다.

② 1문단에서 원자로 내에 중성자 수를 조절하지 않으면 핵분열 반응이 기하급수적으로 늘어나 핵연료의 소진을 가속화 할 수 있으므로 '제어봉'을 통해 핵분열 반응 속도를 조절한다고 하였다.

③ 2문단에서 냉각재로 물을 사용하는 제3 세대 원자로와 달리 다양한 물질을 '냉각재'로 사용하는 제4 세대 원자로에 대한 연구가 활발하다고 하였다.

[채점기준]

답안	배점	예상 소요 시간
① 중성자	3점	
② 제어봉	4점	5분 / 전체 70분
③ 냉각재	3점	

06 [모범답안]

① ㉠ > ㉡

② ㉠ < ㉡

③ ㉠ > ㉡

④ ㉠ < ㉡

⑤ ㉠ = ㉡

[바른해설]

① 3문단에서 ㉠은 고체 핵연료를 사용한다고 하였고, ㉡은 핵연료를 냉각재인 용융염에 녹여 활용한다고 하였다.

② 2문단에서 ㉡은 냉각재와 핵연료를 일체화된 용융염 형태로 활용하기 때문에 ㉠에 비해 원자로를 소형화하는 것이 용이하다고 하였다.

③ 3문단에서 ㉡은 용융염이 외부로 누설되더라도 상온에서 고체화되어 방사능의 외부 누출을 억제할 수 있다고 한 반면, ㉠은 노심이 녹아내리는 용융 사고가 발생하면 원자로가 파손되어 대량의 방사성 물질들이 외부로 유출될 수 있다고 하였다.

④ 4문단에서 ㉡의 출력 변화는 냉각재 온도를 통해서 조절이 가능하기 때문에 핵분열 반응 속도를 제어하는 제어봉이 필요 없다고 하였다.

⑤ 2문단에서 ㉠은 냉각재로 물을 사용하며, ㉡은 냉각재와 핵연료를 일체화된 형태로 활용한다고 하였다.

[채점기준]

답안	배점	예상 소요 시간
① ㉠ 〉 ㉡	2점	
② ㉠ 〈 ㉡	2점	
③ ㉠ 〉 ㉡	2점	5분 / 전체 70분
④ ㉠ 〈 ㉡	2점	
⑤ ㉠ = ㉡	2점	

[07~08]

07 [모범답안]

① 슘페터
② 케인스
③ 하이에크

[바른해설]

① 제시문의 3문단에 따르면 슘페터는 불황이 경제의 혁신을 위해 반드시 필요한 조정 수단이며, 시장에 자율적 조정을 맡겨야 한다고 보았다. 슘페터의 입장에서 불황이 일어나는 과정에서 발생하는 소비의 감소 역시 불황이 해결되면 자연스럽게 해결될 문제라고 볼 수 있다.

② 제시문의 4문단에 서술된 '투자재에 대한 수요가 축소되면 투자재 부문에 고용된 사람들의 소득이 줄어들거나 이들이 실업으로 인해 소득을 상실한다. 이는 다시 소비재 부문에 대한 수요 축소로 연결되어 경제 전반에 걸쳐 소비가 감소한다.'를 통해 확인할 수 있다.

③ 제시문의 2문단에 서술된 '투자 증가로 인해 미래의 산출량은 늘어나지만 저축은 감소하고 미래의 소비도 줄어들어'를 통해 확인할 수 있다.

[채점기준]

답안	배점	예상 소요 시간
① 슘페터	3점	
② 케인스	3점	5분 / 전체 70분
③ 하이에크	4점	

08 [모범답안]

ⓐ 인위적
ⓑ 적극적

[바른해설]

ⓐ 제시문의 3문단에 '하이에크와 슘페터는 공황 해결을 위해 누군가가 개입해서 조정을 하면 오히려 문제가 심각해질 수 있기 때문에 시장에 자율적 조정을 맡겨야 한다고 보았다.'고 서술되어 있고, 그 다음 줄에 '이처럼 인위적 개입을 반대하는 자유 시장주의자'라고 서술되어 있으므로 ⓐ에는 '인위적'이 들어갈 말로 적절하다.

ⓑ 제시문의 마지막 문단에 '그는 정부의 적극적인 개입을 통해 수요를 살리는 정책을 펼쳐 경기 침체를 극복할 수 있다고 보았다.'고 서술되어 있으므로 ⓑ에는 '적극적'이 들어갈 말로 적절하다.

[채점기준]

답안	배점	예상 소요 시간
ⓐ 인위적	5점	4분 / 전체 70분
ⓑ 적극적	5점	

[09~10]

09 [모범답안]

ⓐ 다양성의 인식과 존중
ⓑ 문화 간 차이의 인정
ⓒ 타문화가 사회에 이바지하도록 장려하는 일

[바른해설]

제시문의 두 번째 단락에서 다문화주의의 개념을 밝힌 후 그 구체적인 의미를 하위의 각 단락에서 설명하고 있다. ⓐ는 다문화주의의 첫 번째 구성 요소인 '문화의 다양성을 인식하고 존중하는 것'에 대해, ⓑ는 두 번째 구성 요소인 '문화 간 차이를 인정하는 것'에 대해, ⓒ는 세 번째 구성 요소인 '다른 문화가 사회에 이바지하도록 장려하는 것'에 대해 각각 구체적인 의미를 풀어 설명하고 있다. 그러므로 위의 순서에 따라 ⓐ에는 '다양성의 인식과 존중', ⓑ에는 '문화 간 차이의 인정', 그리고 ⓒ에는 '타문화가 사회에 이바지하도록 장려하는 일'이 들어갈 말로 적절하다.

[채점기준]

답안	배점	예상 소요 시간
ⓐ 다양성의 인식과 존중	3점	
ⓑ 문화 간 차이의 인정	3점	5분 / 전체 70분
ⓒ 타문화가 사회에 이바지하도록 장려하는 일	4점	

10 [모범답안]

상호 유기적인 결합을 통해 총체적인 의미 작용을 하는 통합적인 관계이다.

[바른해설]

제시문의 여섯 번째 단락에서 네 가지 차원의 다문화주의 요소는 서로 단절된 의미로 구성되고 작용하는 것이 아니라 '상호 유기적인 결합을 통해 총체적인 의미 작용을 하는 통합적인 관계'로 이해해야 한다고 기술되어 있다.

[채점기준]

답안	배점	예상 소요 시간
상호 유기적인 결합을 통해 총체적인 의미 작용을 하는 통합적인 관계이다.	10점	5분 / 전체 70분

[11~12]

11 [모범답안]

나무에 정령이 깃들어 있다고 믿었기 때문이다.

[바른해설]

키쿠유 사람들은 나무에 정령이 깃들어 있다고 믿었기 때문에 베어 낼 나무에 나뭇가지를 기대어 놓았다가 다른 나무로 옮기거나, 나무를 베자마자 그 자리에 곧바로 또 다른 나무를 심는 방식으로 나무의 정령을 다른 나무로 옮겨 가게 했다.

[채점기준]

답안	배점	예상 소요 시간
나무에 정령이 깃들어 있다고 믿었기 때문이다.	10점	4분 / 전체 70분

12 [모범답안]

비폭력

[바른해설]

제시문에 따르면 키쿠유족은 의식이 진행되는 동안 부족의 어른들이 '시이기나무 막대'를 쥐고 있었는데, 이것은 폭력이 용인되지 않는다는 표시로 공동체 내부에서 그리고 공동체끼리 평화를 유지하는 데 크게 이바지했다고 서술되어 있다. 그러므로 시이기나무 막대는 '비폭력' 또는 '평화'를 상징한다고 볼 수 있다.

[채점기준]

답안	배점	예상 소요 시간
비폭력	10점	3분 / 전체 70분

[13~14]

13 [모범답안]

인간에게는 다른 사람을 능가하여 인정받고 싶은 심리가 있기 때문이다.

[바른해설]

제시문에 따르면 역사학자 요한 하위징아는 놀이하는 것은 인간이 하는 행위의 가장 큰 특성이며, 이 놀이하는 인간의 특성은 경쟁 본능과 밀접하게 연결되어 있다고 말한다. 그리고 인간에게는 이기고 싶은 욕구가 있는데, 이것은 다른 사람을 능가하여 최고가 되고, 이를 인정받고 싶은 심리를 기반으로 한다고 설명하고 있다. 그러므로 우리가 어려서부터 해 온 놀이와 오락도 경쟁을 할 때 더 재미가 있는 이유는 인간에게는 다른 사람을 능가하여 인정받고 싶은 심리가 있기 때문이다.

[채점기준]

답안	배점	예상 소요 시간
인간에게는 다른 사람을 능가하여 인정받고 싶은 심리가 있기 때문이다.	10점	5분 / 전체 70분

14 [모범답안]

ⓐ 인간의 본성
ⓑ 자본주의 경제

[바른해설]

ⓐ 인간을 공격적이고 이기적인 존재로 보았던 영국의 철학자 토머스 홉스는 경쟁심은 인간이 필요한 무엇인가를 얻기 위해 다른 사람과 투쟁하도록 만드는 '인간의 본성'이며 따라서 경쟁을 부정하는 것이 아니라 경쟁의 긍정적인 힘을 배우고 활용하는 지혜가 필요하다고 하였다.

ⓑ 제시문에 따르면 '자본주의 경제'의 기본 원리는 자유 경쟁이며, 경제학자 애덤 스미스는 이러한 자본주의 경제 원리의 토대를 만들었다. 애덤 스미스는 인간의 이기심이 사회를 발전시킨다는 신념을 바탕으로 자유 경쟁의 원리를 주장하였는데, 인간의 이기심을 통제하기보다 오히려 경쟁을 통해 인간의 이기심을 활용하는 것이 개인의 행복과 사회 전체의 이익을 동시에 달성하는 길이라고 하였다.

[채점기준]

답안	배점	예상 소요 시간
ⓐ 인간의 본성	5점	5분 / 전체 70분
ⓑ 자본주의 경제	5점	

[15~16]

15 [모범답안]
스웨덴의 권력 거리 지수가 프랑스보다 낮았기 때문이다.

[바른해설]
베르나도트 장군은 프랑스인으로, 프랑스의 군대에서는 상관의 실수에 부하가 웃는 일은 상상조차 할 수 없다. 그러나 스웨덴에서는 한 나라의 최고 권력자라고 할 수 있는 국왕에 대해서 그다지 두려움을 느끼지 않는다. 이는 스웨덴의 권력 거리 지수가 프랑스보다 낮았기 때문이다.

[채점기준]

답안	배점	예상 소요 시간
스웨덴의 권력 거리 지수가 프랑스보다 낮았기 때문이다.	10점	5분 / 전체 70분

16 [모범답안]
ⓐ 낮다 / 높다
ⓑ 가깝다 / 멀다
ⓒ 쉽다 / 어렵다

[바른해설]
ⓐ 제시문에 따르면 권력 거리 지수가 작은 경우에는 부하 직원이 상사에게 일방적으로 의존하는 정도가 낮으며, 큰 경우에는 부하 직원이 상사에게 의존하는 정도가 높다.
ⓑ 제시문에 따르면 권력 거리 지수가 작은 경우에는 상사와 부하 직원 간의 감정적 거리가 비교적 가까운 편이나, 큰 경우에는 상사와 부하 간의 심리적 거리가 멀다.
ⓒ 제시문에 따르면 권력 거리 지수가 작은 경우에는 부하 직원은 상사에게 쉽게 접근해서 반대 의견을 낼 수 있으나, 큰 경우에는 부하 직원이 직접 상사에게 다가가서 반대 의견을 내놓는 일이 좀처럼 드물다.

[채점기준]

답안	배점	예상 소요 시간
ⓐ 낮다 / 높다	4점	5분 / 전체 70분
ⓑ 가깝다 / 멀다	3점	
ⓒ 쉽다 / 어렵다	3점	

17 [모범답안]
ⓐ 노자 / ⓑ 장자 / ⓒ 공자

[바른해설]
ⓐ 5문단에서 노자는 현실 세계의 모든 것이 언어 개념을 가지고 있고, 언어 개념을 통해 대상을 인식하고 있다고 보았음을 알 수 있다. 따라서 (가)는 노자의 견해와 부합한다.

ⓑ 5문단에서 장자는 언어 개념이 상대적이며 유한성을 가지고 있으므로, 대상의 본질을 전달하기 위한 하나의 수단에 불과한 것으로 보았음을 알 수 있다. (나)에서 언어의 목적이 뜻을 전달하는 데 있고 뜻을 전달했으면 언어는 잊어야 한다는 것은 장자의 견해와 부합한다.
ⓒ 3문단에서 공자는 언어가 제대로 사용되어야 사회 질서가 잡히고 바람직한 공동체가 형성될 것이라 보았음을 알 수 있다. (다)는 이러한 공자의 사상을 보여 준다.

[채점기준]

답안	배점	예상 소요 시간
ⓐ 노자	4점	5분 / 전체 70분
ⓑ 장자	3점	
ⓒ 공자	3점	

[18~19]

(가) 김광규, 「뺄셈」

갈래	자유시, 서정시, 운문시	특징	• 대조적 시어의 사용
성격	의지적, 성찰적, 반성적		• 단정적 어조를 통해 당위성을 부여함
			• 덧셈과 뺄셈이라는 셈법에 삶의 자세를 빗댐
주제	욕망을 버리고 마음을 비우며 사는 삶		• 평이한 시어를 활용하여 일상에서 발견한 삶의 의미를 그려냄
			• 의문형 어미를 반복적으로 사용하여 반성적 태도를 드러냄

(나) 이태준, 「낙화의 적막」

갈래	현대 수필	특징	• 일상생활에서 겪은 낙화를 통해 얻은 깨달음을 전달함
성격	반성적, 성찰적, 경험적, 애찬적		
제재			• 시간의 흐름에 따른 서술자의 정서 변화를 중심으로 내용을 전개함
주제	낙화의 가치와 진정한 아름다움		

18 [모범답안]
ⓐ 초기 발사 속도
ⓑ 발사 각도
ⓒ 공기의 저항

PART 1 국어

PART 2 수학

PART 3 기출문제

PART 4 해설

ⓓ 바람의 영향

[바른해설]

제시문에서 화살의 포물선 운동에 영향을 미치는 요인으로 양궁 선수가 활시위를 당기는 힘에 따라 달라지는 초기 발사 속도와 화살의 포물선 운동이 달라지는 발사 각도가 있다. 이 외에 양궁이 실외에서 하는 경기이므로 공기의 저항과 바람의 영향을 크게 받는다고 설명하고 있다.

[채점기준]

답안	배점	예상 소요 시간
ⓐ 초기 발사 속도	2점	5분 / 전체 70분
ⓑ 발사 각도	2점	
ⓒ 공기의 저항	3점	
ⓓ 바람의 영향	3점	

19 [모범답안]

ⓐ 변이 / ⓑ 공존

[바른해설]

다윈의 진화론은 하나의 종인 핀치가 다양하게 '변이'함으로써 공존이 가능하게 되었음을 설명하였고, 마굴리스의 공생 진화론은 균류와 조류의 공생 생물인 지의류의 예처럼 여러 생물이 서로 필요한 자원을 주고받으면서 '공존'하는 방식을 설명하고 있다.

[채점기준]

답안	배점	예상 소요 시간
ⓐ 변이	5점	3분 / 전체 70분
ⓑ 공존	5점	

20 [모범답안]

ⓐ 지배국 / ⓑ 지배국 / ⓒ 강대국 / ⓓ 종속국 / ⓔ 강대국

[바른해설]

ⓐ 제시문에 따르면 피라미드의 폭과 국가의 수는 비례한다고 하였으므로, 지배국의 국가의 수가 가장 적다.

ⓑ 지배국의 국력은 아래의 모든 국가들의 국력을 합친 것보다 강하다고 하였으므로, 강대국부터 종속국의 국력의 합보다 지배국의 국력이 더 강하다.

ⓒ 제시문에 따르면 지배국은 자국이 만든 국제 질서를 제공하고 자국과 일부 소수 강대국의 이익을 부합시켜 국제 질서를 유지한다고 하였다.

ⓓ 제시문에 따르면 피라미드 아래로 갈수록 현재 국제 질서에 불만족하는 국가의 비율은 증가한다고 하였다. 따라서 지배국에서 종속국으로 갈수록 현재의 질서에 만족하는 국가의

비율은 감소한다.

ⓔ 제시문에 따르면 약소국은 강대국 중 어느 한 국가가 지배국에 도전하게 되면 강대국을 지지한다고 하였다.

[채점기준]

답안	배점	예상 소요 시간
ⓐ 지배국	2점	5분 / 전체 70분
ⓑ 지배국	2점	
ⓒ 강대국	2점	
ⓓ 종속국	2점	
ⓔ 강대국	2점	

[21~22]

주제	법정 최고 금리의 필요성과 시장에 미치는 영향		
구성	• 1문단: 금리의 개념과 결정 방식 • 2문단: 최고 금리를 법으로 규정하여 제한하는 이유 • 3문단: 가격 통제를 시행하는 이유와 최고 가격제의 의미 • 4문단: 법정 최고 금리가 시장에 미치는 영향	해제	법정 최고 금리의 필요성을 소개하고 최고 가격제의 한 유형인 법정 최고 금리의 개념과 특징에 대해 설명하고 있다.

21 [모범답안]

수요량이 공급량을 초과한 초과 수요가 발생하여 공급량이 부족하게 된다.

[바른해설]

제시문의 마지막 문단에서 자금 수요자들은 법정 최고 금리를 통해 시장의 균형점보다 낮은 금리로 자금을 빌릴 수 있게 되지만, 시장에서 결정된 금리보다 낮은 금리로 돈을 빌릴 수 있게 됨에 따라 '수요량이 공급량을 초과한 초과 수요가 발생하여 공급량이 부족하게 되는 현상'이 발생하기도 한다고 '법정 최고금리'의 부작용에 대해 설명하고 있다.

[채점기준]

답안	배점	예상 소요 시간
수요량이 공급량을 초과한 초과 수요가 발생하여 공급량이 부족하게 된다.	10점	5분 / 전체 70분

22 [모범답안]

최고 가격의 경우 현재 시장에서 결정되는 가격보다 낮은 수준에서 설정될 때 그 영향력이 발휘되기 때문이다.

[바른해설]

법정 최고 금리는 최고 가격제의 일종이고, 최고 가격제는 시장에 상품의 공급량이 절대적으로 부족하여 물가가 치솟을 때 물가를 안정시키고 수요자를 보호할 목적으로 정부가 가격의 상한선을 설정하고 그 상한선 이상에서의 거래를 법으로 금지하는 제도를 말한다. 제시된 그래프에서 E는 공급과 수요의 균형점을 의미하므로 시장에서 형성된 금리이다. 제시문의 [A]에서 '최고 가격의 경우 현재 시장에서 결정되는 가격보다 낮은 수준에서 설정될 때 그 영향력이 발휘된다.'고 하였으므로, 정부가 법정 최고 금리를 통해 금리 상한을 규제할 때에는 E에서 도출된 금리보다 낮은 수준에서 금리를 결정해야 한다.

[채점기준]

답안	배점	예상 소요 시간
최고 가격의 경우 현재 시장에서 결정되는 가격보다 낮은 수준에서 설정될 때 그 영향력이 발휘되기 때문이다.	10점	5분 / 전체 70분

[23~24]

갈래	기고문, 편지글	해제	• 수신자를 정하고 그를 설득하는 형식을 취함 • 주장의 정당성을 밝히기 위해 구체적인 사실을 근거로 제시함 • 사건과 관계 있는 여러 인물들의 잘못된 행위를 구체적으로 밝히며 비판함
제재	프랑스 군부의 잘못된 사법 행위		
주제	잘못된 군사 재판에 대해 고발함		

23 [모범답안]

ⓐ 드레퓌스 / ⓑ 드클랑 / ⓒ 에스테라지 / ⓓ 피카르 / ⓔ 케스트네르 / ⓕ 에밀 졸라

[바른해설]

ⓐ 드레퓌스: 적국 독일에게 기밀을 팔아넘겼다고 간첩 누명을 쓴 피고인

ⓑ 드클랑: 드레퓌스에게 간첩 누명을 씌워 사건을 조작한 인물

ⓒ 에스테라지: 피카르 중령이 밝혀낸 진범

ⓓ 피카르: 에스테라지 소령이 진범임을 밝혀낸 사람

ⓔ 케스트네르: 드레퓌스의 재심 청원 운동을 주도한 국회 상원 부의장

ⓕ 에밀 졸라: 프랑스 대통령에게 편지를 보낸 글쓴이

[채점기준]

답안	배점	예상 소요 시간

ⓐ 드레퓌스	1점	6분 / 전체 70분
ⓑ 드클랑	2점	
ⓒ 에스테라지	2점	
ⓓ 피카르	2점	
ⓔ 케스트네르	2점	
ⓕ 에밀 졸라	1점	

24 [모범답안]

① 명세서상의 필적이 드레퓌스의 것이다.

② 기밀 서류상의 'D'라는 이니셜로 불리는 자가 바로 드레퓌스이다.

[바른해설]

① 명세서의 필적 감정이 문제가 되었다는 내용에서, 참모 본부는 명세서의 필적을 근거로 하여 드레퓌스가 명세서의 작성자라고 주장했음을 알 수 있다.

② 'D'라는 이니셜로 불리는 자가 등장하는 기밀 서류를 증거로 하여 드레퓌스의 유죄 선고를 정당화했다고 하였으므로, 'D'라는 이니셜로 불리는 자가 드레퓌스를 의미한다고 주장했음을 추론할 수 있다.

[채점기준]

답안	배점	예상 소요 시간
① 명세서상의 필적이 드레퓌스의 것이다.	5점	5분 / 전체 70분
② 기밀 서류상의 'D'라는 이니셜로 불리는 자가 바로 드레퓌스이다.	5점	

[25~26]

주제	검색 엔진에서의 매칭 알고리즘과 인덱스의 구성 방식	특징	검색 엔진에서 검색어에 부합하는 웹 페이지를 찾아내는 매칭 알고리즘에 대해 설명하고 있다.
구성	• 1문단: 검색 엔진에서 사용되는 두 개의 알고리즘 • 2문단: 매칭 알고리즘에 인덱스를 사용하는 이유 • 3문단: 웹 페이지 번호를 부여하는 방식의 인덱스 • 4문단: 단어 위치 방식의 인덱스가 고안된 이유와 활용 사례 • 5문단: 태그를 이용하는 방식의 인덱스가 고안된 이유와 활용 사례		

PART 1 국어

PART 2 수학

PART 3 기출문제

PART 4 해설

25 [모범답안]

ⓐ 웹 페이지의 내용은 수시로 바뀌기 때문에

ⓑ 검색되는 웹 페이지의 수가 줄어들기 때문에

[바른해설]

ⓐ 2문단에서 매칭 알고리즘은 미리 저장해 놓은 인덱스를 이용한다고 하였다. 그래서 인덱스가 만들어진 시점이 검색이 요청되는 시점보다 앞서게 된다. '웹 페이지의 내용은 수시로 바뀌기 때문에' 인덱스를 자주 갱신해 주어야 검색어에 부합하는 웹 페이지를 찾을 수 있게 된다.

ⓑ 1문단에서 사용자는 적은 수의 결과만을 보고 싶어 한다고 하였다. truck은 세 개의 웹 페이지에 모두 등장하는 단어이다. 만약 제목에만 truck이 사용된 웹 페이지를 검색할 수 있다면 결과로 나타나는 웹 페이지 수는 한 개로 줄어들게 된다. 즉, '검색되는 웹 페이지의 수가 줄어들기 때문에' 사용자는 만족도가 높아지게 될 것이다.

[채점기준]

답안	배점	예상 소요 시간
ⓐ 웹 페이지의 내용은 수시로 바뀌기 때문에	5점	5분 / 전체 70분
ⓑ 검색되는 웹 페이지의 수가 줄어들기 때문에	5점	

26 [모범답안]

2

[바른해설]

[웹 페이지 1]의 'my'를 '단어 위치 방식의 인덱스'로 나타내면 (1-2)이다. 그리고 [웹 페이지 2]의 'my'를 '태그를 이용하는 방식의 인덱스'로 나타내면 (2-2)인데, 이는 my 앞에 제목의 시작을 나타내는 태그 〈title〉이 들어가기 때문이다. 따라서 두 상황에서 my의 위칫값은 2로 같다.

[채점기준]

답안	배점	예상 소요 시간
2	10점	5분 / 전체 70분

Ⅲ. 문법(언어와 매체)

01 [모범답안]

①2 / ②1 / ③2 / ④0 / ⑤1

[바른해설]

① 솥이[소치] : 'ㅌ'이 'ㅊ'으로 바뀌었다. 'ㅌ'은 치조음이면서 파

열음이고, 'ㅊ'은 경구개음이면서 파찰음이다. 따라서 조음 위치와 조음 방법이 모두 바뀐 예이다.

② 칼날[칼랄] : 'ㄴ'이 'ㄹ'로 바뀌었다. 'ㄴ'은 치조음이면서 비음이고, 'ㄹ'은 치조음이면서 유음이다. 따라서 조음 위치는 바뀌지 않고 조음 방법만 바뀐 예이다.

③ 젖는[전는] : 'ㅈ'이 'ㄷ'을 거쳐 'ㄴ'으로 바뀌었다. 'ㅈ'은 경구개음이면서 파찰음이고, 'ㄷ'은 치조음이면서 파열음이며, 'ㄴ'은 치조음이면서 비음이다. 따라서 조음 위치와 조음 방법이 모두 바뀐 예이다.

④ 국도[국또] : 'ㄷ'이 'ㄸ'으로 바뀌었다. 'ㄷ'은 치조음이면서 파열음이고, 'ㄸ'도 치조음이면서 파열음이다. 따라서 조음 위치와 조음 방법이 모두 바뀌지 않은 예이다.

⑤ 입는[임는] : 'ㅂ'이 'ㅁ'으로 바뀌었다. 'ㅂ'은 양순음이면서 파열음이고, 'ㅁ'은 양순음이면서 비음이다. 따라서 조음 위치는 바뀌지 않고 조음 방법만 바뀐 예이다.

[채점기준]

답안	배점	예상 소요 시간
① 2	2점	5분 / 전체 70분
② 1	2점	
③ 2	2점	
④ 0	2점	
⑤ 1	2점	

02 [모범답안]

① ㉢ / ② ㉠ / ③ ㉠ / ④ ㉡

[바른해설]

① 'ㅓ' 앞에 반모음 'ㅣ'가 첨가되어 'ㅓ'가 이중 모음 'ㅕ'로 되었으므로 ㉢에 해당한다.

② '가-'의 'ㅏ'와 '-았-'의 'ㅏ' 중 하나의 'ㅏ'가 탈락하였으므로 ㉠에 해당한다.

③ '쓰-'의 'ㅡ'와 '-어라'의 'ㅓ' 중 'ㅡ'가 탈락하였으므로 ㉠에 해당한다.

④ '이기-'의 끝음절 모음 'ㅣ'가 반모음 'ㅣ'로 교체되고 그것과 'ㅓ'가 결합하여 이중 모음 'ㅕ'가 되었으므로 ㉡에 해당한다.

[채점기준]

답안	배점	예상 소요 시간
① ㉢	3점	5분 / 전체 70분
② ㉠	2점	
③ ㉠	2점	
④ ㉡	3점	

03 [모범답안]

㉠ 어깨동무, 앞서다, 힘들다

㉡ 부슬비, 오르내리다, 검붉다

[바른해설]

㉠ 통사적 합성어: 어깨동무, 앞서다, 힘들다

- 어깨동무: 명사 '어깨'와 명사 '동무'가 결합한 것으로 일반적인 명사구와 그 배열 방식이 같으므로 통사적 합성어이다.
- 앞서다: 명사 '앞'과 동사 '서다'가 결합한 것으로 일반적인 통사 구조와 그 배열 방식이 같으므로 통사적 합성어이다.
- 힘들다: 명사 '힘'과 동사 '들다'가 결합한 것으로 일반적인 통사 구조와 그 배열 방식이 같으므로 통사적 합성어이다.

㉡ 비통사적 합성어: 부슬비, 오르내리다, 검붉다

- 부슬비: '부슬거리다'의 어근 '부슬'과 명사 '비'가 직접 결합한 것이므로 비통사적 합성어이다.
- 오르내리다: 동사 어간 '오르-'와 동사 어간 '내리-'가 연결 어미 없이 직접 결합한 것이므로 비통사적 합성어이다.
- 검붉다: 형용사 어간 '검-'과 '붉-'이 연결 어미 없이 직접 결합한 것이므로 비통사적 합성어이다.

[채점기준]

답안	배점	예상 소요 시간
㉠ 어깨동무, 앞서다, 힘들다	5점	5분 / 전체 70분
㉡ 부슬비, 오르내리다, 검붉다	5점	

04 [모범답안]

① ㉠ / ② ㉢ / ③ ㉡ / ④ ㉠

[바른해설]

① '무겁다'와 '가볍다'는 정도의 측면에서 대립하는 반의어 쌍으로 '무겁다'는 '움직임이 느리고 둔하다'의 의미를 지니며, 그에 대응되는 '가볍다'도 '몸이나 손발 따위의 움직임이 날쌔고 재다.'의 의미를 지닌다.

② '받다'와 '주다'는 주고받는 물건을 기준으로 '주는 사람'과 '받는 사람'이 서로 방향상의 대립을 보이는 반의어 쌍이다.

③ '기혼'과 '미혼'은 상호 배타적으로 대립하는 반의어로 '기혼'은 '이미 결혼함. 또는 그런 사람.'이라는 뜻으로 '아직 결혼하지 않음. 또는 그런 사람.'을 뜻하는 '미혼'과 반의 관계이다.

④ '높다'와 '낮다'는 정도의 측면에서 대립하는 반의어 쌍으로 '꽤 높아', '너무 낮아서'와 같이 정도를 표현할 수 있다.

[채점기준]

답안	배점	예상 소요 시간
① ㉠	2점	5분 / 전체 70분
② ㉢	3점	
③ ㉡	3점	
④ ㉠	2점	

05 [모범답안]

① 4

② 목적어

③ 주어

④ 부사어

⑤ 2

[바른해설]

① '이'는 '개'를 꾸며 주는 관형어이다. '우리'는 '옆집'을 꾸며 주는 관형어이다. '우리 옆집'은 '사람'을 꾸며 주는 관형어이다. '우리 옆집 사람이 키우는'은 '개'를 꾸며 주는 관형어이다. 따라서 ㉠에는 총 4개의 관형어가 있다.

② ㉠에서 안긴절은 관형사절로서 '우리 옆집 사람이 키우는'이다. 이 관형사절 안의 목적어 '개'는 꾸밈을 받는 명사와 동일하여 생략되었다.

③ ㉡은 이어진문장으로서 뒤의 절 '학교에 왔다'의 주어는 앞의 절 '철수가 아주 새 신발을 신고'의 주어인 '철수가'와 같기 때문에 생략되었다.

④ ㉡에서 관형어는 '신발'을 꾸며 주는 '새'이고, '아주'는 관형어 '새'를 꾸며 주는 부사어이다.

⑤ ㉢에는 '사실'을 꾸며 주는 관형사절인 '그 친구가 성격이 급한'이 들어 있다. 또한 이 관형사절은 서술절 '성격이 급하다'를 안은 문장인 '그 친구가 성격이 급하다'에 관형사형 어미가 붙어 형성된 것이다. 따라서 ㉢에는 총 2개의 안긴절이 있다.

[채점기준]

답안	배점	예상 소요 시간
① 4	2점	5분 / 전체 70분
② 목적어	2점	
③ 주어	2점	
④ 부사어	2점	
⑤ 2	2점	

06 [모범답안]

① ㉠ / ② ㉡ / ③ ㉠ / ④ ㉡

[바른해설]

① '무엇'에 대한 설명을 요구하는 의문문이다. 즉 '무엇'은 미지칭 대명사이다.

② '누구'에 대한 설명을 요구하는 의문문이 아니라 연애하는지 여부를 묻는 판정 의문문이다. 즉 '누구'는 부정칭 대명사이다.

③ '어디'에 대한 설명을 요구하는 의문문이다. 즉, '어디'는 미지칭 대명사이다.

④ '언제'에 대한 설명을 요구하는 의문문이 아니라 한번 볼지 여부를 묻는 판정 의문문이다. 즉 '언제'는 부정칭 대명사이다.

[채점기준]

답안	배점	예상 소요 시간
① ㉠	2점	
② ㉡	2점	5분 / 전체 70분
③ ㉠	3점	
④ ㉡	3점	

07 [모범답안]

① 께서

② 계시다

③ 할머니

[바른해설]

① 높임 표현을 위해 ㉠에 쓰인 형태소는 '께서', '-으시-'이고, ㉡에 쓰인 형태소는 '께서', '계시-'이다. 따라서 그중 공통된 것은 '께서' 하나이다.

② ㉡에서 '계시다'는 주체인 '선생님'을 직접 높이기 위한 것이다. 간접 높임은 '있다'에 '-으시-'를 붙여 '있으시다'로 쓴다. 간접 높임은 예를 들어 '선생님께서는 소망이 있으시다.'와 같이 쓴다.

③ ㉢에서 부사어는 '할머니께'인데 그 지시 대상을 높이기 위해 보통의 부사격 조사 '에게'를 사용하지 않고 높임의 부사격 조사 '께'를 사용하였다.

[채점기준]

답안	배점	예상 소요 시간
① 께서	4점	
② 계시다	3점	5분 / 전체 70분
③ 할머니	3점	

08 [모범답안]

㉠ 그거 / ㉡ 거기 / ㉢ 누구 / ㉣ 그때 / ㉤ 그분

[바른해설]

㉠ 화자와 가까운 것을 가리키는 '이거'에 대해 청자와 가까운 것을 가리키는 대상인 '그거'가 들어갈 말로 적절하다.

㉡ 청자(친구 2)에게 가까운 것이자 앞에서 이미 이야기한 쪽지를 가리키므로 '거기'가 들어갈 말로 적절하다.

㉢ 쪽지에 적어 놓은 전화번호의 주인인 불특정 대상을 가리키므로 '누구'가 들어갈 말로 적절하다.

㉣ 앞에서 이미 이야기한 휴대폰과 지갑을 잃어버린 시점을 가리키므로 '그때'가 들어갈 말로 적절하다.

㉤ 휴대폰과 지갑을 잃어버렸을 때 휴대폰도 빌려주고 교통비도 대신 내주는 등 나를 도와주신 분을 가리키므로 '그분'이 들어갈 말로 적절하다.

[채점기준]

답안	배점	예상 소요 시간
㉠ 그거	2점	
㉡ 거기	2점	
㉢ 누구	2점	5분 / 전체 70분
㉣ 그때	2점	
㉤ 그분	2점	

09 [모범답안]

① 여래 / ② 세존 / ③ 부처 / ④ 정사

[바른해설]

① ㉠의 '오샤'는 현대어 역 '오셔서'를 참고할 때, 주체인 '여래'를 높이고 있음을 알 수 있다. 이 어형에는 주체 높임 선어말 어미 '-샤-'가 포함되어 있다.

② ㉡의 '니르샤ᄃᆡ'는 현대어 역 '이르시되'를 참고할 때, 주체인 '세존'을 높이고 있음을 알 수 있다. 이 어형에는 주체 높임 선어말 어미 '-샤-'가 포함되어 있다.

③ ㉢의 '이르ᅀᆞᆸ오리이다'는 현대어 역 '짓겠습니다'를 참고할 때, 청자인 '부처'를 높이고 있음을 알 수 있다. 이 어형에는 상대 높임 선어말 어미 '-이-'가 포함되어 있다.

④ ㉢의 '이르ᅀᆞᆸ오리이다'에서는 객체 높임 선어말 어미 '-ᅀᆞᆸ-'이 확인된다. 이때의 '-ᅀᆞᆸ-'은 '이르-'의 목적어인 '精舍(정사)'를 높이고 있는데 '정사'가 '부처께서 사실 집'이기 때문이다.

[채점기준]

답안	배점	예상 소요 시간
① 여래	2점	
② 세존	2점	
③ 부처	3점	5분 / 전체 70분
④ 정사	3점	

10 [모범답안]

① 노코

② 발켜

③ 올쏘

④ 단는

⑤ 싸열따

[바른해설]

① 'ㅎ' 뒤에 'ㄱ'이 결합하는 경우이므로, ㉠에 따라 '놓'의 'ㅎ'이 뒤 음절 첫소리 'ㄱ'과 합쳐져서 [ㅋ]으로 되어 '놓고'는 [노코]로 발음된다.

② 'ㄺ'이 뒤 음절 첫소리 'ㅎ'과 결합되는 경우이므로, ㉡에 따라 'ㄱ'과 'ㅎ'이 합쳐져서 [ㅋ]이 되어 '밝혀'는 [발켜]로 발음된다.

③ 'ᆭ' 뒤에 'ㅅ'이 결합되는 경우이므로, ©에 따라 'ㅅ'이 [ㅆ]이
  되어 '옳소'는 [올쏘]로 발음된다.
④ 'ㅎ' 뒤에 'ㄴ'이 결합되는 경우이므로, @에 따라 'ㅎ'이 [ㄴ]이
  되어 '닿는'은 [단:는]으로 발음된다.
⑤ 'ㅎ' 뒤에 모음으로 시작된 접미사가 결합되는 경우이므로,
  ⑩에 따라 'ㅎ'이 탈락되어(발음되지 않아) '쌓였다'는 [싸엳
  따]로 발음된다.

[채점기준]

답안	배점	예상 소요 시간
① 노코	2점	
② 발켜	2점	
③ 올쏘	2점	5분 / 전체 70분
④ 단는	2점	
⑤ 싸엳따	2점	

11 [모범답안]

① ⓐ 명사, ⓑ 부사
② ⓐ 부사, ⓑ 명사
③ ⓐ 명사, ⓑ 부사
④ ⓐ 부사, ⓑ 명사

[바른해설]

① ⓐ의 '종일'은 격 조사와 결합하므로 명사이고, ⓑ의 '종일'은
  '흐리다'를 수식하므로 부사이다. 따라서 '종일'은 품사 통용
  으로 적절하다.
② ⓐ의 '잘못'은 '본'을 수식하므로 부사이고, ⓑ의 '잘못'은 격
  조사와 결합하므로 명사이다. 따라서 '잘못'은 품사 통용으로
  적절하다.
③ ⓐ의 '물론'은 서술격 조사와 결합하므로 명사이고, ⓑ의 '물
  론'은 격 조사와 결합할 수 없고 문장 전체를 수식하므로 부
  사이다. 따라서 '물론'은 품사 통용으로 적절하다.
④ ⓐ의 '서로'는 격 조사와 결합할 수 없고 '가깝게'를 수식하므
  로 부사이고, ⓑ의 '서로'는 격 조사와 결합하므로 명사이다.
  따라서 '서로'는 품사 통용으로 적절하다.

[채점기준]

답안	배점	예상 소요 시간
① ⓐ 명사, ⓑ 부사	2점	
② ⓐ 부사, ⓑ 명사	3점	
③ ⓐ 명사, ⓑ 부사	2점	5분 / 전체 70분
④ ⓐ 부사, ⓑ 명사	3점	

12 [모범답안]

① ©, @
② ⓑ, ©

③ ⓑ, @
④ ⓑ, ©
⑤ ⓐ, @

[바른해설]

① '친구까지'에서는 체언 '친구' 뒤에 보조사 '까지'가 나왔다.
  '무척이나'에서는 부사 '무척' 뒤에 보조사 '이나'가 나왔다. 따
  라서 ©, @에 해당한다.
② '올여름에는'에서는 격 조사 '에' 뒤에 보조사 '는'이 나왔다.
  '에어컨이라도'에서는 체언 '에어컨' 뒤에 보조사 '이라도'가
  나왔다. 따라서 ⓑ, ©에 해당한다.
③ '나한테는'에서는 격 조사 '한테' 뒤에 보조사 '는'이 나왔다.
  '주지도'에서는 어미 '-지' 뒤에 보조사 '도'가 나왔다 따라서
  ⓑ, @에 해당한다.
④ '식당마저'에서는 체언 '식당' 뒤에 보조사 '마저'가 나왔다.
  '요즘에는'에서는 격 조사 '에' 뒤에 보조사 '는'이 나왔다. 따
  라서 ⓑ, ©에 해당한다.
⑤ '자기만이'에서는 보조사 '만'이 격 조사 '이' 앞에 나왔다. '생
  각해서는'에서는 보조사 '는'이 어미 '-어서' 뒤에 나왔다. 따
  라서 ⓐ, @에 해당한다.

[채점기준]

답안	배점	예상 소요 시간
① ©, @	2점	
② ⓑ, ©	2점	
③ ⓑ, @	2점	5분 / 전체 70분
④ ⓑ, ©	2점	
⑤ ⓐ, @	2점	

13 [모범답안]

ⓐ 형용사
ⓑ ∅
© 과거

[바른해설]

ⓐ (가)의 현대어 역 '맑았다'를 참고할 때, ㉠의 '묽더라'는 품사
  가 형용사임을 알 수 있다.
ⓑ (나)의 현대어 역 '없으십니다'를 참고할 때, ㉡의 '업스시니'
  는 시제가 현재라는 것을 알 수 있으며, '업스시니'에서 확인
  되는 '-사-'와 '-니-'는 시제와 관련 없고 시제가 현재이므로
  ㉡의 시제 선어말 어미는 아무런 형태가 없는 '∅'이다.
© (다)의 현대어 역 '죽었다'를 참고할 때, ㉢의 '죽다'는 시제가
  과거라는 것을 알 수 있다.

[채점기준]

답안	배점	예상 소요 시간
ⓐ 형용사	3점	
ⓑ ∅	4점	5분 / 전체 70분
ⓒ 과거	3점	

14 [모범답안]

㉠ ⓐ, ⓓ, ⓔ

㉡ ⓑ, ⓒ

[바른해설]

ⓐ의 '타다'는 '복이나 재주, 운명 따위를 선천적으로 지니다.'의 뜻이다.

ⓑ의 '타다'는 '어떤 조건이나 시간, 기회 등을 이용하다.'의 뜻이다.

ⓒ의 '타다'는 '바람이나 물결, 전파 따위에 실려 퍼지다.'의 뜻이다.

ⓓ의 '타다'는 '다량의 액체에 소량의 액체나 가루 따위를 넣어 섞다.'의 뜻이다.

ⓔ의 '타다'는 '계절이나 기후의 영향을 쉽게 받다.'의 뜻이다.

ⓑ와 ⓒ의 의미는 '탈것이나 짐승의 등 따위에 몸을 얹다.(예 말을 타다.)'에서 파생된 것으로서, 서로 연관된다. 즉 ⓑ와 ⓒ의 '틈을 타다', '방송을 타다'는 각각 기회와 방송을 이용하는 것을 '탈 것을 이용하는 것'에 빗댄 것이다. 그러므로 ⓑ와 ⓒ는 다의어의 예이고, 나머지 ⓐ, ⓓ, ⓔ는 동음이의어의 예이다.

[채점기준]

답안	배점	예상 소요 시간
㉠ ⓐ, ⓓ, ⓔ	6점	5분 / 전체 70분
㉡ ⓑ, ⓒ	4점	

15 [모범답안]

㉠ ⓐ, ⓔ

㉡ ⓑ, ⓒ, ⓓ

[바른해설]

㉠ ⓐ, ⓔ

ⓐ '이번'은 화자와 청자가 대화를 나누는 시간을 기준으로 한 시점을 가리키므로 지시 표현에 해당한다.

ⓔ '그'는 청자와 가까이 있는 것을 가리키므로 지시 표현이다.

㉡ ⓑ, ⓒ, ⓓ

ⓑ '이날'은 앞선 발화의 '13일'을 가리키므로 대용 표현이다.

ⓒ '그날'은 앞선 발화의 '13일'을 가리키므로 대용 표현이다.

ⓓ '거기'는 앞서 제시된 '작년에 갔던 숙소'를 가리키므로 대용 표현이다.

[채점기준]

답안	배점	예상 소요 시간
㉠ ⓐ, ⓔ	4점	5분 / 전체 70분
㉡ ⓑ, ⓒ, ⓓ	6점	

[수학 I]

I. 지수함수와 로그함수

01 [모범답안]

(1) $a = 2\sqrt[4]{2^3}$

(2) $b = \sqrt{2^3} + 2$

(3) $\dfrac{a^2 - b^2}{12} = -1$

$\sqrt[4n]{8^n} = \sqrt[4n]{2^{3n}} = \sqrt[4]{2^3}$

$\sqrt[4n+2]{2 \times 4^n} = \sqrt[4n+2]{2 \times 2^{2n}} = \sqrt[4n+2]{2^{2n+1}} = \sqrt[2n+1]{\sqrt{2^{2n+1}}}$
$= \sqrt{2}$

계수가 실수인 이차방정식 $x^2 - ax + b = 0$의 한 근이
$\sqrt[4]{2^3} + \sqrt{2}\,i$이므로

나머지 한 근은 $\sqrt[4]{2^3} - \sqrt{2}\,i$이다.

이차방정식의 근과 계수의 관계에 의하여

$a = (\sqrt[4]{2^3} + \sqrt{2}\,i) + (\sqrt[4]{2^3} - \sqrt{2}\,i) = 2\sqrt[4]{2^3}$

$b = (\sqrt[4]{2^3} + \sqrt{2}\,i)(\sqrt[4]{2^3} - \sqrt{2}\,i) = (\sqrt[4]{2^3})^2 + (\sqrt{2})^2$
$= \sqrt[4]{2^6} + 2 = \sqrt{2^3} + 2$

$a^2 = (2\sqrt[4]{2^3})^2 = 4\sqrt{2^3}$

$b^2 = (\sqrt{2^3} + 2)^2 = 12 + 4\sqrt{2^3}$

따라서 $\dfrac{a^2 - b^2}{12} = \dfrac{4\sqrt{2^3} - (12 + 4\sqrt{2^3})}{12} = -1$

02 [모범답안]

(1) $\log_3 \dfrac{36}{5} + \log_3 \dfrac{15}{4} = 3$

(2) $a = \dfrac{1}{16}$ 또는 $a = 16$

(3) 모든 양수 a의 값의 곱은 1

$\log_3 \dfrac{36}{5} + \log_3 \dfrac{15}{4} = \log_3 \left(\dfrac{36}{5} \times \dfrac{15}{4} \right)$

$\log_3 27 = 3$

점 $(3, \log_2 a)$가 원 $x^2 + y^2 = 25$ 위의 점이므로

$3^2 + (\log_2 a)^2 = 25$

$(\log_2 a)^2 = 16$

$\log_2 a = -4$ 또는 $\log_2 a = 4$

$a = \dfrac{1}{16}$ 또는 $a = 16$

따라서 모든 양수 a의 값의 곱은

$\dfrac{1}{16} \times 16 = 1$

03 [모범답안]

(1) $A\left(\dfrac{1-b}{a}, 0 \right)$, $H\left(-\dfrac{b}{a}, 0 \right)$

(2) $a = \log_2 3$, $b = 2$

(3) $\dfrac{b^a}{3} = 1$

$y = \log_3(ax + b)$에 $y = 0$을 대입하면

$0 = \log_3(ax + b)$, $ax + b = 1$

$x = \dfrac{1-b}{a}$ 이므로 점 A의 좌표는 $\left(\dfrac{1-b}{a}, 0 \right)$

$y = \log_3(ax + b)$에 $x = 0$을 대입하면

$y = \log_3 b$이므로 점 B의 좌표는 $(0, \log_3 b)$

함수 $y = f(x)$의 그래프의 점근선의 방정식은

$x = -\dfrac{b}{a}$ 이므로 점 H의 좌표는 $\left(-\dfrac{b}{a}, 0 \right)$

점 A는 선분 OH의 중점이므로

$\dfrac{0 + \left(-\dfrac{b}{a} \right)}{2} = \dfrac{1-b}{a}$

$-\dfrac{b}{2} = 1 - b$에서 $b = 2$

$\overline{OA} = \overline{OB}$ 이므로 $\dfrac{b-1}{a} = \log_3 b$에서 $\dfrac{1}{a} = \log_3 2$

$a = \dfrac{1}{\log_3 2} = \log_2 3$

따라서 $\dfrac{b^a}{3} = \dfrac{2^{\log_2 3}}{3} = \dfrac{3^{\log_2 2}}{3} = 1$

04 [모범답안]

(1) $A(6, a+3)$, $B(-2, b+3)$

(2) $(b-a)^2 = 36$

(3) $\dfrac{1}{6}|a-b| = 1$

함수 $f(x) = \log_2(x+2) + a$의 그래프의 점근선 l은 직선 $x = -2$이고

함수 $g(x) = \log_2(-x+6) + b$의 그래프의 점근선 m은 직선 $x = 6$이다.

곡선 $y = f(x)$와 직선 m이 만나는 점이 A이므로

$A(6, a+3)$ 곡선 $y = g(x)$와 직선 l이 만나는 점이 B이므로 $B(-2, b+3)$

$\overline{AB} = \sqrt{(-2-6)^2 + \{(b+3) - (a+3)\}^2}$
$= \sqrt{64 + (b-a)^2}$

$\overline{AB} = 10$이므로

$64 + (ba - a)^2 = 100$, $(b-a)^2 = 36$

따라서 $\dfrac{1}{6}|a-b| = \dfrac{6}{6} = 1$

05 [모범답안]

(1) $k = \log_2 12$

(2) $t = 4$ 또는 $t = 8$

(3) 모든 실수 x의 합은 5

$x = 2$가 부등식 $2^{-x}(32 - 2^{x+a}) + 2^x \le 0$의 해이므로

$2^{-2}(32 - 2^{2+a}) + 2^2 \le 0$

$8 - 2^a + 4 \le 0$, $2^a \ge 12 = 2^{\log_2 12}$

밑 2가 1보다 크므로 $a \ge \log_2 12$

이때 실수 a의 최솟값은 $k = \log_2 12$이므로 $2^k = 12$

$2^{-x}(32 - 2^{x+k}) + 2^x = 0$에서

$2^{-x}(32 - 12 \times 2^x) + 2^x = 0$

양변에 2^x을 곱하면

$(2^x)^2 - 12 \times 2^x + 32 = 0$

$2^x = t(t > 0)$이라 하면

$t^2 - 12t + 32 = 0$, $(t-4)(t-8) = 0$

$t = 4$ 또는 $t = 8$

즉, $2^x = 4$에서 $x = 2$, $2^x = 8$에서 $x = 3$

따라서 조건을 만족시키는 모든 실수 x의 합은

$2 + 3 = 5$

06 [모범답안]

(1) $P(1, 0)$, $Q\left(-\dfrac{17}{3}, 0\right)$

(2) $a = 6$, $b = \dfrac{1}{2}$

(3) 삼각형 QPR의 넓이는 5

곡선 $y = \dfrac{3}{2}\log_3 x$와 x축이 만나는 점 P의 좌표는

$(1, 0)$이다.

$\overline{PQ} = \dfrac{20}{3}$이고 점 Q의 x좌표가 음수이므로 점 Q의 좌표는

$\left(-\dfrac{17}{3}, 0\right)$이다.

점 Q가 곡선 $y = \log_9(x+a) + b$ 위의 점이므로

$\log_9\left(a - \dfrac{17}{3}\right) + b = 0$ ······ ㉠

곡선 $y = \log_9(x+a) + b$와 y축이 만나는 점의 y좌표가

$\log_9 18$이므로 $\log_9 a + b = \log_9 18$ ······ ㉡

㉠, ㉡에서

$\log_9\left(a - \dfrac{17}{3}\right) = \log_9 a - \log_9 18$

$\log_9\left(a - \dfrac{17}{3}\right) = \log_9 \dfrac{a}{18}$

$a - \dfrac{17}{3} = \dfrac{a}{18}$, $a = 6$

이 값을 ㉠에 대입하면 $\log_9 \dfrac{1}{3} + b = 0$

$b = -\log_9 \dfrac{1}{3} = -\log_{3^2} 3^{-1} = \dfrac{1}{2}$

두 곡선 $y = \dfrac{3}{2}\log_3 x$, $y = \log_9(x+6) + \dfrac{1}{2}$이 만나는

점 R의 x좌표는 $\dfrac{3}{2}\log_3 x = \log_9(x+6) + \dfrac{1}{2}$에서

$\log_9 x^3 = \log_9(x+6) + \log_9 3$

$\log_9 x^3 = \log_9 3(x+6)$

$x^3 = 3(x+6)$

$x^3 - 3x - 18 = 0$

$(x-3)(x^2 + 3x + 6) = 0$

$x^2 + 3x + 6 = \left(x + \dfrac{3}{2}\right)^2 + \dfrac{15}{4} > 0$이므로 $x = 3$

따라서 점 R의 y좌표는 $\dfrac{3}{2}\log_3 3 = \dfrac{3}{2}$이므로

삼각형 QPR의 넓이는

$\dfrac{1}{2} \times \dfrac{20}{3} \times \dfrac{3}{2} = 5$

07 [모범답안]

(1) $b = 1$, $P\left(1, a + \dfrac{1}{2}\right)$

(2) $Q\left(a + \dfrac{1}{2}, 1\right)$, $a = 1$

(3) $\dfrac{a+b}{2} = 1$

직선 $x = k$와 함수 $y = g(x)$의 그래프가 만나도록 하는

모든 실수 k의 값의 범위는 $k > 1$이므로

함수 $y = g(x)$의 그래프의 점근선은 직선 $x = 1$이다.

즉, $b = 1$

$f(1) = \dfrac{1}{2} + a$이므로 $P\left(1, a + \dfrac{1}{2}\right)$이고 $\overline{AP} = a - \dfrac{1}{2}$

$\angle PAQ = \dfrac{\pi}{2}$, $\overline{AP} = \overline{AQ}$에서

점 Q는 직선 $y = 1$ 위의 점이고

$\overline{AQ} = \overline{AP} = a - \dfrac{1}{2}$이므로 $Q\left(a + \dfrac{1}{2}, 1\right)$

점 Q가 함수 $y = g(x)$의 그래프 위의 점이므로

$1 = -\log_2\left(a + \dfrac{1}{2} - 1\right)$, $\log_2\left(a - \dfrac{1}{2}\right) = -1$

$a - \dfrac{1}{2} = \dfrac{1}{2}$이므로 $a = 1$

따라서 $\dfrac{a+b}{2} = 1$

08 [모범답안]

(1) $f(1) = 2 + a$, $f(3) = \dfrac{1}{2} + a$

(2) $a = 3$, $m = \dfrac{7}{2}$

(3) $m - a = \dfrac{1}{2}$

함수 $f(x) = \left(\dfrac{1}{2}\right)^{x-2} + a$에서 밑 $\dfrac{1}{2}$이 1보다 작으므로

닫힌구간 $[1, 3]$에서 함수 $f(x)$의

최댓값은 $f(1) = \left(\dfrac{1}{2}\right)^{-1} + a = 2 + a$,

최솟값은 $f(3) = \dfrac{1}{2} + a$이다.

이때 최댓값이 5이므로 $2 + a = 5$에서 $a = 3$

따라서 $m = \dfrac{1}{2} + a = \dfrac{1}{2} + 3 = \dfrac{7}{2}$이고,

$m - a = \dfrac{7}{2} - 3 = \dfrac{1}{2}$

09 [모범답안]

(1) $M = 0$일 때, $a = \dfrac{1}{2}$

(2) $m = 0$일 때, $a = \dfrac{1}{4}$

(3) 모든 실수 a의 값의 곱은 $\dfrac{1}{8}$

함수 $f(x) = \log_a x + 1$이 $x = k$에서 최댓값 M을 갖고
$x = k+2$에서 최솟값 m을 가지므로 $0 < a < 1$이고
$M = f(k) = \log_a k + 1$
$m = f(k+2) = \log_a(k+2) + 1$
$Mm = 0$에서 $M = 0$ 또는 $m = 0$

(i) $M = 0$일 때, $\log_a k = -1$, $k = \dfrac{1}{a}$

$M - m = -\log_a 2$이므로 $m = \log_a 2$

즉, $\log_a(k+2) + 1 = \log_a 2$

$\log_a\left(\dfrac{1}{a} + 2\right) + \log_a a = \log_a 2$,

$\log_a(1 + 2a) = \log_a 2$

$1 + 2a = 2$, $a = \dfrac{1}{2}$

(ii) $m = 0$일 때, $\log_a(k+2) = -1$, $k = \dfrac{1}{a} - 2$

$M - m = -\log_a 2$이므로 $M = -\log_a 2$

즉, $\log_a k + 1 = -\log_a 2$

$\log_a\left(\dfrac{1}{a} - 2\right) + \log_a a = \log_a \dfrac{1}{2}$,

$\log_a(1 - 2a) = \log_a \dfrac{1}{2}$

$1 - 2a = \dfrac{1}{2}$, $a = \dfrac{1}{4}$

(i), (ii)에서 모든 실수 a의 값의 곱은

$\dfrac{1}{2} \times \dfrac{1}{4} = \dfrac{1}{8}$

10 [모범답안]

(1) $k = \dfrac{1}{3}$

(2) $\log_a b + \log_b c + \log_c a = \dfrac{13}{3}$

$\log_a b = \dfrac{\log_b c}{3} = \dfrac{\log_c a}{9} = k$라 하면 $k > 0$이고

$\log_a b = k$, $\log_b c = 3k$, $\log_c a = 9k$

$\log_a b \times \log_b c \times \log_c a = 1$에서

$k \times 3k \times 9k = 27k^3 = 1$

$k^3 = \dfrac{1}{27}$, $k = \dfrac{1}{3}$이므로

$\log_a b + \log_b c + \log_c a = k + 3k + 9k = 13k = \dfrac{13}{3}$

11 [모범답안]

(1) $f(x) = -2^{x+2} + 1$

(2) $a = -3$, $b = 1$

(3) $\dfrac{ab}{2} = -\dfrac{3}{2}$

곡선 $y = 2^{x+2} - 1$을 x축에 대하여 대칭이동한 곡선은

$y = -2^{x+2} + 1$이므로 $f(x) = -2^{x+2} + 1$

곡선 $y = f(x)$와 y축이 만나는 점의 좌표가 $(0, a)$이므로

$a = -2^{0+2} + 1$, $a = -3$

한편, 점근선은 직선 $y = 1$이므로 $b = 1$

따라서 $\dfrac{ab}{2} = -\dfrac{3}{2}$

12 [모범답안]

(1) 점 $P_n(n, \log_a n)$, 점 $P_{n+1}(n+1, \log_a(n+1))$

(2) $f(n) = \log_a \dfrac{n+1}{n}$

(3) $a = \sqrt[3]{3}$

곡선 $y = \log_a x$와 직선 $x = n$이 만나는 점의 x좌표가 n이므로 점 P_n의 좌표는 $(n, \log_a n)$이고

점 P_{n+1}의 좌표는 $(n+1, \log_a(n+1))$이다.

주어진 직사각형은 선분 $P_n P_{n+1}$을 대각선으로 하고 모든 변이 x축 또는 y축과 평행하므로 그 넓이 $f(n)$은

$f(n) = \{(n+1) - n\} \times \{\log_a(n+1) - \log_a n\}$

$= \log_a(n+1) - \log_a n = \log_a \dfrac{n+1}{n}$

따라서

$f(2) + f(3) + f(4) + f(5)$

$= \log_a \dfrac{3}{2} + \log_a \dfrac{4}{3} + \log_a \dfrac{5}{4} + \log_a \dfrac{6}{5}$

$= \log_a\left(\dfrac{3}{2} \times \dfrac{4}{3} \times \dfrac{5}{4} \times \dfrac{6}{5}\right)$

$= \log_a 3 = 3$이므로

$a^3 = 3$에서 $a = \sqrt[3]{3}$

13 [모범답안]

$|x+2| - 1 = m$에서 $|x+2| = m+1$

$x = m-1$ 또는 $x = -m-3$

$m > 1$이므로 $m-1 > -m-3$

그러므로 $f(m) = m-1$, $g(m) = -m-3$

$f(m)$의 제곱근 중 음수인 것은

$-\sqrt{f(m)} = -\sqrt{m-1}$

$g(m)$의 세제곱근 중 실수인 것은

$\sqrt[3]{g(m)} = \sqrt[3]{-m-3}$

$f(m)$의 제곱근 중 음수인 것의 값과 $g(m)$의 세제곱근 중 실수인 것의 값이 같으므로

$-\sqrt{m-1} = \sqrt[3]{-m-3}$, $\sqrt{m-1} = \sqrt[3]{m+3}$

양변을 여섯제곱하면

$(m-1)^3 = (m+3)^2$,

$m^3 - 3m^2 + 3m - 1 = m^2 + 6m + 9$

$m^3 - 4m^2 - 3m - 10 = 0$, $(m-5)(m^2 + m + 2) = 0$

$m^2 + m + 2 = \left(m + \dfrac{1}{2}\right)^2 + \dfrac{7}{4} > 0$이므로 $m = 5$

따라서

$\dfrac{g(m)}{f(m)} = \dfrac{g(5)}{f(5)} = \dfrac{(-8)}{4} = -2$

따라서 $\dfrac{ab}{2} = -\dfrac{3}{2}$

PART 1 국어

PART 2 수학

PART 3 기출문제

PART 4 해답

14 [모범답안]

$\log_{\sqrt{a}}\dfrac{b}{c}=6$에서 $\log_{\sqrt{a}}\dfrac{b}{c}=\log_{a^{\frac{1}{2}}}\dfrac{b}{c}=2\log_a\dfrac{b}{c}$

$\qquad\qquad\qquad\qquad\qquad =2(\log_a b-\log_a c)=6$

$\therefore \log_a b-\log_a c=3 \qquad\qquad \cdots\cdots$ ㉠

한편, $\log_{\sqrt{a}}bc=2$에서 $\log_{\sqrt{a}}bc=\log_{a^{\frac{1}{2}}}bc=2\log_a bc$

$\qquad\qquad\qquad\qquad\qquad =2(\log_a b+\log_a c)=2$

$\therefore \log_a b+\log_a c=1 \qquad\qquad \cdots\cdots$ ㉡

두 식 ㉠과 ㉡을 연립하면

$\log_a b=2$, $b=a^2$

$\log_a c=-1$, $c=a^{-1}$

따라서 $b^4 c^2=(a^2)^4\times(a^{-1})^2=a^{8-2}=a^6$이므로

$\therefore \log_a b^4 c^2=\log_a a^6=6$

15 [모범답안]

함수 $y=a^{2x-1}-\dfrac{1}{4}$에서 $x=0$일 때, $y=\dfrac{1}{a}-\dfrac{1}{4}$이다.

주어진 함수가 제4사분면을 지나지 않기 위해서는

$\dfrac{1}{a}-\dfrac{1}{4}\geq 0$의 조건을 만족시켜야 하므로

$\dfrac{1}{a}-\dfrac{1}{4}\geq 0$, $\dfrac{1}{a}\geq\dfrac{1}{4}$

$\therefore a\leq 4$

따라서 양의 정수 a의 최댓값은 4이다.

16 [모범답안]

$p^{-1}\times q^{-1}=\dfrac{1}{3}$에서 $\dfrac{1}{p}\times\dfrac{1}{q}=\dfrac{1}{3}$이므로

$\therefore p\times q=3$

또한 $p^{-1}+q^{-1}=1$에서 $\dfrac{1}{p}+\dfrac{1}{q}=\dfrac{p+q}{pq}=1$이므로

$\therefore p+q=pq=3$

따라서

$p^2+q^2=(p+q)^2-2pq=3^2-2\times 3=9-6=3$

17 [모범답안]

삼각형 ABC는 $\overline{BC}$가 빗변인 직각이등변삼각형이므로

$\angle BAC=90°$이다.

이때, 점 B의 y좌표는 점 C의 y좌표와 같으므로

$\therefore \overline{BD}=\overline{CD}$

따라서 두 함수 $y=3^x$, $y=a^x$의 그래프는 y축에 대하여 대칭이

어야 하므로 $a=\dfrac{1}{3}$

한편, 빗변 $\overline{BC}=6$이므로 $\overline{BD}=\overline{CD}=3$

점 B의 좌표는 $B(3,3^3)$, 즉 $B(3,27)$이므로 $b=27$

$\therefore a\times b=\dfrac{1}{3}\times 27=9$

18 [모범답안]

$f(t)=3$에서 $a^t-a^{-t}=3$이므로 양변을 제곱하면,

$(a^t-a^{-t})^2=a^{2t}+a^{-2t}-2=3^2=9$

$\therefore a^{2t}+a^{-2t}=11$

한편, $(a^t+a^{-t})^2=(a^t-a^{-t})^2+4=3^2+4=13$

$a^t+a^{-t}>0$이므로

$\therefore a^t+a^{-t}=\sqrt{13}$

$f(4t)=a^{4t}-a^{-4t}=(a^{2t}+a^{-2t})(a^t+a^{-t})(a^t-a^{-t})$

이므로 $11\times\sqrt{13}\times 3=33\sqrt{13}$

$\therefore 33\sqrt{13}$

19 [모범답안]

두 함수 $y=3^x$, $y=4^x$의 그래프는 다음 그림과 같다.

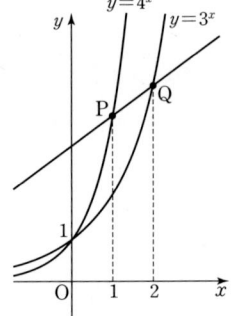

점 P, Q의 x좌표가 각각 1, 2이므로 이를 두 함수

$y=4^x$, $y=3^x$에 대입하면 $P(1,4)$, $Q(2,3^2)$이다.

따라서 직선 l의 방정식은

$y=\dfrac{9-4}{2-1}(x-1)+4=5(x-1)+4=5x-1$이므로

직선 l의 x절편은 $\dfrac{1}{5}$이다.

$\therefore a=\dfrac{1}{5}$, $20a=4$

20 [모범답안]

$\log_a c:\log_b c=4:3$에서 $3\log_a c=4\log_b c$이므로

$3\dfrac{\log_a c}{\log_a a}=4\dfrac{\log_a c}{\log_a b}$.

$\dfrac{3}{4}=\dfrac{\log_a c}{\log_a b}\times\dfrac{\log_a a}{\log_a c}=\dfrac{\log_a a}{\log_a b}=\log_b a$

$\therefore \log_b a=\dfrac{3}{4}$(단, $\log_a c\neq 0$)

따라서 $\log_a b+\log_b a=\dfrac{4}{3}+\dfrac{3}{4}=\dfrac{4^2+3^2}{12}=\dfrac{25}{12}$

Ⅱ. 삼각함수

01 [모범답안]

(1) $S_1 = 24\theta$

(2) $S_2 = \dfrac{3}{2}r^2\theta$

(3) $r = 3$

$S_1 = \dfrac{1}{2} \times (4\sqrt{3})^2 \times \theta = 24\theta$

$S_2 = \dfrac{1}{2} \times r^2 \times 3\theta = \dfrac{3}{2}r^2\theta$

$S_1 = \dfrac{16}{9}S_2$에서

$24\theta = \dfrac{16}{9} \times \dfrac{3}{2}r^2\theta$, $r^2 = 9$

$r > 0$이므로 $r = 3$

02 [모범답안]

(1) $r = 3$

(2) $S = \dfrac{144}{7}\pi$

(3) $q - p = 137$

부채꼴 OEF의 내부와 부채꼴 OCD의 외부의 공통부분의 넓이는 부채꼴 OEF의 넓이에서 부채꼴 OCD의 넓이를 뺀 것과 같다.

이때 $\overline{OC} = r$이라 하면 $\overline{OE} = r + 1$이므로

$\dfrac{1}{2} \times (r + 1)^2 \times \dfrac{6}{7}\pi - \dfrac{1}{2} \times r^2 \times \dfrac{6}{7}\pi$

$\dfrac{3}{7}\pi \times \{(r + 1)^2 - r^2\} = \dfrac{3}{7}(2r + 1)\pi$

$\dfrac{3}{7}(2r + 1)\pi = 3\pi$에서 $2r + 1 = 7$, $r = 3$

부채꼴 OAB의 내부와 부채꼴 OEF의 외부의 공통부분의 넓이가 부채꼴 OAB의 넓이의 $\dfrac{2}{3}$이므로

부채꼴 OEF의 넓이는 부채꼴 OAB의 넓이의 $\dfrac{1}{3}$이다.

부채꼴 OAB의 넓이를 S라 하면

$\dfrac{1}{2} \times 4^2 \times \dfrac{6}{7}\pi = \dfrac{1}{3}S$

$S = \dfrac{144}{7}\pi$

따라서 $p = 7$, $q = 144$이므로 $q - p = 137$

03 [모범답안]

(1) $\sin\theta = \dfrac{1}{\sqrt{5}}$

(2) $\cos\theta = -\dfrac{2}{\sqrt{5}}$

(3) $\sin\theta - 2\cos\theta = \sqrt{5}$

$\tan\theta = -\dfrac{1}{2}$에서 $\dfrac{\sin\theta}{\cos\theta} = -\dfrac{1}{2}$이므로

$\cos\theta = -\sin\theta$ ……㉠

㉠을 $\sin^2\theta + \cos^2\theta = 1$에 대입하면

$5\sin^2\theta = 1$, $\sin^2\theta = \dfrac{1}{5}$

$\dfrac{\pi}{2} < \theta < \pi$일 때, $\sin\theta > 0$이므로 $\sin\theta = \dfrac{1}{\sqrt{5}}$

이것을 ㉠에 대입하면 $\cos\theta = -\dfrac{2}{\sqrt{5}}$

따라서 $\sin\theta - 2\cos\theta = \dfrac{1}{\sqrt{5}} - 2\left(-\dfrac{2}{\sqrt{5}}\right)$

$= \dfrac{5}{\sqrt{5}} = \sqrt{5}$

04 [모범답안]

(1) $\sin\theta = -\dfrac{\sqrt{3}}{2}$

(2) $\cos\theta = \dfrac{1}{2}$

(3) $\dfrac{\tan\theta}{\sqrt{3}} = -1$

그림과 같이 원 $x^2 + y^2 = 1$과 직선 $x = \dfrac{1}{2}$은 서로 다른 두 점에서 만난다. 이 중 제1사분면 위의 점을 P_1이라 하고 동경 OP_1이 나타내는 각을 $\theta_1\left(0 < \theta_1 < \dfrac{\pi}{2}\right)$, 제4사분면 위의 점을 P_2라 하고 동경 OP_2가 나타내는 각을 $\theta_2\left(\dfrac{3}{2}\pi < \theta_2 < 2\pi\right)$라 하자.

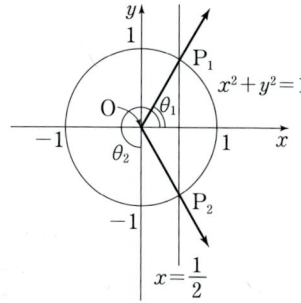

$\sin\theta_1 > 0$이고 $\sin\theta_2 < 0$이므로 $\theta = \theta_2$

원의 반지름의 길이가 1이므로

$\cos\theta = \dfrac{1}{2}$, $\sin\theta = -\dfrac{\sqrt{3}}{2}$

$\tan\theta = \dfrac{\sin\theta}{\cos\theta} = \dfrac{-\dfrac{\sqrt{3}}{2}}{\dfrac{1}{2}} = -\sqrt{3}$

따라서 $\dfrac{\tan\theta}{\sqrt{3}} = \dfrac{-\sqrt{3}}{\sqrt{3}} = -1$

05 [모범답안]

(1) $a = -5$ 또는 $a = 5$

(2) $b = -4$ 또는 $b = 4$

(3) $a + b$의 최댓값은 9

함수 $f(x)$의 최댓값은 $|a| + 1$이고

최솟값은 $-|a| + 1$이므로

$(|a| + 1) - (-|a| + 1) = 2|a| = 10$에서

$a = -5$ 또는 $a = 5$

한편, 함수 $y = \cos 2x$의 주기는 $\dfrac{2\pi}{2} = \pi$이므로

PART 1 국어

PART 2 수학

PART 3 기출문제

PART 4 해답

두 함수 $y = \cos 2x$, $y = |\cos 2x|$의 그래프는 그림과 같다.

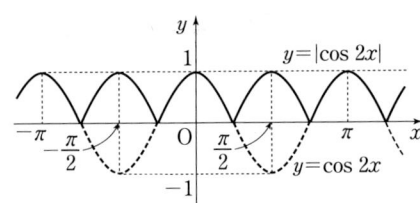

즉, 함수 $g(x)$의 주기는 $\dfrac{\pi}{2}$이다.

이때 함수 $f(x) = a \sin bx + 1$의 주기도 $\dfrac{\pi}{2}$이므로

$\dfrac{2\pi}{|b|} = \dfrac{\pi}{2}$에서 $|b| = 4$

$b = -4$ 또는 $b = 4$

따라서 $a + b$의 최댓값은 $5 + 4 = 9$이다.

06 [모범답안]

(1) $g(1) = \dfrac{1}{2}$

(2) $g(2) = \dfrac{7}{4}$

(3) $g(1) \times g(2) = \dfrac{7}{8}$

(i) $n = 1$일 때

$f(x) = \begin{cases} \sin \pi x & (0 \leq x < 1) \\ \dfrac{1}{2} \sin \pi x & (1 \leq x < 2) \end{cases}$에서

최댓값은 $x = \dfrac{1}{2}$일 때 $f\left(\dfrac{1}{2}\right) = \sin \dfrac{\pi}{2} = 1$이고

최솟값은 $x = \dfrac{3}{2}$일 때 $f\left(\dfrac{3}{2}\right) = \dfrac{1}{2} \sin \dfrac{3}{2}\pi = -\dfrac{1}{2}$이므로

$g(1) = 1 + \left(-\dfrac{1}{2}\right) = \dfrac{1}{2}$

(ii) $n = 2$일 때

$f(x) = \begin{cases} 2 \sin \pi x & (2 \leq x < 3) \\ \dfrac{1}{4} \sin \pi x & (3 \leq x < 4) \end{cases}$에서

최댓값은 $x = \dfrac{5}{2}$일 때

$f\left(\dfrac{5}{2}\right) = 2 \sin \dfrac{5}{2}\pi = 2$이고

최솟값은 $x = \dfrac{7}{2}$일 때

$f\left(\dfrac{7}{2}\right) = \dfrac{1}{4} \sin \dfrac{7}{2}\pi = -\dfrac{1}{4}$이므로

$g(2) = 2 + \left(-\dfrac{1}{4}\right) = \dfrac{7}{4}$

(i), (ii)에서

$g(1) \times g(2) = \dfrac{1}{2} \times \dfrac{7}{4} = \dfrac{7}{8}$

07 [모범답안]

(1) $-1 \leq \cos x \leq -\dfrac{1}{2}$

(2) $\dfrac{2}{3}\pi \leq x \leq \dfrac{4}{3}\pi$

(3) $\alpha = \dfrac{2}{3}\pi$, $\beta = \dfrac{4}{3}\pi$, $\beta - 2\alpha = 0$

$\cos^2\left(\dfrac{\pi}{2} - x\right) = \sin^2 x$, $\sin\left(\dfrac{\pi}{2} - x\right) = \cos x$이고

$\sin^2 x = 1 - \cos^2 x$이므로

이것을 주어진 부등식에 대입하면

$2(1 - \cos^2 x) - 3\cos x - 3 \geq 0$

$2\cos^2 x + 3\cos x + 1 \leq 0$

$(2\cos x + 1)(\cos x + 1) \leq 0$

$-1 \leq \cos x \leq -\dfrac{1}{2}$

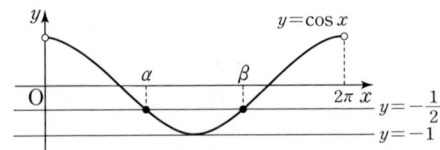

함수 $y = \cos x$의 그래프와 직선 $y = -\dfrac{1}{2}$이 만나는 점의

x좌표는 $\dfrac{2}{3}\pi$, $\dfrac{4}{3}\pi$이므로 주어진 부등식을 만족시키는 모든 x

의 값의 범위는 $\dfrac{2}{3}\pi \leq x \leq \dfrac{4}{3}\pi$이다.

따라서 $\alpha = \dfrac{2}{3}\pi$, $\beta = \dfrac{4}{3}\pi$이므로

$\beta - 2\alpha = \dfrac{4}{3}\pi - 2 \dfrac{2}{3}\pi = 0$

08 [모범답안]

(1) $\alpha = \dfrac{\pi}{3}$, $\delta = \dfrac{5}{3}\pi$

(2) $\beta + \gamma = 2\pi$

(3) $\sin(\alpha - \beta - \gamma + \delta) = 0$

$6\cos^2 x - \cos x - 1 \leq 0$에서

$(3\cos x + 1)(2\cos x - 1) \leq 0$이므로

$-\dfrac{1}{3} \leq \cos x \leq \dfrac{1}{2}$

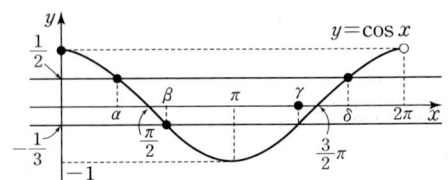

$0 < \alpha < \dfrac{\pi}{2}$이고 $\cos\alpha = \dfrac{1}{2}$이므로 $\alpha = \dfrac{\pi}{3}$

$\dfrac{3}{2}\pi < \delta < 2\pi$이고 $\cos\delta = \dfrac{1}{2}$이므로 $\delta = \dfrac{5}{3}\pi$

한편, $\cos\beta = \cos\gamma = -\dfrac{1}{3}$이고

함수 $y=\cos x$의 그래프는 직선 $x=\pi$에 대하여 대칭이므로
$\dfrac{\beta+\gamma}{2}=\pi$에서 $\beta+\gamma=2\pi$
따라서 $\sin(\alpha-\beta-\gamma+\delta)$
$=\sin\left(\dfrac{\pi}{3}-2\pi+\dfrac{5}{3}\pi\right)=0$

09 [모범답안]

(1) $a=12,\ b=15,\ c=18$

(2) $\sin A=\dfrac{\sqrt{3}}{2}$

(3) 삼각형 ABC의 넓이는 $\dfrac{135\sqrt{3}}{2}$

삼각형 ABC에서 $\overline{AB}=c,\ \overline{BC}=a,\ \overline{CA}=b$라 하고
삼각형 ABC의 외접원의 반지름의 길이를 R이라 하면 사인법칙에 의하여

$\sin A=\dfrac{a}{2R},\ \sin B=\dfrac{b}{2R},\ \sin C=\dfrac{c}{2R}$

이때 $\sin A:\sin B:\sin C=4:5:6$이므로

$\dfrac{a}{2R}:\dfrac{b}{2R}:\dfrac{c}{2R}=4:5:6$에서

$a:b:c=4:5:6$

양의 실수 k에 대하여

$a=4k,\ b=5k,\ c=6k$라 하면

삼각형 ABC의 둘레의 길이가 45이므로

$4k+5k+6k=45$에서 $15k=45,\ k=3$

즉, $a=12,\ b=15,\ c=18$이므로

코사인법칙에 의하여

$\cos A=\dfrac{15^2+18^2-12^2}{3\times15\times18}=\dfrac{1}{2}$

$\sin^2 A=1-\cos^2 A$

$=1-\left(\dfrac{1}{2}\right)^2=\dfrac{3}{4}$

$0<A<\pi$이므로 $\sin A=\dfrac{\sqrt{3}}{2}$

따라서 삼각형 ABC의 넓이는

$\dfrac{1}{2}bc\sin A=\dfrac{1}{2}\times15\times18\times\dfrac{\sqrt{3}}{2}=\dfrac{135\sqrt{3}}{2}$

10 [모범답안]

(1) $a=4$

(2) $b=\dfrac{\pi}{12}$

(3) $\dfrac{a}{b}=\dfrac{48}{\pi}$

함수 $f(x)=a-\sqrt{3}\tan 2x$의 그래프의 주기는 $\dfrac{\pi}{2}$이다.

함수 $f(x)$가 닫힌구간 $\left[-\dfrac{\pi}{6},\ b\right]$에서 최댓값과 최솟값을
가지므로 $-\dfrac{\pi}{6}<b<\dfrac{\pi}{4}$이다.

한편, 함수 $y=f(x)$의 그래프는 구간 $\left[-\dfrac{\pi}{6},\ b\right]$에서
x의 값이 증가할 때, y의 값은 감소하므로 함수 $f(x)$는

$x=-\dfrac{\pi}{6}$에서 최댓값 7을 갖는다.

즉, $f\left(-\dfrac{\pi}{6}\right)=a-\sqrt{3}\tan\left(-\dfrac{\pi}{3}\right)=7$에서

$a+\sqrt{3}\tan\dfrac{\pi}{3}=7,\ a+3=7,\ a=4$

함수 $f(x)$는 $x=b$에서 최솟값 3을 가지므로

$f(b)=4-\sqrt{3}\tan 2b=3$에서 $\tan 2b=\dfrac{\sqrt{3}}{3}$

이때 $-\dfrac{\pi}{3}<2b<\dfrac{\pi}{2}$이므로 $2b=\dfrac{\pi}{6},\ b=\dfrac{\pi}{12}$

따라서 $\dfrac{a}{b}=\dfrac{4}{\dfrac{\pi}{12}}=\dfrac{48}{\pi}$

11 [모범답안]

(1) $\dfrac{\pi}{3}\le\theta\le\dfrac{5}{3}\pi$

(2) $\alpha=\dfrac{\pi}{3},\ \beta=\dfrac{5}{3}\pi$

(3) $\beta-5\alpha=0$

이차방정식 $x^2+(4\sin\theta)x-2+10\cos\theta=0$의 판별식을
D라 하면

이차방정식 $x^2+(4\sin\theta)x-2+10\cos\theta=0$이 실근을
가져야 하므로

$\dfrac{D}{4}=(2\sin\theta)^2-(-2+10\cos\theta)\ge0$이어야 한다.

즉, $4(1-\cos^2\theta)+2-10\cos\theta\ge0$에서

$2\cos^2\theta+5\cos\theta-3\le0$

$(2\cos\theta-1)(\cos\theta+3)\le0$

$0\le\theta<2\pi$에서 $-1\le\cos\theta\le1$이므로

$\cos\theta+3>0$

즉, $2\cos\theta-1\le0$에서 $\cos\theta\le\dfrac{1}{2}$이므로

$\dfrac{\pi}{3}\le\theta\le\dfrac{5}{3}\pi$

따라서 $\alpha=\dfrac{\pi}{3},\ \beta=\dfrac{5}{3}\pi$

$\beta-5\alpha=\dfrac{5}{3}\pi-5\times\dfrac{\pi}{3}=0$

12 [모범답안]

$\triangle ABC$의 내각의 크기의 합은 $\angle A+\angle B+\angle C=180°$이
므로

$\angle C=180°-(\angle A+\angle B)=180°-120°=60°$

이때, 외접원의 반지름의 길이가 $4\sqrt{3}$이므로 사인법칙을 이용하
면

$\therefore\ \dfrac{\overline{AB}}{\sin60°}=2\times4\sqrt{3}$

따라서 $\overline{AB}=2\times4\sqrt{3}\times\dfrac{\sqrt{3}}{2}=12$

13 [모범답안]

ΔABC의 변의 길이가 각각 $a=4$, $b=4$, $c=2$이므로

코사인법칙에 의해

$$\therefore \cos A = \frac{b^2+c^2-a^2}{2bc} = \frac{4^2+2^2-4^2}{2\times 4\times 2} = \frac{4}{16} = \frac{1}{4}$$

한편, $\sin^2 A + \cos^2 A = 1$이므로

$$\sin^2 A = 1 - \cos^2 A = 1 - \frac{1}{16} = \frac{15}{16}$$

$$\therefore \sin A = \sqrt{\frac{15}{16}} = \frac{\sqrt{15}}{4}$$

따라서 ΔABC의 넓이는

$$\frac{1}{2}\times b\times c\times \sin A = \frac{1}{2}\times 4\times 2\times \frac{\sqrt{15}}{4} = \sqrt{15}$$

14 [모범답안]

$$\sin(\pi+\theta)\tan\left(\frac{\pi}{2}+\theta\right) = (-\sin\theta)\times\left(-\frac{1}{\tan\theta}\right)$$

$$= \sin\theta \times \frac{\cos\theta}{\sin\theta} = \cos\theta \text{이므로}$$

$$\cos\theta = \frac{12}{13}$$

$\frac{3}{2}\pi < \theta < 2\pi$일 때, $\sin\theta < 0$이므로

$$\sin\theta = -\sqrt{1-\cos^2\theta}$$

$$= -\sqrt{1-\left(\frac{12}{13}\right)^2} = -\frac{5}{13}$$

15 [모범답안]

(i) $0 \le x \le \frac{\pi}{2}$일 때, $|\sin x| = \sin x$이므로

$\quad |\sin x| + \sin x = 2\sin x = 1$

$\quad \therefore \sin x = \frac{1}{2}$이므로 $x = \frac{\pi}{6}$

(ii) $-\frac{\pi}{2} \le x < 0$일 때, $|\sin x| = -\sin x$이므로

$\quad |\sin x| + \sin x = 2$의 해는 존재하지 않는다.

따라서 주어진 방정식의 해는 $x = \frac{\pi}{6}$

16 [모범답안]

함수 $f(x) = a\sin(x+\pi)+b$의 최댓값과 최솟값의 범위는

$-a+b \le f(x) \le a+b$

이때, 최솟값이 -4이므로

$\therefore -a+b = -4$ $\qquad\qquad$ ······ ㉠

한편,

$f(0) = a\sin(0+\pi)+b$

$\qquad = a\sin\pi + b = 0+b = b = 2$이므로

$\therefore b = 2$ $\qquad\qquad$ ······ ㉡

㉠과 ㉡의 두 식을 연립하면 $a=6$, $b=2$

따라서 $f(x)$의 최댓값은 $a+b=6+2=8$

17 [모범답안]

$\overline{AB} = a$이므로 마름모 $ABCD$의 넓이는

$2\times\frac{1}{2}\times a\times a\times\sin\angle ABC$

$\quad = a^2\times\sin 60° = \frac{\sqrt{3}}{2}a^2 = 18\sqrt{3}$

$\therefore a^2 = 36$, $a>0$이므로 $a=6$

이때, 삼각형 ABD에서 코사인법칙에 의해

$\overline{BD}^2 = \overline{AB}^2 + \overline{AD}^2 - 2\overline{AB}\times\overline{AD}\times\cos\angle BAD$

$\quad = 6^2+6^2-2\times 6\times 6\times\cos 120°$

$\quad = 6^2+6^2-2\times 6\times 6\times\left(-\frac{1}{2}\right)$

$\quad = 36+36+36 = 108$

$\therefore \overline{BD}^2 = 108$

18 [모범답안]

반지름의 길이 R이 3인 원에 내접하므로

사인법칙을 사용하면

$\sin A = \frac{a}{2R} = \frac{a}{6}$, $\sin B = \frac{b}{2R} = \frac{b}{6}$,

$\sin C = \frac{c}{2R} = \frac{c}{6}$

따라서

$\sin A + \sin B + \sin C = \frac{a+b+c}{6} = \frac{12}{6} = 2$

19 [모범답안]

함수 $y = 6\sin\frac{\pi}{2}x$의 주기는 $\dfrac{2\pi}{\left|\frac{\pi}{2}\right|} = 4$이고,

$-1 \le \sin\frac{\pi}{2}x \le 1$, $-6 \le 6\sin\frac{\pi}{2}x \le 6$이므로 최댓값은 6, 최솟값은 -6이다.

따라서 $y = 6\sin\frac{\pi}{2}x$의 그래프와 직선 $y=x$의 그래프는 다음 그림과 같다.

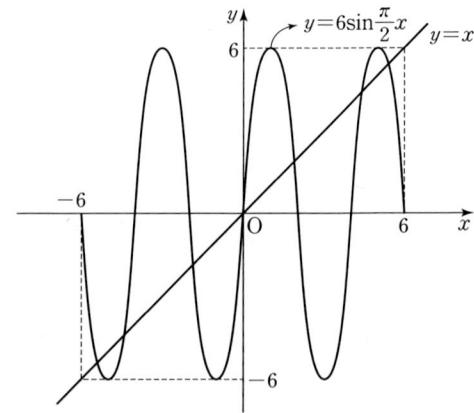

따라서 구하고자 하는 교점의 개수는 7개이다.

20 [모범답안]

부등식 $2\sin x - \sqrt{3} \geq 0$에서 $\sin x \geq \dfrac{\sqrt{3}}{2}$이므로, 이를 그래프로 나타내면 다음과 같다.

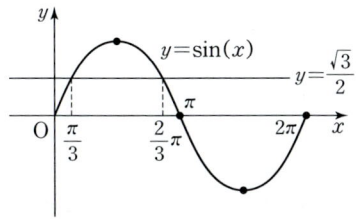

이때, 이를 만족하는 x값의 범위는 $\dfrac{\pi}{3} \leq x \leq \dfrac{2\pi}{3}$이다.

따라서 $\alpha = \dfrac{\pi}{3}$, $\beta = \dfrac{2\pi}{3}$이므로

$\therefore 2\cos\alpha - \sqrt{3}\tan\beta = 2\cos\dfrac{\pi}{3} - \sqrt{3}\tan\dfrac{2\pi}{3}$

$\qquad = 2 \times \dfrac{1}{2} - \sqrt{3} \times (-\sqrt{3}) = 1 - (-3) = 4$

Ⅲ. 수열

01 [모범답안]

(1) $a_2 = \dfrac{5}{2}$

(2) $a_4 = 5$

(3) $d = \dfrac{5}{4}$

이차방정식의 근과 계수의 관계에 의하여

$p + q = \dfrac{5}{2}$, $pq = 5$이므로

$a_2 = \dfrac{5}{2}$, $a_4 = 5$

수열 $\{a_n\}$의 공차가 d이므로

$a_4 - a_2 = 2d$

$5 - \dfrac{5}{2} = \dfrac{5}{2} = 2d$

따라서 $d = \dfrac{5}{4}$

02 [모범답안]

(1) $b_n = 4dn - 3d + 2$

(2) $d = \dfrac{8}{9}$

(3) $a_4 = \dfrac{11}{3}$

첫째항이 1인 등차수열 $\{a_n\}$의 공차를 d라 하면

$a_n = 1 + (n-1)d = dn - d + 1$이므로

$b_n = a_{2n-1} + a_{2n}$

$\quad = \{d(2n-1) - d + 1\} + (d \times 2n - d + 1)$

$\quad = 4dn - 3d + 2$

즉, 수열 $\{b_n\}$은 첫째항이 $d + 2$이고 공차가 $4d$인 등차수열이므로

$S_5 = \dfrac{5\{2(d+2) + 4 \times 4d\}}{2} = 5(9d + 2) = 50$에서

$9d + 2 = 10$, $d = \dfrac{8}{9}$

따라서 $a_4 = 1 + 3 \times \dfrac{8}{9} = \dfrac{11}{3}$

03 [모범답안]

(1) $r^2 = \dfrac{1}{3}$

(2) $a = 81$

(3) $a_5 = 9$

등비수열 $\{a_n\}$의 첫째항을 a, 공비를 r이라 하면 $a_n = ar^{n-1}$

$a_9 = 1$에서 $ar^8 = 1$ ······ ㉠

$\dfrac{a_6 a_{12}}{a_7} - \dfrac{a_2 a_{10}}{a_3} = -\dfrac{2}{3}$에서

$\dfrac{ar^5 \times ar^{11}}{ar^6} - \dfrac{ar \times ar^9}{ar^2} = ar^{10} - ar^8 = ar^8(r^2 - 1)$

$\quad = -\dfrac{2}{3}$ ······ ㉡

㉠을 ㉡에 대입하면

$r^2 - 1 = -\dfrac{2}{3}$, $r^2 = \dfrac{1}{3}$

$r^2 = \dfrac{1}{3}$을 ㉠에 대입하면

$ar^8 = a \times (r^2)^4 = \dfrac{1}{81}a = 1$이므로

$a = 81$

따라서 $a_5 = ar^4 = a(r^2)^2 = 81 \times \left(\dfrac{1}{3}\right)^2 = 9$

04 [모범답안]

(1) $S_8 = \dfrac{a(1 - r^8)}{1 - r}$

(2) $T_4 = \dfrac{ar\{1 - (r^2)^4\}}{1 - r^2}$

(3) $r = 2$, $\dfrac{b_2}{a_2} = 4$

등비수열 $\{a_n\}$의 첫째항을 a, 공비를 r이라 하면 등비수열 $\{a_n\}$의 모든 항이 서로 다른 양수이므로 $a > 0$이고 r은 1이 아닌 양수이다.

$S_8 = \dfrac{a(1 - r^8)}{1 - r}$

또 수열 $\{b_n\}$은 첫째항이 $a_2 = ar$이고 공비가 r^2인 등비수열이므로

$T_4 = \dfrac{ar\{1 - (r^2)^4\}}{1 - r^2}$

$2S_8 = 3T_4$에서

$2 \times \dfrac{a(1 - r^8)}{1 - r} = 3 \times \dfrac{ar\{1 - (r^2)^4\}}{1 - r^2}$

$\dfrac{2a(1 - r^8)}{1 - r} = \dfrac{3ar(1 - r^8)}{(1 - r)(1 + r)}$

PART 1 국어

PART 2 수학

PART 3 기출문제

PART 4 해답

즉, $2=\dfrac{3r}{1+r}$에서 $2+2r=3r$, $r=2$

따라서 $\dfrac{b_2}{a_2}=\dfrac{a_4}{a_2}=\dfrac{ar^3}{ar}=r^2=4$

05 [모범답안]

(1) $a_1 = 3$

(2) $a_m = 4$

(3) $a_1 \times a_m = 12$

수열 $\{a_n\}$의 첫째항부터 제n항까지의 합이 S_n이므로 수열의 합과 일반항 사이의 관계에 의하여

$a_1 = S_1 = 2^1 + 1 = 3$

$S_{2m} - S_m = (2^{2m}+1) - (2^m+1) = 2^{2m} - 2^m = 56$에서

$2^m = t$라 하면

$t^2 - t - 56 = 0$

$(t+7)(t-8) = 0$

$t > 0$이므로 $t = 8$

즉, $2^m = 8$이므로 $m = 3$

따라서

$a_m = a_3 = S_3 - S_2 = (2^3+1) - (2^2+1) = 4$이므로

$a_1 \times a_m = 3 \times 4 = 12$

06 [모범답안]

(1) $d = 1$

(2) $a_n = n + 1$

(3) $\displaystyle\sum_{k=1}^{6} \dfrac{1}{a_k a_{k+1}} = \dfrac{3}{8}$

등차수열 $\{a_n\}$의 공차를 d라 하면

$\displaystyle\sum_{k=1}^{4} a_k = \dfrac{4(4+3d)}{2} = 8+6d = 14$이므로

$d = 1$

즉, 등차수열 $\{a_n\}$의 첫째항이 2, 공차가 1이므로

$a_n = 2 + (n-1) \times 1 = n+1$

따라서

$\displaystyle\sum_{k=1}^{6} \dfrac{1}{a_k a_{k+1}} = \sum_{k=1}^{6} \dfrac{1}{(k+1)(k+2)}$

$= \displaystyle\sum_{k=1}^{6} \left(\dfrac{1}{k+1} - \dfrac{1}{k+2} \right)$

$= \left(\dfrac{1}{2} - \dfrac{1}{3} \right) + \left(\dfrac{1}{3} - \dfrac{1}{4} \right) + \cdots + \left(\dfrac{1}{7} - \dfrac{1}{8} \right)$

$= \dfrac{1}{2} - \dfrac{1}{8} = \dfrac{3}{8}$

07 [모범답안]

(1) 수열 $\{a_n\}$의 공차 : 3

(2) $a_2 = 6$

(3) $a_1 = 5$

모든 자연수 n에 대하여 $a_{2n+2} = a_{2n} + 3$이므로

수열 $\{a_{2n}\}$은 공차가 3인 등차수열이다. ······ ㉠

$a_{2n} = a_{2n-1} + 1$ ······ ㉡

㉡에 $n = 6$을 대입하면

$a_{12} = a_{11} + 1$

$a_{11} = a_{12} - 1$을 $a_8 + a_{11} = 35$에 대입하면

$a_8 + a_{12} - 1 = 35$

$a_8 + a_{12} = 36$

㉠에 의하여

$(a_2 + 3 \times 3) + (a_2 + 5 \times 3) = 36$

$2a_2 = 12$, $a_2 = 6$

㉡에 $n = 1$을 대입하면

$a_2 = a_1 + 1$

따라서 $a_1 = a_2 - 1 = 6 - 1 = 5$

08 [모범답안]

$\displaystyle\sum_{k=1}^{10} \dfrac{ka_{k+1} - (k+1)a_k}{a_{k+1}a_k} = \sum_{k=1}^{10} \left(\dfrac{k}{a_k} - \dfrac{k+1}{a_{k+1}} \right)$

$= \left(\dfrac{1}{a_1} - \dfrac{2}{a_2} \right) + \left(\dfrac{2}{a_2} - \dfrac{3}{a_3} \right) + \left(\dfrac{3}{a_3} - \dfrac{4}{a_4} \right) + \cdots$
$\qquad\qquad + \left(\dfrac{10}{a_{10}} - \dfrac{11}{a_{11}} \right)$

$= \dfrac{1}{a_1} - \dfrac{11}{a_{11}} = 1 - \dfrac{11}{a_{11}}$이므로

$1 - \dfrac{11}{a_{11}} = \dfrac{2}{3}$에서 $\dfrac{11}{a_{11}} = \dfrac{1}{3}$

따라서 $a_{11} = 33$

09 [모범답안]

수열 a_n이 등비수열이므로, 연속된 세 개의 항의 합으로 이루어진 수열 $a_1+a_2+a_3$, $a_4+a_5+a_6$, $a_7+a_8+a_9$도 등비수열을 이룬다.

이때, $a_1+a_2+a_3 = S_3 = 3$,

$a_4+a_5+a_6 = S_6 - S_3 = 9 - 3 = 6$

이므로 이 등비수열의 공비는 $\dfrac{6}{3} = 2$이다.

따라서 $a_7+a_8+a_9 = 2(a_4+a_5+a_6)$,

$a_7+a_8+a_9 = 2 \times 6 = 12$

$\therefore S_9 = (a_1+a_2+a_3) + (a_4+a_5+a_6) + (a_7+a_8+a_9)$
$\qquad = 3 + 3 \times 2 + 3 \times 2^2 = 3 + 6 + 12 = 21$

10 [모범답안]

등차수열의 첫째항을 a_1, 공차를 d라고 하면,

$a_n = a_1 + (n-1)d$

이때, $a_{2n} = a_1 + (2n-1)d$, $a_{2n-1} = a_1 + (2n-2)d$

이므로

$a_{2n} - a_{2n-1}$
$= \{a_1 + (2n-1)d\} - \{a_1 + (2n-2)d\} = d$

따라서 $\sum_{n=1}^{1020}(a_{2n})=4080+\sum_{n=1}^{1020}(a_{2n-1})$에서

$\sum_{n=1}^{1020}\{(a_{2n})-(a_{2n-1})\}=\sum_{n=1}^{1020}d=1020d=4080$

$\therefore d=4$

따라서 $a_n=a_1+(n-1)d=3+4(n-1)=4n-1$

이므로

$\therefore a_9=4\times9-1=35$

11 [모범답안]

$a_{10}+a_{20}+a_{30}+a_{40}=60$에서

a_{10}, a_{40}의 등차중항과 a_{20}, a_{30}의 등차중항이 a_{25}로 같으므로,

$a_{10}+a_{20}+a_{30}+a_{40}=(a_{10}+a_{40})+(a_{20}+a_{30})$

$=2a_{25}+2a_{25}=4a_{25}=60$

$\therefore a_{25}=15$

한편,

$a_1+a_2+a_3+\cdots+a_{49}$

$=(a_1+a_{49})+(a_2+a_{48})+(a_3+a_{47})$

$\qquad\qquad\qquad+\cdots+(a_{24}+a_{26})+(a_{25})$

$=(2a_{25})\times24+a_{25}=49a_{25}$

$\therefore 49a_{25}=49\times15=735$

12 [모범답안]

$\sum_{k=1}^{n}\dfrac{1}{(k+1)(k+2)}=\sum_{k=1}^{n}\left(\dfrac{1}{k+1}-\dfrac{1}{k+2}\right)$

$=\left(\dfrac{1}{2}-\dfrac{1}{3}\right)+\left(\dfrac{1}{3}-\dfrac{1}{4}\right)+\cdots$

$\qquad\qquad+\left(\dfrac{1}{n}-\dfrac{1}{n+1}\right)+\left(\dfrac{1}{n+1}-\dfrac{1}{n+2}\right)$

$=\dfrac{1}{2}-\dfrac{1}{n+2}$

$\sum_{k=1}^{n}\dfrac{1}{(k+1)(k+2)}>\dfrac{1}{5}$에서

$\dfrac{1}{2}-\dfrac{1}{n+2}>\dfrac{1}{5}, \dfrac{1}{n+2}<\dfrac{3}{10}$

$n+2>\dfrac{10}{3}, n>\dfrac{4}{3}$

따라서 자연수 n의 최솟값은 2이다.

13 [모범답안]

등비수열 $\{a_n\}$의 공비를 $r(r>0)$이라 하면

$\dfrac{a_{10}}{a_5}=\dfrac{a_5\times r^5}{a_5}=r^5$이므로

$r^5=1024=4^5$에서 $r=4$

$a_2a_4=(a_1\times4)\times(a_1\times4^3)=a_1^2\times4^4=a_1^2\times2^8$이므로

$a_1^2\times2^8=1$에서 $a_1^2=\dfrac{1}{2^8}$

이때 $a_1>0$이므로 $a_1=\dfrac{1}{2^4}=2^{-4}$

따라서 $\dfrac{1}{2}\log_2 a_1=\dfrac{1}{2}\log_2 2^{-4}=-2\log_2 2=-2$

14 [모범답안]

$\log_2 a_{n+1}-\log_2 a_n=-\dfrac{1}{2}$에서

$\log_2\dfrac{a_{n+1}}{a_n}=\log_2 2^{-\frac{1}{2}}, \dfrac{a_{n+1}}{a_n}=\dfrac{1}{\sqrt{2}}$이므로

수열 $\{a_n\}$은 등비수열이고,

이 등비수열의 공비를 r이라 하면

$r=\dfrac{a_{n+1}}{a_n}=\dfrac{1}{\sqrt{2}}$

$S_n=\dfrac{a_1(1-r^n)}{1-r}$이므로 $\dfrac{S_{2m}}{S_m}=\dfrac{5}{4}$에서

$\dfrac{1-r^{2m}}{1-r^m}=\dfrac{5}{4}, \dfrac{(1-r^m)(1+r^m)}{1-r^m}=\dfrac{5}{4}$

$1+r^m=\dfrac{5}{4}, r^m=\dfrac{1}{4}$

즉, $\left(\dfrac{1}{\sqrt{2}}\right)^m=\dfrac{1}{2^2}$이므로 $(\sqrt{2})^m=2^2, 2^{\frac{m}{2}}=2^2$

$\dfrac{m}{2}=2, m=4$

따라서

$m\times\dfrac{a_{2m}}{a_m}=m\times\dfrac{a_1 r^{2m-1}}{a_1 r^{m-1}}=m\times r^m$

$=4\times\left(\dfrac{1}{\sqrt{2}}\right)^4=4\times\dfrac{1}{4}=1$

15 [모범답안]

원점을 지나고 x축의 양의 방향과 이루는 각의 크기가

$30°$인 직선 l의 기울기는 $\tan30°=\dfrac{\sqrt{3}}{3}$이므로

직선 l의 방정식은 $y=\dfrac{\sqrt{3}}{3}x$

제1사분면 위의 점 P_n의 좌표를 (p, q) $(p>0, q>0)$이라

하면 원 C_n의 반지름의 길이가 $\overline{OP_n}=n$이므로

$p=n\times\cos30°=\dfrac{\sqrt{3}}{2}n, q=n\times\sin30°=\dfrac{1}{2}n$이다.

그러므로 점 P_n의 좌표는 $\left(\dfrac{\sqrt{3}}{2}n, \dfrac{1}{2}n\right)$이다.

점 H_n의 좌표가 $(n, 0)$이므로 점 Q_n의 좌표는 $\left(n, \dfrac{\sqrt{3}}{3}n\right)$

이고, 점 P_n과 직선 Q_nH_n 사이의 거리를 h라 하면

$h=n-\dfrac{\sqrt{3}}{2}n=\left(1-\dfrac{\sqrt{3}}{2}\right)n$

삼각형 $P_nH_nQ_n$의 넓이는

$S_n=\dfrac{1}{2}\times\overline{Q_nH_n}\times h=\dfrac{1}{2}\times\dfrac{\sqrt{3}}{3}n\times\left(1-\dfrac{\sqrt{3}}{2}\right)n$

$=\dfrac{(2-\sqrt{3})\sqrt{3}}{12}n^2=\dfrac{2\sqrt{3}-3}{12}n^2$이므로

$\sum_{k=1}^{8}S_k=\sum_{k=1}^{8}\dfrac{2\sqrt{3}-3}{12}k^2=\dfrac{2\sqrt{3}-3}{12}\times\dfrac{8\times9\times17}{6}$

$=-51+34\sqrt{3}$

따라서 $a=-51, b=34$이므로

$a+b=-17$

16 **[모범답안]**

주어진 등비수열의 일반항 a_n은 $a_n = a \times r^{n-1}$

조건 (가) $a_2 \times a_3 = 3a_4$에서

$(ar) \times (ar^2) = 3 \times (ar^3)$, $a^2 r^3 = 3ar^3$

$\therefore a = 3$

조건 (나) $\dfrac{a_7 + a_{12}}{a_2 + a_7} = 32$에서

$\dfrac{a_7 + a_{12}}{a_2 + a_7} = \dfrac{ar^6 + ar^{11}}{ar + ar^6} = \dfrac{ar^6(1 + r^5)}{ar(1 + r^5)} = r^5 = 32$

$\therefore r = 2$

따라서 $a_n = 3 \times 2^{n-1}$이므로

$a_4 = 3 \times 2^{4-1} = 3 \times 2^3 = 24$

17 **[모범답안]**

$\dfrac{S_{n+1}}{S_n} = \dfrac{1}{9}$이므로 S_n은 공비가 $\dfrac{1}{9}$인 등비수열이다.

이때, $S_1 = a_1 = 1$이므로

$S_n = \left(\dfrac{1}{9}\right)^{n-1}$

$S_{10} = \left(\dfrac{1}{9}\right)^{10-1} = \left(\dfrac{1}{9}\right)^9$

$a_{10} = S_{10} - S_9 = \left(\dfrac{1}{9}\right)^{10-1} - \left(\dfrac{1}{9}\right)^{9-1} = \left(\dfrac{1}{9}\right)^9 - \left(\dfrac{1}{9}\right)^8$

$\quad = \left(\dfrac{1}{9}\right)^9 \times (1 - 9) = -8 \times \left(\dfrac{1}{9}\right)^9 - \dfrac{a_{10}}{S_{10}}$

$\quad = \dfrac{8 \times \left(\dfrac{1}{9}\right)^9}{\left(\dfrac{1}{9}\right)^9} = 8$

18 **[모범답안]**

주어진 수열 $a_{n+1} = 2 - \dfrac{1}{a_n}$에 $n = 1$부터

차례대로 대입하면

$a_1 = 1$이므로 $a_2 = 2 - \dfrac{1}{a_1} = 2 - 1 = 1$

$a_2 = 1$이므로 $a_3 = 2 - \dfrac{1}{a_2} = 2 - 1 = 1$

$\vdots$

즉, 자연수 n에 대하여 $a_n = 1$이다.

따라서 $\displaystyle\sum_{k=1}^{50} a_k = \sum_{k=1}^{50} 1 = 50$

19 **[모범답안]**

$\dfrac{1}{\sqrt{k+3} + \sqrt{k+2}}$

$= \dfrac{(\sqrt{k+3} - \sqrt{k+2})}{(\sqrt{k+3} + \sqrt{k+2})(\sqrt{k+3} - \sqrt{k+2})}$

$= \dfrac{(\sqrt{k+3} - \sqrt{k+2})}{(k+3) - (k+2)} = \sqrt{k+3} - \sqrt{k+2}$이므로

$\displaystyle\sum_{k=2}^{97} \left(\dfrac{1}{\sqrt{k+3} + \sqrt{k+2}}\right) = \sum_{k=2}^{97} (\sqrt{k+3} - \sqrt{k+2})$

$= (\sqrt{5} - \sqrt{4}) + (\sqrt{6} - \sqrt{5}) + (\sqrt{7} - \sqrt{6})$

$\qquad\qquad\qquad\qquad + \cdots + (\sqrt{100} - \sqrt{99})$

$= \sqrt{100} - \sqrt{4} = 10 - 2 = 8$

20 **[모범답안]**

등비수열 $\{a_n\}$의 첫째항을 $a(a > 0)$, 공비를 r이라 하면

$a_2 \times a_3 = (ar) \times (ar^2) = a^2 r^3 = 27$ $\qquad$ ······ ㉠

$a_3 \times a_4 = (ar^2) \times (ar^3) = a^2 r^5 = 243$ $\qquad$ ······ ㉡

㉡ ÷ ㉠에서 $r^2 = 3^2$이다.

이때, 모든 항이 양수이므로 $r = 3$, $a = 1$

따라서 $a_n = 3^{n-1}$

$a_1 \times a_2 \times \cdots \times a_9 = 3^0 \times 3^1 \times \cdots \times 3^8 = 3^{\frac{9(0+8)}{2}} = 3^{36}$

$\therefore \log_3(a_1 \times a_2 \times \cdots \times a_9) = \log_3 3^{36} = 36$

[수학 Ⅱ]

Ⅳ. 함수의 극한과 연속

01 [모범답안]

(1) $\lim_{x \to -1} f(x) = 2$

(2) $\lim_{x \to 0+} f(x) = -1$

(3) $2\lim_{x \to -1} f(x) - \lim_{x \to 0+} f(x) = 5$

주어진 그래프에서

$\lim_{x \to -1} f(x) = 2$, $\lim_{x \to 0+} f(x) = -1$

따라서

$2\lim_{x \to -1} f(x) - \lim_{x \to 0+} f(x) = 2 \times 2 - (-1) = 5$

02 [모범답안]

(1) $\lim_{x \to 1-} f(x) = a + 1$

(2) $\lim_{x \to 1+} f(x) = 2(a - 1)$

(3) $a = -3$

$\lim_{x \to 1-} f(x) = \lim_{x \to 1-}(x + a) = a + 1$,

$\lim_{x \to 1+} f(x) = \lim_{x \to 1+}(-3x^2 + x + 2a)$

$= 2a - 2 = 2(a - 1)$이므로

$\lim_{x \to 1-} f(x) \times \lim_{x \to 1+} f(x) = (a + 1) \times 2(a - 1) = 2a^2 - 2$

즉, $2a^2 - 2 = 16$에서 $a^2 = 9$

$a = -3$ 또는 $a = 3$

주어진 조건에서 $a < 0$이므로 $a = -3$

03 [모범답안]

(1) $\lim_{x \to 0} \dfrac{g(x)}{x} = 10$

(2) $\lim_{x \to 0} \dfrac{f(x)g(x)}{x\{f(x) + xg(x)\}} = \dfrac{10}{3}$

$\lim_{x \to 0} \dfrac{g(x)}{x^2 + 2x} = 5$이므로

$\lim_{x \to 0} \dfrac{g(x)}{x} = \lim_{x \to 0}\left\{ \dfrac{g(x)}{x^2 + 2x} \times (x + 2) \right\}$

$= \lim_{x \to 0} \dfrac{g(x)}{x^2 + 2x} \times \lim_{x \to 0}(x + 2)$

$= 5 \times 2 = 10$

따라서

$\lim_{x \to 0} \dfrac{f(x)g(x)}{x\{f(x) + xg(x)\}} = \lim_{x \to 0} \dfrac{\frac{f(x)g(x)}{x^3}}{\frac{x\{f(x) + xg(x)\}}{x^3}}$

$= \lim_{x \to 0} \dfrac{\frac{f(x)}{x^2} \times \frac{g(x)}{x}}{\frac{f(x)}{x^2} + \frac{g(x)}{x}}$

$= \dfrac{5 \times 10}{5 + 10} = \dfrac{50}{15} = \dfrac{10}{3}$

04 [모범답안]

(1) $f(x)f(-x) = x^2|(x - a)(x + a)|$

(2) $a = \dfrac{1}{\sqrt{3}}$

(3) $\lim_{x \to a+} \dfrac{f(x)f(-x)}{x - a} = \dfrac{2\sqrt{3}}{9}$

$f(x) = |x(x - a)|$에서

$f(x)f(-x) = |x(x - a)| \times |-x(-x - a)|$

$= |x(x - a)| \times |x(x + a)|$

$= |x^2(x - a)(x + a)|$

$= x^2|(x - a)(x + a)|$이므로

$\lim_{x \to 0} \dfrac{f(x)f(-x)}{x^2} = \lim_{x \to 0} \dfrac{x^2|(x - a)(x + a)|}{x^2}$

$= \lim_{x \to 0}|(x - a)(x + a)| = |-a^2| = a^2$

즉, $a^2 = \dfrac{1}{3}$에서 $a > 0$이므로 $a = \dfrac{1}{\sqrt{3}}$

$x > \dfrac{1}{\sqrt{3}}$일 때 $f(x)f(-x) = x^2\left(x - \dfrac{1}{\sqrt{3}}\right)\left(x + \dfrac{1}{\sqrt{3}}\right)$

이므로

$\lim_{x \to a+} \dfrac{f(x)f(-x)}{x - a} = \lim_{x \to \frac{1}{\sqrt{3}}+} \dfrac{x^2\left(x - \frac{1}{\sqrt{3}}\right)\left(x + \frac{1}{\sqrt{3}}\right)}{x - \frac{1}{\sqrt{3}}}$

$= \lim_{x \to \frac{1}{\sqrt{3}}+} x^2\left(x + \dfrac{1}{\sqrt{3}}\right) = \dfrac{1}{3} \times \dfrac{2}{\sqrt{3}} = \dfrac{2\sqrt{3}}{9}$

05 [모범답안]

(1) $\lim_{x \to 1} f(x) = 1$, $\lim_{x \to 1} g(x) = -2$

(2) $\lim_{x \to 1} \dfrac{g(x) + 2}{x - 1} = -\dfrac{1}{6}$

(3) $\lim_{x \to 1} \dfrac{\{f(x) + g(x)\}\{f(x) - g(x) - 3\}}{x - 1} = -\dfrac{13}{3}$

$\lim_{x \to 1} \dfrac{f(x) - 1}{x - 1} = 2$ ······㉠

㉠에서 $x \to 1$일 때 (분모) $\to 0$이고 극한값이 존재하므로 (분자) $\to 0$이어야 한다.

즉, $\lim_{x \to 1}\{f(x) - 1\} = 0$에서

$\lim_{x \to 1} f(x) = 1$ ······㉡

또 $\lim_{x \to 1} \dfrac{g(x) + 2}{\sqrt{x} - 1} = -\dfrac{1}{3}$에서

$x \to 1$일 때 (분모) $\to 0$이고 극한값이 존재하므로 (분자) $\to 0$이어야 한다.

즉, $\lim_{x \to 1}\{g(x) + 2\} = 0$에서

$\lim_{x \to 1} g(x) = -2$ ······㉢

$\lim_{x \to 1} \dfrac{g(x) + 2}{\sqrt{x} - 1} = -\dfrac{1}{3}$이므로

$\lim_{x \to 1} \dfrac{g(x) + 2}{x - 1} = \lim_{x \to 1} \dfrac{g(x) + 2}{(\sqrt{x} - 1)(\sqrt{x} + 1)}$

$= \lim_{x \to 1} \dfrac{g(x) + 2}{\sqrt{x} - 1} \times \lim_{x \to 1} \dfrac{1}{\sqrt{x} + 1}$

$$=-\frac{1}{3}\times\frac{1}{2}=-\frac{1}{6} \qquad\qquad \cdots\cdots \text{②}$$

㉠~㉣에 의해

$$\lim_{x\to 1}\frac{\{f(x)+g(x)\}\{f(x)-g(x)-3\}}{x-1}$$

$$=\lim_{x\to 1}\left[\{f(x)+g(x)\}\times\frac{\{f(x)-1\}-\{g(x)+2\}}{x-1}\right]$$

$$=\left\{\lim_{x\to 1}f(x)+\lim_{x\to 1}g(x)\right\}$$

$$\times\left\{\lim_{x\to 1}\frac{f(x)-1}{x-1}-\lim_{x\to 1}\frac{g(x)+2}{x-1}\right\}$$

$$=\{1+(-2)\}\times\left\{2-\left(-\frac{1}{6}\right)\right\}$$

$$=-2\times\frac{13}{6}=-\frac{13}{3}$$

06 [모범답안]

(1) $y=2x+t^2-2$

(2) $S(t)=4t-t^3$

(3) $\lim\limits_{t\to 0+}\dfrac{S(t)}{t}=4$

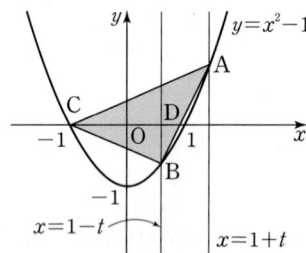

두 점 A, B의 좌표는

$A(1+t,\ t^2+2t),\ B(1-t,\ t^2-2t)$

직선 AB의 기울기는

$$\frac{(t^2+2t)-(t^2-2t)}{(1+t)-(1-t)}=\frac{4t}{2t}=2\text{이므로}$$

직선 AB의 방정식은

$$y=2\{x-(1+t)\}+t^2+2t$$

즉, $y=2x+t^2-2$

직선 AB가 x축과 만나는 점을 D라 하면

$2x+t^2-2=0$에서 $x=1-\dfrac{t^2}{2}$

즉, $D\left(1-\dfrac{t^2}{2},\ 0\right)$

삼각형 ACB의 넓이는 삼각형 ACD와 삼각형 BDC의 넓이의 합이고,

$\overline{CD}=\left(1-\dfrac{t^2}{2}\right)-(-1)=2-\dfrac{t^2}{2}$이므로

$S(t)=(\text{삼각형 ACD의 넓이})+(\text{삼각형 BDC의 넓이})$

$$=\frac{1}{2}\times\left(2-\frac{t^2}{2}\right)\times(t^2+2t)+\frac{1}{2}\times\left(2-\frac{t^2}{2}\right)\times(2t-t^2)$$

$$=\frac{1}{2}\times\left(2-\frac{t^2}{2}\right)\times\{(t^2+2t)+(2t-t^2)\}$$

$$=\frac{1}{2}\times\left(2-\frac{t^2}{2}\right)\times 4t$$

$$=4t-t^3$$

따라서

$$\lim_{t\to 0+}\frac{S(t)}{t}=\lim_{t\to 0+}\frac{4t-t^3}{t}=\lim_{t\to 0+}(4-t^2)=4$$

07 [모범답안]

(1) $a=-\dfrac{3}{4}$

(2) $f(-2)=3,\ g(-4)=2$

(3) $f(-2)\times g(-4)=6$

$x>0$에서 방정식 $f(x)=f(-2)$의 해는

$$\frac{1}{2}x=-4a,\ x=-8a$$

함수 $y=f(x)$의 그래프는 그림과 같다.

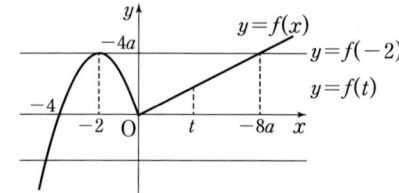

함수 $g(t)$는 다음과 같다.

$$g(t)=\begin{cases}1 & (t<-4)\\ 2 & (t=-4)\\ 3 & (-4<t<-2)\\ 2 & (t=-2)\\ 3 & (-2<t<0)\\ 2 & (t=0)\\ 3 & (0<t<-8a)\\ 2 & (t=-8a)\\ 1 & (t>-8a)\end{cases}$$

이때 $\lim\limits_{t\to -4+}g(t)-\lim\limits_{t\to -4-}g(t)=3-1=2$,

$\lim\limits_{t\to -8a+}g(t)-\lim\limits_{t\to -8a-}g(t)=1-3=-2$

즉, $\left|\lim\limits_{t\to k+}g(t)-\lim\limits_{t\to k-}g(t)\right|=2$를 만족시키는 실수 k의 값은 -4 또는 $-8a$이고, 그 합이 2이므로

$$-4+(-8a)=2,\ a=-\frac{3}{4}$$

따라서 $f(x)=\begin{cases}-\dfrac{3}{4}x(x+4) & (x\leq 0)\\ \dfrac{1}{2}x & (x>0)\end{cases}$이므로

$$f(-2)\times g(-4)=3\times 2=6$$

08 [모범답안]

(1) $f(1)=2$

(2) $f(x)=x^3-3x+4$

(3) $f(-1)=6$

$$f(x)=x^3-3x+2\lim_{t\to 1}f(t) \qquad \cdots\cdots \text{㉠}$$

다항함수 $f(x)$는 실수 전체의 집합에서 연속이므로

$$\lim_{t \to 1} f(t) = f(1)$$

그러므로 ㉠에서

$$f(x) = x^3 - 3x + 2f(1) \quad \cdots\cdots ㉡$$

㉡의 양변에 $x = 1$을 대입하면

$$f(1) = 1 - 3 + 2f(1), \ f(1) = 2$$

따라서 ㉠에서 $f(x) = x^3 - 3x + 4$이므로

$$f(-1) = (-1) + 3 + 4 = 6$$

09 [모범답안]

(1) $\displaystyle\lim_{x \to -1^-} f(x)g(x) = 4(a-5)$

(2) $\displaystyle\lim_{x \to -1^+} f(x)g(x) = (a-3)(a-5)$

(3) 모든 실수 a의 값의 곱은 35

함수 $f(x)g(x)$가 실수 전체의 집합에서 연속이므로 $x = -1$에서 연속이다. 즉,

$$\lim_{x \to -1^-} f(x)g(x) = \lim_{x \to -1^+} f(x)g(x) = f(-1)g(-1)$$

이어야 한다.

이때

$$\lim_{x \to -1^-} f(x)g(x) = \lim_{x \to -1^-} (-x+3)(-x^2+4x+a)$$
$$= 4(a-5),$$
$$\lim_{x \to -1^+} f(x)g(x) = \lim_{x \to -1^+} (3x+a)(-x^2+4x+a)$$
$$= (a-3)(a-5),$$
$$f(-1)g(-1) = (a-3)(a-5)$$이므로
$$4(a-5) = (a-3)(a-5)$$에서
$$(a-5)(a-7) = 0$$
$$a = 5 \text{ 또는 } a = 7$$

따라서 모든 실수 a의 값의 곱은

$$5 \times 7 = 35$$

10 [모범답안]

(1) $a = -\dfrac{3}{4}$

(2) $b = -\dfrac{3}{2}$

(3) $\dfrac{1}{2}b - a = 0$

(i) $x < 0$일 때

$g(x) = x + 3x + 4 = 4x + 4$이므로 $x \neq -1$일 때

$$h(x) = \frac{x^2-x-2}{4x+4} = \frac{(x+1)(x-2)}{4(x+1)} = \frac{x-2}{4}$$

그러므로 $x < 0$에서 함수 $h(x)$가 연속이려면

$$h(-1) = \lim_{x \to -1} h(x) = \lim_{x \to -1} \frac{x-2}{4} = -\frac{3}{4}$$이어야 한다.

즉, $a = -\dfrac{3}{4}$

(ii) $x \geq 0$일 때

$g(x) = x - 3x + 4 = -2x + 4$이므로 $x \neq 2$일 때

$$h(x) = \frac{x^2-x-2}{-2x+4} = \frac{(x+1)(x-2)}{-2(x-2)} = -\frac{x+1}{2}$$

그러므로 $x \geq 0$에서 함수 $h(x)$가 연속이려면

$$h(2) = \lim_{x \to 2} h(x) = \lim_{x \to 2}\left(-\frac{x+1}{2}\right) = -\frac{3}{2}$$이어야 한다.

즉, $b = -\dfrac{3}{2}$

따라서 $\dfrac{1}{2}b - a = \dfrac{1}{2}\left(-\dfrac{3}{2}\right) - \left(-\dfrac{3}{4}\right) = 0$

11 [모범답안]

조건 (나)에서

$$-1 \leq f(x) - x^2 - x + 1 \leq 1$$
$$x^2 + x - 2 \leq f(x) \leq x^2 + x$$

x가 0이 아닐 때, $x^2 > 0$이므로 양변을 x^2으로 나누어주면

$$1 + \frac{1}{x} - \frac{2}{x^2} \leq \frac{f(x)}{x^2} \leq 1 + \frac{1}{x}$$

이때 $\displaystyle\lim_{x \to \infty}\left(1 + \frac{1}{x} - \frac{2}{x^2}\right) = 1$, $\displaystyle\lim_{x \to \infty}\left(1 + \frac{1}{x}\right) = 1$이므로

함수의 극한의 대소 관계에 의하여

$$\therefore \lim_{x \to \infty} \frac{f(x)}{x^2} = 1$$

따라서 함수 $f(x)$는 최고차항의 계수가 1인 이차함수이다.

한편, 조건 (가) $\displaystyle\lim_{x \to 0} \frac{f(x)}{x} = 1$에서 $x \to 0$일 때,

(분모) $\to 0$이고 극한값이 존재하므로 (분자) $\to 0$이어야 한다.

$$\therefore \lim_{x \to 0} f(x) = f(0) = 0$$이므로 $f(x)$는 x를 인수로 갖는다.

따라서 $f(x) = x(x-k)$(단, k는 상수)

이를 조건 (가)에 대입하면

$$\lim_{x \to 0} \frac{f(x)}{x} = \lim_{x \to 0} \frac{x(x-k)}{x} = (x-k) = -k = 1$$

$$\therefore k = -1, f(x) = x(x+1)$$

따라서 $f(4) = 4 \times 5 = 20$

12 [모범답안]

함수 $f(x) = x^2 + 4x + k$라 하면,

$$f(x) = x^2 + 4x + k = x^2 + 4x + 4 - 4 + k$$
$$= (x+2)^2 - 4 + k$$이므로

함수 $y = f(x)$는 직선 $x = -2$에서 대칭이며, 실수 전체의 집합에서 연속이다.

한편, 닫힌구간 $[-2, 3]$에서 함수 $f(x)$는 증가하므로 열린구간 $(-2, 3)$에서 방정식 $f(x) = 0$이 오직 하나의 실근을 가지려면 $f(-2) \times f(3) < 0$의 부등식을 만족해야 한다.

이때, $f(-2) = 4 - 8 + k = k - 4$,

$f(3) = 9 + 12 + k = k + 21$이므로

$$(k-4)(k+21) < 0$$
$$-21 < k < 4$$

따라서 정수 k의 최댓값 $M = 3$이고, 최솟값 $m = -20$

$$M - m = 3 + 20 = 23$$

13 [모범답안]

조건 (가)에서 함수 $f(x^2)$은 최고차항의 계수가 2인 이차함수
이므로 $f(x)=2x+a$ (a는 상수)로 놓을 수 있다.

함수 $f(x)g(x)$가 실수 전체의 집합에서 연속이므로

$x=2$에서도 연속이다.

즉, $\lim\limits_{x\to2}f(x)g(x)=f(2)g(2)$이어야 하므로

$\lim\limits_{x\to2}\dfrac{(2x+a)(px+2)}{x-2}=2(4+a)$ ...... ㉠

㉠에서 $x\to2$일 때 (분모)$\to0$이고 극한값이 존재하므로 (분자)$\to0$이어야 한다.

즉, $\lim\limits_{x\to2}(2x+a)(px+2)=(4+a)(2p+2)=0$이므로

$a=-4$ 또는 $p=-1$

만약 $p\neq-1$이면 $a=-4$이므로 ㉠에서

$\lim\limits_{x\to2}\dfrac{2(x-2)(px+2)}{x-2}=0$

즉, $2(2p+2)=0$에서 $p=-1$이 되어 모순이다.

그러므로 $p=-1$이다.

$p=-1$을 ㉠의 좌변에 대입하면

$\lim\limits_{x\to2}\dfrac{(2x+a)(-x+2)}{x-2}=\lim\limits_{x\to2}(-2x-a)=-4-a$

이므로 $-4-a=2(4+a)$에서 $3a=-12$, $a=-4$

따라서 $f(x)=2x-4$, $g(x)=\begin{cases}-1 & (x\neq2)\\2 & (x=2)\end{cases}$이므로

$f(5)+g(5)=6+(-1)=5$

14 [모범답안]

함수 $\{f(x)-1\}^2$가 실수 전체에서 연속이 되기 위해서는
$x=a$에서 연속이어야 한다.

따라서 $\lim\limits_{x\to a-}\{f(x)-1\}^2$

$=\lim\limits_{x\to a+}\{f(x)-1\}^2=\{f(a)-1\}^2$의 조건

을 만족시켜야 하므로,

$\lim\limits_{x\to a-}\{f(x)-1\}^2=\lim\limits_{x\to a-}(x-1-1)^2=(a-2)^2$

$\lim\limits_{x\to a+}\{f(x)-1\}^2=\lim\limits_{x\to a+}(2x+3-1)^2=(2a+2)^2$

$(a-2)^2=(2a+2)^2=\{f(a)-1\}^2$

$\therefore (a-2)^2=(2a+2)^2$, $3a^2+12a=0$

$3a(a+4)=0$

$a=0$ 또는 $a=-4$

$M=0+(-4)=-4$

$\therefore -M=4$

15 [모범답안]

함수 $f(x)$가 $x=-1$에서 연속이므로

$\lim\limits_{x\to-1-}f(x)=\lim\limits_{x\to-1+}f(x)=f(-1)$

따라서

$\lim\limits_{x\to-1-}g(x)=\lim\limits_{x\to-1-}\{4-f(x)\}=4-f(-1)$

$\lim\limits_{x\to-1+}g(x)=\lim\limits_{x\to-1+}\{(3x^2-4)f(x)\}=-f(-1)$

$\lim\limits_{x\to-1-}g(x)+\lim\limits_{x\to-1+}g(x)$

$=(4-f(-1))+(-f(-1))$

$=4-2f(-1)=-4$

$\therefore f(-1)=4$

16 [모범답안]

함수 $\{f(x)+a\}^2$가 $x=1$에서 연속이므로

$\lim\limits_{x\to1-}\{f(x)+a\}^2=\lim\limits_{x\to1+}\{f(x)+a\}^2=\{f(1)+a\}^2$

이때, 주어진 그래프에서 $\lim\limits_{x\to1-}f(x)=-3$, $\lim\limits_{x\to1+}f(x)=1$이므로

$\lim\limits_{x\to1-}\{f(x)+a\}^2=(-3+a)^2$

$\lim\limits_{x\to1+}\{f(x)+a\}^2=(1+a)^2$

따라서 $\{f(1)-a\}^2=(-3+a)^2=(1+a)^2$이므로

$a^2-6a+9=a^2+2a+1$, $8a=8$

$\therefore a=1$

17 [모범답안]

$f(0)=b$이고 $f(x)=f(x+4)$이므로 $f(4)=b$

이때, $\lim\limits_{x\to4-}f(x)=\lim\limits_{x\to4-}\{(x-2)^2+1\}$

$=(4-2)^2+1=5$

따라서 $f(4)=5$이므로

$\therefore b=5$ ...... ㉠

한편, 함수 $f(x)$는 연속함수이므로 $x=2$에서도 연속이다.

$\lim\limits_{x\to2-}f(x)=2a+b=\lim\limits_{x\to2+}f(x)=1$

$\therefore 2a+b=1$ ...... ㉡

㉠과 ㉡의 두 식을 연립하면

$\therefore a=-2$, $b=5$

함수 $f(x)=\begin{cases}-2x+5 & (0\leq x<2)\\(x-2)^2+1 & (2\leq x<4)\end{cases}$이므로

따라서 $f(5)=f(1+4)=f(1)=-2+5=3$

$\therefore f(5)=3$

18 [모범답안]

$\lim\limits_{x\to2}(2x+2)f(x)=12$에서

$\lim\limits_{x\to2}f(x)=\lim\limits_{x\to2}\dfrac{(2x+2)f(x)}{(2x+2)}=\dfrac{\lim\limits_{x\to2}(2x+2)f(x)}{\lim\limits_{x\to2}(2x+2)}$

$=\dfrac{12}{6}=2$

또한, $\lim\limits_{x\to2}\dfrac{f(x)}{f(x)+g(x)}=\dfrac{1}{2}$에서

분자와 분모를 $f(x)$로 나누면,

$$\lim_{x \to 2} \left[\cfrac{1}{1+\cfrac{g(x)}{f(x)}} \right] = \frac{1}{2}$$ 이므로

$$\lim_{x \to 2} \frac{g(x)}{f(x)} = 1,$$

이때, $\lim_{x \to 2} f(x) = 2$이므로 $\lim_{x \to 2} g(x) = 2$

$$\therefore \lim_{x \to 2} \frac{3f(x)}{2x - g(x)} = \frac{3 \times 2}{4 - 2} = 3$$

19 [모범답안]

$f(x) = (x-a)^2 + b$(단, a, b는 상수)에서, 함수 $g(x)$가 $x=2$에서 연속이고 역함수가 존재하기 위해서는 $a \le 2$이어야 한다.

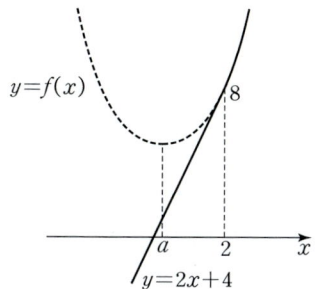

함수 $g(x)$가 $x=2$에서 연속이려면

$\lim_{x \to 2-} g(x) = \lim_{x \to 2+} g(x) = g(2)$를 만족해야 한다.

따라서

$$\lim_{x \to 2-} g(x) = \lim_{x \to 2-} (2x+4) = 8$$

$$\lim_{x \to 2+} g(x) = \lim_{x \to 2+} \{(x-a)^2 + b\} = (2-a)^2 + b$$
$$= a^2 - 4a + b + 4$$

$$\therefore a^2 - 4a + b + 4 = 8, \ b = -a^2 + 4a + 4$$

이때,

$$f(4) = (4-a)^2 + b = a^2 - 8a + 16 + b$$
$$= a^2 - 8a + 16 + (-a^2 + 4a + 4) = -4a + 20$$

$a \le 2$이므로 $f(4) = -4a + 20 \ge 12$

따라서 $f(4)$의 최솟값은 12

20 [모범답안]

$\lim_{x \to \infty} \dfrac{f(x) - x^3}{x} = 1$이므로, $f(x) - x^3$은 최고차항의 계수가 1인 일차식이다.

따라서 $f(x) - x^3 = x + a$(단, a는 상수)라고 하면,

$$\therefore f(x) = x^3 + x + a$$

한편, $f(1) = 2 + a = 0$이므로 $a = -2$

$$f(x) = x^3 + x - 2$$

$\lim_{x \to 2} \dfrac{f(x) - f(2)}{x-2}$에서 $f(2) = 2^3 + 2 - 2 = 8$이므로

$$\lim_{x \to 2} \frac{f(x) - f(2)}{x-2} = \lim_{x \to 2} \frac{x^3 + x - 10}{x-2}$$
$$= \lim_{x \to 2} \frac{(x-2)(x^2 + 2x + 5)}{x-2}$$
$$= \lim_{x \to 2} (x^2 + 2x + 5)$$
$$= 2^2 + 2 \times 2 + 5 = 13$$

$$\therefore \lim_{x \to 2} \frac{f(x) - f(2)}{x-2} = 13$$

V. 다항함수의 미분법

01 [모범답안]

(1) $f(2) = -3$

(2) $\lim_{x \to 2} \dfrac{f(x) + 3}{x^2 - 2x} = \dfrac{1}{2} f'(2)$

(3) $f'(2) = 18$

$$\lim_{x \to 2} \frac{f(x) + 3}{x^2 - 2x} = \{f(2)\}^2 \ \cdots\cdots \ \unicode{x29F8}$$

$\unicode{x29F8}$에서 $x \to 2$일 때 (분모) $\to 0$이고
극한값이 존재하므로 (분자) $\to 0$이어야 한다.

즉, $\lim_{x \to 2} \{f(x) + 3\} = 0$에서

$$f(2) = -3$$

함수 $f(x)$가 $x=2$에서 미분가능하므로 $\unicode{x29F8}$에서

$$\lim_{x \to 2} \frac{f(x) + 3}{x^2 - 2x} = \lim_{x \to 2} \frac{f(x) - f(2)}{x(x-2)}$$
$$= \lim_{x \to 2} \left\{ \frac{1}{x} \times \frac{f(x) - f(2)}{x-2} \right\} = \frac{1}{2} f'(2)$$

따라서 $\dfrac{1}{2} f'(2) = (-3)^2 = 9$

02 [모범답안]

(1) $f'(0) - g'(0) = 2$

(2) $f'(0) = \dfrac{3}{2}$, $g'(0) = -\dfrac{1}{2}$

(3) $f'(0) \times g'(0) = -\dfrac{3}{4}$

$\lim_{x \to 0} \dfrac{f(x) - g(x)}{x} = 2$에서 $x \to 0$일 때 (분모) $\to 0$이고
극한값이 존재하므로 (분자) $\to 0$이어야 한다.

즉, $\lim_{x \to 0} \{f(x) - g(x)\} = 0$에서

$$f(0) = g(0) \ \cdots\cdots \ \unicode{x29F8}$$

두 다항함수 $f(x)$, $g(x)$가 $x=0$에서 미분가능하므로

$$\lim_{x \to 0} \frac{f(x) - g(x)}{x}$$
$$= \lim_{x \to 0} \left\{ \frac{f(x) - f(0)}{x} - \frac{g(x) - g(0)}{x} \right\}$$

PART 1 국어 PART 2 수학 PART 3 기출문제 PART 4 해답

$$= f'(0) - g'(0)$$
즉, $f'(0) - g'(0) = 2$ ······ ©

$$\lim_{x \to 0} \frac{g(2x) - x}{f(x) - 2x} = 4$$ ······ ©

©에서 $x \to 0$일 때

$$\lim_{x \to 0} \{f(x) - 2x\} = f(0)$$

$$\lim_{x \to 0} \{g(2x) - x\} = g(0)$$

이때 $f(0) \neq 0$이면 ㉠에 의해

$$\lim_{x \to 0} \frac{g(2x) - x}{f(x) - 2x} = \frac{g(0)}{f(0)} = 1$$이므로 ©을 만족시키지 않는다.

그러므로 $f(0) = g(0) = 0$

$$\lim_{x \to 0} \frac{g(2x) - x}{f(x) - 2x} = \lim_{x \to 0} \frac{\dfrac{g(2x) - g(0)}{2x} \times 2 - 1}{\dfrac{f(x) - f(0)}{x} - 2}$$

$$= \frac{2g'(0) - 1}{f'(0) - 2}$$

©에서

$$\frac{2g'(0) - 1}{f'(0) - 2} = 4$$

$$2g'(0) - 1 = 4f'(0) - 8$$

$$4f'(0) - 2g'(0) = 7$$ ······ ㉣

©, ㉣을 연립하여 풀면

$$f'(0) = \frac{3}{2}, \ g'(0) = -\frac{1}{2}$$

따라서 $f'(0) \times g'(0) = \frac{3}{2} \times \left(-\frac{1}{2}\right) = -\frac{3}{4}$

03 [모범답안]

(1) $a - b = -6$

(2) $a = -5, \ b = 1$

(3) $2a - b = -11$

함수 $f(x)$가 실수 전체의 집합에서 미분가능하므로
$x = -1$에서 미분가능하다.

함수 $f(x)$가 $x = -1$에서 연속이므로

$$\lim_{x \to -1-} f(x) = \lim_{x \to -1+} f(x) = f(-1)$$이어야 한다.

$$\lim_{x \to -1-} f(x) = \lim_{x \to -1-} (x^3 + ax + b) = -1 - a + b,$$

$$\lim_{x \to -1+} f(x) = \lim_{x \to -1+} (-2x + 3) = 5,$$

$$f(-1) = -1 - a + b$$이므로

$-1 - a + b = 5$에서

$a - b = -6$ ······ ㉠

함수 $f(x)$가 $x = -1$에서 미분가능하므로

$$\lim_{x \to -1-} \frac{f(x) - f(-1)}{x + 1} = \lim_{x \to -1+} \frac{f(x) - f(-1)}{x + 1}$$
이어야 한다.

$$\lim_{x \to -1-} \frac{f(x) - f(-1)}{x + 1}$$

$$= \lim_{x \to -1-} \frac{(x^3 + ax + b) - (-1 - a + b)}{x + 1}$$

$$= \lim_{x \to -1-} \frac{(x^3 + 1) + a(x + 1)}{x + 1}$$

$$= \lim_{x \to -1-} \frac{(x + 1) + (x^2 - x + 1) + a(x + 1)}{x + 1}$$

$$= \lim_{x \to -1-} \frac{(x + 1) + (x^2 - x + 1 + a)}{x + 1}$$

$$= \lim_{x \to -1-} (x^2 - x + 1 + a)$$

$$= 3 + a$$

$$\lim_{x \to -1+} \frac{f(x) - f(-1)}{x + 1} = \lim_{x \to -1+} \frac{(-2x + 3) - (-1 - a + b)}{x + 1}$$

$$= \lim_{x \to -1+} \frac{(-2x + 3) - 5}{x + 1}$$

$$= \lim_{x \to -1+} \frac{-2(x + 1)}{x + 1} = -2$$이므로

$3 + a = -2$에서 $a = -5$

㉠에서 $b = 1$

따라서 $2a - b = 2 \times (-5) - 1 = -11$

04 [모범답안]

(1) $g(-1) = -8$

(2) $g'(-1) = 2$

(3) $f'(-1) = 1$

$g(x) = (x^2 + 3x)f(x)$ ······ ㉠

$g'(x) = (2x + 3)f(x) + (x^2 + 3x)f'(x)$ ······ ©

점 $(-1, -8)$이 곡선 $y = g(x)$ 위의 점이므로

$g(-1) = -8$

㉠의 양변에 $x = -1$을 대입하면

$g(-1) = -2f(-1)$

즉, $-2f(-1) = -8$에서 $f(-1) = 4$

곡선 $y = g(x)$ 위의 점 $(-1, g(-1))$에서의 접선의 기울
기가 2이므로

$g'(-1) = 2$

©의 양변에 $x = -1$을 대입하면

$g'(-1) = f(-1) - 2f'(-1)$

즉, $2 = 4 - 2f'(-1)$에서 $f'(-1) = 1$

05 [모범답안]

(1) a의 최솟값은 $\frac{1}{2}$

(2) $k = -\frac{3}{2}$

(3) $f\left(\frac{2}{3}k\right) = \frac{11}{12}$

$f(x) = \frac{1}{3}x^3 + ax^2 - 3a^2x$에서

$f'(x) = x^2 + 2ax - 3a^2$

함수 $f(x)$가 감소할 때 $f'(x) \leq 0$이므로

$x^2 + 2ax - 3a^2 \leq 0$

$(x + 3a)(x - a) \leq 0$

$a > 0$이므로 $-3a \leq x \leq a$

함수 $f(x)$가 열린구간 $(k, k+2)$에서 감소하므로

$-3a \leq k$이고 $k+2 \leq a$

즉, $-3a \leq k \leq a-2$ ...... ㉠

㉠을 만족시키는 실수 k의 값이 존재해야 하므로

$-3a \leq a-2$에서 $a \geq \dfrac{1}{2}$

그러므로 a의 최솟값은 $\dfrac{1}{2}$이다.

이때 $f(x) = \dfrac{1}{3}x^3 + \dfrac{1}{2}x^2 - \dfrac{3}{4}x$이고 $k = -\dfrac{3}{2}$이므로

$f\left(\dfrac{2}{3}k\right) = f(-1) = -\dfrac{1}{3} + \dfrac{1}{2} + \dfrac{3}{4} = \dfrac{11}{12}$

06 [모범답안]

(1) $x = 2$

(2) $a = -3$, $b = 0$, $c = 4$

(3) $f(4) = 20$

$0 \leq x \leq 2$일 때, $f'(x) \leq 0$이므로 $f(x)f'(x) \leq 0$에서 $f(x) \geq 0$이고 함수 $f(x)$는 감소한다.

함수 $f(x)$는 $x = 2$에서 극솟값을 가지므로

$f(2) = 0$인 경우 $f(4)$의 값이 최소가 된다.

$f(x) = x^3 + ax^2 + bx + c$ (a, b, c는 상수)라 하면

$f'(x) = 3x^2 + 2ax + b$

$f'(0) = 0$이므로 $b = 0$

$f'(2) = 0$이므로 $12 + 4a + b = 0$에서

$12 + 4a + 0 = 0$, $a = -3$

$f(2) = 0$일 때 $8 + 4a + 2b + c = 0$에서

$8 - 12 + 0 + c = 0$, $c = 4$

따라서 $f(2) = 0$일 때 $f(x) = x^3 - 3x^2 + 4$이므로

$f(4)$의 최솟값은 $f(4) = 64 - 48 + 4 = 20$

07 [모범답안]

(1) $f(-3) = 27$, $f(1) = -5$

(2) $k = 27$ 또는 $k = -5$

(3) 모든 실수 k의 값의 곱은 -135

$f(x) = x^3 + 3x^2 - 9x$라 하면

$f'(x) = 3x^2 + 6x - 9 = 3(x+3)(x-1)$

$f'(x) = 0$에서 $x = -3$ 또는 $x = 1$

함수 $f(x)$의 증가와 감소를 표로 나타내면 다음과 같다.

x	$\cdots$	-3	$\cdots$	1	$\cdots$
$f'(x)$		$+$	0	$-$	0	$+$
$f(x)$	$\nearrow$	극대	$\searrow$	극소	$\nearrow$

$f(-3) = 27$, $f(1) = -5$이므로

함수 $y = f(x)$의 그래프와 직선 $y = k$는 그림과 같다.

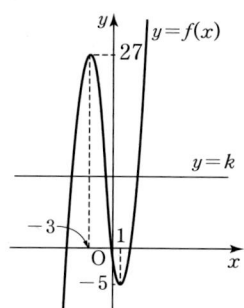

곡선 $y = f(x)$와 직선 $y = k$가 서로 다른 두 점에서 만나야 하므로

$k = 27$ 또는 $k = -5$이어야 한다.

따라서 모든 실수 k의 값의 곱은

$27 \times (-5) = -135$

08 [모범답안]

(1) $v = 6t^2 + 6t - 12$

(2) $t = 1$

(3) 점 P의 가속도는 30

점 P의 시각 t에서의 속도를 v라 하면

$v = \dfrac{dx}{dt} = 6t^2 + 6t - 12$

$v = 0$에서

$6t^2 + 6t - 12 = 0$

$t^2 + t - 2 = 0$, $(t-1)(t+2) = 0$

$t_1 > 0$이므로 시각 $t = 1$에서 점 P는 운동 방향을 바꾼다.

즉, $t_1 = 1$

점 P의 시각 t에서의 가속도를 a라 하면

$a = \dfrac{dv}{dt} = 12t + 6$

따라서 점 P의 시각 $t = 2t_1$, 즉 $t = 2$에서의 가속도는

$12 \times 2 + 6 = 30$

09 [모범답안]

$y = x^3 - 3x^2$에서 $y' = 3x^2 - 6x$ ...... ㉠

접점의 좌표를 $(t, t^3 - 3t^2)$이라 하면 접선의 기울기는

$3t^2 - 6t$이므로 접선의 방정식은

$y = (3t^2 - 6t)(x - t) + t^3 - 3t^2$

이 접선이 점 $(0, 1)$을 지나므로

$1 = (3t^2 - 6t)(-t) + t^3 - 3t^2$

$2t^3 - 3t^2 + 1 = 0$, $(t-1)^2(2t+1) = 0$

$t = 1$ 또는 $t = -\dfrac{1}{2}$

$t = 1$일 때, ㉠에 의하여 접선의 기울기는

$3 - 6 = -3$

$t = -\dfrac{1}{2}$일 때, ㉠에 의하여 접선의 기울기는

$3 \times \left(-\frac{1}{2}\right)^2 - 6 \times \left(-\frac{1}{2}\right) = \frac{3}{4} + 3 = \frac{15}{4}$

따라서 $m_1 \times m_2 = (-3) \times \frac{15}{4} = -\frac{45}{4}$

10 [모범답안]

함수 $g(x) = (x^3+2)f(x)$에서

양변을 x에 대하여 미분하면,

$g'(x) = 3x^2 f(x) + (x^3+2)f'(x)$

따라서 $g'(1) = 3f(1) + 3f'(1) = 12 - 6 = 6$

11 [모범답안]

함수 $y = -x^3 + 6tx^2 - 2tx$에서

$y' = -3x^2 + 12tx - 2t$

$\quad = -3(x^2 - 4tx + 4t^2) + 12t^2 - 2t$

$\quad = -3(x-2t)^2 + 12t^2 - 2t$

함수 $y = -x^3 + 6tx^2 - 2tx$에 접하는 직선의 기울기는 $x = 2t$

일 때, 최댓값 $12t^2 - 2t$를 갖는다.

이때, 접점의 좌표는 $(2t, 16t^3 - 4t^2)$이므로

접선의 방정식은

$y = (12t^2 - 2t)(x - 2t) + 16t^3 - 4t^2$

$\quad = (12t^2 - 2t)x - 8t^3$

이 직선의 y절편은 $-8t^3$이므로 $h(t) = -8t^3$

$\therefore h(-1) = 8$

12 [모범답안]

다항함수 $f(x)$가 닫힌구간 $[0, 3]$에서 연속이고 열린구간

$(0, 3)$에서 미분가능하다.

따라서 평균값 정리를 이용하면,

$\dfrac{f(3) - f(0)}{3 - 0} = f'(c) \, (0 < c < 3)$

의 값을 만족하는 상수 c가 열린구간 $(0, 3)$에 적어도 하나 존

재한다.

이때, 조건 (가)를 이용하면

$\dfrac{f(3) - f(0)}{3 - 0} = \dfrac{f(3) - 3}{3} = f'(c) \, (0 < c < 3)$

한편, 조건 (나)에서 모든 실수 x에 대하여

$|f'(x)| \le 1$이므로

$|f'(c)| \le 1$

이때 $f'(c) = \dfrac{f(3) - 3}{3}$이므로

$\left| \dfrac{f(3) - 3}{3} \right| \le 1$, $-3 \le f(3) - 3 \le 3$

$\therefore 0 \le f(3) \le 6$

따라서 $f(3)$의 최댓값 $M = 6$, 최솟값 $m = 0$이므로

$\therefore M - m = 6$

13 [모범답안]

$h(x) = f(x)g(x)$에서

$h'(x) = f'(x)g(x) + f(x)g'(x)$이므로

$h'(-1) = f'(-1)g(-1) + f(-1)g'(-1)$

$f(x) = 2x^3 + 5$에서 $f(-1) = 3$이고

$f'(x) = 6x^2$이므로 $f'(-1) = 6$

$g(x) = x^2 + 3x + 1$에서 $g(-1) = -1$이고

$g'(x) = 2x + 3$이므로 $g'(-1) = 1$

따라서

$h'(-1) = f'(-1)g(-1) + f(-1)g'(-1)$

$\quad = 6 \times (-1) + 3 \times 1 = -3$

14 [모범답안]

$f(x) = -\frac{1}{3}x^3 + x^2 + ax + 2$에서

$f'(x) = -x^2 + 2x + a$

함수 $f(x)$가 $x = 3$에서 극대이므로

$f'(3) = 0$에서 $-9 + 6 + a = 0$, $a = 3$

즉, $f(x) = -\frac{1}{3}x^3 + x^2 + 3x + 2$이고

$f'(x) = -x^2 + 2x + 3 = -(x+1)(x-3)$

$f'(x) = 0$에서 $x = -1$ 또는 $x = 3$

함수 $f(x)$의 증가와 감소를 표로 나타내면 다음과 같다.

x	$\cdots$	-1	$\cdots$	3	$\cdots$
$f'(x)$	$-$	0	$+$	0	$-$
$f(x)$	$\searrow$	극소	$\nearrow$	극대	$\searrow$

따라서 함수 $f(x)$는 $x = -1$에서 극소이므로

극솟값은 $f(-1) = \frac{1}{3} + 1 - 3 + 2 = \frac{1}{3}$

15 [모범답안]

다항식 $x^4 + x^3 + x^2 + 1$을 $(x+1)^2$으로 나누었을 때의 몫이

$Q(x)$, 나머지가 $h(x) = mx + n$이므로

$x^4 + x^3 + x^2 + 1 = (x+1)^2 Q(x) + mx + n$

양변에 $x = -1$를 대입하면

$(-1)^4 + (-1)^3 + (-1)^2 + 1 = -m + n$

$\therefore n - m = 2$ $\quad \cdots\cdots$ ㉠

또한 $x^4 + x^3 + x^2 + 1 = (x+1)^2 Q(x) + mx + n$의 양변을

x에 대하여 미분하면

$4x^3 + 3x^2 + 2x = 2(x+1)Q(x) + (x+1)^2 Q'(x) + m$

양변에 $x = -1$를 대입하면

$4(-1)^3 + 3(-1)^2 + 2(-1) = m$

$\therefore m = -3$ $\quad \cdots\cdots$ ㉡

㉠과 ㉡을 연립하면 $m = -3$, $n = -1$

따라서 $h(x) = -3x - 1$이므로

$\therefore h(-3) = -3 \times (-3) - 1 = 8$

16 [모범답안]

$f(x)=x^3-3x^2+kx+1$의 양변을 x에 대하여 미분하면

$f'(x)=3x^2-6x+k$

이때, 함수 $f(x)$의 최고차항의 계수는 양수이므로 $f'(x)$가 실수 전체의 집합에서 증가해야만 함수 $f(x)$가 역함수를 갖는다.

즉, 모든 실수 x에 대하여 $f'(x)\geq0$이므로

이차방정식 $3x^2-6x+k=0$의 판별식을 D라 하면

$D\leq0$이다.

$\dfrac{D}{4}=(-3)^2-3k=9-3k\leq0,\ k\geq3$

이때, $f(1)=1-3+k+1=k-1$이므로 $k-1\geq2$

따라서 $f(1)$의 최솟값은 2이다.

17 [모범답안]

$f(x)=2x^3-6x^2+k$의 양변을 x에 대하여 미분하면

$f'(x)=6x^2-12x=6x(x-2)$

따라서 $f'(x)=0$을 만족시키는 x값은 $x=0$ 또는 $x=2$이므로 닫힌구간 $[0,\ 3]$에서 함수 $f(x)$의 증가와 감소를 표로 나타내면 다음과 같다.

x	0	$\cdots$	2	$\cdots$	3
$f'(x)$		$-$	0	$+$	
$f(x)$	k	$\searrow$	$k-8$	$\nearrow$	k

닫힌구간 $[0,\ 3]$에서 함수 $f(x)$의 최댓값은 $f(0)=f(3)=k$

최솟값은 $f(2)=k-8$이므로

$k(k-8)=-12,\ k^2-8k+12=(k-2)(k-6)=0$

$k=2$ 또는 $k=6$

따라서 모든 k값의 합은 $2+6=8$

18 [모범답안]

점 P의 시각 $t\,(t\geq0)$에서의 위치 x가 $x=2t^3+at^2+bt+2$ 이므로

시각 t에서의 속도는 $v=\dfrac{dx}{dt}=6t^2+2at+b$이다.

이때, 점 P의 시각 $t=1$에서의 속도가 10이므로

$6+2a+b=10,\ 2a+b=4$ ⋯⋯ ㉠

한편,

점 P의 시각 t에서의 가속도는 $a=\dfrac{dv}{dt}=12t+2a$이다.

이때, 점 P의 시각 $t=2$에서의 가속도가 30이므로

$24+2a=30,\ a=3$

$a=3$을 ㉠에 대입하면 $b=-2$

따라서 $a-b=5$

19 [모범답안]

곡선 $y=x^3-x^2$와 곡선 $y=2x^2-a$가 서로 다른 두 점에서 만나려면 x에 대한 방정식 $x^3-x^2=2x^2-a$

즉, $x^3-3x^2=-a$가 서로 다른 두 실근을 가져야 한다.

$f(x)=x^3-3x^2$이라 하면

$f'(x)=3x^2-6x=3x(x-2)$

$f'(x)=0$일 때, $x=0$ 또는 $x=2$이므로

함수 $f(x)$의 증가와 감소를 표로 나타내면 다음과 같다.

x	$\cdots$	0	$\cdots$	2	$\cdots$
$f'(x)$	$+$	0	$-$	0	$+$
$f(x)$	$\nearrow$	0	$\searrow$	-4	$\nearrow$

따라서 함수 $y=f(x)$의 그래프를 그림으로 나타내면 다음과 같다.

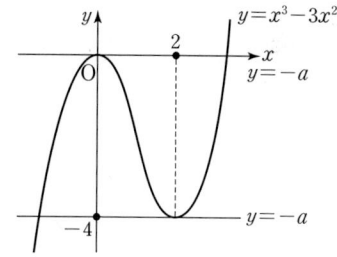

x에 대한 방정식 $x^3-3x^2=-a$가 서로 다른 두 실근을 가지려면 함수 $y=f(x)$와 직선 $y=-a$가 서로 다른 두 점에서 만나야 한다.

따라서 $-a=0$ 또는 $-a=-4$, 즉 $a=0$ 또는 $a=4$이므로 모든 실수 a의 값은 $0+4=4$

20 [모범답안]

삼각형 ABP에서 선분 AB를 밑변으로 하면 높이가 최소일 때, 넓이가 최소가 된다.

따라서 높이는 점 P에서 직선 AB에 내린 수선의 발까지의 거리이므로, 직선 AB와 평행하면서 함수

$f(x)=\dfrac{1}{4}x^4-2x^2+\dfrac{19}{4}$에 접하는 직선의 접점이 P일 때, 높이가 최소가 된다.

$f(x)=\dfrac{1}{4}x^4-2x^2+\dfrac{19}{4}$의 양변을 x에 대하여 미분하면,

$f'(x)=x^3-4x$

접점 P의 x좌표가 t이므로, 접점 P에서의 접선의 기울기는

$f'(t)=t^3-4t$

이때, 직선 AB의 기울기는 $\dfrac{0-(-15)}{4-3}=15$

접점 P에서의 접선의 기울기는 직선 AB의 기울기와 같아야 하므로

$t^3-4t=15,\ t^3-4t-15=(t-3)(t^2+3t+5)=0$

이때, $t^2+3t+5=0$의 판별식 D가

$D=3^2-4\times5=9-20=-11<0$에서 허근을 가지므로 $\therefore$

$t=3$

따라서 접점 P의 좌표는 $(3, 7)$, 직선 AB의 함수는

$y=15x-60$이므로

삼각형 ABP의 높이의 최솟값은 접점 $P(3, 7)$과 직선

$15x-y-60=0$ 사이의 거리와 같다.

$\therefore$ 삼각형 ABP의 최솟값은

$\dfrac{1}{2}\times\overline{AB}\times\dfrac{|15\times3-7-60|}{\sqrt{15^2+(-1)^2}}$

$=\dfrac{1}{2}\times\sqrt{226}\times\dfrac{22}{\sqrt{226}}=11$

Ⅵ. 다항함수의 적분법

01 [모범답안]

(1) $f'(2)=3$

(2) $C=2$

(3) $f(-1)=9$

$f(x)=\displaystyle\int(x^2+x+a)dx-\int(x^2-3x)dx$

$=\displaystyle\int(4x+a)dx$

$=2x^2+ax+C$ (단, C는 적분상수)

$f'(x)=4x+a$

$\displaystyle\lim_{x\to2}\dfrac{f(x)}{x-2}=3$에서 $x\to2$일 때 (분모) $\to0$이고

극한값이 존재하므로 (분자) $\to0$이어야 한다.

즉, $\displaystyle\lim_{x\to2}f(x)=f(2)=0$

$\displaystyle\lim_{x\to2}\dfrac{f(x)}{x-2}=\lim_{x\to2}\dfrac{f(x)-f(2)}{x-2}=f'(2)$이므로

$f'(2)=3$

$f(x)=2x^2+ax+C$에 $x=2$를 대입하면

$8+2a+C=0\cdots\bigcirc$

$f'(x)=4x+2$에 $x=2$를 대입하면

$8+a=3$에서 $a=-5$

$a=-5$를 $\bigcirc$에 대입하면 $C=2$

따라서 $f(x)=2x^2-5x+2$이므로

$f(-1)=2+5+2=9$

02 [모범답안]

(1) $a=-4$, $b=4$

(2) $f(-1)=11$

$f(x)=3x^2+ax+b$ (a, b는 상수)로 놓으면

$\displaystyle\int_0^1f(x)dx=\int_0^1(3x^2+ax+b)dx$

$=\left[x^3+\dfrac{a}{2}x^2+bx\right]_0^1=1+\dfrac{a}{2}+b$

$f(1)=3+a+b$이므로

$1+\dfrac{a}{2}+b=3+a+b$에서 $a=-4$

$\displaystyle\int_0^2f(x)dx=\int_0^2(3x^2+ax+b)dx$

$=\left[x^3+\dfrac{a}{2}x^2+bx\right]_0^1=1+\dfrac{a}{2}+b$

$f(1)=3+a+b$이므로

$1+\dfrac{a}{2}+b=3+a+b$에서 $a=-4$

$\displaystyle\int_0^2f(x)dx=\int_0^2(3x^2+ax+b)dx$

$=\left[x^3+\dfrac{a}{2}x^2+bx\right]_0^2=8+2a+2b$

$f(2)=12+2a+b$이므로

$8+2a+2b=12+2a+b$에서 $b=4$

따라서 $f(x)=3x^2-4x+4$이므로

$f(-1)=3+4+4=11$

03 [모범답안]

(1) $a=6$, $b=3$

(2) $\displaystyle\int_0^2x^2f(x)dx=32$

$f(x)=ax+b$ (a, b는 상수, $a\neq0$)으로 놓으면

$\displaystyle\int_{-1}^1f(x)dx=\int_{-1}^1(ax+b)dx$

$=2\displaystyle\int_0^1bdx=2[bx]_0^1=2b$

$2b=6$에서 $b=3$

$\displaystyle\int_{-1}^1xf(x)dx=\int_{-1}^1(ax^2+bx)dx$

$=2\displaystyle\int_0^1ax^2dx=2\left[\dfrac{a}{3}x^3\right]_0^1=\dfrac{2a}{3}$

$\dfrac{2a}{3}=4$에서 $a=6$

따라서 $f(x)=6x+3$이므로

$\displaystyle\int_0^2x^2f(x)dx=\int_0^2x^2(6x+3)dx$

$=\displaystyle\int_0^2(6x^3+3x^2)dx$

$=\left[\dfrac{3}{2}x^4+x^3\right]_0^2=\dfrac{3}{2}\times16+8=32$

04 [모범답안]

(1) $a=3$

(2) $f(x)=8x-3$

(3) $f(3)=21$

$\int_{-1}^{2} f(t)dt = a$ (a는 상수)라 하면

$\int_{-1}^{x} f(t)dt + a(x+1) = 4x^2 - 4$에서

$\int_{-1}^{x} f(t)dt = 4x^2 - ax - a - 4$ ⋯⋯⋯㉠

㉠의 양변을 x에 대하여 미분하면

$f(x) = 8x - a$

$\int_{-1}^{2} f(t)dt = \int_{-1}^{2}(8t - a)dt$

$= [4t^2 - at]_{-1}^{2} = (16 - 2a) - (4 + a)$

$= 12 - 3a$

$12 - 3a = a$에서 $a = 3$

따라서 $f(x) = 8x - 3$이므로

$f(3) = 24 - 3 = 21$

05 [모범답안]

(1) $a = 3$, $b = -1$

(2) $f(-2) = -3$

$\lim_{x \to 1} \dfrac{1}{x-1}\int_{1}^{x} f(t)dt = f(1) = 1 + a + b$이므로

$1 + a + b = 3$에서 $a + b = 2$ ⋯⋯ ㉠

$tf(t)$의 한 부정적분을 $G(t)$라 하면

$\lim_{h \to 0}\dfrac{1}{h}\int_{2-h}^{2+h} tf(t)dt = \lim_{h \to 0}\dfrac{1}{h}[G(t)]_{2-h}^{2+h}$

$= \lim_{h \to 0}\dfrac{G(2+h) - G(2-h)}{h}$

$= \lim_{h \to 0}\dfrac{G(2+h) - G(2)}{h} + \lim_{h \to 0}\dfrac{G(2-h) - G(2)}{-h}$

$= 2G'(2) = 2 \times 2f(2)$

$= 4f(2)$

$4f(2) = 36$에서 $f(2) = 9$이므로

$4 + 2a + b = 9$에서

$2a + b = 5$ ⋯⋯ ㉡

㉠, ㉡을 연립하여 풀면

$a = 3$, $b = -1$

따라서 $f(x) = x^2 + 3x - 1$이므로

$f(-2) = 4 - 6 - 1 = -3$

06 [모범답안]

(1) $-1 \leq x \leq 2$

(2) $\int_{-1}^{2}\{a(x+2) - ax^2\}dx = \dfrac{9}{2}a$

(3) $a = 8$

$ax^2 = a(x+2)$에서 $x^2 - x - 2 = 0$

$(x-2)(x+1) = 0$

$x = 2$ 또는 $x = -1$

즉, 곡선 $y = ax^2$과 직선 $y = a(x+2)$의 교점의 x좌표는 -1, 2이고 $a > 0$이므로

$-1 \leq x \leq 2$에서 $a(x+2) \geq ax^2$

곡선 $y = ax^2$과 직선 $y = a(x+2)$로 둘러싸인 부분의 넓이는

$\int_{-1}^{2}\{a(x+2) - ax^2\}dx = \int_{-1}^{2} a(-x^2 + x + 2)dx$

$= a\left[-\dfrac{1}{3}x^3 + \dfrac{1}{2}x^2 + 2x\right]_{-1}^{2}$

$= a\left\{\left(-\dfrac{8}{3} + 2 + 4\right) - \left(\dfrac{1}{3} + \dfrac{1}{2} - 2\right)\right\}$

$= \dfrac{9}{2}a$

따라서 $\dfrac{9}{2}a = 36$에서

$a = 8$

07 [모범답안]

(1) $\int_{0}^{8} v(t)dt = 8$

(2) $\int_{8}^{k}(-t + 8)dt = -8$

(3) $k = 12$

$t \geq 0$에서 함수 $y = v(t)$의 그래프는 그림과 같다.

$0 \leq t \leq 8$에서 $v(t) \geq 0$이므로 점 P가 원점을 출발하여 양의 방향으로 움직인 거리는

$\int_{0}^{8} v(t)dt = \int_{0}^{6}\dfrac{1}{3}t\,dt + \int_{6}^{8}(-t + 8)dt$

$= \left[\dfrac{1}{6}t^2\right]_{0}^{6} + \left[-\dfrac{1}{2}t^2 + 8t\right]_{6}^{8}$

$= 6 - 0 + (-32 + 64) - (-18 + 48) = 8$

$8 \leq t \leq k$에서 점 P가 음의 방향으로 움직인 거리가 8이므로

$\int_{8}^{k}(-t + 8)dt = \left[-\dfrac{1}{2}t^2 + 8t\right]_{8}^{k}$

$= -\dfrac{1}{2}k^2 + 8k - (-32 + 64)$

$= -\dfrac{1}{2}k^2 + 8k - 32 = -8$

$k^2 - 16k + 48 = 0$

$(k-4)(k-12) = 0$

$k > 8$이므로 $k = 12$

08 [모범답안]

$g(x) = (x-1)f(x)$로 놓으면 $g(1) = 0$이고,

$g'(x) = f(x) + (x-1)f'(x)$이므로

$g'(x) = 4x^3 + 4x$

$g(x)=\int(4x^3+4x)dx=x^4+2x^2+C$ …… ㉠

(단, C는 적분상수)

㉠에서 $g(1)=3+C=0$이므로 $C=-3$

이때 $g(x)=x^4+2x^2-3=(x+1)(x-1)(x^2+3)$에서

$x\neq1$일 때 $f(x)=\dfrac{g(x)}{x-1}=(x+1)(x^2+3)$이므로

$f'(x)=(x^2+3)+(x+1)\times2x=3x^2+2x+3$

따라서 $f'(-1)=3-2+3=4$

09 [모범답안]

점 P가 움직이는 방향을 바꾸는 순간 속도 $v(t)=0$이다.

$v(t)=-6t^2+12t=-6t(t-2)=0$

이때, $t>0$이므로 $t=2$

구간 $(0,2)$에서 $-6t^2+12t\geq0$이므로

따라서 점 P가 움직인 거리는

$$\int_0^2|v(t)|dt=\int_0^2|-6t^2+12t|dt$$
$$=\int_0^2(-6t^2+12t)dt$$
$$=\Big[-2t^3+6t^2\Big]_0^2$$
$$=-2\times2^3+6\times2^2$$
$$=-16+24=8$$

P가 방향이 바뀔 때까지 움직인 거리는 8

10 [모범답안]

$f'(x)=2x(3x+1)$에서

$$f(x)=\int f'(x)dx=\int2x(3x+1)dx$$
$$=\int(6x^2+2x)dx$$
$$=2x^3+x^2+C \text{ (단, } C\text{는 적분상수)}$$

이때 $f(0)=0+0+C=0$, $C=0$

따라서 $f(x)=2x^3+x^2$

$\therefore f(1)=2+1=3$

11 [모범답안]

$f(x+2)=f(x)+4$에서 $f(x)=f(x+2)-4$이므로

$$\int_0^2f(x)dx=\int_0^2\{f(x+2)-4\}dx$$
$$=\int_0^2f(x+2)dx-\int_0^24dx$$
$$=\int_2^4f(x)dx-8$$

$\therefore \int_2^4f(x)dx=\int_0^2f(x)dx+8$

$$\int_0^4f(x)dx=\int_0^2f(x)dx+\int_2^4f(x)dx$$

$$=\int_0^2f(x)dx+\Big(\int_0^2f(x)dx+8\Big)$$
$$=2\int_0^2f(x)dx+8=20$$

$2\int_0^2f(x)dx=12$, $\int_0^2f(x)dx=6$

12 [모범답안]

함수 $y=x^4-6x^3+9x^2=x^2(x-3)^2$이므로 그래프의 개형은 다음과 같다.

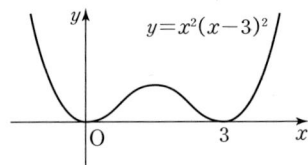

따라서 구하고자 하는 넓이는

$$\int_0^3|x^4-6x^3+9x^2|dx$$
$$=\int_0^3(x^4-6x^3+9x^2)dx$$
$$=\Big[\frac{1}{5}x^5-\frac{3}{2}x^4+3x^3\Big]_0^3$$
$$=\frac{1}{5}\times3^5-\frac{3}{2}\times3^4+3^4$$
$$=\frac{243}{5}-\frac{243}{2}+81=81\Big(\frac{3}{5}-\frac{3}{2}+1\Big)$$
$$=81\times\frac{6-15+10}{10}=\frac{81}{10}$$

$\therefore \dfrac{81}{10}$

13 [모범답안]

최고차항의 계수가 3인 이차함수 $f(x)$를 $f(x)=3x^2+ax+b$ (a,b는 상수)라 하자.

$\int_2^3f(x)dx=\int_3^4f(x)dx$에서

$$\int_2^3(3x^2+ax+b)dx=\int_3^4(3x^2+ax+b)dx$$
$$\Big[x^3+\frac{a}{2}x^2+bx\Big]_2^3=\Big[x^3+\frac{a}{2}x^2+bx\Big]_3^4$$
$$\Big(27+\frac{9}{2}a+3b\Big)-(8+2a+2b)$$
$$=(64+8a+4b)-\Big(27+\frac{9}{2}a+3b\Big)$$

즉, $a=-18$이므로 $f(x)=3x^2-18x+b$

$\int_{-1}^3f(x)dx=\int_2^3f(x)dx$에서

$$\int_{-1}^3f(x)dx-\int_2^3f(x)dx=0$$

$\int_{-1}^2f(x)dx=0$이므로

$$\int_{-1}^{2}(3x^2-18x+b)dx=\left[x^3-9x^2+bx\right]_{-1}^{2}$$
$$=(8-36+2b)-(-1-9-b)=3b-18=0$$
$$b=6$$
따라서 $f(x)=3x^2-18x+6$이므로 $f(-1)=27$

14 [모범답안]

$\int_{0}^{a}v(t)dt=A$, $\int_{a}^{b}v(t)dt=B$, $\int_{b}^{c}v(t)dt=C$로
놓으면 $A>0$, $B<0$, $C>0$

조건 (가)에서

$\int_{0}^{b}|v(t)|dt=\int_{0}^{a}v(t)dt-\int_{a}^{b}v(t)dt=15$이므로
$A-B=15$ ...... ㉠

점 P가 출발할 때의 방향과 반대 방향으로 움직일 때의 시각 t
의 범위는 $a<t<b$이다.

즉, 조건 (나)에서

$\int_{a}^{b}|v(t)|dt=-\int_{a}^{b}v(t)dt=5$이므로 $B=-5$이고,
$B=-5$를 ㉠에 대입하면 $A=10$

조건 (다)에서

$\int_{0}^{c}v(t)dt=A+B+C=12$이므로
$C=12-(A+B)=12-(10-5)=7$
따라서 점 P가 시각 $t=a$에서 $t=c$까지 움직인 거리는
$$\int_{a}^{c}|v(t)|dt=-\int_{a}^{b}v(t)dt+\int_{b}^{c}v(t)dt$$
$$=-B+C=-(-5)+7=12$$

15 [모범답안]

$f(x)$가 모든 실수 x에 대하여 $f(x)=f(-x)$를 만족하므로
$a=0$, $c=0$
따라서 $f(x)=x^4+bx^2+d$ (단, b, d는 실수)
이를 x에 대하여 미분하면
$f'(x)=4x^3+2bx$
이때 x의 값에 $-x$를 대입하면,
$f'(-x)=4(-x)^3+2b(-x)=-4x^3-2bx$이므로
$-f'(x)=f'(-x)$를 만족한다.
따라서
$$\int_{-1}^{1}\{f(x)+f'(x)\}dx=\int_{-1}^{1}f(x)dx+\int_{-1}^{1}f'(x)dx$$
$$=\int_{-1}^{1}f(x)dx$$
$$\int_{-1}^{1}f(x)dx=\int_{-1}^{1}(x^4+bx^2+d)$$
$$=\left[\frac{1}{5}x^5+\frac{1}{3}bx^3+dx\right]_{-1}^{1}$$

$$=\frac{2}{5}+\frac{2}{3}b+2d=\frac{16}{15}$$
$$\therefore b+3d=1 \qquad\cdots\cdots ㉠$$
한편, $f(1)=1+b+d=0$이므로
$$\therefore b+d=-1 \qquad\cdots\cdots ㉡$$
㉠과 ㉡을 연립하면 $b=-2$, $d=1$
따라서 $f(x)=x^4-2x^2+1$
$$\therefore f(2)=2^4-2\times2^2+1=16-8+1=9$$

16 [모범답안]

조건 (나)에서 $x\to0$일 때, (분모)$\to0$이고 극한값이 존재
하므로 (분자)$\to0$이어야 한다.
즉, $\lim\limits_{x\to0}f(x)=f(0)=0$이므로
$$\lim_{x\to0}\frac{f(x)}{x}=\lim_{x\to0}\frac{f(x)-f(0)}{x-0}=f'(0)=1$$
조건 (가)에 $x=0$을 대입하면,
$f'(0)=a$이므로 $\therefore a=1$
한편,
$$f(x)=\int f'(x)dx=\int(3x^2+1)dx=x^3+x+C$$
(단, C는 적분상수)
$f(0)=0+0+C=0$, $C=0$
$\therefore f(x)=x^3+x$
$f(1)=1+1=2$
따라서 $a+f(1)=1+2=3$

17 [모범답안]

함수 $f(x)=x^2+5x+4\left(x\geq-\dfrac{5}{2}\right)$의 그래프와 직선 $y=x$
가 만나는 점의 좌표는
$x^2+5x+4=x$, $x^2+4x+4=(x+2)^2=0$이므로
$x=-2$
따라서 곡선 $y=f(x)$와 $y=g(x)$는 $x=-2$에서 직선 $y=x$
와 접한다.
한편, 함수 $f(x)$에 $x=0$을 대입하면 A의 좌표는 $(0, 4)$이므
로 이를 직선 $y=x$에 대칭하면 B의 좌표는 $(4, 0)$이다.
두 곡선 $y=f(x)$, $y=g(x)$와 직선 $y=x$ 및 직선 AB의 그
래프는 다음 그림과 같다.

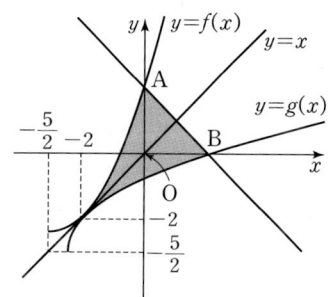

PART 1 국어 PART 2 수학 PART 3 기출문제 PART 4 해답

곡선 $y=f(x)$와 직선 $y=x$ 및 y축으로 둘러싸인 부분의 넓이는

$$\int_{-2}^{0}|f(x)-x|dx=\int_{-2}^{0}|x^2+4x+4|dx$$
$$=\left[\frac{1}{3}x^3+2x^2+4x\right]_{-2}^{0}$$
$$=\frac{8}{3}-8+8=\frac{8}{3}$$

또한, 함수 $y=g(x)$와 직선 $y=x$ 및 x축으로 둘러싸인 부분의 넓이는 위의 넓이와 같으므로 $\frac{8}{3}$이다.

원점 O에 대하여 삼각형 OAB의 넓이는 $\frac{1}{2}\times 4\times 4=8$이다.

따라서 구하고자 하는 넓이는

$$\frac{8}{3}+\frac{8}{3}+8=\frac{40}{3}=S$$
$$\therefore 3S=40$$

18 [모범답안]

함수 $F(x)=4x^3+ax$가 함수 $f(x)$의 한 부정적분이므로
$f(x)=F'(x)=12x^2+a$
이때, $f(1)=8$이므로 $f(1)=12+a=8$, $a=-4$
따라서 $f(x)=12x^2-4$
한편,
함수 $G(x)$는 함수 $xf(x)$의 한 부정적분이므로

$$G(x)=\int xf(x)dx=\int x(12x^2-4)dx$$
$$=\int(12x^3-4x)dx=3x^4-2x^2+C$$
$$\text{(단, } C\text{는 적분상수)}$$

이때, $G(0)=2$이므로 $C=2$, $G(x)=3x^4-2x^2+2$
$G(3)=3\times 3^4-2\times 3^2+2=243-18+2=227$

19 [모범답안]

$$f(x)=\int f'(x)dx=\int(-2x+6)dx=-x^2+6x+C$$
$$\text{(단, } C\text{는 적분상수)}$$
$$f(x)=-(x^2-6x+9)+9+C=-(x-3)^2+9+C$$
위 식에서 $f(x)$는 $x=3$에서 최댓값 $9+C$을 갖는다.
따라서 $9+C=3$이므로
$$\therefore C=-6$$
$f(x)=-x^2+6x-6$이므로
$$\therefore f(2)=-2^2+6\times 2-6=2$$

20 [모범답안]

조건 (가)에서 $f(x)$는 원점대칭인 함수이므로
$$\int_{-a}^{a}f(x)dx=0\text{과 }\int_{-b}^{-a}f(x)=-\int_{a}^{b}f(x)dx\text{가 성립한다.}$$

조건 (나)에서 $\int_{-2}^{3}f(x)dx=4$이므로 조건 (가)를 이용하여 식을 변형하면

$$\int_{-2}^{3}f(x)dx=\int_{-2}^{2}f(x)dx+\int_{2}^{3}f(x)dx$$
$$=0+\int_{2}^{3}f(x)dx=\int_{2}^{3}f(x)dx$$

따라서 $\int_{2}^{3}f(x)dx=4$

조건 (다)에서 $\int_{-7}^{-3}f(x)dx=-6$이므로 조건 (가)를 이용하여 식을 변형하면

$$-\int_{-7}^{-3}f(x)dx=-(-6),\ \int_{3}^{7}f(x)dx=6$$
$$\therefore \int_{3}^{7}f(x)dx=6$$

따라서 $\int_{2}^{7}f(x)dx=\int_{2}^{3}f(x)dx+\int_{3}^{7}f(x)dx$

$$=4+6=10$$

2026학년도 모의고사

국어 영역

01 [모범답안]

답안	배점	예상 소요 시간
① ㉠ 가셨다	4점	
② ㉡ 드시고	3점	5분 / 전체 70분
③ ㉢ 모시러	3점	

[바른해설]

'가셨다'에서 '~시'는 주체높임의 '선어말 어미'이고, '드시다'는 '먹다'와 상응하는 주체높임 표현이며, '모시다'는 '데리다'와 상응하는 객체높임이다.

[채점기준]

①, ②, ③의 답을 정확하게 쓴 경우만 정답으로 인정함. 문장 부호 사용 여부는 정오답과 관련 없음.

02 [모범답안]

답안	배점	예상 소요 시간
① 논리적	2점	
② 반성적	2점	
③ 반목적성	3점	5분 / 전체 70분
④ 이성적 합목적성	3점	

[바른해설]

- 1문단에서 미와 숭고 판단은 논리적 판단이나 감각적 판단과 달리 주관적 판단이며 특수에서 보편을 발견하는 반성적 판단이라고 언급하고 있다.
- 3문단에서 미는 형식적 합목적성을 드러내는 반면, 숭고는 형식적 반목적성을 드러낸다는 점을 제시하고 있다. 4문단에서 숭고의 형식적 반목적성이 주체 안의 이성을 자각하게 함으로써 이성적 합목적성으로 귀결된다는 점을 제시하고 있다.

[채점기준]

①, ②, ③, ④의 답을 정확하게 쓴 경우만 정답으로 인정함. 문장

부호 사용 여부는 정오답과 관련 없음.

03 [모범답안]

답안	배점	예상 소요 시간
부끄럽지 않은가	10점	5분 / 전체 70분

[바른해설]

(가)의 화자는 크고 강력한 권력의 부당함에는 항거하지 못하고, 작고 사소한 일에 반응하는 소시민적 근성에 대해 부끄러워하고 있다. 이런 자괴감(부끄러움)이 (나)의 시에 표현된 구절은 '부끄럽지 않은가'이다.

[채점기준]

답을 정확하게 쓴 경우만 정답으로 인정함. 문장 부호 사용 여부는 정오답과 관련 없음.

04 [모범답안]

답안	배점	예상 소요 시간
㉡, ㉢, ㉹	10점	5분 / 전체 70분

[바른해설]

- 2문단에 따르면, ㉡과 ㉢의 경우, 독점 시장과 독점적 경쟁 시장 모두 개별 기업의 수요 곡선이 음(−)의 기울기를 가지며 개별 기업이 가격 설정자이다. ㉹의 경우 3문단에 따르면, 한계 수입은 상품 공급량을 한 단위 변화시킬 때 상품 판매로 얻는 수입의 변화량을, 한계 비용은 상품 공급량을 한 단위 변화시킬 때 상품 생산에 소요되는 비용의 변화량이다. 한계 수입이 한계 비용보다 클 때, 기업은 공급량을 증가시켜서 이윤을 증가시킬 수 있다.
- 2문단에 따르면, ㉠의 경우 완전 경쟁 시장에서 개별 기업은 가격 설정자가 아니라 가격 수용자이다. 1문단에 따르면 ㉣의 경우 기업 다수가 시장에 참여하는 것이 완전 경쟁 시장이고, 개별 기업이 가격 설정자인 것이 독점 시장 모형이다. ㉺의 경우 4문단에 따르면 독점적 경쟁 기업은 단기적으로가 아니라 장기적으로 초과 이윤을 얻을 수 없다.

수의 집합과 기수가 다르다는 것을 보여준다고 서술하고 있다. ⓒ, ⑩이 여기에 해당한다.

[채점기준]

①, ②의 답을 정확하게 쓴 경우만 정답으로 인정함. 문장 부호 사용 여부는 정오답과 관련 없음.

수학 영역

08 [모범답안]

예시답안		배점
(1) $\lim\limits_{x \to 0-} g(x)$	$9-6a$	3점
(2) $\lim\limits_{x \to 0+} g(x)$	$5+10a$	3점
(3) a	$\dfrac{1}{4}$	4점

[바른해설]

(1) $\lim\limits_{x \to 0-} g(x) = \lim\limits_{x \to 0-}\{2f(x) - 3\}\{f(x) - 2a\}$
$= (2 \times 3 - 3)(3 - 2a) = 9 - 6a$

(2) $\lim\limits_{x \to 0+} g(x) = \lim\limits_{x \to 0+}\{2f(x) - 3\}\{f(x) - 2a\}$
$= \{2 \times (-1) - 3\}(-1 - 2a) = 5 + 10a$

(3) $g(0) = 9 - 6a = 5 + 10a$ 이므로
$9 - 6a = 5 + 10a$, $16a = 4$
따라서 $a = \dfrac{1}{4}$

09 [모범답안]

예시답안		배점
(1) 첫째항	5	3점
(2) 일반항	$5n$	3점
(3) a_{20}	100	4점

[바른해설]

(1) 수열 $\{a_n\}$은 공차가 5인 등차수열이므로
$$\sum_{k=1}^{15} a_k = \frac{15(2a_1 + 14 \times 5)}{2}$$
$= 15(a_1 + 35) = 600$ 이므로 $a_1 = 5$

(2) $a_1 = 5$, 공차 $d = 5$ 이므로
일반항 $a_n = 5n$

(3) $a_{20} = 5 \times 20 = 100$

[채점기준]

답을 정확하게 쓴 경우만 정답으로 인정함. 문장 부호 사용 여부는 정오답과 관련 없음.

05 [모범답안]

답안	배점	예상 소요 시간
자갈, 잣나무	10점	5분 / 전체 70분

[바른해설]

기파랑의 인품을 '자갈(굳건하고 원만함)'과 '잣나무(높고 고귀한 가치)'에 빗대어 표현하고 있으므로 자갈과 잣나무를 상징으로 간주할 수 있다.

[채점기준]

답을 정확하게 쓴 경우만 정답으로 인정함. 자갈, 잣나무 모두 써야 10점임. 하나라도 틀리면 0점. 문장 부호 사용 여부는 정오답과 관련 없음.

06 [모범답안]

답안	배점	예상 소요 시간
① ⓐ 포함된다	5점	5분 / 전체 70분
② ⓔ 일으키는	5점	

[바른해설]

① 1문단에서 통증은 감각적 반응이지만 개인의 감정이나 기억, 문화적 배경과 같은 정서적인 요소들도 포함되어 작용한다고 서술되어 있다.
② 4문단에서 프로스타글란딘은 통증과 발열을 차단하는 것이 아니라 '일으키는 것'으로 알려져 있다고 서술되어 있다.

[채점기준]

①, ②의 답을 정확하게 쓴 경우만 정답으로 인정함. 문장 부호 사용 여부는 정오답과 관련 없음.

07 [모범답안]

답안	배점	예상 소요 시간
① ㉠, ㉡, ㉣	5점	5분 / 전체 70분
② ㉢, ㉤	5점	

[바른해설]

① 2문단에서 대각화 증명(ⓐ)은 유리수 집합과 자연수 집합의 기수가 같고 일대일 대응한다는 것을 보여준다고 서술하고 있다. ㉠, ㉡, ㉣이 여기에 해당한다.
② 3문단에서 대각선 논법(ⓑ)은 새로운 무한 소수를 찾고, 자연

10 [모범답안]

예시답안		배점
(1) t	1 또는 2	3점
(2) t	1	3점
(3) 가속도	2	4점

[바른해설]

(1) 두 점이 만나는 순간 두 점의 위치가 같으므로

$$x_P(t) = x_q(t) \Leftrightarrow t^3 - 2t^2 = t - 2$$

$t^3 - 2t^2 - t + 2 = (t+1)(t-1)(t-2)$이므로
두 점은 $t = 1$ 또는 $t = 2$에서 만난다.

(2) $v_P(t) = 3t^2 - 4t$, $v_q(t) = 1$이고 서로 반대 방향으로 움직이고 있다면 속도의 부호가 달라야 하므로 $t = 1, 2$일 때 각각의 속도를 살펴보자.

$v_P(1) = -1$, $v_q(1) = 1$이고 $v_P(2) = 4$, $v_q(2) = 1$이므로 서로 반대 방향으로 움직이고 있는 시각 $t = 1$이다.

(3) 점 P의 가속도 함수를 $a_P(t)$라고 하면

$a_P(t) = 6t - 4$이므로 $t = 1$일 때,
점 P의 가속도는 2이다.

11 [모범답안]

예시답안		배점
(1) $\int_{-1}^{1} f(t)\,dt$	$-\dfrac{2}{3}$	3점
(2) $\int_{0}^{3} f(t)\,dt$	-2	3점
(3) $f(1)$	$-\dfrac{5}{3}$	4점

[바른해설]

(1) $f(x) = x^2 + ax + b$라 할 때

$$\int_{-1}^{1} f(t)\,dt = \int_{-1}^{1}(t^2 + at + b)\,dt = 2\left(\frac{1}{3} + b\right) = b$$를

만족한다. $b = -\dfrac{2}{3}$

(2) $f(x) = x^2 + ax + b$라 할 때

$$\int_{0}^{3} f(x)\,dx = \int_{0}^{3}(t^2 + at + b)\,dt$$
$$= 9 + \frac{9}{2}a + 3b = a$$

를 만족한다. $a = -2$

(3) $f(x) = x^2 - 2x - \dfrac{2}{3}$, $f(1) = 1 - 2 - \dfrac{2}{3} = -\dfrac{5}{3}$

12 [모범답안]

예시답안		배점
(1) r^3의 값	3	3점
(2) a_1	4	3점
(3) $a_2 \times a_6$	144	4점

[바른해설]

(1) 등비수열 $\{a_n\}$은 첫째항이 $a_1(a_1 > 0)$, 공비를 r라 하자.

$$S_{10} - S_8 = a_{10} + a_9 = a_1 r^9 + a_1 r^8 = a_1 r^8 (r + 1)$$
$$S_7 - S_5 = a_7 + a_6 = a_1 r^6 + a_1 r^5 = a_1 r^5 (r + 1)$$
$$\frac{S_{10} - S_8}{S_7 - S_5} = \frac{ar^8(r+1)}{ar^5(r+1)} = r^3$$이므로

$$\frac{S_{10} - S_8}{S_7 - S_5} = 3$$에서 $r^3 = 3$

(2) 또 $S_2 - S_1 = a_2 = ar$이므로

$(S_2 - S_1)^3 = 192$에서 $(a_1 r)^3 = 192$

즉, $a_1^3 r^3 = 192$

$a_1^3 \times 3 = 192$, $a_1^3 = 64$

$a_1 > 0$이므로 $a_1 = 4$

(3) $a_2 \times a_6 = (a_4)^2 = (a_1 r^3)^2 = a_1^2 \times (r^3)^2$
$= 4^2 \times 3^2 = 144$

13 [모범답안]

예시답안		배점
(1) $\sin\theta + \cos\theta$	$\sqrt{2}$	5점
(2) $\sin^3\theta + \cos^3\theta$	$\dfrac{\sqrt{2}}{2}$	5점

[바른해설]

(1) $\sin(\pi - \theta)\cos(\pi + \theta) = -\dfrac{1}{2}$에서

$\sin\theta(-\cos\theta) = -\dfrac{1}{2}$, $\sin\theta\cos\theta = \dfrac{1}{2}$

$(\sin\theta + \cos\theta)^2 = \sin^2\theta + \cos^2\theta + 2\sin\theta\cos\theta$

에서 $(\sin\theta + \cos\theta)^2 = 1 + \dfrac{1}{2} \times 2 = 2$

$\cos\left(\dfrac{\pi}{2} + \theta\right) < 0$에서 $\sin\theta > 0$이고,

$\sin\theta\cos\theta = \dfrac{1}{2} > 0$이므로, $\sin\theta + \cos\theta > 0$

따라서 $\sin\theta + \cos\theta = \sqrt{2}$

(2) $\sin^3\theta + \cos^3\theta$

$= (\sin\theta + \cos\theta)^3 - 3\sin\theta\cos\theta(\sin\theta + \cos\theta)$

$= (\sqrt{2})^3 - 3 \times \dfrac{1}{2} \times \sqrt{2}$

$= 2\sqrt{2} - \dfrac{3}{2}\sqrt{2} = \dfrac{\sqrt{2}}{2}$

14 [모범답안]

예시답안		배점
(1) $a + b$	8	5점
(2) $f(3) + g(9)$	10	5점

[바른해설]

(1) 함수 $f(x) = 4^{x-3} + a$의 역함수를 구하면

$x = 4^{y-3} + a$

$x - a = 4^{y-3}$

$\log_4(x - a) = y - 3$

$y = \log_4(x - a) + 3$

즉, $g(x) = \log_4(x - a) + 3$이므로 $a = 5$, $b = 3$

따라서 $a + b = 8$

(2) $f(x) = 4^{x-3} + 5$, $g(x) = \log_4(x - 5) + 3$이므로

$f(3) = 4^0 + 5 = 6$, $g(9) = \log_4 4 + 3 = 4$

$f(3) + g(9) = 10$

2025학년도 기출문제

국어 [1세트]

01 [모범답안]

답안	배점	예상 소요 시간
① 조사	3점	
② 관형사 / 수관형사 (→ 복수정답)	3점	5분 / 전체 70분
③ 동사	4점	

[바른해설]

①은 대명사 뒤에 붙어 있으므로 체언에 결합한 조사이다.

②는 뒤에 오는 '학생'을 꾸미는 (수)관형사이다.

③은 '~(는)ㄴ다'로 활용하고 있으므로 동사이다.

[채점기준]

①, ②, ③답을 정확하게 쓴 경우만 정답으로 인정함. 문장 부호 사용 여부는 정오답과 관련 없음.

02 [모범답안]

답안	배점	예상 소요 시간
① 정상과학	5점	5분 / 전체 70분
② 통약불가능성	5점	

[바른해설]

① 1문단에, 연구의 주체와 방법, 기준, 세계관이나 가치관, 신념 등 패러다임을 공유하는 과학자 공동체 안에서 과학자들이 제기되는 문제들을 그 패러다임 안에서 풀기 위해서 노력하는데 이를 정상과학이라고 한다는 점이 서술되어 있다.

② 3문단에, 과학적 혁명을 전후해서 패러다임이 다른 두 이론이 가지는 방법론적 차원, 개념과 의미론적 차원, 과학자가 인식하는 세계가 다른 것을 '통약불가능성'이라고 한다는 점이 서술되어 있다.

[채점기준]

①, ②의 답을 정확하게 쓴 경우에만 정답으로 인정함. 문장 부호 사용 여부는 정오답과 관련 없음.

03 [모범답안]

답안	배점	예상 소요 시간
① 호해	3점	
② 풍자	3점	5분 / 전체 70분
③ 반어	4점	

[바른해설]

윤 직원에게 있어서 종학은 그 옛날 진시황의 파멸을 초래한 '호해'와 유사한 인물로 작품에 서술되고 있으며, 이 작품은 윤 직원의 삶 자체를 비판하는 '풍자'의 성격이 짙은 작품이다. 또한 제목이 당대의 상황을 정반대로 표현하고 있으므로 일종의 '반어'라 할 수 있다.

[채점기준]

①, ②, ③의 답을 정확하게 쓴 경우에만 정답으로 인정함. 문장 부호 사용 여부는 정오답과 관련 없음.

04 [모범답안]

답안	배점	예상 소요 시간
① ㉠ 일반화된 호혜성	5점	5분 / 전체 70분
② ㉮ 수직적 네트워크	5점	

[바른해설]

① 2문단에서, 균형적 호혜성은 특정한 보상을 동시에 주고받을 것을 요구하는 것이고, 일반화된 호혜성은 내가 상대방에게 베푼 호의가 지금 당장 나에게 이익으로 되돌아오지 않더라도 지속적인 교환 관계를 통해 미래에 보상을 받을 수 있다는 상호 기대를 전제로 하는 것이다. 〈상황1〉은 다른 집의 김장을 도와주고 언젠가 자기 집의 김장을 할 때 도움을 받을 것을 기대하는 것으로 일반화된 호혜성에 해당한다. 반면 〈상황2〉는 일당을 받고 수해 복구 작업에 동참하는 것으로 균형적 호혜성에 해당한다.

② 4문단에서, 상하 관계로 연결된 수직적 네트워크는 해결해야 할 공적인 일들을 정치인이나 최고 책임자의 일이라고만 여기기에 사회적 자본 축적이 부족한 것인데, 〈상황2〉는 수해 복구 작업을 구청에 요구하는 수직적 네트워크 형태를 보인다. 〈상황1〉이 마을 사람들 간의 수평적 네트워크로 김장 문제를 해결하는 것과 달리, 〈상황2〉는 정부와 시민 사이의 수직적 네트워크 속에서 수해 복구 문제를 해결하고 있다.

[채점기준]

①, ②의 답을 정확하게 쓴 경우만 정답으로 인정함. 문장 부호

사용 여부는 정오답과 관련 없음.

05 [모범답안]

답안	배점	예상 소요 시간
① 그나믄 녀나믄 일 / 나머지 여남은 일 (→복수정답)	5점	5분 / 전체 70분
② 어리고 햐암의 뜻 / 어리석고 향암의 뜻 (→복수정답)	5점	

[바른해설]
세속적 가치를 나타내는 시어는 자연 속에서의 일상과는 다른 '그나믄 녀나믄 일'로 삼공. 만승. 인간만사 등이 해당된다. 반면 자연을 벗삼고(임천한흥) 소부 허유가 한 것처럼 띠집을 짓고 보리밥을 먹는 행위는 시골뜨기의 뜻인 '어리고 햐암의 뜻'과 상통한다.

[채점기준]
①, ②의 답을 정확하게 쓴 경우에만 정답으로 인정함. 정답의 현대어 풀이인 '나머지 여남은 일'과 '어리석고 향암의 뜻'도 정답으로 처리함. 문장 부호 사용 여부는 정오답과 관련 없음.

06 [모범답안]

답안	배점	예상 소요 시간
① 동일론	3점	5분 / 전체 70분
② 인과적 역할	3점	
③ 계산적 기능	4점	

[바른해설]
① 1문단에서 동일론에 대한 설명과 기능주의는 동일론을 비판한다는 내용이 나와 있다.
② 1문단에서 기능주의에서 정신은 어떤 입력이 들어올 때 어떤 출력을 내보낸다는 인과적 역할로서 정의된다는 문장이 서술되어 있다.
③ 2문단에서 중국어 방에 있는 사람이 중국어를 이해하지 못하는 이유로, 중국어 방에 있는 사람은 단순히 규칙에 따라 계산적 기능을 수행하여 질문에 대한 답변을 내놓을 뿐이기 때문이라고 서술하고 있다.

[채점기준]
①, ②, ③의 답을 정확하게 쓴 경우만 정답으로 인정함. 문장 부호 사용 여부는 정오답과 관련 없음.

07 [모범답안]

답안	배점	예상 소요 시간
① [나]	5점	5분 / 전체 70분
② 활성화 에너지	5점	

[바른해설]
① 3문단에서, 반응 과정 중 활성화 에너지가 가장 높아 반응 속도가 가장 느린 반응 단계를 '속도 결정 단계'라고 한다고 하였으므로 B와 B'는 각각 [가], [나]의 속도 결정 단계에 해당하는데, B에 비해 B'가 현저히 낮으므로 [가]는 비촉매 공정, [나]는 촉매 공정 중 정촉매가 사용된 공정으로 볼 수 있다.
② 2문단에서 정촉매는 활성화 에너지를 낮추어 반응 속도를 빠르게 하는 것이라고 하였다.

[채점기준]
①, ②의 답을 정확하게 쓴 경우만 정답으로 인정함. 문장 부호 사용 여부는 정오답과 관련 없음.

수학 [1세트]

08 [모범답안]

예시답안		배점
(1) a	1	3점
(2) b	$\dfrac{3}{8}$	3점
(3) $f(a + 8b)$	$\sqrt{20} - 4$	4점

[바른해설]
(1) $a = \lim\limits_{x \to \infty} \dfrac{\sqrt{x^2 - 3x + 16} - 4}{x - 3} = \dfrac{\sqrt{1}}{1} = 1$

(2) $\lim\limits_{x \to 3} \dfrac{(\sqrt{x^2 - 3x + 16} - 4)(\sqrt{x^2 - 3x + 16} + 4)}{(x - 3)(\sqrt{x^2 - 3x + 16} + 4)}$

$= \lim\limits_{x \to 3} \dfrac{(x^2 - 3x + 16 - 16)}{(x - 3)(\sqrt{x^2 - 3x + 16} + 4)}$

$= \lim\limits_{x \to 3} \dfrac{x(x - 3)}{(x - 3)(\sqrt{x^2 - 3x + 16} + 4)}$

$= \dfrac{3}{\sqrt{9 - 9 + 16} + 4} = \dfrac{3}{8} = b$

(3) $a + 8b = 1 + 8 \times \dfrac{3}{8} = 4$

$f(a + 8b) = f(4) = \dfrac{\sqrt{4^2 - 3 \times 4 + 16} - 4}{4 - 3}$

09 [모범답안]

예시답안		배점
(1) 공차	-3	3점
(2) 첫째항	45	3점
(3) n	16	4점

[바른해설]

(1) $\{a_n\}$은 등차수열이므로 공차를 d라 하면

$a_3 - a_8 = -5d = 15$이므로 $d = -3$

(2) $a_3 + a_8 = 2a_1 + 9d = 2a_1 - 27 = 63$, $a_1 = 45$

(3) $a_n = 45 + (n-1)(-3) = -3n + 48$

$-3n + 48 = 0$, $n = 16$

10 [모범답안]

예시답안		배점
(1) 접선의 방정식	$y = -3x + 3$	3점
(2) B의 좌표	$(-1, 6)$	3점
(3) 두 점 A, B 사이의 거리	$2\sqrt{10}$	4점

[바른해설]

(1) $y = x^3 - 6x + 5$에서 $y' = 3x^2 - 6$이므로

곡선 $y = x^3 - 6x + 5$ 위의 점 $A(1, 0)$에서의 접선의

기울기는 $y'(1) = 3 \times 1^2 - 6 = -3$으로

기울기는 -3이다.

따라서 접선의 방정식은 $y - 0 = -3(x - 1)$

$y = -3x + 3$

(2) $y = -x^2 - 5x + 2$에서 $y' = -2x - 5$이므로

곡선 $y = -x^2 - 5x + 2$ 위의 점 B의 좌표를

$(t, -t^2 - 5t + 2)$라 하면

점 B에서의 접선이 직선 $y = -3x + 3$이므로

$-2t - 5 = -3$에서 $t = -1$

따라서 $y(-1) = -(-1)^2 - 5 \times (-1) + 2$

$= -1 + 5 + 2 = 6$이고

점 B의 좌표는 $(-1, 6)$

(3) $A(1, 0)$, $B(-1, 6)$이므로

두 점 A, B 사이의 거리는

$\overline{AB} = \sqrt{(1 - (-1)^2 + (6 - 0)^2} = \sqrt{40} = 2\sqrt{10}$

11 [모범답안]

예시답안		배점
(1) $f(0)$	4	3점
(2) a	-4	3점
(3) $f(a)$	-4	4점

[바른해설]

(1) 양변을 미분하면

$$xf(x) + \int_0^x f(t)\,dt = x^2 - 8 + 2f(x) + xf(x)$$

$$\int_0^x f(t)\,dt = x^2 - 8 + 2f(x) \cdots ㉠$$

양변에 $x = 0$을 대입하면 $2f(0) = 8$이므로 $f(0) = 4$

(2) ㉠의 식의 양변을 한 번 더 미분하면

$f(x) = 2x + 2f'(x)$이다.

$f'(x)$는 $f(x)$보다 차수가 작으므로 $f(x)$는 1차식이고

$f'(x)$는 상수이다.

$f(0) = 4$이므로 $2f'(x) = 4$

$f'(x) = 2$, $f(x) = 2x + 4$이다.

$\int_0^a f(x)\,dx = 0$이고 $[x^2 + 4x]_0^a = a^2 + 4a = 0$이다.

$a(a + 4) = 0$이므로 $a = 0$, $a = -4$

$a \neq 0$이므로 $a = -4$

(3) $f(a) = f(-4) = 2 \times (-4) + 4 = -4$

12 [모범답안]

예시답안		배점
(1) $a_1 + a_3$	3	3점
(2) S_5	6	3점
(3) 가장 큰 k의 값	8	4점

[바른해설]

(1) $S_{2n} - S_{2n-1} = a_{2n} = -4n + 3$이므로

$n = 1$을 대입하면 $a_2 = -1$이다.

$a_1 = a_2$이므로 $a_1 = -1$

$S_{2n+1} - S_{2n} = a_{2n+1} = 5n - 1$이므로

$n = 1$을 대입하면 $a_3 = 4$이다.

$a_1 + a_3 = 3$

(2) $a_{2n} = -4n + 3$, $a_{2n+1} = 5n - 1$

$n = 1$일 때 $a_2 = -1$, $a_3 = 4$

$n = 2$일 때 $a_4 = -5$, $a_5 = 9$

$S_5 = -1 + (-1) + 4 + (-5) + 9 = 6$

(3) 수열 $\{a_n\}$을 전개하면

$-1, -1, 4, -5, 9, -9, 14, -13, 19, 17$이다.

$S_1 = -1$, $S_2 = -2$, $S_3 = 2$, $S_4 = -3$, $S_5 = 6$,

$S_6 = -3$, $S_7 = 11$, $S_8 = -2$, $S_9 = 17$, $S_{10} = 0 \cdots$

$S_k < 0$인 k는 1, 2, 4, 6, 8이다.

k의 최댓값은 8

13 [모범답안]

예시답안		배점
(1) $f(x)$	$2t^2 - t - 1$	5점
(2) $M - m$	$\dfrac{25}{8}$	5점

[바른해설]

(1) 정리하면

$$f(x) = \sin^2 x - (1 - \sin^2 x) - \sin x$$
$$= \sin^2 x - 1 + \sin^2 x - \sin x$$
$$= 2\sin^2 x - \sin x - 1$$

$\sin x = t\,(-1 \le t \le 1)$라 하면

$$f(x) = 2t^2 - t - 1$$

(2) 최댓값 M은 $t = -1$일 때이다. $M = 2$

최솟값 m은 $t = \dfrac{1}{4}$일 때이다. $m = -\dfrac{9}{8}$

$$M - m = 2 - \left(-\dfrac{9}{8}\right) = \dfrac{25}{8}$$

14 [모범답안]

예시답안		배점
(1) 상수 p, q의 값	$p = 1,\ q = -2$	5점
(2) 삼각형 OAB의 넓이	$\dfrac{5}{4}$	3점

[바른해설]

(1) $g(x) = \dfrac{1}{8} \times 2^{3x} - 2 = 2^{-3} \times 2^{3x} - 2$

$= 2^{3(x-1)} - 2 = 8^{(x-1)} - 2$이므로

$p = 1,\ q = -2$

(2) $g(x) = 2^{3(x-1)} - 2 = 0$

$2^{3(x-1)} = 2^1,\ 3(x-1) = 1$

$x = \dfrac{4}{3}$이므로 $A\left(\dfrac{4}{3}, 0\right)$

$g(0) = \dfrac{1}{8} - 2 = -\dfrac{15}{8}$이므로 $B\left(0, -\dfrac{15}{8}\right)$

$O(0, 0),\ A\left(\dfrac{4}{3}, 0\right),\ B\left(0, -\dfrac{15}{8}\right)$이므로

삼각형 OAB의 넓이는 $\dfrac{1}{2} \times \dfrac{4}{3} \times \dfrac{15}{8} = \dfrac{5}{4}$

국어 [2세트]

01 [모범답안]

답안	배점	예상 소요 시간
① 본	3점	
② 우리	3점	5분 / 전체 70분
③ 헌	4점	

[바른해설]

① '보다'에 관형형 어미 '~ㄴ' 붙어 '본'이 되었다.

② '우리 학교'에서 대명사 '우리'가 조사 '~의' 없이 학교를 수식하고 있다.

③ '헌 책'에서 '헌'은 그 자체로 관형사로 '책'을 수식하는 관형어이다.

[채점기준]

①, ②, ③의 답을 정확하게 쓴 경우에만 정답으로 인정함. 문장 부호 사용 여부는 정오답과 관련 없음.

02 [모범답안]

답안	배점	예상 소요 시간
① 현명한, 합니다	4점	
② ㉠ 한니발, ㉡ 인정 없고 모진 성격	3점	5분 / 전체 70분
③ ㉢ 스키피오 ㉣ 과도하게 자비로운 성격	3점	

[바른해설]

① 3문단 첫째줄에 저자의 핵심 주장 '현명한 군주는 자신을 두려운 존재로 만들되, 비록 사랑을 받지는 못하더라도 미움을 받는 일은 피하도록 해야 합니다.'가 나와 있다. 첫 어절은 '현명한', 끝 어절은 '합니다'이다.

②와 ③ 4문단에 한니발의 인정 없고 모진 성격의 긍정적 예, 스키피오의 과도하게 자비로운 성격의 부정적 예가 잘 나와 있다.

[채점기준]

①, ②, ③답을 정확하게 쓴 경우만 정답으로 인정함. 문장 부호 사용 여부는 정오답과 관련 없음.

㉣에 '과도하게'가 반드시 들어가야 하므로 '자비로운 성격'은 오답임.

03 [모범답안]

답안	배점	예상 소요 시간
① 먹구름	3점	
② 항아리 / 쇠 항아리 (→복수정답)	3점	5분 / 전체 70분
③ 닦아라	2점	
④ 찢어라	2점	

[바른해설]

2연과 3연에서 '먹구름'과 '(쇠) 항아리'는 하늘을 가리고 있는 시어들로 현실을 모습을 왜곡시키고 진실을 은폐하는 기능을 하고 있다. 이런 상황을 벗어나기 위해 4연에서 화자는 먹구름과 항아리를 '닦고', '찢을' 것을 주문하고 있는 것이다.

[채점기준]

①, ②, ③, ④의 답을 정확하게 쓴 경우에만 정답으로 인정함. 문장 부호 사용 여부는 정오답과 관련 없음. ①, ②의 순서는 정오답과 관련 없음. ③, ④의 순서는 정오답과 관련 없음.

04 [모범답안]

답안	배점	예상 소요 시간
① ⓐ / 고의 / ⓐ(고의) (→복수정답)	2점	
② ⓒ / 과실 책임 없음 / ⓒ(과실 책임 없음) (→복수정답)	3점	
③ ⓒ / 과실 책임 없음 / ⓒ(과실 책임 없음) (→복수정답)	3점	5분 / 전체 70분
④ ⓑ / 과실 / ⓑ(과실) (→복수정답)	2점	

[바른해설]

2문단에서, 자신이 하는 행위가 구성 요건에 해당함을 알고도 그 행위를 의도적으로 실현한 경우를 고의, 자신의 행위가 타인의 법익을 해칠 것임을 몰랐더라도 사회적으로 요구되는 주의 의무를 준수하지 못한 것을 과실이라고 한다고 나와있다. ①은 보복 운전의 고의성이 명백하여 고의에 해당하고, ④는 3문단에 나와있는 비탈길에서의 주의 의무를 다하지 않아서 과실에 해당한다. 또한 4문단에서 행위자가 구성 요건에 해당하는 결과를 피하기 위한 조치를 충분히 했다면, 비록 그 행위가 중대한 피해를 초래하더라도 행위자에게 과실 책임을 지울 수 없다고 서술하고 있는데, 특히 도로 교통법이나 의료법에서 그러한데 ②와 ③이 여기에 해당하므로 과실 책임이 없다.

[채점기준]

①, ②, ③, ④답을 정확하게 쓴 경우만 정답으로 인정함. 문장 부호 사용 여부는 정오답과 관련 없음.

05 [모범답안]

답안	배점	예상 소요 시간
우두머리, 고용인, 장자	10점	5분 / 전체 70분

[바른해설]

'광문'은 처음에 거지들의 '우두머리'였으며, 약국 부자에게 속한 '고용인'으로 살아가다가 마지막으로는 '장자'로 칭송까지 되었다.

[채점기준]

답을 정확하게 쓴 경우에만 정답으로 인정함. 3개 전부 다 맞아야 10점임. 1개라도 틀리면 0점임. 문장 부호 사용 여부는 정오답과 관련 없음.

06 [모범답안]

답안	배점	예상 소요 시간
① ⓛ 삼각형	5점	
② ⓒ 개수	5점	5분 / 전체 70분

[바른해설]

① 1문단에서 K-NN 분류 알고리즘은 〈그림〉에서 k의 값을 3으로 설정한 경우 A의 범주에 삼각형이 2개, 사각형이 1개로 삼각형의 범주에 속할 가능성이 더 높다고 서술되어 있으므로, ⓛ이 잘못되었고 '삼각형'으로 수정해야 한다.

② 2문단에서 k는 군집의 강도가 아닌 군집의 개수이며, K-평균 군집화 알고리즘은 군집의 개수에 따라 결과가 달라질 수 있다고 나와 있으므로, ⓒ이 잘못되었고 '개수'로 수정해야 한다.

[채점기준]

①, ②의 답을 정확하게 쓴 경우만 정답으로 인정함. 문장 부호 사용 여부는 정오답과 관련 없음.

07 [모범답안]

답안	배점	예상 소요 시간
① ⓒ, ⓜ	5점	
② ㉠, ㉣	5점	5분 / 전체 70분

[바른해설]

① 1문단에서 뉴턴은 시간이 관찰자의 운동 상태와 무관하게 일정하다고 보았음을 제시하고 있다. 또 1문단에서 뉴턴은 물

체의 위치 및 속도는 관찰자의 운동 상태에 따라 상대적이라
고 보았음을 제시하고 있다. 따라서 ⓒ과 ⓜ이 뉴턴 입장에
해당한다.

② 1문단에서 아인슈타인은 광속은 어떤 상황에서도 항상 일정
한 값을 가진다고 보았음을 제시하고 있다. 1문단에서 아인
슈타인은 정지한 관찰자에게는 등속 운동하는 물체가 짧게
보인다고 하였음을 제시하고 있다. 아인슈타인은 정지한 B
에게는 기차의 길이가 정지해 있을 때보다 짧게 보인다고 생
각할 것이다. 따라서 ㉠과 ⓜ이 아인슈타인 입장에 해당한다.
ⓒ의 경우, 1문단에 따르면, 시간 지연에 따라 움직이는 기준
틀의 시간은 정지한 관찰자가 측정한 시간인 고유 시간보다
천천히 간다. 따라서 아인슈타인은 A의 시간이 B의 시간보다
천천히 흘러간다고 여길 것이다. 이건 아무에게도 해당하지
않는다.

[채점기준]
①, ②의 답을 정확하게 쓴 경우만 정답으로 인정함. 문장 부호
사용 여부는 정오답과 관련 없음.

수학 [2세트]

08 [모범답안]

예시답안		배점
(1) a	9	3점
(2) b	6	3점
(3) $f(b)$	9	4점

[바른해설]
(1) 함수 $f(x)$가 $x = 3$에서 연속이므로
$$\lim_{x \to 3} f(x) = f(3)$$
$\lim_{x \to 3} \dfrac{x^2 - a}{x - 3} = b$, $\lim_{x \to 3}(x - 3) = 0$이므로
$$\lim_{x \to 3}(x^2 - a) = 0$$ 따라서 $a = 9$
(2) $\lim_{x \to 3} \dfrac{x^2 - 9}{x - 3} = b$이므로
$$\lim_{x \to 3} \frac{x^2 - 9}{x - 3} = \lim_{x \to 3} \frac{(x - 3)(x + 3)}{x - 3} = 6$$
즉 $b = 6$
(3) $b = 6$이므로 $f(b) = f(6) = \dfrac{6^2 - 9}{6 - 3} = 9$

09 [모범답안]

예시답안		배점
(1) 공차	-3	3점
(2) 일반항	$-3n + 30$	3점
(3) a_{20}	-30	4점

[바른해설]
(1) 등차수열 $\{a_n\}$의 공차를 $d(d \neq 0)$이라 하자.
$d > 0$이면 $|a_7| < |a_{13}|$이므로 조건을 만족시킬 수 없다.
즉, $d < 0$이다.
따라서 $a_1 = 27 > a_7 > a_{13}$이고, $|a_7| = |a_{13}|$이므로
$$a_{13} = -a_7$$
$$27 + 12d = -(27 + 6d)$$
$$18d = -54$$
그러므로 $d = -3$
(2) $a_1 = 27$, 공차 $d = -3$이므로
일반항 $a_n = 27 + (n - 1)(-3) = -3n + 30$
(3) $a_{20} = -3 \times 20 + 30 = -30$

10 [모범답안]

예시답안		배점
(1) 접선 l의 방정식	$y = -x + 2$	3점
(2) 점 B의 좌표	$(3, -1)$	3점
(3) k	$2\sqrt{2}$	4점

[바른해설]
(1) $y = x^4 - 2x^3 + x + 1$, $y' = 4x^3 - 6x^2 + 1$
곡선 $y = x^4 - 2x^3 + x + 1$ 위의 점 $A(1, 1)$에서의 접
선의 기울기는 $y'(1) = 4 - 6 + 1 = -1$이므로
$A(1, 1)$를 지나는 접선의 방정식은
$$y - 1 = -1(x - 1)$$
$$y = -x + 2$$
(2) $y = x^2 - 7x + 11$에서 $y' = 2x - 7$
곡선 $y = x^2 - 7x + 11$ 위의 점 B의 좌표를
$B(t, t^2 - 7t + 11)$이라 하면 곡선 $y = x^2 - 7x + 11$
위의 점 B에서의 접선이 직선 $y = -x + 2$이므로 접선
의 기울기는 -1
$$2t - 7 = -1, t = 3$$
따라서 $y(3) = 3^2 - 7 \times 1 + 11 = -1$이므로
점 B의 좌표는 $(3, -1)$
(3) $A(1, 1)$, $B(3, -1)$이므로
$$\overline{AB} = \sqrt{(3 - 1)^2 + (-1 - 1)^2} = 2\sqrt{2} = k$$

11 [모범답안]

예시답안		배점
(1) $f'(x)$	$-3x+9$	3점
(2) $f(x)$	$-\dfrac{3}{2}x^2+9x+4$	3점
(3) $f(2)$	16	4점

[바른해설]

(1) 양변을 x에 대하여 미분하면

$$2f'(x)-f(x)-xf'(x)=3x^2-15x+18-f(x)$$
$$(2-x)f'(x)=3(x^2-5x+6)=3(x-2)(x-3)$$

$f(x)$가 다항함수이므로 $f'(x)=-3x+9$

(2) $f(x)=\displaystyle\int(-3x+9)dx=-\dfrac{3}{2}x^2+9x+C$

(단, C는 적분상수)

주어진 식의 양변에 $x=1$을 대입하면,

$$f(1)=1-\dfrac{15}{2}+18\text{에서 } f(1)=\dfrac{23}{2}\text{에서}$$
$$f(1)=-\dfrac{3}{2}+9+C=\dfrac{23}{2},\; C=4$$

따라서 $f(x)=-\dfrac{3}{2}x^2+9x+4$

(3) $f(x)=-\dfrac{3}{2}x^2+9x+4$이므로

$$f(2)=-\dfrac{3}{2}\times4+9\times2+4=16$$

12 [모범답안]

예시답안		배점
(1) a_1의 값	$a_1=5$	3점
(2) 일반항 a_n	$a_n=5\times2^{n-1}$	3점
(3) S_5	155	4점

[바른해설]

(1) 수열 $\{b_n\}$은 첫째항이 S_1+5이고 공비가 2인 등비수열이므로

$$b_n=S_n+5=(a_1+5)\times2^{n-1}$$
$$S_n=(a_1+5)\times2^{n-1}-5$$

$n\geq2$일 때, $a_n=S_n-S_{n-1}$

$$=\{(a_1+5)\times2^{n-1}-5\}-\{(a_1+5)\times2^{n-2}-5\}$$
$$=(a_1+5)(2^{n-1}-2^{n-2})=(a_1+5)\times2^{n-2}$$

$a_3=20$에서 $2(a_1+5)=20$, $a_1=5$

(2) $a_1=5$이고

$n\geq2$일 때, $a_n=S_n-S_{n-1}=(a_1+5)\times2^{n-2}$

$$=10\times2^{n-2}=5\times2^{n-1}\text{이므로}$$

따라서 $a_n=5\times2^{n-1}$

(3) $a_n=5\times2^{n-1}$이므로

$$S_5=\dfrac{5(2^5-1)}{1}=155$$

13 [모범답안]

예시답안		배점
(1) $f(x)$	t^2-4t	5점
(2) $\alpha+\beta$	2	5점

[바른해설]

(1) $\sin^2x=1-\cos^2x$이므로

$$f(x)=-\sin^2x-4\cos x+1$$
$$=-(1-\cos^2x)-4\cos x+1$$
$$f(x)=\cos^2x-4\cos x=t^2-4t\;(-1\leq t\leq1)$$

(2) $f(t)=t^2-4t+4-4=(t-2)^2-4$

$(-1\leq t\leq1)$라 하면 $t=1$일 때 최솟값을 갖고,

$t=-1$일 때 최댓값을 가지므로 $f(-1)=5$,

$f(1)=-3$이다.

$f(x)=k$가 실근을 갖기 위해선 $-3\leq k\leq5$이므로

$\alpha=-3$, $\beta=5$이다. $\alpha+\beta=2$

14 [모범답안]

예시답안		배점
(1) 점 C	$C\left(2,\dfrac{3}{4}a\right)$	5점
(2) 점 C	$C(2,1)$	5점

[바른해설]

(1) 점 C는 선분 AB의 $1:3$ 내분점이므로

$A(0,a)$, $B(8,0)$에 대하여 선분 AB의 $1:3$ 내분점을 구하면

$$x=\dfrac{8+0}{4},\; y=\dfrac{0+3a}{4}\text{이고 } C\left(2,\dfrac{3}{4}a\right)$$

(2) $C\left(2,\dfrac{3}{4}a\right)$는 함수 $y=\log_3(x+1)$ 위의 점이므로

대입하면 $\dfrac{3}{4}a=\log_33$, $\dfrac{3}{4}a=1$, $a=\dfrac{4}{3}$

따라서 $a=\dfrac{4}{3}$를 대입하면 $C(2,1)$

국어 [3세트]

01 [모범답안]

답안	배점	예상 소요 시간
① ②	3점	
② ⓒ	3점	5분 / 전체 70분
③ ⓐ, ⓒ	4점	

[바른해설]
⊙은 선행하는 사람을 다시 가리키는 재귀 대명사, ⓒ은 '너, 당신'의 의미가 있는 2인칭 대명사, ⓒ은 선행하는 사람을 가리키는 재귀 대명사, ⓔ은 '나, 우리'의 의미가 있는 1인칭 대명사이다.

[채점기준]
①, ②, ③의 답을 정확하게 쓴 경우만 정답으로 인정함. 문장 부호 사용 여부는 정오답과 관련 없음.

02 [모범답안]

답안	배점	예상 소요 시간
① ⓒ / 혜강 / ⓒ(혜강) (→복수 정답)	2점	
② ⊙ / 공자 / ⊙(공자) (→복수 정답)	2점	
③ ⓒ / 노자 / ⓒ(노자) (→복수 정답)	2점	5분 / 전체 70분
④ ⊙ / 공자 / ⊙(공자) (→복수 정답)	4점	

[바른해설]
① 4문단에서 혜강은 장자가 양생(養生)을 양형(養形)과 양신(養神)으로 구분하는 견해를 계승하여 본성을 잘 닦아 정신을 보존하고, 마음을 편안하게 해서 몸을 온전하게 해야한다고 하며 정신과 육체의 조화를 강조하였다.
② 3문단에서 공자는 안회가 가난하지만 진정한 즐거움을 안다고 칭찬했으며 이러한 도덕적 삶이 행복의 모범, 즉 진정한 행복이라고 보고 있다.
③ 4문단에서 노자는 사사로움을 줄이고 욕심을 적게 갖는 것을 강조하고 있으므로 인간이 불행한 것은 이러한 욕망과 쾌락 때문이라고 해석할 수 있다.
④ 3문단에서 공자는 진정한 행복이 외부적 사건들에 흔들리지 않는 정신 상태에 있다고 생각했다.

[채점기준]
①, ②, ③, ④의 답을 정확하게 쓴 경우만 정답으로 인정함. 기호

와 이름 둘 중 어느 것으로 써도 정답처리함. 문장 부호 사용 여부는 정오답과 관련 없음.

03 [모범답안]

답안	배점	예상 소요 시간
낙엽은 폴란드 망명정부의 지폐	10점	5분 / 전체 70분

[바른해설]
'내 마음은 ○○다'는 'A는 B(이다)' 식의 은유법으로 낙엽을 쓸모 없고 구겨진 지폐에 비유한 표현인 '낙엽(A)은 폴란드 망명정부의 지폐(B)'가 동일한 유형이다.

[채점기준]
답을 정확하게 쓴 경우만 정답으로 인정함. 문장 부호 사용 여부는 정오답과 관련 없음.

04 [모범답안]

답안	배점	예상 소요 시간
① ○	3점	
② X	4점	5분 / 전체 70분
③ ○	3점	

[바른해설]
① 4문단에 따르면, 침해자가 침해 행위를 통해 얻은 이익액을 특허권자가 입증하면 그 이익액을 손해액으로 추정할 수 있다. 그러므로 ○이다.
② 4문단의 규정에 따라서, K는 P가 1대당 80만 원에 5만 대의 스마트폰을 판매한 것으로 추정하고 여기에 판매액의 5% 실시료율로 하여 통상 실시료를 손해 배상액으로 청구할 수 있다. 5만 대 × 80만 원 × 0.05 = 20억 원이다. 그러므로 X이다.
③ 3문단에 따르면, 일실 이익은 특허권자가 생산할 수 있었던 물건 수량에서 실제 판매한 물건 수량을 뺀 수량에 단위 수량당 이익액을 곱한 금액이다. K는 10만 대에서 7만 대를 뺀 수량 3만 대에 20만 원을 곱한 60억 원을 청구할 수 있다. 그러므로 ○이다.

[채점기준]
①, ②, ③의 답을 정확하게 쓴 경우만 정답으로 인정함. 문장 부호 사용 여부는 정오답과 관련 없음.

05 [모범답안]

답안	배점	예상 소요 시간
① 진달래(꽃)	3점	
② 빗	3점	5분 / 전체 70분
③ 젓가락	4점	

[바른해설]

'임의 모습'을 나타내는 시어는 남이 부러워할 모습을 지니고 태어난 '진달래꽃'이며, '화자의 처지'를 나타내는 시어는 버려진 '빗'과 자신의 의도와는 다르게 다른 사람에게 선택된 '젓가락'이다.

[채점기준]

①, ②, ③의 답을 정확하게 쓴 경우만 정답으로 인정함. 문장 부호 사용 여부는 정오답과 관련 없음.

06 [모범답안]

답안	배점	예상 소요 시간
① ⓒ 스트로마	5점	5분 / 전체 70분
② ⓒ 수분	5점	

[바른해설]

① 1문단에서 암반응은 엽록체의 스트로마에서 일어난다고 하였다. 틸라코이드 막에서 일어나는 것은 명반응이므로 ⓒ은 스트로마로 수정해야 한다.

② 3문단에서 고온 건조한 환경에 놓인 벼는 수분 손실을 줄이기 위해 기공을 닫는다고 하였다. 따라서 이산화탄소의 손실을 줄이기 위해 기공을 닫는 것으로는 볼 수 없으므로 ⓒ은 수분으로 수정해야 한다.

[채점기준]

①, ②의 답을 정확하게 쓴 경우만 정답으로 인정함. 문장 부호 사용 여부는 정오답과 관련 없음.

07 [모범답안]

답안	배점	예상 소요 시간
① ⓒ	3점	
② ⓒ	3점	5분 / 전체 70분
③ ①, ②	4점	

[바른해설]

① 2문단에서 풍속에 비례하여 양력이 증가하는 구간이 3m/s부터이고 3문단에서 정격 출력을 얻는 구간이 15m/s이라고 하였으므로, 풍속이 7m/s에서 14m/s로 점차 증가하는 2구간에는 발전기의 제너레이터에서 출력되는 전기의 출력량이 증

가한다.

② 4문단에서 풍속 15m/s부터 25m/s까지는 정격 출력보다 더 많은 출력이 가능하지만 이를 넘지 않도록 하기 위하여 피치 장치가 작동하여 날개의 회전 속력을 일정하게 한다고 하였으므로 17m/s에서 23m/s로 점차 증가하는 3구간에서 전기의 출력량은 일정하다.

③ 2문단에서 날개를 회전시킬 수 있는 최소 풍속은 3m/s라고 했으므로 풍속이 1m/s에서 2m/s로 점차 증가하는 1구간은 풍속이 최소 풍속 3m/s에 미치지 못하므로 발전기의 제너레이터에서 전기가 출력되지 못한다. 따라서 ⊙의 전기의 출력량은 없다. 또한 4문단에서 풍속이 25m/s를 초과하면 브레이크 장치가 작동되어 날개 회전을 중단한다고 하였으며, 제너레이터 축도 회전하지 않으므로 30m/s에서 26m/s로 점차 감소하는 4구간에서 전기의 출력량은 없다. 따라서 ②의 전기의 출력량은 없다.

[채점기준]

①, ②, ③의 답을 정확하게 쓴 경우만 정답으로 인정함. 문장 부호 사용 여부는 정오답과 관련 없음.

수학 [3세트]

08 [모범답안]

예시답안		배점
(1) 다항함수 $f(x)$의 최고차항의 계수	4	3점
(2) $f\left(\dfrac{1}{2}\right)$	0	3점
(3) $f\left(\dfrac{3}{2}\right)$	12	4점

[바른해설]

(1) $\displaystyle\lim_{x\to\infty}\dfrac{f(x)}{4x^2-1}$ 의 0이 아닌 극한값이 존재하고

분모인 $4x^2-1$이 이차함수이므로 함수 $f(x)$도 이차함수

이다. $f(x)=ax^2+bx+c$로 두고

$\displaystyle\lim_{x\to\infty}\dfrac{f(x)}{4x^2-1}=\lim_{x\to\infty}\dfrac{ax^2+bx+c}{4x^2-1}=\dfrac{a}{4}$ 이므로

$\dfrac{a}{4}=1$, 즉 $a=4$

(2) $\displaystyle\lim_{x\to\frac{1}{2}}\dfrac{f(x)}{4x^2-1}=2$에서 $x\to\dfrac{1}{2}$ 일 때

(분모) $\to 0$이고 극한값이 존재하므로 (분자) $\to 0$

$\displaystyle\lim_{x\to\frac{1}{2}}f(x)=f\left(\dfrac{1}{2}\right)=0$

(3) $f(x) = 4\left(x - \frac{1}{2}\right)(x + k)$로 놓으면

$$\lim_{x \to \frac{1}{2}} \frac{f(x)}{4x^2 - 1} = \lim_{x \to \frac{1}{2}} \frac{4\left(x - \frac{1}{2}\right)(x + k)}{4\left(x - \frac{1}{2}\right)\left(x + \frac{1}{2}\right)}$$

$$= \lim_{x \to \frac{1}{2}} \frac{(x + k)}{\left(x + \frac{1}{2}\right)} = \frac{1}{2} + k$$

$\frac{1}{2} + k = 2$이므로 $k = \frac{3}{2}$

따라서 $f(x) = 4\left(x - \frac{1}{2}\right)\left(x + \frac{3}{2}\right)$이므로 $f\left(\frac{3}{2}\right) = 12$

09 [모범답안]

	예시답안	배점
(1) 수열 $\{a_n\}$의 공차	-4	3점
(2) 수열 $\{a_n\}$의 첫째항	30	3점
(3) S_6	120	4점

[바른해설]

(1) 등차수열 $\{a_n\}$의 공차를 d라 하자.

$S_{n+2} - S_n = a_{n+1} + a_{n+2}$

$= [a_1 + nd] + [a_1 + (n + 1)d]$이므로

$(2a_1 + d) + 2dn = 56 - 8n$

모든 자연수 n에 대하여 성립하려면 $2nd = -8n$이므로

$d = -4$

(2) $2a_1 + d = 56$ 이 식에 $d = -4$를 대입하면

$a_1 = 30$

(3) $S_n = \frac{n\{2a_1 + (n - 1)d\}}{2}$이므로

$$S_6 = \frac{6\{2 \times 30 + 5 \times (-4)\}}{2} = 120$$

10 [모범답안]

	예시답안	배점
(1) 점 B의 좌표	$(0, 2)$	3점
(2) 점 C의 좌표	$(-2, 0)$	3점
(3) $OABC$의 넓이	3	4점

[바른해설]

(1) $f(x) = x^3 - 2x^2 + x + 2$라 할 때,

접선의 기울기는 $f'(1)$이다.

$f'(x) = 3x^2 - 4x + 1$이므로

기울기 $f'(-1) = 3 - 4 + 1$

접선의 방정식이 $(1, 2)$를 지나므로 $y - 2 = 0(x - 1)$

따라서 접선의 방정식은 $y = 2$이다.

접선과 $f(x)$가 만나는 점

$x^3 - 2x^2 + x + 2 = 2$, $x^3 - 2x^2 + x = 0$,

$x(x^2 - 2x + 1) = 0$

$x(x - 1)^2 = 0$, $x = 0, 1$

따라서 점 B의 좌표는 0

$f(0) = 2$이므로 좌표 B는 $B(0, 2)$

(2) 점 $B(0, 2)$에서의 접선의 기울기는

$f'(x) = 3x^2 - 4x + 1$이므로

$f'(0) = 1$

점 B를 지나는 접선의 방정식

$y = 1x + d'$

$(0, 2)$를 지나므로 $2 = 0 + d'$, $d' = 2$

따라서 $y = x + 2$

x축과 만나는 점 0

$0 = x + 2$, $x = -2$

(3) 사각형 $OABC$ 넓이는 사다리꼴

$\frac{1}{2}(1 + 2)2 = 3$

11 [모범답안]

	예시답안	배점
(1) a	2	3점
(2) $f(x)$	$6x + 9$	3점
(3) $f(a)$	21	4점

[바른해설]

(1) $\int_{-3}^{x} xf(t)\,dt - \int_{-3}^{x} tf(t)\,dt = x^3 + \left(2a + \frac{1}{2}\right)x^2 - 2a$

에서

$x\int_{-3}^{x} f(t)\,dt - \int_{-3}^{x} tf(t)\,dt = x^3 + \left(2a + \frac{1}{2}\right)x^2 - 2a$

$\qquad\qquad$ ...... ㉠

㉠의 양변을 x에 대하여 미분하면

$\int_{-3}^{x} f(t)\,dt + xf(x) - xf(x) = 3x^2 + 2\left(2a + \frac{1}{2}\right)x$

$\int_{-3}^{x} f(t)\,dt = 3x^2 + 2\left(2a + \frac{1}{2}\right)x$ ...... ㉡

㉡의 양변에 $x = -3$을 대입하면

$\int_{-3}^{-3} f(t)\,dt = 27 - 6\left(2a + \frac{1}{2}\right)$

$0 = 27 - 12a - 3$, $a = 2$

(2) ㉡에서 $\int_{-3}^{x} f(t)\,dt = 3x^2 + 9x$이고

이 등식의 양변을 x에 대하여 미분하면 $f(x) = 6x + 9$

(3) $f(a) = f(2) = 12 + 9 = 21$

12 [모범답안]

예시답안		배점
(1) r	3	3점
(2) a_1	$\frac{2}{9}$	3점
(3) n의 최솟값	15	4점

[바른해설]

(1) $\dfrac{a_1}{a_2} + \dfrac{a_3}{a_2} + \dfrac{a_3}{a_4} + \dfrac{a_5}{a_4} + \dfrac{a_5}{a_6} + \dfrac{a_7}{a_6} = 10$에서

$\dfrac{1}{r} + r + \dfrac{1}{r} + r + \dfrac{1}{r} + r = 10$

$3r^2 - 10r + 3 = 0$, $(3r-1)(r-3) = 0$

$r > 1$이므로 $r = 3$

(2) $a_4 = a_1 \times 3^3 = 60$이므로 $a_1 = \dfrac{2}{9}$

(3) $S_n = \dfrac{\frac{2}{9}(3^n - 1)}{3 - 1} = \dfrac{1}{9}(3^n - 1) > 3^{12}$에서

$3^n - 1 > 3^{14}$, $n \geq 15$

따라서 조건을 만족시키는 자연수 n의 최솟값은 15이다.

13 [모범답안]

예시답안		배점
(1) $a \times c$의 값	54	5점
(2) $a + b + c$의 최솟값	21	5점

[바른해설]

(1) $-1 \leq \sin b(x + \pi) \leq 1$이고 a, c가 자연수이므로

함수 $f(x) = a\sin b(x + \pi) + c$의 최댓값과 최솟값은

각각 $a + c$, $-a + c$이다.

조건 (가)에 의하여 $a + c = 15$ …… ㉠,

$-a + c = -3$ …… ㉡

㉠$-$㉡에서 $a = 9$

$a = 9$를 ㉠에 대입하면 $c = 6$

(2) 함수 $f(x) = 9\sin b(x + \pi) + 6$에서

조건 (나)에 의하여 $f\left(\dfrac{\pi}{6}\right) = 9\sin\dfrac{7b}{6}\pi + 6 = 6$

$\sin\dfrac{7b}{6}\pi = 0$ …… ㉢

이때 $\dfrac{7b}{6} = 1, 2, 3, 4 \cdots$ 이고,

㉢을 만족시키는 자연수 b의 값은 $b = 6, 12, 18, \cdots$이다.

그러므로 자연수 b의 최솟값은 6이다.

따라서 $a + b + c$의 최솟값은 $a = 9$, $b = 6$, $c = 6$

일 때 $9 + 6 + 6 = 21$이다.

14 [모범답안]

예시답안		배점
(1) 점 A, B의 좌표	$A(4, 2)$, $B(8, 0)$	5점
(2) 직선의 방정식	$y = -\dfrac{1}{2}x + 4$	5점

[바른해설]

(1) 함수 $y = \log_2(x - 4) - 2$는 함수 $y = \log_2 x$의 그래프를 x축의 방향으로 4만큼, y축의 방향으로 -2만큼 평행이동한 그래프이다.

함수 $y = \log_2 x$ 위의 점을 (p, q)라 하면, 평행이동에 의해 $(p + 4, q - 2)$로 옮겨지고 이 점은

$y = \log_2(x - 4) - 2$ 그래프 위의 점이다.

두 점 (p, q), $(p + 4, q - 2)$를 지나는 직선의 기울기가

$-\dfrac{1}{2}$이므로 $A(p, q)$, $B(p + 4, q - 2)$라 하면

선분 AB의 중점의 좌표는

$\left(\dfrac{p + (p + 4)}{2}, \dfrac{q + (q - 2)}{2}\right) = (p + 2, q - 1)$

이 중점의 x좌표가 6이므로 $p + 2 = 6$, $p = 4$,

$q = y = \log_2 4 = 2$. 따라서 $A(4, 2)$이다.

$A(4, 2)$이고, $B(p + 4, q - 2)$이므로 $B(8, 0)$이다.

(2) 기울기가 $-\dfrac{1}{2}$이고 $A(4, 2)$를 지나는 직선의 방정식은

$y = -\dfrac{1}{2}(x - 4) + 2$

따라서 $y = -\dfrac{1}{2}x + 4$

2025학년도 모의고사

국어 영역

01 [모범답안]

답안	배점	예상 소요 시간
A 사례1	3점	
B 사례3	3점	5분 / 전체 70분
C 사례4	4점	

[바른해설]

〈사례1〉 어떤 주택에 세입자가 주택 소유자에게 월세를 내고 거주하고 있는 것이므로 경합성과 배제성이 모두 있다.

〈사례2〉 스마트폰을 통해 유료로 음악이나 동영상을 감상하고 있는 것은 돈을 내면 누구라도 이용할 수 있으므로 유료이므로 배제성은 있으나 경합성은 없다.

〈사례3〉 자리가 50석 밖에 없는 무료 도서관이므로 경합성은 있으나 배제성은 없다.

〈사례4〉 휴대폰 배터리가 부족하여 공항에서 여러 사람이 같이 사용할 수 있는 무료 충전 기기이므로 경합성도 없고 배제성도 없다.

02 [모범답안]

답안	배점	예상 소요 시간
① 양극	5점	5분 / 전체 70분
③ 반응열	5점	

[바른해설]

화학 전지의 전극은 전자를 얻는 환원이 일어나는 쪽이 양극, 전자를 잃는 산화가 일어나는 쪽이 음극이다.

금속의 이온화 경향은 반응열의 크기로 비교할 수 있으므로 금속의 이온화 경향은 반응열로 결정된다고 볼 수 있다.

03 [모범답안]

답안	배점	예상 소요 시간
① 성자	5점	5분 / 전체 70분
① (검은) 뻘밭	5점	

[바른해설]

이 작품에서는 어머니와 뻘밭에 가서 겪었던 내용을 바탕으로 깨달음을 얻은 화자의 모습을 확인할 수 있다. 또한 '성자처럼 뻘밭에 고개를 숙이고'에서는 힘겹게 노동을 하고 있는 이들을 '성자'에 비유하고 있는 것도 확인할 수 있다. '푸른 물'은 소금기

가 많은 공간으로 생명의 공간이 아니지만, '검은 뻘밭'은 생명체들이 꿈틀거리는 공간으로 생명의 공간이며, 화자가 깨달음을 얻는 공간임을 확인할 수 있다.

04 [모범답안]

답안	배점	예상 소요 시간
① 교체, ⓒ 첨가 (①과 ⓒ의 순서가 바뀌어도 정답)	4점	
ⓒ 탈락, ② 축약 (ⓒ과 ②의 순서가 바뀌어도 정답)	4점	5분 / 전체 70분
① 한	2점	

[바른해설]

– '늦여름[는녀름]'은 교체(음절끝소리규칙, 비음화) 및 첨가('ㄴ' 첨가)가 일어났다.

– '닭하고[다카고]'는 탈락(자음군단순화) 및 축약(격음화)이 일어났다.

– '붙임[부침]'은 교체(구개음화)가 한 번 일어났다.

수학 영역

05 [모범답안]

예시답안		배점
(1) 점 P의 좌표	$\left(-\dfrac{1}{2}, 1\right)$	3점
(2) 접선의 방정식	$y = -\dfrac{1}{2}x + \dfrac{3}{4}$	3점
(3) 넓이	$\dfrac{9}{16}$	4점

[바른해설]

(1) $f(x) = 2x^3 + (4a + 7)x^2 + (4a + 5)x + a + 2$
$= (4x^2 + 4x + 1)a + 2x^3 + 7x^2 + 5x + 2$

따라서 함수 $y = f(x)$의 그래프가 a의 값에 관계 없이 항상 지나는 점의 x좌표는

$4x^2 + 4x + 1 = (2x + 1)^2 = 0$에서 $x = -\dfrac{1}{2}$

y좌표는

$2 \times \left(-\dfrac{1}{2}\right)^3 + 7 \times \left(-\dfrac{1}{2}\right)^2 + 5 \times \left(-\dfrac{1}{2}\right) + 2 = 1$

그러므로 점 P의 좌표는 $\left(-\dfrac{1}{2}, 1\right)$

(2) $f'(x) = 6x^2 + 2(4a + 7)x + 4a + 5$이고

$f'\left(-\dfrac{1}{2}\right) = 6 \times \left(-\dfrac{1}{2}\right)^2 + 2(4a + 7) \times \left(-\dfrac{1}{2}\right)$

$+ 4a + 5 = -\dfrac{1}{2}$이므로

점 $P\left(-\dfrac{1}{2}, 1\right)$에서의 접선의 방정식은

$y - 1 = -\dfrac{1}{2}\left(x + \dfrac{1}{2}\right)$, 즉 $y = -\dfrac{1}{2}x + \dfrac{3}{4}$

(3) 직선 $y = -\dfrac{1}{2}x + \dfrac{3}{4}$의 x절편과 y절편은 각각 $\dfrac{3}{2}$, $\dfrac{3}{4}$

이므로 구하는 넓이는 $\dfrac{1}{2} \times \dfrac{3}{2} \times \dfrac{3}{4} = \dfrac{9}{16}$

06 [모범답안]

예시답안		배점
(1) a	4	3점
(2) b	$\dfrac{1}{5}$	3점
(3) $f\left(\dfrac{11}{6}\pi\right)$	$3 + 2\sqrt{3}$	4점

[바른해설]

(1) 함수 $y = a\sin bx$의 그래프를 x축의 방향으로 $\dfrac{\pi}{6}$ 만큼,

y축의 방향으로 3만큼 평행이동하면

$y = a\sin b\left(x - \dfrac{\pi}{6}\right) + 3$

그러므로 $f(x) = a\sin b\left(x - \dfrac{\pi}{6}\right) + 3$

이때, 함수 $f(x)$의 최솟값은 $-a + 3$이므로

$-a + 3 = -1$에서 $a = 4$

(2) 함수 $f(x)$의 주기는 $\dfrac{2\pi}{b}$이므로

$\dfrac{2\pi}{b} = 10\pi$에서 $b = \dfrac{1}{5}$

(3) 그러므로 $f(x) = 4\sin\dfrac{1}{5}\left(x - \dfrac{\pi}{6}\right) + 3$

따라서 $f\left(\dfrac{11}{6}\pi\right) = 4\sin\dfrac{1}{5}\left(\dfrac{11}{6}\pi - \dfrac{\pi}{6}\right) + 3$

$= 4\sin\dfrac{\pi}{3} + 3 = 3 + 2\sqrt{3}$

07 [모범답안]

예시답안		배점
(1) a_1	-54	3점
(2) a_n	$3n - 57$	3점
(3) a_{20}	3	4점

[바른해설]

(1) $a_3 = a_1 + 2 \times 3$

$a_7 = a_1 + 6 \times 3$

$a_{10} = a_1 + 9 \times 3$

a_3, a_7, a_{10}이 순서대로 등비수열을 이루므로

등비중항에 의하여 $(a_7)^2 = a_3 \times a_{10}$

$(a_1 + 18)^2 = (a_1 + 6)(a_1 + 27)$

$a_1^2 + 36a_1 + 324 = a_1^2 + 33a_1 + 162$, $3a_1 = -162$

$a_1 = -54$

(2) $a_n = a_1 + (n - 1)d$

$a_n = -54 + (n - 1)3$

$a_n = 3n - 57$

(3) $a_{20} = 3 \times 20 - 57 = 3$

08 [모범답안]

예시답안		배점
(1) $f'(2)$	8	3점
(2) $g'(2)$	$\dfrac{1}{6}$	3점
(3) $h'(2)$	$\dfrac{1}{2}$	4점

[바른해설]

(1) $\displaystyle\lim_{x \to 2}\dfrac{f(x) - 3}{x^2 - 4}$의 극한이 존재하므로

$h(x) = f(x)g(x)$

$f(2) = 3$

$\displaystyle\lim_{x \to 2}\dfrac{f(x) - 3}{x^2 - 4}$로부터 $f'(2)$는

$\displaystyle\lim_{x \to 2}\dfrac{f(x) - 3}{x^2 - 4} = \lim_{x \to 2}\dfrac{f(x) - 3}{x - 2} \times \dfrac{1}{x + 2} = 2$

$f'(2) = 8$

(2) $\displaystyle\lim_{x \to 2}\dfrac{x - 2}{g(x)}$의 극한이 존재하므로 $g(2) = 0$

$\displaystyle\lim_{x \to 2}\dfrac{x - 2}{g(x)}$로부터 $g'(2)$는

$\displaystyle\lim_{x \to 2}\dfrac{x - 2}{g(x)} = \dfrac{1}{g'(2)} = 6$

$g'(2) = \dfrac{1}{6}$

(3) $h'(2) = f(2)g'(2) + f'(2)g(2)$

$= 3 \times \dfrac{1}{6} + 8 \times 0 = \dfrac{1}{2}$

PART 1 국어

PART 2 수학

PART 3 기출문제

PART 4 해답